三《さん》生《しょう》三《さん》世《ぜ》

中国・台湾・アメリカに生きて

聶《ニエ》華《ホア》苓《リン》
訳＝島田順子

藤原書店

聶華苓

三生三世

1　母（1926年）

母はあのきれいな如意髷を切り落とし、べっこうの眼鏡をかけ、進んだ民国女性になろうとした。20歳で嫁に行き、夫が既に結婚していたことを知ったが、出て行こうにも出て行けず、恨みを鎮めて仔細に考え、悔しさを抱えながらもさっぱりとしていた。私の脳裏のイメージでは、母は長々とした白い絹のえり巻きもかけており、肩の後ろへはらりと垂らしていた。

2　祖父（1930 年）

祖父は詩人だったが、一編の詩も残さず、官職を望んだが、官職に就いたことがなく、何度か外に愛人を作りはしたが、家ではずっと私の祖母だけだった。祖父が友人と阿片吸引用の寝台に横になると、私はじきに彼らが詩を吟じ出すということがわかり、ドアの外で盗み聞きした。

3　私と弟（1931 年、北平《ペイピン》）

私と弟の漢仲《ハンチョン》がその背景の前で写真を撮ったが、母が弟に耳を覆う毛皮の帽子をかぶらせ、威風堂々、厳粛な様子である。私たちは手をつないでおり、これから悲運の母のために手をつなぎ合っていなければならないことを既に予感していたかのようだ。

4　桅子湾《ウェイツーワン》の女子生徒たち（1941 年）

桅子湾《ウェイツーワン》の女の子は皆、超然として意地っ張りな五四女性、李英瑜《リーインユィ》先生（後列右端）を崇拝していた。抗日戦終結後に、李《リー》先生は武漢《ウーハン》のある中学の校長だったが、別の女性教師が校長になろうとして、夫が市の高官だったので、無実の李《リー》先生に汚職の罪を着せた。先生は人事不省になって倒れ、悲しみ憤って亡くなった。（聶華苓《ニエホアリン》・後列中央）

5　高校卒業の頃（1943 年）

1943 年、高校を卒業して、私と宗志文《ツォンチーウェン》、李一心《リーイーシン》、李一林《リーイーリン》は 10 年後の再会を約束した。1980 年に私は米国から帰郷したが、李一心《リーイーシン》は既にこの世を離れており、臨終時に夫のことを妹一林《イーリン》に託していた。一林《イーリン》の前夫は当時粋な才子だったが、50 年代に右派とされ、強制労働に就いた 20 年余りは、音信不通となり、最後には寂しく世を去った。（聶華苓《ニエホアリン》・前列左、李一心《リーイーシン》・前列右、宗志文《ツォンチーウェン》・後列左、李一林《リーイーリン》・後列右）

6　中央大学の同級生（1946 年、南京《ナンチン》）

抗日戦争勝利後、中央大学は 1946 年に重慶《チョンチン》から南京《ナンチン》へ戻った。外国文学部のクラスの良友たちは特に学校の大講堂の前を選んで記念撮影をした。その情景がきっと思い出となるということを当時既に知っていたかのように。内戦はもう始まっていた。（聶華《ニエホア》苓《リン》・前列左、順に段永蘭《トアンイオンラン》、侯寄双《ホウチーシュアン》、章葆娟《チャンバオチュエン》、鄧林欣《トンリンシン》）

7　母と息子（1946 年、漢口《ハンコウ》）

弟の漢仲《ハンチョン》は抗日戦争中に空軍に入り、1946 年、勝利の後、武漢《ウーハン》の破損した家へ戻った。息子が無事に帰って来たのは、大きな喜び事だった。母は満足して言った。「私たち母子で一枚写真を撮りましょう！」漢仲《ハンチョン》（中央）、華桐《ホアトン》と漢口《ハンコウ》で撮影した。その年、漢仲《ハンチョン》は 20 歳だった。1949 年、彼は国民党政府の空軍に随い、台湾へ渡った。1951 年、通常の飛行で事故を起こした。わずか 25 歳だった。それはまさに占術家が「国をよく治め、最高の官位に至る」と占った母の長男であった。

8　胡適《フーシー》の歓迎会（1952年）

1952年、胡適《フーシー》が初めて台湾を訪れ、台湾中がこぞって喜び祝った。『自由中国』の歓迎会で、胡適《フーシー》は言った。「台湾は雷震《レイチェン》のために銅像を建てるべきです」ただ1人カメラを持っていた親切な馬之驌《マーチースー》は「今日は『自由中国』のお祝いだから、君に1枚写真を撮ってあげよう！」と言った。

9　雷震《レイチェン》・宋英《ソンイン》夫妻と胡適《フーシー》（1952年）

雷震《レイチェン》夫妻は自宅で胡適《フーシー》（中央）を歓迎した。雷《レイ》夫人の宋英《ソンイン》は、20世紀の艱難と内に輝く女性美が磨き出した特別な影像である。

10　胡適《フーシー》と雷震《レイチェン》（1952年、台北《タイペイ》の雷《レイ》邸）

胡適《フーシー》と雷震《レイチェン》が『自由中国』の受けている権威当局からの抑えつけについて論じるのを、私は傍らで静かに聞いていた。

11　殷海光《インハイコアン》と藍藍《ランラン》（1953年、台北《タイペイ》）

殷海光《インハイコアン》は私の小さい娘藍藍《ランラン》ともその庭で遊び、「ぼんやりさん！」と彼女に大声で呼びかける。呼ばれるや藍藍《ランラン》はわーっと泣き出し、彼は大笑いする。

12　殷海光《インハイコアン》と夏君璐《シアチュィンルー》（1956年、台北《タイペイ》）

1956年、殷海光《インハイコアン》と夏君璐《シアチュィンルー》が結婚した。彼女は大した女性で、殷海光《インハイコアン》が長年政治の迫害を受ける中、その精神的な支柱であった。

13　殷海光《インハイコアン》・夏君璐《シアチュィンルー》と我が家の3世代（1956年）

我が家の3世代が殷海光《インハイコアン》と夏君璐《シアチュィンルー》の結婚式のお祝いに行った。

14　一家の記念撮影（1957 年、台北《タイペイ》）

私と王正路は 15 年結婚していたが、共に暮らしたのは 5 年だけだった。一家そろって撮った数少ない写真。

15　渡米する王正路《ワンチョンルー》（1957 年）

1957 年、正路《チョンルー》が米国へ渡る。私は 2 人の娘（薇薇《ウェイウェイ》7 歳、藍藍《ランラン》6 歳）と埠頭まで見送りに行った。この時からそれぞれ異なった道を歩むことになる。

16　胡適《フーシー》と『自由中国』の関係者（1958 年）

1958 年 4 月、胡適《フーシー》が米国から台湾へ戻り、中央研究院院長に就任した。『自由中国』は既に権威当局から正道に背いていると判断されていた。編集委員会は往時ほど盛況ではなくなった。胡適《フーシー》が中央におり、聶華苓《ニエホアリン》がその向かって左にいる。黄中はもう米国へ行き、傅正《フーチョン》（前列左から 2 人目）が引き継いだ。宋文明《ソンウェンミン》（前列右から 2 人目）が編集委員会に加わった。1960 年、雷震《レイチェン》（最後列、最も長身の人物）、傅正《フーチョン》、馬之驌《マーチースー》（2 列目右端）が同時に逮捕された。その時、特務に利用され、トラックにはねられて死んだ実直な瞿《チュイ》さん（前列左端）が床に座っている。

17　『自由中国』編集委員（1959 年）

『自由中国』編集委員たちが外へ遊びに出かけた。雷震《レイチェン》（前列左端）、殷海光《インハイコアン》（後列右から２人目）、夏道平《シアタオピン》（後列右端）、宋文明《ソンウェンミン》（前列左から２人目）、宋英《ソンイン》（後列左から２人目）、聶華苓《ニエホアリン》（後列左端）。私が彼らに見たものは、人としてのごつごつとした気骨と尊厳ある身の持し方だった。

18　娘たちと（1960 年）

私は楽しそうな二人の娘を眺めながら、心の中で思った。「この子たちが恐怖とは無縁の自由を手にしてくれればよいが」

19　母、娘たちと（1962 年）

私は母・2 人の娘と一緒にいる時、ようやくくつろげる。

20　学生たちと（1962 年）

1960 年に『自由中国』が封鎖され、私は完全に孤立した。1962 年、台湾大学中国文学部主任の台静農《タイチンノン》教授から小説創作の教師に招かれた。続いて東海《トンハイ》大学中国文学部の徐《シュイ》復観《フーコアン》教授からも小説創作の教師に招かれた。私はまた外で働けるようになり、学生たちと一緒にいる時が一番ゆったりした気持ちになった。

21　巡り逢い（1963 年、台北《タイペイ》）

1963 年、私たちは台北《タイペイ》で巡り逢った。ポール・エングルが首をひねって私を見ており、まるで一目惚れしたかのようだ。彼は写真撮影では、横顔を撮られるのが好きなのだと私は後になって気づいた。彼の鼻は曲がっていたのだ。小さい頃サッカーをしていて、ボールの一撃で曲がってしまった。彼の横顔は確かにきれいで、線がはっきりし、整っていて力強くもある。

22　鳩の卵を食べるポール（1963 年、台北《タイペイ》）

ポールは後になって回想録に記している。「私は眼鏡をかけてつるつるした鳩の卵をつまみ上げ、写真にも撮られたが、大口を開けて得意そうに笑い、生涯で一番間抜けな様子だ。華苓《ホアリン》が大笑いしている。今、アイオワで鳩が飛んで行き、優雅に虹色の翼をあおいでいるのを見るたび、私は感動でいっぱいになる。鳩が華苓《ホアリン》を笑わせるのを手伝い、彼女が私と一緒に出て行くよう仕向け、私の余生を変えてくれたのだ」

23　アイオワの柳（1965 年）

アイオワ、春のそよ風、柳の葉、故郷の江南を思い出す。

24　母娘（1965 年、アイオワ）

薇薇《ウェイウェイ》（右）と藍藍《ランラン》が 1965 年の夏にアイオワへ来た。ポールは「君たち母娘がとうとう一緒にいられるようになったのを見て、とても感動したよ」と言った。その時、彼が私の娘によくしてくれるだろうということがわかった。

25　アイオワ州博覧会（1965 年）

アイオワ州の博覧会で、母娘３人が色のついた羽の帽子をかぶっている。博覧会の客がポールに聞いた。「あの娘たちを連れてショーをやりに行くのかい？」ポールは大笑いして、彼のあの時代遅れのカメラで私たちの写真を撮ってくれた。

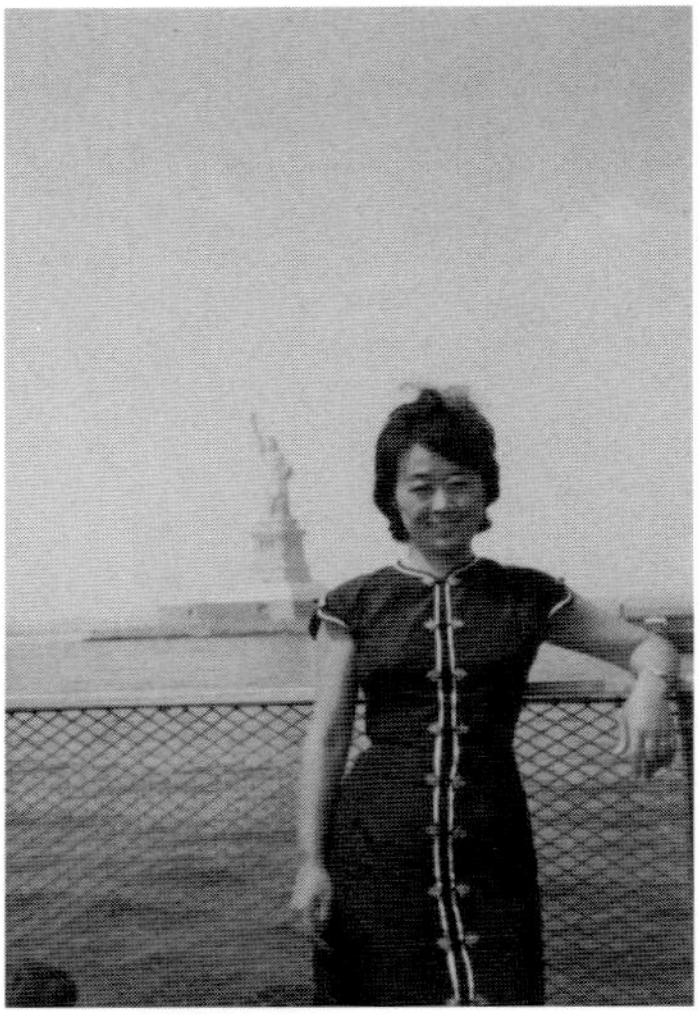

26　自由の女神（1965 年）

1965 年、2 人の娘と共に初めてニューヨークへ行き、目新しいものなら何でも見たいと思った。私たちは自由の女神を見に行った。

27　アイオワ（1966 年）

三生三世、ほとんどすべてを水の上で過ごしてきた。今、私はまさにアイオワ川の上にいる。

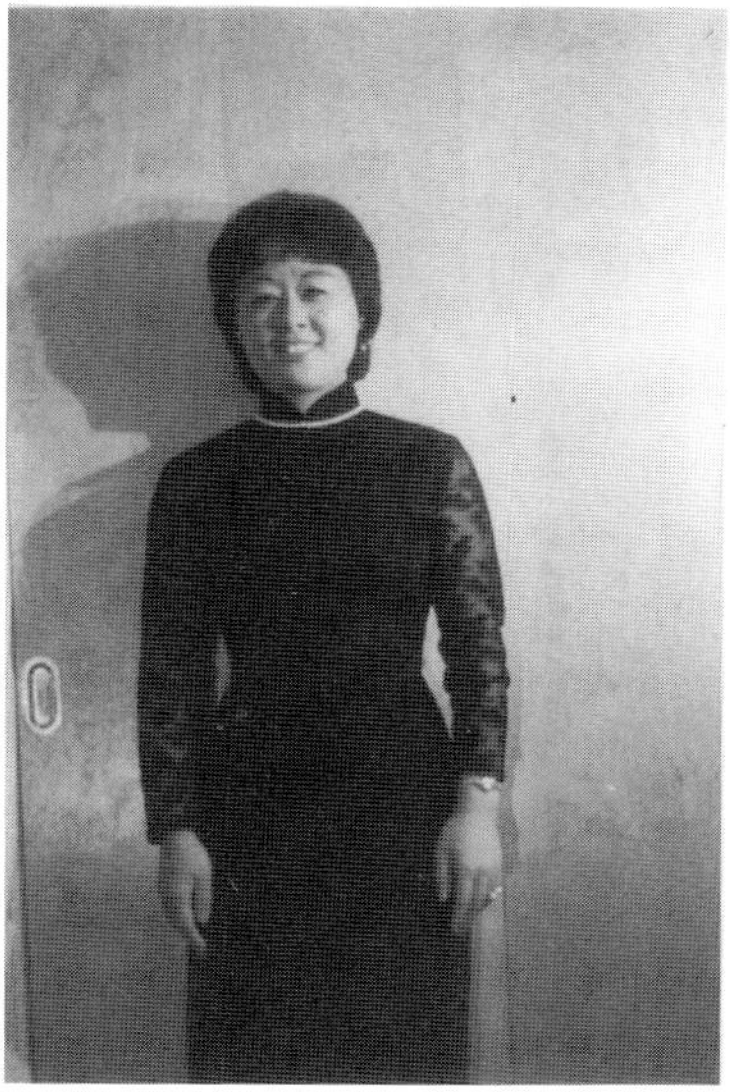

28　シカゴ（1966 年）
私はポールに言った。「私はあなたと一緒にいると、毎分毎秒とても満足よ」

29　シカゴ博物館（1966 年）
愛情とは２つの孤独が、かばい合い、いたわり合い、巡り逢いを喜ぶこと。

30　その小船

まさにその小船の上で、私は不意に突飛なことを考えつき、ポールに言った。「どうしてアイオワ大学に元々ある作家ワークショップのほかに、国際的な創作のプログラムを始めないの？」ポールは少し言葉を濁し、手で口を覆って、私に声を出さないよう示し、岸辺で静かにアイオワ川を見ている1匹の鹿を指した。実のところ、彼はその時即答しようがなかったのだ。

31　小船の操縦

その小船には6、7人乗れる。私とポールは2人の娘を連れてよく小船に乗った。彼らは泳ぎ、水上スキーをし、私は小船を操縦して水の上をぐるぐる回った。三生はほとんどすべて水の上で過ごしてきた。だが、私は泳いだことがない。ポールは優しく誘ったり、しつこく迫ったりしたが、私は水に入ろうとしなかった。彼が私について遺憾とする二大ポイントは、泳がないこと、犬が要らないことだった。

32　大みそかの仮装パーティー

1970年の大みそか、チェコの小説家ルスティク（中央に立ち、縦縞のシャツを着ている）が家でパーティーを開き、おのおの奇妙な服を着て来るよう求めた。ルスティクは入口で迎えて言った。「ようこそアウシュビッツへ！」彼の一家4人はぼろぼろのシャツとズボンを身につけ、腕に黒の囚人番号を書いていた。実は、ルスティクは第2次大戦中に、ナチスによって両親と共にポーランドのアウシュビッツ収容所に入れられたのだが、その時まだ9歳だった。父親は毒ガス室で死んだ。

33　仮装（1970年、アイオワ）
その日ルスティクの家へ行き、主人の言いつけ通り、奇抜な古典的ドレスを身につけていたが、彼の一家がアウシュビッツ収容所の囚人の格好をしていたのと対照をなし、却って当時の収容所の残忍さを際立たせた——それはまるで小説のアイロニーのようだった。私とルスティクは無意識のうちに共同でイメージを用いて、アイロニー小説を書いたのだ。（John Zalensky 撮影）

34　結婚式（1971 年、アイオワ）
裁判官が結婚の誓いの言葉を読み上げる。ポールはしっかりと私の手を握り、私という人間を丸ごと握り、私の後半生を握っている。

35　結婚披露宴（1971 年）
手をたずさえて、共白髪まで。その言葉は半分だけ実現した。

36　結婚披露宴で娘たちと（1971 年）

私はポールと結婚する前、2 人の娘に告げた。薇薇《ウェイウェイ》は「ありがたや、もう 2 度とお母さんがミス聶《ニエ》と呼ばれるのを耳にすることがなくなるわ」と言った。藍藍《ランラン》は「エングルさんはよいお父さんよ」と言った。薇薇《ウェイウェイ》は彼を親父さんと呼ぼうと提案した。

37　ハネムーン（1971 年）

6000 マイルのハネムーン。ポールが自家用の大きなワゴン車を運転して、アイオワ、ネブラスカなどいくつかの州を疾走し、さらにスリルのあるロッキー山脈を経て、一路カリフォルニア州へ向かった。往復 6000 マイル。私たちはカリフォルニア州モントレーのビーチで少し休んだ。

38　作家たち（1977 年、聶《ニエ》・エングル宅）

我が家に集う作家たち。ポールはしゃれた言葉で笑わせ、作家たちはその場に応じて調子を合わせる。おのおのが外からは見えない心のドラマを持っている。だが、そのひとときは私たちはとても楽しい。（聶華苓・前列左端、エングル・前列右から 2 人目）

39（左）　吉増剛造とマリリア（1978 年、アイオワ）

日本の詩人吉増剛造とブラジルのマリリアは 1970 年にアイオワで巡り逢い、人知れず約束の地ニースへ行き再会した。1971 年の秋に、2 人は日本で結婚した。それから彼らは何度もアイオワへ戻った。当時若かった吉増剛造は、現在日本詩壇の重鎮である。彼はさらに写真を撮り、各地を巡り、詩を朗読する。

40（右）　記憶の中の 2 人（1981 年、アイオワ）

吉増剛造とマリリアは私の記憶の中で、永遠にうら若き美男美女のままだ。

41　サハル（1978年、アイオワ）

サハル・ハリーファ、パレスチナの小説家。魅力、反逆心、才能、いずれをもその身に備える。人々の中、彼女は大声で言った。「私はペンを1本持っていますが、機関銃は持っていません」言い終わると自分で笑った。聴衆も笑った。

42　中国旅行（1980年）

ポールが中国で最も好きだと言う2つの場所は、蘇州《スーチョウ》と成都《チョントゥー》だ。私たちは都江堰《トゥーチアンイエン》へ行ったが、これは中国の戦国期に建造された大型水利施設だ。現在でも全世界で最も年代が古く、唯一残存する、ダムを造らずに水を引く巨大な水利施設である。ポールは驚嘆することしきりだった。

43　沈従文《シェンツォンウェン》と（1980年、北京《ペイチン》）

1980年春、私はポール、藍藍《ランラン》と共にまた大陸へ行った。私たちは北京《ペイチン》で作家の宴会場に入ると、微笑みながら私たちを眺めている、つやつやした顔を目にした。私はそれが沈従文《シェンツォンウェン》だとすぐにわかり、駆け寄って何度も呼びかけた。「沈《シェン》さん、沈《シェン》さん、意外です！　意外です！」彼は私の手を握り、依然として淡々と笑っていた。

44　丁玲《ティンリン》を見舞って（1980年、北京《ペイチン》）

1980年、私とポールは北京《ペイチン》に着いたらすぐ、丁玲《ティンリン》に会いたいと思っていた。彼女は病のためちょうど入院していた。私たちは間もなく丁玲《ティンリン》が病院から送ってくれた手紙を受け取ったが、楽しい面会を希望しているとのことだった。私とポールは北京《ペイチン》を駆け回って、遂にひとかごの生花を買い求め、丁玲《ティンリン》を見舞いに病院へ行った。

45　アイオワの丁玲《ティンリン》（1981年、アイオワ川の上）

私たちは1981年に丁玲《ティンリン》と陳明《チェンミン》をアイオワへ招待した。彼らはアイオワ川ほとりのメイフラワー館に滞在したが、それは我が家がある山のすぐ下だった。夫妻はよく散歩して山を登って来た。丁玲《ティンリン》はこっそりポールの書斎へ行き、彼の背後に立つ。ポールは丁玲《ティンリン》がホホホと笑うのを耳にして、「丁玲《ティンリン》！」と叫び、両腕を広げて彼女を歓迎する。そして、私たちは川を望む長い窓の前に座る。丁玲《ティンリン》は我が家のベランダで記念撮影をした。彼女が黙っている時、その表情は移ろいゆく時の流れを映し出す。

46　蔣勲《チアンシュイン》と丁玲《ティンリン》・陳明《チェンミン》夫妻（1981年、アイオワ）

蔣勲《チアンシュイン》〔台湾〕は1981年にもアイオワにいた。蔣勲《チアンシュイン》（左）の詩、絵画、文章はどれもすばらしい。声には厚みがあって、話し声が耳に心地よく、講演も、歌も、人を感動させる。彼はアイオワで丁玲《ティンリン》と出会ったが、彼女が浴室で滑って転ぶのを心配し、黙って彼女のために丈夫なマットを買って来た。それは決して小さなマット1枚の思いやりにとどまることではない――当時はまさに海峡両岸の行き来がない時代だった。

47　陳映真《チェンインチェン》・麗娜《リーナー》夫妻と（1983年、聶《ニエ》・エングル宅）

1975年、蔣介石《チアンチエシー》の百日忌の特赦で、陳映真《チェンインチェン》は3年早く釈放された。私たちが何度招待しても出国できなかったが、とうとう1983年にアイオワへ来た。彼の妻麗娜《リーナー》(右端)も後から来て共に過ごした。

48　王安憶《ワンアンイー》、茹志鵑《ルーチーチュエン》、呉祖光《ウーツーコアン》と（1983年、アイオワ）

呉祖光《ウーツーコアン》、茹志鵑《ルーチーチュエン》、聶華苓《ニエホアリン》、王安憶《ワンアンイー》。私たち4人は20世紀の中国人三世代の経歴を代表しており、1983年の現在、皆アイオワ川ほとりのメイフラワー館に寄り集まっているのが、何だか荒唐無稽な感さえする。

49　諶容《チェンロン》と柏楊《ボーヤン》（1984年、聶《ニエ》・エングル宅）

大陸の諶容《チェンロン》〔作家、1936年生〕が台湾の柏楊《ボーヤン》を挑発し、彼に言った。「私と踊れる？」柏楊《ボーヤン》は椅子から跳び上がって大声で言った。「もちろん！」

50　弟と40年後の帰郷（1986年）

1986年、40年の後に、私と華桐《ホアトン》は一緒に帰郷し、重慶《チョンチン》から船に乗って川を下り、抗日戦期に移り住んだ各地の家を捜した。宜昌《イーチャン》から列車に乗って三斗坪《サントウピン》へ行き、途中で写真を撮った。

51　２人のアンダーソン

私たちがニューヨークへ行くたびに、良友カート・アンダーソン（右から２人目）とグルメの奥さんが必ず自宅での食事に招待してくれた。小説家で脚本家のロバート・アンダーソン（右端）も、私たちのよい友人だ。彼が脚本を書いた『お茶と同情』は、1960年代に一世を風靡した。1986年だったか、ポールがカートの家へ一緒に夕食に行こうとロバートを誘った。ポールは後に手紙で自分の死後に言及し、あろうことか私を彼に託したので、私は「でたらめな！」と叫んだ。

52　アイオワの家で（1987年）

1987年、「国際創作プログラム」の20周年を祝うパーティーで、私とポールは引退を発表した。家でこの写真を撮り、生命における一つの過程に終止符を打った。

53　一家そろって（1987 年、アイオワの家）

1987 年に一家そろって撮った写真。藍藍《ランラン》と李欧梵《リーオウファン》の結婚式。時が移って状況も変わった。だが、そのひととき、私たちはやはりとても楽しかった。欧梵《オウファン》が酔ってポールを舅殿と呼んだ。前列左から、薇薇《ウェイウェイ》、聶華苓《ニエホアリン》、クリストフを抱いているアンシア、後列左から、クラウス、李欧梵《リーオウファン》、藍藍《ランラン》、ポール。

54　余紀忠《ユィチーチョン》夫妻と（1988 年、台北《タイペイ》）

余紀忠《ユィチーチョン》氏は理想を持った、風格のある方で、当時台湾で迫害を受けたインテリに同情し、黙って道義的な支持を寄せていた。たとえば、陳映真《チェンインチェン》や柏楊《ボーヤン》らに。1987 年、台湾の政局が変化した。11 月に余紀忠《ユィチーチョン》氏の手紙を受け取った。「華苓《ホアリン》様……あなたは長らく帰っておられません……当時種まきに参加した一員としてこの時期に戻って御覧になるべきです……」余《ユィ》氏は私のために各方面を駆け回り、私とポールを 3 週間招待してくれた。1988 年、私はようやくまた台湾へ行くことができた。（左から、余《ユィ》夫人、聶華苓《ニエホアリン》、エングル、余紀忠《ユィチーチョン》）

55　台静農《タイチンノン》と（1988年、台北《タイペイ》）

台静農《タイチンノン》氏が故郷を懐かしがっているのを、私は知っていた。彼は私から大陸の話を聞くのが特に好きだった。私は宴席で沈従文《シェンツォンウェン》に初めて会った時のことを彼に話した。沈従文《シェンツォンウェン》はその時何も食べなかったが、麺類しか食べないと言い、また、飴はたくさん食べるということだった。私はなぜだか聞いた。沈従文《シェンツォンウェン》は「昔、飴屋の娘を好きになったが、うまく行かず、それから飴が好物になった」と言った。台《タイ》氏はこの話を聞いて楽しそうに笑った。

56　王禎和《ワンチェンホー》・林碧燕《リンピーイエン》夫妻と（1988年、台北《タイペイ》）

王禎和《ワンチェンホー》の妻、林碧燕《リンピーイエン》（左端）は歓迎パーティーの席上、一人一人の話を絶えず紙に書いて夫に見せ、或いはその時の状況を教えた。王禎和《ワンチェンホー》は軽くうなずき、少し微笑むこともあった。彼の生命に対する熱い思いと執着は、見ていると心が痛んだ。彼は1990年に世を去った。

57　エングルの墓

ポールが言った。「いつか、君一人を残して行ったら、どうする？」「私たちは相変わらず一緒にいるわ」と私は言う。

58　墓碑の２行詩

「私は山を移すことはできないが、光を放つことはできる——ポール・エングル」

なぜ『三生三世』というのか？

中国人は生きるのがまったく容易ではなく、ほかの人は一生一世しか生きられないが、中国人は一生に三生三世の試練と苦しみを経験しなければならない。

まあ幸せだとも言えるだろう。

彼女の本を読んだら、あなたは彼女のために泣くだろうか、それとも笑うだろうか？

皆のために泣くだろうか、それとも笑うだろうか？

すべてが過去の記憶と化した後にも、まだ文字があり、本がある。聶華苓《ニエホアリン》とエングル、そして我々が皆本の中に生きている。何と言っても、あんなに多くの中国人同業者が聶《ニエ》華苓《ホアリン》のアイオワ山の、デュビューク通りにある家で、あんなにうるわしく愉快な時間を過ごしたのだ。あれほど楽しい時間はそうそう手に入れられるものではない。

王蒙《ワンモン》〔一九三四〜、中国の作家〕

聶華苓《ニエホアリン》の『三生三世』を読むことは、実際には彼女の敏感で情熱に溢れる心を読んでいることなのだ。聶華苓《ニエホアリン》は伝奇のような人生経験を持っているが、真摯で落ち着いた筆遣いは伝奇を離れ、思いの吐露に重きを置く。聶華苓《ニエホアリン》は苦難を経てきたが、その強靭な気性によって苦難との和解を果たし、ただ備忘録にのみそれを留めた。聶華苓《ニエホアリン》は女性として最も豊かな愛を抱いたことがあり、たとえ彼女が世界のすべてを忘れたとしても、愛は彼女にとって忘れ得ぬものなのだ（ポール・エングルが墓の下で長き眠りに就く今も、聶華苓《ニエホアリン》は依然として二人の愛情を守り続けている）。

聶華苓《ニエホアリン》は風雨の中を通り抜けて行くのに長けた女性で、その身には自ずと虹の色がきらめいている。『三生三世』を読めば、生涯漂泊の華人女性作家が、どんな風に異郷の鹿の園で、微笑みを浮かべ、歳月の移り変わりを胸に抱いているかがわかる。それはうら寂しい姿だが、何にも増して人を感動させる姿だと私には感じられる。

蘇童《スートン》〔一九六三〜、中国の作家〕

これは万感こもごも胸に迫る作品だ。歴史と生活、理性と感情、激動と静けさ、笑いと涙が……この作品の炉の中で一つに溶かされる。

余華《ユイホア》〔一九六〇〜、中国の作家〕

この本を目にする前、私たちは先にこの本を耳にしたことがある。秋の間じゅう、ほとんど毎夕、家の裏にある林の空き地で、鹿の群れがトウモロコシのえさを食べ終わり、森の中に消えるのを待って、私たちの夕飯が始まった。テーブルの上には美酒と御馳走、柔らかな灯りに包まれ、聶華苓《ニエホアリン》先生が一回また一回と過ぎ去った出来事を語り出すのを聞いた。国共の戦い、抗日の八年、海峡両岸の対立、米中の国交樹立……これらの大きな歴史情勢の変化の下、数限りない喜びと悲しみ、出会いと別れ、生別・死別があった。すべての喜びと悲しみ、出会いと別れの裏には必ず確かな名前があり、かつては温かい血の通っていた肉体があった。長江《チャンチアン》のほとりで育った一人の少女が、人生を経験し尽くし、白髪交じりになった時、彼女の三生三世は、人を感慨無量にさせる。この感慨は歴史によるものではなく、悲しみや喜び、辛酸を嘗め尽くした生命によるものだ。これは夕暮れの薄暗さの中、林に見え隠れする鹿の群れを思い起こさせる。私たちは鹿のゆったりした優美な姿に見とれるが、彼らがどれほどの飢えと寒さにさらされ、血なまぐさい嵐を経てきたのかを誰も知らない。

李鋭《リールイ》〔一九五〇〜、中国の作家〕

以前、私たちは米国中西部の肥沃な土地を、「衣阿華《イーアーホア》」と呼んでいたが、現在、私たちの地図では、「艾奥瓦《アイアオワー》」（IOWA）と訳されており、最初に、そこを「愛荷華《アイホーホア》」と呼んだ人が、聶華苓《ニエホアリン》先生、聶華苓《ニエホアリン》で、鹿の園にある赤い家のマダムであり、ポールと永遠に寄り添い合う妻で、三生三世、ずっと故郷を懐かしがり、三生三世、火の中の鳳凰のように生き生きとして美しく個性的な女性で、彼女が、小さな街「愛荷華《アイホーホア》」の名を世界にとどろかせたのだ。

二〇〇三年一一月一八日、太原《タイユアン》にて。

蔣韻《チアンユィン》〔一九五四〜、中国の作家〕

三生三世／目次

序　013

私が知っている少しばかりの民国史　015

第一部　故郷の歳月（一九二五〜一九四九）　021

長江《チャンチアン》は東に流れる　022

再生縁《さいせいえん》／母の問わず語り／小さな虹色のパラソル／祖父と真君《チェンチュイン》／私の劇場／年越しの赤色／魂が帰り来たる／そろいの赤い帽子／家を離れて

流れ、流れて　104

『懐かしき故郷』／『西の山に日が落ちる』／『長江《チャンチアン》の水を引け』／『嘉陵江《チアリンチアン》で』／『黄河《ホアンホー》の恋』／『満江紅』／『玉門《ユィメン》より出陣する』／包囲された街／私は瀋陽《シェンヤン》から来ました／余話一章　談鳳英《タンフォンイン》を尋ねて——五十年後

第二部　生・死・哀・楽（一九四九〜一九六四）　177
緑島《リュイタオ》セレナーデ　178
雷青天《レイチンティエン》／一九六〇年九月四日／雷震《レイチェン》と胡適《フーシー》／母と息子／バラの花束／誰が母をだましたのか？／巡り逢い、一九六三年
第三部　アイオワの赤い家（一九六四〜一九九一）　265
手をたずさえて　266
手紙／トウモロコシ畑から来た人――ポール・エングル／結婚指輪は？／娘たち

その小船　336

共に長江《チャンチアン》の水を飲む／さようなら雷震《レイチェン》、一九七四年／その小船／ようこそアウシュビッツ収容所へ！／ソフィ女史——丁玲《ティンリン》／独り歩む——陳映真《チェンインチェン》／運命のチェコ人——ハベル（Vaclav Havel）／流浪を追い求める詩人——吉増剛造

別れの思い出　424

赤い家のスケッチ／別れの思い出／私が死ぬ時（一九九一年、未完）——ポール・エングル

跋　446

訳者あとがき　447

アイオワ大学国際創作プログラム　日本人作家・参加者一覧　453

著作一覧　455

三生三世
<small>さんしょう さんぜ</small>

凡例

一、本書は、聶華苓《ニエホアリン》著『三生三世』（中華人民共和国・天津《ティエンチン》市、百花文芸出版社、二〇〇四年）の全訳である。
一、訳注は、〔 〕内に記した。

序

私は一本の木。
根は大陸にある。
幹は台湾にある。
枝葉はアイオワにある。

私が知っている少しばかりの民国史

清朝末期、日清戦争の敗北により、清朝政府は袁世凱《ユアンシーカイ》に新軍の訓練を命じたが、場所は天津《ティエンチン》付近の小さな兵站《へいたん》で、これがいわゆる「小站練兵」である。兵を持てば即ち権力を持つ。袁世凱《ユアンシーカイ》は権力を拡充するため、新軍の中に私的な党派を置き、支配組織を作って、広く手下を集めた。その後、北京《ペイチン》の中央政権を支配する勢力を、「北洋軍閥」と総称した。その他の派閥もそれぞれ縄張りを持ち、あるいは自衛し、あるいは権力を奪い合った。主な軍閥は直隷《チーリー》派、奉天《フォンティエン》派、安徽《アンホイ》派である。このほか、広東《コアントン》、広西《コアンシー》、雲《ユイ》南《ナン》、貴州《クイチョウ》、四川《スーチュアン》、湖南《フーナン》などの派閥があった。

一九一一年に辛亥革命で清朝皇帝が退位してから、一九二八年に北伐が成功し、北洋軍閥が消滅させられるまで、十七年の長きにわたり、軍閥が割拠し、混戦がやまなかった。一九一五年一二月、袁世凱《ユアンシーカイ》が帝政を復活させ、「中華帝国」の皇帝となると、全国で次々に非難の声が上がった。一九一六年三月、袁《ユアン》世凱《シーカイ》はやむなく帝政を取り消し、内閣制を復活させる。同年、袁世凱《ユアンシーカイ》は憤りを抱えて死す。

一九二二年、孫文《スンウェン》大総統が陸海軍大元帥の名で北伐を命じる。一九二五年七月、中華民国国民政府が広州《コアンチョウ》で成立、中国国民党中央執行委員会が最高機関となり、汪兆銘《ワンチャオミン》が主席となった。蒋介石《チアンチエシー》は元々黄《ホアン》埔《プー》軍官学校校長で北伐軍総司令官であった。北方の北洋軍閥はそれぞれ勝手にふるまっていたが、国民党と共産党が合同で討伐する。一九二六年には、国民党と国民革命軍〔一九二五年八月に改編された国民党の軍隊〕内に共産党員が約千五百人おり、その中には周恩来《チョウエンライ》、林白渠《リンパイチュイ》、鄧小平《トンシアオピン》、林彪《リンピアオ》、聶栄臻《ニエロンチェン》のほか、ロシア人顧問のボロディン（Makhail Markovich Borodin）もいた。一九二六年九月、国民革命軍は軍閥の呉佩孚《ウーペイフー》が支配する武漢《ウーハン》に進軍、攻撃する。武昌《ウーチャン》は四〇日間包囲され、城内では食糧が尽きて弾丸もなくなり、呉《ウー》軍は結局城門を開き、国民革命軍は一〇月一〇日にとうとう武漢《ウーハン》の三都市をすべて占領した。武漢《ウーハン》は革命軍北伐の要衝となる。一九二七年初め、国民政府が広州《コアンチョウ》から武漢《ウーハン》へ移り、武漢《ウーハン》を首都とする。唐生智《タンションチー》は既に湖南《フーナン》でつぶされた軍閥の軍隊の武器を大量に手に入れており、革命軍が武漢《ウーハン》を攻め落とした後も、漢陽《ハンヤン》の兵器工場の管理権を得て、軍力厚く、湖南《フーナン》、湖北《フーペイ》、安徽《アンホイ》の三省をすべてその勢力下に置いた。汪兆銘《ワンチャオミン》が武漢《ウーハン》政府の国民党領袖であったが、実際に政権を操ったのは唐生智《タンションチー》であった。一九二七年四月に国民党政府と中央政治会議が南京《ナンチン》で設立を宣言、南京《ナンチン》、武漢《ウーハン》の両政府は対立する。広西《コアンシー》派の将校は多くが保定《バオティン》軍官学校の出身で、蔣介石《チアンチエシー》総司令の黄埔《ホアンプー》軍官学校「直系」ではなく、蔣《チアン》総司令は広西《コアンシー》派に対して表面上友好的でも内心はそうではなかった。湖北《フーペイ》は共産党初期組織発祥の地の一つで、全国総労働組合が一九二七年初めに広州《コアンチョウ》から武漢《ウーハン》へ移り、湖北《フーペイ》など五省の民衆運動を指導して、各種労働組合を組織し、水担ぎ人夫でさえ労働組合を持った。労働者や店員は会議を開いてはデモを行い、武漢《ウーハン》の商店や工場は倒産した。上海《シャンハイ》やその他の都市でも暴動が発生した。国民政府は南京《ナンチン》を首都と定めた時、「党内粛清と反共」を呼びかけた。一九二七年六月、武漢《ウーハン》政府は「共産党受容」から「共産党分離」へと転じる。ボロディンは帰国し、共産党員は潜伏して地下活動に入った。同年八月、武漢《ウーハン》国民政府が南京《ナンチン》へ移り、両者は合流する。しかし、一九二七年一〇月、唐生智《タンションチー》が国民政府との関係を絶つことを宣言。一一月に国民革命軍が武漢《ウーハン》を攻め落として、唐生智《タンションチー》はやむなく政権を手放し、日本へ逃亡した。

唐生智《タンションチー》が倒された後、李宗仁《リーツォンレン》の第七軍が武漢《ウーハン》に入り、広西《コアンシー》派の将校胡宗鐸《フーツォントゥオ》が武漢《ウーハン》警備総司令の任に就く。私の父聶怒夫《ニエヌーフー》は彼と保定《パオティン》軍官学校の同級生で、また同郷のよしみもあったので、この時に広西《コアンシー》派陣営に加わった。蔣介石《チアンチエシー》と広西《コアンシー》派の間の軋轢はやまず、それが父の後の運命を決定し、最後には父の死を招く。

一九二八年二月、国民党第二回四中全会が南京《ナンチン》で開かれたが、これは国共合作が完全に破綻した後、国民党が開いた最初の中央全会である。国民党内部はしばらく歩調を合わせ、各派が共に北方軍閥を討伐する。中央政治会議の下に政治分会が設けられ、李宗仁《リーツォンレン》が武漢《ウーハン》政治分会の主席となった。同年六月、北伐が成功し、全国統一が成る。

一九二九年二月、「武漢《ウーハン》事変」が起こり、広西《コアンシー》派が真っ先に矢面に立った。

李宗仁《リーツォンレン》は回想録に記している。「事実上は蔣《チアン》氏が皇帝を抱え込んで諸侯に命じたといった類いの、敵対者を消すための多くの戦いの一つに過ぎない……民国十八年（一九二九年）二月初め、蔣介石《チアンチエシー》は秘密裏に大量の武器を、江西《チアンシー》経由で、湖南《フーナン》省主席の魯滌平《ルーティーピン》に送り支援した。この秘密が漏れると、第四集団軍の駐武漢《ウーハン》将校である夏威《シアウェイ》、胡宗鐸《フーツォントゥオ》、陶鈞《タオチュイン》は慌てふためいた……さらに、この時蔣《チアン》氏は湖北《フーペイ》人をひそかに派遣し、第四集団軍の湖北《フーペイ》省籍将校、たとえば十八軍司令官陶鈞《タオチュイン》、十九軍司令官胡宗鐸《フーツォントゥオ》らを同郷のよしみで裏から説得し、いわゆる「広西《コアンシー》派」を離脱するよう促していた……ところが何鍵《ホーチエン》がこの時自ら武《ウー》漢《ハン》へ赴き密告した。中央は既に手はずを整えており、武漢《ウーハン》に対する攻撃は弓に矢がつがえられた如く緊迫した情勢で、第四集団軍は自衛行動を取る方がよいと……」

当時、武漢《ウーハン》政治分会主席の李宗仁《リーツォンレン》は南京《ナンチン》にいた。夏威《シアウェイ》、胡宗鐸《フーツォントゥオ》、陶鈞《タオチュイン》は勝手に湖南《フーナン》へ出兵し、武漢《ウーハン》政治分会管轄下の湖南《フーナン》省政府を改組した。これが即ち「武漢《ウーハン》事変」である。李宗仁《リーツォンレン》は情報を得ると、南《ナン》京《チン》に長居は禁物と悟り、変装して直ちに南京《ナンチン》を離れ、しばらく上海《シャンハイ》のフランス租界に滞在した。「武漢《ウーハン》事変」は中央が討伐を行う口実となる。蔣介石《チアンチエシー》は一九二八年一〇月には国民政府主席に就任していたが、「逆賊討伐」の総攻撃を命じ、一〇万の大軍が、まっしぐらに武漢《ウーハン》へと突進した。一九二九年四月、胡宗鐸《フーツォントゥオ》らはやむなく下野し、英国汽船に乗り香港へ至る。第四集団軍は瓦解した。武漢《ウーハン》政治分会は廃止され、残った広西《コアンシー》派軍は縮小され、残りの武器も供出した。公安機関は広西《コアンシー》派分子を大々的に捕らえ、銃殺も執行した。私の父は上海《シャンハイ》へ逃げた。徹底的に広西《コアンシー》派をつぶすため、中央の大軍はそれぞれ水路・陸路に分かれて広西《コアンシー》をはさみ撃ちにする。多勢に無勢の広西《コアンシー》派は、一九二九年一二月、中央によってたたきつぶされた。

当時、汪兆銘《ワンチャオミン》は既に香港へ出ており、国民党から除籍され、指名手配もされていた。彼と北方の馮玉祥《フォンユィシアン》、閻錫山《イエンシーシャン》らは蔣介石《チアンチエシー》が敵対者を消し、軍と政党の大きな権力を一手に握るそのやり方にそろって反対していた。彼らは広西《コアンシー》派と反蔣《チアン》で団結する。一九三〇年、馮《フォン》・閻《イエン》と蔣《チアン》の間で戦争が勃発し、馮《フォン》・閻《イエン》の勢力は結局蔣《チアン》に崩壊させられる。一九三一年九月一八日、日本関東軍が口実を作って瀋陽《シェンヤン》に突撃、北大営の兵舎を砲撃し、瀋陽《シェンヤン》を占領する。「九・一八事変」で、各派と蔣《チアン》は共に国難へと赴く。一九二九年初め、共産党が井崗山《チンカンシャン》から江西《チアンシー》の瑞金《ルイチン》に移り、ここを根拠地とする。一九三三年二月、蔣介石《チアンチエシー》を委員長とする軍事委員会南昌《ナンチャン》行営が成立、「共産党討伐」の軍事指揮を統轄する。一九三三年一〇月、共産党に対する第五次包囲討伐が行われ、一年の長きに達する。一九三四年一〇月、紅軍〔中国労農紅軍の略称。共産党の軍隊〕が包囲を突破し、江西《チアンシー》の根拠地を出て、二万五千里の長征を開始。一九三六年一月、紅軍は貴州遵義《クイチョウツンイー》を攻め落として占領し、後に共産党討伐軍に取り戻される。二月末に紅軍が遵義《ツンイー》へ攻め返し、婁山関《ロウシャンコアン》と遵義《ツンイー》において共産党討伐軍と激しく戦った。一九三五年一〇月、紅軍は陝北《シャンペイ》の延安《イエンアン》に到達する。賀龍《ホーロン》の紅軍の一部隊が一九三四年五月に四川《スーチュアン》から貴州《クイチョウ》に入る。一九三五年、私の父は貴州《クイチョウ》第七区の行政責任者兼保安司令の職に就いたが、一人の兵もなく、遂に平越《ピンユエ》で戦死した。一九三六年一〇月、北方の情勢は急を告げ、日本の侵略が西北を脅かし、貴州《クイチョウ》にいた賀龍《ホーロン》の紅軍と雲南《ユィンナン》、四川《スーチュアン》の紅軍が陝西《シャンシー》・甘粛《カンスー》・寧夏《ニンシア》辺区で合流し、「銃口はすべて外へ向ける」、「中国人は中国人を撃たない」と宣言した。その年一二月一二日、西《シー》安《アン》事件が起こり、東北軍領袖の張学良《チャンシュエリアン》が突然西安《シーアン》で蔣介石《チアンチエシー》を監禁する。二五日、西安《シーアン》事件は平和的に解決し、張学良《チャンシュエリアン》は蔣介石《チアンチエシー》を伴い南京《ナンチン》へ戻る。張学良《チャンシュエリアン》は裁判にかけられ、拘禁された。一九三七年七月七日、日本軍が河北《ホーペイ》の宛平《ワンピン》県城を砲撃し、中日が豊台《フォンタイ》の盧溝橋《ルーコウチアオ》で武力衝突し、抗日戦争が始まった。

第一部

故郷の歳月

一九二五〜一九四九

長江《チャンチアン》は東に流れる

再生縁《さいせいえん》

母は黒い緞子《どんす》の旗袍《チーパオ》（いわゆるチャイナドレスのことで、元は満州族の女性用衣服）を身にまとい、長々とした白い絹のえり巻きを首に巻き、肩の後ろへはらりと垂らしている。べっこうの黒縁眼鏡が、白く透き通った頬を際立たせる。手には一冊の本。後ろに引いた片足はかすかに爪先立ちで、足先がまだ地面を離れぬまま、半分体をひねって微笑み、立ち去りたいがそれもできないといった様子である。

抗日戦争で、八年間流れさすらい、一九四九年に大陸から台湾へ渡り、一九六四年にアイオワへ至ったが、私はずっとその写真を持っている。記憶の中の母は、永遠にこんな様子なのだ。母は真珠のついた薄絹の帳《とばり》がかかる模様彫りの銅製ベッドに斜めにもたれ、手にした本を見ながら、細い声で『三笑姻縁』（民間に伝わる唐伯虎（タンポーフー）と秋香（チウシアン）のロマンスを基にした作）、『天雨花』、『筆生花』、『再生縁』（三作とも女性を作者とする「弾詞小説」（大衆演芸の「弾詞」から発展したもの））などを詠唱していた。私は母のそばに寄りそって聞く。一番のお気に入りは『再生縁』の孟麗君《モンリーチュイン》だ。

年は十五で見目麗しく、高貴な姿が群を抜く。
眉は彼方の緑の山で、瞳は冷たい秋の川。

それからあの皇甫少華《ホアンフーシャオホア》も。

秀でた眉は柳の葉、両頰に映える桃の花。
親から受け継ぐ志、優れた才も国のため。

孟麗君《モンリーチュイン》と皇甫少華《ホアンフーシャオホア》を続けて聞くと、なんと素敵なことか！　しかも彼らは片や天上の東斗星、片や帝の先導役で、玉皇大帝《ユイホアン》の命により下界へ降りて、前世からの宿縁を全うするのだ。彼らは生まれながらのカップルだ！　母の読む声が止まった。

私は続きをせがむ。「その後は？　二人は結婚したの？」

母が本を投げてよこす。「出かけなくちゃ。自分でお読みなさい！」

「見てもわからないわ。知らない字がいっぱいで」

「読んであげたらわかるの？」

「うん、お母さんの声を聞いていたらわかるの」

母はちょっと笑った。「おかしなことを言うわね。こうしましょう。いっそのこと物語を話して聞かせてあげる。終わったら、私は葉《イエ》さんのお宅へ麻雀をしに行くから、あなたは家でお留守番よ」

「いいわ。雲南昆明《ユィンナンクンミン》の孟子元《モンツーユアン》には、孟麗君《モンリーチュィン》という娘がいて、才あり、顔よし、年は十五で見目麗しく、高貴な姿が群を抜く」「さっき読んだの、もう覚えたの？」

私は曖昧に笑った。「お話してよ！」

「はいはい、雲南《ユィンナン》の総督、皇甫敬《ホアンフーチン》には一男一女がありました。娘は皇甫長華《ホアンフーチャンホア》で、息子は皇甫少華《ホアンフーシャオホア》……」

「皇甫少華《ホアンフーシャオホア》は孟麗君《モンリーチュィン》が好きで……」

「あなたが話すの？　それとも私？」

「わかった、もう邪魔しない」

「皇后の父、劉捷《リウチエ》には劉奎璧《リウクイピー》という息子がいました。両家はどちらも孟麗君《モンリーチュィン》を気に入り、劉捷《リウチエ》は人に仲人を頼みました。孟子元《モンツーユアン》は婿を決められず、劉奎璧《リウクイピー》と皇甫少華《ホアンフーシャオホア》に弓の腕前を競わせます。勝ったら、孟麗君《モンリーチュィン》と結婚できます。劉奎璧《リウクイピー》が負けました。彼は不満に思い、皇甫少華《ホアンフーシャオホア》と一家を陥れる策略をめぐらします。彼は皇甫少華《ホアンフーシャオホア》をうまくだまして自分の家に泊め、夜中に火をつけて彼を焼死させようとします。劉奎璧《リウクイピー》の妹、劉燕玉《リウイエンユィ》がそれを知り、皇甫少華《ホアンフーシャオホア》を逃がして、彼とひそかに結婚の約束をしました」

「孟麗君《モンリーチュィン》はどうするの？」私は大急ぎで聞く。

「どうすると思う？」

「彼を相手にしなくなるわ」

母はちらっと私を見て、少し笑い、話を続ける。「皇甫《ホアンフー》家は差し押さえられました。劉奎璧《リウクイピー》は結婚を迫ります。孟麗君《モンリーチュィン》は男装して逃亡し、酈君玉《リーチュィンユィ》と名を変えて、科挙の試験で主席を取り、後には陸軍大臣の職について、皇帝に人材募集を進言し、自分が主任試験官となりました。皇甫少華《ホアンフーシャオホア》が試験を受け、東征元帥になって、敵を打ち負かし、皇甫《ホアンフー》家の父子は高い地位につきました。劉《リウ》家の父子は外国のスパイになり、家族もろとも牢に入れられてしまいました。皇甫少華《ホアンフーシャオホア》は孟麗君《モンリーチュイン》をあちこち捜し回る一方、劉《リウ》燕玉《イエンユィ》と結婚します。酈君玉《リーチュインユィ》は皇甫《ホアンフー》家の父子と同じ朝廷にいましたが、やはり顔には出さず黙っていました」

「孟麗君《モンリーチュイン》は本当に皇甫少華《ホアンフーシャオホア》が要らなくなっちゃったの？」

母は本を開いて読む。「これからいっそ何も言わず、大臣の威風を一生保つ。どうして嫁ぐ必要などあろうか、このままで、一代の名宰相として名も残せる」

「女装に戻って、皇甫少華《ホアンフーシャオホア》に嫁ぎなさいよ」私は口をはさむ。

「それはよくないわ。女性には気概がなければ。彼には劉燕玉《リウイエンユィ》という相手ができたんだし、酈君玉《リーチュインユィ》は振り返ってはだめよ」

「彼女は本当に振り返らなかったの？」

母はちょっと笑って言った。「彼女は両親には正体を明かしたけど、男装をやめて皇甫少華《ホアンフーシャオホア》に自分のことを知らせようとはしなかったの。偽の孟麗君《モンリーチュイン》が現れて、彼女の母は朝廷中の大臣たちの前で、やむなく酈君玉《リーチュインユィ》こそが娘の孟麗君《モンリーチュイン》だと明らかにした。でもやっぱり孟麗君《モンリーチュイン》はみんなの前でそれを認めなかったの」

私は待ち切れなくなる。「認めなさいよ」

母が言う。「本を書いたのも女性で、清朝の陳端生《チェントアンション》という人よ、すごいわね」

私は言った。「お母さん、お母さんは孟麗君《モンリーチュィン》とは違って、孫《スン》奥様だけど、もう一人張《チャン》奥様がいて、それでみんな家の名字は聶《ニエ》なのよね。私たちは漢口《ハンコウ》に住んで、あの人たちは武昌《ウーチャン》に住んで」

母はフッとため息をついた。「余計なことを言わないの」

「お母さんとお父さんは生まれ変わりの縁〔再生縁〕でしょう。私の前世は?」

母は私の鼻をつっつく。「あなた? あなたは私の前世のカルマよ」

母は半分だけ開かれた女性だった。母の足も途中で纏足《てんそく》をほどかれた足で、刺繍入りの青い緞子の靴が似合い、きびきびと軽やかだった。母は明るく談笑し、自由闊達で、べっこうの眼鏡をかけ、ハイカラで、五四時期女性〔一九一〇年代の新文化運動時期に現れた進歩的な女性を指す〕のようで、目新しい物事が好きだったが、『千字文』を読むのも好きで、「女はしとやかな貞女を敬い、男は徳ある才子に学べ」などと声を出して読んでいた。母は『三字経』〔倫理・道徳の啓蒙や識字を目的として、古くから私塾などで用いられた書物。同じく学習用に流行した『百家姓』、『千字文』と併せて、「三百千」と称される〕をすらすらと暗唱した。ベッド脇のサイドテーブルにはいつも糸綴じの『紅楼夢』〔主人公の悲恋を軸に大貴族の没落を描いた清代の長編小説〕と『西廂記』〔明代末に復活して流行した恋愛ものの元曲〕が積んであった。私が見たいのは挿絵の古風な美女だけだったが。

母は『紅楼夢』を手に取り私に言ったものだ。「これはよい本だから、私が読み上げたら、まねして読むのよ。秋の花はわびしく秋の草は枯れ、秋の灯《ひ》はまたたき秋の夜は長い。秋の窓辺に秋は尽きず、風雨に寂しさがまたつのる……」

私は頭がぼーっとして、読めば読むほど声が小さくなった。

母が行く所へ、私はどこへでもついて行った。母は小説を読むのでなければ、麻雀をしに出かけた。母が見当たらなくなると、私は階段に座って声を張り上げ泣き叫んだ。下男の張徳三《チャンドーサン》は私をちらりとも見ないで、弟の漢仲《ハンチョン》を抱いて通り過ぎ、軽く弟をたたきながら言う。「おー、おー、おいらの坊ちゃんは御機嫌だ、おいらの坊ちゃんはお利口だ、おいらの坊ちゃんは大きくなったら、偉いお役人になって、立派なお屋敷を建てるんだ」彼は節回しをつけて言い、どもってもいなかった。私はいっそう悲しくなり、あまりに泣いたため失神して階段に倒れ、意識を取り戻すと、また泣いた。母が戻って来て、続けざまに言った。「前世のカルマよ、前世のカルマ」

漢口《ハンコウ》は元々五つの租界に分割されていた。ロシア租界、日本租界、ドイツ租界、フランス租界、イギリス租界だ。後にロシア租界、ドイツ租界、イギリス租界が相次いで廃止され、住民と買弁《ばいべん》〔外国資本に雇われ、貿易の仲介をした中国人〕が取り残されたが、そこは依然として特別区のままだった。後花楼《ホウホアロウ》だけが中国人の場所で、最も面白い場所でもあったが、ホテル、商店、レストラン、絹織物店、装身具店、毛皮店、それから「新市場」があり、文明劇〔中国初期の新劇〕、花鼓劇〔銅鑼や太鼓の伴奏がある地方劇の一種〕、漢劇〔湖北省を中心に上演される地方劇の総称〕、京劇、マジック、猿回しなどが催され、さらには色鮮やかな衣裳を身につけた娘がいて、男性の方を見て笑っていた。

私は母について後花楼《ホウホアロウ》をぶらつくのが一番好きだった。絹織物店が一番楽しい。店員が長い中国服の袖口を巻き上げ、さまざまな絹の反物を、ガラスのカウンターの上に放り投げ、一つ引き出しては、さっと手から放ち、ヒューッと広げる。一枚一枚そっとなでると、柔らかく滑らかだった。

「私、全部ほしい！」

母が言った。「だめよ！　一切れしか買わないのよ、袷《あわせ》の長上衣を作るんだから」

私は駄々をこねてそこから動こうとしなかった。

「いいわ！」と母が言う。「二切れ買いましょう！」

店員は長いとがったはさみを手に取り、母に言った。「それぞれ小さく切り取りましょう。お嬢様がお持ち帰りの上御覧になって、気に入られたのを、またお買い求めにお越しください」

私は大喜びで大小の包みを抱えて家に帰った。小さな布切れを一つ一つ母の銅のベッドに並べ、自分もベッドの上に寝そべり、その色彩の列にうっとりと見とれていた。青、水色、薄緑、オレンジ、ピンクと、まるで虹のようで、心からうれしかった。家の仕立て職人はまったく安穏としてはいられなくなった。紺地に白い雲の浮き出し模様がある絹の袷の長上衣を、彼は二日のうちに急いで仕上げた。

私は喜々として新しい服に袖を通し、母の部屋の姿見に向かい左を映し右を映し、前を映し後ろを映しては、トントンと階段を駆け下り、仕立て職人の部屋まで行った。

私は言う。「だめだわ、すその幅が大きすぎる」

「わかりました、すぐ直します」

「袖が長すぎる」

「少し短く切れば大丈夫です」

「肩幅が狭すぎる」

「おやおや、それは直しにくいですね」

「直しにくくても、直さなくちゃだめ！」

「お嬢様、肩幅が広くなったのは、直しやすいです。狭くなったのは、どうやって直しましょう？」

「狭くなったのも直さなくちゃだめ！」

仕立て職人は苦笑して頭を少し横に振り、「それではもう一着作るしかありませんね」

「お店にはこれだけの布地しかなかったのよ」

「どうしましょう？　きっとほかにもきれいな色柄の布地がありますよ」

「私はこの紺地でなくちゃいや、ほかのなんか要らない！」

「どうしましょう？　どうしましょう？　私の失敗、私の失敗です。女房に手伝わせて、ほかの絹織物店へ探しに行かせましょう」

その日のうちに母は私を連れ、後花楼《ホウホアロウ》の絹織物店を見て回った。

母が葉家《イエ》に麻雀をしに行けば、私は必ずついて行く。葉家《イエ》の御主人には奥さんと二人のお妾さんがいる。葉家《イエ》には子供がなく、賈《チア》おばさんが家に入ったのは、ただ跡継ぎを産むだけのためだった。そのおとなしい人は、続けて三人産んで、葉家《イエ》に拠り所ができた。趙《チャオ》おばさんはと言うと、漢劇の女優で、葉家《イエ》の御主人がひいきにしていて、遂には金を出して身請けし、漢口《ハンコウ》フランス租界の長清里《チャンチンリー》〔「里（リー）」は昔の行政単位の一つ〕に小さな邸宅を持たせたが、その後奥さんに話をつけ、彼女を家に入れた。彼女の体はいつもぷんぷんとよい香りがし、服の前おくみに必ずジャスミンの花を一つつけ、か細く小さな声で話し、葉家《イエ》の御主人と一緒の時は、声が甘ったるく、目が笑い、目で話もできた。葉家《イエ》の三人の女性は、おのおの分を守り、役割分担して協力し、互いにもめ事もなかった。母が行くと、四人でちょうど麻雀卓が囲める。私は向こうの男の子とは遊ばない。男女には区別があるべきだから。私はおばさんたちがあれこれ噂話をするのを聞いているのが本当に好きだった。李《リー》家の四番目のお妾さんが阿片を呑んで死んだけど、どうしてなのかしら？

奥さんが彼女をいじめるし、御主人は新市場で京劇をやってる金玉環《チンユイホアン》に夢中になって、何日も家に戻らなかったのよ。王《ワン》家の大旦那が病気になって、大奥様の小間使い春香《チュンシアン》が妾にされたのは、お祝い事で大旦那の疫病神を追い払おうというわけね。大旦那は前から春香《チュンシアン》に手を出していたのよ。謝《シエ》家の五番目のお妾さんが副官といい仲になったら、御主人が見つけて、刀を抜き、二人とも切り殺されちゃったって。「軍閥と来たら、罪なことをする！」誰かがこんなセリフをはさむ。

私は母の麻雀卓で、終わることのない物語を手にしていた。

母は頭が切れ、思いやりがあり心も広い。葉《イエ》家の奥さん、賈《チア》おばさん、趙《チャオ》おばさんは、みんな母に腹を割った話をする。彼女たちは母を「三つの耳」と呼んだ。

葉《イエ》おばさんが言う。「一家の主婦である私は、公平にしなくちゃね。二人のお妾さんは、ひと月のお手当てがどちらも同じで、一〇元よ。主人は賈《チア》姐さんの部屋で二晩、趙《チャオ》姐さんの部屋で二晩よ」

母は笑いながら言った。「御老体のあなたが三晩も要るの？」

葉《イエ》おばさんはハハハと大笑いする。「管理しないとだめなのよ、主人は体が肝心だもの、趙《チャオ》姐さんの部屋に三晩泊まりたがるけど。私がだめって言うと、主人はおとなしく言うことを聞くの」

母が聞く。「どんな奥の手を使って御主人を手なずけてらっしゃるの？」

葉《イエ》おばさんは言う。「私は決してそんなので主人を操ってるわけじゃないわ。公平よ。三つの耳、よく聞いて、夫を家につなぎとめておきたかったら、妾を入れるしかないのよ。妾がほしい、どうぞ、彼女が家に入ったら、管理するのは私よ！」

母が「御主人はいささかあなたを恐れているようね」と言う。

葉《イエ》おばさんは言った。「主人が私を恐れてる？　恐れてなんかいるものですか！　私の言うことを聞かなければ、妾を作れないじゃない！　いっそ妾を家に入れてしまったら、もう主人が外で女遊びをするのも減るわ。三つの耳、何事も人の思い通りにはならない、一生はすべて天のお計らい、私は運命と諦めているの」

賈《チア》おばさんも母にぶつぶつ言う。「彼が私の部屋に来るのは、仕方なくなのよ、言い訳できないでしょ、息子は私の子なんだから、私を相手にしないで通せる？　一旦帰ったら、もう姿も見せなくなって、あの妖婦の部屋に入り浸りで、お喋りしたり笑ったり、あちら様は媚びも甘えもできるだろうけど、私はそんなやり口は使わない、おとなしい人間だもの」

趙《チャオ》おばさんはと言えば、周りに人がいないのを見計らって、低い声で言う。「三つの耳、行きましょう、私の部屋へ、あなたに見せるいい物があるの」

彼女がマホガニーのたんすから錦の彩色小箱を取り出して、開くと、羊脂のような半透明の玉の腕輪が現れた。彼女は笑いながら言う。「彼が私に買ってくれたの、元皇族のお屋敷の物で、どうやって外に流出したのかもわからないんだけど、お金に困って、売りたがってる人がいて、彼がすぐに買ったの」趙《チャオ》おばさんはもう一言つけ加えた。「家の人に隠して買ったのよ」

母がちょっと笑って言う。「わかるわ」

「彼は出費をどんな名目でごまかしたらいいかまだわからないでいるの」それから、趙《チャオ》おばさんは私の方を向いて言った。「勝手に喋っちゃだめよ！」

母の問わず語り

民国十二年〔一九二三年〕、私は二十歳で、あなたたちの聶《ニエ》家に嫁いだの。あの時代の娘は十何歳かでもうお嫁に行ったから、二十歳でようやく嫁に出るなんてことがどこにあるかしら？　まあいいでしょう、そうでもなければ、あなたのお父さんはもっと得をしていたことになるわ、私より十二歳も年上だったんだから。お母さんが若い時は、輝く目に白い歯で、容姿が美しいと人がほめてくれた。言っとくけど、そう不器量でさえなければ、若いというだけで、きれいなものよ。あなたのお祖母さんが仲人をする人をみんな使いに出した。あなたのお祖父さんは家のことにはかまわず、ぶらぶら遊んでいた。あなたのお祖母さんが一家の主婦として家のことを切り回していたの。お祖母さんは言ってたわ、私のこの娘は、いいかげんに嫁がせるわけにはいかない、必ず身元のしっかりした、前途有望な婿を選ばなければって。

仲人がまたやって来て、袋から一枚の写真を取り出した。あなたのお祖母さんは一目見て言った、うん、眉が濃くて目が大きく、額も広くてくぼみがない、保定《バオティン》陸軍軍官学校歩兵科第一期、陸軍大学第五期、三十過ぎでもう連隊長になっている。どうしてまだ結婚していないのかしら？　仲人はこう言ったの、革命や、戦争やで、命がけなのに、どうして結婚のことなど考えていられますかって。我が孫《スン》家は一男一女だけど、占い師がお嬢さんは富貴の運勢だと言っていたし、もしかしたら本当に高貴な人に出くわしたということかしら、とお祖母さんが言った。喫煙用の寝台で横になっていたお祖父さんも、写真を一目見て、悪くないと言ったの。孫《スン》家の族長が一族の冠婚葬祭を仕切ることになっていて、親戚縁者がみんなやって来た。親戚たちは口々によいと言ったわ、新郎は才子で新婦は美人、天意による良縁だって。ふん！　天意による良縁どころか、天意による災いよ！

お父さんは結婚詐欺だとあなたは言ったけど、少しも間違っちゃいない！　お父さんは真面目な人よ。私も絶世の美女じゃない。その頃、聶《ニエ》家のお祖父さんが曾祖父さんのお墓のために風水を見て、虎が伏し龍が隠れているような運気の強い土地を見つけ、聶《ニエ》家は貴人が出る定めに違いないと考えた。お祖父さんには息子が一人、嫁が一人、男の孫は二人しかいなかった。お祖父さんは跡継ぎをたくさんほしいと思ったの、賭け事と同じよ、いくつも賭ければ、一つぐらいは勝てるでしょう。息子はいつもよその土地にいる、ならば嫁を二人取ろう。親父さんの命令一下、息子はすぐに仲人を探した。

結婚の自由？　当時の宜昌《イーチャン》のように開けていない場所では、自由がどうのなんてまったくわからない。私が学んだのは私塾で、『三字経』、『百家姓』、『女児経』、『二十四孝』、『論語』といった本を読んでいて、『紅楼夢』などはまっとうな本じゃないもの、娘だてらに、どうして見たりできる？　私の足は少し纏足をしたけど、民国期に纏足をやめ弁髪を切ることがはやり、お下げをまだ切らないうちに、纏足はやめて、Sサイズの普通の足になった。あなたの言う通りよ、そういった足はエレガントで、刺繍入りの靴をはくと特にきれい。ああ、私がつやつやしたきれいな髪をしていたのをあなたはまだ覚えているのね。私は娘時代、二本のお下げにして、それを一振り一振りしていたわ、未婚の娘は髷《まげ》が結えないから。顔のむだ毛を抜き取ってから初めて髷を結う。顔のむだ毛抜きは一大イベントよ。生娘は顔の手入れをしないものなの。お嫁に行くことになって初めて顔のむだ毛抜きをする。福分のある人を一人選び、お金を払って顔のうぶ毛を一本一本抜いてもらうと、顔が少し爽やかに見える。怖くないかって？　もちろん怖いわ。私は家の中で何でも我勝ちにやる負けず嫌いな人間だった。あなたのお祖母さんとお祖父さんはどうしようもなく私を甘やかしていた。嫁いだら、何事も自分一人でやらなければならなくなる。嫁ぐ相手は、会ったこともなく、怪物にせよ、美男にせよ、一生のことになってしまう。しかも、しかもその人と寝なくちゃならない！花嫁の乗るかごが着いて、私は大声で泣き叫び、まるでお葬式みたいだった。あなたのお祖母さんも泣いて、私を諭した。「聶《ニエ》家に入ったら、癇癪《かんしゃく》を起こしてはだめ、夫婦仲よく、お舅お姑さんによく仕え、家事を切り盛りして家庭を支える人間になるのよ」私はその後、本当に家を切り回す人間になり、内も外も、舅姑、子供たちも、みんな私が引き受けた。言っとくわ、あんな複雑な家庭を切り回すには、上も下も、内も外も、「巧」の一字のほかに、「忍」の一字が要る。忍ぶべきは忍び、耐えるべきは耐える、忍ばず耐えずでは、つまらないことも大ごとになってしまう。

実を言えば、あなたのお父さんは本当によくしてくれたわ、何でも言うことを聞いてくれて、私は何も問題がないのにわざわざ突っかかったりしたけど。ある日、私がちょうど鏡台に向かって髪を梳いていると、お父さんが戸口のカーテンをめくって入って来て、後ろに立ち、私が如意髷に白木蓮の花を挿すのを見ながら、鏡の中の私にこう言った。「君は本当にきれいだ。だけど……時には、君もきれいじゃないことがある」私は立ち上がって言ったわ。「きれいじゃない時は、きれいな人の所へ行けばいいでしょ！」

お父さんに妻子があることにどうして気がついたかって？　そのことは本当に言いたくない。私はもうあなたを産んでいて、七、八カ月になっていた。ある朝、女中がお父さんの着替えた服を片付けて洗濯しようとして、上着のポケットから一通の手紙を取り出し、要るかどうか聞いたの。私が受け取って見てみると、「父上様に申し上げます」で始まっていて、きちんと毛筆で書いた小さな楷書の字だった。続けて読んでいくと、手紙にはお母さんが心配していますといった話も出てきた。途端に、天地がぐるぐる回り、私はベッドに倒れてしまった。彼が私をだました！　私の両親をだました！　我が孫《スン》家の一族をだました！　私は彼の家でどれほどのものなのか？　私は彼とまたやっていけるのか？　私は怒り、恨み、悔しかった。死にたい、死ぬこと以外に、彼を一生苦しめることはできない。死んでやる、死んでやる、彼が帰宅する前に死んでやる、阿片を呑んで、金を呑んで、めでたい龍と鳳凰の金の指輪、私の手にはめてある、それをはずして、一杯の水で、けりがつくわ。あなたはベッドの上に座り、小さな手を振り、私に笑いかけ、抱かれるのを待っていた。私は起き上がってあなたを抱き、部屋の中を行ったり来たりして、たんすの上の私とあなたのお父さんの写真を見た。私は椅子に座り、元宝えりの短い上着に、刺繍入りのロングスカートで、あなたを抱いていて、彼は軍服を身につけ、まっすぐ私の横に立っている。私は彼がよくしてくれることに思い至り、離れられない、あなたを置いていくこともできないと思った。言っとくわ、自殺したいなら、すぐやること、その時が過ぎれば、死ねなくなってしまう。ふん！（母は一声笑ったが、いささか自嘲気味だった。）私は死ななかったし、彼と子供を八人も作った！

　あなたが一歳を過ぎ、私たちは宜昌《イーチャン》から漢口《ハンコウ》へ戻った。民国十五年（一九二六年）、ちょうど武昌《ウーチャン》が封鎖された時よ。私たちは漢口《ハンコウ》に住んで、もう一つの家は武昌《ウーチャン》の黄土坂にあった。武昌《ウーチャン》の封鎖を聞いたことがある？　革命軍が呉佩孚《ウーペイフー》を攻撃したの。呉佩孚《ウーペイフー》は軍閥よ、あの頃は軍閥の時代でね、兵力があれば、即ち縄張りがあり、権力もあって、革命軍の中にさえ、軍閥があった。当時は直隷《チーリー》派、安徽《アンホイ》派、奉天《フォンティエン》派、そのほか多くの派閥があった。攻めて来るなら、攻めて行く。仲よくなったり戦ったり、入り乱れて、かたをつけようもない。保定《バオティン》軍官学校と黄埔《ホアンプー》軍官学校は二つの違う系統で、黄埔《ホアンプー》は蔣介石《チアンチエシー》の直系だった。

蔣介石《チアンチエシー》と広西派《コアンシー》は繰り返し戦い、その結果広西派《コアンシー》がたたきつぶされた。あなたのお父さんはそういう政治闘争の中で翻弄されたのよ。軍閥の呉佩孚《ウーペイフー》は保定《パオティン》軍官学校出身で、あなたのお父さんも保定《パオティン》で、呉佩《ウーペイ》孚《フー》が武漢《ウーハン》を支配した時、お父さんは湖北《フーペイ》第一師団の参謀長だった。革命軍が武漢《ウーハン》を攻め取り、革命軍第八軍の司令官唐生智《タンションチー》が保定《パオティン》軍官学校だったので、お父さんはまた唐生智《タンションチー》の第八軍参謀部長になった。唐《タン》生智《ションチー》が倒されて、広西派《コアンシー》が武漢《ウーハン》を支配した時、武漢《ウーハン》警備司令官の胡宗鐸《フーツォントゥオ》が保定《パオティン》で、民国十六年〔一九二七年〕から十八年〔一九二九年〕まで、彼が武漢《ウーハン》警備総司令官だったので、あなたのお父さんはまた胡宗鐸《フーツォントゥオ》の警備司令部参謀長になった。

民国十八年〔一九二九年〕、武漢《ウーハン》事変があった。広西派《コアンシー》はつぶされ、武漢《ウーハン》警備司令の胡宗鐸《フーツォントゥオ》は下野した。あなたのお父さんももちろん野に下った。広西派《コアンシー》の人間は香港に逃げた者もあれば、国外まで逃げて行った者もあった。公安機関が広西派《コアンシー》の人をたくさん捕まえて、投獄したり、銃殺刑にしたりした。私たち大家族の人間は、どうするか？　すぐ日本租界に引っ越して、まるで亡国の民のようだったわ。隠れなければ危ない。私たちと武昌《ウーチャン》のあの家の人たちはみんな日本租界の大和街《ターホーチエ》に引っ越した。漢口《ハンコウ》の租界は、日本租界を除けば、もうすべて廃止されていた。日本租界は多くの政治犯の避難所になっていたの。中国の警察は日本租界に入って人を捕まえることはできない。ほかにも日本租界に隠れている広西派《コアンシー》の人がいた。彼らは毎日秘密の会議を開き、どうやって中央に対処するか協議した。ある日、彼らは、公安機関の私服特務が日本租界に政治犯を捕まえに来るという情報を得た。あなたのお父さんは同仁《トンレン》医院のある日本人看護師の家の屋根裏に逃れた。そう、あなたの言う通り、中根おばさんよ。私は夜あなたのお父さんに会いに行った。お父さんは私に残るように言ったの。ここは低くて頭も上げられないのに、二人も入れないわ、と私は言った。お父さんはちょっと笑って言ったわ、一緒にくっついていようよ、場所は小さければ小さいほどいいって。あなた笑うのね、親にもいちゃいちゃしていた時期があるのを笑うの？　当然よ、親も若かったことがあるんだから！　親だって血も、肉も、情もある人間よ！

広西《コアンシー》派がたたきつぶされて、あなたのお父さんはあちらに逃げこちらに隠れしていた。失業して六年、貴州《クイチョウ》の行政責任者兼保安司令官の職に就いた。共産党と戦おうにも、兵はない。広西《コアンシー》派はね、中央に足を引っ張られ、兵を取って行かれた。ただ死へと続く一本の道だけになったのよ。お父さんは運の悪い女みたいに、一人に嫁いでは死なれ、一人に嫁いでは死なれて、嫁いだ相手は多かったけど、みんなやられてしまった。一人前の男がひとたび怒れば天下を安んじるとあなたのお祖父さんは言い、息子を怒夫《ヌーフー》と命名した。天下を安んじる？　妻子でさえ安んじることができないのに。命も無駄に落としてしまった。

母には一人友達がいて、中学校の教師をしており、家の人は彼女を陶《タオ》先生と呼んでいたが、インダンスレン染料で染めた短い上着に、黒いズック靴、短い髪を後頭部になでつけ、金縁眼鏡をかけて、とても知的な感じだった。彼女が家に来るのは、決まって祖父が武昌《ウーチャン》のあの家に行っている間だった。祖父は陶《タオ》先生が気に入らなかった。風紀を乱し良俗を損なう女！　国が滅びようとする時には、必ず魔物が出るものだ！　祖父はそう言っていた。彼女は来るたびに煙草の箱の中に入っている絵カードを何枚か私にくれた。唐伯虎《タンボーフー》、秋香《チウシアン》〔共に『三笑姻縁』の主人公〕、賈宝玉《チアパオユィ》、薛宝釵《シュエパオチャイ》〔共に『紅楼夢』の主人公〕、貂蝉《ティアオチャン》〔中国四大美女の一人〕、嫦娥《チャンウー》奔月〔嫦娥（チャンウー、伝説上の仙女）が月へ行くの意〕、鉄扇公主〔『西遊記』の登場人物〕、梁紅玉《リアンホンユィ》〔南宋の女性武将〕、花木蘭《ホアムーラン》〔男装して従軍したという民間伝承のヒロイン〕、こういった類いの絵カードだ。彼女は武装した花木蘭《ホアムーラン》を見ながら、私に木蘭《ムーラン》辞〔「辞」は古詩の一種〕

を教えてくれた。「ギーギー、またギーギー、木蘭《ムーラン》が家で機織れば、杼《ひ》の音は聞こえず、ただため息だけが聞こえる」彼女は私に『葡萄仙子』〔音楽家黎錦暉（リーチンホイ、一八九一〜一九六七）作の児童歌舞劇〕の歌も教えてくれた。「高々と雲が重なり、淡い光が輝いている」絵カードは花が描かれた小さな木箱に入れておいた。私は箱の中の人物を一人一人登場させ、机の上に並べる。どの人物にも物語があった。

陶《タオ》先生は母にとってモダンな女性だった。ある日、陶《タオ》先生が来て、母としばらくぼそぼそ話していた。母が私に、出かけるわよ、理髪店へ行くわよ、と言った。私はちょうど煙草絵カードの人物で遊んでいたので、ついて行かなかった。母が一人で戻って来た。耳の後ろになでつけられた母の短い髪を見て私は大声で叫んだ。「お母さんがお母さんみたいじゃなくなった、陶《タオ》先生みたい！」

私が母のショートカットを気に入らなかったのは、あのきれいな如意髷が切り落とされてしまい、髪梳きの秦《チン》姉さんも来なくなったからだ。毎朝、秦《チン》姉さんは髪を梳きに来た。母が鏡に向かって化粧台の前に座り、秦《チン》姉さんが如意髷のかんざしを一本一本抜いていく。黒くつやつやと光る髪が流れ落ちると、私は思わず手を伸ばしてちょっとさわる。化粧台の上には青い模様のある白磁のたらい、水入れ、それに水おしろい、紅、化粧用クリーム、双妹印の化粧水といった物が並べてある。五段たんすの上の水仙が陽光の中で輝くように香っている。秦《チン》姉さんはまず木の梳き櫛で母の髪を何度も梳き、さらに大きな木櫛で梳いてつやつやにして、一束一束分けていき、如意髷を結い上げ、細いかんざしを挿し、整髪用の糊を塗り、翡翠のかんざしを一本斜めに挿す。秦《チン》姉さんは時には母のうぶ毛抜きをする。母はまず顔中に天花粉をはたき、秦《チン》姉さんが口の中に一本の細い糸を咬み、左手の二本の指の間にその糸をぴんと張り、右手でもう一方の端を強く引っ張り、口の端で母の額の細いうぶ毛を一本一本絞って抜く。私はしきりに叫んだ。「痛いわ、痛いわ！」秦《チン》姉さんは母の眉毛も抜き、整えて二本のカーブした黒い月に仕上げる。彼女は髪を梳いてうぶ毛抜きをしながら、母とお喋りする。あれこれと隣近所の噂をして、話はとどまることがなかった。

いつからか、陶《タオ》先生が家に来なくなった。私は相変わらず彼女の煙草カードを待っていた。

「陶《タオ》先生は来ないの？」私は母に聞く。

母は一言厳しく答えた。「今後陶《タオ》先生の話をするのは許しません！」

「陶《タオ》先生が嫌いになっちゃったの？」

母は答えなかった。

陶《タオ》先生、陶《タオ》先生、みんな彼女を陶《タオ》先生と呼んだ。もう何十年も経ったし、華苓《ホアリン》、あなたにあの女のことを話したくなった。

たぶん民国十七年（一九二八年）か、十八年（一九二九年）頃でしょう、彼女はしょっちゅう両儀街《リアンイーチエ》の家に来ていた。彼女は美人とは言えないけれど、清潔な感じで、話がうまく、人好きのするところがあった。あれはちょうど広西《コアンシー》派が武漢《ウーハン》を支配していた時で、あなたのお父さんが武漢《ウーハン》警備司令部にいた時でもあった。彼女は独身で、身寄りがなかったので、私はよく世話を焼いた。彼女が家に来ると、服だの、アクセサリーだの、食べ物に、飲み物と、何でも出して来て彼女にあげた。私たちはよい友達になった。彼女は私に外のさまざまな出来事を話した——合記卵工場の労働者がストライキをした。学生が街へ出てデモをした。日本人の水兵が日本租界で人力車夫を殴り殺した。北伐軍が勝って、北京《ペイチン》は至る所で青天白日旗が掲げられ始めた。漢口《ハンコウ》警備司令部がたくさんの共産党員を捕まえて、次々にピストルや爆弾を見つけた。彼女は男女平等だの、結婚の自由だのといった話もした。あなたのお父さんは何人かの友達と暇があれば揚子江《ヤンツーチアン》大飯店で食事をして麻雀をしたけど、奥さんたちも行って、別の麻雀卓を囲んだ。一人だけ独身女性の陶《タオ》先生も行った。独立した女だもの、と彼女は言っていたわ。彼女は麻雀をせずに、ただ私たちの麻雀卓の間で様子を眺め、お喋りした。男たちは天下の大事を論じ、彼女も一言二言、口をはさむ。私たち奥さん連中は、そういったことには少しも興味がない。天が崩れ落ちて来ても、支えてくれる夫がいる。

その後、広西《コアンシー》派がつぶされた。日本租界に隠れていても安全ではなく、私服の特務が出たり入ったりして、日本人も彼らを見抜けなかった。特務はあなたのお父さんを尾行した。ある日、あなたの上の兄さんが鉄門の飾り格子に一通の手紙が挿してあるのを見つけ、持って入ってお父さんに見せた。何とそれは脅迫状で、聶《ニエ》家は子孫が絶えると脅していた。

お父さんが言った。「もう、どうしてもここを離れなければならなくなった」

私は言ったわ。「年寄りはもう年だし、子供はまだ小さいから、あなた一人で行ってちょうだい」

「行くなら、一緒に行かないと、君たちが漢口《ハンコウ》に残っても、安全ではないし、まず上海《シャンハイ》へ行って様子を見て、武漢《ウーハン》が落ち着いたら、戻って来よう」とお父さんは言った。

上海《シャンハイ》へ行く前日に、トランクやバスケットなどの荷物を整えたけど、すべて副官の田清河《ティエンチンホー》がやったの。私はバスケットの中の『天雨花』を捜して、船の上で読もうと思った。バスケットの中をひっくり返しているうちに、ダブルベッド用の真珠のついた絹の帳が二枚出てきた。一つのベッドに、どうして二枚の帳を持って行くの？　私は田清河《ティエンチンホー》に聞いた。彼は、参謀長のお申しつけでございます、と言った。私は部屋に行ってあなたのお父さんに尋ねたの。お父さんは実直な人で、すぐに顔色が変わったわ。私はピンと来て、「あなた外に女がいるの?」と聞いた。お父さんは何も言わない。否定しなければ、即ち肯定よ。私はまた聞いた。「どんな人?」「君の知っている人だ」とお父さんが言う。私は突然わかった。「陶《タオ》耀珠《イヤオチュー》なの?」お父さんはまた何も言わない。私はお父さんに駆け寄って平手打ちを食らわし、すぐにベッドに倒れて声を上げて泣き出した。

お父さんは歩いて来てベッドに座り、私の手を取って、自分の手の中に包み込んだ。お父さんは言ったわ。

「私は君に申し訳ない。私の君に対する気持ちを、君はわかっているだろう。私はわざと君をだましたんじゃない。このことのいきさつを話すから聞いてくれ。聞かないのかい? それでも私は話したい。私が陶耀珠《タオイヤオチュー》と知り合った時、彼女は十三、四歳の少女にすぎなかった。父が武昌《ウーチャン》の両湖《リアンフー》書院で教えていた時に、私は武昌《ウーチャン》南路の高等小学校を卒業して、陸軍第三中学に入り、陶耀珠《タオイヤオチュー》の兄陶耀宗《タオイヤオツォン》と同級生だった。私はよく彼の家に行き、あの娘をかわいいと思った。彼女は私を見ると、すぐお下げを振って逃げてしまう。何年も経ってから、彼女の両親が当時娘を私に嫁がせたいと考えていたことを、初めて知った。私は既に両親の命を受け結婚していた。私が二十歳の年に、辛亥革命が勃発し、私と陶耀宗《タオイヤオツォン》は学生軍に参加し、武昌《ウーチャン》と漢陽《ハンヤン》で演説して、武装蜂起の趣旨を広く伝えたが、従軍して戦う人が続々と増え、多くの義捐金が集まり革命が支えられた。決起軍は漢陽《ハンヤン》で清朝軍と戦い、銃弾がなくなったので、私と陶耀宗《タオイヤオツォン》は三十一団の兵器庫を開け、船いっぱいに銃弾を積み、決起軍を支援した。私は負傷し、陶耀宗《タオイヤオツォン》が犠牲となった。辛亥革命の後、民国三年〔一九一四年〕、私は保定《バオティン》軍官学校に入り、民国七年〔一九一八年〕に、陸軍大学に進み、ずっとその土地にいた。陶《タオ》家とも連絡が途絶えた。民国十六年〔一九二七年〕、私は武漢《ウーハン》警備司令部の仕事を引き継いだが、突然、陶《タオ》という姓の女が警備司令部へ私を訪ねて来て、何とそれが陶耀珠《タオイヤオチュー》で、既に師範を卒業して教師になっていた。私は彼女が司令部へ来ることは望まず、また君に彼女と知り合いになってほしかったので、彼女が家に遊びに来るよう君に招待させた。君は彼女にとてもよくしてくれたね。みんなが友達になれば、私もうれしい。彼女は頭がよく、思想を持っていて、よく司令部へ電話してきては私と少し時事を話したりした。その後、彼女は自分の生活や心情も語るようになり、またその後、幼い頃から私に嫁ぎたいと願をかけていた、と私に言ったんだ。私も愚かにも転がり落ちてしまった」

　あなたのお父さんはもう二度と彼女に会わないと私に誓った。言っとくわ、あの時代はね、男が女遊びをするのは、至極当然のことだったの。あなたのお父さんはまだしもそういった自堕落な人間ではなかった。私が激しく短気な気性に任せて、出て行ったらそれでおしまい。家を出て、どこへ行くのか？　私はあなたたちを捨てることはできない。それに、あなたのお父さんは私に本当によくしてくれたし。黙って泣き寝入りするしかない、運命と諦めることよ！　私たちは上海《シャンハイ》へ行った。あれは民国十九年〔一九三〇年〕だった。翌年、やはり武漢《ウーハン》へは帰れなくて、広西《コアンシー》派は依然として党と国家への反逆という罪名を負っていた。あなたたちの勉強に都合がよいように、私たちはまた北平《ペイピン》〔北京（ペイチン）の別称。近代では一九二八年から一九四九年までこの名称が使用された〕へ移った。

　ある日、あなたのお父さんが武漢《ウーハン》の友人からの手紙を読み終え、振り向いて私に言った。「陶耀珠《タオイヤオチュー》が失踪したって、何と彼女は地下共産党員だったんだ！　道理で私が武漢《ウーハン》警備司令部にいた時、ありったけの魅力と知恵を使って私に接近してきたわけだ」

　母はしばらく沈黙してから言った。やれ、考えてみれば、女って本当につまらない。

小さな虹色のパラソル

私の家が漢口《ハンコウ》旧ロシア租界の両儀街《リアンイーチェ》にあったのは、ちょうど父が武漢《ウーハン》警備司令部にいた時で、護衛兵や下男は夜用事がなければ、門番詰め所で煙草を吸い、酒を飲み、笑い話をしていた。私は時々そこへ行って彼らの中に混じり、聞いて理解できない話を、とことんまで問い詰めたりした。「イロ？　イロって何？」「色（情婦）ってのは一種の小さい毛虫で、人を咬み、咬まれるとそりゃあ痛いのさ」「うちの庭にいる？」彼らは大笑いし、調理人の楊宝三《ヤンバオサン》を指さし、「あいつに聞け、あいつに聞け」と言う。どもりがあわててさらにどもる。「ふ……ざけ、ふ……ざけ……るな」「ショーフを呼ぶ？　ショーフって人間なの？」「いいや、娼婦を呼ぶというのは、化け狐を呼ぶことで、呼んで来たら、人にまとわりつきたがり、まとわりつかれて半殺しになっちまうのさ」「ジョローヤってどんな物？」「女郎屋は大人が遊ぶ所で、子供は行けないんだ」「どうして？」「そこには妖怪や化け物がいるからさ」

彼らは皆自分のことを北方の無骨者だと言っていたが、学校に行ったことがなく、軍閥の呉佩孚《ウーペイフー》の兵隊をしていて、国民革命軍が呉佩孚《ウーペイフー》を倒すと、また国民革命軍の兵隊になった。彼らは戦争のことを話し、芝居を演じ歌うことができ、物語を語ることができた。「楊延輝《ヤンイエンホイ》が宮中の内院に座り、思いにふけってため息をつき、昔を振り返れば、実に痛ましい」北方育ちが歌う劇中歌がここへ差しかかると、突然悲しげな様子を帯びる。「馬が西涼《シーリアン》の境を離れるや、知らぬ間にはらはらと涙がこぼれ落ち胸に抱くは、青い山、緑の川、花々の世界、薛平貴《シュエピンクイ》は独りぼっちの雁の如く帰り来る」彼らは漢口《ハンコウ》の大舞台の役者より歌うのがうまく、まるで実在の人間の本当の出来事のように歌い、歌っている人が本当に独りぼっちの雁になり、私まで悲しくなってくるのだった。

「私、物語が聞きたい」すると誰かが言う。「よし、彦星と織姫の話をしてあげよう」彦星織姫のカササギ橋での七夕デート、嫦娥《チャンウー》奔月、呂洞賓《リュイトンピン》〔「八仙人」の一人。以下も同様〕、鉄拐李《ティエコアイリー》、張果老《チャンクオラオ》、何仙姑《ホーシエンクー》、こういった類いの面白い物語は、すべて私の家の門番詰め所で聞かせてもらったものだ。

彼らは博打をし、カルタをして、さいころを振る。私はわからないが、ただ彼らが大声で騒ぐのを聞いていた。「もう一枚来い！」「よし！」「二四！」「親が全部取っちまった！」カルタの親はテーブルの上のお金を全部かき集め、私に言う。「明日、フランスのアイスクリームをごちそうするよ」私の家は既に廃止されたロシア租界にあり、フランス租界とつながっていたが、そこのベトナム人巡査はフランスの小さい帽子をかぶり、笑うと、黄色い歯がぞろりと見え、少しも怖くなかった。イギリス租界の赤毛の西洋人は、手に短い木の棒を持ち、ブルンブルンと振り回して、子供を喜ばせ、巡査みたいではなかった。ドイツ租界はもう廃止されていて、ドイツ人買弁がまだ街をばたばたと歩いていたが、しゃちほこばって、人をちらりとも見なかった。日本租界の巡査は、誰も乗っていない人力車を見つけるや、車夫を引っ張って棍棒で殴る。車夫はアイヨー、アイヨーと叫び、車を引いて租界の外へ逃げようとする。日本人巡査は車夫を一蹴りして倒すと、車を差し押さえて、バカヤロー、バカヤローと罵る。車夫は地面に跪いて悲しげに許しを請う。

家の門番詰め所の人々は直隷《チーリー》派だの、奉天《フォンティエン》派だの、安徽《アンホイ》派だののほか、さらに多くの派閥の話もしていた。呉佩孚《ウーペイフー》、孫伝芳《スンチュアンファン》、張作霖《チャンツオリン》、曹錕《ツァオクン》、段祺瑞《トアンチールイ》などのことは、北洋軍閥だとか言っていた。話し出すと一晩中になる。「軍閥は攻めて来たり攻めて行ったり。元々は仲がよかったのに、どういう訳かあっという間に敵に変わってしまう。元々は敵だったのに、いきなり仲よくなり、結託してほかの奴を攻める」私は聞く。「その人たちってごろつきなの?」彼らは大笑いして言う。「奴らはごろつきよりずっとひどい、兵もあるし、銃もあるし、殺すと言えばすぐ殺す、処刑場へ引っ張って行って、パンパンとやれば、もう閻魔さんにお目通りさ。閻魔さんは閻魔帳を持っていて、死ぬべき奴は、死なせるし、そうでない奴は、帰らせる。民国十五年〔一九二六年〕八月に、国民革命軍が汀泗橋《ティンチウチアオ》を攻めた。汀泗橋《ティンチウチアオ》は山あり川あり、守りやすくて、攻めにくく、武漢《ウーハン》の前哨陣地で、呉佩孚《ウーペイフー》は多くの兵隊を配置して守り抜こうとした。唐生智《タンションチー》の革命軍第八軍、李宗仁《リーツォンレン》の第四軍が激しく攻撃し、汀泗橋《ティンチウチアオ》を攻め落とした。呉《ウー》総帥は激怒して、退却した将校は、全員銃殺！　即刻執行！」

一人が話し終わると、誰かがため息をついて言う。「中国人はいつになったら平和な暮らしができるのか」

誰かが続けて言う。「北伐軍は本当にすごい。五日で二つの橋を攻め落としたんだぜ——汀泗橋《ティンチウチアオ》と賀《ホー》勝橋《ションチアオ》だ。呉《ウー》総帥が自ら大太刀隊を率いて作戦を監督し、退却した士官や兵士は許さず切り捨てると命令を下した。北伐軍に賀勝橋《ホーションチアオ》を攻め落とされるや、呉《ウー》総帥は長官を何人かあっさり射殺し、首をたたき切って、賀勝橋《ホーションチアオ》にさらしてから、ようやく車に乗って逃げた。呉佩孚《ウーペイフー》の第二師団の師団長劉佐龍《リウツオロン》が寝返り、革命軍に内通して、漢陽《ハンヤン》と漢口《ハンコウ》を占領し、武昌《ウーチャン》だけが孤立して残された。呉《ウー》総帥は第八師団の師団長劉《リウ》玉春《ユィチュン》を派遣して武昌《ウーチャン》防衛の総司令官に任じた。革命軍は武昌《ウーチャン》を包囲して封鎖した。俺たちは劉玉春《リウユィチュン》の軍隊で、分かれて包囲を突破しようとしたが、革命軍に攻撃されてみんな追い返されてしまった。城壁で囲まれた街に閉じ込められて四〇日、食糧も尽き、木の皮を食べる奴もいた。街は至る所難民さ。漢口《ハンコウ》の商業連合会が代表を派遣して街に入り、百人余りの女性や子供を救い出した。俺たち兵隊は、汀泗橋《ティンチウチアオ》や賀勝橋《ホーションチアオ》へ行かず命拾いしたものの、武昌《ウーチャン》の街に閉じ込められて餓死寸前、もう戦えるわけがない。革命軍の総指揮唐生智《タンションチー》と劉玉春《リウユィチュン》が会談で合意して、三万余りの難民を解放し、劉玉春《リウユィチュン》が街を開き、革命軍は呉佩孚《ウーペイフー》の軍隊を収容して改編した。あっという間に、俺たちは革命軍になっちまった！　今度は逆に軍閥を攻めるんだ！　滑稽じゃないか？　民国のこんなでたらめな帳簿をどうやって清算する気だ？　言ってみろ！」

私の家はロシアの洋館で、冷ややかな太い石の柱に、冷ややかな大きい鉄の門があり、いつも閉まっていて、外の世界を隔てていた。私は家が文華里《ウェンホアリー》や甫義里《フーイーリー》といった横丁の家屋で、人々がそこここですれ違い、にぎやかであったらどんなによいかと思っていた。その大きい鉄の門は、父が夜帰宅し、車のヘッドライトから二本のまばゆい光が射しかけられた時のみ、大きく開かれ、庭中が明るく照らし出される。長靴をはきモーゼル拳銃を身につけた護衛兵が、車上の両サイドに立っている。車が家の前にある二本の太い石柱の前で止まり、護衛兵が車を飛び降り、ドアを開けて、傍らに立つと、父が降りて家に入る。広々とした階段、正面には大きな鏡があり、上りたくないと人に思わせるほど、格別に長い階段を映している。階上ではコッ、コッ、コッと祖父の杖が床を打ち鳴らし、音がますます近づくと、突然階段のてっぺんにそびえ立ち、祖父はまるで大きな石像のようだ。父は「お父さん」と一声かけると、そのまま母の部屋へ潜り込む。二人は話をしたりカルタ遊びをしたりして、私はそばに座っている。父と母はいつか揚子江《ヤンツーチアン》飯店で宴会をしようとか、誰それが誘拐の被害に遭ったとか、程艶秋《チョンイエンチウ》が漢口《ハンコウ》の大舞台に来るなどと話している。私は眠くて目を開けていられなくなっても、寝に行こうとはしないが、それはほかでもなく、ただ父母のさまざまな世間話を聞くのが好きだったからだ。父はあまり人と話をしない。一日中書斎にいて、あの小さな引き出しが重なる高々としたマホガニーの大机の前で、太い筆を動かし奇妙な形の記号を描く。それは篆書だと父は言った。そうでなければ、赤い座布団に座り座禅をし、足を組んで、目を閉じ、人が来ても相手にしない。かと思えば書斎で、盲人が暗闇を手さぐりするかのように、両手をゆらゆら揺り動かし、やり出すと半日やっているが、それも一応拳術で、太極拳と言う。父は家ではいつも人を避けているようで、ただ母とは部屋で少し話をした。

漢口《ハンコウ》ロシア租界の両儀街《リアンイーチエ》の三叉路に、上海《シャンハイ》理髪店があった。どんな店であろうと、看板に上海《シャンハイ》の二文字があると、たちまちモダンになる。その理髪店に出入りする女性は、格別きれいな装いで、高いえりに、ラッパ袖、旗袍《チーパオ》の両側が少し開き、スリットには渦巻きの花、飾り穴のある一〇センチのハイヒールをはき、ちょっと手招きすれば、車が走って来る。理髪店の向かいでは白系ロシア人の女性が小さい店を開いていて、ガラスのショーウインドーに小さな虹色のパラソルが一本置いてあったが、いつもそこにあって、私の心をむずむずとさせる。母は言った。「あなたは何本もパラソルを持っているんだから、これ以上買うのはだめよ」

母は私にロシアの小さなパラソルを買ってくれず、私は帰路泣き通しで、泣きやもうとしなかった。若い雑用夫の金童《チントン》が言う。「パラソルなんかどこがいい？　行こう、おいらが芝居を見に連れて行ってあげる！」

「私、馬車に乗りたい」

「よし！　馬車に乗って芝居見物だ！」

馬車はガタガタ揺れ、馬の蹄《ひづめ》はポクポク踊る。

馬車を降りると、金童《チントン》は私を肩車して、歌った。「小さい白菜よー、畑で黄色いよー、二、三歳でよー、おっかさんが死んだよー」

私は聞く。「お母さんが死んだの?」

金童《チントン》は言った。「おっかさんはおいらを産んで、すぐに死んで、新しいおっかさんが来たけど、おいらは小さい白菜だったんだ」彼は続けて歌い出した。「弟が着るのは、絹だよー、おいらが着るのは、ぼろだよー」

「私、お母さんが死んだらいやだ」

「じゃあ、お利口にして、泣いちゃだめ、泣いたら、おっかさんが死んじゃうよ」

「嘘つき、私が毎日泣いても、お母さん死んでないわ」

彼は頭を振り振り言う。「言い負かせないや」

歩いて行くうちに、突然パン、パン、パンと音がして、血の臭いがつんと鼻をつき、驚いた私は声を張り上げ泣き叫んだ。「私、お芝居を見に行きたい! お芝居を見に行きたい!」

「これが芝居だよ!」

「これはお芝居じゃない! 銃殺よ!」

「共産党員の銃殺だよ!」

この時から私は血を見ることができなくなった。

一九二七年、母が弟を産んだ。祖父は漢仲《ハンチョン》と名づけた。

弟が生まれたその日は、家の中が本当ににぎやかだった。私が朝目覚めると、階段でトン、トンと足音が聞こえる。李《リー》婆やが言う。「早く起きなさい。もうすぐ弟ができますよ、産婆さんが来て、大旦那様は母屋で御先祖様へのお礼の準備をされていますよ」私は母の部屋の入口まで走って行ったが、ドアは既に閉じられ、祖母と産婆だけが中にいる。母の哀しい叫び声が断続的に聞こえ、私は母が死ぬかもしれないと恐れ、外に立って泣きながら、ドアをたたいて叫んだ。「私、お母さんが要るの！　お母さんが要るの！」祖父がやって来て、杖を振り上げた。「これ以上騒いだら、たたくぞ！」ちょうどその時、赤ん坊のオギャーッという一声が聞こえ、母も静かになった。私も泣くのをやめ、部屋の外に立って待った。祖母がドアを開けると、血の臭いが押し寄せて来た。祖母は微笑みながら母屋へ歩いて行き、祖父に言った。「ろうそくに火をつけて線香を燃やしてくださいな、御先祖様の御加護に感謝しなければ。また男の子を授かりましたよ」

父が知らせを聞いて、事務所から帰宅した。父は部屋に入って母と息子を見ることはせず、まっすぐ書斎へ行き、あの小さい引き出しが重なる大机で、はけみたいなあの筆を握り、カップの口と同じぐらい大きな字を書いた。祖母が言った。「産室の血は穢《けが》れがあるから、男性は触れられないのよ」

祖父はわざわざ武漢《ウーハン》で有名な占術家の李少庵《リーシャオアン》に漢仲《ハンチョン》を占ってもらった。漢仲《ハンチョン》の誕生日の干支に基づき李少庵《リーシャオアン》が述べたことは、机をたたいて「よし」と叫ぶほどに祖父を喜ばせた。漢仲《ハンチョン》は龍の背に乗る壬《みずのえ》の生まれで、国をよく治め、最高の官位に至るということだった。

漢仲《ハンチョン》が満一歳のその日、家で多くの客をもてなした。母屋の八仙卓〔正方形の大きなテーブル〕で先祖の位牌に供え物がされ、一対の赤いろうそくが古い銅の燭台の上で金色に輝き、古い銅の香炉の白檀《びゃくだん》から細い煙がくるくると昇り、部屋中に香りが立ち込めた。母屋の中央の部屋では大机に大きな緋毛氈《ひもうせん》が敷かれ、満一歳の誕生日につかみ取る品物〔赤ん坊が手に取った物でその子の将来を占う〕が所狭しと置かれている。――筆・紙・墨・硯、『論語』、『詩経』、おもちゃの刀・槍・宝剣、金貨・銀貨、さまざまな大きさの鶏血石の印章、錦の箱におさめられた漢代の玉の印肉入れ、ねじり菓子のような金の鎖、長命富貴の金の錠前、春用の絹の小さな長上衣、模様緞子の小さな上着。赤ん坊は机の真ん中に座り、母が傍らから支えている。赤ん坊は机に座るとたちまち御機嫌になり、小さな手を振り、宝剣をつかもうとするが、しっかりつかめない。「いいわ、総司令官になるわよ」と母が言う。弟は一枚の銀貨をつかみ、口に持っていく。母は銀貨を奪って、笑いながら言う。「だめ、だめ、お金持ちになっても命は要るでしょう」赤ん坊は今度は鶏血石の判子をつかんだ。「いいわ、政権を握る」次に『論語』をつかんだが、すぐに破ろうとするので、母が本を取り上げて言った。「お祖父さんの宝物よ、破いちゃだめ」弟はまた羊毛の筆を一本つかむ。「よしよし、『紅楼夢』があるから、あなたは『青楼夢』を書きなさい」と母が笑って言う。誰かが「青楼、面白い、面白い、『紅楼夢』はどう?」と言うと、「おや、乱れた男女間のことなんか、読んじゃだめ」と誰かが答える。

「私、つかみ取りをしたい!」私は母に言った。

「あなたは三歳だから、もうつかみ取りはできないのよ」

「弟がつかむんだから、私もつかみたい!」

「女の子は、つかみ取りをしないの」

「私、つかみたい！　つかみたい！」

部屋中の人があっけにとられている。

「この机の上の物をつかませてやりなさい」と父が言った。

私はちらりと見て、「要らない！　みんな要らない！」

母が聞く。「あなたは何がほしいの？」

「あのロシアの小さなパラソルがほしい」

母が笑った。「この子はほしい物を、どうしても手に入れないではおかないの」

私はひたすらほしかったあの小さな虹色のパラソルをとうとう手に入れた。

祖父と真君《チェンチュイン》

祖父は詩人だったが、詩を残さず、官職を望んだが、生涯官職に就くことがなかった。何度か外に愛人を作りはしたものの、家ではずっと私の祖母だけだった。祖母は一九三四年の夏に突然この世を去り、祖父は息子と一緒に通夜をすると主張した〔聶華苓（ニエホアリン）の父は当時よその土地に出ていた〕。祖父は清末の科挙試験合格者（秀才）で、県知事の職につくためかごに乗って赴任する際、武昌《ウーチャン》蜂起が起こり、革命が成功したため、途中で引き返して帰郷し、一生恨み言を言い続けた。祖父は宜興《イーシン》の小さい急須を両手で持ちぶつぶつつぶやく。「革命？　これのどこが革命だ？　城内で爆弾代わりに数百個の電球を投げ、それを武昌《ウーチャン》で爆弾の音が響いたなどと言い、街の外の砲兵がすぐに応じて大砲を撃って、即ち革命が成功したと。革命が何の役に立つ？

民であろうと、国であろうとだ。革命を起こして、弁髪を切ったら、男が男でなく、女が女でない。話をしても格好がつかず、男女の区別がなく、長幼の区別もなく、何でもかんでも同胞と呼ぶ！　わしと息子が同胞だと？　わしと孫が同胞か？　ええっ？」

祖父は気性が激しく、聶《ニエ》家の人は、上も下も、皆祖父を恐れ、見かけると、皆押し黙る。とりわけ私の父は、祖父がコッコッとやって来ると、すぐに母の部屋へ潜り込む。ある時、父が隠れそびれて、祖父は父と話をしたが、話しているうちに、杖を振り上げ息子を追いかけ出した。父は既に官職についている人間なのに。機敏な母は却って祖父を恐れてはいなかった。母は言葉や顔色から相手の心を察し、祖父に従うべきは従い、従うべきでなければ、道理を述べて祖父をおとなしくさせることもできた。

祖母は背が低く、か細い声で、手足の動きにも気を配って音を立てず、いつも人を驚かせたくないと思っているかのようだった。祖母はしっかり縛った纏足で、静かに歩いて来て、いつの間にか背後でにこにこ笑いながらこちらを見ているのだが、振り返るまでは誰も気づかない。祖母の部屋には彫り模様の入った重い大きな木製現金箱があり、大きな鉄の鍵がかけてあった。家の日常的な支払い、二人の嫁にそれぞれ渡す月二〇元の銀貨、調理人、乳母、女中、下男の賃金などは、すべてその祖母の現金箱から出して来る。叔母が子供たちを連れて武昌《ウーチャン》から来ると、祖母は上着の内ポケットを手探りして叔母にやる金を取り出すが、それもあの彫刻入りの木箱から出して来たものだ。たとえ家がどんな災難に見舞われても、祖母は永遠にひっそりと静かだ。風がそよそよ、日もうららか。福にせよ、禍にせよ、暮らしには自ずと変わらぬ法則がある。祖母は我が家の大黒柱だった。祖母は柔らかいしなやかさで家の中を駆けめぐる不安を落ち着かせる。祖父は気性が激しいが、祖母に対しては一言でもきつい言葉を吐いたことがない。祖父には外に愛人がいて、祖母は明らかにそれを知っていたが、顔には出さなかった。

民国二、三年〔一九一三、一四年〕に、祖父は北京《ペイチン》で教鞭をとり、祖母は武漢《ウーハン》に残った。祖父は北京《ペイチン》で一人の満州人女性と仲よくなった。民国四年〔一九一五年〕、袁世凱《ユアンシーカイ》が帝政を復活させ、即位して皇帝となったが、祖父はちょうど北京《ペイチン》にいて、その満州人女性と同居しており、娘が一人できた。順風満帆で得意な祖父は、筆を執ってよどみなく長い文章を書き、袁世凱《ユアンシーカイ》の即位を批判した。それで済むはずがあろうか？陰険なやり口で人を殺して跡も残さないような時代だ。袁世凱《ユアンシーカイ》は命令を下して祖父を指名手配した。私の父はちょうど保定《バオティン》の軍官学校にいて、情報を知ると、北京《ペイチン》へ駆けつけ、真夜中に祖父と愛人の家を訪れ、祖父を連れてこっそり家を出て、北京《ペイチン》の城壁を越えて逃走し、汽車には乗らず、父子二人で歩いて保《バオ》定《ティン》まで逃げた。しばらく隠れてから、父はまた祖父を湖北《フーペイ》省応山《インシャン》の田舎へ送って行った。祖父は憤りで心穏やかでなく、水ギセルを抱えて行ったり来たりして罵った。「国に災いをもたらし民を損なう悪政が！何を根拠にわしを捕まえようと言うのか？　ええっ？　わしは話もできんのか？　貴様のような売国奴に服従などせんぞ！」祖父は言いたいことも言えず、怒りも発散できず、むしゃくしゃして大病を患ってしまった。あの満州人の愛人は祖父をあちこち捜し回った。祖父と祖母は武漢《ウーハン》にいた。彼女が手紙を一通よこし、祖母が受け取って、父に見せた。手紙には彼女が聶《ニエ》家のために産んだ娘はもう二歳になった、祖父に早く北京《ペイチン》へ来てほしいと書いてあった。祖母は手紙を破り、祖父には渡さず、父にいくばくかの金を送らせた。この時から祖父と愛人の関係は切れた。

祖父はもちろん家の中では彼女のことに触れなかったが、やはり彼女にとても未練があった。民国二十年〔一九三一年〕、私たちは北平《ペイピン》に住み、祖父は当地へ行くと、彼女の行方を至る所で聞いて回ったが、彼女は見つからなかった。今でも北京《ペイチン》には、満州族と漢族混血の聶《ニエ》家の子孫がいるのかもしれない。

祖父は愉快であれば大笑するが、機嫌が悪ければ相手を罵倒し、周りは防ぎようがない。息子や孫が、一言でも間違ったことを言えば、祖父は杖を振り上げ打ってくる。ただ孫娘には少し甘い。孫娘はいずれ外にまく水だから、真剣になる必要もない。私はどうやって祖父に対処すべきかわかっていた。祖父がすぱすぱと水ギセルを吹かすのが聞こえれば、すぐに逃げ、捕まえられて、手本を見ながら習字の練習用紙に大きな字を書けと言われれば、机にへばりついて書けばよい。祖父は背後に立って言う。「腕を水平に上げ、背中をまっすぐ伸ばし、筆には石を載せられるように」祖父は私に唐詩を読ませ、暗唱させる。「わかろうがわかるまいが、一生懸命やることだ。一生懸命やればすぐに覚えて、朗々と流暢に暗唱できる」祖父は言った。「わからなくても、大丈夫、後でわかるようになる」祖父は私に期待していたのではなく、それが祖父の楽しみであり、小さい狆《ちん》を訓練するのと同じだった。

祖父には詩人の友が二人いる。彼らが来ると、家の中が最もにぎやかな時となる。彼らは祖父の部屋で談笑し、詩を吟じ、阿片を吹かす。祖父のハハハと笑う声が家中を揺るがす。私はドアの外に隠れて、彼らが大声で詩を吟じるのを聞く。何の詩か？　私にはわからないが、ただ聞いているのが好きで、彼らは節回しよく歌う。元々書物の字は歌にも変わり得るし、どのようにでも、好きなように歌えばよく、聞いて美しければそれでよい。彼らはおのおの勝手な調子をつけているのではないか？　聞いているうちに、一筋の香りがドアの隙間から漂って来る。私は鍵穴からこっそりのぞくが、祖父と二人の客が、向かい合って色鮮やかな繻子《しゅす》の刺繍布団に斜めに寝ているのが見えるだけだ。二人の間にはガラスの覆いがかかる古い銅の小さなランプ。祖父は先のとがった細い銅の棒で、古い銅の小カップから、シロップ状の阿片を一滴ほじくり出し、ランプのきらめきの中、指の上で何度も転がし、茶褐色の小さな玉にして、象牙の吸い口の長々としたキセルに詰め、ランプの上ですぱすぱ吸う。甘みを帯びた煙の香りが一筋一筋流れて来る。ランプの炎は、空の星のように、きらめき続ける。

ある時、祖父がドアを開け、私が彼らの詩吟を聞き、阿片吸飲を見ているのを発見した。私は驚いて一目散に逃げた。神様、祖父の杖が襲って来る。だが祖父はハハハと大笑いし、部屋の中の友人に「詩を盗み聞きする小娘を捕まえたぞ！」と言っただけだった。

父の棺がまだ貴州《クイチョウ》から漢口《ハンコウ》へ戻らない頃、真君《チェンチュイン》が家に入った。それは一九三六年の春だった。

私は母と漢口《ハンコウ》から武昌《ウーチャン》へ真君《チェンチュイン》を迎えに行った。私は母にくっついて川を渡る汽船に乗った。母は何も話さない。よく談笑に興じていた母が、父の死後、突然寡黙になった。一言問えば、母は一言答えるが、その一言の返事でさえ、骨の折れる様子だ。母は灰色の上着に、灰色の靴をはき、短い髪が頭の後ろになでつけられ、やせこけた顔にわずかな血色もなく、うつむいて、何を考えているのかわからない。小さい時から私は母が死ぬのが怖かった。母が行く所へは、どこへでもついて行く、母を見つめていられるように。冷たい風が吹いてきて川面に波を起こすが、母が眉間に寄せたしわを伸ばすことはできない。母が話をしないので、私はわざと話すことを探す。

「真君《チェンチュイン》は鄭《チョン》さん家《ち》の女中なの？」知っていながらわざと聞く。

母はうんと一言。

「お祖父さんは女中をお嫁さんにするの？」

「お嫁さんにするんじゃないわ。お祖父さんのお世話をするだけ」

「張徳三《チャンドーサン》もお祖父さんのお世話ができるでしょ」

「あなたにはわからないわ。余計なことを考えないの」

「私、わかるわ。お祖父さんは息子がほしいのよ。邱《チウ》おじさんの女中が男の子を産んだもの」

「お祖父さんは、息子はほしくなくなったのよ」

「女中がほしいだけ？」

「うん」

「彼女はお祖父さんと寝るの？」

母は私をちらりと見た。「女の子は、こんなことにかまわないの」

「私、わかったわ。お母さんがちゃんと答えないのは、私の言うことを正しいと認めてる時だもの」

母はまた私をちらりと見て、少し笑いながら言った。「あなたはあれこれ尋ねて、よその家のことを聞くのが本当に好きなんだから」

「真君《チェンチュイン》はきれい？」

「見ればわかるわ」

母は黙り、流れ行く川を眺めた。

黄鶴楼《ホアンホーロウ》（武昌蛇山（ウーチャンシャーシャン）のふもとにあった名楼で、一九五〇年代の長江（チャンチアン）大橋建設時に撤去される。現在、蛇山（シャーシャン）上に建つのは一九八〇年代の再建）が小さな点から、だんだん一つの影に変わり、変わりゆくほどに大きくなって、色あせた高楼になり、ますます近づいて、眼前に迫った。

「行きましょう」母が私の手を引く。

人力車は黄土坂の小さな家の前で止まった。

「私を知ってるわね？」母は門を開けた人を指さして言う。

彼女は緑の地に赤い模様がある綿入れの上着とズボンを身につけ、私たちをにこにこ見ている。うん、うん。彼女はちょっとうなずいてから、家の中に向かって叫ぶ。「奥様、お客様」

「どうぞ、入って！」そう言いながら、鄭《チョン》夫人が家から出て来た。

私たちは母屋に入る。

母が言った。「座らないことにします。すぐ彼女を連れて行くわ。何も持って行かなくていいの。家にすべて準備してありますから」

「梅香《メイシアン》！」鄭《チョン》夫人が大声で叫ぶ。「一緒に行きなさい！」

「奥様が浮くなら、浮く」梅香《メイシアン》は依然としてにこにこしている。

彼女は「行く」を「浮く」と言ったが、舌足らずだったのだ。彼女がなぜ笑っているのかはわからない。そんな空っぽの笑いは、彼女のぺちゃんこの鼻や小さい目と同じく、そのぼんやりとした顔にはめ込まれている。

鄭《チョン》夫人が言う。「私は行かないわ、お前はこの人たちと行きなさい、小さい時に来たから、お前を自分の娘のように思っていたけど。もう面倒を見られなくなった。お前はこれからいい生活ができるわ。よく言うことを聞いて、ちゃんと大旦那様のお世話をするのよ」鄭《チョン》夫人は話せば話すほど声が小さくなった。

梅香《メイシアン》はやはりにこにこしている。

「安心して」と母が言った。「彼女を粗末にするはずがないわ。大旦那様は一日中ぶつぶつ言っているの。息子が死んでしまって、お相手さえいれば、少しは過ごしやすくなる。どんな人でもいいのよ。梅香《メイシアン》はとても若い。私は罪なことをするようだけど」

「この娘は私といても望みがないの。あなたたちといれば食べるのに不自由がないし、彼女にとっては幸せよ。今後、面倒見ていただけさえすれば」

「きっと、必ず、安心して」母は振り返って梅香《メイシアン》に言った。「行きましょう！」また振り向いて鄭《チョン》夫人に告げた。「大旦那様は彼女に名前をつけたの、真君《チェンチュィン》よ」

「お前はもう梅香《メイシアン》じゃない、真君《チェンチュィン》よ」鄭《チョン》夫人はまた大声で彼女に叫んだ。「覚えなさい！」

彼女は首をちょっと横に振った。「ううん、梅香《メイシアン》がほしい」

「梅香《メイシアン》はきれいじゃない、真君《チェンチュィン》がいいわ」鄭《チョン》夫人は彼女に話す時いつも声を高く張り上げる。彼女は耳に欠陥があったのだ。

「梅香《メイシアン》がいい」彼女は中庭の隅で満開になっている一本の梅の木を指さした。「ありが梅の花、わらしは梅の花。うん、おせえてもらったもん、うん、おせえてもらったもん」

真君《チェンチュィン》は本当に面白い、これからは彼女をからかえる。

「名前を変えたら、きれいな服が着られるのよ」鄭《チョン》夫人が言う。「この新しい綿入れの服よりもっときれいよ。行きなさい、行きなさい」

「私と行けば、新しい服があるわ」母の声も大きくなる。「ひとえも、袷《あわせ》も、綿入れも、みんなきれい。私と行けば、みんなあなたの物、新しいのもある」

母は真君《チェンチュイン》と同じ話し方になってしまい、三歳の子供のような幼児語だ。

「わかった、わかった」彼女は少しうなずいた。

「奥様に御挨拶なさいな」母が言う。

彼女は地面に伏して額《ぬか》ずく。鄭《チョン》夫人は彼女を助け起こし、涙で顔をぬらしていた。

川を渡る汽船の上で、私はわざと母と真君《チェンチュイン》の間に座り、彼女と三歳児の話をする。

「真君《チェンチュイン》、いくつになった？」

彼女は私にかまわず、にこにこと黄鶴楼《ホアンホーロウ》を見ている。

「真君《チェンチュイン》！」私は一声大きく叫んだ。

母が私の頭を軽くたたき、船上の人をちょっと指さし、皆が私たちを見ていることを教える。

真君《チェンチュイン》はやっと振り向いた。私は彼女の耳元で、「あなたいくつ？」

彼女は首を横に振る。「わからない」

「名字は？」

また首を横に振る。「わからない」彼女はだんだん小さくなる黄鶴楼《ホアンホーロウ》を指さす。「面白い。うん、面白い」

そして流れ行く川をながめながら言う。「好ぎ」

「船に乗ったことある？」私は座っている長いベンチを指さした。

彼女は首を左右に振り、続けて言う。「好ぎ」

「あなたどこへ行くの？」

「新しい服がある」彼女は模様のついた自分の綿入れを指す。

「紅やおしろいもあるわ」

「わかった、好ぎ」

「買い物に連れて行ってあげる」

「わかった、好ぎ、うん、好ぎ」

「公園へ遊びに連れて行ってあげる」

彼女は私を眺めていて、答えない。

「公園よ、公園、梅の花があるわ」

「好ぎ」

「女の子がいるわ」

「好ぎ」

「飴もある」

「好ぎ」

「馬車に乗るの」

彼女はやはり私を眺めながらにこにこ笑っている。

「馬車よ！」

彼女は首をちょっと横に振る。「わからない」

「とっても大きい車を、馬が引いて走るの。タッタッ、タッタッ」

彼女はやはり首を振る。「わからない」

私はどうしようもない。「自動車は？」

彼女が答えるのを待たずに、母が私に言った。「あなたが言えば言うほど話にならなくなってる。うるさくて耳が聞こえなくなったわ」

「面白いじゃない」

私は真君《チェンチュイン》の模様のある綿入れの上着をちらりと見た。父が死んで、私たちは喪に服し、子供たちは模様のある服を着られないが、彼女一人だけが模様の服を着ている。彼女は我が家の特権人物になった。

漢口《ハンコウ》の川岸には高々と続く石段がある。私たちはひとしきり登ると、止まって一息入れる。江漢関《チアンハンコアン》（漢口（ハンコウ）税関の建物で時計台を持つ。「関（コアン）」は関所、税関の意）を見上げれば、空と同じぐらい高い。真君《チェンチュイン》は顔を上げ、口を開けて、ぽかんと見た。大時計がゴーン、ゴーンと鳴り響いた。

この瞬間、真君《チェンチュイン》は心底喜び、顔に浮かぶあのぼんやりした笑いが、いきなりぱっと輝いたが、それは赤ん坊の笑いと同じように、純粋無垢な歓喜だった。

彼女は時計台でゴーン、ゴーンと響き続ける大時計を指さして言った。「好ぎ」

私は言う。「好ぎ、好ぎ。あなた、ソウスギ（葬式）は好ぎ？」

「好ぎ」

「どこで死んだの？」

「わからない」

私は坂の上に立ち腰を折り曲げて笑った。

「行きましょう、もう彼女をからかっちゃだめよ」母が言う。「あなたのおもちゃになっちゃったわね」

真君《チェンチュイン》はこうしてにこにこ笑いながら我が家の表門を入った。

母は彼女を連れ階段を上って祖父に会いに行き、祖父の寝室の入口にかかるカーテンをめくって言った。

「お義父様、真君《チェンチュイン》が来ましたよ」

祖父は火鉢のそばに座り両手で水ギセルを持ち、にこにこ笑いながら真君《チェンチュイン》を眺めて言った。「よし、よし、来たか、よし」

私は祖父のそんな微笑を見たことがない。祖父の笑い声は癇癪を起こす時と同じく、爆弾のようにはじけるのが常だ。祖父の威風は突然それほどでもなくなった。

母が言う。「真君《チェンチュイン》、こちらが大旦那様よ。あなたはここで大旦那様のお世話をするのよ」

真君《チェンチュイン》は首をちょっと横に振った。「奥様のおぜわする」彼女は母を指さす。

母も首を横に振った。「いいえ。大旦那様は新しい服をお持ちよ、おいしい物もあるわ」

母はサイドテーブルの上にある詰め合わせの菓子折りを指さし、たんすへ歩いて行って一番大きい引き出しを開けた。「ほら見て。これはみんなあなたの新しい服よ」

私は祖父の表情を盗み見た。祖父は依然としてにこにこ笑い、水ギセルを置くと、たんすへ歩いて行き一番上の引き出しを開け、錦の箱を取り出し、真君《チェンチュイン》に渡した。彼女は手に持ったまま、どうすればよいのかわからない。

私は待ち切れなくなり、彼女に向かって大声で叫んだ。「開けて見なさいよ！」

彼女は箱を開いた。

「金の指輪！」私はさっと横取りして見た。梅の花が並ぶ花輪になっている。

母は指輪を指して真君《チェンチュイン》に言った。「これはあなたの花よ。おはめなさい！」

「好ぎ」真君《チェンチュイン》は指輪を右手の中指にはめ、飽きずに眺めた。「好ぎ」

「大旦那様にありがとうとお言いなさいな！」母が言う。

「大旦那様、ありがとう」真君《チェンチュイン》は祖父にちょっとお辞儀をした。

「お前が周到に考えてくれたおかげで、指輪を準備できた」祖父が母に言った。「今後は、上も下もみんな彼女を真君《チェンチュイン》と呼ぶように。彼女はわしの部屋のことだけする。食事もわしらと一緒に取る」

その日は、大旦那様の部屋に夕食を別に用意するようにと母が炊事場に指図した。真君《チェンチュイン》をからかえなくなり、私は少々がっかりした。

翌日は日曜日だったが、早朝に、私はもう階上の廊下をうろうろしていた。祖父の部屋のドアが開くと、真君《チェンチュイン》が白地に青い模様のあるほうろうの洗面器を捧げて出て来て、階下の炊事場へ湯を汲みに行くのが見えた。

彼女は私を見ると、顔をほころばせた。お馴染みだもの。

私は一緒に階段を下り、彼女の耳元で尋ねた。「お祖父さんと寝たの？」

「うん」

「どうやって？」

「言わない」

「どうして言わないの？」

「蹴らないこと」

「何を蹴らないの？　球蹴り遊びみたいっていう意味？」

彼女はクックッと笑った。「蹴らないこと。うん、蹴らないこと」

「ああ、きたないこと」

「うん。蹴らないこと」

「あなた好き？」

「好ぎじゃない」

「どうして？」

「痛い。うん、痛い」

「どこが痛いの？」

「言わない」

「言ってよ！　言ってよ。今日でんでん太鼓を鳴らして物売りが来たら、あなたに紅を買ってあげるから」

私はそう言ったが、実のところ、私にどうしてお金などあろうか？

「ここ痛い」彼女は両足の間の人目をはばかる場所をちょっと指さした。「血、うん、血」

「血？　同仁《トンレン》医院へ行かなくちゃ！」

彼女はぽかんと私を眺め、私の話がわかっていない。私は彼女を置き去りにして、階段を駆け上がり、母の部屋まで走った。「お母さん！　真君《チェンチュィン》が血を流してる！　同仁《トンレン》医院に連れて行かなくちゃ！」

母はちょっと苦笑した。「あなたは余計なことにかまわないの！　いいわね？」

「真君《チェンチュィン》は血を流してるのよ！」

「流してるはずないわ。ひどくなったら、すぐに同仁医院《トンレン》へ行けばいいでしょ?」

次の日、学校が終わって家に帰ると、私は真君《チェンチュイン》が祖父の部屋から出て来るのを今か今かと待っていた。彼女が部屋のドアを出るや、彼女を引き止めて聞いた。「また血が出た?」

彼女は首を左右に振った。「よくなった」

「またお祖父さんと寝たの?」

「うん」

「痛い?」

彼女はまた首を振った。「好ぎ」

「お祖父さんが好き?」

「好ぎ」

でんでん太鼓がデロンデロンと通りから響いてきた。

私は真君《チェンチュイン》を引っ張って言った。「行こう、物売りが来た。あなたはきっと好ぎよ」

物売りは立ち止まって、背負っていた箱を地面に下ろす。箱のてっぺんのガラスの下には、きれいな物がいっぱいに並べてある――人工ダイヤのブローチ、人工ダイヤのヘアピン、べっこうの櫛、知恵の輪になっている腕輪、卵型に固めた香料、紅、プリント模様のハンカチ、それから私がずっとほしいと思っている銀をちりばめた黒檀《こくたん》の腕輪もあり、それを腕にはめて、クロスステッチのハンカチを差し込めば、どんなにきれいなことか! 私は腕輪を手に持ち何度もなでた。お金がない!

真君《チェンチュイン》は絹の綿入れ上着の内ポケットから一元銀貨を取り出し、私に言った。「買って。大旦那様の」

彼女は手の中の銀貨を指さした。

「あなたは？」

「これ」彼女は人工ダイヤのヘアピンを指している。

物売りは箱の中から取り出した。

「つけてあげる」私は彼女の髪が垂れている所にヘアピンを止めた。物売りが箱の一番下の引き出しから小さな鏡を急いで取り出す。真君《チェンチュィン》は鏡をのぞき、振り向いて私に見せた。

「きれい、きれい！　お祖父さんに見せに行こう！」

私たち二人は、一方が手に銀をちりばめた黒檀の腕輪をはめ、一方が人工ダイヤのヘアピンを止め、手に手を取って家へ駆け込んだ。

真君《チェンチュィン》は我が家の特権階級になり、孫たちはいささか不服だった。ある日、真君《チェンチュィン》は門の所で焼き甘栗を一袋買ったが、三歳の弟季陽《チーヤン》が二階の廊下で下の兄と遊んでいて、彼女が栗を食べながら階段を上って来るのを目にした。

季陽《チーヤン》は彼女の方へ手を伸ばして言った。「ちょうだい」

「だめ、だめ。大旦那様の」

義理堅く勇敢な下の兄が言った。「大旦那様のでも、やれよ！」

「だめ、だめ。大旦那様の」

下の兄が手を挙げる。「やるかやらないか？」

「だめ。大旦那様の」

下の兄は彼女の背中をこぶしで一回たたいた。

「たたいた、痛い」彼女は泣きながら祖父の部屋へ入って行った。

「誰がたたいた？」祖父が部屋の中で尋ねる。

「二番目の坊ちゃん」

祖父は杖を手に取りコッコッと出て来た。下の兄は季陽《チーヤン》の手を引き二階へ逃げる。季陽《チーヤン》は怖がって泣いている。祖父が季陽《チーヤン》と下の兄を追いかける。二人の孫は一人が泣き一人が笑い、前の棟から後ろの棟へと逃げ、一階を突っ切り、また前の棟を駆け上がり、母屋を駆け抜け、また後ろの棟から一階へ駆け下りる。祖父の杖はコッコッと床を鳴らし、屋敷中に音が響き渡った。

母が部屋から出て来て、そのありさまを目にし、笑いをこらえながら祖父に言った。「お義父様、怒らないで。ちょっと叱ればそれでいいでしょう」

嫁を目の前にして、祖父もうやむやで終わらせた。下の兄は祖父を避け何日か姿を見せなかった。

私の劇場

一九二九年、我が家はロシア租界から日本租界のはずれ、大和街《ターホーチエ》へ引っ越した。一面に広がる荒地の草が「鉄道の外」を隔てているが、それは即ち鉄道の外側にある貧民区のことだ。祖父、祖母、父、二人の妻に二組の子供たち、という三代一夫二妻が同居した。家は大きいが、人が込み合い気ままにはできず、関係はからまり合ってもつれ、こっちが避け、あっちが避けしていた。避けない時には、暴風雨が来そうだった。西洋風の建物で、彫り模様の入った鉄の門がある。夏でも、冷ややかだ。灰色の塀が逃げ出したくなるほどの閉塞感を与えるが、どこへ逃げて行こうというのか？　わからない、どこであろうと私の家よりはよい。塀の隅にアオギリの木がぽつんと一本あり、枝でジージーと蝉が鳴き、その鳴き声がさらに一日を長くする。一人の女が通りで声をからして「虫歯の虫よー、ほじるーよー」と叫び、運勢を占う盲人がギイギイ胡弓を弾いている。はさみ研ぎのしらくも〔皮膚病の一種〕頭が我が家の入口で、数珠つなぎの小さい銅片をカタカタ打ち鳴らしていたが、誰にも相手にされず、カタカタと立ち去る。物売りがでんでん太鼓をデロンデロンと響かせてやって来て、また音と共に遠ざかる。中庭にある腹のふくらんだ陶器の水がめの中ではいつも何尾か喜頭魚〔鮒〕が泳ぎ回っているが、調理人の楊宝三《ヤンバオサン》の大きな包丁から逃れることはできない。纏足の江《チアン》婆さんが中庭の木陰に座り靴底を刺し子縫いしていて、大きな針とよった麻糸を使い、目の荒い綿布を一枚一枚糊付けした靴底にきちんとした菱形模様を作り出していく。出っ歯の張徳三《チャンドーサン》が中庭の日陰の涼しい場所で、大きなビロウの葉のうちわを持ち、竹の寝台に寝ている漢仲《ハンチョン》をあおぎ、あやして眠らせ、歌い出す。「小さな坊やが、門の石に座り、嫁がほしいとめそめそ泣くよ、嫁をもらってどうするの、服を縫って靴下をつくろい、灯りをともしてお話よ」裏口へ乞食の女がやって来て、手にした欠け茶碗を差し出すが、その背中にはぼろぼろの青い布にくるまれた子供が眠っている。「お恵みください、残飯、残り物、ちょっとたまわりますように、多幸長寿をお祈りします」炊事場で歯を食いしばって肉を刻んでいた楊宝三《ヤンバオサン》が、残り物を鉢に取って彼女に与え、門を閉めながら言う。「もういい、もういい、行きな、また……また来たら……ないよ」

ちょうどそんな時に、汽車の汽笛が空の果てで細々とした叫びを上げていたかもしれない。

我が家の向かいには赤レンガの小さな家が並んでいる。そこに黄《ホアン》という姓の一家がいる。夫と妻に、息子が一人、娘が二人だ。私はそのような簡単で楽しい小家庭だったらどんなによいかと思っていた。長女は私より一歳上、次女は私より一歳下で、前歯が一本欠けており、笑うと手で口を覆う。私は彼女たちの兄は相手にしない。彼も女の子をバカにしていた。私たち女の子三人は一緒に石蹴りをしたり、縄飛びをしたり、羽根蹴りをしたりする。調理人の楊宝三《ヤンパオサン》は鶏を殺すと、美しい羽根を拾って、きれいに洗い、日に干して私にくれる。私は以前からプリント模様の布を一切れずつ取ってある。厚い布で、銅銭を包み、長さの合った羽根を一本一本挿していくが、短すぎると、羽根が蹴り上げられないし、長すぎると、今度は重すぎるのだ。羽根蹴りでいろいろな技をやることもできる。前蹴り、後ろ蹴り、前後蹴り、左蹴り、右蹴り、左右蹴り、羽根を顔に落としたり、頭のてっぺんに落としたり。

一番面白いのは蚕を飼うことだ。光沢のある色紙で段ボール箱を包み、青くつやつやした桑の葉を敷きつめれば、それが蚕の家になる。私たちは毎日、蚕の成長を見つめていた。三人の女の子は誰の蚕が太って大きくなるか競い合った。蚕が繭《まゆ》を吐いたら、それが最も興奮する時だ。雪のような白、ピンク、青、水色、エメラルド・グリーンなどさまざまな色の繭ができる。女の子たちは取引を始める。赤いのを青いのと交換し、白いのを緑色のと交換する。蚕が繭を破る前に、慎重に糸を引き出し、ボール紙の小片に軽く巻きつけ、さらにボール紙から取りはずし、花飾りや、かんざしや、しおりを作った。私たちはおのおの連環指輪を一個ずつ持っていたが、一つの丸い輪が、五つの奇妙な形の小さい輪と、一本の細い糸によってつながり、一つの指輪になっているもので、ばらばらにはずしてまたつなぎ合わせるには、忍耐心と器用さが必要だった。私たちは誰が早くつなげるか競い合い、駆けっこと同じように興奮した。彼女ら二人の兄はと言えば、朝から晩まで連環画〔子供向けの連続絵物語の本〕を読んでいる。彼の家は路地の入口で露店の貸し本屋をやっていて、彼は続き物を一つ読み終わると、違うのに換えるが、七侠五義〔北宋の名裁判官包拯（パオチョン）と任侠たちが活躍する物語〕、薛丁山《シュエティンシャン》征西〔薛丁山（シュエティンシャン、唐の武将）が西へ出陣するの意〕、五剣十八義〔清代の武侠小説〕、封神榜〔明代の伝奇小説〕、孫悟空《スンウーコン》などといったものだ。彼は本を捧げて家に帰り、とても得意げな様子だった。

私の家は黄《ホアン》家と反対で、いかにも重苦しい感じがする。武漢《ウーハン》事変の後、もう一つの家が武昌《ウーチャン》から引っ越して来て、私たちと一緒に日本租界に住んだ。父はあまり話をしない。私は父が笑うのを見たことがない。父はいつも逃げているようで、政治の迫害から逃げ、家庭の圧力から逃げ、祖父の繰り言から逃げ、二人の妻の争いから逃げていた。二人の妻の部屋は、一本の通路で隔てられ、父が通路を横切ったことはなく、ずっと母の部屋で過ごした。母は父の前ではいつも少し優位に立っていた。

父のもう一つの結婚も、やはり父母の命令と仲人の取り持ちによるものだった。彼女は足が小さく体が重く、重すぎて、そのくるまれた纏足の両足は負担に耐えきれず、常に転びそうな様子だった。彼女は私の母と話をしたことがない。彼女がのろのろと歩いて来ると、私はすぐ逃げる。彼女は言った。「逃げるの、私が取って食うわけでもなし！」

上の兄は長男で、一家の上も下も彼を特に優遇したが、とりわけ祖父はそうだった。彼は若旦那を気取り、至る所で若旦那風を吹かす。母は気が利いて場の空気が読め、彼に対してはつかず離れず、行きすぎてさえいなければ、できる限り彼の意に沿うように努め、波風も立てずに過ごした。彼は私を見ると、憎々しげに一言罵ったものだ。「バカ娘」

我が家には丸いバルコニーがあり、それが即ち私の劇場だ。私は毎日そこで芝居見物をするが、大舞台でオーララと歌われる劇より絶対に面白い。私たちの家は日本租界の最後の十字路にある。祖父は私に教えたことがあった。「字を書くには、筆画に後先があり、十字を書くなら、先に横へ一本引いて、それから縦に一本引く」その十字路は、横一の頭にダンスホールがあり、縦一の頭に妓楼がある。太陽が鉄道の外へ沈んで行く。空が暗くなると、その十字の横一と縦一の頭の所が輝き出すが、それはきらきらとまたたくネオンだ。十字路の灯りも輝き、そこの街灯はほかのどの通りよりも少し明るく、まるで舞台の照明のようだ。私は模様彫りのある黒い鉄の欄干の中に立ち、和服を着て下駄をはいた女が一人一人、カラコロカラコロとダンスホールに入って行くのを見ている。自動車が一台一台ダンスホールの前に止まり、中国人、西洋人、日本人、カップルもいれば、単身の男もいる。女たちのさまざまな装いが最も目を引く――耳の辺りの髪に挿した粒ダイヤのかんざし、真っ白なウールのストール、絹ビロードの黒いマント、くねくねした腰に沿ってすべり落ちる渦巻きの花飾りに高いえりの長い旗袍《チーパオ》。ダンスホールの中の女が歌い出す。日本人の女の情念がこもった歌声は、母のない孤児や、家のない子を思い起こさせ、「小さい白菜」のような歌に似ている。ダンスホールの灯りが暗くなると、バンドがズンタッタと楽しい曲を奏で始める。

十字路の街灯の下では、別の芝居がもう一幕上演される。朝鮮人の娼妓が三々五々、髪を引っ詰めにして、白く塗った顔をむき出し、ぺちゃくちゃ喋りながら歩き、交差点まで行くと、馴染みや新しい客を待つ。新顔であろうが古顔であろうが、男が通りかかれば、彼女たちは皆深々と腰を曲げてお辞儀をし、両手を前に置き、口では絶え間なく何かを話しているが、大方ようこそいらっしゃいませといったようなセリフだろう。ほろ酔い機嫌の日本人水兵や、背広を着た一般の日本人が、娼妓を抱きながら妓楼へと向かう。水兵は高い声で歌ったり、大声で騒いだりして、まるで人を罵っているように聞こえる。そんな時、私は高いバルコニーの上に立ち、とても安全だと感じる。日本人水兵が来ても、守ってくれる父がいる。私は日本人水兵を見ると怖くなる。彼らが通りで人力車夫を殴り、車夫が跪いて許しを請うまで殴るのを見たことがあるのだ。

十字路の芝居はまだ終わっていない。早朝、間に合いさえすれば、私は登校前に、バルコニーへちょっと見物しに行く。交差点の娼妓は様変わりしていて、髪は肩にかかり、眠っていないかのように、全身に力のない様子で、男に軽く頭を下げ、手は振るものの、腰を曲げるお辞儀はしない。あの朝鮮人娼妓たちに家はあるのか？　両親はいるのか？　どうして漢口《ハンコウ》まで来て娼妓をやって日本人水兵にかしずくのだろう？

その頃、私は既に小学生になっていて、漢口《ハンコウ》市立第六小学校の一年生だった。私は学校へ行くのが嫌いで、毎朝駄々をこねて寝床から出ない。母が私を布団の中から引きずり出す。起き上がって、ベッドを下り、靴下をはいて、靴をはき、顔を洗って、口をゆすぎ、朝食を取って、かばんを持ち、門を出て、人力車に乗るが、どの動作にもすべて、わざと難癖をつけ、むやみにごねる。江婆《チアン》さんが白い靴下を持って来ると、私は黒い靴下がいいと言う。顔を洗うお湯が熱すぎる、水を少し足してよ、今度は冷たすぎるわ。目玉焼きがやわらかすぎる、もう一度焼いて、これは焼きすぎよ。かばんは？　どこへ置いたかわからないの？

私は学校へ行くのが嫌いで、帰って来て宿題をやるのも嫌いだった。夜は灯りの下でうつむいて算数をやるが、学校で先生が竹の鞭を振り上げ、ある男子生徒の掌をパンパンと打ち、彼がアイヨーと言って掌をこすり合わせると、また一打ちしたのを見たからだ。彼の罪は算数の宿題を出さなかったことだ。私より頭一つ分背が高い級長も怖い。彼女は私が何かよい物を持っているとすぐにほしがり、花の絵がついた筆箱、カラークレヨン、花木蘭《ホアムーラン》の連環画などは、すべて彼女に献上した。私は家の中では放し飼いの馬だが、門を出た途端に損をしても泣き寝入りだと母が言っていた。

　小学校四年生で、学校が楽しくなったが、それは国文を教える担任教師を好きになったからだ。その先生は師範学校を卒業したばかり、スマートで、灰色の長い中国服を身につけ、道を歩けば片手で一方のスリットを持ち上げる。後に徐志摩《シュイチーモー》〔一八九七～一九三一、詩人、随筆家〕の詩「私は袖を少し振り、ひとひらの雲も連れて行かない」〔『康橋（カンチアオ）と再び別れる』の一節〕を読むと、そのあか抜けした先生を思い出したものだ。先生も私を気に入り、授業以外で私を見かけると、指で私の鼻の頭をつつき、教室での授業中は、私の表情を見ていて、まるで私のためにだけ教えているかのようだった。先生が「わかりましたか？」と尋ねる。私がちょっとうなずくと、先生は微笑む。私は作文がうまくなってきて、先生がよくクラスで同級生に読んで聞かせるよう私に言った。先生はずっと私の心の中で最もすばらしい男性像なのだ。

年越しの赤色

　一九三五年の年越しは、家の中が特にめでたい様子だった。一年半前に祖母が亡くなり、喪に服していた間は、年越しもそれなりのものでしかなかった。その年の冬に母が末の弟華桐《ホアトン》を産んだ。夏、父は既に貴州《クイチョウ》の平越《ピンユエ》へ行っており、祖父はとても喜んでいた。息子は貴州平越《クイチョウピンユエ》の行政責任者兼保安司令官で、文武二つの職を兼ねている！　古来より、名将は武将から出るもの、今年は二重の慶事の訪れだ！と。父は貴州《クイチョウ》から手紙をよこしたが決して熱のこもったものではなく、「空に三日の晴れ間なし、地に三里の平地なし、人に三両の銀貨なし。保安司令官もうわべだけの体裁に過ぎず、中央は兵を移動させてしまった。直系でなければ、官職も難儀なことだ」と書いてきた。父は母を武漢《ウーハン》に留まらせ、春には情勢が落ち着くかもしれないから、春になってから四人の子供たちを連れて貴州《クイチョウ》へ来ればよいという考えだった。父はまだ生まれたばかりの華桐《ホアトン》に会ったことがなかった。

母は年越しで忙しく、母屋中を赤色で飾りつけ、八仙卓にはめでたい龍と鳳凰の刺繍がある垂れ幕がかかり、両側の壁寄りの椅子には赤い緞子の刺繍入りカバーがかぶせられた。八仙卓の中央には先祖の位牌。金泥で絵が描かれた赤いろうそくが位牌の両側できらめき、彫り模様のある古い銅の香炉から白檀の香りがゆらゆら立ち上り、母屋の中央の部屋では白銅の宝塔香炉の中で炭火が真っ赤になっている。そのような色、光、香りは、大晦日の夜だけのもので、人は浮き浮きして叫びたくなり、爆竹を鳴らしたくなり、博打をしたくなり、お年玉をすべて注ぎ込みたくなる。カルタ、さいの目賭博、ポーカー、さいころ投げ、何でもござれ！　ガラス窓の外では雪がちらちらと舞っている。祖父は黒い柄入りの緞子に狐の毛皮が裏についた長衣を着て、炉のそばの大きな木製肘掛け椅子に座り、張徳三《チャンドーサン》がぴかぴかに磨いた水ギセルを持ち、こよりで宝塔炉の透かし彫りになった八卦図を指しながら私に言う。「さあ、おいで、八卦がわかるかな、ほら、乾《けん》三連、坤《こん》六段」傍らの母が小声で言う。「お義父様、年を越してから、八卦を教えてやってくださいな」母は朝早くから私たちに言いつけていた。「年越しに、物を壊してはだめ、縁起が悪い話をするのもいけません。坤六段の段なんていう字も、聞くと断絶の断みたいだから、言ってはだめなのよ」

神に敬意を払い、祖先の位牌を拝み、額ずいて新年の礼拝をする。爆竹がパチパチと鳴り始め、お年玉を手にする。大晦日の夕食を終えると、もう我が家の天下となり、博打をしてもよくなって、誰もかまうには及ばず、たとえ祖父であっても口出しできない。調理人、下男、女中、乳母、仕立て職人、皆が御祝儀をもらう。母は特に興が乗り、彼らを皆母屋へ呼び、さいころを振る。母が親になり、得点棒は使わず、すべて現金で賭ける。皆テーブルを囲み、座る者は座り、立つ者は立ち、夜通し博打をして年越しをするつもりだ。宝塔炉の中で珊瑚のような炭火が楽しげにはじけ、爆竹が四方で激しく火花を散らし、春を迎え福を招く。部屋の中で断続的に叫びが上がる。「六だ！　六だ！　神様！　六来い！　三だ！　三だ！　一二三！　四五六！　よし！　全部親の損だ！」

私は漢中《ハンチョン》の向かいに座っている。張徳三《チャンドーサン》は賭けず、椅子の後ろに立ち、坊ちゃんを見守る。坊ちゃんが勝てば、彼が金を集め、負ければ、彼は無言のままだ。私の面前の金は積めば積むほど高くなる。弟は続けざまに何回か負け、椅子から立ち上がり、顔を真っ赤にしている。また弟がさいころを振る番になった。弟は三つのさいころを持った。

「息を吹きつけて、坊ちゃん、手の中に持って息を吹いて！　もう一度！」張徳三《チャンドーサン》は少しもどもらなくなり、目が血走っている。存亡の瀬戸際だ。

部屋中の人が弟を見ている。

母が彼に笑いかける。「負けたら、返さないわよ」

うん。弟がちょっとうなずく。つかんださいころをさっと投げ、二つの大きな目が碗の中でころころ転がるさいころを見つめている。

四が止まり、六が止まり、最後のさいころが転がり続けて、皆の気をもませる。「四五六！　四五六！　四五六！　ああ！　四三六！」

部屋中の人が叫ぶ。弟は何も言わずに腰を下ろし、目をしばたたく。

張徳三《チャンドーサン》が傍らで悔しそうにしている。「おいらのぼっ……ぼっ……ちゃんは肝っ……肝っ玉が太いから、平……平……平気さ」


母が笑いながら彼の面前できらきら光る一元銀貨をかき寄せた。

旧正月三日、昼食を取ってから、私は母について年始回りに出かけた。

新年の御挨拶です、母は葉《イエ》家の大きな門を入ると、すぐにこう叫んだ。

家の中はひっそりとしていて、普段なら母が着いた途端、葉《イエ》おばさん、賈《チア》おばさん、趙《チャオ》おばさんがそろってどやどやと出て来るのに、その日は違っていた。

新年の御挨拶です、母はまた一声叫んだ。

趙《チャオ》おばさんが出て来て、元気のない様子で「おめでとう、おめでとう、万事順調でありますように」と言い、振り返って叫んだ。「三つの耳が来たわよ！」

葉《イエ》おばさん、賈《チア》おばさんが各自の寝室から出て来て、互いに挨拶を交わした後、四人は一緒に客間へ行った。趙《チャオ》おばさんが一足先んじ、サイドテーブルの上の『武漢日報《ウーハン》』をテーブルの下に放った。

母はそのテーブルのそばに腰を下ろして言う。「麻雀をするなら、早いうちだと思って、今日は麻雀をしに来たの」

葉《イエ》おばさん、賈《チア》おばさん、趙《チャオ》おばさんは答えない。母はちらっと彼女たちに目を走らせて言った。「あなた方、今日はお顔色が冴えないわ、何事が起こったの？」

賈《チア》おばさんが言う。「何もないわ、年越しで疲れてしまって」

母は立ち上がって言った。「皆さんはちょっとお休みになって。私はあと二つのお宅へ新年の御挨拶に伺うこともできますから。また日を改めてお邪魔するわ」

ちょうどその時、母はサイドテーブルの下の絨毯《じゅうたん》に新聞があるのを見て、腰を曲げて拾い上げたが、趙《チャオ》おばさんがさっと奪い取って言った。「麻雀をしましょう。今日は新年の挨拶はおよしなさいな」

母は彼女を見つめた。「何があったの？」

趙《チャオ》おばさんは「何もないわ」と言う。

「麻雀はしないわ」母は振り向いて私に言った。「行きましょう、帰るのよ！」

葉《イエ》家も日本租界に住んでいて、我が家と同じ通りにあった。母はずっとうつむいて道を歩き、一言も話さない。家の門を入ると、母はすぐに『武漢《ウーハン》日報』を探した。新聞は母屋のサイドテーブルの上にあり、元のまま開かれていなかった。母は新聞を広げる。太い字のトップの見出しは「貴州平越《クイチョウピンユエ》の行政責任者聶怒夫《ニエヌーフー》殉難」だった。

それは一九三六年、旧正月三日。長征をした紅軍は既に陝北《シャンペイ》に達していた。紅軍の別の隊はまだ貴州《クイチョウ》にいて、平越《ピンユエ》を通過した。

魂が帰り来たる

長江《チャンチアン》は滔々と流れ行く。漢口江漢関《ハンコウチアンハンコアン》の時計台に白い布の横長軸がかけられ、その上に祖父が書いた雄壮な勢いのある顔真卿《イエンチェンチン》〔七〇九～七八四、唐の忠臣、書家〕の書体で「魂が帰り来たる」とある。川岸に白いテントの列。

哀悼の対聯〔対句を書いて飾る二枚の紙・布・板など〕の白い布が、寒風の中に並んで翻る。

父の棺が貴州《クイチョウ》から漢口《ハンコウ》へ戻った。霊を迎える追悼会が江漢関《チアンハンコアン》で催されている。楽士が一番大きいテントの外に座り、弔問客が訪れると、すぐにチンドンとひとしきり演奏をする。

一番大きいテントの中には、真正面に父の大きな半身像が一枚、四十歳ぐらいだろうか、軍服姿で、斜めに皮のベルトをつけ、その穏やかな眼差しがつり合わない。写真の下に暗紅色の楠の棺が置いてある。上の兄と下の兄が、麻の粗布《あらぬの》の喪服を身につけ、麻の粗布の頭巾をかぶり、葬儀用の杖を手に持ち、棺の一方に立っている。もう一方には八歳の弟の漢仲《ハンチョン》、三歳の弟季陽《チーヤン》がいて、やはり麻の粗布の喪服に、麻の粗布の頭巾をかぶり、葬儀用の杖を手にしている。色白で丸々と太った乳母が麻布でくるまれた赤ん坊の華桐《ホアトン》を抱き、季陽《チーヤン》の傍らに立つ。棺の両側は陣営がはっきりと分かれている。乳母が抱いている赤ん坊は音楽を聞くと、御機嫌で小さな手を振って笑う。

祖父は黒い長衣を着て、支えにしている杖には白い布が巻かれ、曲がった黒い木の頭部だけが見えるが、棺のそばに座り、一人でつぶやいている。「孝行は力の限り、忠義に一命を捧ぐ。よい息子だった」

真君《チェンチュイン》はにこにこ笑いながら大旦那様のそばに立っている。いつまでもそんな風にぼんやりと笑っている。何を笑っているのか彼女に問えば、とてもにぎやかだと言って、ドンヒャラやっている楽士をちょっと指さす。彼女はふた付きの湯飲み茶碗に入った熱いお茶を手に持ち、ふたを開けて、大旦那様に手渡す。大旦那様は少し手を振る。彼女は向きを変え湯飲み茶碗をテント脇の細長い木のテーブルに置き、大旦那様のそばへ戻ると、そこに立ち、また楽士を眺めてにこにこ笑う。

若い母は白い喪服に、白い布靴、頭に麻の粗布をかぶっていて、その両側から黒いつややかな髪がのぞき、耳の辺りに白い絹の花をさしている。棺の傍らに座り、棺にかぶさって泣いているが、ひとしきり泣いては、棺の中の父に向かって低い声で言う。「あなたはどうしてこんなにも無情に、私を置いて行ってしまったの、あなたにはまだ小さい子供たちがいるじゃないの？　私を残して、私にどう暮らせと言うの？　どう暮らせって？　私はあなたに申し訳ない、私はあれこれとあなたを頼りにしていたのに、あなたを責めたりした。あなたは私と一日たりとも楽しい日を過ごしたことがないわ、注意して用心して、私が辛い思いをしないか、私が自殺しないか心配していた。私は耐えられない、毎日毎晩麻雀をして、あなたを放っておいて、でもあなたは気にしなかった。あなたが戻って来たら、私は二度と癇癪を起こさない、麻雀もしない。私は朝から晩まで家であなたのお世話をするわ、それこそが幸せよ」

二人の兄の母親は棺のもう一方に座り、母と同じ白い喪服に、白い布靴、頭にやはり麻の粗布をかぶっている。丸くて頑丈そうな顔、握りこぶしのように丸い扁平な髷が、頭の後ろにしっかりと貼りつき、棺にかぶさってむせび泣くが、並べ立てているのは、恨みなのか、悲しみなのか、はっきり聞き取れない。

父の世代の弔問客が何人か父の話をしている。

「怒夫《ヌーフー》は貴州《クイチョウ》に行って責任者なんかやるべきじゃなかった」

「あんなに長く失業していたんだから」

「共産党と戦いに行ったんじゃないか！」

「共産党と戦うには兵が要るだろう。彼は名ばかりの保安司令官さ！　中央は兵をすべて移動させてしまった。空っぽの城だ。どうやって戦う？」

「城があるうちは人もそこにいろ、城が滅びたら人も滅びてしまえ、中央の命令だ。守るにしても、兵がなければ、死に至る一本道があるだけだ。戦うにしても、兵がなければ、やはり死に至る一本道さ」

「誰かが古い上着とズボンを一そろい持って来て、変装させて彼を逃がそうとした。彼は地団太踏んで、行け、お前たちは行け、自分にかまうな、と言った」

出棺のその日、遺体をおさめた棺は馬車でゆっくりと川岸を行進し、別れの祈りをする人のために祭壇が設けられている。棺の後方、白い幕の中で、祖父が杖をつき、白い布が巻かれた帽子をかぶり、よろめきながら息子の棺の後ろにつき添い、背を丸めてしばらく送った。真君《チェンチュィン》はにこにこと大旦那様を支えて馬車に乗り込み、孝行息子たちは葬儀用の杖を手に、頭にかぶった麻布を下ろして顔を隠し、上の兄が位牌を捧げ持ち、年老いた下男の張徳三《チャンドーサン》が三歳の季陽《チーヤン》の手を引いて行く。通りの祭壇で祈る人の前を通り過ぎると、息子たちは皆跪いて額ずき礼を返す。季陽《チーヤン》は兄たちが皆跪くのを見て、自分も慌てて地面に腹ばいになる。彼はしばらく行くと、ふくれっ面をして言った。「張《チャン》爺、もう歩けないよ」張徳三《チャンドーサン》が言う。「歩けなくても、歩かなければ」

母は私を連れて白い布がかかる馬車に乗っている。二人の乳母が二歳の華蓉《ホアロン》（聶華苓《ニエホアリン》の妹）と三カ月の華桐《ホアトン》を抱いて、もう一台の馬車に乗っている。馬車は揺れに揺れ、この悪夢も揺れがおさまることはない。

墓地は小さな山の上にある。祖父は数カ月の時間を費やしてその福分厚い土地を見つけた。墓地の四方には低いレンガ塀が築かれ、両側に刈り整えたモチノキが植えられている。人夫たちが棺を土に下ろして、私たちは全員跪いた。祖父が墓の前に立ち、片手で杖をつき、頭を垂れて涙を流したが、それは父が死んでから私が見た最初の涙だった。母は棺の前に跪いてむせび泣く。私は泣きながら、母をじっと見つめ、母が墓の中に飛び込み棺にぶち当たって死ぬのではないかと恐れた。私は物心がついた頃から、いつも母を失うのが怖かった。三歳の季陽《チーヤン》も影響されて、しゃくり上げて泣くので、張徳三《チャンドーサン》は彼の涙をぬぐってやり、顔を覆って泣き出した。紙銭、金貨、銀貨、金山、銀山、宝物を盛った鉢、自動車、洋館〔すべて紙で作った物で、死者を祭る時に焼く〕が、墓の前でぼうぼうと燃え上がり、灰と燃えかすが炎を囲んで上方へと旋回し、その後徐々に消え去った。見えない大きな手がすくい上げて、天にいる父の魂に送り届けた。

そろいの赤い帽子

季陽《チーヤン》がまだ生まれていない頃、乳母の馮《フォン》姉やが来た。彼女は清潔できびきびしていて、知恵もある。母は特に彼女が気に入った。母と彼女が話をすると、主従関係のようには見えず、よい友達のようだ。二人は赤ん坊が生まれることを話し、揺りかごや、子供服や、おくるみなど、全部準備が整うと、彼女が母を手伝っていささかの家事も片付けた。彼女は毎日自分の乳を一杯一杯しぼり出し、乳が張って痛いと言う。しぼり出した乳は母が隣の邱《チウ》家へ届けに行く。邱《チウ》おばさんは男の子を産んだばかりだった。

馮《フォン》姉やと母が話すと、いつも謎々のようで、私にはさっぱりわからない。

「いいわ。すべて大丈夫」母が馮《フォン》姉やに言う。「あなたは隣へ行ってはだめ、絶対行ってはだめよ」

「この子はその子に似てますか?」

「その子は生まれ落ちてすぐ死んでしまったでしょう、邱《チウ》夫人は意識不明になったから、その子を見たことがないのよ」

「奥様。私、一目だけ見たいんです」

「だめ。人の命に関わることよ」

私はびっくり仰天した。「生まれたばかりの赤ちゃんを一目見ただけで、誰かが死ぬの？」私は聞いた。

「余計なことにかまわないの」

およそ母が私にかまうなという余計なことは、間違いなく大人が子供に知らせたくないことで、だからこそいっそう神秘的で、いっそう興味があった。

私は母が人に話すのを聞いたことがある——邱《チウ》おばさんが女の子を産んだが、邱《チウ》家の大奥様は男の孫がほしかった。もう一人産みなさい、また女の子。もう一人産みなさい、また女の子。もう一人産みなさい、また女の子。立て続けに五人女の子を産んだ。ある夜、大奥様は女中の小桃《シアオタオ》を連れ旦那様の書斎へ送り届けた。小桃《シアオタオ》は残った。翌日の朝、小桃《シアオタオ》は短い上着のえりのボタンを留めながら旦那様の書斎をこっそりと出た。大奥様は彼女に言った。これから、お前は邱《チウ》家の人間だよ、使用人はお前を桃《タオ》第二夫人と呼ぶからね。小桃《シアオタオ》は十九歳、丸々太った体に、満月のような顔。桃《タオ》第二夫人は邱《チウ》家のために何と男の子を産んだ。それは邱《チウ》家のめでたい祝いの日で、爆竹を鳴らし、赤く染めた卵を配った。邱《チウ》おばさんは母に自分の星回りの悪さを嘆き、男の子を一人も産めないと言って泣いた。

女は男のために子供を産むだけのもののようだ。邱《チウ》夫人はまた子供を産まなければならなくなった。彼女は今度はとうとう男の子を産んだが、二日二晩人事不省に陥った。母は毎日彼女を見に行き、とても緊張した様子だった。まさにその数日間に、馮《フォン》姉やが我が家へ来た。

馮《フォン》姉やは一目見に行きたいと言うが、ただ邱《チウ》おばさんを見たいだけだろう。一目見ただけで命に関わる？　幸いにも邱《チウ》おばさんは平穏無事だった。続いて母が季陽《チーヤン》を産んだ。邱《チウ》家の男の子が満一カ月になるその日、母はまだ産後ひと月の静養中で、外出できなかった。母は小さな玉の羅漢を一つ取り出し、朝早く馮《フォン》姉やに届けに行かせることにして、門まで届けたらすぐ戻るよう一再ならず彼女に注意した。私はついて行こうと思った。馮《フォン》姉やはきれいに洗って糊付けしたインダンスレンの短い上着に着替え、出かける前に、整髪用の糊もさっと頭に塗った。邱《チウ》家はすぐ隣で、彼女はただ贈り物を届けるだけなのに、そんなにきれいにして、まるで祝い酒にあずかりに行くかのようだ。邱《チウ》家に着くと、お祝いを述べて贈り物を渡した後、彼女は奥様のお言いつけで、ちょっとお坊ちゃんを見に来ましたと言った。私が横目でちらっと彼女を見ても、彼女は私にかまわない。私たちは邱《チウ》家の乳母について彼女の部屋へ入って行った。

部屋に入るや否や私のよく知っている臭い、乳、血、尿の混ざった臭いがした。私の弟や妹が生まれるたびに、その臭いがした。人間はつまり乳、血、尿が混ざってできているものなのだろう。赤ん坊は黄色地に緑の模様のある小さな綿入れの掛け布団にくるまって、揺りかごの中で寝ていた。馮《フォン》姉やは体をかがめてのぞく。真っ赤な顔が、サツマイモみたいだ。見て何の面白いことがあろう？

坊ちゃんが泣き出して、顔がさらに赤くなる。

「おー、おなかが空いたのね」邱《チウ》家の乳母が腰を曲げて彼を抱こうとした。

「私が抱きましょう」馮《フォン》姉やが言う。

彼女は坊ちゃんを抱え上げ、胸の中に抱いた。坊ちゃんは泣きやんだ。「おー、おー。お利口ね、よく言うことを聞く。大きくなったら、お父さんとお母さんにしっかりお仕えするのよ」彼女は上着のボタンをはずしながら、邱《チウ》家の乳母に言った。「私がお乳をやりましょう。この子は生まれてすぐ、私のお乳を飲んだのよ。一杯一杯しぼってお届けしたの」

邱《チウ》家の乳母が言う。「奥様がおっしゃっていたわ、何日か人事不省になったって。あなたが隣家にいてくれたおかげで、坊ちゃんはあなたのお乳を飲んで、粉ミルクよりよく育つわ」

馮《フォン》姉やは胸の中の坊ちゃんを見つめながら、片手ではち切れそうな乳房をさらけ出した。小さな頬が乳房に貼りつき、一口一口すぱすぱと音を立てて吸い、まるで馮《フォン》姉やの体中の乳を全部吸ってしまおうとするかのようだ。

「行こう、行こう」私は待つのが面倒くさくなった。

馮《フォン》姉やは私にかまわず、邱《チウ》家の乳母にあれこれ尋ねている。お利口か、夜はよく眠るか、何回お乳を飲むか、へその緒は取れたか、など。

私はそういったくどい話を聞く気がしない。「行こうよ！　ほら、この子はもう飲む元気がなくなったわ。お乳がすっかり顔の上に流れてる。行こうよ、お母さんが言ったでしょ、贈り物を届けたらすぐ戻りなさいって」

馮《フォン》姉やはここでようやく坊ちゃんを揺りかごに入れ、彼が満腹になって小さな口をチュッチュッと言わせるのをじっと見つめた。

私の弟季陽《チーヤン》は、きれいな上に、賢いので、皆に愛された。彼は色白で、眉目秀麗、年端も行かないのにもうひ弱で青白いインテリのようだった。祖父は彼が将来きっと文人になり、家系を継ぐばかりでなく、詩人である自分の跡をも継ぐ人間になると言った。祖父はしょっちゅう季陽《チーヤン》を自分の部屋へ入れ、砂糖漬けの果物だの、蓮の実の砂糖煮だのを食べさせ、部屋からは時々笑い声が聞こえてきた。

母と父は言うまでもない、季陽《チーヤン》が華奢《きゃしゃ》で弱々しいので、やはり特別に可愛がった。しかし父はいささか心配して、母に言った。「息子が一人増えれば、心配事も一つ増える。息子は決して亡国の民になってはいけない」季陽《チーヤン》は一九三二年に生まれた。一九三一年に「九・一八事変」があり、日本が東北三省を占領した。父が言うのはつまり日本人の亡国奴隷になるなということだ。漢口《ハンコウ》日本租界の通りには至る所日本人水兵がいる。日本の海兵隊はよく街頭で市街戦の演習をする。その数日間、父は私たちを学校へ行かせない。私はちょうど家で蚕にえさをやって繭糸を引き出し、向かいの黄《ホアン》家の姉妹と石蹴りをして遊ぶことができ、学校へ行ってあの私より頭一つ分背の高い級長からいじめられずにすむ。

馮《フォン》姉やは使用人の中で、一段優れている。彼女は季陽《チーヤン》の乳母であるばかりでなく、母の腹心の者にもなって、いつも一緒にひそひそ話しているが、何を話しているのかはわからない。毎晩、彼女は私が床について眠る世話をする。私は孟姜女《モンチアンニュイ》が万里の長城へ夫を捜しに行く物語を彼女から聞くのが好きだった。

「姉やの旦那さんは？」私は聞く。

彼女はちょっと笑って言う。「本当に余計なことに首を突っ込むのが好きね」

「死んだの？」

「死んだのなら却ってさっぱりするわ。彼は阿片を吸って、博打をして、お金を借りて、返せなくなって、それで私が乳母をしに来ているのよ」

「子供は？」

「もういい！　もういい！　とことんまで問い詰めるのね！　眠らなければ、もう相手をしないわよ」

邱《チウ》家の坊ちゃん煊煊《シュエンシュエン》と季陽《チーヤン》は同年同月生まれで、まるで双子のようだが、似てはいない。季陽《チーヤン》は肌季陽《チーヤン》が白く美しく、煊煊《シュエンシュエン》は丈夫でたくましい。両家の乳母はよい友達になった。春、夏の時分には、季陽と煊煊《シュエンシュエン》が籐で編んだ乳母車に乗り、二人の乳母が車を押して日本公園へ行き、日本人の子供がボール遊びをするのを眺めたが、鉄柵の外側に立って見ると、入口に「犬と中国人は入るべからず」という木札がかかっていた。冬には、子供が風邪を引くのを恐れて、邱《チウ》おばさんが外出を許さなかったので、馮《フォン》姉やが季陽《チーヤン》を邱《チウ》家に連れて行った。季陽《チーヤン》が三歳の冬、馮《フォン》姉やは母がセーターを編んだ残りの赤い毛糸を使って、季陽《チーヤン》に赤い帽子を一つ編んだ。母が言った。「赤いマフラーも一本お編みなさいな」馮《フォン》姉やは「もう一つ帽子を編んで、煊煊《シュエンシュエン》にあげましょう」と言う。母は少し笑いながら彼女に言った。「それもいいわね。おそろいの赤い帽子」二人はいつもそんな風に神秘的な感じで言葉を交わしていた。

長年の後に、私はようやく知ったのだが、邱《チウ》家の坊っちゃんは実は馮《フォン》姉やの息子だったのだ。

季陽《チーヤン》が三歳の年、父はちょうど貴州《クイチョウ》にいた。旧正月三日、母は突然新聞で父の訃報を目にし、泣いてベッドに倒れ込み、動かなくなった。私は大声で泣き叫んだ。姉やが赤い帽子をかぶった季陽《チーヤン》の手を引いて部屋へ入って来た。

私はテーブルに広げられた新聞を指さして言った。「お父さんが死んじゃった」

馮《フォン》姉やはしばらくぼんやりしてから、続けざまに言った。「神様、神様、ああ、神様」

彼女はベッドに倒れて気を失っている母を見ると、すぐに親指の爪で母の鼻の下のくぼみを強く押さえながら、私に言う。「怖くない、怖くない、私がいるわ、怖くない」

季陽《チーヤン》はおとなしくベッドのそばに立ち、一言も言わず、まるで何か大事件が起こったと知っているかのようだ。

馮《フォン》姉やは母の鼻の下のくぼみを押さえながら、涙を流してかき口説く。「奥様、気がついて！　奥様、御老人はお年だし、子供は小さいし、坊ちゃんお嬢ちゃんたち、みんな奥様を頼っているのよ、気を取り直して。奥様が倒れたら、彼らはどうするの？　奥様、倒れていられないわ、まだお子さんたちがいるのよ。神様、神様、どうしよう？　奥様、奥様、ああ、鼻の下が赤くなってきた。泣いてはだめ」彼女は振り向いて私に言った。「あなたが泣いたら、奥様がもっと悲しくなるわ」

私は泣くのをやめ、休みなく叫んだ。「お母さん、お母さん、お母さん」

母の鼻の下は真っ赤になっている。

馮《フォン》姉やは依然として母の鼻の下を強く押さえているが、そのため彼女自身の顔が赤くなり、顔中涙でぬれている。「奥様、奥様、行ってしまってはだめ！　神様、どうしよう？　神様！」

母はゆっくりと目を開け、季陽《チーヤン》を見ると、彼の赤い帽子を指さして厳しい声で叫んだ。「脱ぎなさい、脱ぎなさい！　早く脱ぎなさい！」

季陽《チーヤン》は一瞬のうちにわーっと泣き出した。

「いい子、いい子、泣かないで。私がまたきれいな帽子を編んであげる。私の季陽《チーヤン》は毎年新しい帽子をかぶるのよ」馮《フォン》姉やはそう言いながら、彼の頭の上の鮮やかな赤色の帽子を取った。彼はすぐに小さな孝行息子になった。

武漢《ウーハン》の各界が江漢関《チアンハンコアン》で父を追悼した日、季陽《チーヤン》も兄たちと同じように、麻をかぶり喪章をつけ、小さい葬儀用の杖で地面に絵を書いて遊び、音楽が響くと、慌てて三人の兄にならいバタンと地面に伏し、弔問客に叩頭した。銅鑼《どら》や太鼓、チャルメラが、打ち鳴らされる。僧の読経は節回しがよい。小さな孝行息子は弔問の人に言った。「お父さんは天にいるの」馮《フォン》姉やが彼に教えたのだ。彼は祭壇のそばに立ち、八歳の兄の漢仲《ハンチョン》、乳母が抱く三カ月の小さい弟華桐《ホアトン》と、三人一列になっている。一番上の兄と二番目の兄はもう一方に立つ。双方は対立し、三対二、財産を分ければ、母が有利な位置を占める。娘は数に入らない。

母の部屋でドンと机をたたく音が響く。

上の兄が母の部屋で大声で叫ぶ。「帳簿と不動産の契約書を全部出して来い！　双方で二等分するんだ！」

私はドアの外に立ち、中へ入れずにいる。

「お祖父様が私に渡されたのだから、契約書はすべて、お祖父様にお渡しします」母が言う。

「俺は長男だ！　今は俺が主になったんだ！」

「長男でも家法に従わなければならないわ！　お祖父様が家長よ！」

「お前は何番目の年長者のつもりだ？」またドンと机をたたく音が響く。「お前が家法を口にするのか？　お前は何様だ？　聶《ニエ》家の中にお前がものを言える立場はない！　名分が正しければ道理も立つが、お前じゃない！　俺のお袋だ！」

「出て行って！」母が大声で言う。「今後、私の部屋に入るのを許しません！」

「出て行くなら、お前が出て行け！　出て行け！　出て行け！　ドアを開けてやる！　出て行け！」

「手を放して！」

ドーンと音がして、机が倒れ、ガチャーン、ガチャーンと、湯飲みや急須が床に落ちて割れた。

私は母の部屋に駆け込んだ。

「バカ娘!」上の兄は横柄に私を一瞥《いちべつ》して、出て行った。

暗い夜。小雨。薄い霧。まばらな街灯。母が私を連れて人力車に乗っている。蓑をはおった車夫がぼろぼろの車を引っ張っている。つぎの当たったズックの幌《ほろ》と簾《すだれ》は、じくじくと湿ってかびの臭いがする。車の片側で小さな灯火が、ちらちらまたたき、今にも消えそうな様子だ。その湿った真っ暗な幌の中で、母は私を抱き寄せ、脅しもなく、罵倒もなく、母の呼吸が私の顔にかかり、母の心臓が私にくっついて鼓動を打つ。私たちは話をしなかった。

「ああ!」母が突然ため息をつく。「華苓《ホアリン》、早く大きくなって」

私はきっと大きくなる。私はきっと大きくなる。その瞬間、私は大きくなると決心した。

私は言った。「お母さん、私たち引っ越しましょうよ」

「うん」

「どこに住む?」

「甫義里《フーイーリー》の銭《チエン》家の二階。部屋が二つある」

「彼らが来たら、どうする?」

「銭《チエン》家の人が下に住んでるわ。銭《チエン》家の大旦那様は、彼らが騒ぎを起こしに来たら、防いでやるっておっしゃるの。華苓《ホアリン》、人がいれば人情もある。あなたのお父さんが死んで、聶《ニエ》家の親戚も変わってしまった。彼らが以前家に来た時は、私が大小の包みを持ち帰らせたのに。今ではみんなあちらの味方になってしまった。銭《チエン》家の大旦那様だけがすすんで出て来て公平なことを言ってくださる」

「叔父さんは？」

「叔父様はよい御老人よ、ひどいことなどできないわ」

「お祖父さんは？」

「彼らはお祖父様を怖がらなくなった。真君《チエンチュィン》が来たから、お祖父様も彼らにかまわなくなった」

「どうするの？」

「怖がらないで。お母さんは死にっこないわ」


ある日、私のあの三歳の弟季陽《チーヤン》が、中庭で遊んでいて、地面に倒れて死んだ。

家を離れて

一九三七年に私は湖北《フーペイ》省立第一女子中学の試験を受けて初級中学〔日本の中学校に当たる〕に入学した。

一九三七年七月七日、日本軍が盧溝橋《ルーコウチアオ》で挑発を行い、抗日戦争が始まったが、続いて「八・一三事変」があり、日本が上海《シャンハイ》で公共の租界を根拠地として、戦争をしかけ、全面抗戦開始となった。日本は漢口《ハンコウ》の邦人を八月初めにはもう完全に撤退させており、国民政府が年末に南京《ナンチン》から重慶《チョンチン》へ移った。上海《シャンハイ》と南《ナン》京《チン》は相継いで陥落した。私たち少女も山を押しのけ海を覆す勢いで抗日活動に参加し、グループを作って病院へ負傷兵の慰問に訪れ、歌を歌って聞かせ、家への手紙を代筆し、慰問の品を分配し、また街へ出て募金活動をした。数人の同級生が一組になり、小旗を掲げて、役所や商店へ行き、住民の家へ行き、レストランや旅館へ行き、自動車も止めた。私たちは王瑩《ワンイン》〔一九一三～一九七四、女優、作家〕の街頭芝居『鞭を手放せ』も演じ、涙ながらに訴えた。

「八・一三事変」で江蘇《チアンスー》・上海《シャンハイ》が抗戦し、国民党の軍隊が戦線全域で撤退した時、一大隊の兵が残り、謝晋元《シェチンユアン》副連隊長と楊瑞符《ヤンルイフー》大隊長の指揮の下、四列の倉庫をしっかりと守った。少女団の楊恵敏《ヤンホイミン》が砲煙弾雨を冒して、その兵士たちに国旗を届け、空高く翻らせた。この英雄的行為は一大センセーションを巻き起こす。

上海《シャンハイ》と南京《ナンチン》が陥落した後、武漢《ウーハン》は抗日の要衝となる。日本軍機が日夜爆撃に飛来した。隠れる場所とてなく、ただ天命に任せるのみとなった。母は朝晩仏を拝み、菩薩の加護を求めた。父の死後、母の唯一の拠り所は菩薩で、毎朝毎晩数珠を手に何十遍も『般若心経』を唱えていた。ある時、緊急警報が響き、ウーウーという音が葬式の泣き声のように聞こえ、母は四人の子供たちをテーブルの下に引っ張り込んだ。日本軍機が一群一群頭上をゴーゴーと飛び去って行く。母は私たちを引っ張って胸の下に抱き寄せ、子供たちに体ごと覆いかぶさり、繰り返し『般若心経』を唱えた。

「観自在菩薩。行深般若波羅蜜多時。照見五蘊皆空。度一切苦厄。舎利子……」

母の『般若心経』はあちこちで炸裂する砲弾の轟音にかき消される。

「無眼耳鼻舌身意。無色声香味触法。無眼界。乃至無意識界。無無明。亦無無明尽。乃至無老死。亦無老死尽……」

母の声は弱くかすかだが一心に唱え続ける。

「依般若波羅蜜多故。心無掛礙。無掛礙故。無有恐怖。遠離一切顛倒夢想……」

ドーンという響きに、パチパチと炸裂する音、またドーンという響きに、パチパチと炸裂する音がして、爆撃がさらに近くなり、母は私たちをもっときつく抱きしめ、『般若心経』がやんだ。静寂が広がる、死と同じ静寂が。

遂に警戒解除の報が響いた。気がつくと母子五人は半身がすっかりテーブルの外に出ていた。

一九三八年八月、武漢《ウーハン》は危険な状況になり、武漢《ウーハン》にあった行政機関はすべて重慶《チョンチン》に撤退した。親戚や友人が次々と避難した。母は私と弟妹を連れてどこへ逃げて行けばよいのかわからない。重慶《チョンチン》へ行こう、まるで外国だ！　知人もなければ土地にも不案内で、どうやって生きていくのか？　母にはある遠い親戚がいて、私たちは勉公叔《ミエンコン》父さんと呼んでいたが、ドイツに留学した医者で、武漢《ウーハン》でとても有名だった。彼は八の字ひげを生やし、ぱりっとしたスーツを着て、医療かばんを提げ、パタパタとやって来て、日本人みたいだった。私は陰で彼を日本人と呼んだが、彼は日本人を最も憎んでいた。小さい頃、彼は私の腕をつかんで一本注射を打った。私はまた私の腕をつかんで注射を打った。彼が来ると、私はベッドの下に隠れたが、彼は母が私を引きずり出すのを見ながら、また私の腕をつかんで注射を打った。私が駄々をこねると、誰かが「勉公叔《ミエンコン》父さんが来た！」と言い、私はすぐにおとなしくなった。彼は我が家で最高の権威を有し、三世代が皆、病気治療や痛み止めに彼を頼り、一家中が私をおとなしくさせるのにも彼を頼った。

母が私を連れて勉公叔《ミエンコン》父さんを訪ねて行った。彼の一家は間もなく三斗坪《サントウピン》の実家に戻ろうとしている。それは母がよく行っていた母方の祖母の家だった。

「君……君は絶対……日本……日本の鬼めの下なんぞで生活……生活……生活の糧を求めてはいけない。

三斗坪《サントウピン》へ行こう……行こう！　僕たちがみんな……みんな君……君の面倒を見ることができる」勉公《ミエンコン》叔父さんはどもりながら言う。「あそこは山が青……青く……川がきれいで、人……人……人も親しいし、土地にも親しみがあるし、誰も君……君をいじめる者はいない。ここ……ここのすべての……悩み……悩みから抜け出すんだ。三斗坪《サントウピン》で、君はきっときっと楽しく暮らせる」

長年の後、私はようやく、勉公《ミエンコン》叔父さんが当時共産党員であったことを知った。

私たち母子五人、母の継母、張徳三《チャンドーサン》、女中の胡《フー》おばさんと娘の小秀《シアオシウ》、一家九人は武漢《ウーハン》から汽船に乗って宜昌《イーチャン》へ行き、宜昌《イーチャン》からまた木船に乗って川を遡り三斗坪《サントウピン》を目指す。

早朝に武漢《ウーハン》を離れ、朝の光の中で江漢関《チアンハンコアン》が次第に遠ざかって行ったが、私は少しも名残惜しいとは感じなかった。母が罪もなく屈辱を受けて暮らすことはもうなくなるのだ。苦しいにせよ、楽しいにせよ、独立し、自由になる。川が私たちを新天地へと連れて行ってくれる。この時から私は大河、海、小川の上を漂流し続け、もう二度と振り返ることができなくなった。

今、私はアイオワ川の上で、私と母、弟妹が危険な早瀬の激流に浮かぶ木船に乗っているのが見える。母が言った。「船を操る人は一方が空、三方が水なのよ」私が長江《チャンチアン》の上で見たのは船引き人夫が空を向かず、水の方も向かず、奇怪な形をした岩の方を向いたまま、断崖の上で腰を曲げ、太いロープを引っ張り、「えいよー」の一声で、一引き、また「えいよー」の一声で、一引きし、私たちの船を引っ張って急流を一つ一つ越えて行く姿だった。船は急流の上でゴトンゴトンと、達磨さんの如く揺れに揺れ、私は楽しくてたまらず、そのままずっと揺れながら三斗坪《サントウピン》まで行きたかった。しかし、急流を一つ越えると、また風が凪いで波も静かになり、両岸に徐々に迫ってくる冷ややかで無情な崖があるばかりだ。

「もうすぐ鬼門関《クイメンコアン》〔地獄の入口の意で、危険な場所を指す〕だぞ！」船主が船の苫《とま》の外から中に向かって大声で叫ぶ。

母は子供たちにただ一言、「ちゃんと座って、動かないで」と言った。

「鬼門関《クイメンコアン》、どこに鬼門関《クイメンコアン》があるの？」私は言う。

「話をしないで！」

「鬼門関《クイメンコアン》なんか、私、信じない」

「話をしないでと言ったでしょ！」

「迷信よ。死にっこないわ」私は言った。

「ない、ない。菩薩の御加護があれば、百歳まで長命よ」母はわざとその不吉な死という言葉を口にしない。

船引き人夫たちは崖の上で「えいよー、えいよー」と言い出した。急流はゴーゴーと音を立て、轟音はますます大きくなっていく。

母が私の手をぎゅっとつかんだ。

私は聞く。「どうしたの？」

「話をしないで！」

「どうして？」

「聞かないで！」

船引き人夫たちは突然静かになり、不気味な急流の轟音だけが、私たちの周りを取り囲む。急に船引き人夫たちが大声で叫び、罵り始める声が聞こえ、けんかのようでもあり、急流を罵っているようでもある。

母の顔が硬くこわばる。船引き人夫の罵声と急流の怒号は、小船が傾き倒れるほどにとどろき、上に揺れ下に揺れ、今にもひっくり返りそうだ。船はドカンという音を立てると、流れの渦の中でこまのように旋回し、船内の人は振り回されてあっちへ転びこっちへ倒れしている。母は四人の子供たちを胸に抱き寄せ、休みなく唱える。「南無観世音菩薩、南無観世音菩薩、南無観世音菩薩……」

船はゴトンゴトンと回れば回るほど速くなる。水がザーザーと船の中に入って来て、まるで蛟《みずち》（洪水を起こすという伝説上の動物）が船の周囲でのた打ち回り、船に巻きついて川底に沈めようとしているかのようだ。

船引き人夫たちは崖の上で鬼門関《クイメンコアン》に向かって狂ったように叫んでいるが、何を叫んでいるのかわからない。船主と船頭たちの太くて大きい櫂が流れの岩をバンバンと打ち、一群の岩の間にはまり込んで旋回する木船を押し出そうとしている。

船主が崖の上の船引き人夫たちに大声で叫ぶ。「引け！　畜生！　引け！」

「南無観世音菩薩。南無観世音菩薩。南無観世音菩薩……」

「鬼門関《クイメンコアン》って、とっても長いわね」私が小声で言う。

「南無観世音菩薩。南無観世音菩薩……」

「ここで船がひっくり返ったことがあるの？」私は聞く。

「南無観世音菩薩。南無観世音菩薩。南無観世音菩薩……」

話をしなければ、余計に怖い。私はそっと聞いた。「鬼門関《クイメンコアン》を過ぎたら、ほかに何関《コアン》があるの？」

私たちを抱いている母の手が私の頭をちょっとたたいた。「南無観世音菩薩。南無観世音菩薩。南無観世音菩薩……」

私は黙るほかなくなった。

「南無観世音菩薩。南無観世音菩薩。南無観世音菩薩……」

船底がまたドカンという音を立てた。船は突然穏やかになり、波も静かになった。

「鬼門関《クイメンコアン》を過ぎたぞ！」船主が船首で叫ぶ。

母が「あー」という長い一声を上げ、私たちを抱いていた腕を緩めた。「菩薩の御加護で、一家が生き返ったわ。天下の道をくまなく行っても、鬼門関《クイメンコアン》は越えられない。私はずっとここのことを心配していたけど、口には出さなかった。たくさんの船がここでひっくり返ったのよ。生きるべき人は、死なないし、死ぬべき人は、生きられない。今のような乱世では、平安こそが幸せよ」

三斗坪《サントウピン》の土手には大小の木船が停まっている。水深が浅いので、汽船は岸に近寄れない。それらの船はすべて下流の宜昌《イーチャン》から、多くの危険な早瀬を越えて、三斗坪《サントウピン》に到達する。木船は荷物を運び、人も乗せる。人夫たちが船から綿布の大きな包みをいくつも下ろし、あるいは一束一束灰色の軍服を担ぐ。ズックの担架に横になってうめく負傷兵を船から担いで下ろす人夫もいる。土手の上の人々は竹かごを背負っているが、男は町で買った雑貨を背負い、女は子供を背負っている。新しくやって来た船が岸に横付けされると、皆が押し寄せ、珍しく奇妙な長江《チャンチアン》下流の人間を見物する。

一人の女が一艘の船の上に立ち、びしょぬれになった柄のズボンを振りながら、別の船の男に向かって大声で叫んでいる。「犬畜生め、このアタシをいいようにしやがって！　いい死に方できるもんか！」

三斗坪《サントウピン》の坂は長々と連なる土で築いた階段で、土手から上がって行くと、石畳の一本道になり、それが三斗坪《サントウピン》の町だ。よその土地から戻ったある綿花・綿糸商の主人が二階建ての家を建て、ここの人は洋館と呼んでいる。石畳の道の両側に茶館、麺類の屋台、小料理屋、雑貨店、肉切り台、引き綱の店、綿花・綿糸商などが並び、行き来する人が、石畳を踏んでポンポンと鳴らす。片腕を吊った負傷兵、糊のきいた白い綿布の中国服を着た船主、肩に天秤棒で担がれた水をたたえる二つの木桶、キセルをくわえた綿花・綿糸商の主人、綿菓子を手に持ち鼻を垂らしている男の子、髪を二本のお下げにした女の子。石畳の道の突き当たりに小学校や負傷兵の病院、さらには古いほこらがあり、中庭にいつも薄い板の棺おけが一つ置いてある。三斗坪《サントウピン》には一種独特な臭いがあり、それは太陽、泥土、青草、かびや腐臭が混ざった臭いだ。

その年、私は十三歳。一九三八年の秋だった。

母の母方の祖母の家が三斗坪《サントウピン》にある。陳《チェン》家は当地で有名な大家族で、母がやはり幼い頃行ったことがあった。今は伯母が二人と男のいとこが二人、女のいとこが二人残っているだけで、まだ田舎の畑の中にある古い家に住んでいる。三斗坪《サントウピン》の人はほとんど陳《チェン》という姓で、会う人すべてが何らかの親戚筋に当たる。母がまだ着かないうちから、三斗坪《サントウピン》の人は皆孫《スン》姉さんがもうすぐ来ると知っていた。彼らは皆母を孫《スン》姉さんと呼び、私は初めて聞いた時、ひどく慣れない感じがした。しかし、「孫《スン》姉さん」と呼ぶその一声が母を変え、眉をひそめ暗い目をしていた母が明るく朗らかな様子に変わり、父がいた頃と同じようになった。

私たちは三斗坪《サントウピン》でしばらく多くの陳《チェン》家のうちの一つである陳《チェン》家に住んだが、それがまさにあの洋館だった。綿花・綿糸商の主人は楊《ヤン》という姓で、妻、妾と共に前方の大きい数部屋に住んでいた。三斗坪《サントウピン》で人に会い縁戚女性とその夫でなければ、縁戚男性とその妻である。楊《ヤン》家の伯母さんの一人息子が死んだ後、楊《ヤン》家の伯父さんは柳《リウ》おばさんをもらい、息子が生まれたばかりだった。初めて柳《リウ》おばさんに会った時、彼女はちょうど胸に子供を抱いて乳をやっていた。赤ん坊はチュッチュッと乳を吸い、丸々と太った小さな足を蹴り上げ、小さな手で白く豊かな乳房をたたいていた。乳が柔らかい青の上着に流れ、柳《リウ》おばさんが頭を上げて私にちょっと笑いかけたが、私は楊《ヤン》家の伯父さんは間違いなく彼女が好きなのだとわかった。母屋の後ろの数部屋に陳《チェン》家が住んでおり、彼らも漢口《ハンコウ》から来たばかりだったが、母は漢口《ハンコウ》で既に見知っていた。陳《チェン》医師が漢口《ハンコウ》市立病院の撤退に随《したが》い長沙《チャンシャー》へ行き、家族が故郷の三斗坪《サントウピン》へ戻ったのだ。彼らは常に土のかまどでシロップのしたたるサツマイモを焼いていた。二階には湖南《フーナン》から来た看護師とその夫がいる。看護師は町の負傷兵の病院で働き、声が大きく、率直できびきびしており、病院の軍医や看護師が絶えず彼女を訪ねて来て、大声で談笑していた。

陳《チェン》家には息子が二人、娘が三人いる。長女の娟娟《チュエンチュエン》は私と同い年で、小柄で注意深く、恥ずかしげだ。甘やかされて気ままな私と素直でおとなしい彼女は意外にもうまく合い、一緒にお喋りしては笑い合った。二人の十三歳の少女は、看護師の家の若い士官たちに最も興味がある。ある士官は、軍服姿で、私はあの灰色の長い中国服を着た小学校四年の時の担任教師をどうしても思い出してしまう。彼は入口を入るとすぐ二階に向かって大きな声で叫び、私たちをちらりとも見ないで、大股で階段を駆け上がる。

私たちは結局文昌閣《ウェンチャンコー》に引っ越した。三斗坪《サントウピン》から十数里曲がりくねった石のでこぼこ道を歩き、山を一つ越えると、さらさらと流れる水の音が聞こえてくる。小川は透き通り、奇妙な形をした岩を越えて流れる。川岸には庭が二つある古い家が建っており、方《ファン》家の三世代が住んでいる。方《ファン》家の大伯父さんは何と裏庭の一方の棟を私たちのために空けてくれ、それはただ母が漢口《ハンコウ》から来た陳《チェン》家の外孫の孫《スン》姉さんだからというだけの理由だった。土壁に黒い瓦、入口の敷居が高く、そこに座ると、澄んだ小川や、向かいの山の青々とした林が見える。夜には、桐油のランプに灯心が二、三本、かき立てると、少し明るくなるが、人の姿もはっきり見えず、薄暗くて気味が悪い。部屋は大きいものの、窓がなく、真っ昼間でも暗いままだ。ある空き部屋に楠の棺が一つ置いてあるが、方家《ファン》の大伯父さんが後に自分が使うために特に用意したものだった。空が暗くなると、墓の中はまさにそんな静けさだろうと思われた。私は部屋を一歩も出ようとはせず、部屋の中に閉じこもって、大人のそばにくっついていた。

方家《ファン》の大伯父さんは私の祖父に似て、大男で、濃い灰色のひげに、二本の濃い灰色の眉、道を歩く時は体を大きく揺らし、話し声がよく響き、顔が赤くてつやつやしている。あの不運な棺はいつになったら門を出ることができるのかわからない。

方家《ファン》の三番目の姉さんは三斗坪《サントウピン》で一番の美人で、ほっそりした体に、いたずらっぽい大きな目、話し声はかすれ、少し甘えた感じで、私は彼女が話すのを聞くのが好きだった。方家《ファン》の大伯母さんは一年中ベッドに横になってぐずぐず言っており、私は今でも彼女が一体何の病気だったのかわからないが、その頃いつ死んでもおかしくないように見えたので、彼女があの棺に横たわるのを想像したこともある——硬直した青白い顔、口には彼女が手にはめていた真珠の指輪をくわえているといったありさまを。彼らには息子が二人いる。上の息子は長江《チャンチアン》下流で離婚経験のある女性を娶り、親父さんはそれが気に食わず、若い夫婦は別の土地に住んでいる。下の息子が三番目の姉さんの夫で（私はどうして彼女が三番目の姉さんと呼ばれるのかわからない）、阿片を吸い、背が低く、腰を曲げ、ろうのように黄色い顔、にもかかわらずきれいな目をしていて、もし体が健康だったら、美男に違いないと思われた。

抗日戦勝利の後、私は初めて母から、方家《ファン》の下の息子が死に、三番目の姉さんが剃髪して尼になり、母に手紙をよこして、自分の息子の世話を頼んできたという話を聞いた。噂によると方家《ファン》の下の息子が死んだ後、三番目の姉さんはある地方官吏といい仲になり、彼と駆け落ちするつもりだった。その人には妻があり、また地方官吏でもあったので、三番目の姉さんと駆け落ちするのは、容易なことではなかった。二人が逃げる前に、彼は未精製の阿片を売買したという罪で銃殺刑になったという。

私が三斗坪《サントウピン》で一番楽しかったのは、学校に行かなくてもよくなったことだ。そこには中学がなかった。私は教室で居眠りしながら数学、物理、化学などにかじりつかなくてもよい。母の元を離れ、毎週漢口《ハンコウ》から渡し船に乗り、武昌紫陽橋《ウーチャンツーヤンチアオ》の第一女子中学へ行き、土曜日にようやく帰宅するという生活をしなくてもよいのだ。漢口《ハンコウ》の江漢関《チアンハンコアン》、武昌《ウーチャン》の黄鶴楼《ホアンホーロウ》を目にしながら、行っては帰るたび、私は喜び悲しんだ。母が悩み苦しんでいるが故に、私はいつも母を見守っていたかった。今、家庭の恩讐、戦争の災難は、すべてはるか長江《チャンチアン》の彼方となった。川の流れ、山や野、人の情は、すべてとても単純で自然なものだ。

母は完全に変わった。きらめく銅のベッド、半分開いたブラインド、乾燥してしわの寄った仏手柑《ぶしゅかん》〔端が指状に分かれた観賞用の柑橘類〕、水晶鉢の中の水仙、長々とした数珠、たゆたう白檀の香り、尽きることのない涙、哀しいため息、これらはすべて消えた。今、部屋の中には木のテーブルが一脚、細長い板の腰掛が二脚、薄べったい木の寝台が二つあるばかりだ。母はあぐらをかいてベッドに座り、フーフーと火つけのこよりを吹き、黄ばんだ白い水ギセルをグルグルと吸っており、太い糸の靴下に当てた菱形模様のある白布の底が見えている。縁戚男性の妻や縁戚女性、女のいとこや男のいとこの妻たちと談笑し、母がお下げ髪で模様入りの裏つき上着を着て祖母の家に来たことや、三斗坪《サントウピン》のよいこと、悪いことなどあれこれと話している。どの親父さんとどの娘が出来ているとか、どの奥さんの旦那が重慶《チョンチン》で女を作った、といった類いの話だ。山青く水清らかな三斗坪《サントウピン》にもやはり「七情六欲〔諸々の情欲〕」はあったのだ。この言葉は父の死後、母について寺へ行き法師が仏の話をするのを聞いて覚えたものだ。母は時々十数理の道を歩いて三斗坪《サントウピン》の町へ行き、親戚たちとお喋りして何巡か麻雀をする。あるいはいとこの妻や女のいとこの誰かと小川を渡って向かいの山の人家へ行き、サツマイモだの、胡瓜や白菜だの、トウモロコシだの、一袋提げて帰って来る。もちろん、そこはまた親戚づきあいをする家の一つになった。

母は私に言った。「これは私の人生で一番よい暮らしだわ。あなたのお父さんが死んで、人からいじめられ、季陽《チーヤン》も死んで、戦争もあり、私は生きていけなくなった。三斗坪《サントウピン》が私を救ったの。以前の苦しい日々は、よい暮らしであったとしても、忘れてしまったわ」

私と娟娟《チュエンチュエン》は影が形に添うように離れない。彼女が文昌閣《ウェンチャンコー》に来るのでなければ、私が町へ出て彼女の家へ行く。私たちは裸足で小川の石を一つ一つ跳んで行き、また一つ一つ跳んで帰り、川岸の草の上に座って、町の若い士官たちのことを話し、容姿を品定めし、彼らを笑いの種にしたり、あだ名をつけたりした。大耳、出っ歯、騒音ラッパ、癇癪持ちの湖南《フーナン》唐辛子、長江《チャンチアン》下流のしたたか者、チビの武太郎《ウータイラン》、孫悟空《スンウーコン》。書生というあだ名は、軍服姿があか抜けして私の担任教師に似ているあの仕官につけた。私たちは時には川の水がかかってザーザー音を立てている石を跳び越え、対岸まで行き、山を登り、林の中で野の花を探し、木に登ってみかんをもぎ取ったりもした。町へ出れば、また別の遊び方がある。私たちは麻雀をするのが好きだ。母が祖母と麻雀をすると、私たち二人はそれぞれ彼女たちの後ろに立って待ち、チャンスがあれば、すぐ座って代わりにやり、楽しくてクククッと笑った。私の博打は一か八かの勝負にかけるが、彼女は慎重で用心深い。

私は三斗坪《サントウピン》で屈託なく半年間遊んだ。

母が申し渡した。「だめよ、あなたは絶対学校へ行って勉強しなくちゃ！」

私はさっと両手を広げた。「私をとがめられないでしょ！」その口ぶりはいささか災難を喜んでいた。

「湖北《フーペイ》の中学はすべて恩施《エンシー》へ移転したのよ。あなたはどうしても恩施《エンシー》へ行って通学しなければ」

「私一人で行くの？」私は母を脅した。

「叔父さんがあなたを連れて行ってくれるわ」

「至る所叔父さんだらけよ、またどこからやって来た叔父さんなの？」

「恩施《エンシー》の高級中学〔日本の高校に当たる〕の生徒でお母さんに会いに帰って来て、すぐに恩施《エンシー》へ戻るの。あさってにはもう行くわ」

母がとっくに手はずを整えてしまったのは明らかだ。

「私、行かない！」

「どうしても行かなくちゃだめ！」

「私、行かない！」

「どうしても行かなくちゃだめ！」

「お母さんが行くなら、私も行くわ！」

「私は行けないわ！」

「お母さんが行けないなら、私も行かない」

「私がどこへ行くの？　お金がないのよ！　一家が生きていけないでしょ？」

空はぼんやりと霞んでいる。あの薄暗いが暖かい田舎家の高い敷居をまたいで、私は流浪し続けていくことになった。母が町へ出て船に乗る私を見送る。母子二人は涙を流しながら、連綿と起伏の続く山道を歩いたが、暑さ寒さに気をつけ、たくさん手紙を書き、家のことを心配せず、勉強に専念するよう、母が私に繰り返し言い聞かせた。私はそのでこぼこの小道を歩き続け、永遠に終点のないまま、母と一緒に歩き続けたかった。

母は涙をぬぐい、きっぱりと私に言った。「あなたがお母さんと別れるのが辛くて、お母さんがどうして辛くないわけがある？　辛くても別れなくちゃ！　今後私が苦しみから抜け出して晴れ晴れとした気持ちになれるかどうかはあなたたち次第なのよ！」

その最後の一言が、私の一生を決定した。

流れ、流れて

『懐かしき故郷』

（ドボルザーク Antonín Dvořák 作曲、鄭萍因《チョンピンイン》・李抱忱《リーパオチェン》作詞）

懐かしき故郷、懐かしき故郷、故郷は本当に愛しい。澄んだ空、涼しい風、郷愁が押し寄せる。故郷の人は、今頃はと、いつも心から離れない。他郷にあれば、独りぼっちの旅人、寂しくやるせない。故郷に戻って、再び昔の暮らしを尋ね、あまたの親戚友人と一堂に集いたい。もう一度昔のように楽しもう、もう一度以前のように楽しもう。

屯堡《トゥンプー》は恩施《エンシー》県城の東南隅にある。清江《チンチアン》の水は永遠に透き通っていて、石畳の小道に沿い、道の両側には元々小さな店舗が並んでいたが、ちょうどよい具合に教室となっている。湖北《フーペイ》省のすべての省立・私立の女子中学がそこに集まった。それが即ち抗戦期の湖北《フーベイ》省立連合女子中学だ。

小さな通りと清江《チンチアン》の間には土手があり、生徒集会と体育の授業はいつもそこで行われる。午後の授業が終わると、農民が卵、落花生、みかん、クズイモといった土地の産物を持って土手へ売りに来る。少女たちは三々五々そこを散歩し、買い食いしたり、川で洗濯して、水切りしたり、川辺の石に座って本を読んだり、手紙を書いては、家を恋しがったりする。皆家からの手紙を待ちわびている。多くの少女の家は日本の占領区にあり、家からの手紙を受け取ると、笑う者もいれば、泣く者もいる。夜は自習で、二人が一つの桐油ランプを使い、二本の灯心がゆらゆらときらめく。「万里の長城は万里の長さ、長城の外は私の故郷、高梁《カオリアン》〔イネ科の植物〕が育ち、大豆が芳しく、一面黄金《こがね》色で災いも少ない」一人の東北地方の少女が『長城の歌』を歌いながら、宿題をやっていると、別の少女が鼻歌で合わせ始め、ある者は机に突っ伏して泣き、ある者は大声で歌い出し、歌声にむせび泣きが混じった。

ホームシックでない時は、やはりとても快活だ。一日三度の食事に、粗布のワンピースは、どちらも政府が貸付金で供給している。勉強も大事、遊ぶのも大事、食べるのも大事だ。どのテーブルにも八宝飯の小さな木桶が一つ、玄米、ヒエ、石、砂入りの八宝飯だ。一つのテーブルに八人、中から選ばれた一人のテーブル長が食事を管理し、平等に分配し、一匙分でも多寡があってはいけない。常に一、二匹の犬が傍らで待っている。一粒も残らず、飢えた犬は尾を垂れてしょんぼりと去るほかない。朝食は一つ一つ大きな木桶に入った粥に、揚げた大豆が一皿。食事の最後になると、木桶をこそげる音がカタカタと、あちこちで起こっては消える。木桶の外に粥が数滴したたると、飢えた犬が必ずきれいに舐める。それは天女が花を散らし、花が犬の口に落ちたのだと私たちは言った。

私は田福垚《ティエンフーイヤオ》、厳群強《イエンチュインチアン》といつも一緒にいたが、彼女たちは私よりたった一歳年上だっただけなのに、姉のように私の世話を焼いてくれた。私たちはほかにもそれぞれ友達がいた。土手は午前中ひっそりとしている。そこで遊びたいように、遊べばよい。ある日、宗志文《ツォンチーウェン》と一人のクラスメートが土手にいて、一匹の野良犬が肉をくわえているのを見かけた。二人はどこまでも追いかけ、遂に犬の口から取り上げたが、それは塩漬けの豚レバーだった。二人は農家へ行き、豚レバーをきれいに洗い、さっと煮て唐辛子とニンニクで炒め、心ゆくまで食した。翌日、通りの突き当たりにある指導課長の袁《ユアン》サル吉の家で軒下に吊るしていた塩漬けの肉と豚レバーがなくなったと誰かが言った。何と指導課長の家に盗みに入ったのだ！除籍にならなくても重大過失の罪を記録される！ 宗志文《ツォンチーウェン》は顔色一つ変えず、机にうつむいて代数の問題を解いていた。通りの西側に麺を売る小さな店があるが、彼女はクラスメートと麺を食べに行き、店の人が油断している隙に、調理済み食品の棚を開け、大きな脂身を口へ押し込んだ。

学校の調理場は昼も夜も調理師が管理し、さらには生徒も順番に調理場の見張りをして、御飯を見張り、お湯も見張る。夕食後、お湯は一人ひしゃくに二杯もらえる。御飯を盗るのもだめ、お湯を盗るのもだめ。まさにその「盗」の字こそが人をむずむずとさせ、腕を振るいたい気分にさせる。私、田福垚《ティエンフーイヤオ》、厳群《イエンチュイン》強《チアン》の三人は夜になると決まってお腹を空かせたが、ほうろうの器に冷や飯が一杯ありさえすればよく、農家が作ったラー油を混ぜ合わせれば、この上なく美味だ。もうすぐ自習の時間が終わる、先んずれば人を制す。私たち三人は調理場の外をうろうろし、しらくも頭がその場を離れるや否や、群強《チュインチアン》が大急ぎで実行に移り、私と福垚《フーイヤオ》が外で見張った。群強《チュインチアン》が容赦なく大きな器に御飯を一杯すくうと、三人は一目散に逃げ、楽しくてククッと笑った。ある時、しらくも頭に見つかり、罵りながら追って来る彼に、通りの端から端まで追跡されたが、私たちが宿舎に潜り込んだので、彼はようやく諦めた。その晩の夜食はとりわけおいしかった。宗志文《ツォンチーウェン》が調理場を見張っていた日、当時まだ知り合っていなかった談鳳英《タンフォンイン》がよく煮つめた豚の脂を大きな碗に一杯取って行った。彼女は筋が通っていて意気盛ん、何はばかるところなく持って行った。宗志文《ツォンチーウェン》は何も言わなかった。よその土地へ逃げて来て、苦楽を共にしているからには、兄弟分の義侠心を重んじるというわけだ。

姜徳珍《チアンドーチェン》はこういったいたずらや騒ぎを起こすことはない。皆が食べる物を、自分も食べ、しかもおいしくいただく。彼女は一日中朝から晩まで数学、物理、化学にかじりつき、他人とはいささか相容れず、私たちのように鬼っ子知恵多くして、面倒を引き起こすといった風でもない。彼女は元々農村の私塾で学んでいたが、兄がしばらくの間、彼女に厳しい補習指導をしたので、屯堡《トゥンプー》へ来るや、すぐに中学二年まで飛び級した。彼女の脳裏にあるのはぴんと張った一本の弦だけだった——数学、物理、化学をきちんと勉強すれば、将来よい大学へ入れるという信念だ。

清江《チンチアン》の流れは急で、川を渡るには上流へ少し歩く必要があり、そこで木の小舟に乗り流れに沿って下れば、向こう岸へ到達する。数人の少女が一人の教師と恩施《エンシー》の街から屯堡《トゥンプー》へ戻る時、舟に乗って川を渡ったが、舟は早瀬で転覆し、乗っていた人は皆溺死した。噂ではその教師が舟の上で少女たちとふざけていて、騒いで舟がひっくり返ったということだ。本当か嘘かはわからない。いずれにせよ証人がいないのだから、どうとでも言いたいように言える。およそ男女の情に関することには、少女が作り上げた興味をそそるような物語がつきもので、その味気ない生活の中で、また一つの慰みともなるのだ。

通りに沿った土手の辺りは清江《チンチアン》が比較的浅く、水中に堆積した大きな石の山を一つ一つ踏んで川を渡ることができる。それも私たちの好きな遊びだが、臆病者はやろうとしない。私たちは一つ一つまたいで川を渡った。姜徳珍《チアンドーチェン》は弱みを見せたくなくて、「私も行くわ!」と叫びながら、石の上に足を乗せたが、ふらふらして、一声大きく叫ぶと、川へ落ちた。クラスメートたちは「助けて」と大声を出す。土手から一人の農夫が川へ飛び込み、彼女を岸へ救い上げ、大事には至らなかった。人々が彼女を取り囲んであれこれ尋ねても、彼女は何も言わず、おどおどした表情で宿舎へ戻った。誰かが外で、彼女の涛《タオ》兄さんが恩《エン》施《シー》の街から来たと大声で叫んだ。彼女はこの時になってようやく声を張り上げて泣き出した。

『西の山に日が落ちる』

（田漢《ティエンハン》作詞、張曙《チャンシュー》作曲）

西の山に日が落ちて空一面に広がる霞、向こうの山からやって来たのは小粋で憎い気になる彼女、弓形の眉、大きな目、髪に挿した椿の花。どこに木のない山があろう？　どこに瓜のない畑があろう？　どこに彼女を想わない男がいよう？　鬼退治の戦《いくさ》に出ればもう彼女にかまっていられない。

世間と隔絶したその辺鄙な山の中で、『西の山に日が落ちる』をちょっと歌えば、とてもロマンチックな気持ちになる。背が高く、肩幅が広く、黒縁眼鏡をかけた若い物理の先生が、私たちの単調な生活にほんの少しロマンチックな色彩を添えてくれる。彼が通りを過ぎ行くと、両側の教室の少女たちが皆ちらりと彼を見る。

聞立武《ウエンリーウー》という名の少女は、私たちより一年上で、黒く輝く目をしていて、あまり話をせず、顔を合わせてもちょっと笑うだけ、やはり萌黄色の粗布の服を着ているが、白い無地のシルクのような飄逸な感じをその身に備えている。彼女と聞一多《ウエンイートゥオ》〔一八九九〜一九四六、湖北（フーペイ）省出身の詩人、学者〕は血縁だそうだ。彼女はほかの少女たちのように何人かの仲間とつるむことはないが、お高くとまっているわけでもない。彼女の眼差しと笑顔は、その暗い山の窪地に差す一筋の春の光だった。

少女たちは萌黄色のワンピースを着て、石畳の道をふらふらと歩いたが、それはただ全身に疥癬《かいせん》〔伝染性の皮膚病〕を患っているためだった。待ちわびた金が家から送られて来ると、豚の脂を一かたまり買い、農家で煮つめてほうろうの器に入れる。それを八宝飯に混ぜれば、疥癬を治すことができ、さらにラー油を加えれば、旨味が出ておいしく食べられる。

「灯りを消せ！　灯りを消せ！　急いで灯りを消せ！」ある夜、誰かが一列に並ぶ教室に沿って叫んだ。教室の中の者は慌てて桐油のランプを吹き消した。どうして灯りを消さなければならないのか？　今まで山の中に日本の飛行機が爆撃に来たことはなかったのに。

「汚職を打倒せよ！　万《ワン》イモ作を打倒せよ！　袁《ユアン》サル吉を打倒せよ！」一群の生徒が叫びながら、通りの突き当たりの万《ワン》校長と袁《ユアン》指導官の家に向かって走って行く。万《ワン》校長は体が大きく、黒い外套を身につけ、街頭に立つと、警察が犯人を見張っているかのようで、両側の教室のがやがや言う声は直ちに静まる。袁《ユアン》指導官はがりがりにやせていて、あちこち見回り、遅刻を許さず、早退も許さない。こっそり教室を抜け出せば、彼が必ず街頭に立っていて、「止まれ！」と一声怒鳴る。名前を記録してから、またひとしきりお説教だ。「勉強しないのは、国の金を浪費することだぞ！」授業中に隠れて小説を読んだり、居眠りしたりしていて、振り向くと、彼が間違いなく窓の外に立ってにらんでいる。彼は最高の権威だ。校長と指導官は私たちの食費をピンはねしている、絶対彼らを追い出してやる、と誰かが言っていた。

「汚職を打倒せよ！　汚職を打倒せよ！」連続するその叫びは、野火のように小さな通りに広がり、皆が押し合いながらどっと教室を出て、暗闇の中で人について走る。闇夜の谷に石畳の路上の冷たくこわばった足音と憤怒の雄たけびがこだまする。

校長の家の扉は固く閉じられていた。

「万《ワン》イモ作が逃げた！　彼の一家はみんな逃げた！」誰かが大声で叫ぶ。

「汚職を打倒せよ！　汚職を打倒せよ！」私たちは扉を殴ったり蹴ったりした。

反応はない。

「汚職を打倒せよ！　汚職を打倒せよ！」叫び声は徐々に弱くなった。

教室に戻ると、教育庁に校長と指導官の汚職を抗議しなければと皆が叫んだ。突然どこからか一枚の署名簿が現れ、まばらに名前があるが、円形に書かれていて、筆頭人が誰なのか見てもわからない。少女たちは皆その円を囲むように署名した。汚職の打倒においては、誰も後れを取りたくなかった。

何日かが過ぎて、校長はまた街頭に立ち、両手を黒い外套のポケットに突っ込んでいた。

それは私が参加した初めての学生運動だった。

音楽を教える女の先生が一人いて、ピンク色の唇をしていた。音楽の授業では、オルガンもないので、彼女が教鞭を手に、首を傾け、黒板に書いた楽譜と歌詞を指し、一節歌うと、私たちも一節歌う。「黄河《ホアンホー》は東へ激しく流れ、黄河《ホアンホー》は万里の長きにわたる。流れが急で、波も高く、ほとばしる轟音が虎か狼のよう」

彼女が突然、音楽を教えに来なくなった。それからは彼女を二度と見かけない。彼女は逮捕された、共産党員だったから、と誰かが言った。国共の政治闘争が既に私たちの生活の中へひそかに浸透してきていた。

四十年後、私はアイオワから離れて久しい故郷へ戻ったが、作家歓迎会の酒席で、主催者が微笑みながらグラスを挙げて私に言った。「あなたにお酒をお勧めするのは、理由があります。あなたが恩施《エンシー》にいた時、私も恩施《エンシー》にいました」

「そうなんですか？」

彼は満足げにうなずいて少し笑う。「さあ、乾杯！　私は屯堡《トゥンプー》へ行ったことがあります」

「私たちが校長を追い出そうとしたのを、御存知ですか？」

「もちろん。あれはまさに私たちの任務だったんです」

「ああ。あの時、誰かが灯りを消せ、灯りを消せと叫んでいた」

「暗闇の中では誰が造反の先頭に立っているのかはっきり見えないでしょう！　あれはすべてあらかじめきちんと計画したことだった！　私の最初の妻は地下共産党員でしたが、恩施《エンシー》で国民党に殺されました。彼女はしょっちゅう屯堡《トゥンプー》へ行っていた。聞立武《ウエンリーウー》を御存知ですか？」

「もちろん。大変な美人で、誰でも彼女を知っていました」

「彼女も地下党員でした。彼女の兄弟姉妹はみんなそうでした」

「ああ！　彼女はそうは見えなかった。ただ無邪気な美しい女の子で、誰でも彼女を好きになってしまうんです」

主催者はハハハと大笑いした。「私たちはまさにそういった若者を仲間に引き入れたんですよ！」

「彼女はその後どこへ行きましたか？」

「建国前にたぶん延安《イエンアン》へ行ったでしょう」

「今は？」

「わかりません。さあ！　もう一杯やりましょう！　古くからの馴染みです！」

一九九六年、私は遂に北京《ペイチン》で聞立武《ウエンリーウー》に会えた。半世紀の後に、彼女は依然として容姿秀麗で、人並み優れて上品だった。話が当時の屯堡《トゥンプー》の学生運動におよび、私は彼女に聞いた。「あなたは屯堡《トゥンプー》で共産党員だったんでしょう？」

彼女はうなずいてちょっと笑った。「後にはそうでなくなったの」

「どうして？」

「私が恩施《エンシー》を離れる時、組織は私に何の合言葉もくれず、ただ私に待つように言い、そのうち誰かが私を訪ねて来るということだった。何十年経っても、私を訪ねて来る人はなかった。私の党籍もなくなってしまったの」

「屯堡《トゥンプー》に共産党の地下組織があるなんてまったく知らなかった」

「あったわ。私たち何人かは食事の時、左手にはしを持ったの」聞立武《ウエンリーウー》はふと笑った。

「本当？　少女たちの革命ね」

「私たちはやはり本当に真面目だったわ。ある二人姉妹がいて、どちらも地下共産党員だった。後に国民党がたくさんの人を捕まえた。姉は逃げ、妹は捕まった。彼女は入党しようとしていたことを認めたけど、まだ正式党員ではなかったの。それでは、誰が彼女と連絡を取っていたのか？　その人間は間違いなく党員だというわけよ。彼女は自分と連絡を取っていた党員を守るために、既に処刑された一人の党員の名をわざと白状したの。死んだ党員の名を言ったのに、その後一生裏切り者になってしまった」

『長江《チャンチアン》の水を引け』

（田漢《ティエンハン》作詞、聶耳《ニエアール》作曲）

お前はよーお前は杭を打て、俺はよー俺は綱を引く！　俺たちは神様に頼らない、俺たちは神様にすがらない。ただみんなの心に頼るだけさ、ただみんなの心に頼るだけさ。お天道様はただひたすら熱く、汗はただひたすら流れるが、長江《チャンチアン》の水を通さずにおくものか、長江《チャンチアン》の水を通さずにおくものか。お前はよーお前はかご一つ、俺もよー俺もかご一つ。年老いたと笑ってくれるな、愚かだと笑ってくれるな。一かご一かご積んで山ができる、一かご一かご積んで山ができる。お前はよーお前は飯を炊け、俺はよー俺は茶を入れる。お前は俺の兄貴に出してくれ、俺はお前の親父に出す。庶民は元々一つの家族さ、庶民は元々一つの家族さ。日が暮れそうだ、田畑が乾きそうだ、苗が枯れそうだ、綿花がだめになりそうだ。長江《チャンチアン》の水を引いたら、晩飯にするぞ、長江《チャンチアン》の水を引いたら、晩飯にするぞ。

私は恩施屯堡《エンシートゥンプー》の湖北《フーペイ》連中の初級中学で、一九三九年の春から学び一九四〇年の夏に卒業した。屯堡《トゥンプー》は深い山の中にあり、太陽の光が届かない。日々は変化がなく単調で、あたかもこの一生がそんな風に過ぎ去ってしまうかのようだった。

重慶《チョンチン》は戦時中の第二の首都だ。一九四〇年の夏、私は群強《チュインチアン》、福垚《フーイヤオ》と共に屯堡《トゥンプー》の初級中学を卒業した後、旅費が足りようが足りまいが、四川《スーチュアン》の道がどんなに険しかろうがかまわず、恩施《エンシー》で木炭を積んだトラックに乗り重慶《チョンチン》へ向かった。その年、私は十五歳だった。

木炭運搬車は喘ぐように、荒れた山を一つ一つ回って行き、登ってはまた下る。ほこりが次々と降りかかってくる。私たちは揺られて頭も顔もほこりだらけになったが、少女の期待を宿す両目はきらきらと輝いていた。人間ならもう爺さんの車はしょっちゅうブスッとため息をついては止まってしまい、二度と動こうとしなくなる。私たちが車を押し、運転手がハンドルを握る。そんな風にしばらく車を押しては、またしばらく車に乗るといった具合で、でこぼこの山道を、次の停車地へと向かい、小さな宿屋を探して一晩休んだ。翌日は薄明かりのうちから、またその辛く苦しい行程を続けた。やっとのことで四川《スーチュアン》省の端、黔江《チエンチアン》に着いたが、そこで車を乗り換えれば重慶《チョンチン》まで直通で行ける。だが車がない！　車両はすべて兵器弾薬を運ぶため政府に徴用された。日本軍が湖北《フーペイ》省西部へ戦争をしかけ、宜昌《イーチャン》は既に占領され、巴東《バートン》も危うく、湖北《フーペイ》と四川《スーチュアン》の間の長江《チャンチアン》の水路はもう断たれていた。

三人の少女はやむなく黔江《チエンチアン》の宿屋に泊まった。福垚《フーイヤオ》は間が抜けているが、すばらしく頭がよく、臆せずどこへでも行き、遊ぶのが好き、食べるのが好き、楽しむのも好きで、天が崩れ落ちて来ても、相変わらず屈託なく生きることだろう。試験になって、他の人が猛勉強していても、彼女は布団をかぶって眠りこけ、あるいは小説を読んでいて、読むのが極めて速く、どの科目もすべてよい成績で、とりわけ作文がうまく、簡潔でわかりやすい。群強《チュインチアン》はと言えば、忍耐力がありきびきびしていて、天も地も恐れず、事が起きれば必ず他に先んじ、臨機応変、私と福垚《フーイヤオ》の世話を焼いてくれ、まるで姉のようだが、私よりたった一歳年上に過ぎない。私は悪巧みができるが、はにかみ屋で、食いしん坊の遊び好きだ。面白いことや、おいしい物に出くわすと、私と福垚《フーイヤオ》はたちまち同調する。何か問題があったとしても、解決してくれる群強《チュインチアン》がいる。

重慶《チョンチン》へ行く車はなくなったが、私たちはまったく気にしなかった。「いつ車があるの?」毎日、停車場へ行って聞いてみた。答えは知らぬ存ぜぬの一点張り。一週間が過ぎ去った。屯堡《トゥンプー》のあの山奥に落ち込んで四、五百日、人間にもすっかりかびが生えてしまったが、黔江《チエンチアン》の空はもう少し青く、明るいようで、食事も毎回、包子《パオツ》〔さまざまなあんを包んだ中華まんじゅう〕やワンタンが食べられるし、毎日通りをぶらついて、ショーウインドーの色鮮やかな布地を見ることもできる。色のついた物でさえあれば、三人の田舎っぺは何でも気に入り、指さしつつ称賛してやまなかった。群強《チュインチアン》は裁縫ができるので、重慶《チョンチン》へ行くならぜひともきれいな服を一着は持ってちょっといいところを見せようと言う。三人は「爆弾」と呼ぶ硬いマントウ〔中にあんが入っていない中国風蒸しパン〕を毎日二個しか食べないことに決め、それとピーナッツを何粒かだけ、聞こえがいいように人参の実と呼んでいたのだが、切り詰めておのおの模様の布を一切れずつ買った。群強《チュインチアン》はそれを三着の流行の服——つまりストンとした布袋に裁ち、さらに縁の折り返し、ボタン穴かがり、ボタンつけ等々、裁縫の細かい作業を私と福垚《フーイヤオ》に教えてくれた。（群強《チュインチアン》が教えてくれたそれらの簡単な針仕事を、私は生涯にわたって使った。数十年後、ポール（Paul Engle）〔一九〇八～一九九一、米国の詩人、大学教授。聶華苓（ニエホアリン）の二番目の夫〕は私が針と糸を手に取りボタンをつけるのを目にし、しきりに感心してほめた。「すごい！　君は縫い物ができるんだ！」彼は自分の母親のことを思い出していた。一本の細い糸が半世紀、二つの世界の記憶をつなぎ合わせた。）私たち三人はベッドの縁にうつむいて、一針一針根気よく縫った。ゆらゆら揺れる模様の布袋、浮き浮きして身につけると、すばらしくきれい！　空きっ腹も甲斐があったというものだ。

宿屋に何人か兵隊がやって来て、私たちの隣室に泊まったが、隣とは甘蔗板〔サトウキビの繊維を圧搾して作った板〕の壁で隔てられているだけだった。ある夜、私たちが心地よく眠っていると、群強《チュインチアン》が一声「目！」と叫んだ。

私は目を見開いたが、何も見えなかったので、体の向きを変えてまた寝入った。福垚《フーイヤオ》はまったく目を覚まさなかった。

かまうものか！　群強《チュインチアン》がいれば、恐れるには及ばない。

一〇日が過ぎた。三人の金を寄せ集め、ちょっと計算してみた。まずいことに、さらに待ち続ければ、宿代が払えなくなり、食事代もなくなってしまう。よし、爆弾は一日一個にして、人参の実もやめよう！　だめよ、方法を考えなければ、車はまだいつになるかわからないんだから、と群強《チュインチアン》が言う。どうしよう？　親戚や友人に手紙を書いて金を借りよう。たとえ貸してくれるとしても、返事が来るのに少なくとも一カ月はかかる。遠くの水は近くの火を消せない。ある夕方、三人の少女は意気消沈して通りをぶらついていた。一人の中年の士官が通りかかって私たちに話しかけてきた。彼は兵站部所属で、重慶《チョンチン》から米を運んで恩施《エンシー》へ行くという。私たちの境遇を知ると、彼は方法を考えることができるかもしれないから、お茶を飲んでちょっと話そうと私たちを誘った。彼がどういう魂胆なのか誰が知り得よう？　私と福垚《フーイヤオ》は何と答えたらよいのかわからない。ところが群強《チュインチアン》はすぐに承諾した。彼女は一人でその士官と話し合うという単独行動を決断し、私たちには部屋で待つようにと言う。私たちは「気をつけて、気をつけて！」としきりに言った。

待って、待って、待った。桐油ランプの灯心が何本か燃え尽きて、また何本か足した。群強《チュィンチアン》はまだ戻って来ない。私と福垚《フーイヤオ》は心配でいても立ってもいられない。群強《チュィンチアン》は士官にかどわかされたのか？ 群《チュィン》強《チアン》は士官に強姦されたのか？ 私たちはさまざまな恐ろしい事態を想像していた。

夜一二時近くになって、群強《チュィンチアン》が帰って来たが、喜色満面といった様子だ。

「よかった、よかった！ 地獄で仏とはこのことよ！ 私は明日、兵站部の車で恩施《エンシー》へ戻ってお金を借りるわ。聶華苓《ニエホアリン》、あなた、恩施《エンシー》で本屋をやっている親戚がいたんじゃない？ 恩施《エンシー》へ戻ってその人にお金を借りるわ」群強《チュィンチアン》が私に言う。

「だって友人の親戚よ、どうして恥ずかしげもなくお金を貸してくれなんて切り出せる？」

「言っとくわ、家では両親に頼り、家を出れば友人に頼る、よ。あなた、手紙を書いて。私は厚かましくもその……、その親戚、何ていう苗字？ 潘《パン》、潘金蓮《パンチンリエン》〔明代の長編小説『金瓶梅』の登場人物〕の潘《パン》ね、合ってる？ その人にしつこくせがむわ。せがんで借金できなければ、その場を離れない！」

「あなた、どうやって帰って来るの？」

「あの呉《ウー》さんっていう人が言ってた、方法を考えるって！」

「信頼できる？」

「できる、できる。彼はとてもいい人で、誠意があるわ。私たち、たくさん、たくさん話をしたの。それで遅くなってしまったのよ」

「私たち、死ぬほど気をもんだのよ、あなたに何かあったんじゃないかって」

「言っとくわ、虎穴に入らずんば、虎児を得ず、よ」群強《チュインチアン》は言葉がそのまま文章になるといった巧みな言い回しで、年上風を吹かせて私と福垚《フーイヤオ》を諭す。

「あなたってまったく大胆なんだから！　一晩中、話をしてたなんて。そんなにたくさん話すべきことがどこにある？」と福垚《フーイヤオ》が言った。

「本当にただ話をしただけよ。ほかに何もないわ。安心して！　だまされてなんかいないから！」

群強《チュインチアン》は私と福垚《フーイヤオ》に一日二個爆弾が買える金を残して、旅立った。群強《チュインチアン》が行ってしまうと、私と福《フー》垚《イヤオ》は頼りを失い、いささか臆病になった。ちょうどそんな折、私は病に倒れ、寒くなったり暑くなったり、寒いと綿の掛け布団を二枚かぶってもまだ震えてガチガチと歯の根が合わず、暑くなると全身に火がついたようで、掛け布団を蹴とばしてわけのわからないことを言った。奎霊丸《クイリンワン》はマラリアに効くが、たとえ黔江《チエンチアン》で奎霊丸《クイリンワン》が買えたとしても、私たちには金がない。ある夜、目覚めると、気味の悪い二つの目が暗闇の中に浮かび、甘蔗板の天井裏から私をにらんでいた。私は声を出そうとしなかった。怖い時は、自分の声がさらに恐ろしい。私は目を見張って夜明けまで眺めていたが、その険悪な目はまだ甘蔗板の後ろにあった。翌日、私たちは別の部屋に引っ越した。日々を過ごすのも楽ではない。隣の部屋に数人の流亡学生が入った。夜の脅威はいっそう大きくなった。彼らは笑いさざめいて騒ぎ、わめきながら突っ込んで来そうだ。ドアには鍵がなく、私と福垚《フーイヤオ》は部屋の中の机と薄い板の腰掛二脚を組み上げてドアの突っかいにし、くるくる巻いた布団とわずかばかりの服も上に積んだ。運を天に任せよう！

一〇日が過ぎたが、群強《チュインチアン》はまだ戻って来ない。私たちは彼女の身を案じた。途中の道には土地の匪賊が絶えず出没するし、あの呉《ウー》という士官だって、我らが群強《チュインチアン》にどんな下心を抱いているか知れない。一日二個の爆弾の金ももうすぐ尽きる。

「早く！　早く！　早く荷物をまとめて！　午後に出るわよ！」部屋に入らないうちから、群強《チュインチアン》はもう叫んでいた。

私と福垚《フーイヤオ》は群強《チュインチアン》が戻るのを本当に待ちわびていたので、二人とも我先に話し、あちらが一言話せば、こちらが一言話すといった調子だ。「あなた、やせたわ！」「あなた、黒くなった！」「何でこんなに長く行ってたの？」「どうやって帰って来たの？」「お金、借りられた？」「呉《ウー》士官は？」

「ちょっと待って、ちょっと待って！　あなたたち、私の話を聞きたいの？　それとも自分の話を聞きたいの？」群強《チュインチアン》は恩施《エンシー》へ行ってから、にわかに得意げな様子を見せるようになった。「あなたたち、よいニュースを聞きたい？　それとも悪いニュース？」彼女はわざとじらす。

「お金、借りられた？　お金、借りられた？」私が息せき切って尋ねる。

「もちろん！　手をつければたちどころに成功よ！」

「あなたは本当に大した腕前ね！　あなたがいなければ、私たちは黔江《チエンチアン》で餓死するほかなかったわ」

「車はまだいつになるかわからないの。私たち、毎日停車場へ聞きに行ってるんだけど」福垚《フーイヤオ》が言った。

「車もできたわ！　しかも……」群強《チュインチアン》はわざと謎めいた言い方で、言葉を切り、私たちを眺めて笑う。

「しかも何？」

「切符を買わなくていいのよ！」

「本当？」私と福垚《フーイヤオ》は同時に叫んだ。

彼女は口をすぼめて、ちょっとうなずき、自信たっぷりの様子だ。

「厳群強《イエンチュィンチアン》万歳！　万々歳！」私たちは手を挙げて大きく叫んだ。庶民が万歳を歓呼する時代が既に始まっていた。

「あなたたち、悪いニュースを聞きたい？」

「興味ない」私と福垚《フーイヤオ》は我勝ちに自分たちの危ない経験を語った。

「あなたが行ってしまって、私たち本当に怖くて、私はその上マラリアになっちゃったの」私が言った。

「私も恩施《エンシー》で病気になったの！　幸いにも呉《ウー》さんが世話してくれたけど。あの人、本当にいい人だわ」

私と福垚《フーイヤオ》は互いにちょっと目配せした。

「彼はあなたを好きになったんじゃないの！」私が言う。

「違う、違う！　彼は結婚してるもの」

「それはまさにあなたにとって悪いニュースね」福垚《フーイヤオ》が笑いながら言った。

「実を言えば、私たちは運が向いてきたのよ。元々悪いニュースなんかないんだから。ちょっと脅かしただけ」

「ただで乗れる車って彼が見つけたの？」

「そう、軍の車よ。第六戦区司令長官の陳誠《チェンチョン》〔一八九八～一九六五、国民党の軍人、政治家〕が恩施《エンシー》で会議に出て、今、重慶《チョンチン》に戻るの。トラックが数台、随行してね。呉《ウー》さんと陳誠《チェンチョン》の副官が知り合いなの。だけど、軍の車に女の子は乗せられないから、見つかったら彼は牢屋入りよ。陳誠《チェンチョン》にさえ知られなければ、大丈夫だって。呉《ウー》さんはね、自分が一切引き受けるって言うの。湖北《フーペイ》連中の生徒が三人、陳誠《チェンチョン》は全湖北《フーペイ》省連中の校長よ。生徒が校長の車に乗るのは、至極当然のことじゃない！　早く！　早く荷物をまとめて！」

荷物というのは、つまり巻いた布団のことで、掛け布団、枕、服などを、ぼろぼろの厚い毛布の中にくるみ、一緒に巻き上げ、一人が上に座り、全身の力を込めてしっかりと押さえつけ、ほかの二人が太い麻縄でぐるぐると縛り上げるといった代物だ。流亡学生が布団を巻き上げる腕前は実に見事なものだ。出発の時間になり、呉《ウー》士官が見張りをして、陳誠《チェンチョン》の乗用車が走り出すのを待ってから、私たちはトラックに潜り込んだ。呉《ウー》士官も車に乗り込んで来たが、包子《パオツ》を一包み抱えていた。もう長いこと満足に食事をしていなかったので、その包子《パオツ》は山海の珍味にも勝った。

私たちは心安んじ、包子《パオツ》も食べて、あちらに揺れ、こちらに倒れしながら居眠りした。

「もうすぐ彭水《ポンシュイ》だ!」呉《ウー》士官が言った。「そこで川を渡る。我々が着く時には、司令長官の車は既に川を渡っている。だけど、やはりちょっと用心して、そこでは君たちは腰をかがめて膝の上にうつむいていた方がいい。車外の人に見られないようにね」

車が彭水《ポンシュイ》に至ると、私たちは慌てて身をかがめて腰を曲げ、声を出そうとしなかった。

「しまった」呉《ウー》士官が向き直って川岸を眺めている。「司令長官があそこに立っている。我々を待って一緒に川を渡るようだ。どうしよう?」彼はしばらく黙った。「いっそのこと一言報告しておこう。彼をごまかすことはできない」呉《ウー》士官は車を降りて陳誠《チェンチョン》の方へ歩いて行った。

私たちが身を起こし、顔を上げると呉《ウー》士官がぱっと姿勢を正すのが見えたが、非常にてきぱきとしていた。彼は陳誠《チェンチョン》に敬礼してから、ひとしきり話をした。さらに陳誠《チェンチョン》が少しうなずくのが見えた。

「よかった!」彼は戻って来て私たちに言った。「川を渡ろう! 流亡学生は例外だ、車に乗っていい、と校長が言ったよ」

「この人、本当にいい人！」私は群強《チュインチアン》の耳元に口を寄せて小声で言う。「あなたのおかげだわ」

群強《チュインチアン》は肘でちょっと私を押して、呉《ウー》士官にちらっと目をやった。彼はちょうど運転手と話していた。

車は次々と巻き上がる黄土のほこりの中で上下に揺れる。私たちが屯堡《トゥンプー》の山奥を離れてまだ二〇日しか経っていないが、屯堡《トゥンプー》の日々はまるで大昔のことのようになってしまった。私は傍らの群強《チュインチアン》を横から見ていて、彼女は成長したのだとふと感じた。胸がふくらんで、二つの水蜜桃のよう、日焼けして輝く顔に、温和な目。当時、私たちは何がセクシーかということはわかっていなかったが、彼女が男子生徒を引きつけ、ひいては同性愛的な傾向の女子生徒さえも引きつけ得るということだけはわかった。私と福《フー》垚《イヤオ》はぼーっとしていたが、彼女は男性に対して既にうずうずと勇み立つような関心を抱くようになっていた。私は向かいに座っている呉《ウー》士官をちらっと見た。たぶん三十前後だろう、文人っぽい雰囲気で、その全身の軍服だけが軍人らしさを示しており、どうして軍人になったのかもわからない。彼は私のあの小学校の担任教師みたいに、長い中国服を着て、道を歩く時には少しスリットを持ち上げ、軽く口笛でも吹くべきだ。もしかすると彼は田舎出の奥さんをもらって、今は、十六歳の娘盛りの女子生徒に夢中になっているのかもしれない。群強《チュインチアン》と彼はどうするのか？　重慶《チョンチン》に着いたら、さらに見せ場があるのだろうか？

その晩は南川《ナンチュアン》に着いたが、重慶《チョンチン》はもう遠くない。私たちは宿屋で荷物を解いて使えるようにした。呉《ウー》士官がやって来た。

「司令長官が君たちにお会いになる」

私と福垚《フーイヤオ》はそろって「厳群強《イエンチュインチアン》が行ってよ！　私たちは行かない」と言った。

「だめだ。君たち三人に会うとおっしゃっている。君たちみんな行きなさい」

陳誠《チェンチョン》と随行員たちは別の所に泊まっている。呉《ウー》士官は私たちを連れて彼の部屋へ行った。何人かの士官もそこにいた。その中に黄《ホアン》という姓の参謀長と陳誠《チェンチョン》の副官もいた。陳誠《チェンチョン》は私たちの家はどこかと尋ねた。福垚《フーイヤオ》と群強《チュィンチアン》の家はどちらも日本が占領した武漢《ウーハン》にある。私の母は弟妹を連れて三斗坪《サントウピン》から万県《ワンシエン》へ逃げたばかりだった。「重慶《チョンチン》へ行って何をする？」「国立高級中学の入試を受けに行きます」呉《ウー》士官が私たちに姓名を告げるように言った。

「君は聶怒夫《ニエヌーフー》を知っているか？」黄《ホアン》参謀長が私に尋ねた。

「私の父です」

「ああ！ 本当に偶然だ！」彼は振り向いて陳誠《チェンチョン》に言う。「我々は陸軍大学の同級生なんです。共産党が長征をして、彼は貴州《クイチョウ》で行政責任者の任期中に戦死しました」

彼はたちまち私に親しげな態度を示し始め、私の母は元気か、弟妹はいくつになったかといった日常の話題を持ち出した。

「地獄で仏。地獄で仏」群強《チュィンチアン》は宿屋に戻る道すがら一人でつぶやいていた。

翌日はもう必ず重慶《チョンチン》に着く。私たちが外に出てトラックに乗る準備をしていると、陳誠《チェンチョン》の副官がやって来た。彼は司令長官の命令で来たのだと言う。重慶《チョンチン》に入る際の検問は非常に厳しく、三人の女子生徒が軍の車に乗っていては、絶対に通れない。別に車を一台用意したので、彼が呉《ウー》士官と一緒に私たちを護送して行くとのことだった。彼は話しながら、軍服の上着のポケットを探り、一重ねにした紙幣を取り出した。「君たちが重慶《チョンチン》に着いたら、少し食事をする金を持っていなければ、と司令長官がおっしゃって」

私と福垚《フーイヤオ》は群強《チュインチアン》を見た。

「それ……それ……」弁の立つ群強《チュインチアン》も感動してどもり出している。

「それはあまりに申し訳ないです」

「いただいておきなさい」と呉《ウー》士官が言った。

私たちは車に乗ると、もうこそこそ隠れなくてもよくなり、今や重慶《チョンチン》の街へまっしぐらに突き進んで行けるようになった。私たちは車の中で興奮して歌い出した。『かわいそうな秋香《チウシアン》』、『燕双飛』、『敵の後方へ行け』、『小さい白菜』、『黄水謡』など。呉《ウー》士官も私たちと一緒に歌い出した。

『嘉陵江《チアリンチアン》で』

（端木蕻良《トアンムーホンリアン》作詞、賀緑汀《ホーリュイティン》作曲）

その日、敵が俺の村を襲ってつぶし、俺は田舎の家族と牛や羊を失った。今では嘉陵江《チアリンチアン》の上をさまよっているが、故郷の泥土の香りを嗅いだような気がした。流れる水、輝く月は同じでも、俺はもう明るい笑いと夢をすべて失った。川の水は毎晩むせび泣きつつ流れ、まるで俺の心の中を流れて行くようだ。俺は故郷に帰らなければならない、刈り取られていない菜の花と、あの飢えて痩せた子羊のために、俺は帰らなければならない！　敵の銃弾の下をくぐり抜け、俺は帰らなければならない、敵の刀と槍の草むらをかき分けて帰り、戦いに勝った俺の刀と槍を、生まれ育った場所に置く。

私は重慶《チョンチン》に着いた後、入試に合格し、教育部によって長寿桅子湾《チャンショウウェイツーワン》の国立第十二中学に割り振られた。田福垚《ティエンフーイヤオ》と厳群強《イエンチュィンチアン》は国立二中へ行った。

十二中の校舎は桅子湾《ウェイツーワン》のある地主の家だった。表門の中に高くて大きい銀杏の木が一本ある。前庭のいくつかの部屋を教室として使い、庭には大きな木犀の木がある。高い敷居が裏庭を隔てており、母屋と両側の棟が私たちの宿舎だ。

一クラス四三名の少女たちが、すべてそのちっぽけな甘蔗板の教室に集まって暮らした――授業を受け、本を読み、練習問題をやり、毛糸を編み、手紙を書き、クズイモをかじり、居眠りした。誰かが無意識に小声で歌を口ずさみ出すと、一筋の細い流れがゆっくりと広がって行き、一人一人の少女がその歌を口ずさみ、歌い出すということがしばしばあった。一曲また一曲と歌い継いでいく。『捜し求めて』、『初恋』、『さすらい人の詩』、『太行山《タイハンシャン》で』、『道を切り開いて先鋒となる』、『熱血歌』など、私たちの歌の中に「国」があり、「家」があり、「私」という独立した個人もあった。それはさまざまな歌声に満ち溢れた時代だった。

私と姜徳珍《チアンドーチェン》、宗志文《ツォンチーウェン》、談鳳英《タンフォンイン》、李瑞玉《リールイユィ》と、あと二人の少女は皆、屯堡《トゥンプー》の湖北《フーペイ》連中から四川長寿《スーチュアンチャンショウ》桅《ウェイ》子湾《ツーワン》の国立十二中へ行き高級中学の生徒となった。長寿《チャンショウ》は嘉陵江《チアリンチアン》流域にあるが、一〇、三〇里外側の桅子湾《ウェイツーワン》には流れなどなく、一年中青い竹林があった。私たちは「竹林の七賢」と自称し、飾り気のない短い髪を振り上げ、視線を宙へ向け、話す時にも相手をちらりとも見なかった。

国立十二中の教室は夜、自習となる。桐油ランプが一つ一つ豆粒のようにともる。芝居好きな曹承韻《ツァオチョンユィン》が隣の少女の手をつかみ、張瑞芳《チャンルイファン》〔一九一八〜、女優〕が重慶《チョンチン》を沸き立たせた舞台劇『家』の中のむせび泣きをまねた。「覚新《チュエシン》、私はあなたから離れない。死ぬなら、あなたと一緒に死ぬ」彼女は歌うのも好きで、音楽家管《コアン》夫人〔一九〇九～、ソプラノ歌手で声楽教育者の喩宜萱（ユィイーシュエン）のこと。管（コアン）は夫の姓〕のふりをして、両手を胸の前で握り、声を張り上げて『海韻』を歌い出した。「私は家には戻らない、私は今宵吹く風を愛す……」「いかれてる！　やかましくて死にそうよ！　今日、私はこの幾何の問題を解かないわけには！」姜徳《チアンドー》珍《チェン》が机の前でぶつぶつ言っている。

彼女は最後の「いかない」という言葉を省略した。一言多かろうが、少なかろうが、かまわない。数学、物理、化学は決していい加減にはできないが。xはx、yはyだ。彼女は全クラスの中で理系が一番よくできる生徒だ。第二のキュリー（Marie Curie）夫人になるだろう！　死に物狂いで理系の方へ突っ込み、一流大学へ入り、一流の科学者になるのだ。何が『紅楼夢』だ！　好きに読めばいい！　私には関わりのないことだ！　彼女は私たち文系の好きな人間など眼中になかった。その田舎娘の脳裏にある信念は一本の弦の如く、ぴんと張られ、その弦以外の音など、彼女は理解せず、聞きもせず、彼女に事の是非を説いたところで納得させることはできない。長年の後、革命と愛情に対しても、彼女はまさにその一本の弦をぴんと張り、きっぱりと、革命の方を選んだ。

宗志文《ツォンチーウェン》は氷のように冷ややかに見えるが、こらえ切れなくなると、感情が春の水のように溢れ出して来る。彼女は文系、理系のどちらもよくできて、好きなのは文系だが、理系の成績は人より一段優れている。彼女はまさに人より一段優れていることを望み、何事も彼女が正しく人が間違っているという点で争わずにはおかない。だが事が終わった後、彼女がこっそり相手に渡す小さなメモには、友情や忠誠といった類いの心に訴えかける言葉が並び、あるいは謝罪が述べられていることもあった。筋が通っていないのではなく、友情を大切にしているのだ。彼女は作文を書くのがうまく、書くのはすべて母の愛、子供、月、星、海といったものだ。梔子湾《ウェイツーワン》には水たまりさえなく、彼女は海も見たことがなかったが、彼女の書く海は人に憧れを抱かせる。私たちは彼女を「小氷心《シアオピンシン》」〔小さい謝氷心（シエピンシン、一九〇〇〜一九九九、作家）の意。愛を主題とする著作で有名〕と呼んだ。彼女は小児科医になりたがっているが、きっと海辺の小児科医だろう！　彼女はすらりとして、きめ細やかで明るくきれいな顔をしており、湖上でゆったりと揺れる枝垂れ柳を思わせた。後日、彼女には恋愛事件が一番多く、その色っぽさ故に男性はのぼせたが、彼女はふと冷静になると、いささか戸惑いさえした――相手に優しく接することと愛情に何の関係があるのか、と。

　談鳳英《タンフォンイン》は「竹林の七賢」の良心で、私たちの誰よりも少し高い所に立ち、少しはっきりと物事を見、是非をよく心得、大事な瀬戸際に至って初めて簡単に考えを述べるだけだが、それが十分に要点を突いている。彼女は人や物事に対してある早熟な穏健さを備えていた。天が崩れ落ちて来ても、彼女はただちょっと笑うだけだろう。抗日戦期には一時、話劇〔日本の新劇に当たる現代劇〕が極めて盛んになった。十二中も全校を挙げて話劇の公演を行い、私たちのクラスは女子部を代表して田漢《ティエンハン》〔一八九八〜一九六八、劇作家〕の『回春の曲』をやり、梅娘《メイニアン》が夢中になるその男を談鳳英《タンフォンイン》が演じた。舞台の上の彼女は実にハンサムであか抜けた美男子だった。終演後、ある少女が本当に彼女を男子と思い、しなを作って話しかけてきたので、彼女はどうしようもなくてちょっと笑うしかなかった。後年、彼女の思想と行動は、宗志文《ツォンチーウェン》と姜徳珍《チアンドーチェン》に影響を与える。彼女は北平《ペイピン》から解放区〔共産党統治区〕へ逃れる時、やはり男装した。

　李瑞玉《リールイユィ》は「竹林の七賢」中の画家で、純真なくりくりした目をしており、片手で口を覆って笑い、クックッと笑い出すと止まらない。彼女と一緒に座っていたので、私は特権を享受した――図画の授業中、私は小説を読み、彼女が代わって絵を描いてくれたのだ。彼女が無造作に筆を動かすだけで、絵に自ずと風格が備わり、私はそれを持って行って先生に提出した。彼女は人受けがよく、クラスメートの多くが彼女に図画の代筆を頼んで教師をごまかしたが、彼女は二つ返事で引き受けていた。彼女はきれいなしおりをいろいろ作ることができ、多く描いたのはちょっと洋風の少女で、どんどんクラスメートに分け与えた。もちろん、私は一番好きなのを選ぶ特権を持っていた。クラスの壁新聞は、彼女にすべてデザインを委ね、絵も文章も優れていると私たちは自負していた。彼女は高級中学を修了しないうちに芸術専門学校へ行った。彼女はそこで二人の男性を愛した。最後にはどちらかに決めなければならなくなったが、決めようがなく、三者間で紳士協定を結んだ――それは二本の大葉榕の木がはるかに相対して立つ場所で、二人の男性がおのおの木の下へ歩いて行くというもので、古武士が決闘するような気概に満ちている。李瑞玉《リールイユィ》が二本の木の間に立ち、どちらへ歩いても、その人が彼女の生涯の伴侶になる。彼女は杜琦《トゥーチー》の方へ歩いた。一九八〇年、私は成都《チョントゥー》で彼女を尋ね当てた。ホテルの部屋のドアを開けた途端、李瑞玉《リールイユィ》が相変わらず口を覆って笑うのが見え、杜琦《トゥーチー》が相変わらず彼女の傍らに立っていた。

私たちは皆、政府の貸付金によって玄米、砂、石、ヒエの入った八宝飯を食べていた。命運を同じくし、艱難を共にし、また国難に当たって自ずと生死を共にする義侠心を持っているのは皆、救国に身を捧げたいという人間なのだ。私たちグループの仲間は、おのおの個性があり、誰もほかの人に従ったりしない。だが、私たちは情に厚く義を重んじる兄弟分で、男になりたいわけではなく、想像の中で作り上げた兄弟分の大義凛然《りんぜん》とした態度や、豪胆不羈《ふき》な風格をすばらしいと思っていた。男子生徒？　ラブレター？　放っておけ！　こっちを好きになるのは、かまわない。こっちはお前さんがまったく必要ない。書きたいのなら、読んであげる。でも、気をつけて、下手なら、肥だめに捨てるから。想いがこもっていて、気の利いた文章なら、クラスで回覧して、皆の気晴らしに供し、自分も面目が立つというものだ。返事を出す？あるいは。冷ややかに一言二言、それでもう気持ちを伝えたことになる。彼はたぶんあか抜けた才子だろう、できればはるか遠くに離れていて、身も世もなく恋い焦がれ、その愛は天地の如く永遠に変わらず、二人は一度も会ったことがない、というのが望ましい。それこそが愛情だ。結婚？　この世で一番俗っぽいことだ。見込みのない人間でなければ結婚などしないし、出産育児はそういう女性のやることだ。

あるクラスメートの母親が東新村《トンシンツン》で小さな店を開き、半乾燥豆腐の千切り煮や湯葉を売っていたが、体が大きく頑丈そうな男が一人、店の雑用をしていた。任《レン》おばさんは娘のクラスメートに特に親切で、いつも私たちの千切り豆腐の碗に少し多めに入れてくれた。「竹林の七賢」の誰かの家から金が送られて来ると、日曜日には必ず、たまの御馳走を楽しみに東新村《トンシンツン》へ行き、千切り豆腐や湯葉を大いに食べ、そこで唯一の小さい通りをぶらぶらし、論争したり、歌ったり、愉快に大笑したり、とにかく眼中に人なく、生きているのは本当によいなどと思ったものだ。私たちは畑へ野菜を盗みに行き、ついでに花を摘んで髪に挿した。みかん林へみかんも盗みに行き、盗みながら、食べ、食べ切れないと、服の前おくみに入れて帰った。買う金がなかったのではなく、盗むことに心を躍らせていたのだ。盗みの目的を達すると、また一種成功の喜びがあった。まるでよい芝居を演じたかのように、異なった役柄、異なった演技が、うまくかみ合い、観客がいなくても、気分は上々だった。

毎週、私たちは東新村《トンシンツン》で大根と肉の千切り炒めを大きな素焼の鉢に一杯作り、学校へ持ち帰った。ある時、学校に戻る途中、男子部の運動場を通りかかると、ちょうど彼らがバスケットボールの試合をやっていた。私たちは鉢にたっぷり入った大根と肉の千切り炒めを道端の墓の盛り土の上に置き、身を翻して試合を見に行き、男子生徒と共に大声で叫び、飛び跳ねたりした。

バスケットボールを見終わると、姜徳珍《チアンドーチェン》が「犬！ 犬！」と叫ぶのが聞こえた。私たちはわっと騒いで駆けつけ、大声で罵りながら、地団太踏んだだが、犬は向きを変え飛ぶように逃げて行った。残されたのはただ空っぽの鉢が一つ。それから数日間は、食事のたびごとに誰かがその大根と肉の千切り炒めの話を持ち出した。

涼しくなってくると、もっと間食がしたくなる。ピーナッツが一番食欲を満たしてくれるので、その人参の実〔ピーナッツ〕を食べてから、さらに甘くてみずみずしいみかんがいくつか食べられれば理想的だ。しかし、「竹林の七賢」は一銭の金もひねり出せないほど困窮していた。

姜徳珍《チアンドーチェン》がとうとう言い出した。「仕立て屋で綿入れの上着を一着作ったけど、まだできていなくて、仕立て代をまだ渡してないの」

宗志文《ツォンチーウェン》は平素から知恵が回る。「家人が湖南《フーナン》からお金を送って来るから、お金が届いたら、綿入れの上着を取りに行くことにして、先に仕立て代で食事をしよう」

私たちは皆喝采し、喜び勇んで東新村《トンシンツン》へ向かい、校門の外の仕立て屋を通り過ぎると、宗志文《ツォンチーウェン》が店の入口にちょっと手を振って言った。「ごめんね、閣下のお金は、先に借用することになりました」

私たちは大笑いしたが、姜徳珍《チアンドーチェン》だけが泣くに泣けず笑うに笑えなかった。一週間が過ぎたが、金はまだ届かない。また一週間が過ぎたが、相変わらず金は届かない。気候が寒くなり始めた。姜徳珍《チアンドーチェン》は綿入れの上着がなく、校門を出ようともしない。校門を出るや、仕立て屋の前を通らなければならず、店主が姜徳珍《チアンドーチェン》に手招きして、「やあ！　上着を取りにおいで！」と言うに決まっているからだ。

この時、談鳳英《タンフォンイン》が正道を説いた。「あなたたち、正直者をだましたのよ！　姜徳珍《チアンドーチェン》が病気になったらどうするの？」

宗志文《ツォンチーウェン》は何も言わず、自分の綿入れの上着を取り出し、姜徳珍《チアンドーチェン》の体にはおらせた。

国立十二中の女子生徒用宿舎の中庭は、常にじくじくと湿っているが、毎晩、回廊にはふた付きのおまるが並ぶ。少女たちは自習が終わると、調理場へ行き、しらくも頭に熱い湯をもらって足を洗い、その湯をザーッと中庭に捨てる。湿気が臭気に混じり合い、私たちの味気ない生活に刺激を与えた。喜び、怒り、笑い、罵りが、足を洗った湯と共に全部どっと流れ出した。泣きたければ思い切り泣き、罵りたければこっぴどく罵り、けんかしたければ足を蹴り上げてけんかし、笑いたければ天を仰いで大笑いする。それは思う存分個性を発揮する時期だった。顔を洗うほうろうのたらいは、つまり足を洗うたらいでもある。こだわる人は、別に足を洗う木のたらいを用意する。李一林《リーイーリン》、李一心《リーイーシン》姉妹はほうろうのたらいを二つ持ち、一つは顔洗い用、一つは足洗い用だった。ほうろうのたらいで足を洗うのだ！　彼女たちはそれで得意になっており、特に何人かにだけ自分たちのほうろうのたらいで足を洗うことを認めていた。私はその中の一人で、宗志文《ツォンチーウェン》もそうだった。

宗志文《ツォンチーウェン》は作文を書くのがうまいが、どうしても人に負けたくないと思っているのは理系だ。先生が幾何の問題を一問出し、円を使う方法で証明することはできるが、別の方法で証明するようにと私たちに言った。彼女は姜徳珍《チアンドーチェン》と一緒に座っており、教室の窓側の席だ。彼女は『枯れて落ちる花』を口ずさみながら、幾何の問題を考えていた。彼女は突然鼻歌をやめると、鉛筆をかんでいる。彼女が鉛筆をかむのはいつも、解けない難問を抱えた時だ。

まさにその正念場で、姜徳珍《チアンドーチェン》が手を挙げて叫んだ。「証明できた！　証明できた！」

誰も反応を示さない。喝采しようともしない。宗志文《ツォンチーウェン》は不服げで、眉間にしわを寄せ、鉛筆をかみ、傍らの姜徳珍《チアンドーチェン》をちらりとも見ない。晩の自習が終わるベルが鳴ったが、彼女は依然として証明できず、やむなく宿舎へ戻った。

寝室には上下二段のベッドが何列か並び、どの部屋にも二十数名が入っている。古い家屋の高々とした敷居は、上に座って足を洗うことができる。敷居の外にいれば、敷居の中にある足洗い用たらいは見えない。二人の少女が足を洗い、まだ水を捨てないうちに、宗志文《ツォンチーウェン》が片足で敷居をまたぎ、臭い汚水を全身にひっかけてしまい、ベッドに倒れ込んで、声を張り上げ泣き叫んだ。災いを招いた人は続けざまに謝り、彼女の靴を脱がせ、靴下を脱がせ、服を脱がせて、自分の清潔な衣類を何枚か彼女に差し出した。宗志文《ツォンチーウェン》は相手にせず、息も継がずに泣き続け、泣いたまま寝入った。

半世紀後、「竹林の七賢」中の四賢がアイオワに再び集い、宗志文《ツォンチーウェン》が私たちに言った。「全身にかかった汚水なんか何の関係がある？　私が泣いたのは、幾何の問題が解けなかったからよ！」彼女はロッキング・チェアに座り、きれいな銀髪を揺らしながら、天を仰いで大笑し、彼女が何十年も私たちをまんまと欺いていたことをおかしがった。私は梔子湾《ウェイツーワン》の窓辺で『枯れて落ちる花』を口ずさむつややかな黒髪の少女を、またかすかに見たような気がした。

「彼女ったら、傲慢天を衝《つ》く、だわ！」姜徳珍《チアンドーチェン》が別のロッキング・チェアに座って、ゆらゆら揺れている。

「あなた、また間違えた！」宗志文《ツォンチーウェン》は言い終わらないうちにもう仰向きになってげらげら笑う。「臭気天を衝く、でしょ！　傲慢天を衝く、なんてことがどこにある？」

『黄河《ホアンホー》の恋』

（田漢《ティエンハン》作詞、冼星海《シエンシンハイ》作曲）

追っ手が来たら、どうしよう、お母さん、俺は小鳥のようには巣へ戻れない、巣へ戻れない！　賊になるか？　いいや！　俺は一人前の男だ、黄河《ホアンホー》の魚になりたいが、亡国奴隷にはなりたくない。亡国奴隷は気の向くままに動けない。魚ならまだ波を起こして、鬼どもの船をひっくり返せる。奴らに黄河《ホアンホー》を渡らせるな！　奴らに黄河《ホアンホー》を渡らせるな！

李愷玲《リーカイリン》は体を揺らして道をのし歩き、首に太い白色タオルを巻いてマフラーの代わりにし、手に持ったクズイモをかじっている。目は輝いていても人は見えていない、見るに値しないから。話をするにもその目と同じで、皮肉をにじませ、激しい勢いで人に迫る。彼女の友達は沈曄《シェンイエ》ただ一人だ。彼女も心から沈《シェン》曄《イエ》に敬服しており、沈曄《シェンイエ》が語る人情や世間に関するちょっとした指摘によく耳を傾けた。沈曄《シェンイエ》はきれいな童顔だが、その深い知恵と成熟は隠せない。彼女は私たちより少し物がわかっていた。李愷玲《リーカイリン》は人が何と言おうと自分のやり方を通し、その世間をもてあそぶ不遜な表情が、人を千里の彼方へ遠ざける。彼女は「不遜」をやり通したが、「世間」を「もてあそぶ」のはまだやり通す域に達しない。彼女があそんだのはバレーボールに、バスケットボール、演技に、スピーチだ。彼女がシュートを打つ姿はとても格好がよく、両肩が安定して動かず、両腕が体をはさみ、両手が自信を持って振り上げられると、ボールがヒューッとゴールに入る。彼女が最も真剣なのはやはり文学であり、創作だ。それから、壁新聞も。私たちはよく夜通し眠らなかったが、それはただ急いで壁新聞を作って時間通りに貼り出すためだった。私たちの壁新聞は全女子部の中でレイアウトが一番優れ、内容も一番豊富だった。李愷玲《リーカイリン》は私たちの中では未来の作家だった。彼女の母、周《チョウ》先生は十二中で国文を教え、坂の上の教員宿舎に住んでいた。周《チョウ》先生は名門の令嬢だったが、若くして夫を失い、息子が肺結核を病み、戦時は生活が苦しく、たとえ治療する金があったとしても、医薬品が不足し、診てもらう医者もいなかった。息子は神仏にすがるしかなく、道端にある土地の小廟の前で跪いて哀願した。「神様、私を生かしてください！　私にはまだ母がいます」

ある日、坂の上の教員宿舎の門前で、二脚の木の腰掛に架け渡した板に、亡くなった周《チョウ》先生のただ一人の息子が横たわっていたが、それは李愷玲《リーカイリン》の年若い兄だった。

李一林《リーイーリン》と李一心《リーイーシン》の姉妹は同じクラスだ。学校が始まった最初の日、彼女たちはおのおの木箱を一つ捧げ持ち、二人で一列になり、真面目くさって、歩調を合わせて教室へ入り、まるで小学生が初めて母親の元を離れて登校するかのようだった。「竹林の七賢」がそれを目にした。暇で退屈だから、どうにかしてちょっとからかってやろうか？　あの二つの木箱はまったく目障りで、その上、あの姉妹は宝物のように捧げ持ち、一体何が入れてあるのか？　彼女たちは教室の入口から一列目に座っていたが、彼女たちが教室を出たちょうどその時、私と宗志文《ツォンチーウェン》が机の上の二つの木箱を無造作に手に取り、教室の外の中庭に走った。箱を開けるや、大いに失望したことには、紙・墨・筆・硯や針・糸・ボタンといった細々とした日用品が入っているだけだった。姉妹は教室に戻ると、物がなくなったと叫んだ。私たちは慌てて箱を大葉榕の木の下に置き、何食わぬ顔で教室に入った。姉妹はあちこち見回していたが、一林《イーリン》が大声でいった。「誰？　盗んだのは！　何て手が早い！　学校に言うわ！」

一心《イーシン》は落ち着いていて穏やかだ。「まず捜してからにしましょう」

妹が言う。「姉さんはお人好しをやってなさい！　自分のを捜せばいい！　私は言いに行くから！」

宗志文《ツォンチーウェン》が慌てて尋ねた。「あなたたち、何を捜してるの？」

李一林《リーイーリン》が「二つの木箱」と言った。

私たち何人かがあれこれと口を出し、箱の中に何が入っていたか聞いたり、憤っているようなふりをしたりした。

宗志文《ツォンチーウェン》が言った。「私たちが中庭を通り過ぎた時、大葉榕の木の下に何かあったような気がしたけど」

姉妹は中庭へ駆け出し、おのおのがまた宝物の箱を一つずつ捧げ持って教室に入って来た。私たちは笑いをこらえ切れず、やむなく大声で歌を歌い出した。「ドン！　ドン！　ドン！　ハッ！　ハッ！　ドン！　我らは道を切り開く先鋒だ！」――ハッハッハッと勢いに乗じて本当に大笑いし出した。

彼女たち姉妹は教室でちょうど私のすぐ前の列に座っていた。私と彼女たちはよく一緒にいた。一林《イーリン》は文系がよくでき、私たちは同じ方面に興味を持っていた。一心《イーシン》は理系がよくできたので、解けない数学の難問などは、彼女に聞いた。彼女はおとなしくて誠実なので、私はむしろ彼女に助けを求める方を選び、「竹林の七賢」の姜徳珍《チアンドーチェン》には頼まなかったが、それは彼女の傲慢さに耐えられなかったせいだ。李一林《リーイーリン》は大きな目をしていて、白黒をはっきりさせ、聡明で意地っ張り、口が達者、作文、歌、演技、スピーチでは、クラスの中で際立って優れ、人目を引く人物だった。『波しぶき』という歌を歌えば哀切極まりなく、クラス中が静まり返った。彼女は私たちのグループの中で最初に恋愛をした少女だ。相手は粋で自負心もある男性で、ラブレターを書けば情が細やかで人を感動させ、李一林《リーイーリン》の手紙が届かないと、「莫愁湖《モーチョウフー》〔愁えることなき湖の意。南京（ナンチン）市にある湖で、美女莫愁（モーチョウ）が身を投げたという伝説にその名が由来する〕も愁えた」といった類いの愛の言葉を送って来る。二人は身も世もなく愛し合い、一九四八年にとうとう台湾へ渡って、結婚した。一九四九年、二人は突然飛行機に乗って重慶《チョンチン》へ戻った。半世紀後、一林《イーリン》が私に語った。

彼の事情に関して、私はもうあまりよくわからなくて、おおよそのことを知っているだけなの。彼は自分の経歴に決して触れようとしなかった。息子が聞いても、言わなかった。彼は昔のことを振り返るのは耐えられないと思っていたのかもしれない。私が知っているのはこういう事情よ——米国に対抗して朝鮮を支援した時期に彼は停職処分になって審査を受け始めたの。彼は台湾から戻って来たため、台湾でよい暮らしをしていたのに、戻って来るなんて、何か目的と任務があるに違いないと、ほかの人から思われた。彼は戻るとすぐある親戚に頼んで仕事を探したのだけど、その親戚と連絡を取って、親戚が手配した任務を引き受けたのだと見られたの。戻って来た任務を正直に述べるよう関係職員が彼に命じた。彼は事実をありのまま話すしかなかった。彼が戻って来た原因は姉が何度も手紙をよこして、母親が病気になったから、戻って来るよう彼に言ったためだと。彼は戻って親孝行し、新中国の建設にも参加したかった。

この説明に相手は満足しない。そこで彼は幹部学校〔文化大革命時期に各機関の幹部や知識分子が下放して再訓練を受けた集団農場〕に送られ学習させられたけど、学習が終わっても、問題は依然として解決しなかった。彼はまたよそへ送られ国民党の政府軍特務と共に学習させられた。何年か学習すると、それらの党政府軍特務の面々は続々と仕事に配属されて出て行ったのに、彼はやはり残されて学習し、いつになったら修了できるのかわからなかった。指導者に問いただしても、返答はない。彼は憤りのあまり、飛び降り自殺を図り、未遂に終わった。一九五八年に労働教育に送られた。これ以後、私は彼と基本的に連絡が取れなくなったの。一九七八年、党と政府が政策の実施を打ち出し、無実やでっち上げの罪、誤った判決などが見直されることになったので、私は彼のために申立て書を書いて、彼の元の職場に出した。元の職場はこの申立てを受理し、人を派遣して調査した。一九七九年の初冬、彼は重慶《チョンチン》へ戻され、職場から住居や食事の場をあてがわれて、毎月生活費の支給も受け、一九八〇年に正式に名誉回復した。この時、彼の脳はもういけなくなっていた。彼の悲劇は時代が造り出したものだけど、もちろん彼自身にも原因がある。彼は政治を理解せず、社会を理解せず、人生を詩作と同じように考え、幻想や感情を頼りに行動した。彼の不遇は私に深刻な影響を及ぼした。当然の報いだわ。わざわざ彼を選んだのはほかでもなく私なのだから。

彼は名誉回復して数年後に、独り寂しく世を去った。李一林《リーイーリン》は彼を重慶《チョンチン》の南温泉に埋葬した。彼女は言った。「あれが彼の生涯で一番よい時だったわ」それはまさに彼らが初恋をした時のことだった。

『満江紅』

（岳飛《ユエフェイ》作詞、古曲）

怒髪冠を衝き欄干に寄れば、そぼ降る雨もしばしやむ。頭を上げて打ち眺め、天を仰いで声を上げれば、雄々しい思いが激しさを増す。三十の功名は取るに足りず、八千里の道に雲と月。無為に過ごすな、若者の髪が白くなったら、あまりに空しく悲しい。靖康《チンカン》の恥は、いまだそそがず、臣下の恨みを、いつか消し去る。車を駆って賀蘭山《ホーランシャン》を踏破し、大志を胸に飢えれば胡人の肉を食らい、談笑して渇けば匈奴の血をすする。もう一度、昔の山河をこの手にし、宮城に向かう。

国立中央大学の一年生は嘉陵江《チアリンチアン》河畔の柏渓《ポーシー》で、自ずと一つにまとっている。大学本部は対岸の沙坪壩《シャーピンパー》にあり、はるかに向かい合っている。若者たちはありとあらゆる苦労をして四川《スーチュアン》へ流れ着き、歯を食いしばって大学入試に合格し、将来に希望が生まれ、飯にもありつけることになった。大学に合格できず、嘉陵江《チアリンチアン》に身投げをした者もいた。その一群の新入生たちは突然、自由で何の束縛もなく、生き生きと活気に満ちた世界へと踏み込み、勉強し、国を救い、恋愛する。春に吹く風は野火でもさえぎることができない。

柏渓《ポーシー》の澄んだ流れのそばには、小さい茶館が並んでいる。話をする者、勉強する者、遊びたわむれる者たちが皆、茶館に入り浸る。三々五々、世間話をし、二胡を弾き、ハーモニカを吹く。本一冊と、ふた付きの湯飲み茶碗を一つ抱え、午後中居座る者もいる。何人かを誘って、学科会、クラス会の類いをそこで開き、討論することもできる。壁には毛筆で書かれた数個の大きな文字が貼ってある——国是を談ずるなかれ。

抗戦時期に、学生たちの間に流行した言葉がある——華西壩《ホアシーパー》は天国、沙坪壩《シャーピンパー》は人間界、古楼壩《クーロウパー》は地獄。人間界は天国より確かで、地獄より楽しい。おまけに嘉陵江《チアリンチアン》の流れもあれば、川沿いの鴛鴦路《ユアンヤンルー》もある。沙坪壩《シャーピンパー》の冬はまるで江南の早春のようだ。中央大学の校門を入るとすぐ、音楽教室の澄んだピアノの音が聞こえ、松林の坂の上に灰色の綿の軍服を着た若者たちが見える。軍服は元々政府が男子学生に支給したものだが、多くの女子学生はそれを着るのをとりわけ好み、灰色の綿の軍服を着れば、彼女にはボーイフレンドができたのだと知れ渡る。女の子が軍服を外套代わりにするのが、はやりのおしゃれで、軍服をインダンスレンの長い中国服の外側に着て、えり元に竹で編んだブローチを止め、講義プリントを小脇に抱え、つんとすまして、松林の坂を下りて来る、その顔は大真面目だ。

松林の坂の両側は教室と女子学生の宿舎だ。私は綿の軍服を一着持っていたが、数年後、私に軍服をくれた王正路《ワンチョンルー》というその若者が、私の夫になった。毎日夕方、窓辺に座り、外から小さく呼びかける声が聞こえると、私はすぐ講義プリントをつかみ、灰色の軍服をひっかけて外へ飛び出す。私たちは鴛鴦路《ユアンヤンルー》を歩きながら、話した。一本の小道が松林の斜面を巡り、一方が女子学生の宿舎、もう一方が図書館だ。ぐるぐる行っては戻り、女子学生宿舎に着いたかと思うと、今度はまた図書館に着く。最後には図書館に入って勉強するほかなかった。

私は元々経済学部だった。その頃、中央大学の経済学部は全国で最も声望が高く、その上、経済学部を卒業した学生は給料の高い職につけるから、私は母と弟妹を養うことができる。ところが何と私は経済に対して無能だったのだ！　経済学という学問はおろか、数学でさえ、私は理解できたためしがない。一年経済学部にいて、すぐ外国文学部に移った。

　中央大の外国文学部には、当時何人か有名な教授がいた――楼光来《ロウコアンライ》、柳無忌《リウウーチー》、范存忠《ファンツンチョン》、兪大絪《ユィターイン》など。外国文学部の課程は容赦がなく、とりわけ兪大絪《ユィターイン》先生の「英国ロマン派詩人」は、息もつけない厳しさだ。先生の詩の朗読は本当に聞いて心地がよい。彼女は授業でシェリー（Percy Bysshe Shelly）、バイロン（George Gordon Byron）、キーツ（John Keats）などを読み上げたが、声が清らかに澄み渡り、頑固で冷徹な兪《ユィ》先生もロマンチックに見えてくるほどだ。しかしながら彼女は学生に対してこれっぽっちも手加減せず、授業では毎回必ず口頭試験があり、詩を何節か暗唱したり、問題に答えたりして、答えられなければ、すぐ零点をつけられる。一九四四年、政府が高学歴の若者一〇万人に従軍を呼びかけ、外国文学部の多くの男子学生が軍隊に入って翻訳官となった。一九四五年八月、抗日戦争に勝利し、彼らが学校へ帰って来た。その人たちはこの上なく得意げで、翻訳官のブーツをはき、顔を上げ、カツカツと教室に入る。兪《ユィ》先生の口答試験にも、彼らはよどみなく答えた。

　私は転部したばかりで、びくびくしていた。「英国ロマン派詩人」は私と章葆娟《チャンパオチュエン》を苦しめた。彼女も転部したばかりだった。大部屋の寝室には、一列ずつ二段ベッドが並び、勉強机がベッドの列の間にある。章葆娟《チャンパオチュエン》は私の斜め向かいに座っている。英国文学史、散文、小説、ロマン派詩人、シェークスピア（William Shakespeare）など、外国文学部のどの科目であろうと、彼女は必ず一字一字声を出して読む。ある晩、彼女は夜通し『ギリシャ壺のオード』〔キーツの詩〕を読んでいたが、体を前後に揺らしてリズムを取り、口の中で唱える言葉は、天津《ティエンチン》語と英語の間にまたがる一種の言語で、どの音節も自然に一体となり、強弱がなく、一様になだらか、しかも天津《ティエンチン》なまりで、時にコメントがはさまった。

「タオ。スー、ティー、アール。ライ、フェイ、シー、ドゥー。アー、フー。コアイ、イエ、ティー、ラー、スー。たまんないわ！　覚えられるわけがない！　タオ。スー、ティー、アール。ライ、フェイ、シー、ドゥー……」

私はベッドに横になって聞いていると気分が沈んできたが、それは私自身も暗唱できないからで、翌日の授業における兪《ユイ》先生の冷酷な顔を思い浮かべると、思わずため息をついた。「神様、こんな暮らしはいつ終わるの？」

翌朝、女子学生たちはおのおの茶碗とはしを手に食堂へ行って粥を奪い合う。奪い合うというのは、つまり一碗たっぷりの粥をするするとすすり終わると、また急いで大きな木桶からしっかり一碗すくい出すのだが、一歩遅れるともうなくなってしまうのだ。諦め切れない者もいて、鉄のしゃもじで木桶の底を何度もこそげ、碗に半分足らずもこそげると、テーブルに戻る。ピーナッツと漬け物はもうなくなって二つの皿が残っているだけなので、ポケットから小さな食塩の包みを取り出し、冷えた粥に何粒かかける。

私たちがそのようにして粥を食べ終わり、寝室に戻ると、章葆娟《チャンパオチュエン》が相変わらずそこでゆらゆら揺れながら天津《ティエンチン》なまりの英国ロマン詩を読んでいた。

「ホア、ティー。メイ、ドゥー。パイ、アール、スー、トゥー、ホア、ティー。スー、チュア、クオ……」

「授業に行くわよ！」私たちはちょっと彼女を押した。

「えーい、覚えられない、たまんないわ！」彼女は私たちの方へ少し手を振って、邪魔するなという意思表示をした。

「タオ。フー、スー、ティー、アール。チエ、アール、ドゥー。アー、フー。ツァイ、ノン、スー……」

「授業に行くわよ！　これ以上遅くなったら遅刻するから！　兪大絪《ユィターイン》の授業じゃない！」私たちはまたちょっと彼女を押した。

彼女は私たちにかまわず、ノートと講義プリントを手に取り、灰色の綿の軍服をはおり、私たちと一緒に寝室を出て、松林の坂に向かったが、歩きながらも読んだ。

「ホア、ティー。メン、ウー、アール。カー、ツー。アー。ティー、スー……」

彼女は急に立ち止まって私に言う。「ねえ、兪大絪《ユィターイン》は今日、私を指名すると思う？　私、絶対暗唱できない！　指名されたら、間違いなく卒倒する！」

誰も答えない。我が身さえ危ないのだ。

彼女は仕方なくまた教室へ向かって歩き出し、背中を少し曲げ、一つ一つの音節を口の中で唱え続けた。この時、松林の坂の上から一人の女子学生がやって来たが、その真っ黒な二本の長いお下げが軽く揺れて、彼女のすらりとした体にあか抜けした感じを与え、丸い顔にやや子供っぽさも加えている。彼女はあごをかすかに上げ、片手で何気ない風にシェリー、バイロン、キーツなどのロマン詩を一重ね抱えている。霧が嘉陵江《チアリンチアン》から昇って来て、松林の坂にかかり、木のてっぺんに昇り、彼女が背にする灰色の空にまで昇った。彼女はまるで霧の中を歩み出て来たようだ。松林の坂の若者たちは皆反応を示し、振り返ってぼーっと彼女に見とれている者もいれば、ただ彼女をちらっと見るだけのために、理由を探して立ち止まる者もおり、あっさり彼女について行く者もいる。「やあ！　張素初《チャンスーチュー》！」それからどうでもよい話を持ち出したりするのは、彼女と言葉を交わすことだけが目的で、彼女と一緒に教室に入れば、たとえ兪大絪《ユィターイン》が授業をする教室であっても、得意満面なのだ。

章葆娟《チャンパオチュエン》は松林の坂を行き来する人々を一切気にとめず、教室に入るや、また机にうつむいてキーツを唱えていたが、その薄い板の机が彼女の揺れる体に合わせてギシギシとリズムを取った。

兪《ユィ》先生が一陣の風のように教室に入って来た。

しんとした静寂。ただギシギシと机の揺れる音だけが聞こえる――章葆娟《チャンパオチュエン》が唱えるロマン詩はもう声を伴わなくなっていた。

「ミス章葆娟《チャンパオチュエン》！」兪《ユィ》先生の声が弔いの鐘のように響いた。

ギーシーギーシーと机は相変わらず絶え間なくリズムを取る。

「ミス章《チャン》！」

彼女はとうとう立ち上がった。

灰色の軍服の背中に木のハンガーが入っている！

教室中にどっと笑いが巻き起こった。兪《ユィ》先生も笑った。

章葆娟《チャンパオチュエン》はまったく表情を変えずに、体のハンガーをもぞもぞ引き出し、後ろの椅子に置くと、兪《ユィ》先生が口を開かないうちに、もう一人で勝手に詩を暗唱し始めた。

「タオ。スー、ティー、アール。ライ、フェイ、シー、ドゥー。プー、ライ、ドゥー。アー、フー。コアイ、イエ、ティー、ラー、スー……」

机はギーシーギーシーと変わりなくリズムを取っている。抑え切れない笑い声が教室のあちこちで起こった。

「ミス章《チャン》！」兪《ユィ》先生が彼女を止めようとしたが、どうやら、元々章葆娟《チャンパオチュエン》には問題を出して答えさせるつもりで、詩を暗唱させるつもりではなかったようだ。

「タオ、フー、スー、ティー、アール。チエ、アール、ドゥー。アー、フー。サイ、ノン、スー。アン、ドゥー……」

ギーシーギーシーと机が取るリズムにいっそう力が入る。

教室の中の誰かがハハハと笑い出した。

「ミス章《チャン》！」兪《ユィ》先生は笑いをこらえ切れず、ちょっと手を振って、彼女に座るよう指示した。

章葆娟《チャンパオチュエン》はどすんと腰を下ろした。

「ミス章《チャン》！」

章葆娟《チャンパオチュエン》はピョンとはじかれたように立ち上がった。私たちは皆、前のめりになったり後ろにのけぞったりして笑った。

「ミス章《チャン》！」兪《ユィ》先生は笑って言葉が出て来ない。「言っておきます。今日はもうよろしい。次回またあなたに聞きます」

神様、私はまた章葆娟《チャンパオチュエン》の天津《ティエンチン》なまりのロマン詩を夜通し聞かなければならなくなりました。

『玉門《ユィメン》より出陣する』

（羅家倫《ルオチアルン》作詞、李維寧《リーウェイニン》作曲）

左公の柳が玉門《ユィメン》の暁を払い、辺境に春の光がうららか、天山《ティエンシャン》の雪が溶けて田畑にそそぎ、大砂漠を飛ぶ砂が夕陽に舞う、砂の中の水場には草が茂り、まるで仙人の島のよう、瓜畑を過ぎれば碧玉が実り、馬の群れを眺めれば白波滔々、思うはいかだに乗った張騫《チャンチエン》や、定遠侯班超《パンチャオ》のこと、漢や唐の先人は打つ手が早かった、当時は匈奴の右腕で、将来は更に欧州とアジアの要路、早く手を打て、早く手を打て、碧眼が西域を巡る鷲を射る前に。

一九四四年に抗日戦争は次々と敗北を喫した。日本軍は貴州《クイチョウ》に入り込み、独山《トゥーシャン》を落とし、四川《スーチュアン》に迫った。多くの男子学生が「一〇万の知識青年、従軍せよ」という呼びかけに応じた。私の弟漢仲《ハンチョン》は母の悲嘆をよそに空軍へ入った。国は生き延びるのか？　滅びるのか？　わからない。

一九四五年八月一〇日の夜、私は王正路《ワンチョンルー》、許石清《シュィシーチン》、員霖《ユアンリン》と共にそういった不安な気持ちを抱きながら、重慶《チョンチン》の通りが交差する南区公園でぶらぶらしていた。彼らは国民党と共産党について論じ、どちらにつくべきか話し合っていた。左か？　それとも右か？　当時、多くの若者が皆、左右の分岐点に立っていた。我が家は民国の政治の波の中で、翻弄されて一家離散した。見る見るまた次の波がやって来そうだ。霧の夜はぼんやりと霞み、私は切り立った山の小さな家に住む母を思い、インドで空軍の訓練を受けている弟を案じた。

ドンという音がして、梢に一筋一筋光線が差し、炸裂音があちらこちらで次々に起こった。

「何だ?」

「日本機がまた来たのか?」

「緊急警報は鳴った?」

「ここに防空壕があるか?」

私たち四人は公園の小道に立ち、お互いを見ながら続けざまに聞いたが、答える者はいない。

騒ぎの波は変わらず押し寄せ、間にはさまる炸裂音も公園に迫って来た。

私たちはぽかんとしてお互いを眺めていた。

「聞こえた? 日本の鬼どもが降服したって外で叫んでる」

「冗談だろう?」

「聞けよ! 日本の鬼どもが降服した! 聞こえたか?」

「夢を見るな!」

「あり得ない!」

「聞いて! 勝った、勝った」

「見に行ってみよう!」

公園の入口に近づくと、叫び声はさらに大きくなった。「勝った! 日本の鬼どもが降服した! 勝った！」

四人が大通りへ駆けて行くと、空いっぱいに色紙が舞い、人々が躍り上がって歓呼し、銅鑼をたたき太鼓を打ち鳴らして、米国のトラックを一列一列追っていたが、車からは日本が降服を宣言したというニュースが流されていた。車上の米国兵も狂喜して大声で騒ぎ、駆け回って歓呼する人々に人差し指と中指でVサインを示し、大量の色紙をまき散らしている。私たち四人も人の波について駆け回り、高らかに叫んでは通りを一つ、また一つと走った。

もう夜の一二時を回っている。

「故郷に帰れるぞ！　今日は眠らない！　酒を買って飲み明かそう！　どこへ行こうか？　南区公園に戻ろう！」員霖《ユアンリン》が提案した。

私たちは公園で酒を飲み夜明けまでぶらついた。


抗日戦争は勝利をおさめた。一〇月一〇日、国民党と共産党が協定を結んだ——双方はあくまで内戦を避けなければならないと。しかし、内戦は既に起こり始めており、学生運動も激しくなり始めていた。一一月二五日、昆明《クンミン》の大学と専科学校が共同で内戦反対の夜間時事集会を開いたが、当局が武装包囲して鎮圧し、一三人が負傷、四人が死亡した。これより後、集会や学生スト、デモ行進、内戦反対運動などは、当局に鎮圧され、昆明《クンミン》、成都《チョントゥー》、重慶《チョンチン》の各地で連鎖反応が起こり、ますます激しさを増していった。

一九四六年一月一〇日、国共は同時に停戦令を公布した。国民党、共産党、米国の三者代表が北平《ペイピン》で軍事調停執行部を成立させ、各衝突地域で調停を行うことになった。時を同じくして国民党、共産党、青年党、無党派人士が、重慶《チョンチン》で政治協商会議を開く。和平の見込みが出てきたかに見えた。沙坪壩《シャーピンバー》の若者たちは皆興奮し、デモをして平和、団結、民主的な決議の支持を訴えた。ほとんどすべての学生が参加した。私は中央大学の学内新聞に報道を載せるため、唐紙を小さな板切れに敷き、歩きながら書いて、まるで自分が新聞記者になったように感じ、本当に将来新聞記者になりたいと思った。私たちは「平和に団結しよう！」「中国を民主的に統一しよう！」と声を上げたが、学生自治会主席が絶え間なく私たちにマントウを投げてよこし、停戦を要求する私たちの呼びかけを邪魔しようとした。誰も罠にはまらず、反対にマントウを彼に投げ返した。これ以後、彼の名前はマントウ主席になった。

国共内戦は末期的な病状のように、どんな薬物も治療の役に立たなかった。停戦令公布後も、国共の衝突はやまなかった。

その年の夏休みに中央大学は南京《ナンチン》へ戻る。流浪して八年、帰郷したいと心から思った。汽船は私たち貧乏学生を乗せる余地などない。金があったとしても、切符が買えない。客を乗せる宜昌《イーチャン》行きの木船があると員霖《ユアンリン》が聞きつけてきた。川を下る船は流れに沿って行くので、安全で、安く、汽船のように込み合ってもいない。安価でちょっとしゃれていることには、両岸の鳴きやまぬ猿の声を聞きながら、三峡の景色が楽しめる。母はもう先に万県《ワンシエン》から漢口《ハンコウ》へ戻っている。私はちょうど木船が万県《ワンシエン》に停まる時に、下の弟の華桐《ホアトン》を連れて一緒に行く。華蓉《ホアロン》と母の継母はまた機会を見て船で帰郷する。私と正路《チョンルー》、員霖《ユアンリン》、許石清《シュィシーチン》は木船に乗って宜昌《イーチャン》へ行き、それから汽船で武漢《ウーハン》へ向かうことに決めた。

私たちは重慶《チョンチン》で船に乗り、大きな荷物が一包み一包み船上に山積みされていることに初めて気づいた。私たちも荷物になって、押し込まれた上、ほかにも何人か乗客がおり、おのおのが起き上がったり横になったりするだけの小さな場所しかない。一日三食で、煮て塩を混ぜただけの野菜が一鉢だ。私たちは船主にだまされ、金を返せと彼にわめき立てる人もいる。船主は船首にしゃがんでキセルをくわえて相手にしない。船は追い風を受けて、早くも酆都《フォントゥー》に着いた。小さい頃、因果応報の物語を聞かされたが、黄泉《よみ》の国は酆都《フォントゥー》にあるということだった。人間がこの世で悪いことをして、あの世へ行き、魔鏡で照らされると、善悪の功罪が明らかになり、悪人は油の鍋に落ち、剣の山を登り、来世は畜生に生まれ変わる。馮《フォン》姉やは私に「目蓮《ムーリエン》が母を救う」〔信心深い目蓮（ムーリエン）という娘が地獄に落ちた母を救う物語〕を話してくれて、私は聞いているとやめられなくなり、世界で一番スリルのある波乱の物語だと思った。今、船は酆都《フォントゥー》に着いた。私たちは岸に上がりしばらくぶらぶらしたが、酆都《フォントゥー》の通りを行き来する人々はゆったりとして平和で、見たところ死とは何の関係もなく、戦争とも関係がない。地道に働き苦労に耐えて暮らす庶民だ。私たちは戦争の恐怖と騒動から離れたばかりで、ありふれた生活こそが幸せなのだ、と酆都《フォントゥー》のその小さな街で感じさせられた。どの人もザーサイの缶を一つ手に提げ、荷を運ぶ木船に乗っても満足している。

船は万県《ワンシエン》に停まって荷を降ろすので、華桐《ホアトン》を乗船させて、宜昌《イーチャン》へ行き汽船に乗り換えて漢口《ハンコウ》へ戻る。万県《ワンシエン》以降は、山も川もすべてが絵画で、絵の中に人、神、歴史があり、それぞれが所を得て、またすべてが互いに関わり合い、それゆえ親しみが感じられる。白帝城《パイティーチョン》、張飛廟《チャンフェイミヤオ》、孟良梯《モンリアンティー》〔「梯」ははしご（段）の意〕、灎澦堆《イエンユィトウエ》〔巨石の名〕、神女峰《シェンニュィフォン》、孔明碑《コンミンペイ》、屈原沱《チュィユアントゥオ》〔「沱」は入り江の意〕、香溪《シアンシー》。諸葛亮《チューコーリアン》が兵法を説いた「八陣図」〔遺跡〕はまさに瞿塘峡《チュィタンシア》にある。杜甫《トゥーフー》は晩年、夔州《クイチョウ》〔四川（スーチュアン）省奉節（フォンチエ）県一帯の旧府名〕にいた三年間に三一一首の詩を書いたが、その中の『八陣図』という詩は諸葛亮《チューコーリアン》の功績を詠い、歴史の盛衰への感嘆を表したものだ——功績は三分国を蓋い、八陣図にその名が高い。長江《チャンチアン》の流れにも石は移らず、呉を呑み込めぬ恨みが残る。

長年の後に、『桑青《サンチン》と桃紅《タオホン》』〔著者が一九七〇年代初期に発表した長編小説の代表作〕を書いた時、上は万仞《じん》の山、下は千丈の川となっている瞿塘峡《チュイタンシア》が突然目の前に現れた。この小説の第一部の背景はまさに瞿塘峡《チュイタンシア》なのだ。

一九四六年六月、国共が南京《ナンチン》で行った停戦協議は何の結果も生まなかった。七月の間に李公樸《リーコンプー》と聞一多《ウェンイートゥオ》が昆明《クンミン》で暗殺される。国共の衝突は全国的な内戦に発展した。南京《ナンチン》に戻った中央大学は直ちに政治闘争に巻き込まれた。キャンパス内は左右にはっきりと分かれ、左でなければ即ち右で、右でなければ即ち左だ。一二月に北平《ペイピン》で米兵が北京《ペイチン》大の女子学生を強姦する事件が起きた。北平《ペイピン》、南京《ナンチン》、天津《ティエンチン》、上海《シャンハイ》、昆《クン》明《ミン》、重慶《チョンチン》、武漢《ウーハン》、広州《コアンチョウ》、およびその他の都市で、数十万の学生が相継いで抗議のストとデモを行う。ここから、抗議スト、デモ行進、暴力鎮圧と、連鎖反応が続いていく。一九四七年、物価が急速にはね上がり、インフレが起こり、食糧が不足し、米を奪い合うような風潮が生じた。飢えに抗議し、内戦に反対し、教育の危機を救うための運動が、すさまじい勢いで、全国に広がった。鎮圧による流血騒動は珍しいことではなかった。誰それが逮捕されたとか、誰々が失踪したといった話がしょっちゅう耳に入る。麻の布袋に入れられ長江《チャンチアン》に投げ込まれた者もいるという噂まで伝わってきた。中央大学のキャンパスでは左右両派の学生が、組織を作って互いに争った。彼らは大立ち回りさえ演じ、殴り合いで決着をつけようとした。ある時、左派が大講堂で集会を開いていると、右派の一群が突然電気を消し、台上に突進し、暗闇の中で人を捕まえては激しく殴った。一人の小柄な左派学生が大声で叫んだ。「俺はお前の友達だ！　俺たちは同じ部屋で寝ているじゃないか！」その右派学生も叫んだ。「お前が俺の友達でも、俺は殴らなければならない！」

一九四八年、中央大学が南京《ナンチン》に戻った二年後、ますます激しくなっていく学生運動の中で、私は慌ただしく卒業した。ラジオのアナウンサーが澄んだ声で放送していた。

一九四七年七月一日から一九四八年六月末までに、人民解放軍討伐正規軍の九十四個半旅団、非正規軍と合わせ計一五二万人余りが、一六四の重要都市と県城を奪回して解放し、三七〇〇万の人口を解放しました。

キャンパス内の右派は徐々に姿をくらました。秧歌《ヤンコー》踊り〔中国北方農村の田植え踊りで、共産党が文化工作の一つとして発展・普及させた〕が舞われ始めた。王正路《ワンチョンルー》の家は北平《ペイピン》にある。彼は夏休みに卒業した後、すぐ北平《ペイピン》へ帰って行った。南京《ナンチン》から武漢《ウーハン》に至る長江《チャンチアン》の航路は既に断たれ、私は家に帰れなくなり、やむなく南京《ナンチン》に留まってある中学で教師をした。一一月末、平津《ピンチン》戦役が始まった。ラジオで放送される勝利の声はさらにはっきりと響き渡った。北平《ペイピン》と南《ナン》京《チン》の間はまだ飛行機が往復している。私は北平《ペイピン》へ行くことに決めた。

包囲された街

何と私は飛行機の中でただ一人の乗客だった。しかもそれが南京《ナンチン》から北平《ペイピン》へ飛ぶ最後の便だ。解放軍は既に北平《ペイピン》を包囲していた。飛行機が到着した後、解放軍はすぐに空港を占拠した。

私は突然、北方の大家庭の中に放り込まれた。そして突然、結婚もした。正路《チョンルー》の兄弟二人は同時に結婚した。式は砲声の中で執り行われた。婚礼主宰者は新郎新婦が百年睦まじくあれと祝意を表した。砲弾が式場の周囲に落ち、爆竹を鳴らす必要もなくなった。翌日、二組の新郎新婦はそろって、親戚、友人、年長者へのあいさつ回りに出かけた。二人の新婦は華やかに着飾り、ドーン、ドーンと響く砲声の中、しとやかに慎ましく地区の長や年長者に礼を述べた。

　王《ワン》家は四人兄弟で、上は老いた母、下は子供たちという三世代が同居している。その四合院〔四棟の建物が中庭を囲む伝統的な家屋〕には自ずと生活の規律があり、砲弾が中庭に落ちさえしなければ、日々はそれまでと同じように過ぎていく。女が食事を作り、大奥様に仕え、子供の面倒を見る。食事には毎回二つのテーブルが用意され、大奥様とすべての男は一つの食卓につくが、嫁は女子供に属するので、子供たちと別の食卓につき、座る者もいれば、立っている者もいる。北平《ペイピン》は長く解放軍の包囲の中にあり、街の中と外が完全に隔絶されていて、食糧、野菜が街に入って来ないため、小麦粉を金《きん》で買わなければならず、白菜の春雨煮込みさえ珍重されている。

　南方人の私は兄嫁から北方大家庭の嫁というものを学んだ。朝起きると、まず母屋へ行って大奥様に挨拶し、大奥様のおまるを流し、大奥様がオンドル〔「温突」（朝鮮語）。床下に設けた煙道に煙を通す暖房装置〕から起き上がる世話をし、洗面器を持って炊事場へ行き湯を入れる。客が来たら、御機嫌伺いをし、茶を入れ、煙草を差し上げる。新しい嫁の初めての顔見せで、客に茶や煙草を出した後、私はそばにいてついでに腰を下ろし、椅子の端に座った。

　正路《チョンルー》が突然顔色を変え、部屋に戻るよう私に目配せした。

　横庭に入るや、正路《チョンルー》が言った。「君はなぜ腰を下ろしたんだ？」

「私が座ってお客様の相手をするのも間違いなの？」

彼は筋を通すという気迫を込めて言った。「君は一方に立っていなければだめだ、彼は年長者なんだから」

「立っている？」

「もちろんだ！　弟の嫁も立っているのを見なかったのか？」

「彼女は立っていて、私は座っていた。これも家の規律に反するわけ？」

「君は自由に慣れすぎている。どうしようもない。この家で暮らしていくのなら、家の中の決まりに従ってもらわないと」

私はため息をついた。「こんな生活はやってられないわ。私、家に帰りたい」

「どうやって帰る？　北平《ペイピン》全体が八路軍〔国民革命軍第八路軍の略称。共産党軍が一九三七年に国民党との協力体制の下で改編されたもの〕に包囲されてるんだぞ。傅作義《フーツオイー》〔一八九五～一九七四、国民党の軍人。一九四九年に共産党軍の北平無血入城を受け入れた〕がちょうど共産党と談判中だから、砲撃がやんでいるだけで。我々は待つしかないんだ」

「何を待つの？」

「共産党が街に入るのを待つのさ」

ラジオを一日中つけっ放しにして、国共両側の放送を聞くことができたが、それは私たちが外界と接触する唯一の手段だった。双方は絶え間なく変化する戦局を伝え、どちらも自軍の勝利を喧伝した。時には諸葛亮《チューコーリアン》が城で酒を飲み、琴を弾くといったのんびりした戯曲を聞くこともできたが、聞いていると却って変な感じがした。南京《ナンチン》で聞いたあの高らかに響き渡る声が、北平《ペイピン》でもまた耳に入り、異郷で再び聞くと、私はすぐにそれが勝利の声だとわかった。

遼瀋《リアオシェン》戦役は既に勝利をおさめて終息しました。淮海《ホアイハイ》戦役はもう決定的な段階に近づいています。人民解放軍は今、長江《チャンチアン》を渡る準備を進めています。平津《ピンチン》戦役も決定的な段階に近づいています。

一九四九年二月三日、私は解放軍がゆったり落ち着いて北平《ペイピン》の街に入って来るのを見ていた。

私は瀋陽《シェンヤン》から来ました

「どこへ行く?」

「瀋陽《シェンヤン》へ行きます」私は答える。

「行って何をする?」

「夫の両親に会いに行きます」私は正路《チョンルー》を指さして言った。「私たち結婚したばかりなんです」

真っ黒な顔の解放軍兵士は私をちらっと見て、また正路《チョンルー》を一瞥し、ちょっと手を止め、どうしたらよいのかわからないようだ。とうとう通行証に瀋陽《シェンヤン》の二文字を書き入れた。

正路《チョンルー》が堂々とした態度で質問に答える。「瀋陽《シェンヤン》の実家に帰ります」

彼は元々長春《チャンチュン》で生まれ育ったので、その東北なまりの標準語が大いに助けになった。

私たち二人はそれぞれ一枚ずつ瀋陽《シェンヤン》行きの通行証を手にし、北平《ペイピン》軍事管制委員会を出た。家に戻ると、まっすぐ私たちの横庭へ入った。

正路《チョンルー》は筆を手に取り、私に笑いかけながら言った。「いいアイディアだ！　君はどうやって思いついたんだい？」

「聞かないで、さあ書き直して！」瀋《シェン》の字を漢《ハン》の字に直し、少し太く書くだけで、漢陽《ハンヤン》になる。とにかく今は南下できるようになったのだ。

一九四九年三月初め、華北解放区〔共産党統治区〕と国民党統治区は通航が可能になった。私たちは通行証を手に入れた後、直ちに旅支度を整えた。おのおのが布団を巻き上げ、洗い換えの服を数枚押し込む。通行証の身分の欄には、正路《チョンルー》が商売人、私が小学校卒業となっている。私たちは中央大学の卒業証書を持って行き、仕事を探さなければならない。だが証書は私たちの身分に合わない。どうしよう？　二人はしばらく思案し、鏡を持って行くことに決め、鏡と底の面を引き離し、二枚の証書をその間にはさんだ。私は髪を二本の小さいお下げにし、黒い布靴に、インダンスレンの長い中国服といういでたちだ。正路《チョンルー》は兄の古い綿入れの上下に布靴で、商売人とその女房が漢陽《ハンヤン》の実家に帰るように見える。

南京《ナンチン》から北平《ペイピン》へ来て数カ月、母の消息は途絶え、関所に隔てられて、母と弟妹がどこにいるのかわからない。南方と北方ははっきりと違う二つの世界のようだった。北方は保守的で、南方は開けている。私はその大家庭の中で、行き場を失ったよそ者でしかなかった。私は何としても包囲の中から、滔々と勢いよく流れる長江《チャンチアン》へ戻らなければならない。正路《チョンルー》と老母は抱き合い涙を流して別れたが、それが永遠の別れになることを互いに知っていた。半世紀後には、老母がとっくに灰になっていたばかりでなく、正路《チョンルー》自身も灰になり一握りの骨だけが故郷へ帰った。

天津《ティエンチン》は既に共産党の支配下にある。北平《ペイピン》から汽車に乗って天津《ティエンチン》に至ると、駅の解放軍兵士は通行証をちょっと見てすぐ通してくれた。天津《ティエンチン》から貨車に乗って済南《チーナン》へ向かったが、駅に停まるたびに、二十数人の乗客は皆降りなければならない。解放軍の通行証検査があるのだ。何の仕事をしている？　どこへ行く？　何をしに行く？　こういった類いの質問だ。貨車は徳州《ドーチョウ》に一晩停まる。下車して解放軍の検査を受けた後、私たち一群の旅人は宿屋を探し、七、八人が一つの大きなオンドルに寝ることになった。私と正路《チョンルー》は小さな飯屋で鶏の丸蒸し焼きを食べて食欲を満たした。宿屋に戻ると、同行の人たちは皆眠っており、オンドルのあちこちからいびきが聞こえる。薄暗い灯りも消えていた。暗闇の中で巻いた布団の荷を解き、掛け布団を折ってわずかに体がおさめられるだけの筒にした。春分の時期は厳しい寒さが身にしみる。布団に潜り込むと、少し暖かく、一晩安眠できれば、それで満足だ。

「解放軍が検査に来た！　通行証調べだ！　荷物調べだ！　ちゃんと列を作って並んで！」宿屋の主人が叫ぶ。

私は暗闇の中で驚いて眼を覚まし、一瞬自分がどこにいるのかわからなかった。

「解放軍の検査だ！　荷物を持って！　荷物を開けて！　一つ残らず！　急いで並んで！」

私は寝ぼけて朦朧としながら、巻いた布団を引きずり、中庭へ並びに行く。あの卒業証書を隠した鏡は私の手提げ袋の中にある。私はあたふたと袋を提げて、高い敷居をまたいだ。袋が敷居にぶつかり、ガラスが割れる音が聞こえた。しまった、これは本当にまずいことになった。私は慌てて下着、タオル、歯ブラシ、櫛といった物を鏡の上にかぶせた。

私と正路《チョンルー》は列の最後尾に立ち、それぞれ巻いた布団を自分の前に置いた。一人の解放軍兵士が個々に詰問し、巻いた布団と網をかぶせたかごを一つ一つ調べ、もう一人の兵士が傍らで監視している。

夜はとても長い。

彼らは遂に私の前にやって来た。一人が通行証を受け取り、それを見ながら私の答えと一致するかどうか照らし合わせる。

「名前は？」

「聶華苓《ニエホアリン》」

「母親は何と言う？」

「孫国瑛《スンクオイン》」

「漢陽《ハンヤン》に行くというが、漢陽《ハンヤン》はどこにある？」

「湖北《フーペイ》省。武漢《ウーハン》は三つの街——漢口《ハンコウ》、武昌《ウーチャン》、漢陽《ハンヤン》です」

「漢陽《ハンヤン》へ行って何をする？」

「家に帰ります。母が漢陽《ハンヤン》にいるんで」

「学校に行ったことがあるか？」

「うん、小学校」

彼は私をちらっと見た。

「どうして北平《ペイピン》に行った？」

「夫に会いに」私は正路《チョンルー》をちょっと指さす。

「彼は何をしている？」

「商売をやってます」

正路《チョンルー》はにこにこと愛想笑いをした。

「違法な物は持っていないか?」

「ないです」

「布団を全部開け!」

解放軍兵士は布団にくるまれていた数枚の洗い換え衣類をちょっとめくった。

「袋だ、袋を見てみる」

「ほら、見て、タオル、歯ブラシ、歯磨き粉、櫛、鏡、パンツ、みんな途中で使う物です。ほら、これだけよ」

私は全身の力を振り絞って、声が震えないように抑え、袋を開いている両手が震えないようにこらえた。「ほら、見て、これだけ、途中で使う物」

解放軍兵士は袋の中にさっと視線を走らせた。「よし、行け!」

汽車は済南《チーナン》に停まった。私たちは宿屋を探して泊まる。同行した一群の人たちもその宿屋だ。幸い個室で、一晩よく眠れたし、昔の名残を残す済南《チーナン》の街もちょっと見ることができた。どの家にも泉や、枝垂れ柳があり、さらにはあの大明湖《ターミンフー》に、千仏山《チエンフォーシャン》もある。

しかし、誰かが宿屋の主人から耳に入れた話では、済南《チーナン》から青島《チンタオ》に至る膠済《チアオチー》ルートは既に大幅に破壊されていて、汽車は張店《チャンティエン》までしか行かず、張店《チャンティエン》に着いたらもう汽車はなくなるということだった。そこからどうやって青島《チンタオ》に行くのか、おぼつかない。双方の軍隊は攻撃したりされたりで、道中の状況もたびたび変わる。私と正路《チョンルー》はできるだけ早く汽車に乗ってとりあえず張店《チャンティエン》へ行き、そこでまた方法を考えることにした。済南《チーナン》でも夜更けに検査があったが、私たちはもう慣れっこになっていた。割れた鏡はとっくに捨てて、新しいのを買い、飯の種を探すための卒業証書をまた鏡の中にはさみ込んだ。

同行したのは、やはりあの十数人だ。私たちは皆張店《チャンティエン》へ行き、皆駅近くの宿屋に入り、顔を合わせると会釈してちょっと笑い、同じ船に乗り合わせたような親しみを抱いていた。青島《チンタオ》へ行く方法を聞いてきた人がいた。宿屋の主人が手押し車を押す人夫を頼むことができ、それぞれの車の一方に巻いた布団を載せ、もう一方に小柄な者が一人乗れるということで、当然私が乗ることになった。乗らない人は歩いて行く。張店《チャンティエン》から何日か歩けば濰県《ウェイシエン》に着くが、大体一日に六、七〇里は歩ける。濰県《ウェイシエン》を過ぎればどこの管轄にも属さない地域になり、さらに行けばそこが青島《チンタオ》で、まだ国民党の管轄下にある。

私が手押し車に乗り、正路《チョンルー》が傍らを歩いた。どの人もマントウや大餅《ターピン》〔小麦粉をこねて焼いた平たい食べ物〕といった携帯食を持って行った。双方の軍隊はその辺りで攻めたり退いたりしている。時には村を通り過ぎるが、女性や子供が三々五々こちらを見つめ、あたかも私たちが一体何者なのか知ろうとしているかのようだ。毎日暗くなるまで歩き、小さな宿に行き当たれば進むのをやめ、食事をして、一晩休む。相変わらず深夜に検査があったが、同じように答えた。私は何とよどみなく応答して、少しもうろたえなくなり、心中ほくそえんでいた。

濰県《ウェイシエン》に着くと、宿屋に泊まり、あの統治者不在の土地にいささか恐れと警戒心を抱いて不安だった。誰も管理し切れないのだから、安心感は持てない。進む勇気もないが、引き返すこともできない。北平《ペイピン》の四合院はもうはるか彼方になった。どこの管轄にも属さない土地には人家もなく、どういうことになるか予測がつかない。手押し車を押す人夫は私たちを送って統治者不在の土地の端まで行くことを承知してくれたが、およそ二、三〇里の道程で、境界の向こうはもう青島《チンタオ》になる。私たちは感謝で胸がいっぱいになった。手押し車を押す人夫が私たちの大きな頼りになった。

濰県《ウェイシエン》では深夜の検査がなかった。解放区の境界はさすがに違う。出て行きたい者は、出て行けばよい。翌日は朝早く出発して道を急いだ。何と濰県《ウェイシエン》の境には、四、五人の解放軍兵士が検査のために待っていた。一人が机の前に座り、その他は左右に立っている。まず通行証を見て、それから布団の荷物を見たが、よその検査より厳しかった。通った人は直ちに立ち去らなければならない。二人の人が検査に通らず、傍らに立たされた。正路《チョンルー》は通り、私をちょっと見て、やむなく歩き出した。

私は巻いた布団を引きずって、机の前に行き、通行証を手渡した。彼は通行証を見て、私を少し眺め、また通行証を見て、再び私を見た。

「漢陽《ハンヤン》に行くのか?」

「うん」

「何をしに?」

「家に帰ります」

「家業は何だ?」

「私の母は後家で、縫い物をやってます」

「漢陽《ハンヤン》の家の住所は?」

私ははっとして、漢陽《ハンヤン》には行ったことがないので、彼のこの一言に不意打ちを食らってしまった。私の心は不安でどきどきして、顔がぱっと熱くなったが、遂に返事をした。「漢陽紫陽橋《ハンヤンツーヤンチアオ》八号」

紫陽橋《ツーヤンチアオ》は漢陽《ハンヤン》ではなく、武昌《ウーチャン》にあり、私はかつて武昌《ウーチャン》の湖北《フーペイ》省第一女子中の初級中学で一年半学んだことがあった。

彼は私をにらんでいる。「小学校しか出ていないのか？」

「うん」

「小学校だけか？」

「うん」

彼はさっと手を振った。「そこに立ってろ！」

私は向きを変えて正路《チョンルー》を目で捜した。彼は遠くで振り返り私を見た。私は反応を返さず、ひそかに思った。「私たちはこれから離れ離れになる」私は一方に立ち、一人一人検査を通って立ち去るのを見ていた。

「来い」検査人が私に言った。

私は歩いて行って、彼の前に立った。

彼はまた私の通行証を手に取って思案している。

私は心の中で考えた。方向転換して一人で手押し車に乗って張店《チャンティエン》へ行き、汽車に乗って済南《チーナン》に行き、天津《ティエンチン》に行って、北平《ペイピン》の王《ワン》家の四合院に戻るしかない。もしかするとあそこへも戻れなくなっているのかも、もしかすると……。

「行かせろ」傍らに立つ一人の解放軍兵士が言った。

彼は私をにらんでいたが、ちょっと手を止めると、私に通行証を渡し、とうとう言った。「よし、行け」

私は荷物を引きずって正路《チョンルー》の方へ歩いて行った。

統治者不在の地は一面の黄土地だった。空が果てしなく、地も果てしない。天地の間には、あの一列になって道を急ぐ人たちがいるばかりだ。それもよい、もし人影がちらりとかすめでもしたら、それこそ脅威だ。一列の手押し車が揺れながら、ガタガタと、黄砂を巻き上げ、砂は掛け絹のように疲れ切った旅人を覆う。人がどこまで行こうが、その砂の掛け絹も引っ張られて行く。誰も話をせず、皆先を急いでいる。

「そこに着いたら、どこへ行こう？」正路《チョンルー》が突然聞いた。

「漢口《ハンコウ》へ戻る」

「漢口《ハンコウ》も長居はできないよ」

「広州《コアンチョウ》は？」

「行って見てみよう」

余話一章　談鳳英《タンフォンイン》を尋ねて——五十年後

聶華苓《ニエホアリン》（以下略して聶《ニエ》）　談鳳英《タンフォンイン》、（ちょっと笑って）あなたを方靳《ファンチン》と呼ぶのは慣れないわ。どうして方靳《ファンチン》と改名したの？

方靳《ファンチン》（以下略して方《ファン》）　一九四八年に、私は北京《ペイチン》から解放区へ行って、すぐに方靳《ファンチン》と改名したの。

聶《ニエ》　宗志文《ツォンチーウェン》や、姜徳珍《チアンドーチェン》たちはみんなあなたの影響を受けたと言ってる。

方《ファン》　別にわざと影響を与えようなんて気はなかったわ。

李愷玲《リーカイリン》（以下略して李《リー》）　あなたのような影響の与え方が一番いい。

方《ファン》　抗日戦期に湖北《フーペイ》省恩施屯堡《エンシートゥンプー》の初級中学で勉強していた時、私たちはもう知識を得てこそ国が救えるという考えを持っていた。
聶《ニエ》　その後四川《スーチュアン》の長寿《チャンショウ》十二中時代になると、あなたは私たちより落ち着いていて成熟している感があった。あなたは西南連合大学〔北京（ペイチン）大学・清華（チンホア）大学・南開（ナンカイ）大学の名門三校が抗日戦期に昆明（クンミン）へ移って開設〕の生物だったわよね。
方《ファン》　ええ。北京《ペイチン》大学では、植物学科だった。昆明《クンミン》の西南連大で、陳《チェン》という女子学生と知り合ってね。その頃私たちは蔣介石《チアンチエシー》政府に不満だった。彼女はよく進歩的な本や雑誌を持って来ては私に見せてくれたの。だけど彼女の後ろに共産党というバックがあるとは知らなかった。
聶《ニエ》　あなたたちは連大に行って、私は中央大に行った。私は右派でもなく、左派でもない。政治的に不感症だった。
方《ファン》　私は昆明《クンミン》で新聞を売ったことがあるの、民主同盟の『時代評論』を。
聶《ニエ》　民主同盟は外郭団体でしょ？
方《ファン》　民主同盟は民主同盟よ。民主青年同盟が共産党の外郭団体で、略称が民青。一九四七年に、北平《ペイピン》で、その陳《チェン》という友達がボーイフレンドと解放区へ行くことになって、早々と私に告げたの。私は彼女をとがめて言った。「何で私に言うの？　聞いちゃったら、私の責任がどれだけ大きいか！　あなたたちにもし何かあったら、私があなたたちを裏切ったってことになるじゃない？　そうでしょ？」彼女は笑って「あなたを信じてるわ。私たちが行った後、新詩社の仕事は、あなたが仕切ることになるのよ」と言ったの。私は詩を書く人間なんかじゃなく、当時新詩社に参加していたのは、つまり合唱団の方で、『遊撃隊の歌』とか、『団結は力だ』とか歌ったり、さらには舞台に上がって演じたりもしていたの。
聶《ニエ》　それは困ることないわ、あなたは十二中でもう話劇に出て、『回春の曲』でやった男役が、すごくかっこよくて、あなたを男子生徒だと思い込んだ女の子が、甘ったれた声で話しかけてきたぐらいだもの。

姜徳珍《チアンドーチェン》（以下略して姜《チアン》） 北京《ペイチン》大の新詩社や、合唱団では、学生運動をやっていたの。

方《ファン》 一九四八年に、もうすぐ逮捕がある、ブラックリストに載ってる人間が捕まるってことになった。急いで撤退せよ！ 党が知らせてきたの、逃げろと言われたら、すぐ逃げろ！って。

李《リー》 鄭直《チョンチー》は？

方《ファン》 彼は浙江《チャーチアン》省へ卒業論文の資料を集めに行ってた。私と一人の人、知らない人が、駅で落ち合い、夫婦を装って、北平《ペイピン》から解放区を通り、未解放区〔国民党統治区〕へ行くふりをしたの、山東《シャントン》省にまだ少しそういう所があったから。学校で眼鏡を作ったけど、眼鏡も要らなくなったわ、あまりにもインテリっぽくて。減河《チエンホー》を渡ると、中間地帯で、双方ともが管理していない。減河《チエンホー》を渡る前は、国民党に見つかるのが怖かった。減河《チエンホー》を渡ると、馬車に乗って、今度は土地の匪賊が怖かった。滄県《ツァンシエン》に着けば、解放区だから、民教館を尋ねて行った。そこがまだ落ち着いていないので、また泊鎮《ポーチェン》まで行ったの。泊鎮《ポーチェン》は落ち着いていた。私たちが減河《チエンホー》を渡る列に並んでいる時、一人の婦人警官が突然「来なさい！ 来なさい！」と叫んだ。私は「まずい」と思ったわ。

聶《ニエ》 （笑） その気持ちは、よくわかる。北平《ペイピン》に解放軍が入った後、私は北平《ペイピン》から解放区を通って未解放区へ行ったけど、ちょうどあなたと反対の方へ向かい、解放区の境界、山東《シャントン》省濰県《ウェイシエン》から、中間地帯を通ろうとして、解放軍に足止めされ、まずい、とやっぱり思ったから。

方《ファン》 その婦人警官は列が長すぎるのを嫌って、私を前に行かせてもう一列作ろうとしただけだったの。私のあの連れはぐずぐずして来られない。私はとても焦った。その後で、ようやく来た。減河《チエンホー》を渡ると、状況が変わって、馬車を駆る人が元気に歌い出した。私たちは身内の場所に着いた。少年団にも出くわした。滄県《ツァンシエン》に着くと、馬車を駆る人が「あんたたちは民教館を探したいんじゃないか？」と聞くので、そうだ、と言うと、彼は遠くない場所にある建物を指さして「あれだよ！」と言った。馬車に同乗している中に、「我々も民教館へ行くんだ！」と言う人がいた。「あんたは字を書いてるの？　字が読めないんじゃなかったの？」と言う人もいたりして。今や、みんな同志よ。

聶《ニエ》　（笑）同じ、同じ！　私たちも突然気づいたの、みんな解放区を離れて青島《チンタオ》へ行くんだって、当時青島《チンタオ》はまだ解放区じゃなかった。本当に面白い、あなたと私の二人は舞台で背を向けて歌う二人羽織をやっていたのね。

方《ファン》　民教館に行ったら、すごく厳粛なの！「君たち数人は以前から知り合いか？」と聞かれて、「知り合いじゃない」と私たちが言うと、よし、君たちはお互いに自分の過去を話さないようにって。また私に、何を探しているのかと聞くので、高棠を探している、と答えた。高棠は団組織の暗号で、党組織じゃないの。私がもし紙幣と言ったら、紙幣は党組織を代表する暗号なの。ほかにもいろいろ暗号があってね。次の日、私は歩いて泊鎮《ポーチェン》に行かされた。今度はあの人たちじゃなかった。一緒に行った人はみんな知らない人で、以前何をしていたのかも話さない。泊鎮《ポーチェン》に着くや、農家に泊まって、名前を変えたの、方靳《ファンチン》に。私は男装して、ほかの人に悟られないようにしなければならない。あの頃は若くて、痩せていて、前開きのひとえの上着とズボンを身につけた。道を歩き出したら、男性は私について来られない。農家にも何もなかった。大鍋にアワの粥と、カボチャの糊〔粥状食品〕ぐらい。

私は一九四八年七月一二日に行ったの。国民党が新聞に載せた指名手配リストに、私の名前があって、母は死ぬほどびっくりした。私は母に手紙を書いて、もうすぐ農村に行くから、しばらく手紙が書けないと伝えたわ。天津《ティエンチン》が解放されて、私は接収管理の仕事に加わった。

聶《ニエ》　私はちょうど八路軍が包囲する北平《ペイピン》に閉じ込められていて、南方に行こうとしても、飛行機がなかった。武漢《ウーハン》にいる母とも連絡が取れなくなったの。

方《ファン》　私は天津《ティエンチン》鉄道の接収管理の仕事に参加した。接収管理の幹部は天津《ティエンチン》から遠くない所に駐在して、待っている。まずは平和解放を勝ち取ることで、談判に少し時間がかかった。一九四八年一二月下旬、談判が決裂して、天津《ティエンチン》を解放する砲弾が鳴り響いた。私たちは早朝四時には、もう天津《ティエンチン》に向かって行進を始めたわ。空は暗く、荷物を背負い、夕暮れまでずっと歩いて、天津《ティエンチン》近郊に着くと、五里ほどの土地に地雷群が待っていた。一歩進めば、地雷がある。地雷がまだ取り除かれていなければ、白い丸を描く。踏んだら、爆発よ。みんな歩きながら、地雷を見ると叫ぶ。地雷！　地雷！　地雷！って、後ろの人に注意するの。あちこちでしょっちゅう地雷の爆発音が聞こえ、本当に緊張したわ。道に国民党兵士の死体があって、まだ片付けられていない。天津《ティエンチン》に着いたら民衆への宣伝や、セリフの暗記もしなくちゃならない。捕虜になった国民党の兵隊が、いくつもの大群で向こうから護送されて来て通り過ぎる。彼らも労働者だから、ひどい扱いはしない。街は水の供給も、電気の供給も必要で、庶民の生活を安定させなければならない。でもその晩、私たちは通りに座って一夜を過ごしたわ、決して庶民を煩わせてはいけないから。

鄭直《チョンチー》は解放区に行った。彼に会った同志がいて、私に教えてくれたの、彼の本名は王宗周《ワンツォンチョウ》で、鄭直《チョンチー》と改名したんだって。私たちはずっと会えなかった。後に彼が北平《ペイピン》から天津《ティエンチン》に来て、ようやく会えた。その時はもう一九四九年になっていた。

宗志文《ツォンチーウェン》（以下略して宗《ツォン》）　私は彼と一緒に行ったの。

方《ファン》　彼は私を捜したかったと言うのよ！　革命をやるとは言わないの！

聶《ニエ》、宗《ツォン》、李《リー》、姜《チアン》が爆笑する。

方《ファン》　彼は談鳳英《タンフォンイン》を捜したかったって。組織に必要とされたら、解放区へ行くのであって、私のために来たりしてはいけないと思ったわ。彼はこういったことにはかまわないの。

宗《ツォン》　一九四八年に、八月頃だったか、鄭直《チョンチー》が北京《ペイチン》大学に戻り、私たち女子学生の宿舎に駆けつけ、ドアをノックして入って来た。一言も言わないで、方靳《ファンチン》のいた所に座ったの。私は彼をそっとしておいた。彼がどうしたのかわかっていたから。

鄭直《チョンチー》（以下略して鄭《チョン》）　私は鄒韜奮《ツォウタオフェン》（一八九五〜一九四四、ジャーナリスト）に大きな影響を受けてね。彼の政治的な特徴は、およそ国家と民族を害するものには、すべて反対する。およそ国家を利するものは、すべて擁護する、ということだった。彼がどの党だろうが、どの派だろうがかまわない。私はずっとこういう考えなんだ。私は孫文《スンウェン》を非常に崇拝していたけれど、革命をやるのに、どこかの党に入る必要があるとは限らない、と心の中で思っていた。身を投げ出し、国を救い、民を救わなければならない、国を豊かにし、強く盛んにしなければならない、とそれまでずっと感じていた。高級中学に入ると、さらに一歩進む。私は人間を二つに分けた。一つは革命者で、ある政治目標のために、献身し、命を捨て、熱血を注ぎ、しかも、革命の成果を見届けられないような人間だ。こういう人を私は非常に尊重し崇拝する。もう一つは、ある自然界の神秘を解明するために、苦労して自分の仕事をやり、全人類の幸福を考える。私は後者となることを選んだ。自分は政治をやる人間じゃないと感じていたし、腰をすえて自分の自然科学の仕事をやろうと思ったんだ。私がもし革命の仕事をするなら、鄒韜奮《ツォウタオフェン》氏の言うような人間になる。
私はどの党派にも加わらないが、およそ国家を利するものは、すべて擁護し、およそ国家を害するものには、すべて反対し、どの党派であるかは問わない。建国前に、仲のいい一人の友人が「組織に入れよ」と言った。私たちは東単《トンタン》の牌楼《バイロウ》〔装飾用の屋根付きアーチ型建造物〕辺りを散歩していた。私たちは連大の時にとても仲がよかった。私はその頃ひどく貧しかったが、彼は華僑で、私に着る服をくれたりして、今もそれは残してある。もちろん、私も勤労学生だった。彼がやっている党の仕事は、名義上は記者だった。内戦反対の学生運動をやっていた時期に、彼が重慶《チョンチン》へ行って昆明《クンミン》に戻ったことを知ったが、彼は少なくとも民青のリーダーだった。私は昆明《クンミン》では左だった。一九四五年の冬に内戦が始まって、内戦に反対する連大の学生運動に、私も参加したんだ。特務が学生を鎮圧し、十数人が死傷した。私はすごく積極的に内戦反対の宣伝をやり、必死でやった。当時授業に戻ろうとする者もいたが、私は賛成しなかった。だって内戦はまだ続いているんだから。私は国共双方が対峙する前線へ行って、停戦を呼びかけようと主張した。世間を知らない読書人だと私のことを笑う同級生もいたよ。

聶《ニエ》　私たちも中央大で内戦反対の呼びかけに応じたの。あれ以後、デモや、授業ボイコットや、学生運動はますます激しくなった。

鄭《チョン》　私は非常に積極的だった。その後北平《ペイピン》で、米軍が沈崇《シェンチョン》を強姦する事件があってから、暴行抗議の時期に、王《ワン》という学生が「組織に参加しなよ」と言った。私はこう答えた。君は歴史学科だから、君たち文系の者でやれよ、学生運動を組織して。我々理系の者が、授業ボイコットするなら、自分たちもやるけど、しないなら、自分たちもおとなしく勉強するよって。
聶《ニエ》　あなたはどうして解放区へ行ったの？
鄭《チョン》　南方へ卒業論文の資料を集めに行って、方靳《ファンチン》が解放区へ行ったことを知った。私が北平《ペイピン》に戻ったのは、勉強がしたかったんだ。北京《ペイチン》大の学生自治総会選挙で、理事に選ばれて、福利部で仕事をした。もちろん少し地下党員がいて、仕事を手伝っているのは知っていた。
聶《ニエ》　その時組織に入った？
鄭《チョン》　やっぱり入らなかった。
宗《ツォン》　どうして入らないの？
鄭《チョン》　授業ボイコットをした時、我々地質学科は、みんなずっとピケ隊だった。私たち何人かは、いつも前に出て、秩序を維持するのに、必死だったんだ。だけどいかなる組織にも入っていなかったし、いかなる組織も我々にかまおうとはしなかった。やるべきだと思うことは、何でもやった。でも、やっぱりみんなと一緒にやったんだ。その後、ますます緊張が高まった。私には共産党の後ろ盾がないから、自分の正義感を頼りに、こうする！と決めた。後に私は隠れた。
宗《ツォン》　どの年？
鄭《チョン》　一九四八年。
聶《ニエ》　本当に捕まえようということなら、逃げ切れないわ。
鄭《チョン》　逃げ切れない。私は西寮に泊まる時もあれば、地質棟の研究室で一晩過ごすこともあった。隠れん坊みたいで、まあ隠れることができた。しばらく経ってから、気がついた。自治会の人間は、何で一人ずっすっかり消えてしまったのかってことに。

聶《ニエ》（笑）　みんな解放区へ行ってしまったのよ。

鄭《チョン》　その通り！　私はまだ組織でたくさんの仕事があり、北京大《ペイチン》の教職員の生活を安定させたり、そのほかにも仕事がたくさんあったので、北京大《ペイチン》が南の方へ移転しないようにと願っていた。何で人がすっかり消えたのか？　私は李《リー》という同級生の所へ行って、愚痴をこぼした。

宗《ツォン》　彼女は民青の連絡係よ。

鄭《チョン》　私は「みんな逃げてしまった」と言った。彼女が「党組織はあなたにどんな手配をしたの？」と聞くので、「党組織には入ってない」と答えた。「党員じゃないの？」と言われて、「うん」と答えたら、彼女は「それはずいぶんおかしなことね」と言った。

聶《ニエ》（笑）。

鄭《チョン》　それでちょっと愚痴をこぼした。私のクラスメートで、謝《シエ》と蕭《シアオ》という名の二人は地下党員だったが、彼らが「我々三人で解放区へ行こう」と言う。私も「よし！　行こう！　解放区へ行って革命をやろう」と言った。彼らは都市工作部に連絡した。我々を連れて行ったのは都市工作部のある地下工作員で、私たちにこう言った。君たち三人は順義《シュンイー》の方向へ行って、唐山《タンシャン》地区へ行き、さらに中へ入ったら、そこが華北東部解放区だって。都市工作部のある労働者風の人が、私たちを連れて行ってくれる。この労働者が、つまり地下党員だった。彼は言った。「私が前を行くから、君たち三人は、一定の距離を置くんだ。ここから見える、前方のあの村に、張《チャン》という人がいて、私の叔父だから、あそこへ着いて、もし何か問題があったら、彼がきっと君たちを保護してくれる」その村に着くと、彼は立ち止まらず、村を抜け、私たちも彼について行った。次の村に着くと、彼はあそこにこれこれの人がいて、問題が起きたら、絶対君たちを保護してくれるからと言った。こんな風にして一つの村、一つの村と進んだ。最後に、彼は言った。「前方が箭桿川《チエンカン》で、川を渡ったら、小さな丘がある。そこへ着けば、君たちはもう安心だ。そこは解放区じゃない、だけど、大した問題はない」私たちはやっぱり離れて歩いた。村に着くと、彼は突然すっと曲がり、ある人家に入り、村を出なかった。私たちも曲がって、その人家へ行った。彼は村の井戸の所で、国民党の兵士が水を汲んでいるのに気づいたんだよ。その家の人に聞いてわかったんだが、前の晩に、国民党軍がやって来て、渡し場を封鎖し、船を差し押さえて、川は渡れなくなり、出て行けなくなってしまったんだ。どうしよう？　引き返そうか？　北平《ペイピン》に戻ろうか？

聶《ニエ》　北平《ペイピン》に戻ったの？

鄭《チョン》　北平《ペイピン》に戻った。一日経って、ある同級生が私を訪ねて来た。彼は言った。「今度は君のために方法を考えた、君に通行証を渡すよ。君は華北中部解放区へ行くといい」彼は石けんに印を刻み、にせの通行証を作った……。

聶《ニエ》（笑）八路軍が北平《ペイピン》に入って、私たちは南方へ逃げたけど、やっぱりにせの通行証を作ったわ。瀋《シェン》陽《ヤン》へ帰る通行証で、「瀋《シェン》」の字を「漢《ハン》」の字に変えたの。別ルートの旅人が、同じトリックをしたわけね。

鄭《チョン》　その友人は私に告げた。「君は山東省《シャントン》の方へ行き、故郷に帰ると言うんだ。君には一つ任務がある——女性を一人連れて、解放区へ行かなければならない」

その場にいる者がどっと大笑する。

鄭《チョン》　解放区へ連れて行け、と彼が言うので、わかった、と私は答えた。「日曜日の朝七時か八時頃、北《ペイ》海《ハイ》公園に、子供の遊び場があるから、そこへ行って、一人の女性に出会ったら、何も言わずに、次はどこで会うかだけ告げるんだ」と彼が言う。いいだろう、私はそこへ行った。朝はとても寒い。遊び場をぐるっと一回りしたが、誰もいない。中山《チョンシャン》公園の後ろが、堀になっていて、川辺に東屋《あずまや》があるから、次はそこで会おう、と私は思った。しばらく待つと、本当に女性が一人やって来た……。

皆が爆笑する。

鄭《チョン》　身なりが質素でね。インテリだ。ちょっと見たけど、ほかの人はいない。私は「二日経ったら、中山《チョンシャン》公園裏の、堀の所にある東屋で会おう」と言った。ついでに「どこに住んでいるの？」と聞いてみると、彼女は西城《シーチョン》の、何とか横丁、何号と教えてくれた。後でこっそり西城《シーチョン》へ行くと、果たしてその横丁のその番号が見つかり、彼女がでたらめを言ったのではないことが証明された。私は戻ってあの同級生に報告した。彼は「君の暗号を教えるよ、紙幣だ」と言う。彼は彼女の暗号も教えてくれたが、今ではもう覚えていない。彼は言った。「君は青県《チンシエン》に行ってからじゃないと彼女にこの暗号を言っちゃいけない。道中、彼女は君の言うことを聞くしかないが、彼女には何も話さないように」

二日が過ぎ、中山《チョンシャン》公園の指定場所で、顔を会わせると、私について来るよう彼女に言った。では自分たちはどんな関係なのかと彼女が言うので、「見たところ、あなたの方が少し年上だから、私の兄嫁ということにしよう」と私は言った。

宗《ツォン》　頭いいわね。

鄭《チョン》　どこが？　私はこう言った。あなたは私の兄嫁で、私たちは一緒に故郷へ帰る。私たちの家は山《シャン》東《トン》省武城《ウーチョン》県で、汽車の切符を買うのは私が責任を持つ。天津《ティエンチン》に着いたら、あなたの住まいを手配するって。彼女がどこに泊まるかも教えた。そして私がどこに泊まるかは、かまわないでくれと言った。私は自分で駅へ切符を買いに行きたくはなかった。当時電話でも切符が買えたんだ。その後聞いた話では、彼女はある民主的人士の奥さんらしいということだった。

聶《ニエ》　見事なストーリーね、小説みたい。

鄭《チョン》　私は天津《ティエンチン》である新聞社に勤める連大の同級生を訪ねて行って、彼に解放区へ行くことを告げた。彼は言った。「何で電話して切符を買ったりできる？　飛んで火に入る夏の虫じゃないか！　君は自分で買いに行って、その後南開《ナンカイ》大学に泊まるんだ」それで、私は切符を買いに行った。南開《ナンカイ》大学に連大で知り合った同級生が一人いたが、もう解放区へ行っていた。夜、彼の空いたベッドで眠った。

聶《ニエ》　あの頃、知識人の左傾化は、本当に山を押しのけ海を覆す勢いだった。

鄭《チョン》　私は南開《ナンカイ》大学で一晩眠った。次の朝、友人が、農民の格好をしろと言う。農民が天津《ティエンチン》へ来て何をするのか、炭酸ソーダを混ぜた小麦粉を一袋買い、家に帰って発酵させてマントウを作る。その時私は変装して、頭を坊主刈りにし、大きい綿入れの服を着て、腕時計やペンは持たなかったが、学歴があるように見えてはいけなかったんだ。私たちは天津《ティエンチン》から汽車に乗って陳官屯《チェンコアントゥン》へ行き、下車してから南へ向かい、しばらく歩くと、前方に減河《チェンホー》の渡し場があった。彼女は私について歩き、何も知らない。川辺に着くと、男女は別れるが、まだ姿は見える。実際のところ、国民党軍は尋問しようなどという興味を持ってはいなかった。川辺の砂州に腕時計やペンといった物が山と積み上げられている。私は炭酸ソーダを混ぜた小麦粉だけだから、彼らはほしがらない。川を渡ると、そこが青県《チンシエン》で、双方が管轄しておらず、土地の匪賊が怖い。夜はある馬車屋に泊まった。私は彼女に言った。「万一危険があれば、ばらばらになることもあるから、今あなたの暗号を言います。この暗号を使えば滄県《ツァンシエン》の民教館へ行った時わかってもらえる」「あなたは解放区から来た八路軍でしょう」と彼女が言う。この時になってようやく私はちょっと簡単な自己紹介をした。彼女は言った。「北海《ペイハイ》公園であなたがあんなコートを着ているのを見て、解放区から来た八路軍かと思ったわ。ああ、あなたにはガールフレンドまでいたのね」

爆笑。

鄭《チョン》　滄県《ツァンシエン》の民教館に着いて暗号を言い、連絡をつけ、馬車を雇って泊鎮《ポーチェン》に行ったら、それでやっと本当に安全になった。顔なじみに出くわし、「ああ、いらっしゃい、表に記入して」と言われた。私はその女性とすぐ別れ、この数十年まったく会ったことがない。

李《リー》　彼女が誰かの奥さんだってどうやって推測したの？

鄭《チョン》　その頃ある民主的人士が解放区へ行って、奥さんも行こうとしていたんだ。彼女が何者でも、別にかまわない。私の任務は彼女を解放区へ連れて行くことだけだからね。泊鎮《ポーチェン》に着くと、途端に北京《ペイチン》大の同級生にたくさん出会い、魚が水を得たようにうれしかったよ。私は泊鎮《ポーチェン》で勉強した。しばらく勉強すると、前線へ行きたくなった。

宗《ツォン》　入党したの？

鄭《チョン》　まだしていない。私はずーっと後になってからようやく入党するんだ。方斬《ファンチン》がいつも私を説得しては、私には組織の観念がないと言ってたよ。その後中央団校にいた時にようやく入党した。私は元々、「党員も、やはり腹黒いものだ」と思っていたんだ。

聶《ニエ》（大笑い）　面白い、面白い！

鄭《チョン》（笑）それから北上して良郷《リアンシアン》に行った。たくさんの友達がそこにいた。「王周宗《ワンチョウツォン》がやって来て、何をやるんだい」と言う者もいた。私は地質を学んだが、どうやら今私が炭鉱を見つけることは求められていないようだ。私は北京大《ペイチン》でガリ版刷りをやったことがあり、教材を作っていた。私は「今学習の資料が必要なら、ガリ版ができるよ」と言った。「まさにそんな人間が必要なんだ！　ろう引き原紙が少なくて、字は小さく書かなくちゃならないし、どの原紙も五百部は印刷できないといけない。北平《ペイピン》を接収管理する者が、みんなここで学習に参加するんだ！」と彼らが言った。

聶《ニエ》　あなたたちだったのね？　私は北平《ペイピン》のあの四合院に閉じ込められていた時、八路軍が街に入って来て接収管理しているって話を聞いたわ。

鄭《チョン》　何日も続けて、私は一日中ガリ版を刻むのに没頭した！　その後、北京大《ペイチン》を接収管理しに行くよう言われた。いいだろう。「君は何学科か？」「地質学科だ」「北平《ペイピン》にある資源委員会のいくつかの研究所は今接収管理が必要なんだ。君は文教の窓口へは行かず、財経の窓口へ行ってくれ。今晩汽車で石影山《シーインシャン》鉄鋼工場へ行き、まず趙心斎《チャオシンチャイ》を訪ねるんだ」顔を合わせて初めて知ったが、何が趙心斎《チャオシンチャイ》だか、連大時代に知り合った任沢雨《レンツーユィ》じゃないか？　こうして我々二人は相棒となった。その時、私たちは二手の準備をした――傅作義《フーツオイー》が投降しなければ、攻撃に移るから、城攻め用の長いはしごも用意しておき、一方で和平談判をする。最後は平和解放となった。

聶《ニエ》　接収管理の時には入党したの？

鄭《チョン》　してない。団員でもないし、党員でもない。何者でもない。

その場の人がどっと笑う。

鄭《チョン》　接収される部門に行くと、党組織から「君は団の仕事を手配しに来たんだろう、この部門の青年団を手配しに」と言われた。私は「団員じゃないんだ」と言った。そしてすぐに申請書を書いて団に入った。入党したのは中央団校にいた時だった。後に批判されてね、めちゃくちゃに批判された、私の最大の欠点は個人英雄主義だと言われて。

聶《ニエ》　建国後にようやく方斬《ファンチン》を見つけたの？

鄭《チョン》　もちろん。彼女は天津《ティエンチン》駅で接収管理の仕事をしていた。私に手紙をくれたよ、鄭《チョン》・直《チー》・同・志って。冷たいの何の。

聶《ニエ》、宗《ツオン》、李《リー》が大笑い。

第二部

生・死・哀・楽

一九四九〜一九六四

緑島《リュイタオ》セレナーデ

雷青天《レイチンティエン》

この緑の島は舟のように月夜にゆらゆら揺れている。

紫薇《ツーウェイ》が歌う『緑島《リュイタオ》セレナーデ』は、柔らかくて耳に心地よく、その歌声は一九五〇年代の台湾にあまねく響いた。八〇年代に、私は二人の良友、陳映真《チェンインチェン》〔一九三七〜、作家〕と柏楊《ボーヤン》〔一九二〇〜二〇〇八、作家〕から、あんなに美しく歌われた緑島《リュイタオ》が即ち火焼島《フオシャオタオ》〔台東（タイトン）市の東の太平洋上に浮かぶ火山島で、政治犯の収容所があった〕のことだと初めて聞いた。二人の作家はどちらも一九六八年に逮捕され、どちらも緑島《リュイタオ》に長年拘禁された。

一九四九年六月、私たち一家は広州《コアンチョウ》から台北《タイペイ》に至り、台風に遭った。荒れ狂う風が天に叫び地を打ちたたいて哀しい声を上げ、薄い板の家が震動してガタガタ鳴り、今にも裂けてしまいそうな様子だった。台風が吹きすさんで過ぎ去った後、カラコロカラコロと下駄が通りで響き出した。その下駄の音は私を幼時の漢口《ハンコウ》日本租界へと連れ戻す。

一九二九年、武漢《ウーハン》を支配していた広西《コアンシー》派が中央政府によって瓦解させられた。父は一家の年寄り、子供を伴って漢口《ハンコウ》日本租界へ逃げた。父は時々不意に姿が見えなくなり、また突然家に戻って来たが、隠れん坊のように、隠れるのに我慢できなくなると、自分で出て来た。ある夜、私が目覚めると、薄暗い小さな灯りと、真っ暗な窓だけが見えた。私は大声で母を呼んだ。母はつま先立ちで走って部屋に入って来て、手を左右に振りながら、屋根をちょっと指さし、身をかがめて私の耳元でささやいた。「人がいるの」私は軽くうなずいて、声を立てなかったが、その屋根の上の人間が善人でないことだけはわかった。母はまた低い声で言う。「お父さんを捜しに出かけるわ」私はまた少しうなずき、未曾有の聞き分けのよさで、母を送り出した。私はベッドに横たわったまま、怖くて身動きもできず、屋根の上の人間が銃剣をかけ、モーゼル拳銃を提げて、四方を窺い、その両目が暗闇の中でことのほか凶悪に鋭く光るのをただ想像していた。父が戻って来られなくなったら、母も帰って来られなくなる。その夜、父はある日本人看護師の家の屋根裏に隠れていたのだった。私は初めて恐怖というものを味わった。

だが、戦乱で流浪した歳月はもう過ぎ去った。台風ももう行ってしまった。

この緑の島は舟のように月夜にゆらゆら揺れている。

私が台湾へ行って程なく半月刊『自由中国』が創刊されるが、それは一九四九年一一月末のことだ。胡《フー》適《シー》〔一八九一～一九六二、哲学者、思想家〕が発行者で、雷震《レイチェン》〔一八九七～一九七九、政治家〕が実際の主宰者だった。雷《レイ》氏は一九一七年に国民党に入り、国民政府の中で多くの要職を歴任し、大陸を離れる前は国民参政界の副秘書長で、国民党の憲法制定に手を貸し、蔣介石《チアンチエシー》に代わって国共和平会談に参加したこともあった。

『自由中国』誌は原稿の責任者を一人必要としていた。私は中央大学で何編か文章を書いたことがあり、ペンネームを使って発表もしたが、編集者の李中直《リーチョンチー》が南京《ナンチン》時代の友人で、私と文字とのこうしたわずかな縁を知っていたので、雷《レイ》氏に会いに行くよう紹介してくれた。『自由中国』社は台北金山街《タイペイチンシャンチエ》にあり、それが即ち雷《レイ》氏の家でもあって、表門を入り、玄関で靴を脱ぐと、右側の小部屋が『自由中国』のオフィスだった。編集者が一人、経営者が一人、会計係が一人、発行責任者が一人、合計四名で、小さな畳の部屋がいっぱいになっていた。雷《レイ》氏は自分の書斎で仕事をしている。私は社会に出るのが初めてで、おどおどしながら雷《レイ》氏の書斎に入った。彼は机の前に座り原稿を見ていたが、顔を上げてちらっと私を見ると、あーっと声を出し、うなずいて言った。「いいでしょう！　明日から始めてください」私はこうして『自由中国』に参加することになった。私が働き出して間もなく、李中直《リーチョンチー》から聞いたところによると、雷《レイ》氏が「あの娘はなかなかいいね」と言い、私にボーイフレンドを一人紹介しようとしているということだった。私は大笑いして言った。「あの娘はもうすぐ母親になるって、雷《レイ》さんに伝えてちょうだい」半世紀が過ぎ去ったが、現在に至っても、当時雷《レイ》氏が私に紹介しようとしたボーイフレンドが誰なのかずっとわからないままだ。

　私は『自由中国』に入ってしばらくすると、本名で随筆と短編小説を書き始めた。ある日、雷《レイ》氏が部屋に入るや私に言った。「君の文章を見たよ。我々の文芸編集をやってくれ」また少し経ってから、彼が言った。「君の文章は悪くない。我々の編集委員会に参加してくれ」

　その頃、台湾文壇はほとんどが決まり切った反共物一色で、反共の枠以外の純文学作品を読むのは難しかった。反共作品で有名になった幾人かが台湾文壇を牛耳っていた。『自由中国』は決まり切った反共物など絶対に要らない。郭衣洞《クオイートン》（柏楊《ボーヤン》）の第一風刺小説『幸運の石』と司馬桑敦《スーマーサントウン》の第一小説『山津波が起こる時』は、『自由中国』に掲載されたものだ。郭衣洞《クオイートン》が柏楊《ボーヤン》として辛辣な雑文で有名になるのは、まだずっと先のことだ。ちゃんと物を考える人は五〇年代の台湾を文化砂漠と評するが、創作者は三、四〇年代の中国文学の伝統からいっぺんに切り離され、新世代はまだ模索の最中で、成熟した文学作品は見つけにくかった。たまに清新で見込みのある作品を受け取った時には、私は作者と何度も連絡を取って討論し、共に原稿を修正し手を加えて掲載した。後に台湾で名が出た何人かの作家は当初このようにして『自由中国』に作品を発表したのだ。『自由中国』文芸欄は独自の風格を持っていた。

『自由中国』が始まった時の編集委員は一〇人前後で、雷震《レイチェン》のような国民党党員もいれば、北京《ペイチン》大教授の毛子水《マオツーシュイ》や張仏泉《チャンフォーチュエン》のような学者もおり、あるいは殷海光《インハイコアン》〔一九一九～一九六九、哲学者、論理学者〕のような血気盛んな理想主義者もいれば、戴杜衡《タイトゥーホン》、夏道平《シアタオピン》といった思考の明晰な文人もいた。さらに国民党官吏、たとえば「教育部〔「部」は日本の行政機関の「省」に当たる〕部長」の杭立武《ハンリーウー》、台湾銀行総裁の瞿荊州《チュイチンチョウ》もいた。宗文明《ツォンウェンミン》は後に参加した。

私は南京《ナンチン》で杭立武《ハンリーウー》に会ったことがある。一九四八年、私が国立中央大学を卒業したばかりの頃、ある父の世代の人が彼に会いに行くよう紹介してくれたのだが、当時彼は「教育部副部長」だった。「君は仕事を探したいのか？」彼は私に聞いた。私が「そうです」と答えると、「君は何が教えられる？」と彼がまた聞く。「教師はやりたくありません」と私は答えた。彼は笑って「じゃあ、君はどんな仕事をしたいんだい？」と聞いたが、私の返事は簡単だった。「わかりません」彼は首を横に振って、どうしようもないという風にちょっと笑った。私が台湾で初めて杭《ハン》氏に会ったのは、『自由中国』編集委員会の席上だ。彼は一目で私がわかり、笑いながら「我々は前から知っている」と言った。『自由中国』創刊時、「教育部部長」は杭立武《ハンリーウー》で、「教育部」から月ごとに経費補助があったが、その後、彼が駐タイ「大使」になると、経費補助はストップした。『自由中国』の創刊時はつまりこんな奇妙な組み合わせで、国民党の進歩的人士と自由主義知識人の中間に存在するような刊行物だった。このような寄り合いが意図するのは、国民党政府が進歩に向かって歩み、徐々に改革を進め、自由で民主的な社会を作るのを後押しし、且つそれを促すことで、『自由中国』の自由民主的な改革に対する主張は、国民党政権の容認できるものでもあるはずで、現実の権力と深刻な衝突を生じる恐れはなかった。

　私は編集委員会の最年少で、唯一の女性でもあった。編集会議における保守派と進歩派の論争、および彼らの明晰な思考法を傍らで聞いているのは、私の楽しみであり、知らず知らずのうちに私の一生に影響を与えた。私は『自由中国』に十一年間（一九四九〜一九六〇年）いて、魚が水を得た如く、個性を尊重してもらい、創作への関心も活かすことができた。最も重要なのは、雷震《レイチェン》、殷海光《インハイコアン》、夏道平《シアタオピン》、戴杜衡《タイトゥーホン》といった人々に、人間としてのごつごつとした気骨と尊厳ある身の持し方を見ることができた点だ。半世紀後、私はアイオワ川の上にある静かな鹿の園で、この回想を書いていて、心が感謝でいっぱいになる。

『自由中国』創刊時、雷《レイ》氏は保守に偏向していたが、それはつまり、国民党偏向ということだ。殷海光《インハイコアン》は当時、私の家族と共に松江路《ソンチアンルー》一二四番地三号に住み、まだ結婚しておらず、我が家の賄いで食事をし、私たちや黄中《ホアンチョン》ら二、三の良友としょっちゅう深夜まで雑談した。彼は我が家の三世代（私の母、二人の幼い娘、および私自身）と家族のように親しかった。彼は当時胃が悪く、御飯を一粒一粒口へ持って行き、まるでろうでも食べているかのようだった。『自由中国』の話になると、彼は憤って両目に怒りをたぎらせて言ったものだ。「雷震《レイチェン》！　結局のところやっぱり国民党員さ！　基本的な思考スタイル、行動様式、人や物事に接する習慣において、雷震《レイチェン》は悪名高き国民党員と根本的な違いがあるわけじゃない！」

　台湾に渡った当初の数年間、私は非常に暗い気分だった。創作を開始し、二つの仕事をこなし、翻訳も少しやって原稿費を稼ぎ、家族を養っていた。家庭の負担はとても重かった。私の上の弟、母が若くして夫を亡くし大きな期待をかけていた、その弟の漢仲《ハンチョン》が、一九五一年三月、空軍の通常の飛行中に事故に遭い、わずか二十五歳で生涯を閉じた。私と正路《チョンルー》は水と火のように相容れない性格が現実の中で表面化し始め、うまく行かないが、別れることもできず、ただそのような関係を引きずっていくしかなかった。『自由中国』のオフィスも、重い雰囲気で息苦しく、雷《レイ》氏の昔の部下、劉子英《リウツーイン》が会計係にすぎないのに、主人面をして、威張り散らし、どんなことにも口を出す。スタッフは四、五人しかいないが、それでも毎日ノートに出勤したとサインしなければならない。ある日、私が三〇分遅刻すると、劉子英《リウツーイン》が私の名前の上に疑問符をつけていた。私たちは皆彼を嫌っていて、彼を下っ端悪人と呼んでいた。一室のオフィスでは狭くなったので、私は庭の隅の小さな一間に引っ越し、自分だけのスペースができてうれしかった。その後、雷《レイ》氏が劉子英《リウツーイン》を「中日文化経済協会」へ移らせた。皆大喜びした。

　雷《レイ》氏は以前大陸で共に働いていた人の面倒をよく見た。劉子英《リウツーイン》は一九五〇年に大陸から香港へ行ったが、台湾へ入る際には雷《レイ》氏が身元を引き受け、旅費も援助し、『自由中国』で会計の仕事にも就かせた。劉子英《リウツーイン》が自ら語るところによると、「台北《タイペイ》に着いた最初の日に、当然ながらまず金山街《チンシャンチエ》へ行って雷《レイ》氏と宋英《ソンイン》夫人にお目にかかったが、御夫妻は相変わらず昔のように穏やかで優しく、南京《ナンチン》での境遇を事細かに聞いてくださり、南京《ナンチン》に残っている同僚の生活状況までお聞きになった。そこで知るところを一つ一つお話しし、傅学文《フーシュエウェン》も国民参政会の一員だったので、彼女に会いに行ったことも申し上げると、氏は大して気にとめられず、彼女が今何をしているかとか、邵力子《シャオリーツー》の近況など質問され、私もありのままお話しした」

　最初に編集者に任じられた李中直《リーチョンチー》は『自由中国』創刊後間もなく香港へ行き、黄中《ホアンチョン》が後を引き継いだ。

彼は我が中央大学の同窓生で、私より一年上なので、自ら学兄と称した。彼という人物は彼が道を行く時と同じく、一陣の軽やかな風を巻き起こし、あか抜けていて自由だった。彼の人となりは腰が低く穏やかで寛容、非常に親和力があり、面倒や難儀を解決するようなタイプで、老人から若者まで皆に好かれるといった人間だ。彼は水で、雷《レイ》氏は火だ。火が燃えようとしても、落ち着いてちょろちょろ水をかければ、火はおさまる。だが、彼は譲歩して穏便に事を済ませるのではなく、ほかに手立てを持ち、遠回しに言って目的を達する。問題のある文章に対して、彼が注意深く検討を加え、穏健な意見を出すと、雷《レイ》氏は微笑んで同意する。彼が仕事をした八年の間に、『自由中国』は言論上で何度か大きな面倒を起こした。社説は主に殷海光《インハイコアン》、夏道平《シアタオピン》、戴杜衡《タイトゥーホン》が執筆した。殷海光《インハイコアン》は切れ味が鋭く、夏道平《シアタオピン》と戴杜衡《タイトゥーホン》は老練で落ち着いている。『自由中国』の社説は、もし殷海光《インハイコアン》が書けば、雷《レイ》氏が目を通してから、夏道平《シアタオピン》と戴杜衡《タイトゥーホン》が一字一句推敲を重ねる。後に宋文明《ソンウェンミン》氏も『自由中国』に加わり、編集委員も務めたが、衝突緩和の役割も担った。彼らは殷海光《インハイコアン》の才気溢れる文章の中の鋭い刃先やとげを、抜くべきは抜き、磨くべきは磨き、正面から大胆に諫める気迫を行間に残した。

一九五一年、『自由中国』設立の二年後、台湾である高利貸しの金融事件が発生し、台湾省保安司令部の人員が罠を仕掛け、犯人をおびき寄せて捕らえた。雷《レイ》氏は殷海光《インハイコアン》、夏道平《シアタオピン》、戴杜衡《タイトゥーホン》といった進歩派の憤慨を押し止めることができず、夏道平《シアタオピン》が「政府は人を罪に陥れてはならない」という社説を書いた。『自由中国』と台湾統治権力との衝突は、まさにこの社説から始まった。保安司令部はこの号の『自由中国』を差し押さえ、保安司令部副司令の彭孟緝《ポンモンチー》が何と『自由中国』の編集者を逮捕しようとしたが、幸いにも台湾省主席兼保安司令部司令の呉国楨《ウークオチェン》が気づいてやめさせ、逮捕には至らなかった。『自由中国』は「経済管制措置を再び論じる」という文章を書いて謝罪し、これでようやくけりがついた。

馬之驌《マーチースー》は一九四九年に中国大陸で船に乗って広州《コアンチョウ》へ向かったが、船が基隆《チーロン》を通り荷物の積み降ろしをしたので、その機に乗じて台北《タイペイ》へ行き師の王聿修《ワンユィシウ》教授を訪ねた。王《ワン》教授は彼が台湾へ入る世話を引き受けてくれて、食と宿の問題も解決し、彼はそのまま残った。その後、なぜだかわからないが、保安司令部に捕らえられ、王《ワン》教授の保釈請求も認められず、律儀で人情に厚い雷《レイ》氏が顔を出して、ようやく保釈で彼を出獄させた。その頃の雷《レイ》氏はまだ権勢とよい関係を持っていた。馬之驌《マーチースー》は東北出身で、きれいな二枚目、人柄が丸く、周到に物事を行い、人に好かれ、雷《レイ》氏が『自由中国』の経営担当に招いた。人が好く親切な雷震《レイチェン》は、それが「スパイをかくまう」といった類いのことだとは思いもよらなかった。もちろん、馬之《マーチー》驌《スー》は絶対に「スパイ」などではないが、既に保安司令部の書類に記録されてしまった。馬之驌《マーチースー》は政治に興味がなく、ひたすら結婚したいと願っており、カメラを持ってあちこち女の子を追いかけていた。当時、カメラを買うのは本当に大したことだった。彼は写真を何枚も撮り、顔を合わせると私たちにきれいな女の子の写真を見せびらかす。毎回、写真は同じでなく、写真に写った女の子も違う。私たちは彼にやきもきさせられたが、彼は相変わらず目を細めてにこにこ笑い、絶えず写真を撮り、絶えず私たちに写真を見せているうち、とうとう一人の爽やかで、すらりと背が高く、眉目秀麗な女の子に出会った。今やもうその女の子の写真だけになった――座っているところ、立っているところ、微笑み、すねて見せ、じっと見つめ、横目で見る。間もなく、馬之驌《マーチースー》も写真に写るようになり、その女の子と手をつなぎ、腕を組み、並んで座って、寄り添い、二人の間には隙間がなくなった。結婚式の招待状が届いた。挙式において、馬之《マーチー》驌《スー》は厳粛で満足そうな表情を見せた。

雷《レイ》家には瞿《チュイ》さんという運転手がおり、雷《レイ》氏について大陸から台湾へ渡った。雷《レイ》氏が台湾へ来た後、まさに宋英《ソンイン》夫人の言うように、「家は住めば住むほど小さくなり、車は乗れば乗るほど大きくなった」雷《レイ》氏がバスに乗り、運転手が要らなくなると、瞿《チュイ》さんは彼のために雑用をやり、彼の書類かばんを提げ、彼についてあちこち出歩いた。雷《レイ》氏が社で仕事をしている時、彼は社の中で発行を手伝い、それから一緒にバスに乗って帰宅した。出るも入るも、影が形に添う如くだった。瞿《チュイ》さんはお人好しで、真面目、篤実な容貌をしている。彼と雷《レイ》氏はどちらも大男で声も大きく、巻き上がるつむじ風のように、ビューッと『自由中国』社に突っ込んで来る。ある時、雷《レイ》氏が窓辺に駆け寄り路地の入口を指さして私たちに叫んだ。「ほら！　ごらん！　あの何人かの特務がまだあそこにいる！　ジープに乗って！　彼らが今度はどうするのか見てやろう！」言い終わると愉快そうに大笑いする。また一回隠れん坊遊びに勝って、次を待っているのだ。瞿《チュイ》さんが雷《レイ》氏のためにさらにつけ加える時もある。「彼らがジープで追いかけて来たので、我々はタクシーを飛び降り、バスに飛び乗った。彼らはジープをうっちゃり、バスに乗った。彼らが後ろのドアから乗ったので、我々は前のドアからこっそり抜け出した。バスが走り出してから、我々は彼らに手を振ったんだ」

一九五一年、「政府は人を罪に陥れてはならない」という社説が災いを招いた後、雷《レイ》氏は当時受けた妨害について回想録に記している。

当時、私は台北《タイペイ》市金山街《チンシャンチェ》一番地二号に住んでいたが、二人の特務が向かいの家で長い腰掛を借りて、入口で見張り、煙草やバナナの皮を地面に捨てていた。我が家の使用人が家の上から彼らに一枚写真を撮ってやったが、彼らはまったく気づかず、さらに一人の特務が自転車で家の周囲をぐるぐる回っていたのは、私が裏門から逃げ出すのを恐れてのことだろう。家中の者が不安になり、昼食さえ取る気になれなかった。これ以後、金山街《チンシャンチエ》一番地二号の家は、常に監視されるようになった。

当時はるか遠くの米国にいたが、名義上、半月刊『自由中国』の発行者になっていた胡適《フーシー》は、直ちに手紙をよこして名義上の発行者を降りたいと言ってきた。それは軍事機関が言論の自由に干渉することへの抗議だと彼は言った。『自由中国』は胡適《フーシー》という護符を失い、雷震《レイチェン》一人で支え、持ちこたえていくことができるのだろうか？　彼が権力に対して妥協することはあるのだろうか？　その頃、雷《レイ》氏はまだ党内外の進歩的人士の支持を受けていた。後には各人各様の立場や懸念から、雷《レイ》氏が得ていた支持は徐々に減少していく。

一九五二年一一月、胡適《フーシー》が米国から台湾へ来ることになった。当時、海外にいて海峡両岸が味方に引き入れようとしていた人物、たとえば李宗仁《リーツォンレン》、胡適《フーシー》、銭学森《チエンシュエセン》〔一九一一〜、科学者〕らはどういう行動を取るのか、非常に注目を集めた。胡適《フーシー》が台湾に来るのは、当然重大事だ。それはちょうど『自由中国』が執政当局から脅威を受けている時期だったが、胡適《フーシー》なら『自由中国』に肩入れして、権力者に話をし、さらには面と向かって抗議することさえできる。雷《レイ》氏は彼を熱烈に歓迎すると同時に、雑誌創刊三周年を祝おうと考え、気勢を盛んにした。胡適《フーシー》の台湾来訪はセンセーションを引き起こし、ロマンチックな色彩まで添えられた。伝え聞くところでは名も知れぬある女性が彼に夢中になり、彼が行く所、どこへでも追いかけて行き、外で待ち受け、窓から見ていたという。

胡適《フーシー》が台湾に着くその日、雷《レイ》氏は花束贈呈のため私を空港へ行かせようとした。私は彼の机にメモを残した。

儆寰《チンホアン》〔雷震（レイチェン）の字（あざな）〕様

私が胡適《フーシー》氏に花束を贈呈しに行くようにとのこと。これは美しい仕事で、にぎやかな場面でもあります。私は美しくもないし、騒ぎの輪に入るのも好きではありません。どうぞ御勘弁ください！

聶華苓《ニエホアリン》

その晩、雷《レイ》氏は胡適《フーシー》と『自由中国』の仲間を家での会食に招待した。私は内心びくびくして落ち着かない。私が花束贈呈を断り、雷《レイ》氏と胡《フー》氏は恐らくどちらも気分を害しているだろうし、会えば気まずくなるに違いない。私は行かないと決めた。殷海光《インハイコアン》は私にどうしても行けと言う。私が門を入って玄関で靴を脱ぐと、雷《レイ》氏が客間で叫ぶのが聞こえてきた。「来た！　来た！　彼女だ！　胡《フー》さん、彼女だ！　彼女があなたへの花束贈呈を承知しなかったんだ！」胡《フー》氏はへっへっと笑った。私が客間に入ると、彼はちょうど私のメモを手にしていた。雷《レイ》氏が笑いながら私に言った。「今、回覧しているところだよ」

『自由中国』が胡適《フーシー》を歓迎して三周年を祝う酒宴は台北《タイペイ》の「婦女の家」で開かれた。社会の名士、国民党官僚、党外人士など、来賓は百名余りに上った。胡適《フーシー》は台湾で初めて公開のスピーチをした。

彼は冒頭でまず言った。「雷《レイ》氏は民主と自由のために奮闘しておられます。台湾の人は雷震《レイチェン》に銅像を建てるべきです」

その短い前口上がひとしきり長い拍手を引き起こした。

胡適《フーシー》は続ける。「『自由中国』誌は私の名を発行者としています。さっき呉鉄城《ウーティエチョン》氏が、今日は発行者を歓迎すると言われました。私は発行しない発行者だと申し上げました。私は恥ずかしく思っております。ここ数年、私は実体のない発行者を務めただけで、事実上、責任を負っておりません」

胡適《フーシー》は最後に『自由中国』の名義上の発行者を辞めると公開声明を出した。雷《レイ》氏は孤軍奮闘するしかなくなった。だが、『自由中国』はその頃まだ政治権力の核心には抵触しておらず、人々はまだ拍手する自由を持っていた。

『自由中国』社は雷《レイ》家から和平東路《ホーピントンルー》二丁目に引っ越した。編集委員会は毎月二回開かれ、社説と雑誌が受けているさまざまな妨害の問題を討議したが、問題はますます多くなっていた。編集委員会では毛子《マオツー》水《シュイ》と殷海光《インハイコアン》がいつも対立した。毛子水《マオツーシュイ》は穏やかな抑制を主張し、殷海光《インハイコアン》は批判し、抗議する必要があると言った。若者と壮年は殷海光《インハイコアン》の側に立った。雷震《レイチェン》は初め彼らの間のバランスを取っていた。殷海光《インハイコアン》が国民党の腐敗現象に言及した時など、雷《レイ》氏はやはりいささか落ち着かず気のもめる様子で、あたかも不甲斐ない兄弟に、もっと立派になってほしいと願っているかのようだった。たとえできる限り抑制したとしても、『自由中国』が受ける圧力は大きくなるばかりで、雷《レイ》氏の闘志もますます大きくなっていった。

雷《レイ》家が特務の煩わしい干渉にさらされ、また『自由中国』に経済的な補助も必要だったため、雷《レイ》氏夫妻は金山街《チンシャンチエ》の大きな屋敷を売り払い、郊外の木柵《ムーチャー》に引っ越した。夫妻はよく作家や友人たちを招いて楽しくつどった。その田舎のお宅で、私たちと呉魯芹《ウールーチン》、琦君《チーチュィン》、林海音《リンハイイン》、何凡《ホーファン》、彭歌《ポンコー》、朱西寧《チューシーニン》、周棄子《チョウチーツー》、高《カオ》陽《ヤン》、夏済安《シアチーアン》、郭衣洞《クオイートン》（後に柏楊《ポーヤン》に改名）、潘人木《パンレンムー》、孟瑶《モンイヤオ》、司馬中原《スーマーチョンユアン》、段彩華《トアンツァイホア》、およびその他の作家たちが、多くの楽しい時を過ごした。雷《レイ》夫人はおっとりとして鷹揚《おうよう》で、親しみ深く感じのよい人だ。彼女は既に監察委員となっているが、その頃私の目に映ったのは、雷《レイ》氏の穏やかで優しい妻だった。執政当局の『自由中国』に対する絶え間ない脅しや迫害につれて、作家の集いも雲散霧消した。長年の後、時が移り事情も変わって、私は朱西寧《チューシーニン》の文章から、彼も当時『自由中国』の作家と関係があったために、いささか面倒に巻き込まれたことをようやく知った。

一九五四年、『自由中国』と統治勢力の衝突はさらに尖鋭化した。「教育の危機を速やかに救え」という文章によって、雷震《レイチェン》は国民党から除籍される。蔣介石《チアンチエシー》が当選して総統に再任し、『自由中国』は彼と国民党が憲法違反をしている事実を批判した。一九五五年、国民党が「党員自清運動」を開始し、『自由中国』は「党員自清運動は許せない！」と批判した。一九五六年、蔣介石《チアンチエシー》の七十歳の誕生祝いの日に、『自由中国』は生誕祝賀特集号を出し、違憲の国防組織と特務機構を批判して、一大センセーションを巻き起こし、初版、再版、何と七版まで出した。これが国民党の多くの刊行物の『自由中国』に対する包囲討伐を引き起こす。雷震《レイチェン》は党籍、官級と爵位、人事関係など、一枚一枚筍の皮をむくように、すべてはぎ取られ、丸裸の芯だけを残し、寒く湿った海の島に孤立した。本当の雷震《レイチェン》がすっくと姿を現した――誠実、真摯、愚直、温厚、さらにつけ加えれば頑固。

雷《レイ》氏は原稿をチェックし、原稿を依頼し、編集会議を開き、その上校正までする。私たちが一緒に原稿の校正をしていた情景を私はいつまでも忘れることができない。どの原稿もすべて雷《レイ》氏、黄中《ホアンチョン》と私がまず『自由中国』社で初校・再校を行い、それから三人で印刷所へ行って最後の校正をして、ようやく印刷所に渡して印刷する。一字の誤りが、大きな災いを招きかねず、たとえば「中央が指示する」を、「中共が指示する」と印刷してしまえば、雑誌と印刷所がひどい目に遭うことになる。私たちはさらにありったけの知恵を絞って問題になりそうな文字を直し、しょっちゅう長時間の討論をしてはようやく決定した。特務のチェックを受ける前に、私たち自身が既に厳しいチェックをしていた。雷《レイ》氏は時にふと一人で笑い出し、文中のわずか二言三言でずばりと急所を突いた言葉を私たちに読んで聞かせ、三人とも愉快でたまらなかった。私たちはそうやって一緒に丸二日間仕事をする。毎回校正が終わると、空はもう暗く、三人で込み合うバスに乗って、沅陵街《ユアンリンチェ》の新陶芳《シンタオファン》へ行き、塩蒸し焼き鶏を存分に食べ、食べ終わるとおのおの家へ帰る。雷《レイ》氏は帰宅のバスに乗り込み、すし詰めの乗客の中に立って私たちにちょっと手を振る。バスの窓が孤立する彼の大きな影を映し出していた。

『自由中国』が当局を痛烈に突いたのはほとんどが社説で、ほかに短評と読者の投書もあった。社説は『自由中国』の意見を伝えるものだが、短評と読者の投書は庶民の心の声で、投稿者の多くが国民党に随い中国大陸から台湾へ渡った軍人や若者だった。投稿者は特務のチェックが心配で、自分で原稿を届けに来る人もおり、座ってちょっと話したりもしたが、聞き手は誰でもよく、自らの苦悶を語り、軍の中、組織、学校における政治的迫害を語った。涙を流しながら訴える人もいて、話し出すと何時間にもなる。雷震《レイチェン》は雷青天《レイチンティエン》〔「青天（チンティエン）」は清廉な官吏の意〕になった。

一九五七年に黄中《ホアンチョン》が台湾を出て米国へ行った。傅正《フーチョン》がその後を引き継いだ。彼は江蘇《チアンスー》省出身で、一九四四年にまだ中学生だったのに、もう青年軍に参加し、一九四九年には武漢《ウーハン》大学で学んでいたが、部隊の撤退に随って台湾へ渡り、国民党の政治工作幹部学校に入り、一九五三年九月に本名で『自由中国』の「読者投書」欄へ投稿を始め、雷《レイ》氏の注意を引いた。黄中《ホアンチョン》が去った後は、当然の成り行きで彼が『自由中国』の編集者になった。その頃、殷海光《インハイコアン》は既に夏君璐《シアチュインルー》と結婚しており、松江路《ソンチアンルー》から温州街《ウェンチョウチエ》にある台湾大学の宿舎に引っ越していたので、傅正《フーチョン》が越して来て我が一家と同居した。彼は真っ正直で、剛直で、真面目、かっと熱くなる性格だ。オフィスの中は黄中《ホアンチョン》がいた時代のそよ風と霧雨のような穏やかな雰囲気ではなくなった。

　傅正《フーチョン》が『自由中国』に入った後、オフィスは実ににぎやかになった。彼と雷氏《レイ》の両者は共に声が大きく、政府を批判する一編の文章に、よく二人そろって喝采を叫び、うれしくてたまらない様子で、子供のように喜んだ。読者が苦難を訴えに来ると、傅正《フーチョン》はよき理解者となり、彼らの苦しみを、自らもすべて経験したことがあるので、読者と友達になったりした。『自由中国』へ自分の無実を訴えに来る人はさらに多くなった。彼と雷氏《レイ》の両者は常に戦闘状態にあり、握りこぶしをもみ、ときの声を上げて助勢した。二人は一緒に出かけて一緒に戻り、絶えず話し合い、一方が長身で一方が短躯、いささか滑稽だが、愛すべきコンビだった。恐らく新党結成の考えはそのような話し合いから出て来たのだろう。毎回雑誌が出る前に、雷氏《レイ》は相変わらず私たちと一緒に印刷所へ行って最後の校正をする。校正が終わると、雷氏《レイ》はやはり私たちを誘って新陶芳《シンタオファン》へ塩蒸し焼き鶏を食べに行く。彼らはそこでどうやって新党を結成し、いつ集会を開くか議論し、私を遠ざけはしなかった。実際の政治は私の「やる事」ではないと彼らは知っていたし、私が彼らの「やる事」を邪魔しないのも知っていたから、心配には及ばなかった。高玉樹《カオユィシュー》、李万居《リーワンチュイ》、呉三《ウーサン》連《リエン》、郭雨新《クオユィシン》、夏涛声《シアタオション》、斉世英《チーシーイン》、成舎我《チョンシャーウォー》、そのほか当時雷氏《レイ》と共に中国民主党結成を計画していた幾人かの人々は皆、新陶芳《シンタオファン》の塩蒸し焼き鶏を賞味しながら雷氏《レイ》の話に耳を傾けた。

　傅正《フーチョン》が雷氏《レイ》と共通するのは真摯《しんし》さと頑固さだ。彼は『自由中国』に入ってわずか二年で、雷震《レイチェン》と共に鉄格子に閉じ込められた。雷震《レイチェン》は結局のところ雷震《レイチェン》で、命がけでやったし、命がけでやるだけの天性を備えている。傅正《フーチョン》は？　彼は卵が石にぶつかるようなもので、粉々になるのは目に見えていた。

一九六〇年九月四日

その日午前九時、私が起きたばかりの時、誰かが表門をたたいた。手伝いの女性が門を開け、数人の私服刑事がまっすぐ私の部屋の入口まで来た。

「何事ですか？」私は聞いた。

彼らは答えず、ただ一言「間違えた」と言った。

彼らはすぐ通路のもう一方の端へ行き、傅正《フーチョン》の部屋のドアをたたいた。

傅正《フーチョン》がドアを開け、やはり尋ねる。「何事ですか？」

返事は聞こえず、彼らがそのまま傅正《フーチョン》の部屋に入りドアを閉める音だけが聞こえた。それと同時に一群の警察官が外からどっと入って来て、傅正《フーチョン》の部屋に押し合いながら入ってドアを閉めた。私が窓の外を見てみると、多くの私服刑事が低い塀の外の路地で行ったり来たりしている。

私と母は互いにちらっと目を合わせ、話をしなかった。私たちはそれがどういうことか理解し、何も言う必要がなかった。私は落ち着かなければならず、恐れてはいけないということだけはわかった。九歳の藍藍《ランラン》（聶華苓《ニエホアリン》の次女、曉藍《シアオラン》のこと）が小さなピアノを弾き始め、床に座って、『私のお母さん』を弾いている。

私は全身から力が抜け、椅子に腰を下ろし、身動きもしない。彼らは一つ一つ手を下していくのだ。まず傅正《フーチョン》を捕らえ、それから聶華苓《ニエホアリン》を捕まえる。彼らがもうすぐ来る。私はここに座って待っていよう。藍藍《ランラン》が手を止めた。

「弾いて、弾いて、藍藍《ランラン》、弾き続けてちょうだい」私は彼女に言った。

彼女はまた弾き出し、軽快な『銀色のクリスマス』を弾いている。

ひとしきり言い争う声だけが聞こえ、何を言い合っているのかは聞き取れない。それから静かになった。

「君たちは何を根拠にこれを持って行くんだ？」傅正《フーチョン》が突然彼の部屋で叫びを上げた。

藍藍《ランラン》は繰り返し『銀色のクリスマス』を弾いていたが、ふと手を止めると尋ねた。「お母さん、あの人たち、何してるの？」

「かまわないで、藍藍《ランラン》、ピアノを弾きなさい」

藍藍《ランラン》はまた弾き続けていったが、弾けば弾くほど元気がなくなった。

私は彼女を眺めながら、心の中で思った。「子供たちの時代にはこんな恐怖がなくなっていればよいが」

数時間後、お昼時になって、傅正《フーチョン》の部屋のドアが開いた。一群の警察官と私服刑事が彼を取り囲んでぞろぞろ出て来た。私と母が駆け寄った。

傅正《フーチョン》は私と母に言った。「僕は彼らと行きます。大丈夫！　これ、僕の鍵だから、聶《ニエ》おばさん、持っておいてください」彼は束になった鍵を母に手渡そうとした。

「おい、ちょっと待て！　見せてみろ！」一人の警察官が手を伸ばして鍵を受け取り、少し調べ、振ってみたが、冷ややかな金属音がするばかりで、メモもなく、暗号もなかったので、やっと母に鍵を受け取らせた。

傅正《フーチョン》は連れて行かれた。私は表門を閉めに行く。たくさんの私服刑事が依然として外を行ったり来たりしている。事はまだ終わっていない。彼らはまた私を捕まえにやって来るだろう。

私は椅子に座って午後中待ち、一言も話をしなかった。

「雷《レイ》さんが捕まえられた！」『自由中国』の陳済寛《チェンチーコアン》が庭に入るや私の窓辺で叫んだ。「馬之驌《マーチースー》も捕まえられた！　劉子英《リウツーイン》も捕まえられた！　『自由中国』社に手入れがあった！　書類も原稿も全部持って行かれた！」

「殷海光《インハイコアン》は？」私は慌てて尋ねる。

「まだわからない」

「傅正《フーチョン》も連れて行かれたの」

陳済寛《チェンチーコアン》は驚いて、口を開けたまま、言葉が出ない。彼は家に入らずに去った。

次は私だ。

私は椅子に座って待ち、夜通し待っていた。

翌日、『連合報』のトップニュースは「雷震《レイチェン》に反乱の嫌疑」だった。

私と『自由中国』の人間は互いに引き離された。私たちは一つ一つの小さな孤島になった。我が家の外では昼も夜も相変わらず誰かが見張っている。私は仕方なく『連合報』で雷《レイ》事件のニュースを読み、殷海《インハイ》光《コアン》が逮捕されたのかどうか見た。雷震《レイチェン》に反乱行為などあり得ないが、彼らの言う「反乱」とは、つまり新党を結成しようとしたことだ。傅正《フーチョン》も反乱などするはずがないが、彼らの言う「反乱」とは、つまり率直に事実を語ったことだ。しかし、馬之驌《マーチースー》と劉子英《リウツーイン》はどうして逮捕されるのか？　彼らは政治と何の関係もなく、いかなる文章も書いたことがない。

九月二七日、雷震《レイチェン》が逮捕されてから二週間後、台湾警備司令部軍法署の検察官が起訴状を発表し、以下のように告発した。劉子英《リウツーイン》は中共のスパイで、台湾へ渡って中共の為政が穏やかで、軍事力が強大で、台湾の解放が目前だとの宣伝を行い、且つ機を見て雷震《レイチェン》らに「人民のため手柄を立てよ」と働きかけるよう、邵力子《シャオリーツー》の妻、傅学文《フーシュエウェン》から指示を受けた。雷震《レイチェン》が台湾入りを助け、劉子英《リウツーイン》は自分の任務を直接告げたが、雷震《レイチェン》は彼が「中共のスパイ」だと知りながら通報せず、さらに雷震《レイチェン》の『自由中国』における言論が利用され、雷震《レイチェン》は「文字で中共の反徒の宣伝に手を貸し、政府転覆の目的を達成しようと目論んだ」。馬之驌《マーチースー》は「北平《ペイピン》陥落後間もなく、中共の南下工作団に志願して登録され、南下して派閥や労資の紛争などを造り出す任務に従事した」ため、かつて台湾省警備司令部に逮捕されたが、後に雷震《レイチェン》が保証人となり出所して審問を待つ間、「潜伏して待機する活動を続けた」。傅正《フーチョン》は蔣《チアン》総統の三選に反対する数編の文章を書いたため、「分裂をそそのかし、法律を破壊し、国民大会の集会を妨害しようとたくらみ、中共の統一戦線の策略と相通じ、反乱の嫌疑がある」とされた。

一〇月八日、警備司令部軍法署はたった七時間半の尋問で、雷震《レイチェン》と劉子英《リウツーイン》が互いに質問し合うのも許さず、雷震《レイチェン》の弁護士、梁粛戎《リアンスーロン》の面会も許さず、雷震《レイチェン》が「賊と知りながら通報しなかった」とする劉子英《リウツーイン》の側のわずかな自白供述のみを根拠に、「反乱扇動罪」で雷震《レイチェン》に懲役十年、公民権剥奪七年の判決を言い渡した。劉子英《リウツーイン》は懲役十二年、公民権剥奪八年。馬之驌《マーチースー》は懲役五年。傅正《フーチョン》は感化教育三年となった。

劉子英《リウツーイン》と馬之驌《マーチースー》は何と無実の雷震《レイチェン》を罪に陥れる道具として使われたのだ。

雷《レイ》氏に長年つき従っていた瞿《チュイ》さんは？　彼は元々雷《レイ》氏と雷《レイ》夫人の運転手だった。後に雷《レイ》氏が自家用車に乗る余裕がなくなり、バスに乗るようになると、瞿《チュイ》さんは『自由中国』で雷《レイ》氏のために雑用をやったが、雷《レイ》氏は彼を非常に信頼していた。まさに雷《レイ》氏が逮捕される数日前、瞿《チュイ》さんは自転車に乗って台北《タイペイ》から木柵《ムーチャー》へ戻る途中、大型トラックに衝突された。彼ははねられて倒れ、意識不明になった。雷《レイ》氏はちょうど高玉樹《カオユィシュー》、李万居《リーワンチュィ》、郭雨新《クオユィシン》、斉世英《チーシーイン》、夏涛声《シアタオション》、傅正《フーチョン》らと新党結成の計画で忙しくしていた。雷《レイ》夫人が毎日病院へ瞿《チュイ》さんを見舞いに行き、細やかな心遣いで世話をし、『自由中国』社に寄って、瞿《チュイ》さんに話が及ぶと、彼がもう長くないのではと心配し、長年つき従ってきた忠誠心の固い瞿《チュイ》さんを始終心にかけていた。

数日後、雷《レイ》氏が捕まえられた。特務は雷《レイ》氏を逮捕する時、雷《レイ》氏の家を捜査し、各種の書類や、手紙がある所へまっすぐ向かい、少しも迷わなかった。瞿《チュイ》さんは意識不明になって三カ月後に死んだが、臨終前に雷《レイ》夫人に告げたところでは、彼は以前特務に買収され、雷《レイ》氏に関する詳しい情報を彼らに提供していたという。大型トラックが瞿《チュイ》さんをはねて殺したのは、口封じだった。

雷震《レイチェン》の夫人、宋英《ソンイン》は大した女性だ。彼女の強靭さ、彼女の冷静さ、彼女の勇敢さ、彼女の度量と忍耐力は、人を驚嘆させる。雷《レイ》氏が逮捕されると、平素しとやかで穏やかな雷《レイ》夫人が、躊躇《ちゅうちょ》なく『自由中国』社に泊まり込み、特務の捜査で荒らされた現場を片付け、一方で記者をそこへ招いて、執政当局の雷《レイ》氏に対する陰謀に激しく抗議し、軍法裁判から司法裁判に改めるよう要求し、国内外の支持と援助を呼びかけた。

雷震《レイチェン》と胡適《フーシー》

私の目に映る政治は、一回、また一回と上演される芝居だ。私は実際の政治に関心を抱いてはいるが、参加したくはなく、興味を感じるのは政治の舞台の上の人物だ。胡適《フーシー》は胡適《フーシー》であるというだけで、まさに回想に値する。雷《レイ》氏は中国大陸から台湾へ渡る前、自由と民主を宣伝する刊行物を始めようと、上海《シャンハイ》で胡適《フーシー》と相談した。『自由中国』は胡適《フーシー》の命名であり、雑誌の趣旨は彼が米国へ向かう船上で書いた。『自由中国』設立時、彼は米国にいたが、『自由中国』の発行者となっており、それを望んではいなかったとしても、黙認したわけで、一部の進歩的な中国知識人の後押しともなった。『自由中国』は結局創刊され、彼が発行者を務めていることには重要な意味があった。

一九五一年、『自由中国』の「政府は人を罪に陥れてはならない」という社説が当局を刺激し、胡適《フーシー》はこのことが原因で手紙をよこして発行者の名義を降り、多くの人の憶測を呼んだ。『自由中国』と統治権力が衝突するや、胡適《フーシー》はすぐに『自由中国』から抜け、巻き添えにならないようにしたのだと言う人もいた。抗議もすれば、抜け出しもした――一挙両得だ。

胡適《フーシー》の米国における反応は、雷《レイ》氏が回想録に記している。

儆寰《チンホアン》〔雷震（レイチェン）の字（あざな）〕兄

私は今日、「発行者胡適《フーシー》」の一行を取り消すよう正式にあなた方にお願いしたいと思います。これは感ずるところがあって表明する真心からの提案で、旧友の方々には何とぞお許しをいただきたい。「感ずるところ」とは何か？『自由中国』第四巻一一号に、「政府は人を罪に陥れてはならない」と論じる社説がありました。私はこの文を読み、まことに感服し、非常にうれしく思いました。この文章には事実があり、勇気があり、態度が厳粛で責任を負い、証拠を用いる方法も注意深く、『自由中国』出版後の一、二に数えられるよい文章で、『自由中国』の看板たり得ると申せましょう。

私が喜び、貴社へお祝いの手紙を書こうと思っていた矢先に、思いがけなく四巻一二号の「経済管制措置を再び論じる」が来ました。これはあなた方が外から圧力を受けた後、無理に書かされた謝罪の文に違いない！

昨日、また香港『工商日報』（七月二八日）の「今日の台湾に望みを寄せる」という社説を見ましたが、その中に『自由中国』が論評「政府は人を罪に陥れてはならない」のために、「関係機関（軍事の）の不満を引き起こし、言論の自由にも目に見えない形で損害をこうむるに至り」、「時の政治の善し悪しを批評して思わぬ面倒を招いた」との言及がありました。この社説を読んで、私の推測はやはり間違っていないとわかりました。

私はこれにより慎重に考えました。『自由中国』が言論の自由を持てず、実際の政治を責任ある態度で批判することができない、というのは台湾政治の最大の恥辱であります。

私が正式に「発行者」の名義を辞退するのは、一つには私が社説「人を罪に陥れてはならない」を全面的に支持することを示し、二つにはこのような「軍事機関」の言論の自由への干渉に対する抗議を示すものであります。

胡適《フーシー》

四十年（一九五一年）八月一一日

一九五二年、彼が初めて台湾に来る前、即ち一九四九年から一九五二年までの間、『自由中国』は既に災いを招いており、今回、彼が公開スピーチをするに当たり、まず雷《レイ》氏が民主と自由のために奮闘していることをたたえ、台湾の人が雷震《レイチェン》の銅像を建てるべきだと訴えると、満場の拍手が沸き起こった。続けて話題を一転させ、自分は「発行しない発行者」だと彼が言うと、聴衆は押し黙った。

今、私はこの機会をお借りして、雷《レイ》氏、毛《マオ》氏および『自由中国』の発展に手を貸してくださる御友人の方々に、責任を負わない私のこの名前だけの発行者担当を解き、ほかにどなたか実際の責任を負う方に担当していただくようお願いし、私自身は将来もう少し多く文章を書いて、編集者の一人になることを希望するものであります。私はどうしてこんな要望を持っているのか？　先ほど申しましたが、言論の自由は自分で勝ち取らなければならないものです。勝ち取った自由は責任を負うべきものです。私たちはこの場所にいて、間違った話をすれば、間違った話をした責任を負わなければなりませんし、国の法令に違反すれば、国の法令に違反した責任を負わなければなりません。牢に入る必要のある者は、牢に入るべきで、罰金の必要な者は、罰金の責任を負うべきなのであります。

聞くところによるとまだ二、三言あったが、彼は遂に「首をはねる必要のある者は、首をはねるべきです」とは言わなかったそうだ。

一九五八年、胡適《フーシー》は中央研究院院長に就任した。雷《レイ》氏はよく胡適《フーシー》に会いに南港へ行った。雷《レイ》氏は新党結成を計画した時、彼に新党の党首になるよう求めたが、彼は承諾しなかった。しかし、彼は雷《レイ》氏が表に出て党を組織するよう励まし、彼はそばにいて協力できるし、党員にもなれるから、創立大会が開かれれば、必ず出席してスピーチし、場を盛り上げると言った。そして、孟子《モンツー》の言葉を引用した。「文王を待って後に興《おこ》る者は、凡民である。その豪傑の士のごときは、文王がいなくてもなお興る」雷《レイ》氏は胡適《フーシー》のこのような激励を得て、きっと子供のように得意になり、満面に笑みをたたえたのだろうと私は想像できる——水が流れて行けば溝ができるように、時が熟せば事は自然に成る、と。

一九六〇年六月、彼は李万居《リーワンチュイ》、高玉樹《カオユイシュー》、傅正《フーチョン》ら一七人と新党組織を準備する仕事に取りかかった。九月四日、雷《レイ》氏、傅正《フーチョン》、劉子英《リウツーイン》、馬之驌《マーチースー》の四人が逮捕される。雷《レイ》氏は「反乱の嫌疑」という濡れ衣を着せられ、軍法裁判にかけられた。『自由中国』は封鎖された。

当時、胡適《フーシー》は米国で会議に出席していた。AP通信とUPI通信が彼に雷《レイ》事件をどう見るか聞くと、雷《レイ》事件は裁判所によって審理されるべきで、軍事法廷で裁かれるべきではないと彼は述べた。彼は重要な点を避けて周辺事項を取り上げ、原則を語らず、枝葉末節のみを論じた。台湾では特務の監視下にある殷海《インハイ》光《コアン》、夏道平《シアタオピン》、宋文明《ソンウェンミン》の三人が勇敢にも立ち上がり、共同で声明を出し、『自由中国』の中の問題のある文章に対して自らが文責を負うと表明した。殷海光《インハイコアン》が書いた数編の社説はほとんどすべてが雷《レイ》事件において「暴動を扇動し」、「人心を動揺させた」とされる文章だった。

傅正《フーチョン》が一九八九年に編集した『雷震《レイチェン》全集』の中の記述によると、胡適《フーシー》は一九六〇年一一月一八日の日記に以下のように記している。

> 合計三十年の懲役は一大事件であるが、軍法裁判の日（一〇月三日）は一〇月一日に言い渡された。被告の弁護士（梁粛戎《リアンスーロン》立法委員を指す）が保存書類を調べ、記録を調査できたのは一日半の時間の

みだった。一〇月三日に開廷し、このような重大な事件に、たった八時間の審理が行われただけで、もう終結が宣告され、八日に判決が下されることになった。これを裁判と言えるのか？ 国外ではまったく人に言えることではなく、本当に顔も上げられない。それゆえ八日に判決が出て、九日に国外で新聞を読み、一〇日は双十節〔一九一一年一〇月一〇日に起こった辛亥革命の武昌（ウーチャン）蜂起を記念する日で、中華民国の建国記念日〕だったが、私はいかなるパーティーへも行かず、隠れてプリンストン大学に行き双十節を過ごした。人に合わせる顔がなかったからだ。

胡適《フーシー》は一〇月二三日に台湾へ戻ることになった。毛子水《マオツーシュイ》がわざわざ台湾から東京へ彼を迎えに行った。毛《マオ》老翁は二、三年前にもう名義上の『自由中国』編集委員を辞めており、杭立武《ハンリーウー》、瞿荊州《チュイチンチョウ》は『自由中国』とはとっくに関係がなくなっていた。今回毛子水《マオツーシュイ》が東京へ行ったのはほかに任務があり、伝え聞くところでは胡適《フーシー》に台湾へ戻った後あまり話をするなと言いに行ったということだった。胡適《フーシー》は台北《タイペイ》に着いた夜、記者会見をして、『自由中国』が言論の自由を勝ち取るために停刊となったのは「栄誉ある退場」だと言えようと表明した。また雷震《レイチェン》が十一年来『自由中国』をやってきたのは既に言論の自由の象徴となっているとも述べた。「私はかつて彼のために銅像を建てるよう主張しましたが、はからずもそれが十年の入獄に変わるとは、これは……」彼はテーブルをドンとたたいた。「非常に不公平なことです！」

「栄誉ある退場」とは、胡適《フーシー》が公の場で述べた美しい表現だが、結局のところいささか無責任だ。彼はテーブルをたたいた後、握手をする時、記者に言った。「今日私はいろいろ感情的な話をしましたが、あなた方が書く時には少し注意して、皆さんの飯の種に影響しないようにしていただきたい」

胡適《フーシー》は雷震《レイチェン》に対して偽善と真心の間を行ったり来たりしていた。彼は気持ちのこもった二編の新詩を書いて獄中の雷氏《レイ》に贈った。「昨日の夢を忘れたばかりなのに、その中の一つの笑みがまたはっきりと見えた」これは獄中の雷氏《レイ》にとって大きな慰めとなった。一九六一年七月、雷氏《レイ》は獄中で六十五歳の誕生日〔旧暦数え年の誕生日〕を過ごし、胡適《フーシー》は南宋の詩人楊万里《ヤンワンリー》〔一一二七〜一二〇六〕の『桂源鋪絶句』を書いて贈った。

万山は谷川が奔《はし》るのを許さず
さえぎられて水の音が日夜とどろく
流れ来たれば前方にはふもとが近く
川水は勢いよく村へと流れ出す

雷震《レイチェン》に刑が下される前は、家族でさえ面会できなかった。判決後、家族は毎週金曜日、彼に会いに刑務所へ行くことを許された。私たちは金曜日が来ると胡適《フーシー》が雷震《レイチェン》に会いに行くのを待ち望んだ。彼が一言も発しなくてもかまわない、ただ雷震《レイチェン》に会いに行ってくれれば。公の場で沈黙しているその姿が、鉄格子の中の雷震《レイチェン》にとっては大きな精神的支えとなった。金曜日が来た。金曜日がまた来た。金曜日がまた来た。寂しい金曜日が一回また一回と過ぎ去り、胡適《フーシー》は雷震《レイチェン》に会いに行かなかった。私と殷海光《インハイコアン》、夏道平《シアタオピン》、宋文明《ソンウェンミン》ら数人は我慢できなくなり、雷《レイ》事件に対して彼がいったいどういう姿勢なのか探りたかった。ある夜、私たちは胡適《フーシー》に会いに南港《ナンシアン》へ行った。彼は私たちを軽い食事と、少しのユーモアと、にこやかな笑顔でもてなした。

一一月二三日の雷震《レイチェン》の再審結果は、やはり元の判決のままだった。胡適《フーシー》は記者のインタビューに六文字で答えた。「大変失望した、大変失望した」記者は彼が刑務所へ面会に行かないことに言及した。「雷《レイ》震《チェン》は私が彼を気にかけているのを知っています」と彼は言った。雷震《レイチェン》が力のある新党を組織するよう彼は励ましたが、彼自身は？　党首にならず、「新党の様子を見てからにしよう」だった。結局新党はつぶされ、雷震《レイチェン》は牢に閉じ込められた。雷《レイ》事件の再審結果が出た日、胡適《フーシー》は書斎で独りカルタをもてあそび、非常に寂しく苦悶していたに違いない。本当の胡適《フーシー》は彼自身の心の牢に閉じ込められていた。一九六二年二月二四日、台湾中央研究院で新会員歓迎パーティーが終わった後、彼は突然倒れ、ようやくその心の牢から抜け出した。

詩人の周棄子《チョウチーツー》が一編の詩を書いた。

……
銅像はその時ばかりのたわごと
鉄格子に老いを迎える今日
道に窮すれば官職は捨てられぬ
将棋で負けて歩がどうして前へ進めよう
才ある人が立派な行いを忘れたので
事実を詩編にそのまま入れる

胡適《フーシー》はかつて言ったことがある。「川を渡る歩兵は、前進するしかなく、後退はできない」雷《レイ》氏は周棄子《チョウチーツー》が胡適《フーシー》を誤解していると思い、胡適《フーシー》にずっとゆるぎない崇敬の念を抱き、雷《レイ》事件が不当な取り扱いを受けたため、また雷《レイ》事件のために胡適《フーシー》は心臓病を再発し、倒れて亡くなったのだと考えた。胡適《フーシー》は彼の獄中における精神的支柱だった。彼は獄中で『容認と自由』を論じる胡適《フーシー》を夢にまで見て、自らを励ます詩を作り、『増広賢文』〔民間に流布する諺や格言の類いを集め、清代に編まれた書物で、封建社会の倫理観や人生哲学を反映する〕のように読み上げた。

敵と友を分けず、睦まじく和《なご》やかに、意見をよく聞き、主張は控えめに。他人を許し、自らを抑えれば、自由が現れ、民主が広がる。批判や非難は、気に病むことなく、謙虚に受け入れ、改め励み、天を怨まず、人をとがめず、過ちを隠さず、非をごまかさず、ほらを吹かず、大げさに言わず。

雷震《レイチェン》の自らを励ますその詩は、何と胡適《フーシー》の流儀にそっくりだった。

付注　雷震《レイチェン》の手紙（一九六四〜一九七四）

第一通（獄中より）

華苓《ホアリン》様

お会いしなくなってもう四年になります。一昨年『連合報』であなたの追悼文二編を目にし、お母様の御逝去を知りました。あなたが沈痛な言葉で、悲しみに暮れる娘の心情を吐露されているのを拝見し、さめざめと涙を流しました。お母様の一生は憂いや難儀が重なり、憔悴《しょうすい》の御様子であったとお見受けします。ただ誇ることができ、国家と民族に対していささかも恥じ入るところがないのは、御主人と御長男が前後して「国のための犠牲」となられ、御次男が学業を達成され、御息女はさらに台湾文壇に光芒を放つ彗星となられたことで、黄泉の下で心安んじておられることでしょう。

今年一一月に家人と面会の折、あなたが米国で学問を深めておられることを知り、喜びに堪えません。しばらくして『連合報』であなたの『アメリカの風鈴』という文章を目にし、渡米後の近況も知ることができました。

私は元気で、食事も常と変わらず、朝晩に運動し、天気がよければ球技をします。睡眠薬をやめてもう一〇カ月になり、八字ひげをたくわえて既に一年になります。御心配なきよう。ただ新聞に載った訃報を見ると、私とそう年齢の違わぬ人が、皆相継いで亡くなっております。閻魔大王も私には頭を悩ませているのでしょう。

御健康と、楽しいクリスマスを、謹んでお祈りいたします。

雷震《レイチェン》拝

一九六四年一二月一二日

第二通（出獄後）

華苓《ホアリン》様

お別れして十余年、すべて順調でお元気なことと存じます。家内と鐘鼎文《チョンティンウェン》夫妻が少しは話してくれますが、あまり詳しくはありません。お暇な時にお会いして二、三お聞かせいただければ幸いです。旧暦の年末に、『連合報』から四千台湾ドルが届き、封筒は家内のあて名になっておりましたが、「聶《ニエ》さんの原稿料を、届けるように言われた」とのことでした。家人が受け取りました。すぐ『連合報』副刊編集部にあなたの米国の住所を尋ねると、意外にも「聶華苓《ニエホアリン》の米国連絡先は教えられず、これは本紙の規定なので、御了承いただきたい」という返事でした。いささか杓子定規な断り方です。尋ねた時にも宋英《ソンイン》の名を使いました。結局あなたの御住所は鐘鼎文《チョンティンウェン》から聞いたのです。

私は十年入獄しておりましたが、体調は悪くないと言えます。あの期間には確かに修練に励みました。たとえば聖書を読んだり、仏教経典を読んだり、金剛経や、心経の類いを読んだり。私は眠れないことが多く、床についてから心経を三〇遍唱えなければ眠れません。牢では、陰暦の十年目に、春聯〔新年にめでたい対句を赤い紙に書き、門や入口の戸に貼る〕を一対作って自分の牢の入口に貼りました。

十年の歳月が無駄に過ぎ
一生の事業がついえ去る

上には「幸いにも健在だ」と横書きしました。

出獄した翌日に家内と一枚写真を撮りましたので、お送りします。「健在」という言葉が嘘でない証明にはなるでしょう。ただ記憶力が近年ひどく衰えてきました。出獄後はなおさらです。牢にいた時は頭が割合冴えていたのですが、出獄後につき合いなどの用事ができてくると、却って頭がぼんやりするようになりました。生活で慣れないことも多く、たとえば皮靴をはいて道を歩くといったことが、もうぎこちないのです。牢では家人と面会する時以外は、皮靴をはくことがなく、普段ゴム靴や布靴をはいていたので、歩くのも運動するのも便利、しかも低価格でした。ゴム靴は牢内で毎年一足支給され、布のも一足買いましたが、布靴一足は一二、三台湾ドル、外で買ってもらっても一七、八ドルを超えませんでした。

四千ドルをたまわり、感激の至りで、我が家の暮らしに大きな助けとなります。私が獄中にいた十年、収入はまったくなく、一切を在米の子供たちの世話に頼っておりました。牢に入る前は国民大会の給料など、一カ月におよそ八千から一万の収入がありました。後に国民大会の給料が上がり、収入は毎月一万四千ドルになりました。十年牢にいたことによって、私個人の損失は二百万台湾ドル、即ち五万米ドルになります。私は公民権剥奪七年の判決を受け、出獄の日から計算するので、今後七年は公的機関の金を受け取ることができず、選挙権さえありません。これから見れば民主運動にたずさわるのが容易でないことは明らかで、一般の人が避けようとするのは無理もないところです。

先頃『連合報』で発表された大作『桑青《サンチン》と桃紅《タオホン》』は、まだ全部は読めておりません。忘れる時もあれば、少ししか掲載されていない時もあり、単行本が出版されるのを待って、それから一気に読み終える方が、心地よいかと思われます。あなたは中国語の小説を書く以外にも、何かされているのでしょうか?

家内も健康です。この十年は家内に苦労のかけ通しでした。まずは御礼まで。

楽しい旧正月をお祈りします。

雷震《レイチェン》拝

宋英《ソンイン》同上

一九七一年一月九日

追伸　お母様が亡くなられた折、『連合報』であなたの文章を拝見し、弔問のお手紙を出しましたが、保安室に差し押さえられました。

第三通

華苓《ホアリン》様

三月四日のお手紙で、国際創作プログラム、およびそこであなたがされているお仕事の状況など、すべてわかりました。これは渡米された成果ですね。深く喜びを感じ慰められました。あなたは仕事に励む人で、天は苦心する人を欺くことがありません。努力すれば自ずと成果があるものです。

『桑青《サンチン》と桃紅《タオホン》』はたぶんあなたがまた香港の『明報』で発表されたため、掲載中止になったのでしょう。新聞紙上ではただ、『桑青《サンチン》と桃紅《タオホン》』は続稿が届かないので、掲載を中止すると言っているだけで、これが口実なのかどうかはわからず、＊『明報』が台湾へ入るのも禁止されております。『明報』は「雷震《レイチェン》と半月刊『自由中国』」という文章を載せたので、あなたの小説がそこでも発表されていることを知ったのです。

あなたの御厚意に感謝します。もし渡米する機会があれば、必ずあなたを訪ね、長らく離れていた間のお話などしたいものです。今のところ特に必要な物はありません。

私は国民大会代表を取り消され、目下仕事がなく、収入もありません。いただいた四千元は、とても助かり、お心遣いに感謝しなければなりません。私は公民権剥奪七年の判決を受け、去年九月四日出獄の日から数えるため、今後七年は公職につけず、公金も受け取れず、選挙権さえありません。政府の私に対する扱いのひどさは、これでよくわかります。

御結婚の日はもうすぐですね。私と家内はあなた方に何を差し上げたらよいかわかりません。日取りが決まったら、お教えください！

以上、お返事まで。御安泰をお祈りいたします。

雷震《レイチェン》拝
宋英《ソンイン》筆を添える
一九七一年二月

＊『連合報』は『桑青《サンチン》と桃紅《タオホン》』の中断について次のような書簡をよこした。「御作品の連載後、まず文芸界人士から相継いで攻撃があり、次に市から正式に非難の公文書が届き、続いて調査局も調査に訪れ、我が社は何度も会議を開き対策を討論しました」

第四通

華苓《ホアリン》様
先日お手紙を差し上げましたが、もうお手元に届いたことと思います。お祝いに、鼎《かなえ》を一つ人に託しました。
御結婚お祝いの品は、たぶん四月末にロスアンジェルス経由で郵送されると思います。娘がロスに住んでおり、そこまで船で運んでもらうよう人に頼みましたが、その船は四月五、六日に基隆《チーロン》を出ます。鼎は非常に重く、航空便だとあまりに高すぎます。こういう物は外国人に好まれるので、家内が特に探してこの品をお贈りすることにしました。鼎は重く、盛んに盛る物です。お二人が共白髪まで添い遂げられることをお祈りします。

御安泰を祈り、御結婚を祝して。

雷震《レイチェン》
宋英《ソンイン》共に祝す
一九七一年三月三〇日

第五通

エングル様
聶華苓《ニエホアリン》夫人

御結婚のカードと鼎が届いたというお手紙は既に受け取りました。

今日はお二人の御結婚の日、お二人が百年仲よく、五世代栄え、円満な良縁で、恋人が遂に御家族となられたことを、私と家内はここでお祝いします。

私は病院で検査を受け、前立腺の手術をしましたが、一切の経過は良好なので、御心配なきよう。

監察委員の陶百川《タオパイチュアン》は民衆の信望が厚く、廟を建てて祭ろうという話まであり、潮州《チャオチョウ》人が韓文公《ハンウェンコン》〔韓愈（ハンユィ）。七六八〜八二四、唐の儒学者、文人〕に対する如くですが、国民党では彼を反逆者と見なす者もあり、それはかつて費正清《フェイチョンチン》とつき合いがあったからで（在米時）、既に規律委員会議に処遇が委ねられました。だから皆が台湾には称賛する自由しかなく、本当のことを話したり、時の政治を批判したりする自由はないと言うのです。あなた方お二人が人類の自由を勝ち取るために尽力されることを切に願っております。

今週の火曜か水曜にはたぶん退院できます。ここでは特務機関が私の政治関連の回想執筆を望まないので、中国憲法釈義を一冊書いて、時間を過ごすつもりです。また憲法制定の歴史も書くつもりですが、この憲法のいきさつは、私一人のみが熟知することなのです。

病院には机がなく、この手紙はベッドで横になって書いたので、字がぞんざいになりました。御了察ください。

御夫婦の御安泰をお祈りします。

雷震《レイチエン》拝
宋英《ソンイン》筆を添える
一九七一年五月一四日

第六通（「万龍呈祥」の年賀状に記されたもの）

エングル様
華苓《ホアリン》夫人
先ほど御賀状を受け取り、添え書きも拝見いたしました。米国滞在の御招待にあずかり、感謝の至りです。このようなことは今生においては過分の望みでしょう。今年娘の徳全《ドーチュエン》が母親の誕生祝いに台湾へ戻りましたが、家内は今年ちょうど七十となりました。娘はよく香港へ行っているので、家内に香港へ遊びに行くよう勧め、費用はすべて彼女が持つということでした。出国証を受け取る時に思いもかけず、国民党中央政策委員会副秘書長監察委員の鄷影福《フォンインフー》が家内にこう言いました。「私は責任者であるから、国民党の命令により、あなたが行く時には書類を持って出ないこと、戻る時にもあまり物を持ち込まないよう申し渡す！」家内はこの言葉に人格を侮辱されたと感じたので、行くのをやめ、娘が一人で行きました。『大英百科全書』修正版の中国の項目内で台湾に関する部分を、探してちょっと御覧ください。私たちは二人とも元気です、ありがとう。

御夫婦の御安泰をお祈りします。

一九七二年一二月二六日

雷震《レイチェン》

第七通

華苓《ホアリン》夫人

英文の御著書を昨日受け取りました。中国語が英語で綴られていて、非常に読みにくいです。それは綴り方が何種類かあるからで、たとえば蔣廷黻《チアンティンフー》は蔣《チアン》の字をGiangと綴り、Chiangでないことを示しています。御著書の題名は長いこと眺めた末、ようやく沈従文《シェンツォンウェン》〔一九〇二～一九八八、作家〕だと思い至りました。しかし私は近代文芸にうといので、読み続けていくのは非常に骨が折れます。家計の足しにしようと、今「中山《シャン》文化学術基金会」のテーマ研究を書くのに忙しくしております。これは王雲五《ワンユィンウー》が紹介してくれたもので、毎月百米ドルになります。台北《タイペイ》の物価は二年前に比べて、五割高くなった物もあり、少なくとも三分の一は上がっています。私は今外に出す原稿を書くことができないのです。

今日道平《タオピン》が来ました。あなたの本を受け取ったと言っていました。彼は少し読んで、あなたの文章がとてもよく書けていると言い、沈従文《シェンツォンウェン》はすばらしい、今は考古学の仕事をしているとも言っていました。私は知力が衰えてきました。とりわけ記憶力が劣ります。毎日多くは書けません。先日ある人が来て「中国時報にあなたを罵る文章があり、共産党のために宣伝をしたと書いている」と言いましたが、私はまだ見ていません。

皆様お元気ですか？ 私たちは元気です。在米の娘と息子は、長年台湾に戻っていませんでしたが、去年は二人とも帰って来ました。

以上、御礼まで。御夫婦の御安泰をお祈りいたします。

雷震《レイチェン》 家内御挨拶を添える

一九七三年六月二七日

今朝登山の折に胡学古《フーシュエクー》（入獄七年）に出会い、彼から聞いたのですが、沈従文《シェンツォンウェン》はよく一カ月も風呂に入らず、これは典型的な中国の名士かたぎのやり方だと、殷海光《インハイコアン》が言っていたそうです。

第八通（「五福禧春」の年賀状に記されたもの）

華苓《ホアリン》夫人

お手紙受け取りました。下の娘さんが結婚されて、あなたは今後負担が軽くなりますね。私たちは二人とも元気です。体は日増しに衰えてはおりますが、老人としては、まだよい方と言えるしょう。

『自由中国』の回想を、万障お繰り合わせの上、中国語で一文書いていただきたいのですが。『自由中国』

の顛末を編纂しようと思っております。

雷《レイ》謹んで託す

一九七三年一二月二五日

第九通

華苓《ホアリン》夫人

先月エングル氏と共にお越しくださったのに、私と家内はお迎えする主人としての務めさえ行き届かず、真に恐縮に感じております。お別れした後に初めて一万台湾ドルをいただいたことに気づき、さらに恥ずかしく感じた次第です。

先頃香港の孟戈《モンコー》氏より手紙を受け取り、その中にあなたが香港で発表された文章を読んだとありました。文中であなたが私に会いに来られた時のことに触れ、「雷震《レイチェン》は『はっきり見えなくなった、眼鏡は？眼鏡は？』と言った」とあるそうですが、あなたのこの文章を、私にちょっと見せていただけませんか*。

友人から二度聞いた話によれば、「香港では聶華苓《ニエホアリン》に関する報道が少なくないが、自分たちの所〔台湾〕では彼女のニュースを遮断している、と余光中《ユイコアンチョン》〔一九二八〜、詩人〕が言っている」ということです。「余光中《ユイコアンチョン》は今政府側に接近していて、詩人らしくなくなった」と友人が嘆息しながら言っていました。余《ユイ》はまたあなた方が大陸に入る申請をしたが、まだ許可されていないとも言っています。台湾のこのような連中はまったく人物が小さすぎます。

私は少し『自由中国』の顛末を書こうと思っておりますが、あなたは最初に『自由中国』に参加した方ですから、『自由中国』にいた頃の回想録を一編書いていただきたいと切に望んでおります。今しばらく発表はいたしません。

あなた方のお仕事の計画はいかがですか？　心にかけております。私はまだ元気ですが、ただ両足に力がなく、登山でまた転んでしまい、一カ月余り経っても、まだ少し痛みがあり、今も薬を飲んでいます。

御夫婦の御安泰をお祈りいたします。

雷震《レイチェン》　家内同上

一九七四年八月一一日

＊それは私の同意を得ずに掲載された一通の私信に過ぎない。

宋英《ソンイン》の手紙

華苓《ホアリン》

あなたとエングル氏の一再ならぬ御配慮に感謝します。本当に言葉にできぬほど感激しています。儆《チン》寰《ホアン》〔雷震（レイチェン）の字（あざな）〕の病気はもう救いようがなく、今ではもう話すこともできず、さらには自らの苦しみを述べることもできなくなってしまいました。心細い思いで天に叫ぶこと以外、夫を手助けできることは何もありません。私は毎日彼のそばにいます。私は儆寰《チンホアン》が病気になる前から入院して手術を受け、空軍病院にいましたが、その後栄民《ロンミン》病院に移り、彼の隣室にいます。私の足の骨はまだ元通りになっていないので、彼に何もしてやれず、辛い気持ちを、文字で表すこともできません。入院はもうすぐ二カ月になり、すべての費用が甚大で、政府から一部補助はありますが、額から言って差が大きく、とりわけ日に三交代の特別看護師料は、推して知るべしです。私は近いうちに退院するつもりですが、こうすればいくらか出費を減らせます。家から非常に遠いので、始終彼を見舞いに来るばかりになってしまいます。いらいらして心が乱れ、何からお話ししたらよいかわからないような状況ですので、どうぞお許しください。

取り急ぎお祝いまで。楽しいクリスマスを。

皆様の御健康とお幸せをお祈りします。

宋英《ソンイン》

一九七八年一二月二四日

母と息子

私の弟漢仲《ハンチョン》は、母の長男で、おとなしくて実直、母に対してとりわけ孝行だった。一九四四年、抗日戦争が激しくなり、弟は高級中学を卒業すると、母に隠れ、空軍を受けて合格した。母はこれに気づくと、寝食も忘れ、日夜むせび泣いた。弟は四川《スーチュアン》省銅梁《トンリアン》の空軍訓練キャンプにいる時、遂に母の同意の手紙を受け取るが、それは母が息子を切に愛するが故の悲しみに満ちた苦渋の決断でもあった。

漢仲《ハンチョン》は一九四八年に空軍の移動に随って台湾の嘉義《チアイー》へ行き、徐文郁《シュィウェンユィ》と結婚した。弟妹三人と彼ら、および文郁《ウェンユィ》の家族は嘉義《チアイー》に住んだ。母と私たちは台北《タイペイ》に住んだ。

母は父がこの世を去ってから、戦乱にも遭い、苦しい生活をしたものの、家事はやったことがなかった。台湾に至ると、母はすぐ私に言った。「華苓《ホアリン》、あなたは仕事に専念しなさい、家のことは、私がやるから！」

母は食事を作り、洗濯をし、床をふき、孫の面倒を見た。

一九五一年、旧暦の新年を迎えたばかりの頃、漢中《ハンチョン》がわざわざ嘉儀《チアイー》から台北《タイペイ》へ母に会いに来ることになった。一九四四年に私が中央大学へ行き、弟が突然銅梁《トンリアン》へ行って空軍に入ってから、私たち姉弟はまだ顔を合わせていない。彼が台北《タイペイ》へ来て再び集うのは、母と私にとって大きな出来事だ。母は早々に最も重要なことの準備をした――それは蓮根スープ、蒸し肉、はさみ蓮根、真珠肉団子といった湖北《フーペイ》料理だ。どうしても珍しい味を用意しなければ、と母はネギの油餅《ヨウピン》〔中国風揚げパン〕を作ろうとする。以前は台所に立ちもしなかったが、調理人の楊宝三《ヤンバオサン》が作ったネギの油餅《ヨウピン》は、よく食べていた。母は作り方をあれこれ想像しながら、一回また一回と試した。父が突然亡くなってから、私は母がそれほど楽しそうなのを見たことがない。

その年、弟はちょうど二十五歳だった。

台北《タイペイ》での三日間、彼は片時も母のそばを離れなかった。母が行く所へは、どこへでもついて行き、母が台所で料理をすると、傍らに立って母とお喋りし、まるで失った過去を補い、どうすることもできない現在をすまなく思っているかのようだ。彼はぱりっとした軍服を身につけ、濃い眉に大きな目、本当に見栄えのする美男子だ。台北《タイペイ》を離れる前夜、日頃感情を表に出さない弟が、私を引っ張って畳の部屋で一曲ワルツを踊った――『哀愁』だ。

弟は嘉義《チアイー》に戻った。一カ月余り後、母は彼とほかの三人の子供たちに会いに嘉義《チアイー》へ行った。母が台北《タイペイ》に戻った次の夜、私が夜学で授業をしていると、父の知人から電話が入り、授業の後で家に来るように言われた。

「弟さんが亡くなった！」私が門を入っていきなり聞いた最初の言葉だ。「弟さんが通常の飛行中に事故を起こした」

私が悲嘆の中で真っ先に思ったのは母のことだ——若い時から独り身を通し長男に期待をかけていた母にどうやって告げよう。母には黙っていなければ。母は心臓がよくないのだから。

自転車に乗って帰宅すると既に夜の一二時頃になっていた。母が窓辺に立って私を待っている。

母はあーっと長く声を引っ張った。「帰って来た！　帰って来た。心配したわ、事故に遭ったのかと思って」

「事故になんか遭うわけないでしょ？」私は涙を隠し、無理に笑って言った。「授業が終わってから同僚たちとお喋りしていて、遅くなってしまったの」

「御飯はまだね、料理がすっかり冷めてしまったわ。ちょっと温めましょう」

「食べてきた、お母さん」私は嘘をついた。

私はできる限り母と向かい合うのを避け、毎日深夜まで仕事をして帰宅し、そそくさと食事を済ませてすぐに寝室へ潜り込んだ。母はいつもわざと理由を作っては私と話しに来る。

「お母さん、私くたくたなの」そう言いながら、私はベッドにごろんと横になる。

母はため息をついて出て行った。

抗日戦時、漢仲《ハンチョン》は母に隠れて空軍を受け、その後はまた母に孝行することもできず、しょっちゅう手紙を書くことしかできなかった。

しばらく時が過ぎた。母はとうとうこらえ切れなくなった。「漢仲《ハンチョン》が長いこと手紙をよこさないの」

「島へ行かされてね、任務があるでしょ、外と連絡を取ったりできないのよ」

「ああ」

またしばらく経った。

「漢仲《ハンチョン》からまだ手紙が来ない」母がまた言う。

「連絡できないんだから、仕方ないわ」私は顔をそむけ、母を見ようとしなかった。

私はいつも通り朝早くから夜一〇時まで仕事をする。母はいつも通り食事を作り、薇薇《ウェイウェイ》〔聶華苓（ニエホアリン）の長女、暁薇（シアオウェイ）のこと〕の世話をする。日々はまるで元のままのようだった。殷海光《インハイコアン》はまだ結婚しておらず、私たち家族と一緒に『自由中国』の松江路《ソンチアンルー》の家に住んでいた。毎日夕方、彼は母の部屋の入口に来て言う。

「聶《ニエ》おばさん、ちょっと散歩しましょう」

当時の松江路《ソンチアンルー》は周囲一面、雑草の生い茂った田畑だった。彼と母は空が暗くなるまでずっと散歩をした。二人は歩きながら話をする。家に戻って来ると、母の顔色もそれほど暗くはなくなっている。私は知っていた。殷海光《インハイコアン》はその優しさで、子を失った突き刺されるほどの痛みを母が受け入れられるよう心を砕いていたのだ。

その頃、妹の月珍《ユエチェン》〔幼時に他家へ養子に出た聶華苓（ニエホアリン）の上の妹〕はもう碧潭《ビータン》で仕事をしていた。華蓉《ホアロン》と華桐《ホアトン》は嘉義《チアイー》の学校で学んでおり、私は夏休みになってようやく彼らを台北《タイペイ》へ呼んだ。彼らは来ると荷物を解いた。

「これは兄さんの長靴でしょ」母が華桐《ホアトン》に言った。

「兄貴は要らなくなって、僕にくれたんだ」

母は長靴を手に取りずっと眺めていたが、靴には泥がついていた。私はさっと靴を奪い取り、力を込めて表面の泥をぼろ布でふき、そうしていればうつむいて涙をこらえることができた。

母が言った。「自分の皮靴は今まで磨いたことなどないのに。弟の古い長靴を磨いたりして！」

「兄さんは何カ月も手紙をくれないの」母は華桐《ホアトン》に言う。

「華桐《ホアトン》、自分で磨きなさい」私は振り向いて彼に言ったが、それはただ母と向かい合うに忍びなかったからだ。

華桐《ホアトン》が「うん」と返事をする。

私は急いで続けた。「言ったでしょ、彼は島にいて、秘密の任務だから、外との連絡は禁止されてるし、家族への手紙も書けないのよ」

「お前たち嘉義《チアイー》で漢仲《ハンチョン》のことを何か聞いてない？」母が華桐《ホアトン》に尋ねる。

「兄貴は元気だよ。ほかの情報はない」

「ああ。元気なら、安心だわ」母は顔には出さない。息子は決して死んではならず、それは至極当然のことで、疑いを表してはならないし、自分が疑っていることを人に疑わせてはならない。

私たちはそのようにして母を六カ月間だました。皆が平穏で何事もないといった仮面をかぶっていた。

ある夜、私は授業を終えて家に帰った。

母がベッドに横になり、私を見るといきなり断固とした調子で言った。「漢仲《ハンチョン》が逝ってしまった！」

私は思わず、わーっと声を上げて泣き、六カ月間我慢していた涙がすべて溢れ出した。

「夢を見たの」母が私に言い、涙はなかった。「夢の中で漢仲《ハンチョン》が来て、私の前に立ち、私を眺めながら言ったの、お母さん、すみません、お母さんを置いて行ってしまったって。そこで目が覚めた。ここ数カ月の些細なこと、あなたたちの表情、私を避けて話をしないこと、漢仲《ハンチョン》の長靴、華桐《ホアトン》と華蓉《ホアロン》が台北《タイペイ》へ来たこと、今はすべてがわかった。漢仲《ハンチョン》は逝ってしまった。もう私をだまさなくてもいいわ」

母は途切れ途切れに一晩泣いた。翌日、母は父の死後長年祭っていた仏像や、『金剛経』、『大悲呪』、『般若心経』、長い白檀の数珠など、全部まとめて捨て去った。

バラの花束

松江路《ソンチアンルー》一二四番地三号は、私の台北《タイペイ》の家だ。当時の松江路《ソンチアンルー》には二、三本の狭い路地しかなく、だだっ広い田野の中にあった。その家は『自由中国』が創設後間もなく、台湾省政府から借り受けたもので、この時ちょうど呉国禎《ウークオチェン》が台湾省主席兼保安司令部司令官を務めていた。場所が辺鄙《へんぴ》で、交通が不便。三室に広間が一つある家に、殷海光《インハイコアン》が一人で住んでいた。誰も彼と関わり合いになるのを望まず、人は皆、彼のことを変わり者で、ひねくれていて、傲慢で、少しでも話が合わなければ、すぐさま遠ざかって人を寄せつけないと言った。

殷海光《インハイコアン》は抗日戦時に昆明《クンミン》の西南連合大学にいて、金岳霖《チンユエリン》〔一八九五〜一九八四、哲学者、論理学者〕の学生だったが、師の学識と教養、人柄に非常に敬服していた。彼は十六歳の時に論理学に対する会得を、金岳霖《チンユエリン》から早くも認められ、その著作に引用されたりした。抗日戦後、殷海光《インハイコアン》は南京《ナンチン》『中央日報』の主筆となったが、徐蚌《シュイポン》会戦があり、彼の書いた社説「急いで人心を取りまとめよ」は、当時の国民党政府の欠点を指摘して戒め、多くのインテリの共感を呼んだ。彼は台湾に渡った後、傅斯年《フースーニエン》〔一八九六〜一九五〇、歴史学者、文学者〕の招きに応じて台湾大学で教鞭をとり、『中央日報』を離れ、『自由中国』に参加して編集委員を務めた。

一九四九年、中国大陸から台湾に渡ったばかりの若いインテリたちは、よく一緒に集まり、中国の未来について討論した。私は王正路《ワンチョンルー》と初めて参加した際に、殷海光《インハイコアン》とも初めて顔を合わせた。彼はグループの面々より何歳か年上に過ぎなかったが、さながら彼らの大師だった。友人たちは小さな部屋の畳にそのまま座り、殷海光《インハイコアン》の意見を聞きたがった。しかし、大師は話をせず、眉根を寄せてそこに座っている。まっすぐなギリシャ鼻、深みのある黒くきらめく目が、澄んだ光を放ち、乱れた髪が無造作に額にかかっている。彼は長い間話をせず、まるで肩にのしかかる五百キロの重荷を、どうやって下ろしたらよいのかわからないといった様子だ。彼は遂に口を開いたが、その湖北《フーペイ》なまりの標準語は、一語一語、はっきりと発音され、確実でゆるぎがない。彼は徐々に勢いがついてきて、彼の「道」を語り出した。彼の当時の「道」とは中国が全面的に西洋化すべきだというもので、伝統には反対していた。後にまた別の場面で、誰かが部屋の入口から突然私を呼んだので、顔を上げて見ると、それがまさに殷海光《インハイコアン》だった。私は立ち上がって彼に挨拶した。ところが彼はさっと顔をそむけ、素っ気なく行ってしまった。ずいぶん後になってから、彼がその部屋の中に「雰囲気の重い」人間を見つけたのだと、ようやくわかった。

母、弟、妹を引き連れ中国大陸から台湾へやって来た私に、住む所を選ぶ自由がどこにあろう？　一家はただ吉凶はかり難いといった気持ちだけを抱え、松江路《ソンチアンルー》へ引っ越した。

引っ越しの当日、殷海光《インハイコアン》は庭で花を植えていて、私たちにちょっと会釈し、歓迎もしないが、いやがっている様子でもなかった。しかし、先はまだまだ長く、母の呼ぶところのあの「怪物」と、四方を灰色の土壁にふさがれて顔をつき合わせ、もめ事もなくやっていけるのかどうか、わからなかった。

翌日の朝、部屋から出て行くと、テーブルの上には何と鮮やかな赤いバラの花束！　殷海光《インハイコアン》の庭のバラ！　摘んで私の母にプレゼントしてくれたのだ。がらんとした部屋も、窓辺にバラの花を置くと、たちまち明るくなった。

それは私たちの台湾生活における初めての花だった。

私は母に言った。「心配ないわ、殷海光《インハイコアン》は花を愛する人よ」

「怖くなんかあるものですか！」と母が言った。

まさにそのバラの花束から、殷海光《インハイコアン》は我が家の三世代の友人となった。彼は我が家で食事をした。私たちは硬い御飯と唐辛子を好む。彼は御飯を一粒一粒口へ運び、辛いおかずには触れず、とりわけ醤油を目の敵にしていた。だが、彼はずっと何も言わなかった。その後、彼は胃が悪いということに母が気づき、どうして早く言わなかったのかと聞いた。彼は言った。「人に対する要求は、銀行預金のようなもので、一度要求すれば、少し減ります。何も要求しなければ、預金はそのままで、いつまでも金持ちなのです」

母は御飯を柔らかく炊き、唐辛子や醤油も使わなくなった。殷海光《インハイコアン》は相変わらずどうでもいいといった様子で食べている。彼が私たちと一緒に食事をするのは、ただ話をするためだけのようだ――美を語り、愛情を語り、結婚を語り、中国人の問題を語り、未来の世界を語り、昆明《クンミン》の学生生活を語り、彼が敬慕する師の金岳霖《チンユエリン》を語るのだ。時には、果てしない闇夜の静けさの中、彼が外から帰って来て、その重い足音だけが聞こえ、続いてガチャッと部屋のドアを閉める音がする。ほどなくして、彼は乳白色のカップを手に、一歩一歩、私たちの部屋の入口までやって来る。「僕……僕、ちょっとお邪魔して座ってもいいですか？」

母は殷海光《インハイコアン》を見るといつも喜び、我が家に一つしかない籐椅子に腰掛けるよう呼びかける。彼は軽くコーヒーをすすり（コーヒーも西洋化でしょう）、あるいは一言も話さず、しばらく座るともう行ってしまう。あるいはまた立て板に水を流すように話し出したりもする。彼の話し声は気分につれて変化し、大河の流れのように、一瀉千里《いっしゃせんり》の時もあれば、春風のように、そよそよと吹いて来る時もあった。

彼の話は昆明《クンミン》の空に及ぶ。「青く、美しく、雲が漂っている。昆明《クンミン》には高原の爽やかさと北方の素朴さがある。駱駝の鈴が広々とした空の果てからゆっくりとやって来て、駱駝を追う人の顔には笑みが浮かんでいる。我々が北平《ベイピン》から昆明《クンミン》に移って来たばかりの頃、上の世代の文化と精神的遺産はまだ傷つけられていなかったし、戦争もまだ人々の活力を害するには至っていなかった。人と人の間には一種の精神と感情の交流があり、非常に気分がよかった。僕は湖のほとりに座って思索する時もあったが、たまにカップルが通り過ぎれば、未来のすばらしい世界を思ったりした。月が出ると、湖に沿って散歩し、一人で明け方まで歩く。雪が降れば、肌脱ぎになって、一人で広々とした野原に立ち、ちらちらと舞う雪を体に受ける」

彼はよく時代や世の中を嘆きもした。「今の人間は、大きく三種類に分けることができる。一種類は肥だめの中の蛆《うじ》で、朝から晩まで臭気を追い求めて生きている。一種類は人間性を失った肉体で、ただ本能的に生存するのみ、笑いもなく、涙もなく、愛もなく、恨みもない。もう一種類の人間は精神の境地に暮らし、気力と自信でおのれを守る。物質の世界は小さく、たぶらかしやさまざまな利害の衝突に満ちている。精神の世界においてこそ、初めて無限の楽園を切り開き、自由自在となり、世事に超然としていることができる」

殷海光《インハイコアン》は西洋文化の長所の一つは線引きがはっきりしていて、面子にこだわらないことだと言う。彼が我が家から三ドル借りて、原稿料が入れば、間違いなく丁重に返してくれる。我が家が彼から三ドル借りようとすると、彼はすぐに聞く。「いつ返してくれますか？　僕は来週水曜日に本を買わなくちゃならないんです」母が「火曜日に必ず返すわ」と言うと、彼はようやく私たちに三ドル貸してくれるが、そうでなければ、次にまた借りようなどとは考えるなということだ。そんな風にして肘鉄を食らった友人もいる。

　西洋文化のもう一つの長所は人が科学的な頭脳を持ち、分析を重視することだとも彼は言う。彼が物事を論じ、人間を論じると、切れ味鋭く冷酷で、一枚一枚皮をはぐように分析する。悪意がないため、人を傷つけることはない。ある夜、彼は何人かの友人たちと我が家でお喋りした。彼は興が乗って、その場にいるさまざまな人々を分析し、一晩中語った。彼はある人の鼻を指さし、一言きっぱりと結論を下した。「君は泥団子だ！」その泥団子はふくれっ面をしたが、私たちにつられてげらげら笑った。

　彼を批判するのは？　筋道が通ってさえいれば、それも可能だ。母はよく彼を非難して言う。「殷《イン》さん、あなたって人は本当に人情がわからない！」彼は天を仰いで大笑する。ある日、母が余った空き瓶を一つ借りたいと言うと、彼は真面目くさって、もったいぶった。「貸しません！」私は思わず「まったく憎たらしい！」と言ったが、彼はハハハと笑っている。私が振り向いて「あなたのことを言ってるのよ！」と言うと、彼はまた笑い声を上げ、ドンとドアを閉めた。

　彼は松江路《ソンチアンルー》に住んでいる時、まだ結婚していなかった。夏君璐《シアチュィンルー》は台湾大学農学院の学生だったが、賢く上品な美しさを持ち、しっかりした横顔に、二本の真っ黒なお下げ、全身にすがすがしさを漂わせていた。二人は中国大陸にいる時にもう婚約していた。彼女は週末によく殷海光《インハイコアン》に会いに来る。彼女がそばにいさえすれば、彼はいつも微笑み、満足げで、厳かだ――愛情とはつまりそういうものじゃないか、彼はきっとそのように言うだろう。もちろん、彼とこんな会話を交わした人はいない。それは彼の生活の中で最も神聖で、最も秘密にしている一面であり、しかも、西洋文化では、プライバシーを尊重しなければならないのだから。殷海光《インハイコアン》は夏君璐《シアチュインルー》の前ではおとなしくなる、と私は当時ひそかにおかしがっていただけだ。長年の後、私はようやく理解した——彼の若い妻は磐石の如くゆるぎない愛情と、苦難を耐え忍ぶ精神力で、早くもその少女時代に、殷海光《インハイコアン》を唖然とさせていたのだということを。後に彼が台湾で長期にわたり迫害を受ける生活をする中、彼女は彼の精神世界の主要な支柱で、彼が小さな空間に無限の楽園を切り開く手助けをした唯一の人間であり、殷海光《インハイコアン》が幽閉される温州街《ウェンチョウチエ》の木造小家屋を、彼の夢見る大荘園へと神聖に変化させた。彼女はすばらしい女性だ。

殷海光《インハイコアン》は自分が夢見る荘園に話が及ぶと、途端に目が笑いを含んで輝き出す。「僕には一つ考えがあるんだが、君たちもきっと気に入るよ。僕はいつか、この世界に特別な村を作りたいんだ、そこに住む人がすべて文学者や、芸術家、哲学者という村だ。僕はもちろん哲学者だよ！」殷海光《インハイコアン》はハハハと笑って、続ける。「僕の職業は？　植木屋さ、もっぱら高級な花を植える。その村の中では、誰でも僕の花が買えて、それが最高の栄誉なんだ。僕は本当に金持ちになりたいなあ！」彼は大声で笑う。「殷海光《インハイコアン》が金持ちになりたがっている！　金持ちになったら荘園が作れるからというだけの理由で！　一時間ほど散歩できるぐらいの大きさの。荘園の縁には茂った竹林と松林が巡り、住人の騒音を隔てる。荘園には図書館もあって、主に論理分析の書籍を置いている。僕が贈った貸し出しカードを持っている人はみんな、入って自由に読むことができる。だけど、こういう人間は二〇人を超えてはいけない。人がもっと多いと我慢できなくなるからね」彼は眉間にちょっとしわを寄せた。

「私たちが引っ越して来た時、歓迎されないんじゃないかとまだ心配だったわ」と母が言う。

「あなた方一家なら、まあ辛抱できますよ」彼は少しいたずらっぽく笑った。「別の一家になればもう保証できなくなるけど。あなた方が引っ越して来る前、白い小猫が一匹いたんです。僕が庭で花を植えていると、猫は石段にうずくまって日向ぼっこをする。僕が本を読むと、猫は僕の腕の中で腹ばいになって眠る。猫を驚かせるに忍びなくて、動こうにも動けず、そのまま寝かせておいた。どんなに貧乏でも、必ず小魚を何百グラムか買い、牛乳を一杯ついで猫にやらなくちゃならない。その後、小猫は姿が見えなくなった。僕は長いこと辛かった。今はまたこの小猫が現れた！」彼は微笑みながら薇薇《ウェイウェイ》の目にかかる一筋の髪をかき上げ、しばらく考えていた。「人間は本当におかしな動物で、ハリネズミみたいに、離れすぎれば、寒いし、近寄りすぎれば、針が刺さる。僕のその荘園では、何軒か小さい家も建てるけど、近すぎてはだめで、遠ければ遠いほどいい。そのいくつかの小さい家は、友人たちにプレゼントするんです」

「私たちに一軒くれない？」私は笑いながら尋ねた。「竹林の辺りの一軒なんか、どう？　あなたと夏《シア》さんが毎日午後、コーヒーを飲みに私たちの家まで散歩して来るの、マックスウェルコーヒーよ、あなたのコーヒー」

「よし！　竹林の辺りの一軒だ！」

殷海光《インハイコアン》が庭で花を植えていると、母は薇薇《ウェイウェイ》と藍藍《ランラン》を連れて玄関の石段に座り、彼とお喋りする。彼の花は特別みずみずしい。夏には、むしろで花や木のために日よけをしつらえる。雨風が来そうだと、彼は花を一鉢一鉢、部屋の中へ運び込む。八畳の畳の部屋は、書斎であり、寝室であり、居間であり、貯蔵室であり、雨の日の温室でもあるのだ！　彼は時々私たちを雨の日の花見に招いたりもした。そうでもなければ、招待以外は入るべからず、だ。彼の部屋に足を踏み入れるや否や、窓の下の気概ただならぬ大きなガラスの文机が目に入るが、一番下の引き出しはどこへ行ったのやら、貧乏たらしく大きな黒い穴ぼこをさらけ出している。机の上には小さな白い蘭の鉢が一つ、ピンクの小皿に盛られたきれいな細かい貝殻。机のそばにこざっぱりした折りたたみベッドがある。壁寄りに置かれた二つの古いソファー、真ん中に小型テーブル、その上には鉢植えのチャランや、花瓶に挿した白い菊。ソファーの横の小さな台には、淡いレモンイエローの花瓶が一つ、しなやかな姿の大きな花束が常に生けてあるが、それは彼の庭から取って来たものだ。壁沿いの一列の書棚には、深い色合いの上製本がどっしりと並んでいる。何冊かの文学関係書や一般理論の書籍を除いて、そのほかの本は私にとって、すべて難解な書籍、奇っ怪な記号で、作者はホワイトヘッド（Alfred North Whitehead）〔一八六一～一九四七、英国の哲学者、数学者〕やら、クワイン（Willard Van Orman Quine）〔一九〇八～二〇〇〇、米国の論理学者、哲学者〕やら、それらの本は、彼が決して人に貸さない物だった。本と花は彼の命だ。あのいくつかの家具は？　金持ちになったら、断ち割って薪にして焼き捨てるさ！　こう言った時、彼は確かに怒っていた。

殷海光《インハイコアン》は毎朝、路地の入口の小さな店へ行き、豆乳を飲む。

「聶《ニエ》おばさん、朝飯代がなくなってしまったんです。明日原稿料をもらったら必ず返します」彼は私の母に借金を頼んだ。

母は笑った。「殷《イン》さん、今度原稿料が入ったら、あなたのポケットに残りはしないから、すぐに私が保管できるよう渡してちょうだい、もう本を買ったり花を買ったりしちゃだめよ」

彼は金を受け取ると、一人でぶつぶつ言った。「本と花は、一人の人間として最低限持つべき楽しみであるはずだ」憤りで心穏やかならぬ風にトントンと出て行った。

彼は台湾大学へ行って教える以外、あまり出かけない。もしも突然姿が見えなくなったら、花束を持ち、真っさらの本を数冊小脇に抱え、サリバンの菓子を一袋ずつ提げ、古い輪タクに乗り、路地の入口まで軽やかに揺られて来て、まだらになった緑色の木の門をにこにこと入って来る彼をきっと目にすることになる。

「殷《イン》さん、また原稿料が入ったんでしょ！」母が出会い頭に一声叫び、まるで学校をサボった子供を捕まえたかのようだ。「忘れたの？　今朝はまだ朝食代がなかったのよ！」

彼は仰向いて大笑い、子供のように楽しげだ。家に入ると、罪滅ぼしなのか、私たち三世代を部屋に招き、コーヒーと菓子を御馳走してくれる。二つの古いソファーには必ず母と私を座らせる。女性尊重というわけだ、西洋文化だもの。薇薇《ウェイウェイ》は部屋の入口で靴を脱いで言う。「ラッセル（Bertrand Russel）〔一八七二～一九七〇、英国の数学者、哲学者〕の小さいお友達も裸足よ」殷海光《インハイコアン》は大声で笑って、ココアクッキーのかけらを彼女の口に入れ、彼女を抱き上げてしきりに「いい子」と呼びかける。藍藍《ランラン》は私の膝の上に座り、菓子にありつけるのを待っている。彼は藍藍《ランラン》が静かすぎるのを気にして、彼女に大声で叫ぶ。「ぼんやりさん！」藍藍《ランラン》はわーっと泣き出し、彼がすかさずココナッツクッキーを彼女の口に押し込む。彼はトントンと出たり入ったりし、台所でマックスウェルコーヒーを入れる。現在に至るまでずっと、私はマックスウェルが世界で一番おいしいコーヒーだと思っている。

花がかぐわしく、本がかぐわしく、コーヒーがかぐわしく、さらに小雨のそぼ降る黄昏の後は、まさにラッセルを語る時間となる。ラッセルは決して気ままに語ってはならないものだ。天の時、地の利、人の和が、すべてうまくそろわなければならない。ある晩、殷海光《インハイコアン》は『ラッセル写真伝記』を私たちに見せようと持って来た。彼がちょうど私に本を手渡そうとすると、突然招かれざる客がやって来た。彼は慌ただしく私の手から本を奪い取り、わき目も振らずに、顔をこわばらせて出て行った。

今や、時が至り、雰囲気もできた。私、母、そして子供が一人、どうしてラッセルを理解できよう？かまわない。ラッセルは気にしないし、殷海光《インハイコアン》も気にしない。人間は通じればそれでよい。彼はよくその「通じる」という言葉で人と人の関係を形容した。彼は本棚からラッセルの本を抱え下ろしたが、『ラッセル写真伝記』もあった。写真伝記は本当にきれいだ。石を積み上げた低い塀、塀の外の野草はうっそうとして、深い松の木陰には、古めかしい一軒の小さな家、それがラッセルの夏の別荘だ。石畳の道、落ち葉が数枚、薄暗く静まった庭の中、小さく写るしゃがんだラッセルと犬。芝生の上で、ラッセルがロバに乗った子供を眺めている。白く輝く陽光、ラッセルがパイプを手に、石段の前に立ち、妻に抱かれた子供を見ている。ラッセル夫人が窓に寄り思いに沈んで、その落ち着いた知的な目が窓外を望み、彼女はまるで今にも窓を押し開け飛び出して行くかのようだ。

「本を持って帰って見ていいよ」殷海光《インハイコアン》が気前よく言った。「この本は決して気軽に人に貸すものじゃないんだからさー」その長い上がり調子の「さー」が事の重大さを物語っていた。

殷海光《インハイコアン》は友人が多くはなく、松江路《ソンチアンルー》に訪ねて来るのはほとんどが彼の眼鏡にかなった弟子だった。夏《シア》道平《タオピン》と劉世超《リウシーチャオ》は、時々夕方に和平東路《ホーピントンルー》から松江路《ソンチアンルー》まで散歩して彼に会いに来る。彼が客を部屋へ招じ入れるとは限らない。表門を入りもせず、野草のつるが這う門にもたれ、二言三言、冗談を言い、ただそれだけで立ち去る人もいる。庭の中に立ち、彼が日頃から取っておいた臭う缶詰や、悪くなった牛乳、腐った果物の皮などを花や木の下に埋めるのを見ながら、話をする友人もいる。彼は時には客と玄関の階段に座り、おのおのが焼きイモを一つ手に持ち、論理を語り、数学を語り、海外の論理関係の雑誌に最近発表された論文について語る。たまに客を部屋に招き入れることもある。下にそのまま座り、小さなポット一杯のコーヒーに、サリバンの菓子が一皿。そのような場合は、大概もっと真剣な学術、思想の問題を語る。

私は中央大学を卒業して間もなく、台湾へ渡った後に創作を始めた。殷海光《インハイコアン》は私を励ましてくれた最初の人間だ。一九五二年、胡適《フーシー》が初めて米国から台湾を訪れ、雷震《レイチェン》氏が私を空港へ花束贈呈に行かせようとしたが、私は断った。殷海光《インハイコアン》は机をたたいて叫んだ。「いいぞ！　君が胡適《フーシー》に花束を贈呈しに行けるわけがない！　君は将来作家になりたいんだから！」私は別に作家になりたいという理由で胡適《フーシー》に花束を贈呈しに行かなかったのではなく、恥ずかしがり家で公の場に顔を出すのがいやだっただけだ。殷海光《インハイコアン》のその「いいぞ」という一声は私を驚かせた。

「君はもちろん作家になれる！」彼は私が抱いた赤ん坊の薇薇《ウェイウェイ》を眺めている。「おしめの中から決して作家は生まれない！」彼は笑いながら私を指して言う。「君は賢い女性なんだから、書き続けていけよ！」そして少し間を置き、私を見て言った。「うん、春の川は東に流れる」そう言うと上を向いて大笑し、くるっと向きを変え、またたく間に行ってしまった。

私はその頃、貧乏で万年筆を一本買うことさえできず、使っていたのは普通のペンだった。ある日、殷《イン》海光《ハイコアン》が原稿料を受け取って、パーカーの万年筆を買い、私の母に見せた。

母は笑った。「殷《イン》さん、あなたって人は！　あのペンはとてもよかったんじゃないの？　ズボンは破れ、靴下も穴が開いて、とっくにゴミ箱行きの代物なのに！　待ち望んでた少しばかりの原稿料で、またペンを買うなんて！」

「古いのは、人にあげればいいでしょう」彼は部屋に戻って古いパーカーを取り出し、少しどもりながら私に言った。「この……このペン、要らない？　古いことは古いけど、僕は何冊か本を書いた。君、文章を書くのに持って行きなよ」

私は感動して続けざまに言った。「私はまさにこういうペンがほしかったの！　こういうペンがほしかったの！」

次の日の夕食後、彼は私たちの部屋の中を行ったり来たりし、いても立ってもいられない様子だったが、遂に口ごもりながら私に言った。「ちょっと相談があるんだけど。いい？」

彼は何か難問の解決に私の手を借りたいのかと思い、彼に尋ねた。「どんなこと？」

「よかったら、よかったら、君のペンと僕のペンを交換してくれない？」

私は大笑いした。「二本ともあなたのじゃないの！」

「いや、君にあげたんだから、君のだよ。また返してくれなんて、失礼だ。僕、僕は、やっぱりあの古いペンが好きなんだ。長年使ってきたから」

私は古いペンを彼に返した。

「ありがとう！」彼のその丁重な口ぶりは、まるで私がすこぶる貴重なプレゼントをしたかのようだった。

一九四九年四月、私と正路《チョンルー》はとうとう北京《ペイチン》から武漢《ウーハン》へ至ったが、母と弟妹たちを連れ、また武漢《ウーハン》から広州《コアンチョウ》へ向かうことになった。粤漢《ユエハン》鉄道に勤めていた私の良友李一心《リーイーシン》と劉光遠《リウコアンユアン》夫妻は行かないと決め、彼ら粤漢《ユエハン》鉄道員親族用の切符を私たちにくれた。それは武漢《ウーハン》から広州《コアンチョウ》へ行く最後の列車だった。あたふたと旅支度を整え、取る物も取りあえず、枕やハンガーといった物を手にしたが、その中で唯一値打ちのあるのが祖父の宝物――朱熹《チューシー》〔一一三〇～一二〇〇、南宋の儒学者〕の『遊昼寒詩』だった。古色蒼然とした金緞子のカバー、紫檀の添え板には、『朱文正公《チューウェンチョンコン》遺跡』と刻まれている。黄色の紙、白絹の縁飾り、朱熹《チューシー》が力強く生き生きと筆を走らせている。


仙洲《シエンチョウ》は幾千仞《じん》、下には雲が浮かぶ。道人《どうじん》はいずれの年にか訪れ、この地に庵《いおり》を結ぶ。

俗世に疲れたのか、独り静かに暮らす。東屋を築いて清流を見下ろし、小道を開いて滝を尋ねる。

友と名勝に遊び、詩文をやり取りする。杖をついて来て、共にこの岩の下を宿とする。

夜の灯りに語らい、暁の景色を楽しむ。一碗の茶が味わい深く、蘭草の岸辺が馥郁《ふくいく》と香る。

……


一九五四年、殷海光《インハイコアン》が客員教授としてハーバード大学へ行くことになった。私と母は我が家にある祖父の宝物のことを突然思い出した。母は宝物を取り出してテーブルの上に置き、殷海光《インハイコアン》に私たちの部屋まで来てもらった。

「殷《イン》さん、うーん……」母は少し笑い、どう切り出せばよいのかわからないでいる。「ちょっと、あなたに頼みたいことがあるの。いいかしら?」

「それはどんなことかによりますよ」

「朱熹《チューシー》が書いた字があって、うちのお祖父さんが宝物にしていてね、見るたびに、『すばらしい！』と叫んでいたの。一人で悦に入って大声で吟じ出して。聶《ニエ》家にはこの財産しか残っていないの。まあこんなに貧乏になってしまって。人はどうしたって金のお碗を捧げて物乞いはできないでしょう」

殷海光《インハイコアン》はだんだんにやにやし出した。「聶《ニエ》おばさん、アメリカへ持って行って僕に売ってほしいんですね？」

「そう。売ったお金は、あなたが十分の一取って」私は急いで言う。「線引きがはっきりしてるわ！」殷《イン》海光《ハイコアン》の口癖をまねたのだ。「朱熹《チューシー》の真筆よ！　見て、この詩、筆、装丁、学術研究の価値があるだけじゃなくて、芸術品でもあるわ」

「お尋ねしますが」殷海光《インハイコアン》が冷静に言う。「これが朱熹《チューシー》の真筆だと断言できますか？」

「おやまあ！　見てよ！　上の方に歴代所蔵家の押印と評もあるわ。真徳秀《チェンドーシウ》〔一一七八～一二三五、南宋の儒学者、政治家〕は『朱《チュー》熹《シー》は書の巨匠にして、力強さと美しさが群を抜き、自ずと四大家の及ぶところではない』と評してる。周伯琦《チョウポーチー》〔一二九八～一三六九、元の政治家〕は『道義と精華の気がみなぎり雄大に理の内より流れ出す』と評を書いてる。まだある、まだある！　何行か前に。骨は肉の中、趣は法の外、その中で生き生きと舞い飛び、全編に花が咲き乱れるようで、石のような落ち着きもあるって」

甲《きのえ》子《ね》の年の暮れに所用で玉燕《ユィイエン》へ赴く。張文伝《チャンウェンチュアン》氏より買い求め、連なる城を得た如く。題の後に数行記して、箱に秘し、書をもてあそぶ俗人には一目たりとも見せはしない。

「この二行は祖父が書いたものだわ！　それぞれ違う時代の押印ももう一度見てちょうだい。色の濃いのや薄いのや、もう消えかかっているのもあるし、まだはっきりしているのもある。偽物であるはずないでしょ？」

殷海光《インハイコアン》は信じているようないないような様子でちょっとうなずいた。「わかった。持って行って、まず鑑定してもらうよ。ハーバードの東洋研究所にはきっとこういうのがわかる人がいるはずだ」

彼が米国へ行った後、私と母は毎日やきもきして彼からの手紙を待ちわびた。彼の最初の手紙には、宝物はもうハーバード東洋研究所のある教授に鑑定を依頼したとあり、彼らはとても興味を示したとも書いてあった。私たち一家は非常に喜び、それぞれ勝手に大もうけの夢を見た。私の夢は、ぶらぶらして働かずに、本を読んで、文章を書き、しゃれた暮らしをするというものだった。台湾の郵便配達は毎日朝夕の二度、手紙を届けに来るので、私と母は毎日二度緊張する。郵便配達の自転車が門の前でガチャッと止まり、手紙を郵便受けに投げ入れると、私と母はすぐに走って出て行き、我先に郵便受けを開く。殷海光《インハイコアン》の二通目の手紙をようやく受け取ったのは、二カ月後のことだった。

聶《ニエ》おばさん

前回の手紙で宝物はハーバード大学東洋研究所の教授の方へ鑑定に回したと既に触れました。ここ数日、私は何ともじれったいが、そんなそぶりを見せるのも具合が悪いといった状態で待っていました。ほかの人がこの宝物の重大さをどうして理解できましょう。お宅の皆さんが限りなく熱い望みと夢を寄せているばかりでなく、他人の私も十分の一の利益にあずかり、将来台湾へ戻ったらこれを頼りに結婚して家庭を持てるのですから！　今朝、私がその教授に会いに行くと、彼は宝物を取り出して来て、長いこと微笑んで何も言いません。私ははやる気持ちを抑えつつ「どうですか？」と聞きました。彼は口ごもって「これは……うーん……これは……」と言うばかり。そして首を何度か振りました。私はたちまち呆然となり、心の中で「だめだ」と思いました。「偽物ですか？」という言葉が口をついて出ました。彼はちょっとうなずいて、考証のカードを取り出しました。同封します。ほかの人が科学的な方法で鑑定したのだから、万に一つの間違いもありません。聶《ニエ》おばさん、もし御納得が行かず、日本へ持って行って鑑定したいということであれば、それもいいでしょう。しかし、道義的理由に基づいて、ついでに申し上げなければなりません。日本の漢学のレベルはアメリカのハーバードより必ずしも劣るというわけではありません。万一また偽物だと考証されて、さらに何ドルもの郵送費を払うことになると、損失はもっと大きくなります。あなた方はきっとがっかりされているでしょう。私もその時はがっかりしました。でも今は思い出すと吹き出してしまいます。私が宝物を抱えて帰って来た時、ちょうど大雨が降っていて、雨の中を行軍したのですが、宝物はますます重くなってくるようで、雨もいっそう激しくなってきました。帰るんだ！　ラシャの帽子は水の帽子に変わって、数ポンドの重さ、靴は水を入れた袋になり、ジャブジャブと音を立て、コートもずぶ濡れになりました。私は急いで全部脱ぎ、温水管ヒーターの上で乾かしました。でも人間は？　ソファーに座り、全くみじめな気持ちで、「一生涯独り身でいなければならなくなった」と思いました。私はこのせいで体が冷えて病気になるのも心配になりました。ボストンは北平《ペイピン》〔北京〕よりまだ寒いからです。アメリカの病院は本当に高く、もし病気になどなったら、私の損失は甚大になってしまうのではないか！　それから急いで熱いシャワーを浴びました。まあ大丈夫、具合の悪いところはない。やれ、何と悲しくおかしい人生でしょう！　だけど、天地がひっくり返っても、私たちはとにかく生きていかねばならず、もう奇跡を待ち望むことはできなくなりました。宝物は台湾からアメリカへ来て、ずっと私をひどく緊張させました。今はその閣下に先に台湾へお帰り願うことになり、既に郵送いたしました。小包の送り状の「価値」という欄に、私が記入したのは「無価値の宝」です。

殷海光《インハイコアン》と私の母の間には人を感動させるようなある種の感情があった。一九五二年の春に弟の漢仲《ハンチョン》が嘉義《チアイー》で飛行機事故を起こした。私は知らせを受け取り、悲痛な思いを忍び、母をだましていた。どの道いつかは敏感な母が漢仲《ハンチョン》の死に気づくだろう。殷海光《インハイコアン》は母のために心理的な準備工作をした。毎日夕方に、決まって母を散歩に連れ出すのだ。当時の松江路《ソンチアンルー》の周辺はまだ青々とした田野だった。二人は散歩しながら、お喋りする。生と死、哀しみ、喜びを語り、戦乱を語り、生活の些細なことを語り、宗教を語る。(殷海光《インハイコアン》はその頃、信仰があったわけではない。彼が宗教を信奉するのは、まだずっと先で、彼が亡くなる前のことだ。たぶん夫人の夏君璐《シアチュインルー》の感化を受けたのだろう。)こういった話は、すべて母の精神と心に予防線を張り、結局は訪れる子を失った悲痛を和らげようとすることだけが目的だった。毎日黄昏に、彼はそんな風に溢れる忍耐心と愛情で私の母を見守り、六カ月に及んだ！

彼は夏君璐《シアチュインルー》と結婚した後、一九五六年、温州街《ウェンチョウチエ》の台湾大学の宿舎に引っ越した。双方の家族はあまり顔を合わせなくなった。私と母は二人の子供を連れて彼らに会いに行ったことがある。殷海光《インハイコアン》は庭に池を掘り、築山《つきやま》を築き、荒れ果てた小さな庭を仮想の大荘園に造り上げた。彼は幸せな家庭を持ち、見たところとても落ち着いていた。だが、思いにふける彼の目には依然として国を憂い民を憂う心情が表れていた。

一九六〇年、雷震《レイチェン》氏ら四人が逮捕され、『自由中国』は封鎖された。私が住む家の付近は、いつも誰かが行ったり来たりしていた。警備本部は口実を設けて世帯調査を行い、深夜に何度も我が家を捜査した。聞くところによると、殷海光《インハイコアン》は元々逮捕リストに載っていたが、警備本部が手を下して捕らえる寸前に、彼の名前を消したということだった。私たちは当時それを知っていたわけではない。私と母は彼の安全を非常に心配した。毎朝、新聞を開くや、殷海光《インハイコアン》の名前がないか見た。彼と夏道平《シアタオピン》、宋文明《ソンウェンミン》が突然新聞に公開声明を発表し、『自由中国』掲載の文章について文責を負うと宣言するとは予測していなかった。殷《イン》海光《ハイコアン》が書いた多くの社説は、ほとんどすべてが雷《レイ》事件で「暴動を扇動し」、「人心を動揺させた」とされる文章だ。殷《イン》家宅付近は日夜人が監視しているということだ。胡適《フーシー》が米国から台湾へ戻る直前になって、『自由中国』事件の難を逃れた数人の編集委員はようやく顔を合わせた。その時、雷《レイ》氏は既に刑を下され、でっち上げの「反乱扇動罪」で懲役十年の判決を受けており、皆会うと、泣きたいのに涙も出ず、沈痛な思いで、絶望に打ちひしがれていた。殷海光《インハイコアン》は眉根を寄せ、一言も話さない。胡適《フーシー》が雷《レイ》事件に対していったいどんな態度なのか皆探りたく、胡適《フーシー》に会いに一緒に南港《ナンシアン》へ行くことになった。殷海光《インハイコアン》も行ったが、やはり何も話そうとしない。胡適《フーシー》の気のない微笑み、どっちつかずの言葉は、殷海光《インハイコアン》が一人の中国知識人として持つ深く重い悲哀を際立たせた。

一九六二年の夏、母が肺癌になり、台湾大学病院に入院した。『自由中国』が一九六〇年に封鎖されてから、殷海光《インハイコアン》は二年の間、街へ出なくなっていた。

ある日の午後、母の部屋の入口で突然重い声がした。「聶《ニエ》……おば……さん……」そこに立っているのは何と殷海光《インハイコアン》だった！　彼の髪は残らず真っ白になっている。母は彼を見ると、黄ばんだ顔をほころばせた。彼はベッドの前の椅子に腰掛け、両目を凝らして母を見つめ、一言も言わず、無理に微笑んでいた。

母は非常に感激したが、もうどんな感情を表す力もなくなっており、ただ微笑みながら彼の手をちょっとたたいて言った。「あなたが来てくれて、うれしいわ。私はきっとよくなる。よくなったら、きっとあなたたち一家に松江路《ソンチアンルー》へ御飯を食べに来てもらう。醤油も使わない、唐辛子も使わない」

「ええ」彼は無理に少し笑った。

彼はそこに座って母を見、生涯苦闘し、生きていくことを熱望しながら、手を離さざるを得ない私の母にどう向き合えばよいかわからないかのようだ。

「聶《ニエ》おばさん、僕、僕、僕は行かなければなりません」彼は不器用に身を起こし、ベッドの前に立ち、両目を見開いて母を見ていたが、その最後の眼差しを投げかけて言った。「聶《ニエ》……おば……さん、お……大……事……に」一字、一字絞り出して、重々しかった。

私は彼を病院の正面入口まで送って行った。

「長いこと出かけていなくて、街に出るといささかびくびくするよ」彼は私に言った。

「どうやって家に帰るかわかってる？」私が聞く。

「わかってるだろうと思う」彼は自嘲気味に少し笑い、うつむいてしばらく黙った。

「ああ、聶《ニエ》おばさん、ああ。またおばさんに会いに来るよ」

「あなたが会いに来てくれるのは、母にはとても重要なことよ。だけど、もう来ないで」
「聶《ニエ》おばさんに会いに来るのは、僕にもとても重要なことだよ」

殷海光《インハイコアン》は一九六〇年に雷《レイ》事件が起こってから、絶えず特務のいやがらせを受けていたが、後に特務はおおっぴらに彼の家へ行くようになり、精神を痛めつけられた彼は机をたたいて叫んだ。「お前たちは人を捕まえて、銃殺にしたいんだろう、殷海光《インハイコアン》はここにいるぞ！」

彼は一九四九年に台湾へ来るとすぐ傅斯年《フースーニエン》の招きを受けて、台湾大学の哲学科で教え、学生から非常に敬愛されていたが、一九六七年に、教えることを禁じられ、特務の監視下で軟禁された。

殷海光《インハイコアン》は一生涯絶え間なく探求を続け、焦る思いで思索し、その思想の道程は絶えず発展し変化した。彼は西洋文化をあがめ尊んだが、長年の後に、中国伝統文化を改めて再評価し始め、だんだん伝統の価値を認めるようになった。命の最後のひとときに、彼は途切れ途切れに言った。「中国文化は進化でなく絶え間ない変化で、それは艱難の中における蓄積で、蓄積して限りなく深まり厚みを増す。僕は自分の中国文化への熱愛に今ようやく気づいた。あと十五年生きて、中国文化のために尽くしたい」

一九六九年九月一六日、殷海光《インハイコアン》は遂に文化の重荷を下ろし、手を離してこの世を去ったが、まだ五十歳だった。

誰が母をだましたのか？

一九六二年旧暦の六月七日、母は数え年の六十歳になる。突然夫に先立たれてから二十八年、長男を亡くしてから十一年が経つ。母は生活の両極端の中で持ちこたえてきた――博打と沈思だ。母はよく夜通し麻雀をし、麻雀をしない時は、黙ってベッドに横になっていた。母はそれまでのユーモアと洒脱さを失った。「あなたたちが私の六十歳の誕生日を祝ってくれたらとだけ願っているの」母が私に言った。あと二カ月でもう母の誕生日だという頃、母は風邪を引き、咳が止まらなくなり、薬を飲んでも効かなかった。私は母を台湾大学病院へ連れて行ったが、医者は診察後、母のレントゲンを撮り、写真を見ると、私と二人で話したいと言った。医者が私に告げたのは、母は肺癌で、もう手術のしようがないほど転移していて、助けようがないということだった。母に告げぬよう私が医者に頼んだのは、ただ母を絶望の中で死なせたくはなく、希望に満ちて生きていてほしいと願ったからだ。私は涙をこらえ、母には気管支炎だと言っておいた。

私は日夜病院で母につき添い、母が日一日と衰弱し、やつれていくのを目の当たりにした。母が入院を続けるのは、注射を打って苦痛を和らげるだけのためだった。

母が言う。「華苓《ホアリン》、私は日を追うごとに悪くなっているみたい。重い病気じゃないことは信じてるわ、あなたがとても落ち着いていて明るいんだもの」母は病室の窓の外を行き来する人を見ている。「道を歩くことができれば、それだけで幸せね。よくなったら、薇薇《ウェイウェイ》と藍藍《ランラン》を連れて遊びに行けるようになる」

「よし、私が髪を梳いて、如意髷のウイッグをつけてあげる。小さい時、お母さんが髪を梳くのを見るのが本当に好きでね、如意髷が、黒く光ってて」

母はベッドの上に座り、くぼんだ頬でちょっと笑い、頭をなでて言った。「髪はもうすぐ全部抜けちゃうわ」

「髪は生えてくるわよ」私は母のむくんだ顔を見ながら、そんな話を続けるに忍びない。「お母さん、お母さんの部屋のカーテンを変えたのよ、空色。家に帰ったら、部屋の中がちょっと明るくなってるわ」

「ええ。私はただもう家に帰りたいだけ。あのね、朝方咳をしてね、息もつけないほど」母は同室のもう一人の病人をちょっと指さし、笑いをこらえ声を低めて言った。「彼女は私が肺結核だと思い込んで、布団を頭までかぶって、うつらないようにしてるの。私が気管支炎だって言っちゃだめよ、無駄な心配をさせておくの」母はいたずらっぽく少し笑い、話し続ける。「あなたのお父さんが死ぬと、私はすぐに老け込んじゃって、六十歳まで生きられたらいいとしか思わなかった、あなたたちももう成人してるし」

「お母さんはまだ三十二歳だったじゃない！」

「心が老けてしまって。三十二歳のおばあさん」母は自嘲するようにちょっと笑った。

「お母さん」私は一声呼んで、不意に言葉を止めた。

母は私を眺め、私が話し出すのを待っている。

「お父さんが死んで、再婚しようと思ったことある？」

「ない、ない。あなたたちがいるもの。今のような時代には、再婚はありふれたことになったけど。私の母方の曾祖父さんが亡くなった時、曾祖母さんはまだ十九歳だった。彼は死に切れず、若い妻の指を一本自分の口に入れさせて、咬みつき、妻に再婚しないと誓わせたの。彼女は言った。『私は生まれて陳《チェン》家の人となり、死んで陳《チェン》家の霊となります。私には男の子がいません。第二夫人に男の子ができたら、養子にもらいます』言い終わると、旦那はやっと彼女の指を放し、息を引き取り、目を閉じた」母は突然咳き込み出して、胸に手を当てている。

「痛む？」

母は少しうなずき、まだ咳がおさまらない。

私は母の手を握っている。私の胸もキリキリ痛む。

母はとうとう血の混じる痰を吐き、続けて言った。「言っとくわ、あなたのお父さんが死んでから、これまで二心を持ったことはない。私はただ死だけを願ったけど、何とか乗り越えた。漢仲《ハンチョン》が死んで、また死にたいと思ったけど、また何とか乗り越えてきた。あなたたちはみんないい子よ。満足してる。本当に満足よ。満足すぎるくらい。私が望むのはにぎやかに六十歳の誕生日を祝ってほしいということだけ。あなたたちはもう成人して、みんな頑張ってるし、私も聶《ニエ》家に顔向けできるようになったのに、あいにく病気になるなんて、六十歳でうっぷんを晴らすことだけを生涯望んできたのに」

「お母さん、来年満六十歳のお祝いをしましょう！　必ず！」

「いいわ！　来年、必ず！　あなたたちみんなにそばにいてもらって、みんなに額《ぬか》ずいてもらうわ」母は自嘲気味に少し笑う。

「二世代がみんな額ずくわ」

「よし。来年は華桐《ホアトン》もアメリカから帰って来られるようになる。あなたたち、私にダイヤモンドの指輪をプレゼントするって言ったの、忘れないでよ。いえ、いえ、要らないわ。今年は私が病気になって、あなたたちは出費がとても多いもの」

「将来いつか、私たち姉弟でお母さんに金の麻雀セットをプレゼントするわ！」

「いいわ、覚えといて！」

「必ず！」

医者と看護師が入って来た。私は母がさっきしばらく咳をしていたことを告げた。

医者は「うーん」と一声発して言う。「肋膜の水を抜かなければいけないね」

母は医者が手にした太いガラス管を見て、すぐに私の手を引っ張った。私と看護師が母を助け起こしてゆっくり座らせる。看護師は片手で母の肩を支えながら、片手で寝巻きの後ろ半分をめくり上げた。私は両手で母の手を包んでいる。医者は大きなガラス管の針を母の背中に突き刺していく。私は顔をそむけ、母を見るに忍びない。母は少しも痛いと叫ばず、ただ私の両手が握る母の一方の手がさらにきつく握り返してくるだけだ。

医者は出て行った。母はようやく横になり、目を閉じて、しばらく黙っていたが、弱々しい声で言った。「痛くてたまらないわ。生きたいから、痛みを我慢できるけど。死ぬものですか。あと十年、あと二十年生きたい。いいえ、今度の病気は、そんなにいい年まで生きられない。あと二年生きさえすれば、あと二年ちゃんと生きれば、華桐《ホアトン》が博士号を取るのが見られるし、華桐《ホアトン》が結婚するのを見られる」

私は遂に医者の許可を得て、痛み止めの薬をもらい、母を家に連れて帰った。母は家に帰ると、非常に喜び、自分の病気がもうすぐよくなるのかと思い、気分も少しよくなった。だが私の目に映るのは日に日に衰えていく母の姿だった。ある日の夜中、母が私を呼んだ。部屋に入ると、驚いたことに、母はがらりと人が変わり、両目がギラギラし、冷たく光る鋭い眼差しが、私を射抜いた。

「座って、私の話を聞きなさい！　話の邪魔は許さない！」

母はそのようにして夜通し語った。母がどうやってだまされ父に嫁いだか、どうやって複雑な大家庭の軋轢《あつれき》に対処したか、父が急死してから母が受けたいじめや侮辱、子供たちが成人するのをどれほど一心に期待していたかを語った。母は私の妹を一人、義姉妹の契りを結んだ家に養子に出したことを恥じ、申し訳ないと言う。そして、ハーバードで学ぶ華桐《ホアトン》を恋しがり、蘇瑞儀《スールイイー》と結婚して二人そろって帰って来ることを望んでいるのだった。

「華苓《ホアリン》、あなたの気持ちを、私がわかっていないとでも思うの？　あなたたちが結婚して十三年、一緒にいたのは五年間だけ、一緒にいれば毎日むかっ腹を立て、今は彼がアメリカに行って、もう五年になるけど、あなたはその方がまだ楽しいみたいじゃない。彼が家にいた時、ある晩、あなたが授業をして外から帰って来て、まだ御飯も食べていないのに、もうあなたたちが部屋でけんかし出すのが聞こえてきた。次の日、殷《イン》さんが言ったわ。『彼らがけんかして、僕は腹が立ち部屋の中を行ったり来たりしましたよ。聶華苓《ニエホアリン》は離婚すべきです！』私は言った。『そんなことどうしてできる？　子供が二人いるじゃないの！』あなたのこの結婚には、最初から反対だったわ。今やあなたは我慢していくほかなくなった。華苓《ホアリン》、言っとくわ、あなたは時々まったくなってない。男みたいに大笑いして、全然礼儀にかまわない。あなたと友人たちが部屋でお喋りして、私がこっちの部屋にいると、あなたがハハハと大声で笑うのが聞こえてくるけど、あんな風に笑うのは、本当に教養のある女性らしくない」

母は漢仲《ハンチョン》が飛行事故を起こした後、すべての願いが泡と消えて絶望し、生が即ち死で、死が即ち生だと感じ、仏も信じなくなったことも語った。語り続けるうち、母は不意に話をやめ、目つきがぼーっとしている。私をじっと眺めているが、私が見えているわけではない。私は続けざまに叫んだ。「お母さん！お母さん！話して、話し続けて！　どうしたの！」

母はそんな風にぼんやりと私を見つめたままだ。母は既にこの世を離れ、もう一つの世界へ行ってしまった。

私は力いっぱい母の両肩を揺すった。「お母さん！　話してよ！　お母さん！　話を聞きたいのよ！心の内をすべて吐き出して！　話して！　お母さん！」

母はちょっと周りを見回した。「私はどこにいるの？　どこにいるの？」

「お母さん、台湾にいるのよ、自分の家よ、私と一緒に」

「台湾？　あなたは誰？」

「私は華苓《ホアリン》よ！」

母は相変わらず私をじっと眺めている。「ああ、華苓《ホアリン》。私はいったいどこにいるの？」

「台北《タイペイ》よ、私たちみんな台北《タイペイ》にいるの」

「漢仲《ハンチョン》は？」

「いるわ」

「あなたのお父さんは？」

「いるわ」

「ああ、みんないる。それならいい。ああ、みんないる、みんないる」母は突然顔色を変え、人を威圧する冷ややかな眼差しで、私を凝視して言った。「あなたは私をだましてる！　華苓《ホアリン》！　あなたは私をだましてる！　もう私をだますのは許さない！　もう私をだますのは許さない！」母は涙で顔中をぬらし、しばらく黙ると、低い声で言った。「私は生涯だまされた」

母はとうとうまた台湾大学病院に入った。そして二度と家には帰れなくなった。

母はとても静かで、たまに小さい声でちょっと話すが、それはどれも生命への渇望だった。

「よくなったら、一歩道を歩いただけでも、十分満足しなければ」

「よくなったら、自分で病院から歩いて出るの。お医者様や看護師さんに『再見《ツァイチエン》〔また会いましょう〕』は言わない。再見《ツァイチエン》、また病院に戻って来て会うの？　もう来ない。ありがとうと言うだけにする」

「よくなったら、庭に花を植えて、葡萄を植えて、自分でワインを作るわ」

「よくなったら、小さい孫を抱いたり、薇薇《ウェイウェイ》と藍藍《ランラン》を連れてちょっと遊びに行ったりするの。以前はそれが幸せだとわかっていなかった。この病気で、すべてを悟るようになってきた」

「よくなったら、もういらいらしない。生きていくって、本当にいいわ、何をいらいらすることがある？」

薇薇《ウェイウェイ》と藍藍《ランラン》は聖心中学に寄宿して学んでいる。薇薇《ウェイウェイ》は祖母の手で育てられた。彼女がよこした手紙を、祖母は皆枕の下に置き、たびたび手で探り、探り出して来てはもう一度読み、私に言う。「薇薇《ウェイウェイ》の手紙を読むのが一番うれしい。あの子が小さい時、あの子を抱いていると、考えたものよ。中学生になったら、顔が見られなくなるって、今やあの子も中学に行ってるわ」

母は目を閉じて、微笑んでいる。

日曜日、私は二人の娘をお祖母さんの見舞いに病院へ連れて行った。薇薇《ウェイウェイ》は学校で一枚のハンカチに急いで刺繍をして持って行った。

母は微笑みながらハンカチを受け取って言う。「お祖母ちゃんがあなたを可愛がったのは無駄じゃなかったわ」母はハンカチを枕元に置き、軽くたたいた。「ここに置きましょう、見えるように。薇薇《ウェイウェイ》、あなたたちに会いたかったわ。お祖母ちゃんがよくなったら、日曜日にあなたたちを連れて遊びに行って、映画を見て、小さな料理店に行って、新公園をぶらつくの、どう？」

薇薇《ウェイウェイ》は「いいわ」と答え、身を翻して病室を飛び出し、外で大泣きした。

私は日夜母につき添い、晩には母のベッド際の椅子で少し眠った。毎週月・水・金は台湾大学へ授業をしに行くが、東海《トンハイ》大学の授業は休ませてもらうほかなくなった。私が病室へ入って行くたびに、母はとても喜ぶ。ある夜、私が病院へ戻ると、長い通路には人影もなく、青白い灯りが、突き当たりまでずっと照らしており、さらに行くとそこが霊安室だった。別に怖くもなく、あたかも私のこの一生が一人でそこを歩き、通路の突き当たりに向かって歩いて行くもののように感じられる。母の部屋に至ってようやく、はっと気づいた――母がそこで横になり私を待っているということに。母は眠りについていた。私は母を起こさず、一晩中目を閉じず、ずっと母を眺め、弱々しい呼吸の音を聞いていた。

空がぼんやりと明るくなり、母が目覚め、ベッドの横の私に気づき、私の手を引いて言った。「あなたがここにいると、それだけで安心する。ここ数日、誰のことを考えていたと思う？　あなたのお父さんよ！　二、三十年にもなるのに、どうして今こんなにあの人のことを考えるのかしら！　私が一人でベッドに寝て考えていると、あの人が入って来るかもしれない、にこにこして、何も言わずに。あの人に聞くわ。『まあ！　どうして来たの？　こんなに長年苦労させといて、子供たちを育ててみんな成人させたのよ、出来上がった幸せにありつきに来たのね』彼はちょっと笑って言う、連れ合いを捜しに来たんだよって。私はうなずいて、ちょうどいい時に来たわって笑うの」

私は母の指をそっとつまみ、一つ一つつまんでいき、それからやせて骨ばかりになった掌をマッサージし、だんだん上に向かって、手首、腕とマッサージしていく。母は微笑みながら目を閉じて言う。「いいわ、いいわ、やめないで。やめたら、あなたがいなくなったのかと心配になるの」

ある晩、母は私に家へ帰ってちゃんと眠るように言った。

私は帰宅してがらんとした母の部屋に座った。母が残した息吹を感じたかった。部屋の中は漆黒。凍りついた淵の暗黒だ。私は淵のただ中に凍りつく。一匹のトンボが部屋中を飛び回る。私は手を伸ばすと、トンボをつかみ、しっかりとつかんだまま、もう一方の手でくずかごから古新聞の紙片を取り出し、トンボを中に包み、新聞の端を何度もより、それを窓の外へ投げようとした時、紙包みの中の震えを感じた。私は新聞紙の中のトンボをくずかごに投げ入れ、自分の部屋へ戻った。ベッドに横になるが、眠れない。はるかな永久の時、一人の人間と一匹のトンボが暗闇の中で出くわした。トンボのかすかな震えがまだ指に残っている。あれが生命だ！　あれが母の渇望する生命だ！　私はベッドから跳ね起き、くずかごからその破れ新聞をつかむと、開いて窓の外へ、鳳凰木の下まで放り投げた。鳳凰木のそばには小さな紫の花が一つ咲いている。太陽がまた昇って来る。トンボはまた飛ぶだろう。雨が降り出した。雨が鳳凰木を打つ音、破れ新聞を打つ音、そしてトンボの羽が震える音が聞こえた。

次の日の早朝、私はせかせかと病院へ急いだ。まるで一歩でも遅れたら、母に会えなくなるかのように。

「どうしてこんなに早く来たの？」母は毎日私を見ると、決まって何年も会っていなかったかのように驚いて喜ぶ。「華苓《ホアリン》、おかしいことがあったのよ」母は声を低く抑えたが、もう咳で声がしわがれている。「きのうの晩、長いこと咳が出たの。同室のあの患者の娘が、こっち寄りに座ってた。私が肺結核だと思い、びっくりしてあたふたと椅子をあちら側に移したの」母は笑いながらちょっと私にウインクする。「脅かしてやりましょう、少し遠ざかれば、その分落ち着ける」母は私にいたずらっぽく笑いかけ、咳き込んで痰を出した。

　数日後のある夜、母が眠りについた。私はそれを機にちょっと家を見に帰り、思わず知らずまた母の部屋へ入り、窓辺の赤いソファーに座った。毎回決まって私がそこに座り、母がベッドに斜めにもたれていたが、そこに座ってもお喋りしたり、話したりできないのが辛かった。私はいつも慌ただしく、仕事に行かねばならず、授業をしに行かねばならず、原稿を持って行かねばならず、友人に会いに行かねばならず、映画を見に行かねばならず、しに行かねばならないことがたくさんあった。今、母の部屋に座ると、母のさまざまな姿や表情が目の前に浮かぶ。母が広いすそに大きな袖の黒い緞子の旗袍《チーパオ》を着て、白い絹の襟巻きをひっかけ、眼鏡をかけ、片足をかすかに爪先立ちし、ちょっとじらすようなそぶりで、またいささか名残惜しげに笑っている。えりに狐の毛皮がついた黒いマントをはおり、額に切り下げ髪のかかる母が、積もった雪の上、二本の太い石柱を通り過ぎ、屋内の正面にある大きな鏡の中へと入って行く。漢口江《ハンコウチアン》漢関《ハンコアン》の埠頭、白い花を飾った牌坊《パイファン》〔忠孝節義の人物を顕彰するためのアーチ型建造物〕にかけられた「魂が帰り来たる」の横長軸。母が全身に白い喪服をまとい、暗紅色の棺のそばに気を失って倒れている。灰色の服に灰色の靴、鞭を手にした母が、バルコニーで長男の漢仲《ハンチョン》を追いかけて打ち、鞭が切れると、身を翻し父の霊前に伏して激しく泣き叫ぶ。

病院から突然電話があり、母が危ない状況だという。私は二人の妹に知らせ、病院へと急いだ。医者がちょうど母に応急処置をしているところだった。母は口を開き、のどが痰でぐるぐる鳴り、管が一本差してある。母は私を見るや、手を振って私に手を握るよう促した。私は両手でしっかり母の手を包む。二人の妹が次々に駆けつけた。医者は管で母ののどから痰を吸い出す。母の顔がゆがみ必死にもがいて息をする。握れば握るほど私の手には力が入り、母の手からはますます力が抜けていき、呼吸もますます弱まっていく。

母の手が遂にだらりと開いた。

その日は一九六二年一一月一五日だった。

巡り逢い、一九六三年

五時半になった。パーティーは六時に終わる。そもそも行くのか行かないのか？　白色テロ、母の死、結婚生活も不治の病で救いようがない。生きているのは、ただ二人の子供のためだけだ。

私は無理に米国文化参事官のパーティーへ行ったが、もう六時近くになっていた。ポール・エングル（Paul Engle）はちょうど何人かの詩人と話しており、彼らを大笑いさせていた。私は彼の後ろに立ち、主催者が傍らに立って私を紹介しようと待っている。私がちょうど向きを変え離れて行こうとした時、彼がいきなり振り向き、主催者が私を紹介した。

「ああ、あなたとちょっと話したい、マッカーシー（Richard McCarthy）がワシントンであなたのことを話していました。でも今は時間がない。パーティーの後、もう一つパーティーに行かなくちゃならないんです」

「私も時間がありません。私もあるパーティーに行かなければならないの」

「どうしよう？　私は台北《タイペイ》に三日しかいなくて、スケジュールが全部埋まっている」

エングルは長年の後に回想している。

華苓《ホアリン》は私の後ろに立ち、静かで、身動きもしない。だが彼女の全身の磁力は、残らずその目に集中しているらしく、ひりひりと熱い。

「私が長いこと立っていても、あなたは私にかまわなかった。失礼ね」華苓《ホアリン》が言った。

私は目を凝らしてしばらく彼女を見ていた。「あなたがこんなに遅れて来たので、あなたがいるとはまったく知らなかった。あなたこそ失礼だ」私はできるだけ容赦のない言い方をした。

私たち二人は互いをじっと見つめた。私はしゃんと立つ彼女のあでやかな体の内に輝くしなやかさを感じ取ることができた。

私は遂に口を開いた。「今はあなたと話ができない。夕食に招待されてるんだ」今思い返してみれば、それはまるで父親がやんちゃな子供を諭すような口ぶりだった。

「私も夕食に招待されてるの。あなたとお話できないわ」華苓《ホアリン》は見下げたように言い、一つ一つの言葉が硬く鉄のように私の耳に打ちつけられた。

またじっと見つめる。その後ちょっと笑った。「君はどこへ御飯を食べに行くの?」私のその質問は確かにいささか唐突だった。

華苓《ホアリン》はたぶんこの見知らぬ男がこんなにぶしつけなことに驚いただろう。彼女は半分向きを変えて立ち去ろうとしたが、ふと振り向いて言った。「友人と食事するの。ホテルで」彼女はからかうように少し笑った。「すばらしい料理。本物の中華料理」

人々は次々にパーティーから離れて行く。だだっ広いホールに私たち二人だけが残され、そこに立って見つめ合っていた。私たちは同時に言った。「行きましょう」

私は入口で手を差し伸べた。彼女は私と握手しなかった。私は彼女の顔を凝視し、彼女がいったいどういうつもりなのか観察した——彼女は私を少しは気に入っている。反面非常に嫌っている。彼女は私をまあは私をまあまあ面白いと感じている。面白いと感じている。しかし彼女の自尊心はとても強い。私はどもりながら不器用に言った。「明日私はとてもとても忙しい。たくさんの人に会わなければならなくて。ひょっとしたらどこかでちょっと顔を合わせるかもしれませんね」

「私もとてもとても忙しい」依然としてきっぱりとした声だ。「私は子供を学校へ送って、大学へ授業をしに行かなければなりません。文章も書かなくてはいけないし。私の時間は全部埋まっています」

私はこの小柄な女性の美しい個性にぼーっとなった。「では私が車を呼んであなたを送りましょう」

「ありがとう」彼女の声が少し和らいだ。「一人で行けます」彼女は出て行った。その優美でしなやかな後ろ姿は私に告げていた。「ついて来ないで」

私はまっすぐ友人がポールを歓迎する晩餐会に行った。

彼は一陣の風のように部屋へ突っ込んで来て、テーブルの前に座ろうとしたちょうどその時、私が隣に座っているのに気づいた。「いいぞ！」彼はそう一声叫んだだけで、すぐに座り、私とは話をしなかった。彼のそのアジアの旅は、彼が主宰するアイオワ大学作家ワークショップの作家訪問のためで、既にパキスタン、インド、香港を回っていた。

彼は象牙のはしを手に取って言う。「フランス人が料理を覚える前に、もう中国人は手の込んだ食事をしていたんだからね」彼はオードブルの豚レバーをつまみ上げ、うさんくさそうにちょっと眺めた。「蛇？」

「いいえ、豚レバーよ」私は言った。「嫌いなら、食べなくていい」

彼はパクリと口に入れ、一人得意げに笑った。「アメリカ人は本当にバカだ、こんなにおいしい物を、食べないなんて」

鳩の卵とアワビのあんかけがテーブルに上った。ポールはぱっと目を輝かせ、私たちを挑発するかのようにちょっと笑い、自分のパフォーマンスに注目するよう示した。彼は厳かに眼鏡をかけ、白くつるつるして柔らかい鳩の卵をはしではさみ、手品でもするかのように全員に見せてから、ようやく口へ放り込んだ。

私たちは拍手して大笑いし、手品師に喝采を送った。急いで彼の写真を撮る人もいた。

長年の後、ポールは回想録に記している。

私は眼鏡をかけてつるつるした鳩の卵をつまみ上げ、写真にも撮られたが、大口を開けて得意そうに笑い、生涯で一番間抜けな様子だ。華苓《ホアリン》が大笑いしている。それ以後、私は鳩の卵を食べたことがない。一個で十分。今、アイオワで鳩が飛んで行き、優雅に虹色の翼をあおいでいるのを見るたび、私は感動でいっぱいになる。鳩が華苓《ホアリン》を笑わせるのを手伝い、彼女が私と一緒に出て行くよう仕向け、私の余生を変えてくれたのだ。

そのひとときから、毎日、華苓《ホアリン》は私の心の中、あるいは私の前にいる。

だが、彼はその時まだ私と一言も話をしていなかった。彼は自分の魅力を知っていた。同席するすべての人の注意を自分が引きつけることができるのを知っていた。誰かが彼の一カ月のインド旅行について尋ねた。彼はコルカタでの神秘的な経験を語った。

「アリサはコルカタの南西部にある。未開の地だ。私はあるノルウェーの芸術家とそこの海辺にある廟へ行った。廟とはつまり一台の巨大な馬車で、大きな石の車輪に、石の馬が数頭、まるで海に向かって車を引いて駆け出すかのようなんだ。その廟は一階ずつ削っていくほどに小さくなり、ずっと上まで削っていって、どの階にも姿の異なる彫像が並んでいる。私はいつも好奇心が強く、どうしても上へ登って行って見てみたいと思った。廟のてっぺんまで登ると、とても疲れ、横になって少し休憩した。彫刻の男女が入り混じり太鼓を打って踊るのを観賞していると、それまで感じたことのない茫漠とした恐怖の感覚に襲われた。廟が動き出し、車輪が回転し、馬車が海へ駆け込もうとしていて、私はもう下りていけなくなってしまった」

ポールは話すのをやめ、私たちを見て笑い、わざと煙に巻く。私たちの目は残らず彼に釘づけになっている。それは彼が最も得意な瞬間だ。

「その後は？」私はこらえ切れずに一言尋ねた。

「やっぱり聞きたい？」彼が私を見つめる、からかうようなブルーの目で。

私はちょっとうなずく。そんな風に不安げで、おどけていて、鋭く、また目まぐるしく変化する眼差しを私はそれまで見たことがない。

「オーケー。私はそこに横たわっていた。友人は下に立って私に叫んでいる。私は聞こえたが、魔物に魅入られたように、身動きができない。その石の廟が揺れ出した。それは私自身が震えているのだった。私は下の友人に言った。『震えて、動けない』彼は『目を閉じて、数を数えろ』と言った。私はすぐ目を閉じて数を数えた。『数え続けろ、大声で数えて、やめちゃだめだ』と彼が言う。彼は芸術家だが、インドで宗教を研究する仕事をしている。私は数を一つも漏らさず数えていった。友人が『少しゆっくり、大声で』と言う。私はリズムをつけ、空を向いて数字を一つ、また一つと数えていった。一五〇まで数えると、私は起き上がって座り、石の廟も動かなくなった」

私たちが一心に聞き入っていると、彼は突然話をやめ、振り向いて私に聞いた。「明日朝食を御一緒できませんか？」

「台湾大学へ授業をしに行かなければならないの」

「昼食は？　約束があるけど、キャンセルできる」

「いいわ。明日の昼食ね」

ポールは後になってその昼食の思い出を回想録に記している。

翌日、私は別の人との昼食の約束をキャンセルした。華苓《ホアリン》は昼食の時に自分の生活、教えている創作の授業、執筆、翻訳について語った。たとえばヘンリー・ジェイムズ（Henry James）のこと、いかにしてそのきめ細かな含蓄のある言葉を翻訳するかや、クレイン（Stephen Crane）、フォークナー（William Faulkner）のことも。

「君はどうやってあんなに冗長で、くどい、アメリカ南部の言葉を中国語に翻訳できるんだい？」私は尋ねた。

「御存知かしら？」華苓《ホアリン》はクールに素早く答えた。「中国にも南部があるのよ！」

明らかに、私の脳みそは永遠に彼女に追いつくことができない。私は彼女がはしを操るのを見ていたが、それは彼女が道を歩いたり、話したり笑ったり、ちょっと身動きしたりするのと同様にすばしっこい。彼女は精緻な小さい腕時計のように、どの細かな部品も反応が鋭敏だ。

「君は仕事が大変だろう」私は言った。「お母さんを養い、子供を養って」

「恨み言を言って何の役に立つ？」

「こんなにたくさんのことをやってる女性はいないよ、特に君は御主人が家にいないんだし」

「彼が行って六年になるわ。彼がいない方が、まだ少し気が楽なの。そろそろ行かなければ」彼女は立ち上がった。

「今晩、夕食を食べに行く？　蘭熙《ランシー》が招待してくれてる」

「私が確かに行くと思う？」

私は彼女の両手を握った。「君は必ず行く。もし君が行かなければ、私は楽しくない。君もそうかもしれないよ」

華苓《ホアリン》は微笑んで去って行く。彼女のせわしげな足どりが床を打つ音が聞こえる。不意に自分自身でさえ驚くような考えが胸の中にひらめいた——生涯ずっとあの足音が聞けたらどんなにいいだろう。

私は生涯それを聞ける幸せに恵まれた。

その夜の宴会も一晩中になった。華苓《ホアリン》はまた主人から私の隣の席をあてがわれた。私は何とも自由な気分で、談論風発、ほとんど華苓《ホアリン》には話をしなかった。

「君はアイオワの作家ワークショップに来る気はない？」私はいきなり振り向いて彼女に聞いた。「君の小説の英訳を読んだことがある。マッカーシーが教えてくれて読んだんだ」

彼女は少し驚いてぽかんとした。彼女はとっくに作家ワークショップのことは知っている。長々とした沈黙の末、とうとう言った。「無理だわ」

「ああ。明日は昼食？　夕食？」

「ええ」

私は台北《タイペイ》に三日留まった。連日の宴会に、華苓《ホアリン》も客となっていた。最後の日の夕方、私は十数名の詩人を淡水川河畔の焼肉に招待した。その夜の場面はとても好ましいものだった。鉄の鍋に小さな穴が無数に開けてあり、下にはぼうぼうと燃え盛る炭火。鉄の光は薄暗い黄昏の中で赤く際立つ。ぺらぺらに薄切りした牛肉と羊肉。肉は丸い鍋の上に放り、裏返せばもう食べられる。長いテーブルにたくさんの異なる調味料が並び、自分で碗の中に混ぜ、焼けた肉をちょっとつければ食べられる。月光、炎の光、華苓《ホアリン》――私は火のような金門高粱《チンメンカオリアン》〔「高粱」はイネ科の植物で、ここではその実から作った酒を指す〕をしこたま飲んだ。

月がまだ明るく、火はもう弱くなり、夜が更けていき、だんだん涼しくなる。私は立ち上がっていとまを告げた。

「家まで送るよ」ポールが私に言う。

「送ってくださらなくていいわ」

「どうして君一人で行ける？」

「どこへ行くのも私は一人よ、慣れてるわ」

「台北《タイペイ》の男性はどこへ行っちゃったのかな？」ポールは笑いながら言う。「どうしても送りたい」

私たちはタクシーに乗った。

「君はきっとアイオワの作家ワークショップに来るだろう？」ポールがだしぬけに問う。

「無理だわ。二人の子供の面倒を見なくては。母が去年亡くなったばかりで。あの子たちの父親はアメリカにいてもう六年になるし」

「君と離れて六年になるの？　理解できないな」

私は何も言わない。

「君はとても憂鬱そうな様子だよ」

「私は全力で踏ん張っていかなければならないの、子供のために」

「君はアイオワへ来なくちゃだめだ！」

「本当に無理だわ。それに、私は元々出国できないの。進歩的な雑誌『自由中国』に十一年間関わっていたから。社長と三人の同僚が捕まえられて、牢に入れられてるの」

「ワシントンでマッカーシーから聞いたよ。その頃彼はちょうど台北《タイペイ》の米国広報文化交流局の局長だった。彼らはみんな君の安全を心配していたって」

「彼は台湾の作家のためにたくさんのことをしてくれたわ、若い作家の作品をいくつか翻訳したり」

「君の小説の翻訳は彼が見せてくれたんだ」ポールはちょっと間をおいた。「私は明日には発つ」

「知ってる」

「君は絶対アイオワに来なくちゃいけない！」

「無理よ」

話しているうちに、車は松江路《ソンチアンルー》の家の前で止まった。

「家に着いたわ。また会いましょう」私は別れの握手をしようと手を伸ばした。

「いや、いや、止まっちゃだめだ」

「家に着いたのよ」

「まったく冗談みたいじゃないか！　止まっちゃだめだ！　君と三分間一緒にいただけでもう終わりだって？　運転手に言ってくれ、行けって」

「どこへ行くの？」

「どこでもいい。止まらずに走ってくれ。運転手に言うんだ」

「車が走り出したわ」

「君は本当にいいね」ポールが言う。

「私は別によくもない。ただの好奇心よ」

「私もだ。こんなに好奇心いっぱいのドライブは、やっぱり初めてさ」


ポールは後に回想している。

車は台北《タイペイ》を行ったり来たりして走る。台北《タイペイ》は美しい街というわけではなく、見るべき物は何もない。だが隣には、奇抜な魅力とクールなユーモアを放つ華苓《ホアリン》がいる。彼女を見ていればそれでよい。


車は路地の入口で止まった。運転手が体をひねって華苓《ホアリン》に何か話す。彼女は笑いながら私に告げた。

「運転手さんは今までこんな客を乗せたことがないと言ってるわ、どこへ行くのかわからないなんて。もう家に帰るって」

「じゃあ、ここで止まろう。門まで送るよ」


私たちは静かな路地を歩く。私はそんな風に歩いて、歩いて、歩いて行きたいとどんなに望んだことか。どこかの孤島へ行って、そこにいるのは私と華苓《ホアリン》だけ。私は空の星を眺めながら言う。「小さい時、こんな歌を歌ってた。『星よ、星よ、きらきら光る、星よ願いを聞いてくれ』君にはどんな願いがある？」

華苓《ホアリン》は言った。「もう長いこと願いなどないわ。あなたにはどんな願いがあるの?」

「私は君にまた会いたい、また会いたい、また会いたい」

翌日、多くの作家が空港へ見送りに行った。私も行った。私がポールと別れの握手をした時、彼は素早く一言聞いた。「アイオワは?」

「無理」

ポールは飛行機に乗ると、彼のあの携帯タイプライターで私に一通目の手紙を書いた。

私は毎日彼の手紙を一通受け取ったが、それは三週間の間、フィリピン、日本から送られて来たものだ。

彼は日本から電報を一本打ってよこした。「私は日本に二週間いる、君に日本へ来てほしい」

私の返事は依然として「無理」だった。

第三部　アイオワの赤い家

一九六四〜一九九一

手をたずさえて

手紙

アイオワの秋に冷たさが染み透るようになってきた。アイオワ川河畔の明るい緑の葉が、一枚一枚淡い金色に染まっていき、徐々に広がり、一本の木がすっかり染まって、もうほかに染まる所がなくなると、一斉にぱっと赤くなる。それは一九六四年のこと、私は台湾からアイオワ大学作家ワークショップへ行った。二人の娘はまだ台湾に留まり、妹の月珍《ユエチェン》の家に住んでいたが、一九六五年にアイオワへ来た。私と王正路《ワンチョンルー》の結婚は既に修復の余地もなく、別居七年の後、一九六五年に離婚した。

一九六五年の秋、ポールはヨーロッパへ行き、二カ月旅行する予定だったが、パリに着いて数日も経たないうちに、ジョンソン（Lyndon Baines Johnson）大統領が彼を米国の第一期国家文学芸術委員会委員（一九六五〜一九七一）に任命し、併せてワシントンのケネディー・センター顧問にも任じた。彼はやむなく米国に戻り、ニューヨークで会議に出た後、再びヨーロッパへ行こうとしたが、ニューヨークの工事中の大通りで足をくじいて痛め、アイオワへ静養に戻るほかなくなった。一九六六年の春になってようやく二カ月間ヨーロッパへ行った。私は彼がその時ヨーロッパで私あてに書いた手紙を一束だけ持っている。それ以後私たちは長期にわたって離れたことがなく、手紙を書く必要もなくなった。

一九六六年三月三一日　パリ

ダーリン

私がホテルに着いた途端、君の手紙がそこで私を待っていた。飛行機の中では二時間しか眠らなかったので、非常に疲れた。君の手紙を見ると、直ちに活力が湧いてきたよ。君は本当にひたすら私によくしてくれて、これでは君の得るものが足りないのではと心配になるほどで、既に私を丸ごと手に入れているとは言っても、まだ足りない。私は多くの人に会い、とても面白い人たちもいれば、非常に魅力的な人も何人かいたが、君がいないから、ひっそりともの寂しい感じがする。

口に出すとありふれた話になってしまうけど、パリは確かにとても美しい。驚くほどではないにしても、うっとりするような、愛すべき風景がそこかしこにあるんだ。このホテルは小さくて、大きな教会堂が上方に高くそびえ、一時間に一回鐘が鳴り響く。数人の老婦人が教会堂を管理していて、私は彼女たちとフランス語で話さなければならず、難しいのはちょっと難しいが、私にとってはちょうど都合がいい。私は元々少しフランス語が話せるけど、多くはもう忘れてしまい、日常の雑事に対応できるだけだから。フランス語の授業に出て、早く進歩したいと思っている。

私は短編小説を集めるために、少しばかり作家と会った。しかし原稿料が低すぎるため、短編小説はとても少なく、彼らは皆短編の題材を中編に拡大するんだ。実際、今フランスの詩は小説よりもっと重視されている。あいにく、ちょうどイースターにぶつかってしまい、多くの人がよそへ出かけている。

ここの木々は花を開き、天気が非常によく、つぼみが残らず開いて、草も緑になり、アイオワよりすべてが少し早い。月曜日に当地の人士と、フランスの作家がアイオワへ行くことを相談し、火曜日に小説界の人と会い、水曜日にポーランド文壇の事情を知る人と会う。暇があればちょっと詩人に会いたい。

ここでは至る所でストをやっていて、郵便物の集配もすべて止まっている。この手紙も遅れるだろう。君の手紙は四日でもう着いた、奇跡だ。

今晩は用事がない。余計に君を想う。私はこの不思議な小部屋から出ないで執筆をするべきだ。そうやって、早めにベッドに入り、おのれの本分を守る庶民をやるかもしれない。そういうのは何て退屈なんだろう。私は依然として時差のせいで疲れを感じているので、そんな風に寂しい一夜を過ごすことになるのかも。

ただ私が去年一二月にニューヨークからパリへは来ないで、アイオワへ戻ったために、私たち二人の状況がどんなに発展したことか。一九六五年は非常にすばらしい一年だった。君と共に過ごしたから——多くの場所、多くの時間を。

これは私の一通目の手紙だ。

君を愛する　ポール

一九六六年四月五日　パリ

ダーリン

手紙をたくさん書かなくてごめん。旅行の疲れ（ニューヨークからパリへ飛ぶと六時間失う）以外に、人を訪ねて『ライフ』が求める短編小説を集めたり、会う時間を調整したり、パリをあちこち駆け回ったり、フランスの小説について人と話したり、こういう類いのことで忙しいんだ。サン・ルイ島へも行ったが、古い家がすばらしくきれいで、聖母院はまさにそこにある。一階、また一階と古びた階段を上り、小部屋に着くと、屋根裏にベッドがあり、登って行くための梯子がかけ渡してあって、トイレはない（一番近いトイレは一階にある上、さらに中庭を横切らなければならない）。でもとても面白い。会いたい人すべてに会い、見たい所すべてを訪れるのに十分な時間があることを望むばかりだ。

私は本当に君を想ってとても苦しい。毎晩この汚れて散らかった寂しい部屋に戻ると、どうにもやるせなくてベッドに倒れ込む。何かすばらしいものを目にするたびに、君と分かち合うことができなくて、やはりとても君のことを想う。たとえば聖母院の夜、照明灯が照らす壁や窓に柔らかく漂う幻影を見て、やはりとても君を想った。こんな時刻には、君と私の年齢差が恨めしく、私にとっては五百キロの重荷のようなもので、私たちの間の障害になっている。誰にわかるだろう？　ひょっとしたらいつか、私たちが一緒にパリへ遊びに来ることがあるかもしれない。それもちょっと考えてみるだけにすぎないが。たくさんの場所、たくさんの人物、たくさんの物事、もし君と分かち合えたら、ずっと面白いだろう。

ここでは郵便が何日もストをやっていて、君の一通目の手紙を受け取った後、もう君の手紙が届かなくなった。君が手紙を書いていないのかもしれないけど。君の手紙が明日届きますように、そして二人で一緒にぶらぶら過ごした時間の数々を君が私と同じように覚えていると、その手紙が伝えてくれますように。いつかの午後、君は誰とも会いたくなくて、私は一人で車を運転してバンス（Vance）の家のパーティーに行くしかなかったけど、後になって君を迎えに戻り、田舎をドライブしてぶらぶらしたことがあったね。帰ったら、野原の山にキャンプ小屋をしつらえるつもりだから、君は私に会いに来るといいよ、一緒に晩飯を食べよう！

私は行かなくちゃならない。今朝まだこの部屋を出る前、今日一番初めにやったことは君への愛を彼方から送ることだ。私の住所は変わったから覚えておいて。少しましなホテルに引っ越して、割合便利なんだ。君と分かち合いたいと渇望している場所だ。

君を愛す、君を愛す

ポール

一九六六年四月七日　パリ

ダーリン

私は非常に非常に心配だ。パリへ来て一〇日になるのに、君の手紙をわずか一通しか受け取っていない。万一何か問題が起きたら、必ずすぐに言ってくれ。君が書いた手紙は一通だけではないと信じている。数文字書くだけでいいから、君が元気で、二人の娘も元気だと伝えてくれ。君はもう私の新しい住所を持っているはずだけど、もう一度繰り返すからね。

今日の午後、私はイースターを過ごすために車を運転してフランス西端のブルターニュへ行き、ある小さな漁村のカトリック教会で行われる日曜ミサに出る。その地方の人はフランスにおける最も早期の住民だが、元々はケルト民族で、ウェールズ人と同種族で、今でもその古い言語を話している。太古の遺跡がたくさんあるよ。モン・サン・ミシェルは海から天を衝くほどに高々とそびえている。火曜日はまたパリを駆け回って作家と会い、『ライフ』のためにフランス短編小説を探した。少々うんざりしてきた。君とどこかへ行って、自分の作品を書くことに専念できないのがもどかしい。願わくはこの旅が早いこと終わって、私自身が執筆できるようになることだ。それにやらなければならないことがたくさんたくさんある。若いフランスの作家を探してアイオワへ呼ぶ方法も考えているんだけど、ちっともうまく行かない。このことにもがっかりさせられ、まったく私の貴重な時間が浪費されてるよ。

どんよりとした雨天で、車を運転して出かけるのも非常に厄介だ。フランス人の運転は世界で一番なってない、まるでいかれた奴が運転しているみたいで、縦横無尽に突き進み、死亡率はアメリカより高い。ここで外出して車に乗るのはとても怖いが、海辺の砂浜へ行くのがまたとても好きなんだ。私は毎日少しずつ詩を書いていて、長編詩なんだけど、これもちょっと私の心を安らかにしてくれる。

毎日部屋へ戻ると、とても君を想い、毎回君を想い、いつも肌に貼りつくぬくもりを感じ、まるで君と一緒にいるみたいだ。

君を愛するポール

イースターの日曜日、ブルターニュ

ダーリン

異なる場所、異なる旅、異なる人に、興奮させられるが、私は一人で対応できる。だけど、こんなに美しく、こんなに荒涼とした島で、非常に非常に君を想っている。ここの景色は私たちが数え切れぬほど何度もぶらついた田舎の野を思い起こさせる。君がここにいて私とこの時を共有してくれたらとどんなに願っていることか。君との再会はあたかも永遠の彼方のように見通しが立たない。最も幸せな日は家路につくその日だ。

君と二人の娘を愛す

ポール

一九六六年四月一三日　パリ

ダーリン

パリに戻ると、一通だけでなく、君の手紙を二通発見した。非常に非常にうれしく、この上もなく幸せだ。私は自分で車を運転してブルターニュからパリへ戻ったが、これはめったにできない奇妙な経験で、フランス人は左でも右でもむやみに突進し、何一つはばかるところがない。ブルターニュでは至る所シュロの木と鮮やかな花が見られ、早くも春が訪れていた。今夜は部屋で君に手紙を書き、そのほかの返事も書くよ。

君の手紙には深く感動させられた。私を信じてくれ、このような別れを恨めしく思っているんだ。

君がもしここにいたらどんなに面白いだろう。君をエッフェル塔に連れて行って、果てしないパリの景色をはるかに眺めたり、フランス料理のレストランや中華料理店に連れて行ったり、あの小さな聖堂に行ったり、それはセーヌ川のほとりにあって、とても美しく、私の好きな場所なんだ。そして君は不運にも私のお粗末なフランス語を聞かされる羽目になる。私はフランス語を学んでいるところだが、とても遅い。私たち二人が世界で最も魅力的な街で一緒にいられたら、どんなに楽しいだろう。とても矛盾しているのが、自分でもわかる。私はここに来たくて、ヨーロッパ旅行の機会を幸運と感じているんだけど、また君と一緒にいたいとも思っているんだ。いつか君は私に同行することがあるかもしれない。今、私は『ライフ』の任務を果たさなければならず、作家に会い、小説を探している。やるべきことはやらねばならない。

私のこのホテルは不思議なことに、非常に清潔で、パリでは得難い清潔さと言える！　モンパルナス大通りに近いが、とても静かで、私の仕事にぴったりなんだ。私が一人でここにいる唯一のメリットは、アイオワにいる時より酒の量が少ないことで、きつい酒はほとんど飲まないし、はるかにいい感じだ。夜は本当に寂しくて耐え難く、君がそばにいてくれたらと渇望している。私たちは本当にまた会えるのだろうか？

一両日中に、この旅行の経過を詳しく書いて、アイオワに送らなければならない。君にも一部送るから、私がどんな所へ行って、何をしたかがわかるよ。

ポーランドの外套が君と二人の娘にどれもぴったりだったというのは非常にうれしい。藍藍《ランラン》が自分の赤いオーバーを着たところを見るのが待ち切れないよ。帽子もあったって？　彼女たちにまた何か買ってやりたいけど、こんなに遠くては、どうにも不便だ。彼女たちが二人ともクラシック音楽が好きだといいが、レコードは買っちゃいけない、私がたくさん持っているから。サラ[*1]（Sara）に送ってもらえばそれで済む。モーツァルト（Wolfgang Amadeus Mozart）、チャイコフスキー（Pyotr Il'ich Chaikovskii）、シューベルト（Franz Peter Schubert）、ブラームス（Johannes Brahms）など、これがほしいと言えばいい。

アルグレン[*2]の手紙が非常に面白かった。彼がアイオワを離れたら、私は彼を懐かしく思うだろうけど、彼はたぶんアイオワを懐かしく思うことはないだろう。彼はわざと強がっていて、うまくは言えないが、どこかしゃれた紳士然とした風格がある。

今から任務と関係ある手紙をいくつか書かなければならなくなった。明日も仕事をしなくちゃならない。この部屋に座って、壁や、タイプライター、めちゃくちゃに散らかった本や書類をぼんやり眺めていると、まったく意気消沈するよ。もちろん、自分が来たかったんだし、来るのを喜びもしたし、外国に十数週間いなければアイオワに帰れないのもわかっている。戻ったら、ごく短期間のうちに、たくさんの文章を書かなければならない。君と一緒にいる時間もたくさん持たなくちゃ。

心からの愛
ポール

＊1　ポールの娘。
＊2　アルグレン（Nelson Algren）は、米国の作家で、小説『黄金の腕（The Man With the Golden

Arm)』が全米図書賞を受けた。一九六五～一九六六年、エングルに招かれアイオワ大学作家ワークショップで小説創作を教えた。

一九六六年四月一五日　パリ

ダーリン

二日間君の手紙が届かず、寂しくてたまらない。君がとてもとても忙しく、手紙を書きようがないのはわかっている。君は既に十分私を気遣ってくれているんだから。

モン・サン・ミシェルのカードを一枚、薇薇《ウェイウェイ》と藍藍《ランラン》のために書いた。時間があれば彼女たちにそれぞれ一枚ずつ書くよ。

私と君の間には絶対にいかなる障害もない。私たちは一緒にいる時、あんなにも打ち解けて自由な気分で、今や二人の間にはごく薄い空気さえなくなった。私が心配するのはやはり例の問題――年齢で、君が依然として機敏ですてきな時に、私は恐らくもう死んでいるだろう。私自身のために、君と結婚したいし、君と共に過ごす幸せを分かち合いたいし、私が寝ても覚めても求めている子供だって授かることができると思うと、深い感動を覚える。でも、十年後、私のこの薄い髪は、白くはなくてもはげているだろうし、君にまだどんな楽しみがあるだろう？　それこそ私が心配することで、私が原因となって君が生活から引き離されたりしたら、そんなのは君にとって不公平なことだ。このことだけが私を悩ませる。

君がよく眠れないというのは、とても心配だ。不眠がどんなに人を憂鬱にさせるか私は知っている。

パリへ来た一週目、私は睡眠不足で、何だかゆらゆらと暮らしていた。今はよくなった。でも君はどうしよう。親愛なる華苓《ホアリン》、私が行く所はどこへでも、君を連れて行くし、私も君と一緒にアイオワにいたいということを君はわかっているね。今度の旅行で、私は精根尽き果て、疲れのせいで体が震える夜も何日かあったが、そんな時には、考えたものだよ、こんな壊れかけたおんぼろの体と一緒に生活することを君に望むのは、実は間違いなんだって。ところが、私はもう君のために手はずを整えてしまった——今年の秋、私はある雑誌の依頼でシカゴに関する文章を書くため、何日かシカゴへ行かなくちゃならないが、君は必ず私と一緒に行ってくれ。その時君は少しのんびりできるから、二人で一緒にその面白い街を書くことができるし、私を手伝ってくれたらいいんだ。

無限の愛
ポール

追伸　さっき君の可愛い手紙を受け取った。一一月四日に、私はシカゴに行って講演をする。私と一緒に行ってほしい。もしかしたら二人の娘も行くかもしれないし、私たちはそこで週末を過ごせるじゃないか。私はシカゴに関する文章を二編書く必要があるから、君と娘たちは手伝ってくれなくちゃだめだよ。彼女たちの目でシカゴを見たいんだ。

一九六六年四月一六日　パリ
ダーリン
一時間前、君に手紙を出したばかりで、君のナンバー2の手紙を受け取った。

アイオワを離れて二四日になるが、まるで何カ月も経ったみたいだ。もうこの部屋の生活規則にも慣れた。君は私のパリ生活を尋ねていたね。朝、大体八時に起きると、元気のいい女の子が朝食のトレイを持って来る。お茶を飲んで、フランスの新聞を読む。毎日、午前中に二時間手紙を書く。普通は外へ出て昼食を取る。今日は『ニューヨーク・タイムズ』のある友人とセーヌ河畔のトゥール・ダルジャンで昼飯を食べた。パリの最高級レストランの一つなんだ。その後パリの貴族居住区辺りにある女性作家の家に行って原稿を一編受け取った。それからあるフランス人マダムのお宅へ行って、もう一人の友人とお茶を飲んだ。彼女は古くて狭い通りの、すごく趣がある家に住んでいるんだ。彼女はブルターニュの別荘を失い、子供たちとパリで寂しい暮らしをしている。その後『ニューヨーク・タイムズ』の友人と酒を飲んで夕飯を食べたが、また有名なレストランだった。言っておかなくちゃならないが、私はあらゆるこの種の豪華な美食に、ほかの人が抱くような興味はないんだ。やはり上質な中華料理が好きだな。この友人は私に関する記事を書くだろう。明日私は割合暇だから、フランス語を勉強して、エッフェル塔に行くかもしれない。その後大使館のある友人と夕食を取る。月曜日はまた一日中作家と編集者に会って、『ライフ』のために小説を探さなければならない。難しいよ、フランスの作家はあまり短編小説を書かず、雑誌にも発表しないから。原稿料が少ないせいかもね。

君と二人の娘が湖畔にいる写真を受け取ってうれしくてたまらず、もうある友人に見せびらかした。

午前中はずっと君に手紙を書いていて、ベトナムのトゥーファンがちょっと来ただけだ。彼女はアイオワにいた時と同じで、何もかもがまずい状況だ。彼女のビザはもう期限が切れている。今日は土曜日だ。月曜にはまた大使館へ行って彼女のためにビザの問題を解決しなくちゃならない。ほかの人のためにばかり、私の時間がどんどん浪費されて、本当に気分がくさくさする。

私の親愛なる野人さん、君が野生をたくさん持っているのは知っている。今は君がそれほどはるか遠くのような感じはしない。君の四月一四日の手紙を、四月一六日にもう受け取った、超特急だ。まっすぐアイオワへ帰るのは、たぶん無理で、ニューヨークに数日滞在して、私の文章のことを話さなければならない。だがワシントンへは行かないことに決めたよ、少し経ってから行く。もしかしたらニューヨークへも行かないことにするかもしれない。朝、大西洋を飛び越え、午後ニューヨークに着き、直ちに乗り換えてシカゴへ飛び、また乗り換えてアイオワへ飛ぶ。家に着いたら死ぬほど疲れているだろう。アイルランドからまっすぐアイオワへ飛んで帰り、君とサラが白いワゴンを運転して空港へ私を迎えに来る、今そのありさまを思い浮かべるだけでどきどきする。

もし今年の夏に田舎で家を見つけられたら、秋になってからニューヨークへ行き、夏には行かないことにする。

ほかの女性と一緒に過ごすことなど考えたこともない。私には君しかいない。ほかの人はまったく単調でつまらない。

君を愛するポール

一九六六年四月一八日　パリ

ダーリン

今日は君の手紙がない！　すべて仕事の手紙だ。きのうは気分が落ち込んでいた。外は雨が降っている。『ライフ』の原稿を探す仕事はうまく行っていない。毎晩この味気ない部屋へ独りぼっちで戻るのは、本当にもう飽き飽きした。胃腸があまりよくなくて、何も食べたくない。家を離れてから、一字も書いていない。でも、ちょっと楽しい計画を考えているんだ。

国際ペンクラブが六月一二〜一八日にきっと君をニューヨークへ招待する。君は本当に行かなくちゃだめだ、どっち道旅費は向こう持ちなんだから。会合の後、さらに何日か滞在して、友人に会ったり、コロンビア大学で君が必要な資料を探したりして、たぶん六、七日多くいれば、私がニューヨークに着く。君がもし望むなら、空港へ私を迎えに来てくれてもいいし、ニューヨークで何日か遊んで、一緒にアイオワへ帰ろう。真剣に考えてみてくれ。君がもしニューヨークへ行かないなら、私は直接帰って、ニューヨークには滞在しないことにする。何日か多めにいれば、君が編集している『百花斉放文集（Literature of the Hundred Flowers）』のために少し研究ができてちょうどいいじゃないか。二人の娘から二週間離れていることができる？

私はペンクラブの会議に参加しないことに決めたよ、ここで仕事をする時間が必要なんだ。私が五月にポーランドに入るのは問題があって、それはポーランド人がカトリックのポーランド建国一千年を祝うからで、政府はカトリックが今でもポーランドで強大なのを外から見られたくないんだ。

依然として作家に会い、編集者に会い、フランス小説を読み、手紙の返事を書き、おいしい物を食べている。昨夜はコンサートホールへ行ってフランスの歌舞とコメディアンの公演を見たけど、すばらしい演者だったよ。私は精神が不安定で、希望と自信に満ちている時もあれば、意気消沈して何もしたくない時もあり、大した成果を上げていない自分を責め、小説を選ぶ仕事も思うように進まず、とても君を想っている。気分がどうであろうと、いつも君を想っている。

薇薇《ウェイウェイ》のオーバーはアンタス社に送り返して、保険が全額で一五〇ドルだから、オーバーの退色と、シャツの赤い変色を説明しないといけないよ。藍藍《ランラン》のオーバーは箱にしまう時必ず樟脳を入れて、夏に虫食いができないようにね。

私がヨーロッパから戻る時に、君がまたニューヨークで私を待っていてくれたら、この上なく幸せだ。ぜひとも考えてみてほしい。とりわけ君はその時間を『百花斉放文集』の研究に使えるんだということを。

深い愛、
ポール

一九六六年四月一九日　パリ

ダーリン
今日君のナンバー3の手紙を受け取った。パリで君の手紙を受け取るのは問題ない。ポーランドとドイツへ行ったら、どうなることか。ポーランドでは固定した連絡先を一つ持ち、ドイツではあちこち動き回るから、君の手紙を一カ所にためておくしかなくて、手紙を受け取るのは一週間に一回だ。
今朝目が覚めて、あくびをしながら起き上がっていると、ドアの下でかさかさ音がして、一通の手紙が少しずつ部屋の中へ押し込まれて来たが、まだ君の名が見えないうちに、もう君の手紙だとわかって、うれしくてたまらなかった。

きのうあるアメリカ人夫妻と一緒に食事をしたんだけど、彼は小説を書き、スタンフォード大学卒業で、今は米軍に服役中、奥さんは中国語を勉強中で、フランス語が話せる北京人《ペイチン》に習っているんだ！

彼はアイオワへ小説を書きに来るかもしれないし、彼女も中国芸術の博士号を取る勉強をしに来たいと言っている。昨晩は『ライフ』のある作家とそのフランス人ガールフレンドとも会った。彼は体格がよくて明るく一本気なタイプのアメリカ人、彼女はシャープで、賢く、率直で、明るいが美しくはないといったタイプのパリ女性だ。とても面白い。私たちはサン・ルイ島の教会に近いあるレストランへ食事をしに行った。おいしい料理に、たくさんのビール。真っ暗な川に沿って散歩すると、ホームレスの数人が橋の下で横になっていた。その後私たちはレ・アール市場へ行って、肉類や野菜が車から下ろされるのを眺めたが、一つ一つの大箱にきれいなニンジンや大根、それに麝香草《じゃこうそう》まであって、濃厚な香りが夜空に染み透っていく。一歩ごとに君を想い、君もここにいたらと願った。道を歩くとかかとがやはり痛くて、唯一これだけが不快だった。

エリソン*がアイオワに来たら、ベルモット〔ニガヨモギのリキュール〕を一本、ジンを二本、ウイスキーを一本買ってくれ。君が彼のためにちょっとパーティーを開いてくれるといいんだが、準備に十分な時間がないかもしれないね。もし君がニューヨークで私を待っていてくれるなら、私たちは二人の娘にちょっと夏服を買ってやれるし、君自身にも何枚か買うかもしれないよ。

私はちょっと気が楽になった。元々は元気がなかったんだが、今は少し進展して、気分がましになった。いつでもどこでも、君がいさえすれば、もっと面白いのに。どっち道そんな日がきっとあるだろう！　深く君を愛している。私は君の手紙を頼りに暮らしている、度を越して頼りにしている。

ポール

＊エリソン（Ralph Ellison）は、米国の小説家で、『見えない人（The Invisible Man）』が全米図書賞を受けた。

一九六六年四月二一日　パリ

ダーリン

四月一八日付のナンバー4の手紙、今日受け取った。とても速い――私たちは確かにそれほど遠く離れているわけじゃない。

私はシカゴに関する文章を一編書かなければならない、子供の目からシカゴを見るんだ。二人の娘を連れて芸術館、人類学博物館（世界でも最高で一番面白い人類学博物館だ）、科学館（ひよこが卵から出てくるのを見る）、公園、摩天楼、古い家を見て、彼女たちが何に一番興味を持つか知りたいんだ。君と私は随時メモを取って、私が書く時は、君は意見を言ってくれ。私たちはもっとほかの場所を見て歩いてもいいし、二人で手を合わせて原稿料を稼ごう！　シカゴで遊んだら、私は講演を二つしに行かなくちゃならない、シカゴの五〇キロ外にあるミルウォーキーで。君がいれば、私はずっとよく眠れる、長年こんなに精神状態がよくなったことはなかった。私にはそんな暮らしが必要だ、君が私にくれたそんな暮らしが。どんなに君と一緒にいたいことか、温かく柔らかな君という人と。君のことを考えると、想いがさらにつのる。今。

今後私はこんなに長く出かけたりしない、アジアに行く以外は。以後は出かけたとしても、長くて四、五週間だ。ワシントンや、ニューヨークや、サンフランシスコへ何日か行かなければならない時もあるけど。

君がよく眠れないのは、とても気にかかる。すぐに帰れないのがじれったい。まだ八週間もあるとは。私はここで多くの人に会い、多くの場所へ行って、日々も少しは過ごしやすい。君はいつもの場所にいて、毎日同じような人で、いさかいやになるだろう。実際私は今体の調子がよく、睡眠もよく取れる。(ごめんね!) 食事に気をつけて、酒も少ない。(私のあの家では、いつも張りつめていて、酒を飲みすぎてしまう。ここでは、そういう精神的負担がないから、こんな風に健康を維持していかなくちゃ。) 私たちが一緒にいれば、共にたくさんのことができるし、君は私をすごく助けることができるんだよ。

全身全霊の愛
ポール

一九六六年四月二三日　パリ

ダーリン

きのうも今日も君の手紙を受け取っていない。手紙は逆に山ほど来て、すべてに返事が必要で、もう三時間も手紙を書いたが、ポーランドとドイツへ行く件に関するものもある。五月四日にドイツへ行き、五月二一日にポーランドへ行く。やらなければならないことをちょっと急いでやれば、ニューヨークのペンクラブの会議に出られるかもしれない。私たちはそこで一週間滞在できる。

切手を何枚か、藍藍《ランラン》に。封筒に貼った一枚は、何ともきれいで、こんな切手が見つかるとは思いもよらなかった。

私はドイツとポーランドで休まず駆け回らねばならない。君に手紙を書く時間もちょっと少なくなってしまう。


きのうは珍しい体験をしたよ。ある声望の高い版画アーティストのアトリエに行ったんだ。彼はパリで一番有名なアートスクールを主宰しているが、イギリス人なんだ。彼のガールフレンドはせいぜい二十五、六だろう、彼はもう六十四になる。彼らが一緒に暮らしているのを見て、たびたび私を苦しめるあの感覚にまた襲われた。彼女の顔には柔らかなつやがあってすがすがしいが、彼は枯れた容貌をしている。彼女は豊かな黒髪だが、彼は既に白髪混じりだ。君は私の気持ちをわかっているだろう。私はほかのどんな女性に対しても君に対するような感情を持つことはあり得ないし、ほかのどんな女性に対しても君に対するほど一緒にいたいという強い望みを持つことはあり得ないって、君は知っているね。だが、私たちの年齢差が私をぞっとさせる。あと十年経てば、たった十年でも、君はまだ今の私より若く、情熱とエネルギーに溢れているのに、私はきっと今より衰えて、死んでいなくても半分廃人になっているだろう。アメリカ人は心臓病にかかる率が高く、十年以内でなければ、十年後に、私が突然心臓病を発症する可能性は高い。私の両親はどちらも心臓病で死んだし、我が家の遺伝なんだ。私はどうすべきなのか？　君と二人の娘を疲れた老人の生活の中へ引きずり込んでいいのか？こんなに感傷的になってすまないと思うけど、こういった話で君への深い愛が少しでも減ることはない。

今から昼食会へ行かなくちゃならない。その後世界で最も美しい小さな教会、サント・シャペルへ行き、それからフランス小説を読んで、フランス小説を翻訳し、それからまたパリのあるアメリカ人作家と夕飯を食べる。

全身全霊、君を愛するポール

一九六六年四月三〇日　パリ

ダーリン

君のナンバー9とナンバー8の二通の手紙を同時に受け取ったところだ。君の手紙が二匹の蛇みたいに、ドアの下からゆっくりすべり込んで来るのを見ていた。明日は何人かのアメリカの友人と第二次世界大戦で米軍がノルマンディーに上陸した海辺の砂浜へ行き、バイユーのタペストリーも見に行くが、これは一〇世紀ノルマンディーの歴史的な出来事を描いているものなんだ。月曜日に戻って、『ライフ』の仕事を続け、水曜日にドイツへ行く。

もし君に君と年齢の近い誰かがいるなら、君のためを考え、私は君に彼と結婚するように言い、私と君の共同生活の幸せを犠牲にするだろうって、またそんな思いが浮かんだ。このことから私が君をどんなに深く愛しているかが君にはきっとわかるよね。私が戻ってからまた話そう。

私の戻る日が今はもう決まって、六月一二日にアイルランドのシャノンから直接ニューヨークのケネディー空港へ飛ぶことになった。私はその時を切に待ち望んでいる。こんな忙しい旅の生活には飽き飽きしてしまって、ドイツとポーランド行きがさっさと終わらないかとじれったく、すぐにでもアイルランド西部の薄暗く静かな山間に行き、その美しい田舎で何日かのんびりしたい気持ちだ。マクマホン（MacMahon）夫妻が私を連れて出歩き、必要な時にはゲール語の通訳もしてくれるだろう。君は本当にニューヨークへ行って、同じ日に私より先に空港へ無事に着いて、私が到着するのを待っていてくれなくちゃだめだ。二人で一週間共に過ごす時間を思い切り楽しもう。君は必ず来ること！

昨夜は部屋にいて一人で少し食事を取り、何時間かタイプを打ち、それからベッドに入って眠った。とてもとても君を想って、苦しいぐらいだ。私たちは一緒に多くの経験をしたが、まさに禍福はあざなえる縄の如しで、たとえば、私はニューヨークでかかとをくじいて痛めたものの、君が私のそばにいてくれたし、いろんな場所で共に楽しむすばらしい時間を持った。私は君のパスポートの小さな写真を肌身離さず持ち、しょっちゅう眺めている。

これはドイツに出発する前に書いた数行だよ。

君を愛す、君を愛す

ポール

一九六六年五月三日　ボン〔パリ滞在中のエングルがボンの住所を記した〕

ダーリン

ノルマンディーからパリに帰って、君のナンバー11の手紙を見たが、エリソンのアイオワ滞在のことが書かれていた。私もそこにいて、エリソン夫妻、アルグレン夫妻と共に君の中華料理を味わいたいとどれほど思ったことか、君にはわかるだろう。いつか私たちが二人そろってお客を招待できたら、どんなにすばらしいか！　その日君たちが楽しくつどった様子を教えてほしい。

面白い写真を一枚送るよ、エッフェル塔で撮ったんだ――私の十五年前の教え子、それに彼のガールフレンド、イギリス人で、これまた彼よりずっと若い。まるで年の差カップルがしゃれた流行にでもなっているかのようだ。彼は小説家で、言語学もわかり、秋にアイオワへ来て私たちの翻訳ワークショップをのぞき、それからテキサス大学へ行って翻訳ワークショップを主宰するが、フォード基金会が彼らに七五万ドル出したんだ。

私が君にニューヨークへ行くよう書いた手紙を君は今たぶんもう受け取ったことだろう。今日の午後ノルマンディーから戻ると、二〇分しかなく、大事な場所へすぐ行かなければならなかったのに、服を着替えながら、慌てて君にカードを一枚書いたのは、ただただ君に対する胸いっぱいの愛のためだ。君のことを考えると、頭がおかしくなるほど君に会いたくなる時もある。今はちょっとましになった感じがするけど。だってドイツは二週間だけ、ポーランドも二週間だけ、アイルランドは六日だけ、それでもう君に会えるんだから。君と私だけがいて、世間は遠い彼方だ。

海辺の小さなホテルで週末を過ごし、ゆっくり休めて、パリに来たばかりの頃と比べればずっと精神状態がよくなった。心配しないで、帰ったら私はきっと健康なアウトドア・ライフを送り、君とインドア・ライフを過ごすから。

五月一四日からは、ワルシャワに手紙を送ってね。

君を愛す、君を愛す

ポール

一九六六年五月三日　パリ

ダーリン

君は本当に私によくしてくれるって、今度の遠出でやっとわかった。君は絶えず私に手紙を書いてくれている、恐らく歩いて郵便局へ手紙を出しに行かなければならないのだろうに。ナンバー12の手紙は受け取った、ちょうどここを離れる前日に。今日は目が回るほど忙しいが、出かける前にどうしても君に数行書かなければ。すぐにパリの一番北の方へ行って、あるポーランド人の亡命作家に会う。続けざまに五つ約束があり、五つの違う場所へ行く。今夜は『ライフ』のために一本報告を書いて、ここで会った作家や編集者などを記録しておかなければならない。フランスにはまったく失望させられたよ、短編小説がいくらもないんだから。ポーランドはきっとはるかによく、ドイツはさらにいいはずだ。君が書いてくれたエリソンと君たちの集いの様子はとても好ましい。私は間もなくアイルランドのシャノンから直接ニューヨークへ飛ぶけど、考えただけでどきどきする。去年の一一月もそうだったが、結局ニューヨークで足をくじいて痛めてしまったからね。あの夜私がビールを買いに出ると、大通りは工事中で、灯りが暗く、石ころの山に踏み込んでしまい、かかとをくじいて、我慢できないほど痛かった。幸いにも君がいて、注意深く私を世話して、翌日病院の救急科へつき添ってくれた。君がいなければ私は本当にどうやって生きていったらいいかわからないよ。六月一八日に新車を取りに行って、一九日に藍藍《ランラン》、薇薇《ウェイウェイ》と一緒に私たちを空港へ迎えに来てくれるよう、もうサラに言っておいた。私は私たちと言った。私が一人でニューヨークに滞在するなんてまったく耐えられない。私がケネディー空港に着いたら、君は必ずそこにいなくちゃだめだ、空港で会おう！　一緒にエリソン夫妻やそのほかの友人に会いに行こう。君はきっと楽しいはずだよ。

もう行かなければならない。次から次への約束だ。明日君と私が一緒にドイツへ飛べたらと本当に願う。私がよく知っているドイツを君に見せることができるのに。オックスフォードに三年、半分の時間はヨーロッパを旅行して、ドイツで費やした時間が一番多い。私がまだドイツ語で人と話ができるのかどうかはわからない。またドイツへ行くのは、とても興奮する。

以後数週間はあまり手紙を書けないけど許してね、ドイツ、ポーランド、アイルランドの十数都市を駆け回らねばならないんだ。そんな風に奔走すると思うと疲れるよ。だけど六週間も経たないうちにまた君に会えると思えば、元気が湧いてくる。親愛なる、親愛なる聶華苓《ニエホアリン》、私が全身全霊で愛する人。

ポール

一九六六年五月五日　ボン〔ベルリンに到着したエングルがボンの住所を記した〕、ドイツ

ダーリン

ベルリンに着いたばかりだ。ここは様変わりして、重苦しく、戦争に破壊され、戦前に私が見たベルリンと完全に違う。私の学生時代のベルリンを思い起こせば、まさに隔世の感がある。私の知り合いの一家は、娘さんが一人生きているだけで、そのほかはみんな亡くなった。彼女は遠くに住んでいて、夫が戦争中に死んだ。私はすぐ君に手紙を書こうと思い、まだ荷物を開けていないのに、タイプライ

ターだけ取り出した。私はまだドイツ語で人と話ができ、いい感じで、流暢ではないが、使えればそれでいい。ドイツに来るこの行程で私が一番うれしい点は、来れば来るほどアメリカから遠ざかるが、もう帰途についているということだ。君に手紙を書くのでさえ目と鼻の先の近さだ。私たちは多くの不思議な場面で一緒にいて、お互いにどんな人間なのかさらに深く理解できた。君もそう思わない？

ここでの私の部屋は広くて明るく、ベッドが三つもあるんだ！　洋服ダンスは私がパリで泊まっていたホテルの部屋の半分ほどもある。飛行機に乗って旅行するのは本当に疲れるよ、列に並び、パスポートを調べられ、搭乗を待つ。それからフランスでは珍しくないことだが、二人のフランス人が先を争って私の前に立とうとするので、私も遠慮しないことにして、荷物を我先に台ばかりの上に置くと、彼らはちょっと待つしかなくなった。

ベルリンは戦火の中ですべて破壊され、崩れた塀や割れた壁を残すばかり、たとえばある有名な教会など、屋根が半分吹き飛ばされている。不吉なベルリンの壁が立ちふさがり、東ベルリンの人は西ベルリンへ行けない。

君の手紙は全部私のショルダーバッグの中にあって光を放ち、君が何を惜しむこともなく、確かに私を愛しているという証しとなっている。そうだろう？　あるいは君にはいささか気がかりがあるが、私には言っていないのかい？　私にはわかる。私たちは互いに心を打ち明ける必要があるが、君と私は一つに溶け合っていると確かに感じるんだ。私は君をだましたことはない、行動の上でも言葉の上でもだましたことはない。でも、もし六月一二日に君がニューヨークに来なければ、きっと君をだますことになるよ。ケネディー空港に着いて君に会えなかったら、と考えるだけで耐えられない。

もちろん、私はここでもうあの小さなラジオをちゃんと置いて、ちょうどベルリンで一番いい音楽放送局の音楽を聞いているところだ。私は既に習慣が変えられない古い人間になった。ここには一晩いるだけだから、ここへ手紙を出さないで。胸いっぱいの優しい気持ちで君を想っている。

切手は藍藍《ランラン》にあげて。パリ空港使用料の領収書片一枚、フランス人はいつも金を巻き上げる方法を持ってるってことを君に見せてあげるよ、空港へ入るにも一・五ドル払わされるんだからね。フランス人は本当にけちなのに、文化が「光り輝いている」と自慢するのさ。

私はもう出かけなくちゃ、ある作家とその奥さんと一緒に夕飯を食べるんだ。明日ベルリンで君の手紙を受け取ることができるかもしれない。

もし今回『ライフ』のために短編小説を集める仕事がうまく行ったら、ほかの国へも行くように言われる可能性がある。イタリア、ユーゴスラビア、ギリシャ、アジアの国。私と一緒に行ってくれ、いいだろう？　君が一緒に行ってくれなければ、まったく耐えられない。

君を愛す、君を愛す

ポール

一九六六年五月九日　ベルリン

ダーリン

こんなに長く君の手紙が届かなかったことはない。今日は月曜日で、先週木曜日に君の手紙を受け取ったのは、ちょうど私がパリのホテルを出る時だった。君の手紙はきっとボンで私を待っているに違いないが、向こうの人は来なかった。明日は手紙が来ると信じている。私はここに着くやすぐに手紙を書いているんだ、君が長らく私の手紙を手にしないことがないようにというだけの理由で。人と会う約束二件の間のこの数分間に、私は君に言いたい、どんな瞬間にも君と一緒にいて、一緒に見物して回り、一緒に人と会いたいと願っていることを。東ベルリンに行って、有名なベルリンの壁の所を歩いた。またいつか書くよ。気分が沈んでるんだ。

今日ドイツ短編小説の本を山ほど買い、一度ざっと読んでみると、とても面白く、また難しくもあったが、三十年間ドイツ語の本は読んでいなかったからね。やはり読み続けていくと、自分で思っていたより少しは多く理解できた。きのうは一日中部屋にいて、本を読み、手紙を書き、夕食を取りに出かけただけで、レストランの名前はブラック・バッファローだった。ビーフは食べなかった。私たちがあのディモイン〔アイオワ州の州都〕のホテルで食べたうまいステーキと、このブラック・バッファローがどうして比べられよう？　飾りつけがちょっときれいで、サービスがちょっと行き届いているにすぎない。

すぐにまた手紙を書くよ。今日どうしても数行は書きたかった、ただ私の深い愛を届けたくて。

ポール

藍藍《ランラン》にあげる特殊な切手を数枚同封します、裏に英語で国の名前があるんだ。

一九六六年五月一〇日　ベルリン

ダーリン

ポーランドへ行った後どうやって手紙をやり取りしたらいいのかわからない。アメリカからポーランドへの手紙は三週間かかってようやく届くと言う人もいる。君はこの手紙を受け取ったらすぐに今の住所に手紙を書き、二日後にまたここへ手紙を出す方がいい。もしかしたら五月二三日以降はここへ手紙を出せなくなるかもしれない。手紙は君に教えたアイルランドのダブリンの住所に送ればいい。薇薇《ウェイウェイ》の手紙は非常によく書けていた。きれいな絵はがきが見つかったら、また彼女に送らなくちゃ。君とエリソン、アルグレン夫妻が一緒に撮った写真はすごく気に入った。アルグレンの表情は滑稽だね。君はとても可愛い。

マリー*（Mary）は私に一字も書き送ってくれない。サラは手紙をくれたことがあるが、馬が病気になったとか、子馬を産んだとか、鞍がどうのとかいった類いの話ばかり。いつか彼女は薇薇《ウェイウェイ》と藍《ラン》を乗馬に連れて行ってくれるだろう。君のナンバー16、ナンバー17の手紙をさっき受け取った。一緒にニューヨークで過ごしたらきっとこの上なくすばらしいよ。

ポール

*マリーはポールの当時の妻で、長年別居し、一九七〇年末にようやく離婚問題が解決する。ポールは一九七一年五月に聶華苓《ニエホアリン》と結婚。

一九六六年五月一一日　ベルリン

ダーリン

君のナンバー14、ナンバー15の手紙を受け取って、やっと安心した。五月一五日以降、ポーランドへ手紙を送らないでね、郵便がすごく遅いんだ。手紙はアイルランドのダブリンに送って、六月三日以降はもう手紙を書かないで。

六月一二日にもし空港で会えなかったら、カート（Curt Anderson）に電話して、私がどこにいるか伝えるよ。君も彼に伝言してくれ。私たちはもちろん空港で会えるはずだ。ＴＷＡ〔トランス・ワールド航空〕に乗って午後三時半到着の予定だけど、もう少し早くなるかもしれない。また飛行機の便と正確な時間を言うよ。

今日はホテルにいてドイツの小説を読み、手紙を書き、メモしたたくさんの人名を整理した。三日続けて雨が降ったが、それもよかろう、ベルリンは元々どんよりと薄暗いのだから。一九三四～一九三五年の冬にベルリンへ来た時の雨を思い出した。きのうは車を運転して昔住んでいたあの古い通りを回り、あの古い家を見つけ、当時私を受け入れてくれたあの家の善き人たちをとても懐かしく思ったが、今はもういない。

日々が過ぎ行くのは速く、一日一日この旅の終わりへと近づいている。ベルリンへ来られたのはとてもうれしい。昔よく知っていた言葉をおさらいし、昔行ったことのある場所で往時をしのび、若い時の夢をもう一度温めている。だけどドイツを離れてポーランドへ行くのはとてもうれしく、ポーランドを出てアイルランドへ行き、アイルランドからニューヨークまでまっすぐ飛んで、君のそばへ行くのはもっとうれしい。私はただ静かに君を見守っていたい。

君を愛す、君を愛す

ポール

一九六六年五月一三日　ベルリン

ダーリン

私は六月一二日にTWA八七七便に乗り、アイルランドのシャノン空港からニューヨークのケネディー空港へ飛んで一時五〇分に着く。時間通りに着くといいが。もちろん、税関の手続きを通らなければならないから、二時半までかかるかもしれない。その時間には必ずケネディー空港に到着するようにしてね。もしそんなに早く来られないのなら、私は必ず君を待つ。どうであれ、飛行機の便と到着時間をワルシャワへ送り、さらにダブリンへも送ってくれなくちゃだめだよ。こんなに早く君とこういう細かいことを話せるのがすごくうれしい、突然君にとてもとても近くなったような気がして。日曜日にはもう一週間の休みない奔走が始まり、飛行機、汽車、一日に一カ所だ。でも六月六日にはは必ずダブリンへ行く。

昨夜はベルリンのある大学で講演をして、今夜は若いカップルと東ベルリンへ『三文オペラ』*を見に行く。ここはとても暖かく、至る所で花が咲いている。今この時にアイオワにいられたらと本当に思うよ、ちょうど一番いい季節だから。これからはもうこんな季節に旅行しないことにすれば、アイオワの野外へ行けるし、冬はホテルに滞在するより家にいる方がいい。来年は君を連れてロンドン、オックスフォード、パリ、ミュンヘン、ローマなんかに行けるかもしれない！

絵はがき一枚、薇薇《ウェイウェイ》に送ります。

君を愛す、君を愛す

＊ドイツのクルト・ワイル（Kurt Weill）が一九二八年に作曲したオペラの喜劇。

ポール

一九六六年五月一七日　ハイデルベルグ、ドイツ

ダーリン

私は休みなく奔走しているけれど、日々は却って少し過ごしやすくなって、これからはずっとこんな風なのだろう。荷物、汽車、空港、食事をして、人と会う、毎日がこういった類いの雑事に満ち溢れ、君のことをそんなには考えなくなった。ニュールンベルグは一五、六世紀の街で、戦争中に破壊に遭ったが、また昔の風格のまま修復され、その立派さに感動させられる。きのうは一五マイル離れたある大学で講演し、昨夜ここに来た。この大学は山の上にあり、西にライン川が見える。今日の昼に講演をして、それから汽車でテュービンゲンへ行き、一九三五年に知り合ったドイツ人の友達を訪ねる。ミュンヘンには二日滞在し、レンタカーを借りてキムゼーまで運転して行き、ある農家を捜すつもりだ。以前ドイツに来た時泊まった家なんだ。その後マールブルグへ行って私の一番よい友人だったあるドイツ人の娘さんに会う。彼はとうに世を去ったが、娘さんは戦時中に夫を亡くし、自分一人で子供を三人育て上げた。五月二二日にドイツを出てワルシャワへ行く。

四日間君の手紙を受け取っていない。ミュンヘンに君の手紙がありますように。これまでこんなに長く君の字を見なかったことはない！　ここは厳しい暑さだ。アイオワはきっと見渡す限り新緑で、林中に花が咲いていることだろう。こんなよい季節に大都市へなんか行きたくないよ、これからは行

かなければならないにしてもアイオワが最も曇って寒くなる冬にだけ行くことにしよう。

君は本当に運転を習いたいの？　薇薇《ウェイウェイ》と藍藍《ランラン》はすぐできるようになるだろうけど。あんなどでかい機械の運転を本当に君に任せられるかな？　バンスの畑になら行けるかもしれないね、あの田んぼの中の小道を運転すれば、行き来する車はないから、君はせいぜい泥の山か、木か、垣根にぶつかるぐらいだ。もちろん、運転は習うべきだ。いつから始める？

行かなくちゃ、誰かが呼んでる。この古い大学は非常にきれいで、君がここで私と一緒に楽しんでいないなんて、まったく筋が通らない話だ。君が私と一緒にポーランドに行けず、一緒にそのほかのことができないのも、筋が通らない。私たちが一緒にいればいつも趣があって楽しいのに。私はどんな細かいことも覚えている。シャープできびきびした君という人を覚えている、胸いっぱいの優しい気持ちで覚えている。親愛なる華苓《ホアリン》、一カ月も経たないうちにまた会える。君と一緒に旅行して、君と一緒に帰宅するのがどんなにうれしいことか。

ポール

一九六六年五月一八日　テュービンゲン、ドイツ

ダーリン
一時間前に到着すると、君のナンバー18とナンバー19の二通の手紙がもうここで私を待っていた。今日君に一通出したばかりだけど、今また返事を書かなくちゃ。
『海の日記（Sea Diary）』はアルグレンの一番いい本に入るわけじゃなくて、多くの部分が私はすこ

ぶる気に入らない。彼は小説を書き続けるべきで、回想や批評の文章は書いちゃいけないよ。

私はパリに着いて一時間も経たないうちに君に手紙を書き、ベルリンに着いて一時間も経たないうちに君に手紙を書き、今、テュービンゲンに着いて一時間も経たないうちに君に手紙を書いている。

この大学はとても愛らしく、とても古く、中ほどを川が流れている。今夜は川にたくさんの小舟が浮かび、学生たちがガールフレンドを連れて舟をこぎ、いくつか大きな船もあって、男の子や女の子が広々とした席でビールを飲み、船尾にいる人が一本の長いさおで船を推して進めている。

私たちはどうしようって、君は聞いたね。もし私が直ちに離婚できれば、答えは簡単で、「この夏すぐに結婚しよう」と君に言うだろう。君と二人の娘の世話をして一緒に暮らすのは、私にとってどんなに楽しいことか。（私が彼女たちをどれほど気にかけ、彼女たちにどれほど責任を感じ、乗馬や、運転や、田園生活を教えるのがどれほどうれしく、物を買ってあげるのがどれほど好きか、君は知ってるだろう。そうだ、ニューヨークで必ず何か探して彼女たちに買って帰ってあげようね。）だが、私は少しも気がとがめることなく君に一切を投げ打って将来の孤独に耐えてほしいなどと言えるのか？　もちろん、私は君に配慮するが、それで足りるのか？　君が私と出会ったのは、君にとって災いだったと、時々感じるんだ。私のために、君はもっと若い人と知り合って結婚し、私よりも多くの保証を得ることができないのだから。君も時にはこんな風に考えたりする？　私はアイオワで君がほかの人と近づく機会を既に邪魔してるんじゃないかと心配だ。だけど、私たちはこんなにも深くお互いを知り、何の隔たりもない。私はほかの女性に何の興味もないって、君は知ってるよね。ただひたすら私たちの再会の日を待ち望んでいるんだ。この夏に決めなければならないことがあるから、会ってまた話そう、手紙では話しようがない。今君に言えるのは、私がもうずっと深く君を愛していて、二人の娘を含め、深く君の生活に関わっていて、どうしても手を離すことができないということだけだ。最近の私の計画はすべて君と二人の娘の中にあり、いつも完全に君のためでさえあるんだ。もし君がいなければ、ニューヨークへ戻らないだろうし、アイオワへ戻るかどうかだってどうでもいいことになってしまう。

私たち二人が飛行機に乗ってアイオワへ帰ると、サラと薇薇《ウェイウェイ》、藍藍《ランラン》が空港で待っていて、それから新車もあるのが目に入る。考えるだけで楽しい。あと二五日でもう会える。

君を愛するポール

一九六六年五月一九日　ミュンヘン

ダーリン

私はオックスフォードの学生時代、一九三四〜一九三五年に、休暇中の多くの時間をミュンヘンで過ごした。今日は雨の中、車で街を出て、以前部屋を借りていたある農家を捜しに行った。明日はゲーテ協会の人に会いに行き、どうやって若いドイツの作家をアイオワに招くか討議し、五月二一日にはフランクフルトへ行く。こんな風に絶えず駆け回るのにはうんざりするよ。でもきのうはテュービンゲンで手紙を書き、講演し、旧友と会って、楽しく過ごした。それに何より君の手紙が二通あった。時々、世界に私ほど君を理解している人間がいるだろうかと考えるんだ、あらゆる方面での理解、君の過去、君の問題、君の希望、変化する表情、変化する感覚を。よく突然君のことを想う。話し合っている時、講演の最中、飛行機の中、大通りで、君がすぐ目の前に現れ、そんなにも美しく、そんなにも温かくて、私は立ち止まり、君をさっと胸に抱きしめようとしてしまうほどだ。ここしばらくは日々の過ぎるのが速く、本当に一歩一歩君に向かって進んでいると感じられるようになった。

二人の娘はサマースクールに行ってるの？　愛情で胸がいっぱいになってしょっちゅう彼女たちのことを考え、二人の将来が気にかかり、二人の手助けをしたいと思う。私が持っているいくつかの複製画を、彼女たちは気に入って部屋の壁にかけるんじゃないかな。二人の年齢なら、それぞれ自分の部屋がある方がいい。誰が知ろう？　ひょっとしたら秋にはもう彼女たちが自分の部屋を持っているかもしれない。

私が泊まっているホテルはスコットランド・シープという名前だ。私はドイツ語の新聞が読めるようになったし、人の話もずっと聞いてわかるようになった。予定していたほど長くはドイツとフランスに滞在できない。去年ヨーロッパからニューヨークへ戻り国家文芸委員会に何日か出て、ニューヨークでくるぶしをくじいて痛め、すぐにはヨーロッパに戻れず、予定のスケジュールが狂ったのが原因だ。だけどもしこのためにアイオワへ静養に戻らなかったら、私たちはこれほど親しくはならなかっただろう。あの見事な巡り合わせの数カ月間に、私たち互いの感情が心に刻みつけられるような愛情へと深まった。そうだろう？　二年後、私は一学期間休めるから、君は私とヨーロッパへ来られるよ。君を連れてヨーロッパを回り、私のすべての友人と会う。非常に親しいイギリス人の友達が何人かいてね、はるか昔の一九三三年に知り合ったんだ。こんな風に一人で旅行することはなくなるだろう、寂しすぎる。

もう行かなくちゃ、何か少し食べて、車でぶらぶらしに出かける。明日は博物館を見に行って、二人の娘にきれいな絵はがきを何枚か送るよ。今、私がほしいのは博物館じゃなくて、聶華苓《ニエホアリン》、私の愛するその人がほしい。

ポール

一九六六年五月二二日　フランクフルト

ダーリン

あと一〇分で飛行機に乗らなければならないが、カウンターの前に立ち、壁の時計を見ながら、君へ数行したためている。二週間の苦しい旅程を歩む中、君に一言だけ言いたい——君のことを想う時、ほかのすべての女性は単調でつまらなくなる、と。私たちの巡り逢いが君にとって幸なのか不幸なのか、それはわからないが、私にとっては、確かにとても美しく、強烈で、私たちが交わし合う冗談も含めて、間違いなく私の望みを超えるものだ。ドイツ人はよくこんな言い方をする。「それはまったく冗談じゃない」私は私たち二人のことにちょうどこんな感じを抱いている。再会のひとときが待ち遠しい。胸いっぱいの優しい気持ちで、そそくさと数行記す。

ポール

トウモロコシ畑から来た人——ポール・エングル

よくアメリカ人の友達が興味深そうに私に尋ねる。「アイオワっていうのは、中国語で何と言うの?」

「愛荷華《アイホーホア》」

「どういう意味?」

「蓮の花の輝きを愛するっていうこと」

「ああ! アイオワ、そんなにきれいなの!」ニューイングランドの人は、そう言う時笑っているようでそうでもなく、たぶんでたらめな話に大笑いしたいのだろうが、教養ある人たちなので、あっさりと一言聞くだけだ。「本当?」

ロスアンジェルスの人なら? 白日の下に、何隠すところなく、口をついて出るのは、「凍てつく寒空に積もった雪だよ! 蓮の花だって? ありがたや、ありがたや! 私はあそこには住まない! 絶対生きていけないよ!」

土地の人が「愛荷華《アイホーホア》」という言葉を耳にすると、とても満足げになる。「きれいな音! 歌みたい! もう一度言って」

「アイ、ホー、ホア……」

「アイ、ハー、フア……」

私はきっぱりと一言つけ加える。「蓮の花の輝きを愛するっていう意味よ」

彼らはぱっと目を輝かせ、大声で叫ぶ。「何てきれい！　何てきれい！　アイ、ハー、ファ、アイ、ハー、ファ……、いいな！　いいな！」真面目な人はふと考える。「私たちの所に蓮の花がある？」周りの人を眺めても、返事はない。それでまあうやむやになってしまう。

エングルは笑いながら人に話す。「私がアメリカの東部と西部で、アイオワのことを持ち出すと、誰かが言うんだ。ああ、アイオワ？　飛行機で通り過ぎたことしかないけど、単調な広々とした土地で、トウモロコシ畑しか見えないって」

ポールが詩の朗読や講演をする時の前口上は、「私はトウモロコシ畑から来たんです」だ。

私とポールは旅行して帰って来るたび、空港から車を運転して私たちの鹿の園に戻るが、彼はいつも見渡す限り果てしない原野を眺めつつ言う。「華苓《ホアリン》、御覧、黒土の地！　なんていい土だ！」

アイオワのよさは、この黒土の地で生活しなければ、理解できないだろう。アイオワの人は、この黒土地と同じように、堅実だ。不確かな世界において、安定した確かさを感じさせる。

ポールはまさに黒土地の人だ。ここの人は泥土の上で骨身を惜しまず働き日々の糧を求め、ある自然の生命力を持ち、沈従文《シェンツォンウェン》の描く水上の生活者と同じだ。ポールは詩人で、詩人の敏感な感性とイメージ化された言語を持つ。彼は小説家が人物を描写する細やかさも合わせ持つ。彼は物語を語るのがうまい。日常生活の中であっても、彼がある出来事、ある人物について話し出せば、物語を語るが如く、響きわたる声、大げさでドラマティックな身ぶり、ユーモアと機知に富む言葉が、まるで漫談を演じているかのようだ。私は彼と共に暮らした二十七年間に、たくさんの物語を聞いた。彼の物語の中では、私が読んだことのある何人かの文学大家が、彼の生活における生身の人間に変わり、彼がなぜ世界中を駆け回り、この黒土地に自らの文学ユートピアを作り出そうとしているのかがさらに理解できる。彼は人を助けたいというある衝動を持っており、それは彼が若い頃に受けた情けに報いることなのだ。

ポールの両親は中学しか出ておらず、父親は人のために馬を育て、調教していたが、収入は貧困層に属し、所得税を納める必要がなく、かろうじて夫婦二人と四人の子供の衣食住を賄っていた。ポールはアイオワ州のシダーラピッズで小学校に通っていた時にもうアルバイトを始め、大学までずっと、やめることがなかった。私は中国を離れて三十年後、一九七八年に、ポール、二人の娘と共に故郷を訪れた。当時中国と米国はまだ国交がなく、彼は初めて中国へ行き、中国人が米国人の自分にどんな反応をするのかわからなかった。ところが、ヤンキーの彼が湖北《フーペイ》人の私より歓迎された。ポールがいい年なのに、プレゼントの詰まったスーツケースを列車の上の寝台からひょいと下ろすのを見ると、彼らは舌を鳴らして称賛し、彼を「模範労働者」と呼び、そのきめの粗い手を「労働する人民の手」だと言った。

小さいポールの最初の仕事は、あるユダヤ人一家のために火をつけることだった。ユダヤ人の安息日は土曜日だ。ユダヤ教徒はその日に火をつけてはいけない。小さいポールは毎週土曜の朝、ユダヤ人の家に行き、ガスコンロをひねり、マッチで火をつける。その後、地下室へ行くが、そこには暖炉がある。彼はまず灰をきれいにしてから、暖炉の中にトウモロコシの芯、薪、炭を積み上げ、最後に火をつける。それで一五セントがもらえる。

後には毎日当地の『シダーラピッズ新聞』の配達をした。ポールが最も好んで語るのは、彼が八歳の時どんな風に街頭で『シダーラピッズ新聞』の号外を呼び売りしたかだ。第一次世界大戦中の一九一六年七月一日、フランス東北部で戦役があり、日の出から日没までの間に、六万人のイギリス人志願兵が犠牲になった。『シダーラピッズ新聞』は号外を出した。小さいポールは街頭で新聞を振って大声で叫んだ。「フランス国境で最大の血戦だ！　イギリス軍の死亡は六万人！　早く買って早く読もう！　二セントだよ！」小さいポールは一セントで買い入れ、二セントで売り出した。一九三三年、ポールはオックスフォード大学マートン学院の螺旋階段を上り、彼の指導教官――詩人ブランデン（Edmund Blunden）に会いに行く。ブランデンはまさにその血戦の生き残りだった。街頭の新聞売りは本当に愉快で、男や女、子供、犬、馬、車などが、盛んに往来する中、ポケットの銅板をチリンチリンと鳴らし、世界中の大事件がすべて小さいポールの手中にあるのだ。大人が彼と話す時も、彼は臆せず語り、得意満面で言う。「知ってる？ベルギーのイープルでまた戦いがあったよ。第三次戦役が！」彼は自転車に乗って一軒一軒新聞を配達するのも好きだった。新聞配達には人情の味わいがある。彼は年端も行かないうちから、さまざまな人と接した。安ホテルに仮住まいし体を売る「貴婦人」、彼に『ロングフェロー（Henry Wadsworth Longfellow）詩集』を全巻くれた退職後の教師、小さいポールにエリオット（Thomas Stearns Eliot）を朗読してくれた詩人――さあ行こう、君と私、黄昏が大空に広がる時、手術台で麻酔をかけられた患者のように……〔『J・アルフレッド・プルーフロックの恋歌』の一節〕。

ポールは中学生の時、薬や、飲み物、葉巻、香水などを売る小さな雑貨店で働いた。毎日放課後になると店へ行き、晩の閉店までずっと仕事をした。客がいない時には、勘定書の裏に詩を書いていた。ちっぽけな店に、人間性のさまざまな姿が映し出された。妻のある男がコンドームを一ダース買い、勘定書には歯磨き粉と書くよう要求した。爺さんが女性用の強壮剤を飲むのは、中に含まれているアルコールだけが目当てだった（それはまさに米国の禁酒時代だ）。酒、煙草は罪悪だと罵る牧師が、一〇セントで葉巻を一本買い、こっそり後ろの小部屋へ行き、椅子に座ってすぱすぱやり出す。毎月初めに、老婦人がアスピリンを百錠買いに来ては、必ず腰掛けてしばらくくどくど話していく。「男はね、小犬みたいに、なでなでして、ちょっとあやしてやれば、すぐいい子になるわ」

私とポールが台湾で初めて出会い一緒に撮った写真は、彼が首をひねって私を見ており、まるで一目惚れしたかのようだ。彼の写真は決まって横顔だと、私は後になって気づいた。彼の鼻は、正面から見ると曲がっていたのだ。小さい頃サッカーボールが当たり、その一撃で鼻が曲がってしまった。彼の横顔は確かにきれいで、線がはっきりし、整っていて力強くもある。彼のその曲がった鼻は強烈な匂いを好む。彼のお気に入りは、父親の厩舎《きゅうしゃ》の馬糞、油を塗った鞍、納屋の干し草に混じり合う発酵したわらのかびの臭い、土地を鋤ですいた後の泥土の香り、母親が焼いてかまどから出したばかりのパン、彼女が夫と子供のためにアイロンをかけたシャツの糊の香り、彼女が裏庭に植えたバラの香り、ドイツ語『聖書』の古い革表紙のかび臭さ、その『聖書』は祖先がドイツの黒い森からたずさえて来たものだ。

ポールが雑貨店で働いていた時、曲がった鼻は確かに幸せを味わい、葉巻の香りを楽しむことができた(彼が後に葉巻を吸うようになるのも不思議ではない!)、さまざまな珍しい香水もあった。オドゥール・ファタル、パルファン・ダムール、エッセンス・ドゥ・ラ・ニュイなど。何とそそられる異国情緒であろう! いつも香水カウンターを「見に」来る女性がいて、一瓶また一瓶と嗅いでみては、気に入った香水をえりにちょっとつけ、ポールに言う。「試してみるわ、この香りがどのぐらい持つか」彼女は毎回違った服を着て来て、持っているすべての服に香りをつけた。ポールの中学同級生のある少女は、深い茶色の目をしていて、店によく来たが、雑誌や飲み物を買うらしく、いつも通りかかると、彼に近寄って話をする。もし店内にほかの客がいなければ、彼は香水を一瓶開け、彼女の長い黒髪につけてやる。ポールは興奮してどきどきした。それは彼の人生で最初のつやっぽい出来事だった。

店では新聞や雑誌も売っていた。彼はもう詩を書き始めていた。店の主人は詩を書く若い店員が自慢で、売れないのはわかっていたが、定数外で雑誌を何冊か仕入れてくれ、ポールはその一頁一頁をむさぼるように読んだ。パリで出版された『転化（Transition）』誌上で、彼ははじめてジョイス（James Joyce）を読み、米国の『詩（Poetry）』誌上で、エリオットやサンドバーグ（Carl Sandburg）、パウンド（Ezra Pound）を読んだ。主人は彼に一部屋与え、小さな机と古い椅子を置いてくれた。それは彼が詩を書く場所だ。彼がそこで書いた詩の多くは、第一詩集におさめられた。

ポールがシダーラピッズのワシントン中学で勉強していた時、クック（Elizabeth Cook）先生という女性の英語教師がいた。彼女は非常に頭がよく、歴史人物を品定めしたり世相を論じたりしたが、見通しが利き思い切りがよかった。シカゴ大学で修士課程を修了した後、すぐにシダーラピッズへ戻り中学校の教師になった。彼女はよく黒板に詩を写し、その一字一句について生徒たちと討論する。彼女は数学もよくできる。ポールのことを気に入り、クラスで一番よい生徒だと認めていた。放課後、彼女はちょっと彼の詩を読んだり、彼と一緒に算数の問題を解いたりした。

クック先生はすらりと背が高く、淡い銀色のきれいな髪をしていた。彼女には二つの道楽がある——一つはシェークスピアの戯曲を集めることで、もう一つは銀のアクセサリーを作ることだ。彼女は時々ポールを家へ招いて、自分の蔵書を見せ、銀のアクセサリー、たとえば銀のブレスレット、銀の指輪、銀のネックレスなどを作るところも見せた。彼女の『シェークスピア全集』は装丁が非常に美しい。彼女の家の窓辺には常に小さな鉢植えが所狭しと並んでいた。

ポールはその後大学に進んだが、やはりよく先生に会いに行った。既に詩を書いていた。ある日、彼は喜び勇んで先生の家に駆けつけ、急いでベルを押した。先生がドアを開けるや、彼は一通の手紙と詩を一編彼女に手渡し、大声で叫んだ。「先生、見て！　こんなにたくさんの原稿料！」ポールの詩が当時米国で最も有名な『土曜文学週刊（Saturday Review of Literature)』で発表され、原稿料が一〇ドルだったのだ。

ポールはシダーラピッズのある文理学院で学び、よその大学には行かなかったが、それはただ家がそこにあり、食費と家賃が節約でき、家の近くの雑貨店でアルバイトを続けることができるからというだけの理由だった。しかし、学費は？　どうするのか？　父親は払えない。彼はしばらく勉強して、またしばらく働き、金が貯まったらまた勉強するつもりだった。ポールが登校した最初の日、学費はまだ目途が立っていなかった。大学教務課の人がちょっと来るよう彼を呼んだ。何と彼は奨学金を四年間もらえることになったのだという！　その金は個人の寄贈だった。誰の寄付なのか？　寄付した人は名前を明らかにしようとしない。ポールは心から感謝して奨学金を受け取ったが、誰に感謝したらよいのかわからないままだった。

彼は絶えず詩を書き、大学の詩誌も作った（私は今でも彼がその頃書いた詩の原稿を一冊ずつ持っている）。彼は詩を書くと、すぐクック先生に見せ、時には待ち切れず、電話で先生に読んで聞かせた。大学の四年間も終わりに近づいた。一九三一年のある日、クック先生が街に出て、通りを渡る時、車にはねられ、即死した。ポールは声も出なくなるほど号泣した。翌日、教務課の人がまた彼を呼んで、告げた――ポールの大学四年間の奨学金は、クック先生が寄贈したものだったと。彼女が車にはねられて地面に倒れた時、ハンドバッグの中の封筒に、一〇ドル札が一枚一枚入っており、その一枚一枚こそ彼女がわずかな中学校教師の給料の中から蓄えてきたもので、まさにポールの大学に届けようとしていた彼への奨学金だった。

ポールはその後アイオワ大学大学院の修士課程に学んだ。アイオワ大学は米国で最初に文学創作コースを開いた大学で、修士の卒業論文としては、ポールも一冊の詩集によって修士の学位を得た米国初の大学院生だ。その詩集『古い土地（Worn Earth）』はエール大学の青年詩人賞を受けた。描いているのは黒土地に生きる無名の人々、および若き詩人が自然や生死に対して感じた悟りである。ポールの話では、彼がシダーラピッズの大学を卒業した時、全卒業生でキャンパスに木を一本植え、彼が詩を一編書き、木の下に埋めたが、木はすぐに枯れたという。その詩は彼が受賞した『古い土地』におさめられている。

ポールはアイオワ大学大学院にいた時、米国の重要な作家ベネット（Stephen Vincent Benét 一八九八〜一九四三）を知る。彼は米国文学史上、最も多芸多才な作家の一人だ。詩を書き、長編小説と短編小説を書き、ラジオドラマも書いた。最初の本を出版したのは十七歳の時だ。彼が書いた米国内戦の史詩『ジョン・ブラウンの死体（John Brown's Body）』は一九二九年にピューリッツァー賞を受賞し、一九四四年にも『西方の星（Western Star）』が同賞を受けたが、彼は一九四三年に既に世を去っており、まだ四十四歳の若さだった。彼の小説と詩作は広く伝えられ衰えを知らない。『ジョン・ブラウンの死体』は内戦の双方の勝敗を描き、戦場から二人の生き残りの兵士の運命を綴った。この史詩は現在に至ってもまだ異なる表現方法で演出されている。『悪魔とダニエル・ウェブスター（The Devil and Daniel Webster）』は、米国の民間伝説を基にして書かれたユーモア小説で、オペラや、舞台劇、テレビドラマに改編された。

一九三二年にベネットはアイオワ大学の招聘を受けて講演し、若いポールに会うと、すぐに彼の文学的才能を認めた。ポールはコロンビア大学から八百ドルの奨学金受給が決まったばかりで、人類学を学びに行くことになっていた。ベネットはポールに言った。「私はニューヨークに住んでいる。君がニューヨークに来たら、私に電話してくれ」彼とベネットの年齢を超えた交友関係は十余年の長きにわたり、ベネットが一九四三年に亡くなるまでずっと続いた。

ポールが私にベネットのことを語った時、私は彼の小説を一編翻訳したことがあり、その『猫の王』は私の訳書『米国短編小説選』の中におさめられていることを話した。

彼は「何という偶然だ！」と言った。

「私は彼に会ったことがないのが残念。あなたが彼に会ったのは何年？」

「一九三二年」

私は笑って言った。「追いつけなかったわ。私は小学校に入ったばかりだった。いいわ、結局彼の小説を翻訳したんだし」私とポールはよくこんな風におのおのの昔の出来事を話し、それはまるで前世のことのようだったが、ベネットの一編の小説のおかげで、前世と今生がつながった。

ポールは私に言った。「ベネットの奥さんのマリー（Rosemary Carr）も詩を書いていて、二人で一冊の詩集『アメリカ人の書』を出したんだ。二人とも優れた才能があって、親しみやすく温かい人柄だった。すこぶる円満な夫婦で、私が初めて見た最も完璧な結婚だよ。彼らが私にくれた二人の合作『アメリカ人の書』の中で、ベネットはとても美しい詩を奥さんに捧げているんだ」

休日、あるいは作家の友人が来るたび、彼らは必ずポールを誘って食事をしに行った。彼はそこで当時声望のあった何人かの英・米作家と知り合った。たとえば『フィラデルフィア物語』を書いた劇作家バリー

(Philip Barry)や、アイルランドの詩人イェイツ(William Butler Yeats)だ。春には、彼らのために裏庭を鋤いて草取りをしたが、庭はめちゃくちゃで、まったく何も植えようがないほどだった。ある時、ポールが死んだ猫を一匹掘り出した。彼らは「どこから来た猫だ?」とおかしがっていた。彼らは元々猫を飼っていなかったのだ。

ポールは遂に自分が書いた詩をベネットに見せた。

「いいね、書き続けていきなさい。一冊本が出せるぐらい詩が書けたら、渡してくれ。私が出版社を探して出版するから」と彼は言った。それが即ち一九三四年にダブルデイ社から出版された『アメリカの歌(American Song)』で、ポールはちょうどオックスフォードにいた。

私は尋ねた。「それは『ニューヨーク・タイムズ』が丸々一紙面を割いて米国詩壇の一里塚と評したものね?」

ポールがちょっとうなずく。

一九三二年一二月のある土曜日。ポールはベネットに電話をかけた。「オックスフォード大学ローズ奨学金の最終面接に残りました」

ベネットは「よかった! よかった!」と言った。

「でも行けません」とポールが言う。

「どうして?」

ポールはニューヨークからアイオワまでの列車の切符を買う金がないことを話した。彼は月曜日の早朝にアイオワのディモインで面接を受けなければならない。

それはまさに米国経済大不況の時代だった。ベネットは執筆で彼ら夫婦二人と三人の子供の生活を維持している。彼は言った。「私の手元にも金はない。私の電話を待っていなさい」

彼は仕事をひとまずおき、ニューヨークのエールクラブへと急いだ。彼はエール大学の同窓会員だった。彼は椅子を一脚運び出して、入口の通路に座り、人が来ると、小切手を数ドルと引き換え、列車の往復切符が買えるだけの金を集めた。午後五時、ポールは彼からの電話を受け、彼の住まいに駆けつけ、金を受け取ると、駅へ急いだが、あと五分で、列車が出るところだった。

「どんな試験だったの？　緊張した？」と私が聞く。

「もちろん。私は極力落ち着こうとした。成績は特に重要じゃない。求められるのは多才な人間だ。頭脳、世事に対する見方、生きる姿勢。何人もの人がいろんな質問をする。アメリカ石油の有力者が私に聞いた。『もし連邦政府が石油企業を国有化するとしたら、君はどう思う？』『それは石油企業にとっても、我が国にとっても、大きな災難となりますね』と私が言うと、彼は机をドンとたたいて『よし！　いい若者だ！』と言った。候補者は一二名、おのおの四時間の面接だった。みんなとても緊張して、結果を待っていた。最後に、私たちは一列に並ばされ、採用結果が発表されることになった。一人の名、また一人の名、また一人の名。私は四番目の名前が聞こえなかった。隣の人に尋ねると、彼は『僕もはっきり聞こえなかったけど、エングルじゃないかな』と言った」

それは一九三三年のことだった。オックスフォードでの三年間のうち、半分の時間は研究で、もう半分の時間はヨーロッパを旅行して回った。彼はヨーロッパの知識人と友達になった。そこは黒土地のアイオワとは明らかに異なる別の世界だった。彼はドイツで二度の夏を過ごし、ヒトラー（Adolf Hitler）のナチスの出現と、ナチスの迫害に対する人々の恐怖を目の当たりにした。そして『胸の張り裂ける怒り（Break The Heart's Anger)』を書いた。それはまったく異なった詩集で、彼の米国に対する心からの賛美は批判の呼びかけへと変わった。一九四三年一二月九日、彼はＮＢＣラジオ局に招かれ、英国から米国に向けて放送をした。

私は君に言いたい、アメリカよ、君は私の血で、言葉で、生まれ育った故郷だから。私は特に同年齢の皆さんに言いたい、私たちは同世代で、自分がどこから来て、どこへ行こうとしているのか知っているから。私たちはアメリカの最も幸運な世代だ。なぜなら私たちは子供時代のアメリカが、金銭に盲目的で太った腹を突き出した生活へと、どうやって極端に発展してきたかをこの目で見、そのような生活の破壊性をも見たからだ。私たちはちょうど薄っぺらで不安定に揺れ動く歴史の周辺にいるが、それは取り返しのつかない過去の方へ曲がることもできれば、広く平坦な未来へ方向転換することもできる。

……

今日、私はこの小雨そぼ降るロンドンにいるが、アメリカでは三回目の荒れ狂う風雨がまたもや私たちの頭上を訪れている。今回は最も激しい。一回目は本国と異国の戦いだった。二回目は本国の北と南の争いだ。今回は私たち自身が次第に衰退し、知らぬ間に大混乱へと陥っている。ウイルスが私たちの血液に深く侵入し、私たちの骨髄に浸透してきている。

私たちの世代は肩に責任を担わなければならない。私たちの芸術家はちょうど今新しい精神生活を創り出しており、それが新しいアメリカの芸術でもあり、そのほかの人々は新しい社会を打ち建てなければならない。

アメリカよ、君は世界の道化役者に変わってしまった。君には新鮮なジャズがあり、新鮮なジョークがある。だが、そんな風にジョークを言ってごまかしているわけにはいかなくなった。頭を砂の中に埋めていて、どうして未来をはっきりと見ることができよう。顔を上げ、明るく強烈なアメリカの光の方へ向けば、はるかな未来を見渡すことができる。

ここで、ヨーロッパで、私は君のことを考えた。ウィーンでは、飢えた顔が武装した軍隊の行進を一日中眺めており、ローマでは、私は古い劇場の前に立ち、もう一人のカエサル（Gaius Julius Caesar）がもう一つの軍旗を掲げるのを見ていた。ミュンヘンでは、民兵隊が流血と栄誉を誓うのを目にし、愛しき南チロルでは、丸一週間の間、銃剣を下げた兵士と大砲を載せた汽車が一列一列走り過ぎて行った。

アメリカよ、君はこの現象の中から抜け出すことができるのか？　君は物質世界を超越したソロー（Henry Thoreau）〔一八一七～一八六二、米国の思想家、随筆家〕を読みたいのではないか？　レーニン（Vladimir Il'ich Lenin）やキリストを読みたいのでは？　私は率直に言おう、君は目を上げ世界を見る方法を持たなければならない——人々を利する物を生産し、誰もが仕事を持ち、国が安定し人々が安らかで、世界が自由平等になる方法だ。

アメリカよ、それがつまり君の新しい生活で、我々の世代が実現しなければならない生活だ。どんなに辛く苦しくても、どんなに抵抗の力が大きくても、私たちみんなが実現しなければならない生活だ。もし成功しなければ、私たちは既に死に絶えた深遠へと陥り、二度と立ち直れず、全世界をも引きずって一緒に落ちて行くかもしれないのだ。

私たちの芸術や、私たちの文学も、君と共に興りすたれる。私は反抗し、挑発し、請い願う。私たちのアメリカの新しい生活を築き上げよう。それはアメリカの新しい芸術の中に現れるだろう。アメリカの新しい詩はそれをたたえ、ネイティブ・アメリカンの言葉に隠された宝、ジャズ音楽の調べ、スラングの洒落を使ってそれをたたえる。

このオックスフォードの古い街で、私たち多くの人間はそのような生活に目を向け、心の中でその歌を聞いた。その歌は今日ちょうどアメリカで創り出されている。君の耳を地面につけて聞いてごらん。アメリカよ、もう一度築き上げよう、その歌が高らかに響き渡るであろう君の土地を。

ポールはこのような理想を抱いて、一九三六年にオックスフォードから米国へ戻ったが、それは彼が終生を捧げる使命でもあった。二一世紀の今日、彼は依然として同じことを言おうとしている。

ポールはオックスフォード大学からアイオワへ戻った時、既に結婚しており、妻の父から何をするつもりかと聞かれた。

彼は「詩を書きます」と言った。

「詩を書く？　それも仕事なのかい？」

一九三七年、彼はアイオワ大学に招かれて教え始めた。創作の授業が一科目で、学生は六、七名だった。

ポールはいつものシニカルな反語法で当時の学生を形容した――凡庸さがとりわけまぶしく輝いていた、

と。

「最初の授業をすると、すぐに私は確かな構想を持った。それはアイオワの文学創作をアメリカの文学拠点にまで発展させたいということだった」と彼は私に話した。

彼の構想は実現した。

一九四一年、ポールはアイオワ大学「作家ワークショップ」を引き継いだ後、積極的にあちこちを回って才能のある若い作家を招き、研究室に座ったまま学生が訪ねて来るのを待っているということはなかった。その頃、米国ではアイオワ大学にしか「作家ワークショップ」がなく、詩作や小説の執筆に専念する多くの人がアイオワへ来たがった。「作家ワークショップ」は「小説ワークショップ」と「詩歌ワークショップ」に分かれた。

ポールは既に何冊かの詩集を出版していた。彼は当時声望のあった作家や詩人を何人か知っており、創作の若い人材を絶えず推薦してくれるよう彼らに頼んでいた。そのため、アイオワに来るのは、ほとんどすべてが尖端的な人材だった。彼は有名な詩人や小説家に出講も依頼したが、教える時間は一般の教授よりずっと少なく、創作の時間が十分に取れ、任期も一、二年だけだった。学生は常にさまざまなスタイルの作家と触れ合うことができる。ポールはいくつか新しい科目も設けた——詩のスタイル、小説のスタイル、現代ヨーロッパ文学、当代文学など。

第二次世界大戦が終わり、軍隊に入って戦った米国人は皆奨学金を受けることが可能になった。文学の才能がある多くの若者が、戦火によって鍛えられ、死と隣り合わせの状況で悟るところがあり、詩を書きたい、小説を書きたいという思いを抑え切れず、皆アイオワの「作家ワークショップ」へと押し寄せた。

ポールは笑いながら言う。「猟犬は肉や骨を嗅ぎ分けるけど、私は才能を嗅ぎ分けるんだ」

一九四五年、アイオワ大学ジャーナリズム科の学生で、米国南部出身の女性が、ポールの研究室に来て、細い声で彼に二言三言話したが、強い南部なまりのため、彼は聞き取れなかった。「ごめん。はっきり聞こえなかった。書いてもらってもいい?」とポールが言うと、彼女は三つの文を記した。「私はオコナー(Flannery O'connor)と言います。ジョージア州から来ました。作家です」ポールが「私に何か見せたい作品でもあるの?」と聞くと、彼女は古い破れた袋から小説を一編取り出してポールに渡した。彼は最初の段落を読むと、すぐ彼女に言った。「君は小説家だ」当時ポールは詩を教え、小説も教えていた。彼はよくオコナーと彼女の小説について討論した。オコナーがある小説の中で男女が愛し合う場面を書いた。ポールが彼女に「この部分は真実じゃないね。知ってるかい……」と言いかけると、彼女は直ちに彼の話をさえぎった。「言わないでください」そして一言つけ加えた。「研究室では言わないでください」ポールは彼女と外の駐車場へ行き、彼の車の中でその場面をどう描くか討論した。彼女はアイオワの作家ワークショップでいくつか短編小説を書いた。たとえば、『ゼラニウム』、『汽車』などだ。その後、最初の長編となる『賢い血(Wise Blood)』を組み立て、彼女自身の言葉を借りれば、それは宗教的信仰のない宗教的悟りだった。彼女はポール・エングルに本を献上した。

彼女は修道女のような身なりで、こざっぱりしたブラウスに、灰色のスカートをはき、いつも壁際に一人ぽつんと座っており、戦後戻って来たあの兵隊たちの群れの中で、おっかなびっくりしている少女のようだった。どの人の作品も作家ワークショップで、完膚無きまでに解剖される。オコナーは討論に加わったことがない。彼女の小説は決して受けがよくはないが、別に弁解もしない。彼女の生活は単調で質素、一人でアイオワ公園の動物園へ行き、アライグマと皮膚病にかかった二匹の熊を見るのが好きだった。長年の後、彼女は当時唯一の女友達への手紙の中で、アイオワを回想している。

私はアイオワにあるそれらの賃貸宿舎をよく覚えていますし、寒々とした部屋を一つ一つ見たこともあります。大家のグズマン夫人（東ブルミントン街一一五号）は、私をあまり好きではありませんでしたが、それは私がよく家の中にいたため、ヒーターをつけねばならず、少なくともつけるだけはしないといけなかったからでしょう。高温になったことはないと記憶しています。ヒーターがついている時は匂いでわかり、どこでも匂いのする所へ行って、しばらく暖まったものです。いつかまたアイオワを見たいとは思いますが、ただ動物園のチャボやアイオワのライオンズ・クラブが寄贈した熊を見たいというだけのことです。私は自分で孔雀を飼っています。孔雀はとてもきれいですが、へそ曲がりで、費用もかかります。でも、私は煙草も吸わないし、お酒も飲まないし、嚙み煙草もやらないし、お金を使うどんな悪習慣もないのだからと、出費を正当化しています。いつか至る所に孔雀がいるようになったら……

オコナーの小説には、アイオワでしばらく生活したかすかな手がかりが見出される——大家の奥さん、動物園、孔雀、賃貸の宿舎、だが、彼女の作品の主要な部分はやはり落ちぶれた米国南部の小さな街に暮らす名も無き人々だ。彼女の小説の人物は奇怪で、筋も奇怪で、まさにその奇怪さの中に「人」の真実がはっきりと現れ、しかもその真実は決まって悲劇的だ。オコナーの多くの小説とジョイスの「顕現法（epiphany）」

はよく似ており、小説の人物は、感応したかのように、突然事実の真相を悟るのである。彼女の作品は既に米国現代小説の古典にまでなっており、フォークナーと同じぐらい有名だ。彼女は狼瘡《ろうそう》を十数年わずらい、一九六四年に世を去った時まだ三十九歳だった。

イタリアにいた米国人の青年ストランド（Mark Strand）が、ポールに手紙をよこし、アイオワへ行って詩を書きたいと伝え、自作の詩も数編送ってきた。ポールも彼のために奨学金を探し、彼が安心して詩が書けるようにした。今彼は米国の桂冠詩人となっている。彼が作家ワークショップにいた時、後日ピューリッツァー賞を受賞するジャスティス（Donald Justice）もアイオワにいた。ポールは私に言った。「ああいう才能が一堂に会すれば、本当に太刀打ちできないよ」

作家ワークショップの教室は戦争中に臨時に作られた粗末な兵舎で、アイオワ川河畔にあった。のらくらとした作家先生と学生がそこでは水を得た魚の如く、自由自在だった。学生が授業に出ても、すべて御自由にといった感じで、よい作品ができさえすればよかった。教室で署名のない某学生の作品を討論する時は、激しい論争となり、少しも容赦しない。学生はこっちにもたれ、あっちに寄りかかりして教室に座り、しまいには誰かの犬が入って来て、寝そべって詩を聞いたりした。

ポールは詩人ブライ（Robert Bly）の面白い話を私に聞かせてくれたが、彼は後に全米図書賞を受け、米国芸術文化アカデミーのメンバーになった。彼はアイオワの作家ワークショップにいた頃、ある日、麻の布袋を一つ提げて教室に入って来て、最前列に座った。討論される作品に、作者の名前が記されていたことはない。その日討論されるのは彼の作品だった。ポールがその中の一行を批判すると、麻袋の中から突然スースーと音がした。彼がまた違う一行を批判すると、麻袋の中がまたスースーと鳴った。ポールは詩人にその詩を直すよう言った。「直す必要はありません。きのう『ニューヨーカー』誌が僕に知らせてきたんです、その詩を掲載するって」と彼は言った。何と麻袋の中でスースー言っているのは蛇だった！

ポールと詩人のフロスト（Robert Frost）は世代を超えた友人だ。一九三六年、彼が一大センセーションを巻き起こした詩集『アメリカの歌』を出版して間もなく、オックスフォードからアイオワへ戻ると、フロストから電報が来た。「我々二人の農場をちょっと比べに来ないか」ポールは彼のバーモントの農場でひと夏を過ごしたことがあった。一緒にキューバへ行ったこともあり、初めて飛行機に乗ったフロストは、空から地上の景色を見て、奇跡だと感嘆していた。マイアミへも一緒に行って休暇を過ごしたことがあり、毎晩二人で深夜まで散歩したが、それはフロストがしばしば同じ悪夢に悩まされ、眠ろうとしなかったからだ。砂利道を歩き続けているうちに、ポールはどうにも持たなくなり、フロストだけが一人で歩き続けた。ポールは彼が自分の部屋に戻った音を聞き、続けて彼の小さいテープレコーダーが繰り返す音楽を耳にしたが、音楽がやみ、彼が寝ついたのがわかった。彼がアイオワへ詩の朗読にやって来た。ポールが彼と散歩してホテルまで行くと、彼はきびすを返し歩いてポールを家まで送り、ポールがまた彼をホテルへ送り、彼がまたポールを家まで送った。最後に彼らは郊外まで歩き、ポールは彼を一人残してぶらぶらさせるほかなくなった。フロストは激しい競争心を持っていた。彼の声望に影響を与えさえしなければ、彼は非常に思いやりがあり寛大だった。彼の家庭は一つの悲劇で、子供たちは亡くなったり、自殺したりした。妻の死後は、再婚せず、変わらずに妻を想っていたが、人生を虚しく過ごしているような感覚もあった。彼の詩は個人的な悲劇を隠し、多く人と自然との関係を詠ったが、それはロマン派詩人が描いたような慈愛の自然ではなく、美しいが脅威ともなる自然で、人々の称賛を得るものであり、また危険に満ちているものでもあった。彼はピューリッツァー賞を四度受賞した。

結婚指輪は？

私とポールは一九七一年五月一四日、遂にアイオワで結婚した。

午後四時半、ポールが先に裁判所へ行って結婚証書を受け取り、四時五〇分に私と裁判所で落ち合った。薇薇《ウェイウェイ》と藍藍《ランラン》が車を運転して私を裁判所へ送ってくれて、笑いながら言った。「二人の娘がお嫁に行くお母さんを送るのね」裁判所に着くと、ポールが全身のポケットをまさぐっていた。「結婚指輪は？」彼はすまなそうな顔をした。

「なくしたの？　誠意がない！」と私が言った。

藍藍《ランラン》が車で家へ捜しに帰った。私たちと友人たちは裁判所の入口で待つ。鄭愁予《チョンチョウユィ》・余梅芳《ユィメイファン》夫妻、沈均生《シェンチュィンション》・周康美《チョウカンメイ》夫妻、林懐民《リンホアイミン》、陳安琪《チェンアンチー》、それからチェコの小説家ルスティク（Arnost Lustig）夫妻に、ポーランドの詩人ミェジシェツキ（Artur Miedzyrzecki）夫妻だ。

前日、私たちは二人で宝飾店へ行き、ポールが私にどんな指輪がほしいかと聞いた。私は「一番安くて、一番シンプルで、一番細い小さなリング」と答えた。

藍藍《ランラン》がとうとう指輪を見つけて来ると、ポールがさっと奪い取り、赤紫のベルベットの小箱を開いて、一四金の細いリングを取り出し、笑いながら私にちょっと見せたが、その笑いはつまり「今はまだあげないよ」という意味だ。私とポールは先に裁判官の部屋へ行った。何と私たちの結婚の立ち会い裁判官はポールが離婚した時の前妻の弁護士だった！　人生は小説よりもっと小説だ。ポールは裁判官をちょっと見、私をちょっと見、びっくりしたり喜んだり、そして笑いながら裁判官と握手して言った。「またーお目にかかれてーひじょーにうれしーです、先生」

ポールは一語一語重々しく言った。裁判官は顔色も変えず、手順通りに事を進め、私とポールに出生地、職業、住所、両親の名前などを質問する。それから私たちを正法廷へ連れて行った。二人の娘と友人たちがもうそこに座っている。彼らは談笑していたが、裁判官と私たちが一緒に入って行くと、すぐにしんと静まった。ポールが彼らを指さして叫ぶ。「君たちみんなここにいたのか！」あたかも旧友が異郷で再会したかのように——私たち二人は共に人生の新たな旅路へと歩み出す時に彼らと再会したのだ。私とポールは裁判官の前まで歩く。

彼が私たち二人に「お互いの右手を握って」と言う。

ポールの表情が突然厳かになり、じっと裁判官を見つめ、しっかり私の手を握っている——私という人間を丸ごと握り、私の後半生を握っている。

裁判官が結婚の誓いの言葉を読み上げ、ポールに私を妻とすることを望むか尋ねると、彼が「はい」と答える。そして今度は私にポールを夫とすることを望むか尋ね、わたしが「はい」と答える。最後に彼が「私は法律に基づき、あなた方二人が夫婦となることを宣言します」と言うと、ポールが私に結婚指輪をはめ、口づけした。数分間の結婚式はこれで終わった。

私とポールは結婚証書をもらいに裁判官の部屋に戻った。五時半なので、秘書はもう仕事を終え帰宅していた。裁判官が自らタイプライターで結婚証書に記入し、二通の証書に私たちのサインを求め、おのおのに一通ずつくれた。

最後に裁判官は私に言った。「エングル夫人、おめでとう！」

裁判官、ポールと私が共に笑った。

裁判所から出て行くと、友人たちが私たちに向かってつかんだ米をたくさんまき、わっと押し寄せ私たち二人と抱き合った。喜びの輪ができる。

「華苓《ホアリン》、私と君は一緒に車で家に帰るのかな？」ポールのその口ぶりはまるで「私たちは結婚したのかな？」と聞いているようだ。

私は笑った。「私は毎日あなたと一緒に車に乗ってない？」

私たちの車の後には友人たちの車が数珠つなぎについて来る。彼らは途中ずっとクラクションをやかましく鳴らす。私のマゴーワンの家に着いた。シャンペンを開ける。プレゼントを見る。ポールは私に金の鎖を贈ってくれたが、それは前日、結婚指輪を買った時に見かけたもので、彼は私が気に入ったのを知っていた。前年、大みそかの仮装パーティーの席で彼はその日マリーと正式に離婚したことを発表し、振り返って私に真珠が一つはめ込まれたハート型の翡翠を渡してくれた。今、私は金の鎖をゆったりと首に巡らせ、その翡翠のペンダントがちょうど私の心臓の上に来ている。私はポールに幅広のネクタイを二本贈った。一本は浅い赤銅色のリンネルに大きな白い花の刺繍が散っており、もう一本はカナリアの柄の黄色いベルベットで、彼はそれが特に気に入った。

私は銀色の地に紅梅を散らした錦の小箱も一つ彼に手渡した。

「鍵だ！」ポールは箱を開けて叫び、それからカードの上の文字を読み上げた。「アイオワ、マゴーワン二二一号、聶華苓《ニエホアリン》の家の合法的な鍵」

ポールは鍵を試しに表口へ行ったが、開けられない。

それは車庫脇の入口の鍵だった。

「神様、私はまだ裏口へ回らないといけない！」とポールが言う。

友人たちは大笑いして喝采する。

私たち二人は死傷甚大な戦争において遂に勝利をおさめた。

私たちはアイオワ川河畔の小さな山にある頬紅色の家に家庭を持った。私は柳が好きなので、ポールが家の前に柳の木を一本植えたが、窓の外でなびく柳の枝に、アイオワ川水面の反射光がちらちらと透けて見える。山のてっぺんには樹齢百年のゴムの木が一本、丸くぼうぼうと葉を茂らせており、ポールは太い麻のロープと木の板でブランコを一つ作り、その丈夫な木のまたに吊るした。ブランコに乗って揺られると、上は青空、下は流れる水だ。庭の縁の大きな林は、うねうねと後ろの山の谷底近くまで続き、谷の小鹿や、ウサギ、アライグマ、リスなどが、私たちの庭へ遊びに来る。

毎朝毎晩、風や雪の日も休まず、ポールは林の辺りまで行って鹿のえさをまきながら、コーン、コーンと小鹿を呼ぶ。私たち二人は窓辺に立ち、鹿が一匹一匹首を上げて優雅に林から出て来て、えさを食べ終わり、また林の中へ消えて行くのを見ている。びっこの小鹿が一匹いて、ポールは小さなポリーと呼んでいたが、ほかの鹿が行ってしまってから、ようやく独りぼっちで林から出て来る。ポールはすぐに「ああ、私の小さなポリーが来た」と言うと、慌てて裏庭へ行き桶からえさを一杯すくい、林の辺りにまく。私たちは毎日車を運転して雑貨屋へ行き、期限を過ぎたパンをもらう。ポールは毎日夕方、裏庭でアライグマが自分の手からパンくずをつまむよう誘っている。彼は裏庭に鋼《はがね》のロープで大きなトランポリンをしつらえ、よく小さい孫娘のアンシア（Anthea）〔聶華苓（ニエホアリン）の次女暁藍（シアオラン）の娘〕を伴い、その上で飛んだり跳ねたり、とんぼ返りを打ったりした。大きな風鈴を四つ、赤い家の四隅に吊るしたので、風がそよそよ吹いてくると、チリンチリンとあちこちで鳴る。木の建物を頬紅色のバルコニーが巡り、大きな楓のぼうぼうと茂る葉がバルコニーにかぶさっている。秋には楓の葉が赤くなり、小さな家はさらに明るくさらに喜ばしい様子になる。

赤い家の古い銅のドアには黒い明朝体の文字が二つ「安寓」〔エングルの漢字表記が「安格爾」なので、「エングルの住まい」の意〕とあり、ポールの姓ENGLEが併記してある。

毎朝私が起きる頃には、ポールはもう鹿のえさをまき終わり、川に臨む長い窓の前のソファーに座って新聞を読み、私が寝室から出て来るのを見ると、慌てて腰を上げ台所へ行って私にコーヒーを入れてくれる。私たちは鹿と向かい合い、濃厚なコーヒーを味わい、三々五々庭に遊ぶ鹿を眺めながら、とりとめなく、何でも話題にする。彼の書斎は上の階で、私の書斎は下の階にあり、どちらもアイオワ川に向かっている――地球の両端の異なる二つの世界が、柔らかく美しい風がそよ吹く川の上で相集う。私たちはおのおの世界にいて、互いに邪魔をしない。私はふとポールーと、一声長く彼を呼ぶことがある。彼も突然華苓《ホアリン》ーと、声を引っ張って私を呼ぶことがある。どこにいようと、私たちは永遠にそうやって互いを求めて呼んでいるのだ。

彼は英語の文章を書き、私は中国語の文章を書く。私にとって母語はしっかりとつかんでいなければならない根だと彼は知っていて、私が守り通しているこのような思いを尊重してくれる。彼はよく笑いながら人に言う。「私はいつも一本の指で、老いぼれのタイプライターをたたいている。華苓《ホアリン》は執筆にパソコンを使い、パソコンで中国語の文章を書いている！　彼女がキーボードをちょこちょこっとたたくと、一つ一つ複雑な図柄がすぐに躍り出て来る！　神業だ！　あんな神業がどこにある！」ポールが私の神業を認めると、私はすこぶる得意になる。

私の書斎はアイオワ川と向かい合っているが、川辺には柳の木が並んでおり、それはまさに私の江南だ。ポールが私のためデスクのそばに長い鏡を備えつけてくれ、それは床まである大きな窓の方を向き、もう一つの江南を映し出す。私はポールと一緒に暮らし、彼の家の二つの江南の間にいて、非常に満足している。私が彼の家にいて、感謝で胸がいっぱいだということをポールも知っている。

私たち二人は共に人が好きだ。さまざまな人。ホワイトハウスから小さな雑貨店に至るまで、どこにでも私たちの友達がいる。鉱山労働者、農夫、詩人、小説家、俳優、芸術家、音楽家、ガソリンスタンドの人、科学者、雑貨店の主人。私たちは共通の好みも持っている――言葉だ。私たちは一緒によい文章やよい詩を味わい、言葉をゲームにして、ピンポンのように、パン、パン、パンとやり合い、どうしても相手に勝ちたいと思っている。

「ほかの人の前だと、そうでもないのに、あなたの前にいる時だけ、私はよく舌が回るの」と私が言う。

ポールは満足げにのたまう。「私が君に知恵を与えているからさ」

私はすかさず一言返す。「私の知恵はすべてあなたに注ぎ込んで無駄遣いしてるわけね」

私たちは話し合うのも好きだ。昔のこと、気にかかること、人のこと、世の中のこと、国のこと、家のこと、仕事のこと、どうでもいいこと、文章のこと、話さないことなど何もない。彼と話すのは、一つの楽しみで、彼と口論するのも、また一つの楽しみだ。

私のこの人生はさながら三生三世のようだ――大陸、台湾、アイオワ、ほとんどすべてを水の上で過ごしてきた。長江《チャンチアン》、嘉陵江《チアリンチアン》、アイオワ川。ポールと私はおのおの人の世の移り変わり、浮き沈みや利害を経験し、この鹿の園の赤い家で、失ってしまった情愛深き思い出に対して、目の前のすばらしい夕日に対して、言い尽くせない名残を惜しんでいる。

娘たち

華苓《ホアリン》　ポール、あなたが私と結婚する時、私に娘が二人いるのが心配だった？　あなたはつまり義理の父じゃない！
ポール　私たちが結婚する時、既に彼女たちとは仲がよかった。だけど、毎日一緒に生活するのは、また別のことだからね。彼女たちが一九六五年にアイオワに来る前は、自信がなかったよ。
華苓《ホアリン》　私も自信がなかった。あの子たちがあなたを受け入れるかどうかわからなかったし、あなたもあの子たちを好きになるかどうかわからなくて。
ポール　十四、五歳の中国人の女の子は、アメリカの女の子とまったく違う。
華苓《ホアリン》　知ってる？　あの子たちがアイオワに着いた途端、私は大分気が楽になったってこと。あなたは私と一緒に彼女らを空港に迎えに行きたいと言った。二人が飛行機を降りて来て、「お母さん」と私を呼び、私は涙が止まらなかった。あなたは小さい声で私にささやいた。君たち母娘の再会を見て、とても感動したよって。あの時から、あなたが私の娘たちをどう扱うかがわかったの。

ポール　本当？

華苓《ホアリン》　あの表現はあなたという人の本質よ――思いやり厚い人情。私のことを知らなくても、あなたは感動したと思うわ。

ポール　その通り。

華苓《ホアリン》　あなたは私たち母娘三人と一緒にいるのがとても好きみたいね。あの子たちが夏にアイオワに来て、ちょうどアイオワ州の博覧会があった、ディモインで。覚えてる？　あなたは車を運転して私たちを連れて行ってくれたけど、二時間余りも運転しなければならなかった。アンディー・ウィリアムズ（Andy Williams）がもうすぐ博覧会でショーをやるとあなたが言って。薇薇《ウェイウェイ》と藍藍《ランラン》は台湾で彼の歌を聞いたことがあった。彼女たちはすごく興奮して、車の後ろに座って大きな声で中国の歌を歌った。それを聞いて、あなたは「いいぞ」と叫んだ。藍藍《ランラン》が突然あなたに「It's fun,Mr.Engle！（本当に楽しいわ、エングルさん！）」と言い、あなたは愉快そうに大笑いした。その「It's fun」はあなたの言葉で、彼女はまねをしたのね。あなたは確かによくあの子たちにその言葉を言い、彼女たちを楽しくさせていた。

ポール　確かに楽しかったよ。私は博覧会で君たちに色鮮やかな羽の帽子を三つ買った。私はそれまで写真を撮らなかったけど、あの日は古いカメラを持って行った。君たち母娘はあの人目を引く帽子をかぶり、本当に可愛らしくて、どうしても写真を撮りたかったんだ。農夫の身なりで、ジーパンをはいた人が、立ち止まって私に聞いた。あんたたちは歌と踊りのショーをやりに来たのかいって。

華苓《ホアリン》（ポールと共に大笑い）　中国歌舞団ね、アイオワ人が率いる。博覧会場の人々は私たちをじっと見ていた。あなたは得意満面だったわ。

ポール　もちろん。三人のきれいな中国娘を連れて、ディモインへショーをやりに来るアイオワ人なんて、それまで一人もいなかったからね。鼻高々さ。

華苓《ホアリン》　ポール、あなたは気立てがよくて、心が温かい。あなたはあの子たちと一緒にいるのが好きね。彼女たちももちろんあなたが好きだし。あなたと藍藍《ランラン》はどちらもスポーツが好きで。あなたは彼女がバスケットボールを抱えて飛行機を降りて来るのを見ていた。あなたは彼女にポップコーンを教えたわね。あなたがヨーロッパへ行く前の夜、台所で誰かがごそごそする音が聞こえた。もう真夜中で、薇薇《ウェイウェイ》が起きて来て水を飲んでいるのかと思ったわ。翌朝、彼女たちが学校へ行ってから、台所のテーブルの上にポップコーンが一袋あるのに気づき、小さなメモもあって、英語で書いてあった。「エングルさん、あなたのためにポップコーンを作りました。帰って来たら、英語を話すから聞いてね。——藍藍《ランラン》」

ポール　（手で涙をぬぐい、微笑んで）パリに着いて、最初に食べたのが、藍藍《ランラン》のポップコーンだよ。今、彼女はカリフォルニア大学でモダンダンスを教えてる。

華苓《ホアリン》　あなたと私の二人の娘との関係は本当に感動ものだわ。あなたがヨーロッパからニューヨークに数日だけ戻り、国家文学芸術委員会の会議に出て、終わったらまた行くはずが、ニューヨークの通りで足をくじいて痛めてしまい、アイオワへ静養に帰って来た。あなたは杖をついて飛行機を降りて来たのに、手にはオルゴールを提げていて、それは金のかごの中で歌う赤い小鳥で、薇薇《ウェイウェイ》と藍藍《ランラン》へのおみやげだった。彼女たちはすごく気に入り、十数年も大事にしていて、その後アンシアにあげた。それからもう一つ、永遠に忘れられないわ。藍藍《ランラン》がハイスクールでラグビーのチアガール・リーダーだった。あなたは彼女がチアガール・チームを率いてスタジアムに入って来るのを見ながら、両手でアメリカ国旗を掲げ、ずっと涙を流していた。

ポール　あの時のことはとても重要なんだ。藍藍《ランラン》は来たばかりの頃、はにかみ屋さんで、薇薇《ウェイウェイ》はまだよかった、英語が話せたから。私たちが藍藍《ランラン》を学校へ連れて行った最初の日、彼女が泣きながら行ったのを、覚えてる？　ジュニア・ハイスクールへ。チアガール・リーダーは正反対だった。あの女の子たちは派手なユニフォームを着て、あんなに大きな場所で、叫んだり飛び跳ねたり。私は藍藍《ランラン》があんな風になろうとは思いもよらなかったよ。

華苓《ホアリン》　二人の女の子がアメリカの生活に適応しなければならないのは、本当に容易じゃない。あなたはそれがどんなに苦しい挑戦なのかわかっていたのね。あなたは感動して涙を流した。赤ん坊のような純真さで。あなたに会った子供はほとんどみんな、あなたを好きになる。

ポール　私は子供も動物も好きさ、それから……（私を見ながらいたずらっぽく笑う）女性も。

華苓《ホアリン》　男性優位主義！

ポール　君がそんな風に言うのはわかっていたよ。私の話は間違ってる？　みんな可愛らしい動物じゃないか。私は『アメリカの子供』という詩集を出したことがある。私の二人の娘のために書いたんだ。

華苓《ホアリン》　彼女たちは気に入った？

ポール　マンキー（Munchie）〔エングルの長女〕は気に入らなかった。ある詩で小さな女の子を書いたんだ、悪気なく小猫を隣の裏庭にある金魚の池に放り投げたら、池に少し泡が立ってすぐに消えてしまったっていう。マンキーはそんなことはしたことがないと言った。私は三、四歳の女の子はそんなことをするかもしれないと思って、マンキーのこととして書いたんだ。詩人が書くのは起こった事実ではなく、ある出来事を借りてその無邪気な女の子を描くのだということを彼女は理解しなかった。『アメリカの子供』の初版にはソネット〔一四行詩〕が六四編しかなくて、マンキーが四歳だったけど、サラが五歳の時に、また三六編書いて、合計百編になった。イギリス人は一九三〇、四〇年代をソネットの世紀と称してる。

華苓《ホアリン》　あなたは最近また藍藍《ランラン》のために『舞のイメージ』を書いた。薇薇《ウェイウェイ》は割合独立してるけど、藍藍《ランラン》は何か問題があると、私ではなく、あなたの所へ行く。

ポール　私は二人の娘を育てたことがあるから、彼女たちの問題がわかるんだ。

華苓《ホアリン》　あの子たちはとてもあなたを尊重してる。私は彼女たちが「エングルさん」とあなたを呼ぶのが好きだった。私たちが結婚した後、彼女たちは自発的に「老爹《ラオティエ》〔親父さん〕」と呼び方を変えた。薇薇《ウェイウェイ》のアイディアよ。彼女たちがあなたをポールと呼ぶことは永遠にあり得ないわ、それが中国人の礼儀だから。人をどう呼ぶかは、その人にどう対するかということを示してる。

ポール　彼女たちとこんなにつき合いやすいのは、二人が中国文化の中で育ったことと関係があるって、すぐに気づいたよ。年長者を尊重する。

華苓《ホアリン》　その通り！

ポール　「老爹《ラオティエ》」って、この人はもう年だってことだろう？

華苓《ホアリン》　違う！　違う！　また問題が現れた、あなたにさえ「老《ラオ》」という字をはっきり説明できてなかったなんて。老いるって、アメリカでは恐るべき言葉で、アメリカ人は老いるという言葉にとても敏感ね。「老爹《ラオティエ》」に老いるという意味があるわけじゃなくて、父親に対する親しみのこもった呼び方なのよ。二人は時々私を「老娘《ラオニアン》〔お袋さん〕」と呼ぶわ。

ポール　ああ。それならいい。

華苓《ホアリン》　アメリカは個人主義を重んじるけど、親子の関係はそうじゃない。たとえば、あなたとあなたの二人の娘は、個人と個人の関係で、長幼の区別がない。薇薇《ウェイウェイ》と藍藍《ランラン》はあなたが年長者だということを尊重し、あなたは彼女たちを平等な個人のように扱う。双方共に満足よ。あの子たちはある父親のイメージを必要としていて、あなたはちょうどそのイメージに当てはまる。もしかしたら彼女たち自身も気づいてないかもしれないけど。実の父親が出て行った時、彼女たちはとても小さくて、一緒に生活したことがなかった。彼は手紙さえよこしたことがない。あの子たちと彼の間には何のつながりもないわ。

ポール　私は自分の娘を育て、仕事がどんなに忙しくても、彼女たちの世話をし、学校へ送り、彼女たちの活動に参加し、遊びに連れて行き、講演に出かける時も、車を運転して彼女たちを一緒に連れて行った。あの子たちは成長して、家を出た。そして薇薇《ウェイウェイ》と藍藍《ランラン》がやって来た。

華苓《ホアリン》　彼女たちはちょうどいい時に来た。あなたたちのどちらにとっても。

ポール　その通りだ。彼女たちがアイオワに来た時、君はまだ運転ができなかった。私は仕事が忙しかったが、できる限り車で彼女たちの送り迎えをした。薇薇《ウェイウェイ》がレストランでアルバイトをしたので、私は夜遅く車で迎えに行って帰宅した。放課後も車で迎えに行った。藍藍《ランラン》は学校での活動が少し多くて、バスケットボールや、演技や、チアガールをやってたね。薇薇《ウェイウェイ》はアメリカの生活に関わることが割合少なかった。

華苓《ホアリン》　そうね。彼女は中国と関係のある活動に参加する方が多かった、たとえば釣魚台《ティアオユィタイ》〔日本では尖閣諸島〕防衛運動とか。クラウス（Klaus Rupprecht）と結婚した後、彼が駐中国ドイツ大使館に二度転任となって、薇薇《ウェイウェイ》は言ってた。アメリカでは、自分のことを中国人だと感じるけど、中国では、自分がアメリカ人だと感じるって。今では、自分が何人かわかるようになった――チャイニーズ・アメリカンなのだって。彼女の息子はと言えば、アメリカで生まれた中国とドイツのハーフだものね。さらに複雑になる。

ポール　私たちが結婚する時、二人は賛成した？

華苓《ホアリン》　結婚が決まった時、聞いてみたの。藍藍《ランラン》は「エングルさんはよいお父さんよ」と言った。薇薇《ウェイウェイ》は「ありがたや、もう二度とお母さんがミス聶《ニエ》、ミス聶《ニエ》と呼ばれるのを耳にすることがなくなるわ」だって。ポール、いきなり母娘三人があなたの生活に加わって、心配じゃなかった？

ポール　心配っていうのじゃないね。重い責任感を持った。正式に二人を引き取ったわけじゃないけど、実際には父親の立場となったんだから。彼女たちの面倒を見なければならないし、責任もある。君は私の二人の娘に対してこんな問題はないだろう。彼女たちはもう成人して家を出ていたんだから。

華苓《ホアリン》　彼女たちがもし家にいたら、どうつき合えばよいのか本当にわからなかったわ。

ポール　君の二人の娘は中国文化の中で育って、年長者を尊重する。君は私の二人の娘から年長者に対する尊重を受けることは絶対にできない。

華苓《ホアリン》　その通り！　ポール、私たちが結婚した後、あなたがわたしのこの中国人家庭に加わったのよ。私と二人の娘は中国語を話し、中華料理を食べ、中国人の親戚がいて、中国人の友達がいる。こんな生活に耐えようとするアメリカの男性はそういるものではないわ。自分をのけ者だと感じる？

ポール　全然！　薇薇《ウェイウェイ》と藍藍《ランラン》は私を非常に歓迎し、非常にいたわってくれると言ってもいいほどだよ。私はすごく安らぎを感じる――昔の家庭はばらばらになって、新しい家庭ができたって。

華苓《ホアリン》　ポール、あなたは太っ腹で、大きな山みたい。私もあなたが、この家の中で、私たちの大黒柱だと感じてもらえるよう精いっぱいやってるの。今でさえ、二人の孫にもそんな風に感じてほしいと思う。たとえばクリスマス・イブよ、クリスマス・ツリーの下にプレゼントをいっぱい置いて、二人のおチビさんに言うの。グランパ〔お祖父ちゃん〕は我が家の主だから、一番先に自分へのプレゼントを見るのよって。

ポール　知ってるよ。感動するね。私たちが結婚して、二人の娘はすぐになじんでくれた――私たちは家族だ、お母さんがこの家で誰かと結婚したんじゃないって。今でも彼女たちの子供は私をお祖父ちゃんと思ってくれてる。

華苓《ホアリン》　そうよ。おチビさんたちは私よりあなたにもっとなついてる。アンシアが小さい時、ある日、電話をかけてきて、私が電話を取ると、あなたと話したいと言う。あなたが出ると、彼女は「急いで！　早く！」と言い、「何があったの？」と聞くと、「牛乳がなくなっちゃった」と言う。あなたはすぐに車で牛乳を買いに出かけ、彼女の所へ届けた。薇薇《ウェイウェイ》の子供と彼らがドイツからアイオワに帰って来る前の晩、あなたは夜中に突然ベッドから飛び下りて言った。まだプールに水を溜めてない！　おチビさんがもう明日来るって。

ポール　私は本当にあのおチビさんが好きなんだ！

華苓《ホアリン》　ポール、あなたと私と二人の娘が本当に一家団欒のような親しさだと、私が感じたのはいつだか知ってる？　一九七八年、私たちが四人一緒に中国へ飛んだ時よ。三十年の後に、私は初めて中国に戻る。あなたたち三人は初めて中国へ行く。私たちは飛行機で一緒に座り、話して、話して、絶え間なく話し、一八時間話して、眠らなかった。中国に着くと、私は親戚や友人に会い、どうしようもなく忙しく、まさにその時、二人の娘があなたに責任を感じて、いつでもどこでもあなたの世話をし、あなたのために通訳して、あなたを連れてあちこち回った。どんなことでも、すべてあなたのためを考えて。あなたたちは本当に父娘のような仲になった。

ポール　そうだね。あの時中国へ行って、私たちは本当に一つの家族になった。

華苓《ホアリン》　彼女たちは「私の父です」とあなたを紹介していた。

その小船

共に長江《チャンチアン》の水を飲む

駅

アイオワでは前夜、風が激しく雨が降りしきっていた。

鹿の園に百年生きるゴムの木は、狂ったように叫びを上げ、アイオワ川の水は興奮して波立っていた。赤い家も揺れ動いた。それはまさに私が故郷を離れて三十年後、翌朝には帰郷の途につく心情そのものであり、ましてやポールと二人の娘が同行するのだからなおさらだ。

私たちは列車で香港から羅湖《ルオフー》へ向かい、一両目の車両に座った。私が一番先に目にしたのは羅湖橋《ルオフーチアオ》——橋の向こうはもう故郷だ。

私たちは「中国へ」という矢印に沿って前進する。橋まで行くと、私は立ち止まり、振り返って眺めてみた——何と長き道を歩いて来たことか。

中国の旗が前方で翻っている。

橋を渡ると、並んでパスポートの検査を待つ。話をする人はいない。太陽が頭上を照らす。「あんたは踊りをやるのかね?」最初のお国なまりはパスポート検査の人が微笑みながら藍藍《ランラン》に言った言葉だ。

「そうです、私は踊りをやります」

今度は私に聞いた。「このアメリカ人は同行のお身内かね?」

「そうです」私は答え、振り向いてポールに通訳した。

彼はハハハと笑った。

「行きましょう!」私は笑いながらポールに言った――私の同行の身内は、ここでは、私について行かなければならなくなったのだ。

私たちはそんな風にその踊りをやる人について、我が故郷へと足を踏み入れた。

旅人は深圳《シェンチェン》で昼食を取ったが、今になっても誰の招待だったのかわからない。ポールは元々香港で具合がよくなかったのを、無理に出発して来た。昼食時に青島《チンタオ》ビールを一本飲むと、少し気分がよくなり、二本目を飲むと、さらに少しよくなり、三本目を飲むと、完全によくなった。彼はその後ずっと青島《チンタオ》ビールを世界で一番よいビールだと思っていたが、数年後にアイオワの小さな店で青島《チンタオ》ビールを発見し、異郷で昔馴染みに出会ったように、喜んで叫んだ。その時から我が家では常に青島《チンタオ》ビールを切らさないようにしている。

列車は深圳《シェンチェン》から広州《コアンチョウ》に向けて出発した。小雨。薄い霧。青々とした田野。川に小舟が一艘浮かび、漁夫が魚を釣っている。三々五々農夫が水牛にまたがり、人が小さく、牛も小さい。景色は昔のまま。黒髪はもう白髪交じり。

私たち四人は、大小の手提げかばんを持ち、プラットホームに立って、周囲を見渡したが、誰もいない。

突然大声が聞こえた。「あそこだ、あそこだ！」

上の兄、兄嫁、華蕙《ホアホイ》（聶華苓（ニエホアリン）の異母妹）と夫と息子たちがプラットホームのもう一方の端から駆けて来る。

「来た！　来た！　彼らが来た！」私たちも叫び出した。

　彼らが私たちに向かって走る。私たちも彼らに向かって走る。すべての人が皆叫んでいる。すべての手が互いをむやみにつかむ。まずどの手をつかめばよいのかわからない。まずどの人と話せばよいのかわからない。やはり顔を見分けなくちゃ、やはり恨み言を言わなくちゃ、やはり説明しなくちゃ、やはり先に荷物を持たなくちゃ。

「アイヨー、あんたたちどこを潜って出て来たの？　私たちわざわざ武漢《ウーハン》から迎えに来て、プラットホームで長いこと待ってたんだよ。何だってまた降りて来るのが見えなかったんだろう？」

「あーんたたちどこを潜って出て来たの？　列車が駅に着くのが見えなかった？　こんなに長い列車が！」

「私たち最後尾に走って行ったんだよ！」

「私たち先頭車に乗ってたのよ！」

「先頭車に乗ってるって知るわけないじゃないか！」

「帰国華僑は……」言いかけて私は後の言葉を呑み込んだ。そんな口ぶりはいささか特権的な臭いがすると気づいたのだ。

父が死んで四十二年、家も国も天地がひっくり返るほど様変わりした。水と火のように相容れない二人の妻ももういない。双方の子供たちがそんな平常心の中で顔を合わせた。ぎこちなさもなく、恨みもない。私たちはただ楽屋へ行って衣裳を換え、メイクも変えて、顔にしわを描き、髪に白い粉を振っただけだ。再登場した時には、役柄が変わり、口調も穏やかになり、足取りが重くなって、背も少し曲がった。私たちが演じるのは同じ舞台の違う芝居となった。

「昨夜、一晩中会議を開いてね、どうやってあんたたちを歓迎するか話し合ったんだよ」ホテルへ向かう車の中で兄嫁が私に言った。「私たちは決めたんだ、あんたたちの列車が着いたら、あんたの兄さんと妹の旦那がすぐ前に出てエングルさんに挨拶して、二人の甥っ子が伯母さん、つまりあんたを支えに進み出るって」

私は笑って言った。「七十、八十の年寄りでもあるまいし、何で支えが要るの?」

「アイヨー、丁重さの表現よ! 結果はと言えば、プラットホームで一緒くたになっちゃって、歓迎儀式は全部忘れちゃった」

ただ下の兄には会えなかった。私たちは皆彼が好きだった。彼はがっしりとした体格で、ゆっくり話し、目がにこにこ笑い、一緒にいると、安心してのびのびできる感じがした。私はとりわけ彼に敬服していたが、それは彼が学んだのが獣医学で、私の恐れる動物にどう対処すべきか知っていたからだ。

私は彼のことを聞いてみた。

上の兄が何度も手を振る。「聞くな。誰にも聞いちゃいけない。武漢《ウーハン》に着いても、聞いちゃだめだ」

「どうして?」

「私もあいつがどこにいるか知らない。お前が帰って来たんだから、それでいい」上の兄は私を見ながらちょっと笑ったが、とても優しい笑いで、昔の横暴さは消え失せていた。

私たち一行は広州東方《コアンチョウトンファン》賓館に落ち着くと、皆が一つの部屋に集まった。

ポールが旅行かばんから酒を一本取り出し、テーブルにグラスをちゃんと並べてから、グラスを挙げて、少しのどを潤し、すこぶる厳かに宣言した。「このフランスのブランディーは、私がアイオワからずっと中国まで提げて来たのですが、まさにこのひとときを祝うためだったのです！」彼は顔を上げて一気に飲み干した。

二人の娘が彼と家族の間を取り持って通訳する。

「姉さん、姉さんたちの里帰りは、私たちにとって大事件よ！」華蕙《ホアホイ》はあまり話をせず、始終にこにこ笑っており、私が彼女のために持って来た補聴器をつけ、線が胸元にぶら下がっていても、まったく気にしない。「私は学校で姉さんの手紙を受け取って、うれしくて頭がおかしくなっちゃって、手紙を振りながら、バスに駆け込み、車内の人たちに叫んだの。姉さんが帰って来る！　姉さんが帰って来る！って」

「私はお前の手紙を受け取ると、しきりに言ったよ、よかった、よかった、帰って来る、今回は本当によかった！って」上の兄はこぶしを握り、掌をポンと打った。

「あんたの兄さんは、一九七四年に最初の手紙を受け取って、何日も眠れなかったんだよ。漢仲《ハンチョン》が亡くなったと知って、泣いてた」と兄嫁が言った。

明るい列車。柔らかな汽笛。私たち三家族九人は、そんな風に広州《コアンチョウ》から武漢《ウーハン》へと向かう。

広州《コアンチョウ》の泥土は黒く、湖南《フーナン》の泥土は赤く、湖北《フーペイ》の泥土は次第に黄色く変わっていく。黒土にせよ、赤土にせよ、黄土にせよ——どれも私の故郷の土で、心から親しみを感じる。

私はとうとう大河の故郷へ帰って来た。

長江《チャンチアン》の水は三十年前と同じように流れ、江漢関《チアンハンコアン》の時計台も三十年前と同じようにそびえ立つ。今、川の上には二段構造の大鉄橋がかかり、車が橋の上段を走り、列車が橋の下段を走る。私たち一行の車は江漢《チアンハン》飯店で止まったが、そこは即ち昔の徳明《ドーミン》飯店だった。重々しいドイツ式の建物は昔のままで、入口の前の老木にぼうぼうと茂る青葉も昔のままだ。以前は外国人と中国の金持ちのホテルで、私たちは外からちらりとのぞくことしかできなかった。今、私は旅行かばんを提げ、その長い幅広の階段を夢見心地で上りながら、小さい頃、漢口《ハンコウ》の日本租界に住み、ひどく暑い日に、弟の漢仲《ハンチョン》とアイスキャンディーを買いに行ったことを思い出す。日本租界、ドイツ租界、フランス租界、イギリス租界、ロシア租界、汗を流しながら五つの租界を通って行くのは、漢口《ハンコウ》で一番おいしいアイスキャンディーを食べたいがためだった。徳明《ドーミン》飯店はドイツ租界の端にあり、そこを通る頃には、とっくにアイスキャンディーをなめ終わっていた。車が音もなくホテルの前で止まる。白い制服に白い手袋の運転手が飛び降り、車のドアを開け、腰をかがめて一方に立つ。鼻の高い西洋人がその神秘的な建物の中へ入って行く。

白いブラウスにミニスカートを身につけた江漢《チアンハン》飯店のウエイトレスは私が武漢《ウーハン》語を話すのを聞いて、ぱっと目を輝かせた。「武漢《ウーハン》語が話せるんですか？」

「私は武漢《ウーハン》人よ」

「武漢《ウーハン》人？」

「ええ。アメリカから帰って来た武漢《ウーハン》人、出てから三十年になるわ」

「三十年？　何が食べたいですか？　何でも言ってください。面窩《ミエンウォー》〔武漢（ウーハン）風ドーナツ〕、湯葉、武昌魚《ウーチャン》」

「喜頭魚〔鮒〕！」

彼女は首を横に振った。「武昌魚《ウーチャン》しかありません」

スケッチ

東湖《トンフー》の水は相変わらずあんなに青い。空の雲は相変わらずあんなにのどかだ。

緑の服の子供が夾竹桃《きょうちくとう》の下に立つ。彼は振り向いて私を見ると、突然笑った。火のように赤い夾竹桃が彼の頭上で燃え上がり、彼の顔を赤く染める。

彼はやはりはにかみながら私を眺めて笑っている。

まさに「子供が見知らぬ人と出会い、どこから来たのと笑って尋ねる」〔賀知章（ホーチーチャン、六五九～七四四、唐の詩人）の詩『回郷偶書』の一節。年老いて帰郷した自分を故郷の子供は知らない、の意〕だ。

……

青い山。並ぶ枝垂れ柳。くすんだ青い空。くすんだ青い水。波もなく、雲もない。水と空の間に、小さな舟一つ。蓑をまとった翁が網を引き、少しずつたぐり寄せて水の中から引き上げる。

私は水辺にかがみ込み、軽く水をたたいてみる。

……

灰色の建物。格子の窓が、一列一列、すべて薄暗い。

妹の夫が片手に丸い腹の土壺を提げ、喜色満面、外から入って来て、大声で叫ぶ。「涪陵《フーリン》ザーサイ！涪陵《フーリン》ザーサイ！　四川《スーチュアン》の川へ行ってわざわざ船から降りて買ったんだ。天下一だよ！　アイオワへ持って帰ってくれ！」

彼の顔はちょうど背にした灰色の建物の窓格子にはめ込まれている。窓の格子が突然明るくなった。

……

半開きの色あせた木の門。老人が一人、門の中で竹の腰掛に座っている。傍らに茂る翡翠色の青葉、緑がしたたり、老人の肩にかかる。

……

長々とした狭い路地、灰色の建物。地面で雨水がきらめく。とても静か。

不意に、チーチーとか細い声がして、一声一声、はっきりと、明瞭だ。私は振り返って探す。道端の破れた竹かごの中、鮮やかな黄色のひよこが二羽、またチーチーと鳴き出した。竹かごの縁に吊るされた一切れの青菜が、したたるように青い。

その二つの鮮やかな黄色と、そのひとひらのみずみずしい緑が、私を一日中明るくしてくれた。

黄鶴楼《ホアンホーロウ》は

「黄鶴楼《ホアンホーロウ》は？」私は川を渡る汽船の上に立って尋ね、対岸の煙突から昇る二、三本の煙を眺めている。

「黄鶴楼《ホアンホーロウ》は？」大河は広くゆったりと流れるばかり、どこへ捜しに行けばよいのか？

大河は相変わらず東へ流れる。白雲は相変わらずのどかに浮かぶ。私はどうしても川へ行って、どうしても船に乗りに行って、聶《ニエ》家のすべての人々と一緒に船に乗りに行って、どうしてもあの年、父の棺が故郷へ戻り、祖父の書いた哀悼の軸「魂が帰り来たる」が翻っていた江漢関《チアンハンコアン》から船に乗らなければならない。今、両足が船のデッキを踏みしめたその時、厳かに、重々しく、私の生命の中で完全な丸い輪が描かれた。私は母に向かって黙祷した。「お母さん、安らかに」

船は人でいっぱい、太陽はちょうど真上。私は老人や子供、若者の間をかき分け行ったり来たりした。汗の臭い、体臭。身に染みるほど親しみを感じ、まるで私は元々ここを離れたことなどなく、三十年来、ずっと彼らと一緒にいて、大河の上で共にもがき、共に命がけで頑張り、共に生きてきたような気がする。彼らは大声で話をして騒いでいる。

「彼らはけんかしてるの?」とポールが聞く。

私は笑った。「ああいう話し方なのよ」

ポールは空の端にもうもうと立ちこめる煙突の煙を眺めながら言う。「君がここで生まれ育ったなんて想像できないよ」

午後、私はポールと二人の娘、上の兄と妹の家族に言った。「今日私はどうしても私が暮らしたことのある場所を歩いて、歩いて、歩き回りたいの。行きたい人は、私について来て! 行きたくない人は、残って!」

ポールはアイオワで言っていた。「私は華苓《ホアリン》が歩いたことのある一寸一寸の土地を踏みしめたい」二人の娘は家庭内の昔のことに好奇心でいっぱいだ。残る人は一人もいない。威風堂々、私たちは江漢《チアンハン》飯店を出発し、川沿いの広い道を歩む。以前の川沿いの広い道は漢口《ハンコウ》の五つの租界を横に貫いていた——ロシア租界、イギリス租界、フランス租界、ドイツ租界、日本租界だ。川沿いのビルは、どれも外国企業と外国人の住まいだった。川辺にあるインコの羽のような緑の芝生に、木の椅子が並べてあった。川辺と黒い鉄柵の間にはコンクリートの歩道があり、外国人が乳母車を押したり、殺気立った大きなシェパードを引いたりして、そこを散歩する。外国の軍艦がそれぞれ自国の国旗をはためかせていた。租界の外の川には、古い木船が三々五々、皆大河に生活の糧を求める人々だ。夏には水位が上がり、毎日夕方、私は大人について川辺へ行き、水の満ち引きを眺めては、ひとしきり緊張を味わった。水が溢れた時、ひどい目に遭うのは租界の外にある低地の貧民区だった。民国二十年〔一九三一年〕に大水があったが、私たちは北平《ペイピン》〔北京〕に行っていた。私の家の三階建てが、二階まで水につかり、出入りには最上階の窓から小舟に乗らなければならなかった。「民国二十年の大水は……」小さい頃、大人がよくそんな風に話すのを耳にすると、私は窓から小舟に乗り、櫂をこいで「人の家へ出かける」様子を思い浮かべたものだ。

私たち一群が川沿いの広い道を歩き出すや、私はすぐに呆然となった。広い道は狭い道に変わり、川も見えなくなっていた。目の前にあるのは分厚い堤防、武漢《ウーハン》人がシャベルを両手に、土を一すくい、一すくいして築き上げたもので、今では武漢《ウーハン》は水害がなくなっている。川辺のビルを出入りするのは、青や灰色の制服を着た事務員だ。長々と一列になった台車にわらで包んだ荷物が積まれ、一人一台、それぞれ台車を引いてやって来る。腰を曲げ、ロープを肩にかけ、しっかりと、歯を食いしばり、一歩一歩前へ引っ張る――それは永久に変わらぬ中国人の姿で、あの年、私が長江《チャンチアン》で目にした船引き人夫も、そんな風に太いロープを引っ張り、断崖絶壁を、一歩一歩前進していた。

聶《ニエ》家の二世代は聖地巡礼のように、通りを一つ、また一つと歩いて行く。私が暮らした昔の一つ一つの租界の家を歩いて行く。ロシア租界の上海《シャンハイ》理髪店はまだ三叉路にあった。理髪店の向かいにあった白系ロシア人女性のしゃれた小さな店、あの虹色のパラソルを置いていた店はもうなくなっていた。さらに歩いて行くと、私の記憶の中では一番早期のものとなるあの家があるはずだ——飾りのついた鉄門の中の長い道を車がまっすぐ建物の前まで走り、二本の太い石柱が広々としたバルコニーを支え、石柱の間にある玄関の階段を上り、大きな階段へ歩み入ると、正面の大きな鏡が出迎え、やむなく向きを変えて上って行くと、いきなり祖父の巨大な影を目にすることになる。

「私たちの家は？　私たちの家は？」私は街頭に立ち、子供時代の家を求めて周囲を見回した。

「これが私たちの家だ！」上の兄が私の背後を指して言った。

何と私は我が家の正面入口に立っていたのだ！　振り返ると、二本の石柱だけが目に入り、もう一度見たが、やはり二本の石柱だけだった。半世紀の激しい嵐を経て、私たちは皆生き延びてきて、今、共に三叉路に立ち、二本の石柱の間にたたずんで、共に子供時代の家を捜し求めている。古い恨みや宿怨がどうして消え失せたのか、ふとわかった。

私たちはイギリス租界の蘭陵街《ランリンチェ》を通り、ある横丁の入口まで行った。「同福里《トンフーリー》！」私は叫びを上げた。抗日戦が勃発してから、私たち母子はここに身を寄せたのだが、日本の飛行機が来ると、母は子供たちをぱっと胸に抱え込み、テーブルの下に隠れた。

私は同福里《トンフーリー》の前に立つ。一棟一棟の小さい赤レンガの家は古くなって様変わりしている。男の子が二人、腰に手を当て、憎々しげに私たちをにらんでいる。

「行きましょう」私は振り向いて言った。その子たちは立ち回りでもやりたいような様子だ。

私たちは一緒に甫義里《フーイーリー》も捜した。父が逝った後、母は四人の子供たちを連れ、そこで愁いと苦しみの日々を過ごしていた。私たちはまた一緒にドイツ租界の埠頭を一つ、二つ、三つ、四つ、五つ、六つと通って行き、日本租界の私の最後の家まで歩いた。それは二本の通りの分岐点に位置し、灰色の塀と、階を重ねる建物に、それぞれ狭い長窓がある。塀に囲まれた庭の隅にアオギリの木が一本、夏には蝉がジージーと声を上げ、一日が永遠にそうやって引き延ばされていく。そんな単調な生活を変えたのは父の死で、それは陰に陽に見え隠れする家族の争いであり、母の悲痛な苦しみでもあった。

「国際大団結！」薇薇《ウェイウェイ》が我が家の入口にある看板の字を指さしている。

「今は派出所だよ」上の兄が私に言う。

私は中をちらっと見た。何人かが中庭の腰掛に座って話している。

「ここは元々三階建てで、大きな庭があったの」私はポールと二人の娘に説明する。「日本人が武漢《ウーハン》を占領していたので、アメリカの飛行機が爆弾を落とし、ちょうど家の真ん中に落ちて、爆発でこんな中庭ができた。抗日戦勝利の後、私たちが四川《スーチュアン》から漢口《ハンコウ》へ戻ると、我が家が爆撃で平屋になり、中心に大きな中庭ができていて、その周りの部屋が明るく変わり、どの部屋にも日の光がさしていた」私はまた塀の中にちらっと目をやり、笑いながら言った。「小さい時からこんな開けっ広げな大きい庭がほしかったの」

ポールが大声で笑った。「中国人！　中国人！　それこそが中国人だ！　大きな災難に遭っても、逆境に逆らわない哲学を持っている」

真君《チェンチュイン》

八〇年代に、私は何度も帰郷した。一九八〇年、私はポールと再び中国へ行った。湖北省《フーペイ》の副省長が武《ウー》漢《ハン》の翠柳村《ツイリウツン》に宴席を設け、私たちを招待してくれ、上の兄夫婦も同席した。私は下の兄の行方をちょっと調べてもらえないかと副省長に頼んだ。彼は二つ返事で引き受けてくれた。その年、私たちは開封《カイフォン》の上の兄の家へも行った。その時初めて彼の子供たちが私に話したところでは、上の兄は「文革」〔文化大革命〕中に右派として打倒され、背中に「地主の忠実な跡継ぎ」と書いた札を背負わされたという。苦しい労働をし、レンガを運び、石灰を作った。一九七八年、私たちが再会した時、兄の名誉はまだ回復されていなかった。一九八〇年、開封《カイフォン》の上の兄の家で、私は真君《チェンチュイン》のことを尋ねた。

兄嫁は言った。「あんたの兄さんの母親が死んでから……」

「どの年？」私が聞く。

「一九六二年」

「私の母も台湾で一九六二年に亡くなったの」

「偶然だなあ！」と上の兄が言った。

兄嫁は話を続ける。「お祖父さんは抗日戦の時に亡くなって、知ってるわね。真君《チェンチュイン》はあんたの兄さんの母親について、武昌《ウーチャン》に住んだ。新中国成立後、私たちはよそで働いたから、小燕《シアオイエン》と小斌《シアオビン》はどちらも真君《チェンチュイン》が育てたの。彼女は実によく二人の世話をしてくれた。兄さんの母親が亡くなると、彼女は開封《カイフォン》に来て私たちと一緒に住んだ。彼女は私を姉さんと呼んだ。私たちは本当に姉妹みたいだった。ある日、組織が私を呼び出し、真君《チェンチュイン》は私たちの女中で、新しい社会では認められないことだと言ったの。私たちは彼女を女中とは思っていないし、彼女は独りぼっちで、よるべがないので、私たちが養わなければならず、姉妹のように仲がよいのだ、と私は説明した。だめだ、新社会では、組織が彼女の生活の手配をするって。元々彼らはある年寄りの模範労働者に彼女を嫁がせようとしていたの。私は仕方なく、真君《チェンチュイン》に言い聞かせることを最後には承知するしかなかった。私は家へ帰って『真君《チェンチュイン》、お前に家ができたよ』と言った。彼女はちょっとうなずいて『うん、ある』と言う。私が『この家じゃなくて、別の家よ』と言うと、彼女はやっぱり『うん、ある』とうなずく。私ははっきり言えなくて、手まねをするしかない。彼女の何枚かの服を包んで、彼女に持たせ、手を引いて、外に出た。自分の家に行きなさい、と私が言うと、彼女は泣き出した。いや、姉さんがほしいって」兄嫁は声を詰まらせた。

「いいわ、姉さんはお前と一緒に行く、と私が言ったので、ようやく彼女は私と一緒に門を出た。私は彼女と共に鄭州《チョンチョウ》へ行った。やれ、爺さんが一人、めちゃくちゃに散らかった小さな一部屋。私は彼女に言ったの。お前はここに住んで、しょっちゅう帰っておいで。ここがお前の家で、あっちもお前の家だよって。彼女はわーわー泣いて、私について帰りたがった。私は心を鬼にして立ち去るほかなかった。彼女は毎週必ず私たちに会いに来た。来るたびに、飴やら、お菓子やら持って来て子供たちにやっていた。大体一年余りして、爺さんが死んだ。組織は彼女にはっきり指示ができず、彼女をどうしようもなかった。私は一週間休暇を取って、彼女を見に鄭州《チョンチョウ》へ行った。彼女は私を見ると、ひどく泣いて、私について帰りたがり、帰って来て一カ月いたけど、やっぱり置いておけず、やっぱり出て行かなければならない。彼女は帰って来てから、病院で洗濯婦をやっていたの。その後また彼らが彼女を嫁がせて、田舎へやってしまった。文化大革命で、連絡が取れなくなって。私たちも自分の身が危うかった」

一九八六年、私は弟の華桐《ホアトン》と、戦争中に母が子供たちを連れ、苦労して生活した場所を川に沿って再訪した。重慶《チョンチン》、万県《ワンシエン》、三斗坪《サントウピン》、宜昌《イーチャン》、武漢《ウーハン》。最後に開封《カイフォン》へ行った。湖北省《フーペイ》応山《インシャン》県の外事弁公室の人が突然、皮蛋《ピータン》を一包み提げて訪れ、私と華桐《ホアトン》を応山《インシャン》へ招待するためわざわざ駆けつけたと言う。そこは私たちの実家の故郷とも言えるが、私の母の側の家族はそれまで訪れたことがなかった。父の死後、母は苦難の中にあり、そこの親戚や友人は私たちを遠ざけていた。私と華桐《ホアトン》は早くから決めていた行程を急に変えることはできない。私は「兄さんが行って」と上の兄に言った。「私が行って何になる？　彼らはお前たちに来てほしいんだから」と兄は言った。

私たちは外事弁公室から遂に下の兄の消息を聞いた。一九八〇年、湖北省《フーペイ》副省長が聶華棣《ニエホアティー》の行方を調査する仕事を、応山《インシャン》県に任せた。ちょうど開封《カイフォン》へやって来たこの外弁の人が調査に当たった。下の兄の運命は、わずか数語でけりがつくものだった。

五〇年代に、下の兄は武漢《ウーハン》から応山《インシャン》に帰って牛の世話をした。突然数頭の牛が死んだ。牛は彼が毒殺したのだと誰かが言った。彼はすぐ強制労働所に入れられる。そこで肺病にかかった。六〇年頃に釈放されたという。だが、応山《インシャン》に彼が戻ったという記録はなく、武漢《ウーハン》にもない。最後に外弁は、当時彼と共に強制労働させられた人を探し当てた。その人の話では、強制労働所で下の兄を見かけたことがあり、やせて骨と皮ばかりになっていたが、強制労働のため、話もできなかった。しばらくして、その人は黄土が盛られた所を通りかかる。

盛り土の前には小さい札が挿してあった――「聶華棣《ニエホアティー》」と。

さようなら雷震《レイチェン》、一九七四年

一九七四年春、雷《レイ》氏が出獄して既に四年になり、私がアイオワに居を定めてもう十年になっていた。私とポールはアジアを二カ月旅行するので、雷《レイ》氏に会いに台湾へ行くことに決めた。もちろん、私はポールと中国へも行きたかった。香港に着いてから、台湾と中国へ同時に入国申請をした。中国大陸からは杳《よう》として返答がない。台湾入国は許可されたが、エングルが私の身の安全を心配し、駐台湾米国大使館に電話を入れて尋ねると、問題ないはずだという返事で、大使館が空港へ人を派遣し、私たちを出迎えてくれるという。

十年を経て、また台湾へ戻るのだ。私たちは台北《タイペイ》に着いたら、直ちに雷《レイ》氏に会いに行きたかった。知人の反応はさまざまだ。よいとも悪いとも言わない人もいた――それは沈黙の時代だった。雷震《レイチェン》は出獄してからまあよい暮らしをしているんだから、静かな日々を過ごさせてあげなさい、今は邪魔をしに行かないで、面倒を引き起こすようなこともしなくていい、と言う人もいた。私が雷震《レイチェン》に会いに行きたい気持ちを非常に理解してくれる人もいた。もちろん行くべきだが、大っぴらにしないで、すぐ行く必要もないし、できれば台湾を離れる日に、あまり長居もせず、ちょっと顔を見て彼の暮らしぶりのよさがわかればそれでいい、ぐずぐずしていれば怪しまれる。雷震《レイチェン》に会ったらすぐ飛行機に乗りなさい、と言う。

それは、それは……、友人はちょっと笑い、申し訳なさそうな様子で、それは君たちが彼に会うのが早すぎて、誰かに知られて、新聞で批判されたり、騒がれたりしたら、ここにいる数日間が不愉快なものになるからだ。君はこっそり来て、こっそり去る方がいい、と言うのだ。では、『自由中国』の仲間たちに会うことはできるのか？　これも、彼らのためには面倒を引き起こさない方がいい、ということだった。

夏道平《シアタオピン》は雷《レイ》氏と心のこもったつき合いがあり、雷《レイ》氏の出獄後も変わらずに旧友を訪ね、雷《レイ》氏の近況に比較的詳しい。私は彼に電話をかけた。私は気持ちが高ぶったが、極力平静を保ち、多くを話さず、ただ雷《レイ》氏に会いに行きたいとだけ告げ、私とポールが会いに行ってもよいか聞いてくれるよう頼み、私たちが会いに行く日時も知らせた。それはまさに私たちが台湾を離れる日、午前一一時だった。夏道平《シアタオピン》は一両日待てば、雷《レイ》氏がいつ私たちに会えるかわかると言う。私は夏道平《シアタオピン》の言っている意味がわかった——雷《レイ》氏の電話は特務に盗聴されており、雷《レイ》氏が私に会えるかどうかを決めるには時間が必要なのだ。私と夏道平《シアタオピン》はそれまでずっと手紙のやり取りを続けていたが、電話では彼は私に会いたいとは言わず、その困難な立場が察せられた。二日後、夏道平《シアタオピン》から電話があり、雷《レイ》氏が私たちと会うのは可能で、家で食事もしてほしいという意向だと伝えてくれた。私たちは雷《レイ》氏に二時間しか会いに行けず、彼に会った後、直ちに飛行機に乗ってアイオワへ戻る、と私は言った。彼は「おー」と声を上げたが、何も言わなかった。

雷《レイ》家は台北《タイペイ》郊外の木柵《ムーチャー》にある。友人が車を運転して私たちを送って行ってもよいと言う。しかし問題が生じた。元々雷《レイ》家の向かいの家には十数人の特務が寝泊まりしており、もっぱら雷震《レイチェン》を監視している。彼の一挙一動、およびわずかに行き来のある数人の親類や友人まで、特務は写真に撮って保存し、取り調べに使えるようにしているのだ。もし友人が車で私たちを雷《レイ》家へ送って行き、ナンバーを撮影されたら、いつ思わぬ災難の種になるか知れたものではない。「だめだ！　だめだ！」友人はしきりに首を振る。「誰も行こうとしない！」だが、友人はやはり友人で、私たちをタクシーに乗せることにも賛成せず、台北《タイペイ》のタクシーはめちゃくちゃに突進するから、交通が特に乱れた台北《タイペイ》から木柵《ムーチャー》に至る一帯では、人身事故の恐れもあると言う。ふと瞿《チュイ》さんのことが私の頭をよぎった。彼はまさにその道で大型トラックにはねられて死んだのだ。長いこと検討し、ようやく私たちは影美《インメイ》まで友人の車に乗り、およそ三分の二の道程になるが、その後、影美《インメイ》からタクシーに乗って木柵《ムーチャー》へ行くことに決めた。

私たちが表門を入ると、すぐに雷《レイ》氏夫妻が中から迎えに出て来た。私は駆け寄って彼の両手をしっかり握り、言葉が出て来ない。十四年の後に、また雷《レイ》氏と雷《レイ》夫人に会い、何とたくさん、積もる話があることか、たった二時間しかないとは、私はむせび泣きで言葉もない。

雷《レイ》氏はくるっと向きを変えて家の中に入り、しきりに言う。「眼鏡は？　眼鏡は？　私は目が悪くなった！」彼は眼鏡をかけ、私を見て言った。「うん、やっぱり昔のままだ。十四年間会ってない。最後に君を見たのは一九六〇年九月三日、土曜日だ」

彼はそんなにもはっきり覚えている！　私は唖然とした。そうだ、思い出した、あれは彼が逮捕される前の日だった。

私たちは客間に座った。私は持って行ったスイスチョコレートの箱をそばのサイドテーブルに置き、金を入れた封筒もその箱の下に忍ばせた。

「雷《レイ》さん、今もお元気ね」私は言った。

「だめだ、だめだ、背中がいつも痛むし、記憶力も衰えて、目も悪くなった。今日は君に会えてうれしいよ。エングルさんも来てくれたし」

「ずっとお目にかかりたかったんです、雷《レイ》さん」とポールが言う。「敬服しております。華苓《ホアリン》があなたのことをたくさん話してくれました。あなたはとても勇敢な方です」

雷氏《レイ》はちょっと笑う。「今日は君たちに会えて、本当にうれしい。君たちが来るという電話を受けてから、誰も横槍を入れてこないので、わかったんだ、君たちに会えるって。我が家の電話は特務が録音してるんだ。私たちの斜め向かいの建物、それから右側の家には、国民党の特務が十数人いて私たちを監視している。私の一挙一動は、すべて写真に撮って、訪れる客も撮って、庶民の家を無理に占拠して、朝から晩まで一日中、私たちの方を撮影している。撮るべき何がある？　まったく空騒ぎさ！　会話も録音する。ある人が言ったよ、ラジオをつければ、電波が乱れて、特務はどうしようもなくなるってね。私たちが話すことは、公明正大だ、どうして録音などする？」雷氏《レイ》は突然笑い出した。「教えてあげよう、牢屋の中の囚人は国民党を狗民党〔中国語の「狗（犬）」は人を罵る言葉〕と呼んでるのさ！」

雷氏《レイ》は当時と同様、相変わらず天真爛漫で子供のようだ。

あまりたくさんのことを聞いてはいけない、と私は思ったが、雷氏《レイ》は気にもせず、どんなことでも大胆に話す。彼に話を続けさせて、彼の身に災いを招いては絶対にいけないと思い、一言だけ聞いた。「雷《レイ》さん、お体はまあまあよろしいんでしょう？」

「まあまあだよ。今、回想録を書いている。私は牢で四百万字書いたんだ！　彼らは無理やり奪って行った。法も神も眼中になしさ！　私は十年の刑を終えたら、釈放されなければならない。だめだ！　出獄する前に『宣誓書』を書け、さもなければ、出られないという。何の法的根拠もない。私は拒否した、牢にいる方がましだ！ってね。彼らは私の妻に知らせ、私を説得するよう彼女を呼んだ。彼女はこの年月、本当に苦労ばかりだ。私はやはり拒否さ！　妻は私を説得するため谷正綱《クーチョンカン》に軍の監獄まで来てもらい、彼は妻の長年の苦難を思いやれと私に言った。私はやはり承知しない！　谷正綱《クーチョンカン》は警備司令部から渡された『宣誓書』の原稿を私に見せた。それには『国家』に不利益となる言論や行動を許さず、『国家』に不利益となる人士とつき合うことを許さないと書いてあった。『国家』の二文字を見て、私はようやくその通り書くことを承知した。『国家』は国民党じゃないだろう！　私には生涯、『国家』に不利益となる言論や行動などありはしない。ところが、出獄の前に、王雲五《ワンユィンウー》、陳啓天《チェンチーティエン》、谷正綱《クーチョンカン》が軍の監獄へ来て、警備司令部がよこした『宣誓書』は、『国家』が『政府』に変えられていた。こんなペテンのやり口さ！　私はまた書くのを拒んだ！　彼ら三人は何度も私をかき口説いた。彼らはもう七、八十歳にもなるのに、私のために苦心し奔走してくれる。私は無理に書くほかなくなった。私は軍人監獄に十年いて、四百万字の回想録を書いた。出獄の二カ月前に、特務が人相の悪い大男を十数人連れて来て、私の回想録を残らず奪い去った！　私に何の罪がある？　十年も閉じ込めて！　回想録を書くことさえ許さない！」

「雷《レイ》さん、奥様、お二人はよく出かけて歩いたりなさるの？」

「出かけるといつも誰かに尾行されるの」雷《レイ》夫人が言う。「家にじっとしている方がましだわ」

雷《レイ》氏はブレーキが効かず、話し続けていく。「イギリスの『サンデー・タイムズ』極東駐在記者が私にインタビューしたいと、電話をかけてきて国賓《クオピン》飯店でコーヒーを飲む約束をした。特務がすぐに嗅ぎつけた。国民党中央党部政策委員会の副秘書長が電話をよこして私に行くなと言ったが、私は拒否した。特務を監視に行かせればいいだろう、と言ってやった。その日、案の定、特務が一人私たちのそばのテーブルに座り、一目見ただけで、しょっちゅう私について来る奴だとわかった。彼はもちろんカメラを持っていて、私たちを撮るつもりだ。その記者は自分の部屋へ行って話そうと言う。『だめです、ここで話しましょう』と私は言い、特務が監視していることを暗に示した。話し終わって、彼がこっそり私に告げたところでは、彼のカメラは三方をすべて撮影できるという、前も、左も、右も。彼はもうあの特務を側面から撮影していた。特務はやり方がきつい！　外国の記者はもっときつい！」雷《レイ》氏は話すうちに笑い出し、とても得意げに笑ったが、それは十四年前に彼がどうやって特務をからかったか話した時と同じ笑いだった。

私とポールも笑った。

「それからその記者は上の自分の部屋へ行って話したいと言う。それは絶対だめだ、話したいならこのレストランで話そうと私は言った」

「雷《レイ》さん、牢の中はいかがでしたか？」

「牢では頭がおかしくなる人もいるんだ！　私はおかしくならなかった、回想を書いていたからね。私は四百万字書いたが、出獄前になって、保防官が十数人も連れて来て取り上げ、さらに手紙や詩の原稿も、奪い去った。国民党のこんな法律を無視したやり方が変わらなければ、将来完全に民心が離れていく！中共が国連に入り、監獄の中では喜ぶ人間もいた、共産党が中国人のうっぷんを晴らしてくれた！ってね。監獄には多くの脱走兵もいて、ほとんどが台湾人だった。どうして逃げようとしたのか私は彼らに聞いてみた、将来戦争になったらまだ必要とされるじゃないかって。彼らは言ったよ、それが俺たちと何の関係がある！　それは国民党の関心事だろう！って」

雷《レイ》氏は話せば話すほど興奮し、何一つはばかるところがない。獄中で胡適《フーシー》を夢に見た後書いた、自らを励ます詩はすっかり頭のどこかに置き忘れたままだ。彼は話し出すともう止められず、相変わらず筋が通って勢いがあり、相変わらず悲憤が胸に溢れ、相変わらず国を憂い民を憂い、相変わらず特務と戦うのを喜びとしている。十年の獄中生活が彼の気高い情熱と雄々しい志をすり減らすことはなかった。雷震《レイチェン》はやはり雷震《レイチェン》だ！

雷《レイ》氏はまだたくさん話したいことがある。私もたくさん尋ねたいことがある。しかし、私とポールはまっすぐ空港へと急ぎ、飛行機に乗らなければならなくなった。私たちは腰を上げて、いとまを告げるほかない。ポールは言った。「雷《レイ》さん、あなたは私が生涯に出会った最も偉大な人物の一人です。今回お目にかかるチャンスをくださって感謝しています。一つ伺いたいのですが。もしまた機会があれば、十四年前になさったことをまたしたいと思われますか？」

雷《レイ》氏はちょっと笑った。「もうできない、もうできない」

雷《レイ》氏と夫人は私たちを路地の入口まで送ってくれた。口々にさようならと言い、口々に気をつけてと声をかける。私たちは何度も振り返った。二人の老人はずっとそこに立っている——真昼の強い日差しの中に立ち、しきりに手を振っている。

それが雷《レイ》氏の姿を見た最後となった。

雷《レイ》氏は一九七八年一一月に前立腺癌と脳腫瘍による半身不随のため、病院に入った。雷《レイ》夫人はその前に転んで足の骨を折った。夫妻は病院で隣り合わせの部屋だった。雷《レイ》夫人は杖をついて隣へ夫を見舞いに行くことができた。彼女は足がまだ回復しないうちに、もう退院した。医療費と薬代、雷《レイ》氏の特別看護師の費用は負担が重すぎるからだ。彼女は一日おきに、よちよちと杖をついて、木柵《ムーチャー》と影美《インメイ》の間にある家から、栄民《ロンミン》病院へ夫を見舞いに行った。最後に雷《レイ》氏は酸素吸入に頼って生命を維持するばかりとなった。雷《レイ》夫人は集中治療室で雷《レイ》氏に言った。「儆寰《チンホアン》〔雷震（レイチェン）の字（あざな）〕」、苦しいのはわかってる、あなたがまだ果たしていない宿願は、私たちが何とかするから、安心して行ってちょうだい」

雷《レイ》夫人は知っていた。まだ果たしていないその宿願とは、即ち彼が獄中で書いた四百万字余りの回想録と日記を政府から取り戻すことだ。それは彼個人の心がたどった歴程、思想の記録であるばかりでなく、台湾社会発展の重要な史料でもある。

一九七九年三月七日、雷《レイ》氏は世を去った。


一九七四年以降、私は台湾へ帰れなくなったが、作品はとうに台湾で発表することができなくなっていた。私は警備本部のブラックリストに載っていた。

一九八七年、台湾の政局が変化し、雰囲気が少し和らいだ。一九八八年、余紀忠《ユイチーチョン》氏〔一九一〇～二〇〇二、『中国時報』創始者〕が私のために台湾を駆け回り、苦心してあちこち説得し、遂に私とポールを台湾へ招いてくれた。

私は台湾で余《ユイ》氏と何度か顔を会わせたことがあるだけだ。本当に余《ユイ》氏と知り合ったのは一九六四年に台湾を離れた後、何年も経ってからだ。七〇年代中期に、台湾の二大新聞〔『中国時報』と『連合報』のこと〕はまだ文学賞を創設しておらず、余《ユイ》氏はアイオワ大学国際創作プログラムと共同で文学賞を作ることに同意した。私とポールはサンフランシスコで余《ユイ》氏と会う約束をした。私たちはアジアへ行く途中にサンフランシスコを通るので、時間に余裕がなく、余《ユイ》氏に会う前に、当時アイオワにいた温健騮《ウェンチエンリウ》、古蒼梧《クーツァンウー》と一つの計画を立案した。それは真実を書くことを重視し、言葉とスタイルの独創性を重視し、名称を「五四文学賞」とするというものだった。余《ユイ》氏は計画案を見ると、とてもよいと言ってくれた。彼が台湾へ戻った後、この計画は頓挫した。当時の台湾では、「五四」〔中国革命史で重要な意味を与えられている一九一九年五月四日に起こった排日・抗議の「五四運動」を指す。一九一〇年代の反帝・反封建の新文化運動を含める場合も多い〕は、恐らく触れてはいけないことだったのだろう。

余《ユイ》氏は進歩的で開けていて、先を見通し、困難な社会状況の下でも、文化事業に広い道筋を切り開くことに全力を尽くす。彼は当時迫害を受けた知識人に同情的で、たとえば私の友人の陳映真《チェンインチェン》と柏楊《ボーヤン》は、出獄した後、さまざまな方法で彼から道義的支持を受けた。彼はタブーを突き破ろうとして、報道の自由を勝ち取るためにも戦った。一九八四年、中国大陸がオリンピックで一五個の金メダルを獲得し、『中国時報海外版』がトップの見出しで掲載した。海外版は江南《チアンナン》〔一九三二〜一九八四、米国籍の作家。本名は劉宜良（リウイーリアン）『蔣経国（チアンチンクオ）伝』などの著書がある〕が暗殺された事件も載せた。その結果、『中国時報海外版』は発行停止処分を受け、海外華人にとって大きな損失となった。

私と余《ユイ》氏は長らく音信不通だった。一九八七年、陳怡真《チェンイーチェン》〔一九五〇〜、作家〕がアイオワへ来て、私に余《ユイ》氏からの手紙を渡してくれたが、毛筆の行書で、句読点がなかった。十五年来、その手紙はずっと私の机の上にあり、読むたびにとても親しみを覚える。

華苓《ホアリン》様
前から書こうと思っていた手紙を今日ようやく怡真《イーチェン》に託してお届けするのはいささかだらけていると言わざるを得ません長年にわたるあなたの国際文化交流における尽力と成果はいかなる人もまねのできるものではなく皆が光栄に思っております台北《タイペイ》へあなたは長らく帰っておられません現在の台《タイ》北《ペイ》は以前と違いかなり大きくかなり広範に変わりました氷雪が初めて溶けて別の景色となっております当時種まきに参加した一員としてこの時期に戻って御覧になるべきですもしお時間が許せば来年七

月から八月の間にあなたとポールを私の賓客としてお招きします怡真《イーチェン》にすべて伝えてあります

敬具

御健康をお祈りします

一九八七年一一月一日

余紀忠《ユィチーチョン》

わずか数行の文字に、含まれる意味は深く、友情がこもっている。余《ユィ》氏の招待は自身に多くの面倒を招いた。台湾政府シカゴ連絡所がビザを出さないのだ。余《ユィ》氏は各方面を駆け回り、上層部が遂に私の入国を許可したが、今度は警備司令部が承認しない。余《ユィ》氏はまた走り回らなければならなかった。最後に、彼らは私に保証書を書くよう要求し、政治活動に参加せず、共産党の宣伝をしないという保証を得ようとした。余《ユィ》氏は私が保証書など書かないと知っていたので、「それなら彼女は来ないだろう」と彼らに言った。事実上、私はそれまでいかなる実際の政治活動に参加したこともないし、いかなる党派の宣伝もしたことはない。余《ユィ》氏はとうとう彼らを説き伏せ、彼が私の保証をすることになった。私は台湾政府シカゴ連絡所から電話を受け、ビザが出せるようになったと言われたが、厳重に警告もされた――いかなる政治活動への参加も禁じ、「賊」の宣伝も禁じると。

一九七四年に、私とポールが台湾を数日間訪れたのは、ただ十年拘禁され出獄した雷震《レイチェン》氏に会うだけのためだった。友人の提案を聞き入れ、私たちはこっそり行って、こっそり去った。一九八八年五月の場合はまったく違った。私たちは余《ユィ》氏の「賓客」で、「氷雪が初めて溶け」た台湾の人や社会の景観を思い切り楽しみ、旧友と集い、新しい友と知り合った。私たちは夜、台北《タイペイ》に着いたが、余範英《ユィファンイン》〔余紀忠（ユィチーチョン）の娘〕、季季《チーチー》〔一九四五〜、作家〕、および友人の作家たちが空港で出迎えてくれた。ホテルに荷物を置くと、私たちはすぐにバーへ飲みに行った。私と範英《ファンイン》は初対面で、彼女はバーで私とポールを見ながら言った。「ポールはあなたを愛しているんだから、私たちみんなを愛すると思うわ」私たち二人はすぐ範英《ファンイン》を知己のように感じてうれしかった。誰もが我先に話し、誰も相手の話が聞こえないが、誰もが皆興奮しており、私たちは皆その象徴的なひとときを、台湾の氷雪が溶けたと祝っていた。その晩、私はブランディーを何杯か飲み、強い睡眠薬を二錠飲んだが、それでも眠れなかった。

翌日、余《ユィ》氏夫妻が自宅で私たちをもてなす酒宴を催し、大いに苦心して私が長年会っていない友人を招いてくれた。その中には潘人木《パンレンムー》、朱立民《チューリーミン》、孟瑶《モンイヤオ》、王文興《ワンウェンシン》、蔡文甫《ツァイウェンフー》もいた。余《ユィ》氏には十数年会っていなかったが、相変わらず顔色がよく精気に満ちている。エングルが同席していたので、彼は英語で私たちが民主主義のために行った努力をも語ってくれた。実は、それは彼が努力する目標でもあり、台湾本土で頑張ることは、いっそう難儀で、いっそう尊い。

私とポールは花を持って空軍墓地を訪れ、若くして夫を失った母と若くして世を去った空軍の弟の墓参りをした。さえずる鳥は昔のままで、舞い飛ぶ蝶も昔のままだが、母の墓の土はもうひび割れて、苔が地を覆っている。ポールと私は一緒に母へお辞儀をし、私は涙で顔中をぬらし、ポールも目に涙をいっぱいためている。彼は私たち二人の母親はよく似ていると言った——きれいで、賢く、ユーモアがあり、強い。彼は同時に二人の母にお辞儀をしていた。

アイオワを訪れたことのある作家の友人たちが陽明山《ヤンミンシャン》に集まった。姚一葦《イヤオイーウェイ》〔一九二二〜、劇作家、評論家〕は新婚の若い妻と一緒に来た。王禎和《ワンチェンホー》〔一九〇二〜一九九〇、作家〕は鼻の癌を患い、声が出ず耳も聞こえないので、妻の碧《ピー》燕《イエン》がそばに座って、ほかの人の話を紙に書き、彼はそれに応えて笑ったり、ちょっとうなずいたりする。どの人も皆話をした。王禎和《ワンチェンホー》はどうしても話したいと言い、途切れ途切れに、苦労して、かすれた声で、言葉を一つ一つ発し、私たちへの友情を語った。私とエングルは近寄って彼を抱いた。三人が一緒に抱き合い、彼と死が張り合っている生命をしっかりと抱きとめた。

私はブランディーを持って台静農《タイチンノン》氏〔一九〇二〜一九九〇、作家、台湾大学教授〕を訪ねた。私は門を入るや、すぐに言った。「台《タイ》さん、もう二十六年になります、今日やっとお礼を言うチャンスができました。一九六〇年に、雷《レイ》さんが逮捕された後、私は家に閉じこもって親戚や友人と離れていました。一九六二年、何と台《タイ》さんが自ら我が家にいらっしゃって、台湾大学中国文学部で文学創作を教えるようにと私を招いてくださり、それから私はまた外へ出られるようになったんです」

一九八八年、私が台湾へ行った時、傅正《フーチョン》はまだ健在だった。雷《レイ》夫人は既に監察院で雷震《レイチェン》の冤罪事件の調査請求をしており、傅正《フーチョン》と共に控訴請求の発表も行い、冤罪事件の真相を世の明るみに出すことに力を注ぎ、雷《レイ》氏が獄中で書いた回想録と日記を返すよう警備本部に要求した。康寧祥《カンニンシアン》、尤清《ヨウチン》、朱高正《チューカオチョン》、許栄淑《シュイロンシュー》、張俊雄《チャンチュインシウン》ら一三名も、立法院で政府が速やかに徹底して雷震《レイチェン》事件の誤った判決を見直すよう促した。このほか彼らは雷震《レイチェン》事件誤審撤回の後援会を設立し、その第一の目標を雷《レイ》氏が獄中で書いた回想録と日記を取り戻すこととした。

私が台湾を訪れたその年は、雷《レイ》事件発生から二十八年の後だった。『自由中国』の人々は遂に再びつどった。雷震《レイチェン》と殷海光《インハイコアン》は共にその人格の輝きと生活のうら寂しさの中で世を去った。夏道平《シアタオピン》、宋文明《ソンウェンミン》、雷《レイ》夫人宋英《ソンイン》、傅正《フーチョン》、馬之驌《マーチースー》、陳済寛《チェンチーコアン》と私は散り散りになって二十八年、とうとうまた相まみえた。本当にもうおのおの白髪混じりで、さまざまな出来事があった。おのおのに打ち明けるべき辛い道程があり、おのおのに語るべき思いがあるが、何から話せばよいのかもわからない。喜びにすすり泣きが混じり、興奮しつつ茫然と沈みがちにもなる。そのひととき、高々と大きい一つの銅像が——決して造られることのなかった雷震《レイチェン》の銅像が、私たちの前にまっすぐそびえ立つ。私は雷《レイ》夫人のそばに座っており、彼女は私の手を握っていて、私の目を見ながら、あたかもこう言っているかのようだ。「何も言わないで、今私たちは一緒にいるのだから、それだけでいい」彼女は依然としてそんな風に普段のままの様子だ。

　私とポールは今回、白昼堂々と木柵《ムーチャー》へまっすぐ走り、まず雷《レイ》夫人に挨拶し、それから花を持って、何人かの友人たちと雷《レイ》氏に会いに、彼が安らかに眠る「自由墓地」へ向かった。彼は生前に小さな土地を用意し、「自由墓地」と名づけ、自ら墓碑に記していた。車は曲がりくねった山道に沿って登る。小雨がしとしと、私たちのために降る。山の霧がぼんやりと霞み、現実のようで幻のようでもある。私はまた三輪車に乗り、新生南路《シンションナンルー》の堀に沿って揺られ、和平東路《ホーピントンルー》二丁目一八番地一号まで行き、また雷《レイ》氏が傍らに座り、肩をいからし両目をたぎらせて時の政治を批判する殷海光《インハイコアン》に、笑顔で静かに耳を傾けているのを目にし、また毛子水《マオツーシュイ》老教授が穏やかに落ち着いて反駁を加えるのを聞き、また夏道平《シアタオピン》が深く透徹した分析をよどみなく語るのを聞き、また雷《レイ》家に長年身を寄せる羅鴻詔《ルオホンチャオ》老人が一杯の熱い茶を手に傍らでフフフと笑うのを見、また軍によって強制的に馬祖島《マーツータオ》へ送られて兵役に服し、リウマチ性麻痺にかかり、両足を切断するに至った雷徳成《レイドーチョン》が車椅子に乗っているのを目にした。

「自由墓地」は高い山の斜面にある。急な石段を上って行くと、雷《レイ》氏直筆の字が目に入る。

雷震《レイチェン》記す　一九七七年　八十一歳
半月刊自由中国発行者
中国、民主党設立準備委員　雷震《レイチェン》氏の墓
一八九七年六月十五日　生
一九七九年三月七日　没

殷海光《インハイコアン》は一九六九年にもう世を去っており、雷《レイ》氏が彼も一緒に安置し、彼のために記した。

自由思想者　殷海光《インハイコアン》の墓
雷震《レイチェン》が謹んで記す　一九七七年四月
八十一歳

彼の息子徳成《ドーチョン》も「自由墓地」で父親につき添っている。彼らの間にある少しばかりの空き地は、世紀の大半、彼と艱難を共にした妻の宋英《ソンイン》に残してあるものだ。よるべなき独り身の老友羅鴻詔《ルオホンチャオ》も相変わらず彼らと一緒にいる。彼らの所から上に歩いて行くと、さらに何人かが眠っており、それはすべて夫妻の生前の旧友だ。雷《レイ》氏の下側には小さな庭もあり、彼が可愛がっていた小犬が眠る。
私は雷《レイ》氏にお辞儀をした時、熱い涙がはらはらと落ちた。「自由墓地」に表れる親しみ、友情、愛国の情、小犬にまで及ぶ人情、私は感動して涙を流した。

ぼんやりと霧に霞む中、私は決して造られることのなかったあの銅像が高々と山頂に立ち、片手を空に向かって振り上げ、遠くを眺めているのを見たような気がした。

その一九八八年に、雷震《レイチェン》冤罪の真相はとうとうすっかり明らかにされた。

劉子英《リウツーイン》が一九六〇年に台湾で逮捕され、警備本部に「中共のスパイ」だと認めるよう強制され、雷震《レイチェン》を「事実を知りながら通報しない」という罪に陥れ、その結果、雷震《レイチェン》は十年入獄することとなった。劉子英《リウツーイン》は十二年の刑を下され、刑期を終えて出獄した後、台湾警備本部が手配して彼を土城《トゥーチョン》に住ませ、尉官として待遇したが、外界との接触を禁じた。彼は行動が秘密にされ、行方も定まらなかった。八〇年代後期に、台湾政権が変化し、一九八八年、各界で雷《レイ》事件処分見直しの運動が起こり、劉子英《リウツーイン》はその鍵を握る人物だったが、突然台湾を離れ中国に戻って定住し、二年後に重慶《チョンチン》で死んだ。彼は台湾を出る前、雷《レイ》夫人宋英《ソンイン》に手紙を書いて悔いを示したが、雷震《レイチェン》は既に亡くなっていた。

雷《レイ》夫人

私は本当に雷《レイ》先生とあなたに対して恥ずかしく思っておりますので、御面前に進み出て咎《とが》を受ける勇気がありません。思い起こせばあの年、軍に威力で脅迫され、私は利己的にも自身の安否のみ気にかけ、何と愚かにも嘘をでっち上げ、雷《レイ》先生を陥れました。これは恩を忘れ義にそむく徳を失った行いで、人から嘲笑され罵られるのも当然ですが、幸いにも社会の人々はほとんどこれがどのような冤罪なのかを理解しています。私の人としての罪に対してもあなたは寛容さを示され、これまで罪をとがめようという意思を表されず、そのためますます私は穴があったら入りたい気持ちになっております。私はもうすぐ大陸の親族に会いに行きますので、特にこの「濡れ衣の弁明」を書いてお送りし、心の内を明らかにいたしますが、もし社会に公開され動乱や不安定な情勢をますます拡大させる結果になれば、それは望むところではありません。今日再び正義を論じ道理を語るのは時宜にかなっていないようで、一切の理非曲直は後世の判断に委ね、権勢を恐れぬ直言によって残らず真相が明らかになることを待ちたいと思います。

敬具

くれぐれも御自愛のほどを

劉子英《リウツーイン》

七十七年〔一九八八年〕八月

その小船

アイオワの秋は美しく、突然にやって来る。秋の黄金色が少しずつしたたり、ビュービューと吹く風で梢にまかれる。一日で少し増え、また一日で少し増え、また一日で少し増える。待たされて人はいらいらする。ある時突然、秋はこらえ切れなくなり、どっとばかりに、木々の金色、木々の赤色が溢れ、顔を上げるや、人もこらえ切れなくなり、叫びを上げてしまう。「何てきれいなの！」そのように美しい秋はとても短く、去りゆくのも突然だ。たった一夜の風雨で、もう落ち葉が地を埋め尽くし、丸裸の枝を残すばかりとなる。冬はとても長くとても寒い。それは別れて久しい北国の風雪を思い出させる。一九四九年に中国大陸を離れて後、台湾では十五年間、雪を目にしなかった。一九六四年の冬、アイオワで最初の大雪があり、闇夜の中、雪花が天地を覆い隠すようにはらはらと降り注いだ。私と数人の友人は通りで分厚い白雪を踏みしめ、うれしくて大声で叫んだ。幾人かぱらぱらと道行く人が、私たちをちらりと見ては、通り過ぎて行く。春はしゃなりしゃなりとお出ましになり、こちらがかまわなくても、そそのかしにやって来る――朝一番の澄み切った鳥の鳴き声、氷が溶けた川にきらめく日の光、林からゆったりと歩み出る小鹿、アイオワ牛乳を飲んで大きくなった少女の赤くつやつやしたほっぺ、夕方、川から去り難い様子の赤い夕日。夏は若者のもので、ようやくその日を迎えると、これ以上は無理というぎりぎりまで服をはぎ取り、河畔に寝そべって日に当たり、本で目を覆う。橋の上の若者は、独りぼっちでぶらぶらしたり、ノートを小脇に抱えてそそくさと授業に急いだり。川辺の小道で自転車をこぐ若者が傍らをよけて通り過ぎ、「ハイ」と声をかけてくる。

アイオワという街は、春夏秋冬それぞれが特有の風情を見せてくれるが、それはひとえにアイオワ川があるおかげだ。アイオワ川は大学のキャンパスを流れ行き、まっすぐミシシッピ川へと注ぐ。アイオワへ来る外国人は、皆マーク・トウェイン(Mark Twain)の川を見に行きたがる。私がアイオワへ来ると間もなく、ポールは張り切って車を運転し、彼の北米大陸の大河を見に連れて行ってくれた。

私は橋の上でミシシッピ川を見ながら、ポールに言った。「長江《チャンチアン》ほど滔々と流れる大河の勢いがないわ」

彼は大笑した。「これこそが我々の大河だよ!」

私たちは六、七人が乗れる小船を一艘持っていて、コーラルビル堤防に停めていた。よく二人の娘を連れて小船に乗りに行ったものだ。彼らは泳いだり、ポールが彼女たちに水上スキーを教えたりしたが、私は小船を操って川を行ったり来たりした。まだ車の運転を習っていないのに、もう船の操縦ができるようになったのは、水の誘惑のせいだ。私は水を愛し、小川、湖水、大河、海水、すべてを愛する。でも決して泳がない。ポールは馬に乗り、テニスをし、泳ぐ。彼は流れる水のつややかな柔らかさと大きな波の衝撃を好む。それはまさに彼自身でもある。彼は手を尽くして私が水に入るよう誘ったが、何と言われようとも私は首を縦に振らない。私を説得できないので、彼は絶えず言っていた。「君と私が一緒に泳いだら、どんなにいいだろう」彼は犬が好きで、私は犬が怖い。私たちが結婚する前、彼は犬を一匹飼いたいと言った。私は「犬がほしいの？ それとも私？」と聞いた。泳ぐのと犬を飼うのを私が拒否することは、彼が遺憾とする二大ポイントだ。

私とポールは時々午後に食べ物と酒の入ったかごを提げて小船に乗り込み、静かな入り江に停める。柳の枝が揺れる涼しい木陰にちょうどよい具合に停めるのだ。船には小さな炭火コンロがある。ポールは火を起こし、私に一杯シェリーをついでくれ、自分のためにジンを一杯作ると、すぐに水に飛び込んで泳ぐ。水は泥色だが、泥はなく、川底の黒土地の色だ。私は彼が泳ぐのを見ながら、コンロで薄い紙のような牛肉の切れはしを焼く。彼は泳ぎ終わると船に上り、ジンを一口飲んで、私に言う。「何てすばらしい生活だ！」私たちは酒を片手に、あらゆることを語り合う。その小船は俗世を離れた私たちの桃源郷で、また人の世の風景でもあった。

そしてまさにその小船の上で、私は不意に突飛なことを考えつき、ポールに言った。「どうして国際的な創作のプログラムを始めないの？」

ポールは言った。「君はまったく途方もないことを考えるね。アイオワ大学のいかれた作家だけではまだ足りないのかい？　私がどれほど必死にやってきたか知ってるだろう？　アイオワ作家ワークショップを始めたばかりの頃は、抵抗がとても大きかった。私が学長のパーティーに行くと、ある教授がのたまうのが聞こえたんだ。『作家は残らず石にくくりつけて、海に放り込んでしまえばいい！』とさ」ポールは言いながら、大声で笑い出した。「知ってるかい？　奴が我々を海に放り込む前に、私が奴を蹴り倒してやったのさ」

その小船の上で、アイオワ大学国際創作プログラムが一九六七年に誕生し、今では既に千人を超える作家が世界の多くの地域からアイオワを訪れた。その小船から、私とポールは二〇世紀の人々の風景――喜び、災難、死、そして生を、共に歩んだのだ。

ようこそアウシュビッツ収容所へ！

一九七〇年の大みそか、作家たちがチェコの小説家ルスティク（Arnost Rustig）の家で仮装パーティーを開いた。私とポールは二人の娘を連れ、おのおの奇妙な格好をしてルスティクの家へ行った。ドアを入ると正面に現れたルスティクが「ようこそアウシュビッツへ！」と言った。彼の一家四人はぼろぼろのシャツとズボンを身につけ、顔には赤い血痕を描き、腕には黒の囚人番号を書いている。彼らはドイツ民謡を歌い出した――「鮫の歌」だ。

あー、鮫には歯がたくさんあるが、今までその歯を見たことがない。
マックスは刀を一振り持っているが、今までその刀を見たことがない。
……

彼らは歌いながら、楽しげに踊り、ものにつかれたように、歌って、踊って、やめられない。ドイツ人、フランス人、スイス人、日本人、インドネシア人、ナイジェリア人、エジプト人、中国人……皆が後について踊り出し、歌い出した。私たちはそんな風に夜通しバカ騒ぎをした。

ルスティクは第二次大戦中、ナチスによって両親と共にポーランドのアウシュビッツ収容所に入れられたが、まだ九歳だった。父親は毒ガス室で死んだ。彼は電気が通る鉄条網に隔てられて、やせ衰えた裸の女性の一群が処刑所へ向かって歩くのを目にし、突然、その中に母親を見つけた。彼は大声で叫んだ。彼女は振り向いてちょっとこちらを見たが、表情はなかった。

一九七二年、私とポールはポーランドのクラクフからアウシュビッツへ行った。私たちを案内してくれたのはアイオワに来たことがあるポーランドの詩人マレック（Marek Skwarnicki）だ。彼の一家も第二次大戦中ナチスによってその収容所に入れられた。彼は当時十歳だった。囚人が多すぎて、毒ガス室が足りなくなった。彼らは処刑所にいたが、すぐには死ねない。囚人が毒ガス室へ入るのは、即ち「シャワー」に行くことだ。ある日、看守がマレックに、もうすぐシャワーに行くのだと告げた。彼は「終わりだ」と思った。しかしその時は本当にシャワーを浴びて、めったにない幸せを享受した。戦争が終わった。家族が一人一人家に帰ったが、姉だけは戻らず、ある収容所仲間が姉の腕時計を持ち帰った。一年後、マレックが通りで遊んでいると、突然姉が歩いて来るのが見え、彼は幽霊を見たかのように叫びを上げたが、すぐに大声で泣き出した。

私たちは黒い大きな鉄門を歩いて入って行く。汚れて黒ずんだレンガの建物が一列ずつ並んでいる。陰鬱な湿気がむっと押し寄せ、骨の中まで染み入る。レンガ建築の周囲の空き地は、二重の鉄条網に囲まれ、一つまた一つと連なる見張り台もあり、その上に機関銃が備えられている。鉄条網の近くは「中間地帯」で、囚人がそのエリアに足を踏み入れるや、逃亡の嫌疑がかけられ、たちまち見張り台の警備員に射殺される。黒い大きな鉄門にはどくろが一つかけてあり、「止まれ!」という大きな札もある。その「止まれ」の文字を見た者はすぐに止まらねばならず、そうしなければつまり死への一本道だ。

表門に近い一列の建物が今は展示室になっている。ガラス棚には囚人の遺留品が展示されている。ある展示室ではもっぱら子供の物を陳列している——手の折れた人形、ぼろぼろの小さな靴、スコットランドラシャの小さなスカート、いくつかの積み木、半分だけ玉の連なるネックレス、鉛筆書きの馬の頭、小さなラッパ、童話の本、その表紙の白雪姫がすやすやと眠っている。窓辺には誰かが置いて行った鮮やかな赤いバラの花束。

大人の遺留品はほかの部屋に陳列されている。すべて自らの本分を守る平凡な小市民の日用品だ——ミシン、かみそり、裁縫用具入れ、歯ブラシ、ペン、カメラ、鍋、皿、碗、コップ、ロングスカート、つるの折れた眼鏡、止まった時計(三時二〇分)、黄色地に黒い縞のショール、そしてステンレスの義足。一山一山積まれた箱には、上に名前と住所がある。「ウェイソン、孤児」と書かれた箱もある。一つのガラス棚にはさまざまな貨幣がいっぱいに置かれている——英ポンド、米ドル、フラン、さらには傀儡《かいらい》満州国の一銭もある。その一銭の持ち主がどうやって日本人の銃弾を逃れ、ナチスの収容所へたどり着いたのか知らないが、ポケットには一銭しかなかったのだ。

また別の部屋には、女性の頭髪が積み上げられている。輝く金髪や、乱れて広がるもの、あるいはお下げに編んだものや、S字髷に結い上げたもの、それは清潔できちんとした女性だけが結えるような、曲げたりひねったりしたつややかな髷だった。戦争が終わった後、収容所には七千キロ余りの頭髪が積み上げられた。ナチスが死刑囚の頭髪を残しておいたのは、ただ頭髪がベッドのマットレスや、服地や、さらには銃弾にさえすることができるというだけの理由だった。どの部屋の壁にも囚人の写真がかけてある。恐怖に駆られて絶望したそれぞれ二つの目が、ひっきりなしに訪れる観光客をじっと見ている。観光客の中にはドイツ人もいる。

死の路地と呼ばれる一列の建物は、死刑囚を監禁していたものだ。一八号はポーランドのコルベ(Maksymilian Kolbe)神父の部屋だった。彼はある収容所仲間の身代わりとなって死んだが、それはその人に妻子があったからだ。暗い小部屋の柵に白いカーネーションの花束がかけてある。二〇号はおよそ三枚の畳ほどの広さで、かつて三九人がここに閉じ込められたことがあり、その半数が悶死した。一五号では飢えて人肉を食べる者もいた。二一号では誰かが赤ん坊を抱く女性を壁に爪で描いた。

毒ガス室は収容所のそばにあり、当時汽車が処刑者をそこへ運んで行ったが、ナチスが撤退する時に焼いてしまい、たくさんの煙突と見張り台を残すばかりとなっている。私たち三人は見張り台に登った。小雨がしとしと降っている。見渡すと、枯れ草が果てしなく黄色い。どこからか、突然汽車の汽笛が鳴り響いた。マレックが一瞬呆然とする。しばらく沈黙した後、彼は振り向いて私たちに言った。「以前僕は収容所で、見張り台の上のナチを見ると、彼らは勝利者だと思った。今この見張り台の上に立っても勝利の感覚があるわけじゃない」

「どうして？」と私は聞いた。

彼は答えなかった。

ソ連の黒い大型乗用車が一台、大きな鉄門の中へビューッと突進して行った。

ソフィ女史――丁玲《ティンリン》

庭には裸になった木の幹だけが残っている。小雪がしばらくちらついていたが、地面に舞い降りるとすぐに溶けてしまった。ポールは庭で倒したクルミの木を一部断ち割り、さらに割って短い薪にして、きちんと重ねて軒下に積み上げておく。夏には庭のかまどでチキンやビーフをあぶり、冬には暖炉で火を起こし、その周りでお喋りしたり本を読んだりする。ポールはまた庭で小鳥や、リスや、ウサギや、小鹿のために、砕いたトウモロコシをつかんでまきながら、独り言を言う。「かわいそうなおチビさん、冬が来たよ、ここへおいで！」

丁玲《ティンリン》〔一九〇四～一九八六、作家。新たな視点で女性の心理を描いた初期の短編小説『ソフィ女史の日記』で脚光を浴びる。一九三〇年代に数年間、国民党特務に監禁された。その後、四〇年代の整風運動、五〇年代の反右派闘争、さらに文革期にも批判を受け、迫害された〕と陳明《チェンミン》〔丁玲（ティンリン）の十三歳年下の夫〕は山の下のメイフラワー館〔聶華苓（ニエホアリン）とエングルが一九六七年に創設した「国際創作プログラム」の参加者が宿泊した建物で、学生寮の一つ〕に滞在し、私たちは山の上に住んでいて、一〇分散歩すれば着く。彼ら二人はよく突然私の家の階段に現れ、ホホホと笑いながら上って来る。ポールは一声「丁玲《ティンリン》！」と叫び、両手で彼女の手を握る。彼らは川に臨む長い窓辺に腰掛ける。ポールは茶を入れてもてなし、さらに味つきのスイカの種を一皿出すが、それはただ私が毎晩必ずベッドに横になり、本や新聞を読みながら、スイカの種をかじるのを目にしているからだ。サービスが整うと、彼は書斎へ戻って行く。丁玲《ティンリン》はずっとにこにこして彼を見ている。時には彼も残ってちょっと話をするが、彼らは互いにとても興味を抱いている。話が佳境に入ると、私、ポール、丁玲《ティンリン》は大笑いし、陳明《チェンミン》はにこにこして、たまに一言二言つけ加える。

その日、小雪が降った後、私たち四人——丁玲《ティンリン》、陳明《チェンミン》、ポールと私は、庭から林へ入って行った。小雪はもうやみ、オレンジ色の真ん丸い夕日がゆっくりと沈んで行き、アイオワ川がつやつやと柔らかな赤みを帯びているのに、空のてっぺんは明るく澄んだブルーだ。これはアイオワ川ならではの黄昏の風情である。

私たちは鹿の園の後ろにある林の小道を歩く。落ち葉が小道を厚く覆っている。丁玲《ティンリン》と陳明《チェンミン》は手をつなぎ、私とポールも手をつなぎ、二組は前になったり後になったり、落ち葉を踏みしめるかさかさという音だけが聞こえ、時折ウサギがヒューッと林に駆け込む。

「あなたたちは生涯別れることはないわね」丁玲《ティンリン》が私とポールを指さして言う。

「私たちも生涯別れることはないわ」丁玲《ティンリン》は微笑みながら自分と陳明《チェンミン》をちょっと指さす。

私は振り返って彼らの方を向き、うなずいて笑う。不意に丁玲《ティンリン》の『牛棚《ニウポン》小品』〔文革における軟禁生活中の出来事を書いた随筆〕と陳明《チェンミン》の『三訪湯原《タンユアン》』〔丁玲（ティンリン）が拘束された農場を三度訪ね、連れ帰るまでを描いた随筆〕を思い出した。彼らが小屋〔原語の「牛棚（ニウポン）」は文革で批判を受けた人々が入れられた場所を指す〕に閉じ込められた時、陳明《チェンミン》が煙草の包装紙や、破れたマッチの箱や、トウモロコシの葉や、古新聞紙などにこっそり丁玲《ティンリン》への手紙を書き、彼女がまたどうやって監視の目がない隙に、胸元からそれを取り出してなで、何度も黙読したかを思い出した。しかし彼女が手錠をはめられ、服を全部脱がされて体を調べられた時、命がけで大切にしていたそれらの手紙は、紙くずとして捨てられたのだ。一九六七年冬の明け方、丁玲《ティンリン》が赤い腕章をつけた二人組に連れ去られた後、陳明《チェンミン》が必死で方々を捜し、黄色く光る街灯の下で、突然丁玲《ティンリン》の青いスカーフを発見し、驚いたり喜んだりしながら、丁玲《ティンリン》の肌のぬくもりが残るスカーフをしっかり握りしめていたことも、私は思い出した。

今、一九八一年の初冬に、丁玲《ティンリン》と陳明《チェンミン》は何と私とポールと共に、ひんやりとした夕日のアイオワ林を散歩しているのだ。

私たちは話をし、一方で私がポールに通訳して聞かせる。

私はまた振り返って丁玲《ティンリン》と陳明《チェンミン》をちらっと見た。

「ほら！　彼女はいつもこうなんだ！」陳明《チェンミン》が笑いながら丁玲《ティンリン》を指し示す。「人がいようがいまいが、彼女はいつも私と手をつないでいようとする」

「仲がいいんじゃない！」と私は言う。

丁玲《ティンリン》は笑い出し、頭を陳明《チェンミン》の肩にちょっともたせかけ、少女のように楽しそうだ。

「やれ！」陳明《チェンミン》はわざと困り切った様子を見せ、あたかもいたずらでお茶目な女の子をどう扱ったらよいかわからないかのようだ。

「あなたの『三訪湯原《タンユアン》』は本当によく書けてる」私は陳明《チェンミン》に言った。

「私の『牛棚《ニウポン》小品』はよくないの？」丁玲《ティンリン》が首を起こし、少女が菓子を争うのと変わらない。

私はハハハと大笑いし、ポールに通訳して聞かせると、彼もげらげら笑った。

「まだ言う暇がなかったんですよ」私は丁玲《ティンリン》に言った。「よくあなたが『牛棚《ニウポン》小品』に書いている言葉を思い出すの——死ぬのは割にたやすいが、生きるのはとても難しい、死ぬのは割に心地よいが、生きるのは何と苦しいことか。あなた方お二人はどのぐらい離れていたの？」

「六年半よ」丁玲《ティンリン》が答える。

私がポールに告げると、彼は首を振って言った。「私は恐らく生きていけない」

「私たちは二人とも秦城《チンチョン》に監禁されていたんだ。私は彼女がどこにいるか知っていたけど、彼女は私がどこにいるか知らなかった」陳明《チェンミン》はまた笑いながら丁玲《ティンリン》を指した。「私たちはその後二つの農場に離されてね。私が連れて行かれた日に、彼女も連れて行かれた。私が駅で汽車を待っていると、前の方で誰かが汽車に乗った。私がプラットホームに入った時、二人の女性兵士が首を伸ばしてこちらを見たので、すぐにわかったんだ、丁玲《ティンリン》も汽車の中にいるって。彼女が別の車室で咳をするのが聞こえ、すぐに彼女だと気づいた。私も咳をして、また咳をした」

「彼女は気づいた？」

「気づかない！」陳明《チェンミン》は丁玲《ティンリン》を指さしている。「この人は！　気づかないんだ！」

ポールはハハハと笑って一言告げる。「丁玲《ティンリン》、あなたは賢いのかと思っていたよ」

丁玲《ティンリン》は笑い転げて、陳明《チェンミン》の手を引き、頭を彼の腕に寄りかからせ、彼を指して言う。「彼は割合さといの、反右派闘争〔一九五七年から五八年にかけて共産党が展開した民主諸党派や知識人を批判する運動〕の時、人に言われたわ、丁玲《ティンリン》はまあよいが、陳明《チェンミン》は策略を巡らすって」

「幸いにも彼は策略を巡らした。彼がいなければ、あなたは絶対生きてこられなかったわ」と私は言った。

「あなたがそんな風に言うと、彼はもっとうぬぼれるじゃない」丁玲《ティンリン》は陳明《チェンミン》を指している。

陳明《チェンミン》は口をすぼめて笑い、自信に満ちた表情だ。

「あなた方は六年間離れていた後、山西省《シャンシー》へ行ったのでしょう?」

「彼女が先に行ったんだ」と陳明《チェンミン》が言う。「私が解放された時、そう教えられた」

「もう彼だとわからなくなっていたの」丁玲《ティンリン》が言った。「彼は牢で髪をすっかり剃っていたから」

「六年も離れているなんて!」ポールが叫びを上げた。「あり得ない!」

「昔から、中国人の夫婦が長年離れたりするのは、珍しいことじゃないの」と丁玲《ティンリン》が言う。

「あなた方は再会して、どんな感じだった?」私は聞いた。

「いずれにせよ君とポールのように、抱き合ってキスしたりはしないよ」陳明《チェンミン》が笑いながら言う。

「私たちは別れていなくても抱き合ってキスするよ」とポールが言う。「この林は抱き合ってキスするのにちょうどいい場所なんだ」

私たちは皆愉快に笑った。

「あなた方泣いた?」

「いいえ」

「いったいどんな風に顔を合わせたの?」

陳明《チェンミン》は口をすぼめて笑い、それから真顔になった。「もちろん、六年余りも会わなかったんだから、顔を見たらやはりうれしいものだよ」

「わからない」とポールが言う。「ひどい目に遭わされ、殴られ、牢に入れられて、一言の不平も言わない。おまけにこんなに楽しそうに笑って、まるで他人のことを話してるみたいじゃないか。中国人、中国人、永遠に理解できない」

ポールは落ち葉の上に倒れている一本の木の幹を見た。「ああ、ゴムの木だ、よい薪になる」彼は木の根を引きずって行く。

私たち四人はゴムの木の根を引きずりながら、林の中をしばらく歩き、落ち葉を踏んで家に戻った。夕食後、ポールは川に臨む暖炉に火を起こし、私は西湖《シーフー》の龍井《ロンチン》茶を入れた。四人は炎の光が踊る炉辺に座ってお喋りする。

「丁玲《ティンリン》、あなたは何年に延安《イエンアン》へ逃げて行ったの?」ポールは今ようやく話をするチャンスを得た。

「一九三六年」

「どうやって逃げて行ったの?」

「私は南京《ナンチン》にいて、元々彼らは私を殺そうとしていたの!」丁玲《ティンリン》は笑い出し、まるで「何とバカげたことか! 今私はアイオワにいる」とでも言っているかのようだ。

丁玲《ティンリン》の笑い声を聞いて、私もぼーっとした。一九三六年に私はどこにいたか? 漢口《ハンコウ》市立第六小学校五年の生徒だった。

「それから?」とポールが丁玲《ティンリン》に聞く。

「魯迅《ルーシュイン》、宋慶齢《ソンチンリン》、ロマン・ロラン(Romain Rolland)、スメドレー(Agnes Smedley)、ほかにも国際的人士が抗議して、私はやっとのことで殺されずに済んだ。南京《ナンチン》に着いたばかりの頃は、何人もの監視を受けていたの! 私は本当に苦悶して、死ぬんじゃないかと思った。庭に小石が少しあって、石の隙間に苔が生えているのを見ると、いつか、私はあそこに葬られるんだろうって思ったわ。その後、彼らは監視を少し緩めた。そして私を姚蓬子《イヤオポンツー》〔一九〇五～一九六九、作家〕と一つの場所に入れた。姚蓬子《イヤオポンツー》は変わったわ。私は彼にかまわなかった。私はただ一点を見据えていた——決して過ちを認めない！ 決して屈服しない！ 必ず共産党に戻らなければならない！ そうでなければ死んだ方がましだ！ 彼らは方策を講じて私を取り込もうとした。張道藩《チャンタオファン》〔一八九七～一九六八、国民党の文化政策を担った政治家〕、華苓《ホアリン》、あなたは張道藩《チャンタオファン》を知ってる？」

「知ってるわ。何年か前に台湾で死んだ」

「張道藩《チャンタオファン》が脚本を書こうとして、私の所へ来て言ったの。丁玲《ティンリン》よ、我々は一緒に脚本を書こうじゃないか！って。私は、書かない！と言った」思い切り力を込めて、丁玲《ティンリン》は首を横に振った。「その後、彼は書き上げてから、脚本を持って来て、また言った。丁玲《ティンリン》よ、ちょっと見てくれ、私のために少し直してくれって。私は、やらない！と言った」丁玲《ティンリン》はまた首を振った。「私がもし彼と一緒くたになったら、彼らはすぐそれを証拠にしてデマを飛ばすわ。それから、ある日のこと、私が街に出ると、当時、私は街に出られるようになっていたんだけど、張天翼《チャンティエンイー》〔一九〇六～一九八五、作家、児童文学者〕と出会ったので、彼に上海《シャンハイ》の左連〔中国左翼作家連盟の略称。一九三〇年に結成された左翼文学運動の組織〕の状況を聞いたの。彼は言った。上海《シャンハイ》はだめになって、周揚《チョウヤン》〔一九〇八～一九八九、評論家〕は日本へ行ったし、馮雪峰《フォンシュエフォン》〔一九〇三～一九七六、詩人、評論家〕はソビエト区に行ったって。私は本当にどうしようもなくて、すぐに北平《ペイピン》〔北京〕へ行きたい、向こうの人ならきっと党の中央と連絡が取れるだろうと思った。沈《シェン》従文《ツォンウェン》の妹が南京《ナンチン》の鉄道局で働いていたので、彼女に親族用の無料切符をもらったの。汽車に乗り込むや、国民党の高級幹部に出くわした！ 彼の奥さんは私の友達で、彼は私を見知っている。私は、まずい、終わりだ、と思った。私は何事もないようなふりをするほかなく、彼と少し談笑して、言ったの。私が北平《ペイピン》へ行くことを、誰にも言わないでくれって。彼は汽車の隅をちょっと指さし、あの人物は『晨報』の記者で、君を知っているよ、と言った。私はその記者に私のことを書かせないようにしてほしいと彼に頼み、二週間後に書くのなら、もう関係ないから、と言った。彼はすぐその記者に告げに行った。果たして記者は書かなかった！ ずっと後になって、私はようやく知ったの。その国民党高級幹部は共産党のために地下工作をしていたのだということを」

私たち四人は爆笑した。

「丁玲《ティンリン》！」ポールが笑いをこらえる。「あなたの自伝は小説より不思議だよ！」

「まったく」丁玲《ティンリン》は依然として得意げに笑っている。「私は北平《ペイピン》〔北京〕に着くと、すぐにある旧友を訪ねて行ったけど、彼女の旦那さんは有名な大学教授だった。彼は私に言った。今後は政治をやっちゃいけない、自分の小説を書きなさいって。私は党を尋ねようとしていることを、彼には言わず、その旧友にだけ告げた。彼女を通して私は曹靖華《ツァオチンホア》教授〔一八九七〜一九八七、翻訳家、随筆家〕と連絡が取れた。彼はすぐ魯迅《ルーシュイン》に手紙を書いた。ちょうど馮雪峰《フォンシュエフォン》が上海《シャンハイ》に着いたばかりで、魯迅《ルーシュイン》の所から私の状況を知り、すぐに張天翼《チャンティエンイー》に伝えたの。張天翼《チャンティエンイー》は南京《ナンチン》にいて、私と連絡を取った。私はすぐ解放区〔共産党統治区〕へ行った」

「どうやって行ったの？」と私が聞く。

「上海《シャンハイ》の党組織は私が保安《パオアン》へ行くことに同意した。私たち計五人は、まず西安《シーアン》へ行き、西安《シーアン》から車で洛《ルオ》川《チュアン》に至り、翌日は明け方から馬に乗って行ったけど、馬は慣れない人の言うことを聞かなくて、怖がれば怖がるほど、乗り手をバカにするの」

父親の馬小屋で育ったポールは大笑い。「誰だって知らない人が背中に乗ったらうれしくないよ！」

「怖かった?」と私は聞き、アイオワの田野で、ポールがシルバームーンと呼ぶ馬に乗った時のことを思い出した。怖くて大騒ぎしたのに、彼は大笑いしていて、私はそれきり馬に乗らなくなったのだ。

「乗ってすぐは、もちろん怖かった!」と丁玲《ティンリン》が言う。「その後は度胸が出てきて、遠くを眺めていれば、ましになった。一日馬に乗って、東北軍の張学良《チャンシュエリアン》将軍のある部隊に着き、馬を降りたら、全身の骨がばらばらになりそうだったわ。私は自分が丁玲《ティンリン》だとは言わず、延安《イエンアン》に夫を尋ねて行くのだ、と言うしかなかった」

「陳明《チェンミン》はあなたと一緒じゃなかったの?」ポールが問う。

「いえ、一緒じゃないわ」私は丁玲《ティンリン》に代わって発言した。「当時は、まだお二人は一緒じゃなかった。延安《イエンアン》の時期になってから……」言い終わらないうちに、私は両掌を合わせた。

ポールはさっと手を挙げた。「中国の歴史は複雑すぎる。私は永遠にはっきりとはわからないよ」

「一晩眠った」丁玲《ティンリン》が話を続ける。「翌日、東北軍が人をやって私たちを解放区へ送って行かせた。私たちは国民党が管轄する村をいくつも通らなければならなくて、保安《バオアン》の部隊は完全武装していたの。東北軍は一個中隊を派遣して私たちを送ってくれた」

「その頃、周恩来《チョウエンライ》は西安《シーアン》にいたの?」とポールが聞く。

「いない、いない、まだいなかった! だけど、あの頃、共産党と東北軍の張学良《チャンシュエリアン》は……連合していたと言えるわね」

「蔣介石《チアンチエシー》は知らなかったの?」ポールはすっかり戸惑った表情だ。

「もちろんすべてを知るのは不可能よ」丁玲《ティンリン》は満足げに声を出して笑った。「昔は話せなかったけど、今は話せるようになって、張学良《チャンシュエリアン》も怖くなくなった」

ポールは言った。「張学良《チャンシュエリアン》の東北軍が丁玲《ティンリン》を解放区へ送って行った、このことが少し事情を物語っているね。彼は日本人をやっつけたくて、共産党も日本人をやっつけたい。彼らには共通の目標があった」

「その通り！」と丁玲《ティンリン》が言う。「張学良《チャンシュエリアン》の部隊はすべて東北人よ。東北は早くから日本人に奪われていた。彼の部隊は国と民族の存亡に極めて敏感になった。当時、共産党は張学良《チャンシュエリアン》の部隊を味方に引き入れるために、いつも彼の部隊へ行って工作していた。張学良《チャンシュエリアン》自身も何も知らなかった」丁玲《ティンリン》は少女のようにいたずらっぽく笑った。「ちょうどその頃、歌われ始めた歌があるの、『松花江《ソンホアチアン》』よ。私の家は東北の松花江《ソンホアチアン》にある……」丁玲《ティンリン》が歌い出した。

「そこには森と炭鉱がある、それから野にも山にも大豆と高粱《カオリアン》……」私もついて歌い出した。

延安《イエンアン》の共産党員が一人、流亡女子生徒が一人、アイオワ川の上で声を合わせて松花江《ソンホアチアン》を歌う。前世、今生が、混沌として、はっきり区別できなくなった。

「歌ってみんな泣いたのよ！」と丁玲《ティンリン》が言う。

「それは本当に極めて感動的な場面だね」とポール。

陳明《チェンミン》が言った。「当時、張学良《チャンシュエリアン》の部隊が駐屯していた村は、壁のスローガンが『中国人は中国人を攻撃しない！　東北軍の兄弟たちよ！　戦って故郷へ帰ろう！』だった」

「丁玲《ティンリン》、あなたはまだ途中までしか来ていないよ。私はその後の話を聞きたいんだ」とポールが言う。

「私たちは護送の軍隊の中に混じって歩いた。前も、後ろも、すべて張学良《チャンシュエリアン》の人員で、私たちは彼らと同じ軍服を着ていたから、村人は見分けがつかない」

「でも、あなたたちは解放区に向かって歩いているんだよ。彼らはわからないの?」

「わかってるわ! だけど彼らには張学良《チャンシュエリアン》の部隊をさえぎる勇気はない」

「その兵士たちも、我々は戦争に行くんだって言えるからね」と陳明《チェンミン》が言う。

「彼らは村の入口に立って、虎視眈々としていた! もちろん私が男でないのは見抜けるけど、どうこうすることもできない。私たちは三〇里余りの道を歩いた。生涯で初めてそんなにたくさんの道を歩いて、ある山の上に着くと、張学良《チャンシュエリアン》の部隊はその山の上で止まった。私たちがそのまま山を下りて行けば、山の下にはもう紅軍がいる。山を下りて、半里ほど歩いたでしょう、七、八人の若者が、若い紅軍が、迎えに来てくれた。アイヨー、彼らが目に入るや……」丁玲《ティンリン》は興奮し始め、あたかもまた彼らを目にしたかのようだ。

ポールがまたしても戸惑った表情を浮かべる。「彼らはあなたが来ることを知っていたの?」

「もちろん!」私は大声で叫んで、彼をお手上げにさせた。「それはすべてちゃんと計画されたことだったんだから! 一個中隊が丁玲《ティンリン》を送る! 当時、丁玲《ティンリン》が保安《パオアン》へ行くのは、大事件だったのよ!」

「共産党は延安《イエンアン》にいたんじゃないの?」ポールはぽかんと丁玲《ティンリン》を眺めている。

「いいえ。その頃は保安《パオアン》にいたの、延安《イエンアン》まではさらに一日の道程よ」

「歩いて? それとも車で?」

「歩いて。当時、延安《イエンアン》はまだ国民党のものだったの。西安《シーアン》事件の後、私たちが延安《イエンアン》を要求して、ようやく私たちのものになった」

「ああ」

「紅軍に会えたらもう大丈夫。身内に会えたのだから。足を洗ったり、粟飯を食べたりして、二、三日休んだら、また歩き、八日間歩いて、やっと着くの、馬はないから、背の低いロバに乗って、保安《バオアン》に着いた」

「その後は?」とポールが聞く。

「保安《バオアン》には家が一棟しかなかった。家は全部、逃走して行く地主に焼かれてしまって」

「その時、毛沢東《マオツートン》も保安《バオアン》にいたの?」ポールが問う。

「ええ。彼は洞窟住居に住んでいたけど、あなた方が延安《イエンアン》で見た洞窟住居ほどよいものではないの。保《バオ》安《アン》で唯一の家は外交部になっていて、私たち数人はそこに泊まった」

「私はやはり知りたい、丁玲《ティンリン》、あなたはどうやって延安《イエンアン》に入ったの? 一九八〇年に私たちは延安《イエンアン》に行ったことがある。しかも、アメリカ人は延安《イエンアン》にずっと興味を抱いているんだ」

「ちょっと待って、ポール」私は笑いながら言った。「想像力をそんなに速く飛躍させないで。保安《バオアン》の話はまだ終わっていないのよ」私は丁玲《ティンリン》の方を向いた。「保安《バオアン》に着いてから、どんな歓迎を受けた?」

「外交部長の歓迎で三日間御馳走を食べたわ!」

「中国人が御馳走する時は、山海の珍味を出してもなお、何もなくてと言うからね」ポールの中国通気取りの口ぶりがまた出た。「彼らが捨てる余り物で、アメリカでは何回も食事ができるよ」

丁玲《ティンリン》は笑った。「私が御馳走と言うのは、つまり御飯が少しと、肉が少しあるだけよ。三日後にはもうなくなって、ジャガイモや、粟や、白菜の漬物があるばかり。周恩来《チョウエンライ》の家に招かれて食事をしたけど、それもつまり合作社〔協同組合〕の肉料理がいくつかと、マントウが数個だった。それからほかの人は食べられない物を、周恩来《チョウエンライ》は私に出してくれた。牛脂よ! 彼らが陝西省《シャンシー》の北の果てで調達して来た牛脂!

私は牛脂を食べた！　マントウに牛脂をはさんで。その後、中共宣伝部が幹部歓迎会を開いてくれて、二〇人ぐらいでしょう、一つの大きな洞窟住居に集まった。周恩来《チョウエンライ》はその時、ひげもじゃだった。彼は敷居の上に座っていた。毛《マオ》主席が入って来て、綿のコートをはおっていたけど、みんなが彼を笑った。毛《マオ》主席は今日はきれいだ、ひげを剃ったって。毛《マオ》首席は、まだ散髪をしてないんだと言った」

ポールが言う。「丁玲《ティンリン》、そういう場で、毛沢東《マオツートン》があなたのために詩を書いたんじゃないの？」

「いいえ、後で書いたのよ。洞窟で宴会をして、牢から出た人を歓迎したって。まさにその場のことを書いたの」

「彼はスピーチをした？」

「しなかったわ。彼は歓迎会にちょっと遊びに来たの、リラックスしていて、気軽で、綿のコートをはおって」

「その日、彼はあなたと何を話したの？」

「もうはっきり覚えていない。後になってから、彼が私に聞いたの。丁玲《ティンリン》、君はどんなことをしたいかって。私が、紅軍になりたいと言ったら、そんなの簡単だ、と彼は言ったわ。私は戦争をしたい、とまた言うと、まだ最後の一戦が残っていて、今手配しているところだ、と彼が言った」

「誰と戦うの？」

「国民党とよ！　毛《マオ》主席は言った。もうすぐだ、胡宗南《フーツォンナン》が相手だ。今、胡宗南《フーツォンナン》は窮地に陥っているから、急いで行きなさい！　最後の一戦だ！って。そこで、私はすぐ前戦に向かい、八、九日間歩いた」

ポールが聞く。「どっちの方向へ行ったのかな！　延安《イエンアン》、保安《バオアン》、西安《シーアン》？　地理上のことが私はまだはっきりしない」

丁玲《ティンリン》はサイドテーブルを地図にして、コップ、皿、マッチ箱……何でも使って、説明した。「こっちがサウス、こっちがノース、延安《イエンアン》はここで、保安《バオアン》はあそこ……」

ポールが大笑いする。「丁玲《ティンリン》が英語を喋った！ 丁玲《ティンリン》が英語を喋った！」

私は言った。「今すぐ北京《ペイチン》に手紙を書くわ、丁玲《ティンリン》はもう戻りません、彼女は既に英語を話し始めましたって」

私たちは一緒になって笑い、丁玲《ティンリン》は涙まで浮かべて笑った。

……

きれいな目

丁玲《ティンリン》は我が家で米国の詩人マーウィン（William Merwin）と会った。

彼女は両目でじっと詩人を見つめながら言った。「何てきれいな目！」

「今あなたを見ているからです」とマーウィンが言った。

紅葉

私たち二組はアイオワの田野をぶらぶら回った。ポールが車を運転している。彼は突然車を止め、道端に歩いて行った。そこに楓が数本あることに私は初めて気づいたが、初秋の柔らかな陽光に照らされ、楓の葉はいっそう赤く恥ずかしげだ。

ポールは何枚か選び、戻って来ると丁玲《ティンリン》に手渡して言った。「この秋最初の紅葉だよ」

私は笑って言う。「今や、私の分はなくなった」

憎と嵐

「一九七八年、私たちが北京《ペイチン》であなたを訪ね、まったく思いもよらなかったことに、今、一九八一年の秋、あなた方がアイオワにいる」と私が言った。

「夢か幻の如く」陳明《チェンミン》が笑いながら流行小説の言葉をまねる。

丁玲《ティンリン》が言った。「私はずっとあれをやりたい、これをやりたいなどと思ってはいなかった。ただ静かに日々を過ごしたいだけ。ところが私はいつも中に引っ張り込まれることになる。出家したいと思った時もあったけど、この俗世を離れることもできずにいるの」

ポールが言う。「それが即ち二〇世紀の悲劇で、嵐など要らないのに、嵐によって中心へと巻き込まれて行くんだ」

「そうよ！　私はいつもその中心にいるの」と丁玲《ティンリン》が言った。

私とポールは車で丁玲《ティンリン》と陳明《チェンミン》をメイフラワー館まで送った。ポールが車を降り、彼らを送って石段を上る。彼と丁玲《ティンリン》が握手をした。丁玲《ティンリン》は彼の手を握ったまま、石段の下の私に向かって叫んだ。「聶華苓《ニエホアリン》！私はポールが好き！」

月光、小鹿

月光の中の赤い家。屋内の長い窓辺で、私たちとパレスチナの小説家サハル(Sahar Khalifeh)、丁玲《ティンリン》、陳明《チェンミン》が西湖《シーフー》の龍井茶《ロンチン》を飲んでいる。サハルとポールが一方で話す。私と丁玲《ティンリン》、陳明《チェンミン》は中国のことを話す。

「サハル、ポール、私たちと話をしにいらっしゃいよ」私は彼らに言う。

「私たちが何を話してるかわかる?」とサハルが私に聞いた。

「わからない」

「ポールはあなたのことを話してるのよ! ポールのように一人の女性を愛する人はこれまで見たことがないわ」

「もちろん愛される人が可愛いんだよ」陳明《チェンミン》が笑いながら言う。

「いいわ!」丁玲《ティンリン》は脅すような口ぶりだ。「聶華苓《ニエホアリン》のことを可愛いって言ったわね!」

ポールはハハハと大笑いしたが、ふと窓外の庭を指さして、小声で言った。「ほら、見て、小鹿だ、林から出て来た」

小鹿がのんびりと月光に歩み入る。

丁玲《ティンリン》身ぐるみはがれる

「あなた方お二人は一緒にいると、いつも手をつないで、とても感動させられるわ」私は丁玲《ティンリン》、陳明《チェンミン》に言った。「丁玲《ティンリン》姉さん、陳明《チェンミン》兄さんがいなかったら、あなたは生きてこられなかったわね」

丁玲《ティンリン》は笑って、夫を指して言う。「それでは彼がますますうぬぼれてしまうじゃない」

「私は『牛棚小品《ニウポン》』を読んだわ。文革の頃、あなたは陳明《チェンミン》兄さんが紙切れに書いた手紙と詩を、体に隠していた。紅衛兵に身ぐるみはがれ、それらの紙切れを奪われそうになって、あなたは諦め切れず、『持って行かないで、私の所に残して、後で私の罪の証拠にしてもいいから』とまで言った」

「やれ！」丁玲《ティンリン》はちょっと首を振った。「あれが一番耐えられなかった」

陳明《チェンミン》が言う。「以前のシャワーは、一種の大浴室があって、みんなが一緒に浴びた。一人でシャワーを浴びる場所もあった。みんなで一緒に浴びるなら、彼女は行かない！　彼女はやはりとても保守的なんだ」

「私は紅衛兵に身ぐるみはがれた！」

「どうして？」

「検査よ！」

「やれ！」

かやぶき小屋

私は丁玲《ティンリン》の写真帳の中に、小さなかやぶき小屋を見つけた。

「これがあなた方の北大荒《ペイターホアン》のお住まい？」と私は聞いた。

「そうよ！」

「これが小屋〔文革で拘束された場所〕にいた時、あなた方が戻りたいと渇望した家？」

「そうよ！」

「そこにどのぐらい住んだの？」

「二年余り」

「まさにそこから連れて行かれたのね？」私は丁玲《ティンリン》に聞く。

「ええ。彼らが私の手に手錠をかけた時、いいわ、助けが来た、と思ったの」彼女は淡々と笑い、少し自嘲をにじませた。

「え？」

「牢の中はまだ少し安全よ」

「文革の時、家財を没収されたり、殴られたりするのは、日常茶飯事だったの。毎晩、陳明《チェンミン》が窓の隙間から外を見ていた。私は言ったわ。見て何の役に立つ？　彼らは来るのなら、やはり来るわよって」丁《ティン》玲《リン》は陳明《チェンミン》を眺めて笑った。

「心の準備があれば、少しはましだろう」陳明《チェンミン》が依然として弁解する。「夜、御飯を食べて、九時頃になったら、彼女をちょっと眠らせる。寝なさい、私が見てるから、と彼女に言った。我々は彼らが来るのを待っていたんだ」

「晩に何しに来るの？」

「吊るし上げさ！　物を取るのさ！」

「ああ、牢にいるほうが少しはましね。どこの牢？」

「秦城《チンチョン》」

丁玲《ティンリン》と毛沢東《マオツートン》

「毛沢東《マオツートン》はあなたのために詩を書いたでしょう?」私は丁玲《ティンリン》に聞いた。

「ええ。私はまだ彼の真筆を持ってるわ」

「あなたが延安《イエンアン》にいた時、江青《チアンチン》〔毛沢東（マオツートン）の四番目の妻〕はどんな様子だったの?」私が聞く。

丁玲《ティンリン》は口をゆがめて、両手でえりにブローチを止めるまねをし、首をねじって言った。「こんな風よ、こせこせして!」

「男性に喜ばれそうね」と私が言う。

「そう! そう! 彼女は『打漁殺家』〔京劇の演目の一つ。「漁師の討ち入り」の意〕を歌い出すと、舞台中駆け回るの!」丁玲《ティンリン》は手で円を描き、あたかもその手が舞台を走る江青《チアンチン》であるかのようだ。「彼女はさまざまな方法で毛《マオ》主席を喜ばせ、三流役者がやるような手は、何でも使ったわ。当時、私は彼女の扱いが不当だとも感じた。馬に乗るにしたって、彼女には乗る馬がなく、後ろをついて歩く。毛《マオ》主席が演説すれば、彼女は一方に立って、そのほかの護衛と同じだった」

「あなたはよく毛《マオ》主席に会いに行ったの?」

「彼らが結婚する前は、よく行った。結婚後は、もう行かなくなった。彼らは結婚して人を招待したわ、今日何人か呼んで、明日も何人か呼ぶ。私は行かなかった」

毛沢東《マオツートン》が丁玲《ティンリン》に贈った詩〔題名は『臨江仙』〕——

　砦に紅旗がはためく落日

西風が孤城を吹き渡る
保安《パオアン》に突然新たな人物
洞窟の中で宴を開き
牢から出た人を歓待する
細い筆一本に誰も及ばず
モーゼル銃三千丁の精鋭
陣形図は隴山《ロンシャン》の東に向かう
昨日は女性作家
今日は軍人

アマナ――丁玲《ティンリン》とポール・エングル

アマナは村が七つ並んでいる。

丁玲《ティンリン》夫妻と私たち二人は見渡す限り果てしない田野を車で走り、アマナへと向かう。

ポールが丁玲《ティンリン》にアマナの物語を語った。

「一八四二年、宗教の自由を求めるドイツ人信徒の一群が、ドイツからアメリカに渡り、ニューヨーク州のバッファロー付近に逗留して居を定めた。彼らはバッファローの町が徐々に都市化していくのに気づき、一八五五年に隊を組んで馬車を駆り、ニューヨークから中西部まで漫遊したが、アイオワ川沿いに綿々と起伏を続ける田野を気に入り、そこに落ち着いた。それはちょうどアメリカ南北戦争の前だった。彼らは公社制を施行し、私有の家屋や田畑を持たず、すべてを公社の所有とし、みんなが公社のために奉仕した。彼らは自ら独立した一つのユートピアを作り、外界とは婚姻を結ばず、外界の教育を受けず、外界のために働かず、虚飾を避け、名利や虚栄を求めなかった。教会は居住家屋と何ら変わらず、内部が白壁で、原木の床に、ペンキを塗らず、色彩もなく、装飾もなく、楽器もなく、ただ教会の賛美の歌声と、年長者の語る『聖書』の教理があるばかり。女性は全身黒い服に、つば無しの黒い帽子、ひもをあごの下で小さく結び、化粧はせず、鏡もないが、それは体が清らかなものなので、肉眼で見ることは許されず、自分でさえ見てはいけないからなんだ」

「公社？　アメリカにも公社があるの？」と丁玲《ティンリン》が聞く。

「アメリカにもある。アマナの公社は八十九年間続いたから、アメリカのものが、世界で一番長く続いた公社になるかもしれないね。アマナは一九三〇年代には公社制をやめたんだ」

「ああ、私たちはちょうど公社制をやろうとしていたわ」

「ハー！」ポールはいたずらっぽく笑った。「アメリカは中国より一足先だった」

「一足先も、一足後も、関係ないわ、続けられさえすれば、それでいいのよ」と丁玲《ティンリン》が言う。

ポールは言った。「アマナの公社はみんな平等で、仕事と能力の高低にかかわらず、収入が完全に同じで、住居も区別なく割り当て、生活待遇も同じで、みんなに仕事がある」

「どんな人が指導者なの？」と丁玲《ティンリン》が聞く。

「彼らには最高委員会というのがあって、宗教と日常業務を管理してる。彼らが求めるのは平和、質素さ、謙虚な礼儀正しさ、シンプルな生活、キリストへの帰依、神への信仰さ。現在、彼らは工業化していて、私有財産も持つようになった。彼らの電気製品はアメリカで有名なんだ。我が家の冷蔵庫もアマナが作った物だからね。彼らの子弟は外の大学へ行って勉強し、もう帰って来なくなるかもしれない。彼らの娘も外の人間と結婚できる。彼らの中で最初に外へ嫁いで出た娘が、即ち私の母方の曽祖母なんだ」

「面白い、面白い。私たちにちょっと話して聞かせて」と丁玲《ティンリン》が言う。

「これはポールの十八番《おはこ》のストーリーなの」私は言った。

「オーケー。南北戦争が終わった」ポールが話す。「私のその年若い曽祖父は退役して故郷のシダーラピッズに戻り、アマナを通り過ぎ、きれいな娘が井戸端で水を汲むのを目にし、近づいて行って彼女に話しかけたが、無視された。よし！ いつか、きっと戻って来る！と彼は言い、本当にアマナへ戻って来て彼女を嫁にもらった。今、その娘はアマナの墓地に葬られているんだ」

「そう、そう！」と私は言った。「私とポールはその墓地に行ったことがあるの。墓はどれも長方形で、小さくて、同じ大きさで、大人と子供の区別もないの。ポール、あなたのその御先祖様はきっと女の子にもてる若者だったんでしょうね」

「すごくかっこいいんだ。軍服を着て、銃剣を提げて。私は小さい頃その写真を見て、彼のその表情をまねて、一枚写真を撮った。彼の巻き毛を見て、私も巻き毛になりたいと思ったものさ」

ポールと私たちは一緒に大笑いした。

「ありがたや！ 幸いあなたは巻き毛じゃなかった！ 当時のアマナは、男女がデートできたの？」私は聞いた。

「できないよ、もちろんできない！　でも、目でもデートはできるからね！　あなた方にアマナの物語を一つお話ししよう、ロマンティックな物語！　すごくロマンティックだよ！」ポールはわざと秘密めかして笑った。「アマナの家々の門前にはどこも背の低い木の柵がある。娘たちは木の柵の前に立ってちょっとお喋りするのが好きでね。彼女たちは色の鮮やかな服は着られないが、黒い小型の帽子に一輪小さな花を挿す娘もいて、ピンク、薄紫、水色などの花は、すべて自分の家の庭で摘んで来たものなんだ。きれいな娘は特に目立つ。通り過ぎる男はみんな彼女をちらっと見る。そんな娘が一人、そんな男が一人いて、二人の視線が木の柵の前でぶつかった。男は言った。あなたの帽子の花はとてもきれいですね。娘がちょっと笑う。それが即ちデートだ。彼らはたった一本の小さな通りを散歩したり、アイオワ川の橋の上で会ったり、ちょっと打ち明け話をしたり、冬には凍った川で一緒にスケートをしたりしてもいい。娘が氷の上で絶え間なく転ぶので、男は言った。君はいっそのこと背中にほうきをくくりつけたら、氷をきれいに掃除できるのにって。アマナの若い男はつまりこんな風にロマンティックなんだ」

私たちの車はそういう小さな通りにある木の柵の前で止まった。オックス・ヨークレストランの入口には牛のくびきが一つかけてある。大小の木のテーブルに、こざっぱりした青いチェックのクロス。ちょっと見渡すと、でっぷりした太鼓腹のアイオワ農夫や、付近の大学の人が、家族や客を連れ、土地っ子自慢の「観光の名勝」でドイツ料理を食べているが、つまりは米国人がチャイナタウンで中華料理を食べるようなものだ。

丁玲《ティンリン》はコネティカット州にスノー（Edgar Parks Snow）の前妻ヘレン（Helen Foster）〔一九〇五〜一九九七、米国のジャーナリスト、ニム・ウェールズ（Nym Wales）のことで、本名がヘレン・フォスター〕を訪ねたことに言及した。

「ああ、エドガー・スノー」とポールが言う。「中西部出身で、三、四〇年代にアジア報道をした名記者で、中国に十数年いた。彼が三〇年代に中国のことを書いた『中国の赤い星（Red Star Over China)』を読んだことがあるよ。彼は延安《イエンアン》に行ったことがあって、共産党に共感し、毛沢東《マオツートン》に敬服の念を抱いた」

「そうなの！　そうなの！」丁玲《ティンリン》は喜んで答えた。「一九三七年だったか、私は延安《イエンアン》で彼の夫人ヘレンに会った。彼女は延安《イエンアン》でとても活発にしていて、灰色の軍服に、赤いベルトを締め、カメラを手にあちこち駆け回り、とても人目を引いた。彼女を知ってる？」丁玲《ティンリン》がポールに尋ねる。

「知らない」

「ああ。私たちは四十年間会っていなかった。私はどうしても彼女に会いに行きたくて。会ったらとても辛かった。一間の小さな部屋に、ベッドが一つ、ソファーが一つ、小さな机に、椅子が一脚。小さな棚に酸素ボンベがかけてあって、彼女は心臓病を患っていたの。部屋はぼろぼろ、小さな庭にはめちゃくちゃに物が積んであり、二本の木も枯れかかっている。彼女は一間に住んでいて、客間を持たないアメリカ人を私は初めて見たわ。部屋に座ると、彼女は私に言った。あなたは不自由だったことがあるけど、あなたの不自由は、政治問題のせいだって。彼女が今も不自由なのは、貧乏のせいで、経済問題なのだと。後になって私はようやくわかったの、彼女が一間に住むのは、暖房の節約のためで、もう一つの部屋は人に貸していて、支払う電気代は手に入る家賃よりまだ多いのだということが。彼女は一五〇ドルの社会保障給付金だけで暮らしている。私たちの中国では、彼女のような身分の人は、間違いなく政府の手厚い待遇を受けられる。スノーはあんなに有名な作家じゃない！」

ポールは言った。「アメリカでは、彼女が既に離婚した夫は、彼女と何の関係もないんだ。スノーがどんなに有名であっても、やはり関係ないし、アメリカ政府もスノーを特別扱いすることはできない、彼には彼の退職年金と社会保障給付金があるんだから。ヘレンに一五〇ドルの給付金しかないのは、彼女自身が働いたことがないからだよ。社会保障給付金は仕事の月収から割合に応じて差し引き、蓄えていくものなんだ。誰でも仕事を持たなければならない。働いたことがない人は、そんな少しばかりの給付金しかないということになる」

「資本主義制度ときたら冷酷すぎるわ」

「あなたが牢に入れられたのは、冷酷じゃないの？」

「あれは人が人を苦しめたのよ、制度じゃないわ。人を迫害したがる人間もいるものよ！」

「だけど、制度は人を迫害する権力をそれらの人間に与えることができる！」

「共産党のことを言ってるのね？」丁玲《ティンリン》は立ち上がり、テーブルの周りを行ったり来たりした。「共産党は絶えず誤りを正しているわ。私個人のここ二十年の境遇がその点を証明してる。私は今まさにアメリカにいるじゃない？　中国はもう人為的な政治運動を起こさない。私たちは生活を心配しなくてもいいし、執筆に心を悩ませなくてもいい。私たちが個人的に欲するものはないわ」

「アメリカだって絶えず誤りを正しているんだ。アメリカ人民は大統領を批判することができるし、政府を批判して、彼らの誤りを正すこともできる。アメリカは……」

丁玲《ティンリン》は私にちょっと手を振った。「華苓《ホアリン》、もう論争はやめましょう、いいわね？」

私は酒杯を手に取り、大声で言った。「飲みましょう！　飲みましょう！」

ポールがすぐに立ち上がりグラスを挙げて言う。「オーケー！　丁玲《ティンリン》、飲んで！　今日はあなたの送別なんだから。我々の再会を願って!」

彼らは再会しなかった。一九八六年、丁玲《ティンリン》はこの世を去った。一九九一年、ポールも行ってしまった。

丁玲《ティンリン》とポールの二人は、互いに興味を抱き、互いを気に入り、互いを尊重した。彼ら二人は共に二〇世紀の世の目まぐるしい変化を経験し尽くした。彼ら二人はどちらも鋭敏な感性と誠実で率直な気性を持っていた。彼らは誕生日まで同じで、一〇月一二日なのだ。彼らはどちらも確固とした使命感の持ち主だったが、異なるのは丁玲《ティンリン》の使命感が共産党に対するもので、ポールの使命感がアメリカン・ドリームに対するものであった点だ。丁玲《ティンリン》とポールが二人一緒にいると、現代史の一大書籍が私の目の前に広げられた。

独り歩む——陳映真《チェンインチェン》

私は台湾では陳映真《チェンインチェン》に会ったことがなかった。一九六〇年、まだ二十三歳だった陳映真《チェンインチェン》は、『私の弟康雄《カンシウン》』、『家』、『村の教師』、『故郷』、『死者』、『祖父と傘』など、一連の小説を『筆匯』誌に発表した。その年にちょうど『自由中国』事件が起こり、私は外界と隔絶し、自らを追いやり、極めて虚無的な気分で、陳映真《チェンインチェン》の小説を読むこともなく、陳映真《チェンインチェン》に会うこともなかったのは、とても残念で、まして当時彼はハンサムな青年だったに違いないからなおさらである。一九六四年、私はアイオワに来てから、ようやく彼の小説『初めての仕事』、『最後の夏の日』、『私の弟康雄《カンシウン》』や、後の『鈴鐺花《リンタンホア》』、『山道』などを読み、彼の憂鬱さや、激情、孤独をかすかに感じ取った。あのテロの時代において、作家の趨勢は、できる限り社会の現実に触れぬようにというものだった。陳映真《チェンインチェン》は独自の道を切り開き、彼の小説は「郷土」〔七〇年代の台湾で論争ともなる台湾本土の現実に根ざした郷土文学を指す〕のみに限られることなく、「現代」〔欧米の現代文学に影響を受けた六〇年代台湾の現代派文学を指す〕をひけらかすこともなく、「人」に対する究極の思いやりに基づき、人間性に基づいて、芸術的手法を用い、社会の現実を掘り起こし、彼の思想、その急進的な思想を表現したが、それは当時の権力統治者が封じ込めて除去しようとするものであった。

陳映真《チェンインチェン》は思想家タイプの小説家だ。彼の思想は幼少期にまで遡ることができる。彼が十歳の年に、台湾で二・二八事件〔一九四七年二月に起こった民衆と政府の衝突をきっかけとして、台湾全土に展開した暴行・殺戮により二万数千人とも言われる犠牲者を出した事件〕が起こり、殴られて地面に倒れ、靴も靴下も血で汚した外省人〔一九四九年前後に、国民党政権と共に中国大陸から台湾へ渡った人を指す〕がうめくのを目にしたり、恐怖の表情を浮かべた大人が台北《タイペイ》で威風を示す国民党軍のことを話すのを耳にしたりした。小学校五年生になった時、先生が真夜中に軍のジープで連れて行かれ、彼の家の裏に住んでいた兄妹も連れて行かれた。中学生の時、憲兵が「……賊の一味……加わる……本人と確認し、憲兵第四団に引き渡し、法の下に死刑を執行する」という告示を駅に貼り出すのを見た。また中学生の時、父親の書斎で魯迅《ルーシュイン》の小説集『吶喊《とっかん》』を見つけ、それが彼の文学に対する思想の探求を啓発した。彼はチェーホフ（Anton Pavlovich Chekhov）、ツルゲーネフ（Ivan Sergeevich Turgenev）、トルストイ（Aleksei Konstantinovich Tolstoi）なども読んだが、結局魯迅《ルーシュイン》の『吶喊』ほどには親しみを感じなかった。大学に入ってから、彼は知識と文学への渇望を覚え、西洋文学を読み、台北《タイペイ》の古書店で魯迅《ルーシュイン》、巴金《バーチン》、茅盾《マオトゥン》、老舎《ラオショー》といった作家の作品を探し求め、『ソ連共産党史』や、スノーの『中国の赤い星』、『マルクス・レーニン選集』などという人々が触れようとしない禁書まで見つけた。彼は『美と審美の社会的功利性』や『芸術の労働起源』といった類いの美学を精読した。一九五九年、彼は小説を書き始め、尉天驄《ウエイティエンツォン》〔一九三五〜、評論家〕が編集する『筆匯』誌に発表する。この時から彼は筆を休めることなく、冷ややかで厳しいが、みずみずしくつややかでもある筆致を用い、精緻で、理性的で、批判的な作品を大量に生み出した。同時に、彼の左翼思想が実践を痛切に求め、数人の若者と読書会を作ったが、それは台湾の現実と絶対的に対立するものだった。

一九六八年、私とポールは陳映真《チェンインチェン》をアイオワに招き、同時に招待したのが、後に大統領となるチェコの劇作家ハベル（Vaclav Havel）だった。二人はどちらも欠席した。陳映真《チェンインチェン》は捕らえられて入獄し、ハベルはソ連の戦車がプラハに入った時、地下に潜った。

私とポールは陳映真《チェンインチェン》のために弁護をすることを決めたが、既に一九六〇年の雷震《レイチェン》事件に例が見られるように、これが徒労となるのは明らかだった。しかし私たちは陳映真《チェンインチェン》の逮捕に抗議の意を示し、当局に法治の尊重を促さなければならず、その唯一の方法が、台湾で弁護士を探して陳映真《チェンインチェン》を弁護することだった。誰もこの事件を引き受けようとはしない。とうとう台湾にいる米国人で商務を扱う弁護士が見つかり、当然のことながら、彼は弁護料の前払いを求めた。ポールはいささかの金を工面し、電信為替で弁護士に送ったが、あの隠れて姿を見せぬ最高権威によって差し押さえられた。陳映真《チェンインチェン》は軍法裁判で十年の判決を受けた。一九七五年、蔣介石《チアンチエシー》の百日忌の特赦で、三年早く釈放される。彼は出獄するとすぐ、私とポールに手紙をくれた。彼は私への別の手紙に書いている。

……主観的な願いとして、私は生涯小説が書けることを望んでいて、多くの困難――たとえば自分の才能や、経済、環境などの制限はあっても、努力してこの道を歩き通せると信じているのは、自分に対して何らかの自信があるためではなく、これを除いて、ほかにはもう何もできることがなく、何も持ってはいないからです。

私は将来いつあなたの所へ行く機会が得られるかはわかりません。でも行く行かないは別に重要ではないと思います。重要なのは私がどうやって自分の民族・歴史と一つになり、我々の民族・歴史を反映するささやかな器となるかということです……

一九七九年一〇月四日の朝、米国の詩人シンプソン（Louis Simpson）が朝食を取りに我が家へ来て、入口でベルを押した時、キッチンの電話が同時に鳴った。

陳映真《チェンインチェン》がまた捕らえられた！　家も捜査され、父親の家も捜査され、姑の家も捜査された。本を数箱持って行かれた。彼は七年も牢に入って、四十二歳になっており、また牢に入ったりしたら、一生が終わってしまう！　私たちは本当にわからない。彼が前回出獄した後、常軌を越えた行動や言論は一切なかった。彼は結婚し、小さな印刷所をやっている。彼は三つの家の家族を養うのに忙しい！　両親、養家、妻の実家だ。友人が八月に台湾へ帰って彼に会った時は、顔色が青白く、アタッシェケースを提げてタクシーへ急ぎ、非常に忙しくしていたという。私たちは本当にわからない、罪もない人間が、なぜ少しだけ自由な生活をさせてもらえないのか……。

陳映真《チェンインチェン》の弟映澈《インチョー》は話しているうちに、声がすすり泣きになった。

私とポールはまったく朝食を取らなかった。シンプソンはそそくさと少しだけ食べた。私たちは皆とても沈んでいた。三人は午前中ずっと話し合い、どうやって陳映真《チェンインチェン》を救い出すか討論した。シンプソンは米国で声望の高い詩人で、ピューリッツァー賞の詩賞を受けたこともある。私とポールは陳映真《チェンインチェン》と会ったことはなくても長年の交流があるが、シンプソンにとっては、陳映真《チェンインチェン》はまったく見知らぬ人なのだ。

翌日の朝、シンプソンはまた我が家で朝食を取り、その日ニューヨークへ戻ることになっていた。彼は我が家のキッチンで続けて二日朝食を取ったが、キッチンの電話が鳴りっ放しで、私は熱い鍋の上の蟻のようにじっとしていられず、電話とコンロのあいだを行ったり来たり、電話を受けたり、かけたりして、米国各地にいる中国人の友人と陳映真《チェンインチェン》逮捕の件を討論した。

「私は一つの家のキッチンにこれほど多くの活動と、これほど強い気持ちと、またこれほどおいしい食べ物があるのを今まで見たことがないね」とシンプソンが言った。彼の目の前には陳映真《チェンインチェン》の英訳小説と英文略歴が並べられており、彼がニューヨークへ持ち帰るつもりだった。

電話のベルがまた鳴った。「出て来た！　出て来た！　兄が出て来た！」

私は振り返ってポールとシンプソンに叫んだ。「彼が出て来た！　彼が出て来た！」

映澈《インチョー》が続けて言う。「釈放じゃなくて、保証人への引き渡しで召喚を待つんです、呼ばれたらいつでもすぐ行く、この件はまだ取り調べ中だから」

「何を調べるの？」

彼自身でさえわからない。

陳映真《チェンインチェン》は捕らえられてから三六時間後に、奇跡的に釈放された。なぜ捕らえられたのかわからず、なぜ突然釈放されたのかもわからない。彼は『十・三事件について』という文章に当時の心境を記している。

……私は四日の夜九時頃、警備本部の軍法署に送られ、法廷で保証人への引き渡しと召喚待ちを申し渡された後、妻を保証人に立てて、帰宅した。私は直ちに車を走らせ高齢の両親に会いに北投《ペイトウ》へ行った。私の逮捕を知った後ずっと尋常でない落ち着きぶりで、ある若い治安要員から「真にキリストの生命を持つ有徳者」と称賛された父は、私を見ると、いきなり私を胸に抱きしめた。私は涙を落としながら父の震える胸の中で跪いてうつむいたが、悲しみなのか再生の喜びなのかわからなかった……

私とポールは依然として陳映真《チェンインチェン》がアイオワへ来るよう招請を続けた。一年、また一年と時を経て、一九八三年までずっと、台湾当局のたび重なる抑えつけに遭ったが、努力を重ね、海外の作家や学者の声援も得て、遂に彼をアイオワへ呼んだ。それは私たちが初めて会い、また彼が大陸の作家と初めて会う機会でもあった。その年、中国大陸からアイオワに来たのは呉祖光《ウーツーコアン》〔一九一七〜二〇〇三、劇作家、演出家〕、茹志鵑《ルーチーチュエン》〔一九二五〜一九九八、作家〕、王安憶《ワンアンイー》〔一九五四〜、作家。茹志鵑（ルーチーチュエン）の娘〕で、台湾の七等生《チートンション》〔一九三九〜、作家〕と香港の潘耀明《パンイヤオミン》〔一九四八〜、随筆家、編集者。ペンネームは彦火（イエンフオ）〕もいた。陳映真《チェンインチェン》と彼の祖国の作家が共に集うのは、まさに彼の長年にわたる待望の日だ。彼は一日先に来ており、私と一緒に空港へ彼らを迎えに行くことを望んだ。中国大陸の作家も陳映真《チェンインチェン》を見て、非常に喜んだ。彼らはまるで長く離れていた家族のように、会うとすぐお喋りを始めて止まらず、互いに関心を持ち、互いに気遣った。陳映真《チェンインチェン》は彼らに「あなた方のお話を、書き留めておきたい」と言った。そしてすぐ元の話題に戻った。

その年は中国系作家のアイオワにおける最も興味深く、最も感動的な集いとなった。呉祖光《ウーツーコアン》はユーモアに富む。茹志鵑《ルーチーチュエン》は落ち着いている。王安憶《ワンアンイー》は鋭敏で、人に対しても物事に対しても、すべてに独自の見解を持ち、最も人の注意を引きつける。髪を二本の小さなお下げにして、明るい美しさに少しはにかみを浮かべ、時々ポイントを突く一言を発するが、それは批判精神に満ちたものだった。彼女は目新しい物事にとりわけ興味を抱き、ほかの中国系作家の誰よりも多くの活動をした。七等生《チートンション》は遊びに出かけて行った。そのほか何人かはよく我が家へ来たが、談笑の中に皆の気性が見え、政治的な考えさえ表れていた。すべての作家が滞在するメイフラワー館は、我が家の建つ小さな山のすぐそばにある。陳映真《チェンインチェン》は時々サンダルをつっかけ、醤油で煮込んだ豚もも肉の鍋を両手に捧げ持ち、山を登って我が家へ来る。いそいそとうれしそうな彼の様子を見ていると、昔の険しい道程から日常への回帰を果たしたように思われ、私は彼のために心から喜んだ。

ある日、呉祖光《ウーツーコアン》がミシシッピ川から生きた新鮮な魚を持ち帰り、陳映真《チェンインチェン》がそれを蒸して酒の肴にしようと提案した。潘耀明《パンイヤオミン》は呉祖光《ウーツーコアン》と部屋が隣り合わせだったが、親切な人柄で、料理の腕前があるので、当然彼が調理を受け持つことになった。ポールは一人で家に残り、「飲みに行っておいで、得難いチャンスだ」と私に言った。

魚は蒸し上がったが、陳映真《チェンインチェン》はまだ来ない。

呉祖光《ウーツーコアン》が言った。「陳映真《チェンインチェン》は国民党に誘拐されて連れて行かれちゃったよ」

王安憶《ワンアンイー》は「彼が廊下で口笛を吹いているのが聞こえた」と言う。

私たちは魚を食べ、酒を飲み、絶えず陳映真《チェンインチェン》に電話をかけたが、出なかった。魚をもうすぐ食べ終わるという時、彼がやって来た。彼がコインランドリーで洗濯を終えると、アルゼンチンの女性作家がいきなりドアを開け、部屋でお茶を飲んでいかないかと誘ったのだった。彼女はユダヤ人家庭で、両親がロシアからアルゼンチンに渡り、母が精神病を患って、自分はストレスが大きい、といった身の上話もしたという。

「あなたが口笛を吹いていたら、彼女がドアを開けたのね」と私は言った。

彼が笑いながら言う。「彼女はもう歳を取っているからいいけど、そうでなければ、怪しまれても疑いをすぎ切れないよ」

彼らは中国の作家五人――丁玲《ティンリン》、茅盾《マオトウン》、艾青《アイチン》、巴金《パーチン》、曹禺《ツァオユィ》にインタビューしたビデオを我が家へ見に来た。

陳映真《チェンインチェン》が言った。「本当に堪能できる、きょろきょろ辺りを窺わなくてもいいから」

私は笑って言う。「ここに密告する人はいないわ」

五人の作家のインタビューを見終わった後、彼は言った。「中国大陸の作家はこんなに多くの苦労をしたんだ。私の苦労なんか苦労のうちに入らない」

中国大陸の作家の中で、彼は若い王安憶《ワンアンイー》に最も関心を持ち、最も好奇心を引かれ、最も称賛した。当時、中国大陸の作家の作品はまだ台湾で発表できなかった。彼はアイオワで彼女からもらった数冊の本を一気に読み終えた。一九八四年、彼は王安憶《ワンアンイー》の『この列車の終点』を台湾の『文季』に発表したが、あるいはこれが台湾で初めて発表された中国大陸の作家の作品であったかもしれない。陳映真《チェンインチェン》は述べる。「若い世代の作家として、王安憶《ワンアンイー》の焦点と情感が、むしろ若い世代の境遇と体験に集中しているのは明らかだ。

彼女の作品に見られる批判は、中国大陸の若い世代の哲学者ほど深いものではないが、投げかける疑問に、彼女の真剣さと誠実さがあることを、痛感させられる」

当然ながら、陳映真《チェンインチェン》は第三世界の作家に対して非常に興味を抱いている。彼は特にフィリピンの詩人で、劇作家、文学評論家でもあるアギラ（Reuel Molina Aguila）にインタビューし、フィリピンがスペインと米国の植民地であった期間の文学と言語、および現在の文学思潮について議論をした。長時間にわたるインタビューで、最後に彼は文学と革命の関係を尋ねた。アギラの答えは、「文学が革命を成功させることはできない。文学が世界を変えることも不可能だ。文学はただ民衆に呼びかけ、正当な道理、正義、愛と平和の意識に対して彼らを喚起することができるだけだ」というものだった。

その年、スペインの作家カルロス（Carlos Alvarez）がいた。皆が一緒に車でよそへ遊びに行った時、頭の切れるパレスチナの女性作家サハル（Sahar Khalifeh）が彼の隣に座った。

彼は簡単な英単語がいくつか言えるだけだ。彼女は振り返り、いたずらっぽく笑いながら私に言った。「彼があのいくつかの英単語を使い切ったら、あなたの方へお喋りしに行くわ」

「アメリカは好き？」彼女はカルロスに尋ね、言い終わると私と一緒にげらげら笑った。

「アメリカ人。好き。政府、ノー」

「結婚してる？」

「してない。あ、した。あ、してない。一人の女性と一緒」

私たちはまた大笑いした。

「どうして結婚しないの？　女性が怖い？」

「そう。離婚」

彼らの会話にはそんな風に最も単純な言葉が使われ、カルロスは複雑な個人の歴史を表現した。彼はフランコの時期に何度も牢に入れられたことがある。彼は暗殺された共産党員のために抗議し、外国で文章を発表して、牢に入り、労働者のために話をして、牢に入った。最後の一回は、四年の判決だったが、フランコが死んだ時、大赦で釈放され、二〇カ月の監獄入りで済んだ。彼は一九五七年から一九八二年まで、共産党員だった。

「あなたにインタビューしたい！」陳映真《チェンインチェン》が大声で言ったが、彼はちょうどカルロスの後ろに座っていた。

その年の秋、ポールが耳の後ろの骨に炎症を起こし、細菌に感染して、何度も病院で検査を受け、とうとう手術することになった。映真《インチェン》は我が家の家族と一緒に彼の世話をしてくれ、私と艱難を共にした。病院の待合室で、私と彼は語り尽くせない話をしたが、話題はほとんど当時の台湾の状況についてだった。

「宗教家の家庭なのに、どうして左翼思想に関心を持ったの？」と私は聞いた。

「父は私が小さい頃から、私たちは中国人だと教えました。だから小さい時から中国は向こうにあって、向こうが私たちの国だと思ってたんです。父は中日対照になった魯迅《ルーシュイン》の本を持っていました。手に取って見ても、よくわからない。その後中学生になってから、読むと少しわかりました。大学の時、古書店で抗日戦期の本をいくつか見つけましたが、それらはちょうど魯迅《ルーシュイン》の本を補完するものでした。私は知識欲が特に強く、多くの本を探して読みあさった。当時日本の外務省に研修中の外交官がいて中国語を勉強しに台北《タイペイ》へ来ていました。日本はその時にもう中国共産党に対処していく準備をしていたんです。彼は中国共産党に関する本をたくさん持っていました。彼は私に読みに来てもいいと言って、鍵までくれて、私はいつでも本を読みに行くことができた。その後、彼は出て行くことになり、次の人に、この若者は悪くないから、できるだけ本を読ませてあげるといいよ、と言ってくれたんです。スノーの『中国の赤い星』には大きな影響を受けました。文化大革命が起こって、世界の多くの国が影響を受けた。至る所、学生運動です。私が牢に入っていた時、共産思想を持つ人は、二派に分かれていました——一派はソ連式の共産主義に賛成し、もう一派は中国が自らの制度を持つべきだと考えていた」

「牢の中で共産主義を語ることができるの？」

「散歩の時間に話したんですよ。どっち道もう牢に入っているんだから、何を恐れることがあります？アイヨー、あの頃は本当に文化大革命に敬服していた！」

「私は一九七八年と一九八〇年に中国大陸へ行って、何千万もの人が被害を受けたことを初めて知ったの」

「当時はわからないですよ！　私たちは読書会をやってました。我が家の六番目の弟は、その頃中学生だったけど、やはり影響を受け、私がガリ版で刷ったものを持ち出して印刷し、友達に配って見せ、別に同年代のグループを持っていた。私はまったく知らなかった。弟は私に知らせなかったんです。その後、私は捕らえられ、弟も捕らえられた。私は初め警備本部にいて、後に台東《タイトン》の監獄に入り、最後の三年は緑島《リュィタオ》にいました。出獄するやすぐにラジオをつけ、布団をかぶって聞くと、ちょうど『インターナショナル』〔二〇世紀前半にソ連の国歌ともなった社会主義の革命歌〕だったので、涙が止まりませんでした」

「あなたが二回目に捕らえられたのは、いったいなぜなの？」

「わかりません。どうして私を釈放したのか、それもわからない。私は入るとすぐ、ある表に書き込むように言われた。その表は判決が出てから書き込んだんです」

私は笑って言った。「あなたは監獄入りにかけてはすごく経験があるものね」

「二度目に入ってすぐ、表に書き込むよう言われ、内心、もう終わりだと思いました。翌日、彼らはベルトなどを私に返却したので、別の場所に連れて行かれるのかと思った。妻と姑が私の保証人となるために来て、ようやく、本当に出られると確信しました」

陳映真《チェンインチェン》がアイオワにいた一九八三年、彼の両親は米国オマハの娘の家にいた。一一月中旬、老夫妻と娘、娘婿および二人の孫が、宴席を設けるために、わざわざアイオワへ来て私たちと集いを持った。陳老《チェン》〔陳映真（チェンインチェン）の父〕はポールと会うと、互いに抱き合って涙を流した。彼らはすべての中国系作家を我が家へ招き、韓国の詩人で漢学者でもある許世旭も呼んだ。陳老《チェン》と呉祖光《ウーツーコアン》は抱き合い、やはり目に涙を浮かべていた。

陳老《チェン》は食卓で立ち上がって話をしたが、その声は涙にむせんだ。「十数年前、映真《インチェン》が難儀に遭い、親戚友人は誰も来なくなりました。それは我が家の最も暗い時期でした。その時、一人のアメリカ人と、一人の中国人が、一面識もないのに、私たちに多大な御支援をお寄せくださった。これは一生忘れられぬことであります。私たち一家はずっと中国大陸の方を向いてまいりましたが、今日中国大陸の作家の方々と御同席できましたのも、御両人のおかげです。お二方に特に感謝を申し上げたい」

ポールが続けて言った。「世界はまさにこうであるべきです。今宵は私たちがアイオワで過ごす最も感動的な一夜です」

陳映真《チェンインチェン》は『モダニズムの再開発』という一文に述べたことがある。

思想家が、文学者であるとは限らない。しかし、文学者は、とりわけ偉大な文学者は、間違いなく思想家である。しかも、くれぐれも注意すべきは、この思想が、天馬が空を行くといった類いのとどまる所を知らぬ唯心哲学ではなく、人の体温を備えたものであることで、人生や社会に対する一定の愛情、心配、怒り、同情などを抱いて思索する人間的な思索者こそが、一切の善と悪を抱える文学者たり得るのである。

陳映真《チェンインチェン》はまさに人の体温や、人の気骨、人の勇気を備えた文学者で、彼の称する「台湾当代歴史の裏通り」をずっと独りで行き、現在、二一世紀の今日においても、依然として寂しく、焦燥感を抱いて、また別の裏通りを独り歩んでいるのである。

運命のチェコ人——ハベル（Vaclav Havel）

一九八八年、列車はウィーンからチェコへと走る。両側に途切れることなく続く灰色のモウハクヨウ〔ポプラの一種〕は、寒風に屈せず一本一本まっすぐに立ち、緑色に光る薄い葉をかすかに震わせている。列車はプラハで止まった。駅はひっそりと寂しく、人影もない。「ここがプラハですか?」ポールは通りがかった一人のチェコ人を捕まえて尋ねた。「その通り、ここがプラハです」「荷物を運ぶカートはありませんか?」「ありません」「荷物を運ぶ人はいませんか?」「いません」駅には私とポールだけが取り残された。寒風が骨を突き刺す中、辺りを見回して途方に暮れていると、突然友達の詩人シュラット(Pavel Srut)が私たちに向かって叫びながら駆けて来るのが見えた。

「待ち切れなくて、早めに一度来たんです」シュラットは喘ぎながら言い、私たちと抱き合った。彼は一九八七年に三カ月アイオワに滞在した。

私たちが泊まるスリー・オストリッチホテルは古めかしく上品な趣で、一二室しかなく、ブルタバ川に面し、古いカレル橋のたもとにある。私たちの部屋の窓から、石橋の上に並ぶキリスト教徒の石像と、橋の上にいる二、三人の画家が見えた。室内には手彫りの木のベッド、木のテーブル、木のランプ台、木のソファーがあり、質素で巧みな技が凝らされている。

古い橋の上に車は走っておらず、子供や、若者、老人、乳母車を押す女性らがいるだけだ。人情のぬくもりのある橋だ。私たちは旅装を解くと、すぐカレル橋へ散歩をしに行った。橋の上まで行くと両岸の黒ずんだ金色のトーチカや、教会、重々しい石の城門などが目に入った。どれもチェコの歴史が残した遺跡だ。黒々とした古い砦が天の端に高くそびえ立つ。あれは古代の皇居で、現代のチェコ大統領官邸だと、シュラットが教えてくれた。

「ハベルがまた捕まったのは、どうして?」カレル橋を歩き出した途端、ポールが聞いた。

「わけなどないよ、ただ彼の影響力が大きすぎるせいさ」とシュラットが言う。「ちょうどデモの前日に捕らえられた。大丈夫、彼は出て来る」

私はシュラットを眺めて言った。「あなたはとても気楽な様子に見えるわ。もっと緊張しているのかと思ってた。私たちは列車の中でもう緊張し出したのよ」

彼がちょっと笑う。「我々はずっとこんな生活をしてるんだよ」

シュラットは一九六八年にソ連がチェコを占領する前に、三冊の詩集――『空一面翼の夜』、『母音文字の変化』、『虫食いの光』を出版している。一九六八年以降は、子を持つ親しか彼を知ることがなくなった。彼は子供のために童謡を書き、児童詩を翻訳し、切り紙細工をやり、絵本を描き、後には米国現代詩も翻訳している。

橋上の一人の画家が描き上げた小型の絵を一枚一枚、大きい画板に貼っていく――古い砦、石の城、古城の広場、色鮮やかな石の時計塔、青空の下のトーチカ廃墟、ブルタバ川に映る金色の樹影。若い女性が一人、乳母車を押して私たちのそばを通り過ぎる。中の赤ん坊は、小さい綿の玉みたいにくるまれ、私たちを眺めて笑う。

ブルタバ川が暮色の中できらきらと輝いている。

シュラットが言った。「私はこの橋を歩いてもう二、三十年になる。毎回通るたびに、違った感じを受けるんだ。これは私が見た中で一番美しい橋だよ」

翌日、私とポールは古い砦にある昔の皇居を見に行ったが、がらんとしてうら寂しく、はがれ落ちた壁に、オーストリア・ハンガリー帝国皇后の色あせた肖像画がかかり、ウィーン皇居がこの帝国の皇族に対して示す重視や誇りはなかった。皇居から歩いて山を下り、金横丁という名の路地を通ったが、長々とした石畳の小道で、カフカ(Franz Kafka)が住んでいた小家屋があり、それが即ち彼がプラハで保険会社の職員だった時に住んだ所で、小説『変身』の狭い家なのだろう。少女の一群がキャーキャーと私たちのそばを通り過ぎて行く。草色の軍服を着た、いかつい大男が坂を駆け下りて来て、一人の少女をむんずと捕まえ、まるでトビがひよこをつかむかのようだったが、殺気立って彼女を怒鳴りつけた。少女はおびえて顔色が青ざめている。ほかの少女たちは傍らに立ち、何も言えずに黙りこくっている。私とポールも呆然としてしまい、その大男が少女を放してから、ようやく金横丁の散策を再開した。

私たちはこのことをシュラットに話した。

「あの軍服の男は特務に違いない！」とポールが言う。

シュラットはげらげら笑った。「特務がわざわざ軍服を着て見せたりする？」

プラハを離れる前夜に、ポールはある書店で詩を朗読した。私たちが着いた時、書店は既に立ち見の人でいっぱいだった。シュラットはポールの詩をチェコ語に翻訳して出版しており、それは非常に精緻な詩集だった。書店のガラス棚には私とポールの本が並べられ、大きく引き伸ばした、私たちと孫娘のアンシアの写真もあった。書店側がポールの朗読する詩を選んでいたが、多くは『中国のイメージ』の中の詩で、文化大革命のことも含まれる。その詩は一九八〇年に彼が中国で書いたもので、朗読すると熱烈な拍手を受けた。

私の手が石を一つ拾い上げる。
中から叫ぶ声が聞こえた——
私にかまわないで、

隠れるためにここまで転がって来たんだから。

ハベルの弟とその奥さんが聴衆の中にいた。ハベルが欠席の場合はすべて、弟が代わりを務める。彼はチェコの著名な数学者だ。

私は歩み寄って彼ら夫妻と握手をした。「私たちがプラハへ来て、一番お会いしたかったのはハベル氏です」

「兄は釈放されたばかりなんです」

「本当ですか?」

「ええ。帰宅した途端、また忙しくなって、来られなくなりました。兄は四年八カ月牢に入っていたことがあります。それから短期の入獄も多いんです。何か少しでも変わったことがあると、すぐに捕らえられますが、彼らは兄が影響力を発揮するのを恐れているんです。兄の住まいが捜査されるのはいつものことです。今回の逮捕では、私の家まで捜査されました」

「彼は出国できますか?」

「たくさんの招待があります。兄は行こうとしない。チェコを離れると、帰国が許されなくなるのではと心配なのです。兄はここに留まっていたいから」

一九六八年、ハベルの脚本『備忘録(The Memorandum)』が米国で上演され、大いに受けた。この芝居は官僚システムと官僚言葉、およびその言葉が表現するイデオロギーを諷刺している。簡単明瞭であるはずの一枚のメモがでたらめな言葉で埋め尽くされる。「アブディ・ヘズ・ファジュート・ガゴブ……」何の意味もない。「民衆」の名を利用する者が、これを政府で通用させる言葉と定める。だが、誰も聞いてわからない。そこで、予算削減の状況下において、本来必要のない翻訳センターを設立しなければならなくなる。機関の責任者グロス（Gross）はこんなわけのわからない言葉で意思を疎通させることに断固として反対する。彼はひとしきり意見を述べるが、これは作者の思いを代弁するものだろう。

あなた方は民衆と言うが、それは烏合の衆です。私は人道主義者だから、この機関の原則として、どの職員も人間であり、しかもますます人間らしさを持つようにしなければならない、と主張します。もし我々が人間らしい言葉——長きにわたる民族の文化と伝統が作り上げた言葉を廃止すれば、人が十分に人間らしさのある人間となることを妨げ、でたらめな自己疎外の境遇に陥れることになるのです。政府の公文書が正確であるべきだということに決して反対はしません。しかし、私はあくまで主張します——政府の採用する言葉が人を人間らしさのある存在にするものでなければ、同意はできないと……

ハベルのユーモアは恬淡《てんたん》として深く、涙の中に笑いが混じり、また自嘲もあるが、とげはなく、恨みもない。一九六八年、私たちはハベルをアイオワに招いた。彼も招待を受け入れ、九月にはアイオワへ来ることになった。八月の間、私とポールはニューヨークへ行った。ある夜、ラジオでクラシック音楽の番組を探していると、偶然イブニングニュースが耳に入った——ソ連の戦車がプラハに向かっている、と。私たちはすぐハベルに電報を打ち、直ちに家族とアイオワへ来るよう促し、一家の航空券を指定されたどんな場所へでも郵送すると伝えた。ソ連がプラハに入る前に彼が電報を受け取って、まずウィーンか西ドイツへ行き、それから米国へ来られたらと私たちは願った。何の返事もない。チェコはそれ以後、外界と隔絶した。ハベルが本の出版を禁じられた。ハベルが地下に潜った。ハベルが芝居の上演を禁じられた。私たちは絶えず彼の消息を尋ねた。ハベルが憲章七七宣言〔チェコスロバキアにおける国際人権規約違反を告発する文書〕に参加して、逮捕された。ハベルがビール工場で大樽を一つ一つ運んでいる。ハベルが釈放されたが、監視の尾行を受けている。ハベルが平和デモに参加して、また逮捕された。ハベルがまた逮捕された……途切れることのない逮捕の情報こそがよいニュースなのだ——ハベルはまだ生きている、「真実の中でしっかりと生きている」、これはハベルが『権威無き者の権威（Power of the Powerless）』という文章の中に書いている言葉だ。

私たちがプラハにいた数日間、彼は牢に閉じ込められていたが、彼の存在を感じない場所はなかった。ハベル、ハベル、ハベル……会う人が皆彼のことを話した。人々は彼の絶え間ない逮捕を、笑い話のように語り、ハベルの芝居と同様に荒唐無稽でおかしかったが、そこには非常に厳粛な意味があった。多くのチェコ人がまさにこのような生活をしているのだ。おのおのが「しっかりと生きていく」生活様式を持つことが、おかしいのか？ その通り、我々は確かに頑張って生きている。同情するのか？ そんな必要はまったくない！ 我々は着実に生きている。

チェコの友人が笑いながら私たちに教えてくれた。彼らは外の新聞や雑誌がまったく手に入らない。ある外国大使館のチェコ人運転手が『タイム』と『ニューヨーカー』を毎号、わざわざ家まで運んでくれる。運転手は何者か？ チェコの特務だ！ 彼に密告される！ そう、だけど密告は多すぎて、かまっていられなくなった。それに、運転手は特務であっても特務の仕事をやらないかもしれない。こんな安心感のない生活をどうして我慢できるのだろうか？　友人は言った。「我々はこんなゲームみたいな生活に慣れてしまって、面白いと思いはしても、恐ろしいとは思わなくなったんだ」

ハベルは述べる。

私はチェコ人だ。これは私の選択ではなく、運命なのだ。私はこの国で一生を過ごした。ここは私の言葉で、私の家だ。私はほかの人と同じようにここで生活する。別に自分を愛国者だとも思わない、なぜならチェコ人であることは、フランス人、イギリス人、ヨーロッパ人、いかなる人であるよりも、何かが少し多いということはないのだから。神様が（なぜだかわからないが）私を一人のチェコ人にされたのであって、これは私の選択ではない。だがそれを受け入れたのなら、我が国のために少しでも力を尽くしたい、私はここで生活しているのだから。

一九九四年、私はハベルの新刊書『文明社会に向かって（Toward a Civil Society）』を受け取ったが、彼はサインの下に一つハートを描いていた。

流浪を追い求める詩人——吉増剛造

一九六九年、ポールは日本の詩人吉増剛造の詩『朝狂って』を読み、すぐ私に言った。「我々はどうしてもこの若い詩人をアイオワへ招待しなくちゃ」

『朝狂って』

ぼくは詩を書く
第一行目を書く
彫刻刀が、朝狂って、立ち上がる
それがぼくの正義だ！

朝焼けや乳房が美しいとはかぎらない
美が第一とはかぎらない
全音楽はウソッぱちだ！
ああ　何よりも、花という、花を閉鎖して、転落することだ！

一九六六年九月二十四日朝
ぼくは親しい友人に手紙を書いた
原罪について
完全犯罪と知識の絶滅法について

アア　コレワ
なんという、薄紅色の掌にころがる水滴
珈琲皿に映ル乳房ヨ！
転落デキナイヨー！
剣の上をツッッと走ったが、消えないぞ世界！

一九七〇年に吉増剛造がアイオワへ来たが、作家の中で最も若く、私たちは彼をゴーゾーと呼んだ。彼は口数が少なく、恥ずかしげに微笑んでいる、スマートな若者だった。だが彼が詩を朗読する時は、人を震撼させた。彼は日本語を朗読し、翻訳を要しない。翻訳するまでもなく、彼の詩のイメージと情感はすべてその朗読の響きで伝わってきた。

吉増剛造は二十五歳で第一詩集『出発』を出版してから、とどまることなく進化を続け、既に三十数冊の詩集と散文集を出し、日本の当代重要詩人の一人となっている。彼はさまざまな芸術スタイルを用いて詩を創作する――執筆、旅、朗読、写真、銅版画、書、すべてが詩だ。たとえ既に書かれた詩であっても彼の朗読においては、時に高まり時に沈み、あるいは繰り返され、繰り返しの中にまた違った転調が生じるため、朗読される詩が、違うスタイルと意味を持つ別の詩へと変化したりする。同じ一編の詩が一回また一回と異なる朗読で、いずれも異なるスタイルと意味を表現している。吉増剛造にとって、詩の朗読と詩の創作は等しく重要なのだ。詩人の大岡信はかつて吉増剛造の詩をこう評した。強い肯定と強い否定が幾重にも重なり、しかも、詩句の内にすさまじいスピード感がたくわえられて、高ぶった後に突然放たれ、ある純粋な感覚を創り出す、と〔出典不明。この評は本書原文から日本語に訳したもの〕。彼の日本語の朗読はそのような純粋な感覚をもたらす。ポールが言っていた。「彼の朗読には電撃のように揺さぶる力があり、彼が朗読する声の中で、その詩の意義に心を打たれ、翻訳を必要としない」

ゴーゾーは絶えず北へ南へと歩み、絶えず詩の中で別の境界、別の意味へと至り、同じ一編の詩でさえ、異なる朗読の中で絶えず変化する。彼の万雷とどろき渡るような朗読の中、ゆったりと沈む吟詠の中で変化する。彼は各地を行脚し、行き帰りも慌ただしい。彼は生活の中で、いくつもの芸術創作の中で、定点を持たず、流浪を追い求める。

一九七〇年、ゴーゾーがアイオワにいた時、美しいマリリア（Marilia Corbot）がちょうどアイオワ大学で学んでいた。マリリアはブラジル人で、米国育ち、ロングヘアが肩にかかり、お手製のしゃれた上着を身につけていた。ゴーゾーは永遠に優しく微笑んでいて、彼とマリリアがアイオワにいた時にもう「出会って」いたのかどうか今に至ってもわからない。彼らは別々にアイオワを離れ、ニースで再会したらしい。美男美女は一九七一年の秋に日本で結婚した。ゴーゾーはアイオワに親愛の情を抱き、何度も戻って来て、毎回必ず自分の詩を朗読した。毎回違った形で朗読する。彼は依然として日本語の原詩を朗読し、今はマリリアが彼の朗読の音楽を伴奏するようになった。

一九九一年、ポールが逝った後、私はロスアンジェルスの藍藍《ランラン》の家に行った。マリリアも当時よくロスにいた。ゴーゾーはその時わざわざ東京からロスへ至り、私に会いに藍藍《ランラン》の家まで来てくれた。私が両人と顔を合わせるや、彼は真珠のしずくが真ん中に一粒したたる、銀白色の楓の葉を手渡してくれた。

「アイオワは秋の楓がとてもきれいです」とゴーゾーは言った。

彼はさらに一通の黄ばんだ手紙を私に見せながら、「この手紙はずっと私の書斎の壁にかけていた物で、エングル氏が一九七〇年にくださった招待状です」と言う。

二十一年にもなるのにと、その気持ちに、私はむせび泣いた。

彼らは何度もアイオワへ戻った。ゴーゾーはアイオワが第二の故郷だと言っていたが、毎回慌ただしい滞在だった。

二〇〇四年の秋、ゴーゾーとマリリアがまたアイオワへ帰って来た。彼らは花束をたずさえ、私と一緒にポールの墓地へ行った。ゴーゾーは黙って墓の前にかがみ込み、心の中で彼と話をした後、墓碑をきれいに洗った。何度も水をかけ、追想と懐かしさをにじませながら、ポールが自身を描いた墓碑上の二行詩を読んでいた――私は山を移すことはできないが、光を放つことはできる。

ポールは小さな旅行用の酒瓶を持っていたが、茶色の皮ケースがついており、月日を経て、もう古くなっていた。墓地へ行く日、私は家を出る前に彼が毎日黄昏時、川を望む窓の前で飲んでいたウィスキーをいっぱいに入れた。

私はウィスキーを一滴一滴墓の上に注ぎながら、彼に言った。「ポール、ゴーゾーが帰って来たわ。彼とマリリアが朗読をしてあなたに捧げてくれた」その時はマリリアが彼の詩を朗読し、彼は傍らにしゃがんで軽く鼓を打ち、時折低い声で少しうなった。その時の朗読もまた違うものだった。

私は墓の上に最後の一滴を注ぎ、振り向いて小さな酒瓶をゴーゾーに渡しながら言った。「持って行って！　ポールは旅行に出るたび、必ずこの酒瓶にウィスキーをいっぱい入れて、持って行ったの。彼は何度か日本へ行ったけど、やっぱりこの酒瓶を持っていたわ」

「いえ、いえ、そんな大事な物！　あなたが持っていなくちゃ！」ゴーゾーはそう言いながら、後ずさりする。

「大事な物だからこそ、あなたにあげるの！」私は彼について歩く。

「いえ、いえ、持っていてください！」

「ポールはきっとあなたにあげたいと思ってるわ！」

ゴーゾーはここでようやく受け取った。微笑みながら。

彼は酒瓶を掲げて一気に仰いだ——空っぽの酒瓶。溢れる思い出。

彼ら夫妻はアイオワに二週間いて、よく私の家へ酒を飲みに来た。彼は家に足を踏み入れるや、感情を高ぶらせた。物静かなゴーゾーが喜びに顔を上げて大笑することもあれば、細い声で二言三言つぶやくこともあったが、片手で口を半分おおっていた。それは心の底から出て来る思いで、人に聞かせはしない話なのだ。彼はポールの書斎でいつまでも名残を惜しんでいた。書斎の物は本一冊、ペン一本、写真一枚、手紙一通に至るまで、すべて元のままで、何の変化もない。彼は、ああ、ああ、と言葉が出ず、休みなく写真を撮り、ポールの声や姿、イメージが充満するその空間を、丸ごと彼の記憶に映し込もうとしていた。

「エングル氏は家にいる！」とゴーゾーは言って、壁の写真の中で熟考するポールを見つめている。二筋の光を放つ強い眼差しもゴーゾーを見つめている。

「そうだ！　彼はここにいる！　まさしくここにいる！　間違いなくここにいる！」ゴーゾーは断固として言った。

「知ってるわ」と私は言った。

その小船、私とポールのその小船、そこから私たちは共に二〇世紀の風景や人の景色を歩んで行き、アイオワ川を流れて行った。

川は依然として流れている。

私は独り川岸に立つ。

秋はもう深い。

別れの思い出

赤い家のスケッチ

爽やかな秋。紅葉。夕日。流れる水。

私とポールは家の裏の林に入って行く。ポールが夏に斧で一打ち一打ちして切り出した一本の小道に、はき切れない落ち葉が敷きつめられている。ひっそりとして物音一つしない。突然、澄んだ鳥の鳴き声が響いたが、姿は見えない。

ポールは立ち止まり、短く口笛を吹いた。鳥が林の奥で、一声鳴いて返す。ポールが長々と一声吹くと、鳥も長々と一声鳴く。ポールが私にちょっと笑いかける。彼が長く次に短く続けて吹くと、鳥も長く次に短く続けて鳴いている。その静まり返った林の中で、人と鳥が楽しみ、互いに応じ合う。人は鳥がどこにいるか知らない。鳥も人がどこにいるか知らない。

太陽が沈んで行った。林は少し冷えてきた。私たちはまた小道を歩き出す。

……

ポールは裏庭で鹿のえさをまくと、家に入り私にシェリーを一杯ついでくれ、自分はジンを作った。鹿が一頭一頭、林から首をもたげてのんびりと歩み出て来る。

私たちは川に向いた長い窓の前に腰を下ろす。それは夕飯前のお喋りの時間だ。

「私たちの生活が本当に好きなんだ」とポールが言う。

「何百遍も聞いたわ。あなたが満足していればそれでいい」

「満足?」

「満足してないの?」

「満足どころか、とてもラッキーだよ。私たちは巡り逢った」

「私はあなたと一緒にいると、毎分毎秒とても満足よ。私を丸ごとあなたにあげたの」

「私は自分を丸ごとマリーにあげて、結果はまずかった。君にも丸ごとあげて、今度は幸せだ」

「リルケ (Rainer Maria Rilke) が言ってる、愛情とは二つの孤独が、かばい合い、いたわり合い、巡り逢いを喜ぶことだって」

「その通り」

「何で私たちは突然こんなに真面目になっちゃったの?」

「真面目になってほしくない?」ポールがいたずらっぽく私の方へ両手を伸ばし、一〇本の指を獣の足の形にした。

……

毎朝目覚めると、そのままベッドでしばらくあれこれと思いを巡らすが、それは完全に自分だけのひとときだ。毎朝、ポールは必ず頭を突き出して目を向け、私が目覚めているかどうか見る。この日、また彼は部屋の入口で首を突き出してのぞいた。

「起きた？」

「とっくに起きてる」

「コーヒーができたよ。持って来てあげよう」

私はベッドにもたれ、熱いコーヒーを飲む。ポールはベッドの縁に腰掛けて話す。

ポールが言った。「長い詩の構想を練っているところなんだ。聞きたい？」

「もちろん」

「詩人は詩の中である情報を表現しようとするけど、多くの山や川、さまざまな経験、さまざまな風景があって、目的地に着いた時には、自分の情報を忘れている――その旅の道程自体がつまり情報なんだ」

「すばらしいわ、ポール、すばらしい！ 書いて！ 書いて！」

「君がいいと言ってくれると、とてもうれしい」彼の目にはきらりと涙が光っている。

私は笑った。「ポール！ どうして涙を流す必要がある？」

「ほかの人にはわからないことが、君にはわかる！ 私は君に話すことができて、君は完全に理解してくれる。涙が出るほど感動するよ。君と私がこんな風に通じ合えることを、ほかの人は知らないんだ」

……

ポールは学校の研究室にいる。私は家から電話をかける。

「ウエイ！〔「もしもし」に当たる中国語〕」ポールが中国人みたいに返事をする。

私は大笑い。「どうして私だとわかるの？」
「電話のベルが違うんだ、ちょっとやさしい感じがする」
「ポール、帰る時、ついでに封筒をいくつか持って帰って来てね」
「がっかりだな、私に帰ってほしいんじゃなくて、封筒がほしいだけか」ポールは言い終わるやハハハと大声で笑った。

……

私とポールは川に面したベランダでコーヒーを飲んでいる。家の前にあるピンクの木蓮の花が、かすかに川の反射光にきらめく。ポールが目の前の木製テーブルから詩人エリオットの伝記を手に取る。

私は本のエリオットの写真を眺めながら言った。「ポール、エリオットはあなたに似てる、線のはっきりした顔が、繊細で力強くて」

彼は淡々と笑って言う。「私たちは本当に似たところがあるよ。彼の最初の奥さんビビアン（Vivienne Haigh-Wood）は、結婚十数年後に、精神病を患って、二人は別居した。ビビアンが死んで何年も経ってから、彼はバレリー（Esmé Valerie Fletcher）と結婚して、非常に幸せになった。彼は完全に人が変わって、ほがらかで楽しそうで、年中抱えていた扁桃腺炎もよくなったんだ。彼はアメリカのセントルイス市に生まれ、後にイギリスで長く過ごし、英国籍になったけど、晩年は祖国に対してますます親愛を感じるようになった。華苓《ホアリン》、覚えてる？　一九六五年にシカゴで彼を歓迎するパーティーに出て彼と会った時のこと」ポールはいきなり笑い出した。「彼は奥さんの隣に座って、ずっと彼女の足の上に手を置いていた。彼は英米現代詩の始祖で、一九四八年にノーベル文学賞を受けた。彼は詩人の栄誉をたくさん受けたが、気にもかけず、二度目の結婚後に、ようやく真剣になったんだ」

「栄誉は愛情を補いはしない」と私は言った。

「その通り。友人が言ってたよ。君を手に入れて、私は人が変わったって」

「私も変わったわ」

「エリオットが病気になると、バレリーはずっと彼につき添い、世話をした」

「ポール、覚えておいてほしいの、あなたがどんなに重い病気になり、どんなに歳を取っても、私はあなたにつき添って、世話をするわ、私たちのこの家で」

彼はしみじみと私を眺め、しばらく沈黙してからようやく言った。「エリオットは最後、意識不明になったけど、また突然意識が戻り、バレリー、とただ一声呼んで、亡くなった」

「ポール、見て、赤い鳥が一羽ゴムの木の枝に飛んで来た」

……

寝室の窓には二重にカーテンがかかり、夜通し真っ暗で、手を伸ばしても五本の指が見えない。私が眠っている時、突然一本の手が私の顔をそっとなで、また引っ込んだ。それはポールだとわかっていて、彼の小さな声が聞こえた。「君が確かにここにいるか知りたかったんだ」

「私はもちろんここにいる。夜中に逃げ出したりするかしら?」

「少しの明かりもないから、目が覚めてぼんやりしてると、自分がどこにいるかわからなくて。君がここにいれば、安心して眠れる」

……

私はシャワーを浴びて、白地にピンクの花が散る長い寝巻きを着ている。ポールは居間で本を読み、シューベルトの『鱒』を聞いている。

彼は言った。「君が歩いて来るのを見ていたよ。いい女、いい寝巻き。いい頭。いい性格」

私は笑って言う。「気をつけて、今後私を批判したら、絶対言い返すことがあるから」

私は彼のそばのソファーに座った。

彼は酒の戸棚へ行ってブランディーを二杯つぎ、私に一杯渡して言った。「君に会う前は、二度と結婚しようとは思わなかった。結婚は手に負えない。まずい結婚は、何もかもうまく行かなくて、夜中に起きると、下ろした足がかみさんの靴を踏んづけたりするんだ」

私たち二人は大笑い。

……

ポールが歯医者から帰って来て、私に言った。「歯茎が悪くてね、歯茎をほじる必要があるけど、局部麻酔をするかどうか医者に聞かれたんだ。私は要らないと言った。医者は私の歯の下側をガリガリほじった。本当に痛かったよ」

「私は絶対だめ。必ず麻酔を打ってもらうわ」と私は言う。

「私がどうやって痛みを軽くするか知ってる？」

「知らない」

「君のことを考えれば、痛みを感じなくなるのさ」

「ポール、ポール」私は言葉が出ない。

「今まで誰かにこんな深い感情を抱いたことはないよ」

私は彼をぎゅっと抱きしめた。

……

私とポールはヨーロッパから戻り、シカゴ空港で乗り換えてアイオワへ帰るが、まだ搭乗まで二、三時間待たなければならない。二人は腰を下ろし傍らを行き来する通行人を見て、あれこれと論評した。ポールが言う。「ごらん、あの女性は太って……」

「西瓜みたい、胴が太くて、上下が細い」私はすぐさま応じる。

「あの中年男とあの若い女は……」

「愛人ね、夫婦じゃない」

「そう！　空港でも抱き合ってる」

「夫婦ならあなたと私みたいに、ほかの人を品定めするわ。気持ちがノーマルで、頭が冷静」

「あの男をごらん、スーツがぱりっとして、旅行にまでネクタイを締めて……」

「企業の一部門の責任者ね」と私が言う。

「あの女性は、とても憔悴して、空港でもノートパソコンを見てる……」

「離婚した女性ね」

「華苓《ホアリン》、人類ってまったく……」

「美しくない動物だわ」

「それはちょうど私が言おうとしたことだよ」

私は笑って言う。「私はいつもあなたの話を補足するの、特にあなたがほかの人と話している時」

「バカな女は亭主の話を補足したがるものさ」ポールが得意げに大笑する。

「その亭主は間違いなくその女よりバカね」

……

三十年の後、私は初めて故郷へ帰った。ポールは初めて中国へ行った。三週間後、私たちはアイオワへ戻った。帰宅した翌日、私とポールは車を運転して郵便局へ書留を取りに行った。正面からオープンカーが一台来たが、非常にスピードを出し、制限速度を超えており、若者のグループが車内で大声を上げ、笑いさざめいていた。

「何で北京《ペイチン》にアメリカの若者がこんなにたくさんいるの」と私は言いつつ、運転する。

ポールがげらげら笑う。「我々はアイオワにいるじゃないか！」

「戻って来られなくなっちゃった」私は笑って言った。「やっぱり後で運転を替わってね」

「これほど精神の錯乱した君は見たことないよ」

私たちは郵便局で手紙を受け取り、チェコ人の小さな雑貨屋で酒、牛乳、果物を買い、アライグマのために期限を過ぎたパンをもらった。帰りはポールが運転し、角を曲がるともう私たちの山の下にあるデュビューク通りだ。ポールは交差点をヒューッと曲がった。

「赤よ！」私は叫んだ。

パトカーが追って来る。

「止めて、ポール、赤信号を突っ切ったから、パトカーが来た」

「赤信号は見えなかった」

ポールが車を止めると、警官がやって来て、彼の免許証を見た。

「すみません」とポールが言う。「私たちはきのう中国から戻ったばかりなんです。何だかぼんやりして、我々の所には信号があるのを忘れていました」

警官はちょっと笑い、ポールに一枚反則切符を切って言った。「次は容赦しませんよ。気をつけて！あなたを見てますから」

「ありがとう、ありがとう」

家に帰ると、電話のベルが鳴った。

ポールが受話器を取って話す。「ああ、マンキー、君も来たの？　華苓《ホアリン》に北京《ペイチン》飯店の部屋を予約してもらうよ……ああ、アメリカにいるんだった」ポールはハハハと大笑い。「いったい自分がどこにいるのかわからなくて、まったく安心感が持てなくなったよ」

……

私の書斎とポールの書斎は隣り合わせで、アイオワ川に面している。私が書斎で執筆していると、彼が一本の指でタイプライターを打つ音が聞こえてくる。

タイプライターが突然止まった。

彼が私の書斎に入って来て、私の肩に手を置き、両目でじっと私を見つめながら言う。「ただ君に知っておいてほしいんだ——君がここにいると、私は心が落ち着くって」

私は笑って言った。「私はずっとここにいて、もう長いこと経つじゃない」

彼が書斎に戻る。

私は突然彼を見に行きたくなり、彼の書斎に入って行く。彼は振り向かない。私は近づいて、顔を彼の顔にこすり合わせた。

「何でいきなり友好的になったの?」とポールが言う。

私は彼を突き放して言った。「ちょっとひげを剃らなくちゃ」

私は向きを変えて書斎へ戻る。

……

一晩の間に、家の前の木蓮がこっそりと満開になった。長い窓がみずみずしくしたたるようなピンク色を一つ一つ映している。私とポールは窓辺でコーヒーを飲む。

「ありがとう、華苓《ホアリン》、私と一緒にコーヒーを飲んでくれてありがとう」

「私たちは毎日一緒にコーヒーを飲んでるわ。どうして今日私にありがとうと言いたいの?」と私は言った。

「私は今日入院しなくちゃならない。何が起こるかわからないだろう?」

「腸の中の小さな腫瘍を切るだけじゃない。明日には家に帰れるわ」

「君と一緒の生活が本当に好きなんだ」

「一日離れるだけよ」

「君がいなければ、生きるに値するどんなものがほかにある?」

「病院であなたにつき添って、夜までいるわ。明日にはもうあなたは帰宅できるかもしれない。今、一〇時半ね。一一時に病院へ行くわよ、いい?」

「三〇分しか君と一緒にいられなくなった」

「子供みたい」

「今晩君は一人だ」彼はちょっと黙った。「いつか、君を一人残して行ったら、どうする？」

「ポール、そんな話は聞きたくないわ」

「これは現実だ。その日は最後には来るんだ」

「そんなこと考えたくない」

「私は考えたい。安心できない」

「考えても無駄よ」

「華苓《ホアリン》」彼は両目でじっと私を見ている。「私の話を聞いて。君がほかの人と一緒に暮らすことを考えると、心が痛むよ、でも、いつか、君は一人で暮らしていけなくなる……」

「ポール、あなたと一緒に暮らしたら、もう誰とも一緒に生活できなくなってしまったわ」

「君が家に帰ったら、がらんとして、誰もいない」ポールは言葉を切った。「もう一言だけ言うよ、君はきっといやがるけど。いつか墓地を見に行こう、いいね？」

私は何も言わない。

「私にどこにいてほしい？　御両親の所？　それともここ？」

「ここ。私はあなたと一緒にいる」

私たちはしばらく黙った。

「行きましょう、時間になった、病院へ行かなくちゃ」私は立ち上がって言う。

ポールは病院で医者に会い、看護師が車椅子を押して彼を手術室へ運んで行った。手術前、私は彼につき添っていることができた。麻酔薬を打つ医者が入って来て、ポールに質問しながらカルテに記入する。

「以前に手術をしたことは?」

「一九三六年に、盲腸を切りました。一九六四年に、腹部の手術を受けました」

「最近何か薬を飲んでいますか?」

「痛み止めのタイレノールだけです」

「けいれんが起こったことは?」

「華苓《ホアリン》と初めて会った時だけです」

私は吹き出した。

医者はぽかんとして、どう記入すればよいかわからず、ちょっと笑うしかない。

私は手術室を出たが、なおも一人で笑いが止まらない。

ポールは翌日家に帰った。

……

ずいぶん前に映画『お茶と同情』を見たことがあるが、一人の若い大学生が先生の奥さんを好きになるというもので、デボラ・カー(Deborah Kerr)が胸の内を言うに言えぬその女性を演じていた。彼女はとうとうこらえ切れずに若者の愛を受け入れ、二人で一緒にいる時、彼に自分の服の一番目のボタンをはずさせる。

脚本を書いたのはアンダーソン(Robert Anderson)で、ほっそりとして上品、会話にユーモアがあった。

彼はアイオワで小説の創作を一年教え、よく我が家へ来ては、三人で酒を飲み、お喋りした。

ポールが前妻の祖母が死んだ時のことに触れた。「彼女は百五歳まで元気でね。ある日、彼女がベッドに横になった。家族は病気になったのかと彼女に聞いた。彼女は『病気じゃない、生きるのに飽きただけだ』と言って、ハンカチで顔を覆うと、すぐ死んでしまったんだ」

アンダーソンが笑って言った。「君が前回人に話したのは違うよ、彼女は自分でもうだめだとわかって、ベッドに横になり、家族が病気じゃないかと尋ねたって、君は言ったんだ」

私は言う。「彼が話すのを何回も聞いたけど、いつもその前に話した時と違うの」

ポールは大笑した。「だから、思い出が真実とは限らないのさ」

アンダーソンが言う。「だけど、作家が書くものは、たとえフィクションであっても、作者自身の経験だと思われたりする。僕とテレサ（Teresa Wright）の結婚は、まさにそうしてだめになったんだ。ポール、君は最初の結婚のことを話してただろう、マリーが『あなたを憎むのは、自分を憎むことができないからだ』と君に言ったって。テレサもまさにそうなんだ。僕は『最後の舞台は一人で』という芝居を書いた。時代遅れの老俳優が、ある栄誉賞を受けるけど、映画の出演依頼はなくなってしまう、というものだ。彼女は僕が彼女のことを書いたと思ったんだ。僕らが初めて会った時、僕が言ったある言葉を、後に僕の小説中の男性主人公が恋する女性に向かって言う。テレサは本を投げつけて言った。嘘つきとは一緒に暮らせない！って。彼女はこれも本の中の男が僕で、別に新しい愛人を作ったと思ったんだ。僕らは結局離婚した」

「若い時、あなたは年上の女性が好きなんじゃなかった？」と私はアンダーソンに聞いた。

「最初の妻は、僕より十歳年上で、女優だった。彼女が亡くなった後、テレサと出会ったんだけど、彼女も何歳か年上だ」

「だから、『お茶と同情』の中の年上女性に対する若者の恋が、あんなによく書けてるのね！」

アンダーソンはちょっと笑った。「そうかもね」

アンダーソンはアイオワを離れた後、よくポールと連絡を取り合っていた。私たちがニューヨークへ行った時も、必ず彼と食事をしたり芝居を見たりした。アンダーソンは女性に好まれるタイプの男性で、顔を合わせても、まるで彼が会いたかったのは自分であるかのように思わせられ、歩いて出て行くと、微笑んで眺めつつ一言、「このスカート、とてもきれいですね」と言うのだ。男性が女性のスカートをきれいだと気づくことは、たぶん多くはなく、気づいたとしても、その女性に言うとは限らない。ある日、ポールが彼の手紙を読んでから、私に渡して見せた。手紙には彼とテレサが依然としてすっぱり切れずに、つながっていることが触れられていた。彼女はオスカーを受けたこともある名女優だが、生活能力がまったくなく、大小さまざまなことを、すべて彼が面倒見て、水道管が壊れたといったことでさえ、彼女はどう対処したらよいかわからないのだという。彼はさらに生活費も彼女に渡してやらねばならず、彼女自身の金がどうしてすっかりなくなったのかもわからない。もう一度結婚することはあり得ないが、彼はテレサの面倒を見なければならない。ポールが彼に頼んだ、自分の死後は華苓《ホアリン》をよろしく、という件はとてもありがたい、とあった。

私は大声で叫んだ。「ポール！　何でこんなことするの！　子供じゃないのよ、あなたが頼んだ人なら、誰にでも引き受けてもらえって言うの？」

彼は低い声で言った。「私は安心できないんだ」

別れの思い出

私とポールは一九九〇年の大みそかを家で静かに過ごした。この凍りついた白銀の鹿の園に、私たち二人だけがいる。暖炉で真っ赤に輝く火がパチパチと楽しげに飛び跳ねる。私たちは暖炉の前に座っているが、話はせず、おのおのが読書の楽しみに浸り、藍藍《ランラン》が香港から持ち帰って「老爹《ラオティエ》〔親父さん〕」にプレゼントしたXOブランディーも味わっている。

夜の一二時頃、ポールが私に酒をついで言った。「華苓《ホアリン》、私たち二人の健康と楽しい生活を祈って。もう一度繰り返すけど、君と一緒の生活は、本当にいい、私のように暮らしている人間はいくらもいないよ。それから……」ポールは言い終わらないうちに笑いを浮かべたが、彼独特のあの人をからかうようないたずらっぽい笑いだった。「いつの日か、私の言ったことを覚えておかなくちゃならないよ――君の頭はとてもセクシーで、君の体はとても賢い」

それは私たちが共に過ごした二十七年の最後の大みそかだった。

その二十七年の間、ポールが私にくれた空間で、この「私」を完成させることができた。彼は絶えず私に知らせようとした――私たちが一緒にいることを、彼がどんなに心から喜んでいるかと。四六時中、ひとときであっても気分がふさぐようなことはなかった。私たちには語り尽くせない話と、終わることのない共通の仕事があり、そこには「大」事も、「小」事もあった。「大」事は、たとえば私たち自身の創作や、一緒に始めた「国際創作プログラム」で、小事は食料品を買いに行くといったことだ。ポールは三〇年代に、米国経済が不景気だった頃、ひもじい思いをしたことがあり、抗日戦期に流亡学生だった私もひもじい思いをしたことがある。今二人はスーパーに溢れる新鮮な野菜や、果物、肉類を目にするとうれしくて、一つ一つ、一袋一袋、好きなようにカートへ投げ入れるが、ひもじい思いをしたことのある者だけがそのような楽しみを理解できる。私たちは一緒に郵便局へ行って手紙を出し、ブティックへ行って服を買う。彼はきれいな婦人服が好きで、私たちがニューヨークの通りを歩いていると、よく二人同時にショーウインドーの中の一着の服を指さし、いいねと叫んだりする。私がそれを着て、彼がお金を払う。金物屋に行けば釘や金槌を買う。ポールはトントンたたいて大工仕事をするのが好きで、ベランダを直し、屋根を直し、本棚を造り、椅子を直す。彼は私のためにミルク色の長机を作ってくれて、今私はまさにその机でこの回想を書いている。私たちはまた一緒に花屋へ花を買いに行き、チェコ人の兄弟が開いている小さな店へ行き、一、二本ビールを買い、アライグマが食べる期限切れのパンをもらい、その日の『ニューヨーク・タイムズ』を買う。家に配達される『ニューヨーク・タイムズ』を彼が予約購読しようとしないのは、彼の大好きなそういう地道に働く人々とちょっとお喋りするだけのためだ。車で山の小道を回って登る時、私たちの赤い家を眺めながら、よく彼は言ったものだ。「どんなにあの家が好きなことか」

一九九一年三月二二日、私たちは二カ月のヨーロッパ旅行へ発つことになった。まずボンへ行って薇《ウェイ》薇《ウェイ》一家と団らんするが、そこにはポールが一番会うのを楽しみにしている七歳の孫トフィー（Christoph）がおり、また統一後のベルリンも見てみたいし、ポールの祖先の黒い森へも行きたいと思っていた。ポーランドの作家の友人たちは私たちを迎えようと待っていてくれて、彼らの新政府が私たちに最初の文化賞を授与してくれる。チェコの友人たちも私たちを待っていてくれて、プラハではハベル大統領に会える。

フィンランドへも行って、作家の友人何人かとバルト海の国へ行くつもりだ。

昼頃、もう出発しようという時、私は床に置かれたルコウソウ〔ヒルガオ科のつる性一年草〕と土を眺めて言った。「ポール、私たち二カ月家を離れるから、やっぱりルコウソウを植えましょう」

彼があたふたとルコウソウを植え、私と彼はすぐに家を出た。今、そのルコウソウは相変わらず、まつわりついて窓をよじ登っている。

私たちは胸いっぱいの喜びを抱えてアイオワからシカゴへ向かう飛行機に乗った。

ポールが言った。「君はちょっと疲れているみたいだから、私の肩にもたれてしばらく休んだら」

私は彼の肩に寄りかかり、心の中で思った。「これはいいわ、彼にもたれて、彼の体温を感じて、彼の呼吸を聞いていられる」

それは私とポールの最後の親密な接触だった。

私たちはシカゴに着くと、乗り換えの待合室までまた大分歩かなければならない。出発間際の慌ただしい人波の中で、ポールが手に持っていた鳥打帽がなくなっていることにふと気づいた。それは私が数年前にあげたクリスマスのプレゼントだが、彼がずっとほしがっていた帽子で、えんじに暗緑色とくすんだ青が交じり合うチェックのラシャで、彼が斜めにかぶると、あか抜けて昔と比べても見劣りしないと自認している物だった。今それが突然なくなり、彼は行ったり来たりして捜しながら、自分を罵っている。「間抜け！　間抜け！　絶対に見つけるぞ！」不意に、一人の通行人が歩いて来て彼に言った。「これはあなたの帽子ですか？」彼はさっと奪い取ると、その人の手を熱く握りしめ、しきりに言った。「ありがとう！　ありがとう！　この帽子はとても大切な物なんです」その帽子は今も私たちの寝室のベッド脇に置いてある。

乗り換えの待合室に着くと、フランクフルト行きの搭乗までまだ一五分あった。

「『ニューズウィーク』を買って来るよ、すぐそこを曲がった店にあるから」

「わかった、行ってらっしゃい。早く戻って来てね、もうすぐ飛行機に乗らなくちゃ。あなたのかばんと、帽子と、コートは、みんな私にちょうだい」

「君は座ってちょっと休んでいてね」

「座らなくてもいいわ、すぐに飛行機に乗るから」

彼はそんな風にして行った。

搭乗時刻になり、乗客は皆飛行機に乗ったが、ポールはまだ戻って来ない。私は大小の荷物を引きずって彼を捜しに行った。うろうろと捜し回り、新聞や雑誌を売る小さなスタンドの近くのビール店で彼を見つけた——彼はもう地面に横たわっていた。二人の通行人がちょうど彼に人工呼吸をしているところで、彼の体はさえぎられて見えなかった。私はその赤褐色の靴とくすんだ青のズボンを一目見るや、すぐにそれが私のポールだとわかった。空港の救護スタッフが駆けつけ、ひとしきり応急手当てをしたが、役に立たない。救急車が来て、私は彼についてリバイバル病院へ行った。医者が私に言った。「一五分後に、助かるかどうか、お伝えできますから、待合室でお待ちください」一〇分ほどすると、医者が一人の神父と私の方へ歩いて来たが、聞くまでもなく、私はポールがもう行ってしまったとわかった。

時刻は、ちょうど午後六時。アイオワは荒れ狂う暴風雨だった。

私は彼の体温が染み透ったコートと、空港で彼が捜し回ったアイルランドの鳥打帽を抱え、夜の一二時頃一人でアイオワへ戻った。

ポールの一生は永遠に歩を休めることのない旅路で、一駅また一駅と進み、新たな人の景色と、新たな風景があった。彼は異なる方向を指す交差点で、さまざまな旅人の中にあり、手も振らず、別れも告げず、行くよと言って去った。それは彼の一生を十分に象徴している。

一九九〇年一一月一六日から一九日、彼が私から離れて行く四カ月前のこと、「米国書籍賞」の小説賞を受ける私につき添ってポールもマイアミへ行った。私たちは行き帰りとも違う飛行機に乗ったが、どちらもシカゴで乗り換える。アイオワへ戻る時、私たちは一緒にマイアミ空港へ行って、別々の航空会社の飛行機に乗る。ポールはユナイティッド航空の国内便で立ち、シカゴの国内線空港に降りる。私はアメリカン航空の国際便に乗り、シカゴの国際線空港に降りる。二つの空港の距離は遠く、歩いて三、四〇分かかる。

ポールの飛行機が先に飛び立つ。彼は搭乗前に私にキスをした。

わたしは笑って言った。「まるで遠くへ出かけるみたいな様子ね。アイオワで会いましょう」

「うん。私はシカゴの国際線空港へ君を迎えに行かないことにするよ。知ってるだろう、足の指が少し痛むんだ。またアイオワで」

私の飛行機はシカゴ空港に着くのが遅れた。私の席は最後列で、最後に飛行機を降りた。

飛行機の出口を出た途端、ポールが正面から大きく叫んだ。「華苓《ホアリン》！　何かあったのかと心配したよ、君が便を変更して、今日は戻って来られなくなったのかとも思えて心配だった！　一人一人出て来るのに、君の姿が見えないから！」

私は彼を抱きしめて叫んだ。「ポール！　会えて本当にうれしいわ！　思いもよらなかった！　何でここにいるの？　あんなに長い道を歩かなくちゃならないのに！　こんな重い旅行かばんを背負って。かわいそうなポール、足は痛む？」

「大丈夫。君に会うと決心したんだ！　数分間会うだけでもいい。ちょっと歩いては、ちょっと休んだ。君はいつも行動が素早いから、飛行機に乗り遅れるはずがない。ここに来たら、君の姿が見えなくて、すごくがっかりして、すごく焦った。君を見た途端、本当にうれしくて！」

「いいわ！　バーへ行きましょう！　おごるわ！」

私たちはそれぞれ英国の黒ビールを一本ずつ注文した。

私が金を払おうとした時、彼が財布を取り出すのが見えた。私は慌てて手を引っ込め、笑いながら言った。「いいわ！　おごって！」

ポールは大笑い。

私はコーンスナックを一袋買って酒のつまみにした。飲みながら、話す。話しながら、笑う。空港では旅客が慌ただしく行き交う。それは私たちと何の関係もない。私たち二人は長く離れていた若い夫婦のように楽しい。

「ポール、私たちはもう一時間もバーにいるわ。やっぱり早めに行きましょう！　あなたはまだ搭乗口を探さなくちゃならないし」

「君は自分の搭乗口を見つけられる？　いつも方向を間違えるんだから。君一人でどうやってアメリカまでたどり着いたんだろう？」

「方向を間違えたの」

ポールは大笑した。

私たちは依然として名残を惜しみ、またしばらく留まった。

「ポール！　やっぱり行きましょう！　あなたを送ってその辺まで行くわ」

「いいや、私が君を少し送ろう！」

「だめ、あなたは足が痛いのよ。ここで別れましょう。またアイオワで会うわ、五〇分間だけのこと、私が先に着くから、あなたを迎えられる」

私たちはキスをして別れ、互いに背を向けて歩き出したが、私は彼が荷物を背負い、遠ざかるのを見ていた。彼は絶えず振り返って私を見る。私は休まず彼に手を振る。彼は最後にちょっと手を振り、角を曲がって見えなくなった。

私は元々ポールより先にアイオワに着くはずだったが、私の乗った飛行機が遅れた。アイオワで飛行機を出るや、ポールがまたそこで私を出迎えた。

彼はとても得意げだ。「アーハー！　また私が先だった！　また私が君を迎えた！　思ってもいなかっただろう！」

私たちは浮き浮きと楽しく、一緒に鹿の園へ帰った。

いつの日か、彼はまた手を振り私を迎えて言うだろう。「また私が先だった！　また私が君を迎えた！　思ってもいなかっただろう！」

赤い家の物語が終わることはない。

私が死ぬ時（一九九一年、未完）

ポール・エングル

白いクリネックスも、ハンカチも涙も要らない。
嘲笑っている空へ赤いロケットを打ち上げろ
人情に溢れ、何の気取りもないその日に、
「見ろ、ポール・エングルが旅立った」と叫んで。
あのあごひげを生やし、真鍮の鈴をつけた山羊を招待しよう。
あのあごひげを生やし、真鍮の鈴をつけた庭の山羊
奴は鼻をつまんでめえめえ鳴いた――ポール、あんたは臭い。
「エングルが死んだ」と耳にして、ハエが暖かい空気の中
きらめきながら集まり、　　　　　　　群がっている。
……
（続く）

跋

『三生三世』は一九九一年までで終わる。ポールの詩『私が死ぬ時』もまだ完成していない。彼は一九九一年、旅の途中で突然倒れた。天地がひっくり返り、私も倒れた。十数年後、私は思いもかけず『三生三世』を書いたが、これは死の中で生を求めて必死にやってきた結果でもある。簡体字〔大陸で使用される簡略漢字〕と繁体字〔台湾・香港で使用される旧漢字〕の版が既に海峡両岸で出され、和文の翻訳が間もなく日本で出版される。生活はどうやら元のままのようで、生き生きとして、とても豊かだ。しかし、ポールがいなくなった暮らしは、振り返ってみれば、一面の空白があるばかり。書かなくてもまあよいだろう。

「続く」のか？　あるいは。あのつながりが終わることはない。来世があるかもしれないし、天国があるかもしれない。それを自らの慰めとしよう。

鹿の園

二〇〇八年、春雪

訳者あとがき

『三生三世』は在米の華人作家、聶華苓《ニエホアリン》（一九二五〜）の自伝である。聶華苓《ニエホアリン》の著作としては、本書が日本における初の出版となる。その半生は本書に記された通りであるが、聶華苓《ニエホアリン》の作品やアイオワ大学国際創作プログラムの活動について、日本ではほとんど知られていないので、ここで簡単に御紹介しておきたい。

聶華苓《ニエホアリン》が本格的に執筆を始めるのは、一九四九年に台湾に渡った後のことである。「反共文学」が主流であった五〇年代の台湾で、聶華苓《ニエホアリン》が編集者として、それ以外の文学作品を積極的に掲載したことは本書にも触れられているが、自らの創作においても、聶華苓《ニエホアリン》はイデオロギーと無縁であった。台湾時代の短編小説で多く描かれるのは、中国大陸から台湾へ渡った庶民である。著者が「根を失った人」と呼ぶ作中人物たちは、台湾のままならぬ現実に陥り、他愛ない夢や幻想に逃避しようとする。一九六一年に新聞紙上で連載された長編小説の第一作『なくした金の鈴』は、「自由中国事件」で失業し、苦境にあった聶華苓《ニエホアリン》が執筆に没頭して生まれた作品である。著者の故郷、湖北省《フーベイ》宜昌《イーチャン》の山村を舞台に、都会から来て数ヵ月を過ごす十八歳の主人公、苓子《リンツー》の喪失と成長の痛みを抒情的に描き、読者の反響を呼んだ。

渡米後に発表された作品の中で、一九七〇年代初期の長編小説『桑青《サンチン》と桃紅《タオホン》』は聶華苓《ニエホアリン》の代表作である。大陸から台湾、米国へと逃亡を続ける主人公の桑青《サンチン》が、移動の過程でもう一つの人格「桃紅《タオホン》」と分裂していく。種々の技法で当時の時代感覚を表現した、多義的な複雑さを持つ小説で、英訳版は一九九〇年に米国書籍賞（American Book Award）を受けている。聶華苓《ニエホアリン》の作品には自身の移動経験が反映するものが多いが、移動や逃亡、逃避の物語の中で描かれるのは人そのものである。聶華苓《ニエホアリン》は常に人を描くことを主眼とした作家で、『三生三世』にも鋭い観察眼が発揮されると同時に、人への思いが溢れている。

聶華苓《ニエホアリン》は専業作家ではなく、台湾でも米国でも、仕事の傍ら執筆をしていた。渡米後、アイオワ大学の教師となった聶華苓《ニエホアリン》が多くの時間を費やすことになったのが、パートナーのポール・エングルと共に始めた国際創作プログラム（International Writing Program、略称ＩＷＰ）の仕事である。本書には詳しい説明がないが、ＩＷＰはエングルを主宰者として一九六七年に発足し、一九七七年から八八年までは聶華苓《ニエホアリン》が主宰者を務めた。毎年、世界各国から数十人規模で作家や詩人を招待し、相互の交流を図るというユニークなプログラムで、その運営は各方面からの寄付に支えられている。

参加者は数ヵ月の滞在期間中に、講演や討論会などを何度か行う必要があるが、それ以外は執筆に時間を使うもよし、各種の催しに参加するもよし、といった緩やかなスケジュールで過ごす。本書に登場する丁《ティン》玲《リン》、陳映真《チェンインチェン》、吉増剛造の各氏も、このプログラムに招かれてアイオワを訪れた。日本からの参加者リストには、詩人の田村隆一や白石かずこ、作家の中上健次、最近では水村美苗、島田雅彦といった作家が名を連ねている。二〇世紀の西独と東独、中国と台湾、アラブとイスラエルなどの作家に出会いの機会を作ったり、現代詩の翻訳を何巻も出版したり、とさまざまな活動を続けてきたＩＷＰは、現在も毎年アイオワの地に多くの作家を招いている。

　このＩＷＰの仕事により、聶華苓《ニエホアリン》とエングルは一九七六年にノーベル平和賞候補にも推挙された。ＩＷＰは、中国・台湾での経験を基にした聶華苓《ニエホアリン》の発想と、エングルの行動力、および米国における彼の実績や声望が結びついて、誕生したプログラムなのである。二人のうちのどちらが欠けても、実現し得なかったという意味において、ＩＷＰはまさに聶華苓《ニエホアリン》とエングルの共同事業であったと言える。

　さて、聶華苓《ニエホアリン》が二〇〇四年に出版した『三生三世』は、自伝と言っても、自らの半生を幼少期から順に語っただけのものではなく、各エピソードがあたかも一話完結の小説のような趣を持っている。そのせいかどうか、中国で出された初版の奥付には「自伝体小説」とある。著者に問い合わせてみたところ、本書は元々自伝であり、出版社が「小説」の二字を加えたのは読者を引き寄せるためで、本書に記したことはすべて著者の記憶の中の真実なのだ、というお返事であった。もちろん、「記憶の中の真実」を書いた小説、フィクションも存在するわけだが、著者にとって『三生三世』は自伝以外の何物でもないということだろう。本書に登場する人々も実名で、公表に差支えのある場合のみ（たとえば、第一部「そろいの赤い帽子」の邱《チウ》家など）、仮名になっているとのことである。

　ただ、執筆当初の構想としては、自伝でありながら小説のスタイルを用いるということが、著者の念頭にあったようで（著者から訳者あての手紙による）、実際、本書の中には、短い読み切り小説を続けて読むような楽しさが見出せるのだが、著者の半生自体が安楽なものであったわけではない。背景には動乱の歴史があり、日本との関わりで言えば、それはまさに反対側から見た歴史である。その人生の出発点、各国の租界があった漢口《ハンコウ》における幼少期のエピソードとして、満一歳になった弟の「つかみ取り」の祝宴が描かれている。赤ん坊が手にした物で将来を占う「つかみ取り」を、女の子である著者はさせてもらえなかったが、代わりに手に入れたロシアのパラソルが、外国へ出て行く著者の未来を暗示していたかのようである。

中国大陸に生まれ、一九四九年前後に台湾へ渡り、その後渡米して母語で執筆を続ける作家は、聶華苓《ニエホアリン》一人にとどまらない。たとえば、聶華苓《ニエホアリン》と同じく一九六〇年代に渡米した主要な作家として、白先勇《バイシエンイオン》（一九三七〜）や張系国《チャンシークオ》（一九四四〜）などが挙げられる。台湾では五、六〇年代に留学ブームがあり、その時期の留学生が、後に米国における華文文学の担い手となったのである。これらの作家の多くは聶華苓《ニエホアリン》より下の世代で、若くして渡米したため、台湾在住当時にはまだ学生であった。「留学生文学の元祖」と称される於梨華《ユイリーホア》（一九三一〜）も、年齢は聶華苓《ニエホアリン》と近いが、一九五三年にはもう渡米しており、やはり台湾では学生時代の数年を過ごしたにすぎない。

大陸で二十四年、台湾で十五年暮らし、どちらの土地でも政治の影響をじかに受け、それぞれの時代を濃密に体験した後、さらに米国へ渡り、執筆以外の仕事においても、文学界に大きく貢献した聶華苓《ニエホアリン》は、稀有な経歴を持つ作家であると言えるだろう。大陸の戦乱の中で父を亡くした少女時代、白色テロの台湾における『自由中国』編集、渡米後にエングルと協力して創設したＩＷＰ、そして、三つの時代を共に生きた人々のこと……、『三生三世』はまさに作家、聶華苓にしか書けない「作品」であり、同時にそれが一人の華人女性、聶華苓の紛れもない「真実」であるからこそ、読者を引きつける物語となっているのではないだろうか。

この邦訳版は上記『三生三世』初版（天津《ティエンチン》・百花文芸出版社）を底本としている。最近、『三生三世』に二百数十枚余りの写真と新たな文章が加えられた『三生影像』が、香港（二〇〇七年）と北京《ペイチン》（二〇〇八年）で出版された。『三生三世』邦訳版では著者の許可を得て、各時期の写真や吉増剛造氏のエピソードなどを『三生影像』から取り入れ、章立ても一部整理した。また、「跋」の内容も邦訳版のために書き換えていただいたので、中国の初版とは異なる。そこでも触れられているが、『三生三世』は台湾でも出版され、香港の雑誌『亜洲週刊』が推薦する「二〇〇四年中国語十大良書」にも選ばれている。

　私は二〇〇〇年の夏にアイオワを訪れ、聶華苓《ニエホアリン》氏にお目にかかった。論文の資料収集やインタビューのための訪米で、聶《ニエ》氏とは事前に連絡を取っていたが、アイオワ到着の日にわざわざ空港まで迎えに来てくださった。本書にも描かれる小山の「赤い家」（原語は「紅楼」）で、ポール・エングル氏の死後も一人住まいを続ける聶《ニエ》氏は、エングル氏の墓が当地にあるため引っ越す気になれない、とのことであった。二週間の滞在中は日々「赤い家」に通い、録音テープを回しながら数々の質問に答えていただき、また近くのアイオワ大学でコピーを取るため、貴重な資料を持ち出させていただき、さらには、入手困難な初期の版を含め、御著書を何冊もいただくなど、全面的な御協力をたまわった。帰国前夜、私の論文について、「知り合ったからといって批判したら悪いなどと思わず、客観的に書きなさい」と言ってくださったのが印象に残る。

　それから四年を経た二〇〇四年秋のある日、見慣れぬ筆跡のファックスが届いた。それはアイオワ滞在中の吉増剛造氏からであった。聶《ニエ》氏から渡された拙稿『聶華苓《ニエホアリン》論』を御覧くださったとのことで、『三生三世』を翻訳してもらえないか、という御丁寧な文面であった。アイオワの「赤い家」を訪ねた時、聶《ニエ》氏が壁にかかった古そうな能面を指し、「これは日本の詩人ゴーゾー・ヨシマスからのプレゼントで、私たちはよい友人なの」と言われたことが脳裏によみがえった。吉増氏をいつも「ゴーゾー」と呼んでいた聶《ニエ》氏は、「ヨシマス」がいかにも発音しにくそうな御様子であった。

二〇〇五年に本書の翻訳を開始し、ほとんどの作業は大学の仕事がない春休みと夏休みに集中して進めたが、全体をざっと訳すのに二年かかった。訳注をつけ、訳文を修正するうち、さらに一年が過ぎ、二〇〇八年に出版が決まった。これはひとえに吉増剛造氏の御尽力のおかげであり、日本では知られていない外国人作家の自伝出版に踏み切った、藤原書店の御英断に感謝の意を表したい。

翻訳に当たっては、原文の調子を生かすべく、句読点などもできる限り原文に忠実であるよう心がけた。内容や表記に関する疑問点は著者にメールで伺い、その結果、原文と不一致となった訳文については、基本的にすべて著者の御確認を得ている。また、本書の引用文のうち、英語から中国語に訳されたものについては、エングル氏の私信や回想を除き、できる限り英語の原文に当たったが、調べ切れなかったものもある。中国語発音のルビは、「読者に読みやすく」という出版社からの要請で、すべての人名や地名に標準語発音に近いカタカナを付した。

第一部の「祖父と真君《チェンチュィン》」に登場する、舌足らずで不明瞭に話す真君《チェンチュィン》の発言を、幼い著者が聞き間違えたり、からかったりする場面は、言葉遊びのような会話が中国語の発音に依拠するため、そのまま日本語に移し換えることはできなかった。ほかの日本語で原文の雰囲気が出るよう工夫してみたが、もっとよい訳し方はないものかと、今も時折、無意識に新しい訳を考えていることがある。拙訳について、お気づきの点など御教示いただければ幸いである。最後に、本書の出版が実現するまで、さまざまな面でお世話になった藤原書店の西泰志氏に御礼申し上げる。

二〇〇八年九月

訳者

アイオワ大学国際創作プログラム
（International Writing Program：略称 IWP）
日本人作家・参加者一覧

（1967 年創設）

1966 年　（倉橋由美子——創作科に留学）
1967 年　田村隆一／田内初義
1969 年　宮本陽吉
1970 年　河地和子／吉増剛造
1971 年　長田弘
1972 年　木島始
1973 年　白石かずこ
1975 年　渥美育子
1976 年　坂上弘
1978 年　吉原幸子
1979 年　中上哲夫
1980 年　大庭みな子／正津勉
1982 年　中上健次
1985 年　平出隆
1989 年　松浦寿輝
1991 年　三浦清宏
1992 年　青野聰／清水和子
1994 年　吉目木晴彦
2002 年　中上紀
2003 年　水村美苗
2004 年　島田雅彦／吉増剛造
2005 年　野村喜和夫／吉田恭子

（2）中国語以外の言語で出版された作品

『李環《リーホアン》のかばん』（短編小説集 , 英語訳）, 香港 ,Heritage Press,1962 年。

『李環《リーホアン》のかばん』（短編小説集 , ポルトガル語訳）, チリ ,Editora Globo,1965 年。

『沈従文《シェンツォンウェン》評伝』（英語著作）, 米国 ,Twayne Publishers,1972 年。

『桑青《サンチン》と桃紅《タオホン》』（英語訳）, 北京 , 新世界出版社 ,1981 年。

『桑青《サンチン》と桃紅《タオホン》』（ユーゴスラビア語訳）, 旧ユーゴスラビア , ザグレブ ,1984 年。

『桑青《サンチン》と桃紅《タオホン》』（ハンガリー語訳）, ハンガリー , ブダペスト ,1986 年。

『桑青《サンチン》と桃紅《タオホン》』（英語訳）, 英国 , ロンドン ,1986 年。

『桑青《サンチン》と桃紅《タオホン》』（オランダ語訳）, オランダ , アムステルダム ,1987 年。

『桑青《サンチン》と桃紅《タオホン》』（英語訳）, 米国 ,Beacon Press,1988 年。米国書籍賞受賞 ,1990 年。

『桑青《サンチン》と桃紅《タオホン》』（韓国語訳）, 韓国 , ソウル ,1990 年。

『桑青《サンチン》と桃紅《タオホン》』（英語訳）, 米国 ,Feminist Press,1998 年。

（3）翻訳作品（英語からの中国語訳）

『モーブ夫人』（ヘンリー・ジェイムズ）, 台湾 , 文学雑誌社 ,1959 年。

『米国短編小説選』, 台湾 , 明華書局 ,1960 年。

『モーブ夫人』（ヘンリー・ジェイムズ）, 上海訳文出版社 ,1980 年。

『米国短編小説選』, 北京出版社 ,1981 年。

（4）翻訳作品（中国語からの英語訳）

『中国女性作家小説選』, 香港 ,Heritage Press,1962 年。

『毛沢東《マオツートン》詩集』（エングルと共訳）, 米国 ,Dell Publishing Company,1972 年／フランス ,Editions Pierre Seghers,1973 年／英国 ,Wildwood House,1974 年。

『百花斉放文集』（二巻）, 米国 , コロンビア大学出版 ,1972 年。

（5）世界文学作品の編集（エングルと共編）, 全 12 集

『現代韓国詩選』／『現代中国詩選』／『現代ロシア詩選』／『現代ユーゴスラビア詩選』／『現代ブルガリア詩選』／『戦後日本詩選』／『世界文学選』（いずれもアイオワ大学出版刊）

（6）その他

- 米国の三大学より名誉博士号を授与される（コロラド大学 , デュビューク大学 , コー学院）。
- 米国五十州の州知事より文学・芸術傑出貢献賞を受ける（1982 年）。
- 米国コロンビア大学翻訳顧問委員会委員（1980 年代）。
- 米国ニュースタット国際文学賞審査委員（1981 ～ 1982 年）。
- 米国ペガサス国際文学賞顧問（1987 ～ 1988 年）。
- 北京放送学院名誉教授（1986 年）。
- 上海復旦大学顧問教授（1988 年）。
- ハンガリー政府の文化貢献賞を受賞（1989 年）。
- ポーランド文化省の国際文化交流貢献賞を受賞（1992 年）。
- アイオワ州著名女性殿堂入り（2008 年）。

著作一覧

(1) 中国語作品

『翡翠猫』(短編小説集), 台湾, 明華書局 ,1959 年。

『なくした金の鈴』(長編小説), 台湾, 学生出版社 ,1961 年。

『一輪の白い花』(短編小説集), 台湾, 文星書店 ,1963 年。

『なくした金の鈴』(長編小説), 台湾, 文星書店 ,1964 年／ 1965 年。

『夢谷集』(随筆集), 香港, 正文出版社 ,1965 年。

『桑青《サンチン》と桃紅《タオホン》』(長編小説), 香港, 友聯出版社 ,1976 年。

『なくした金の鈴』(長編小説), 台湾, 大林書局 ,1977 年。

『王大年《ワンターニエン》のいくつかの祝い事』(短編小説集), 香港, 海洋文芸社 ,1980 年。

『台湾逸事』(短編小説集), 北京出版社 ,1980 年。

『桑青《サンチン》と桃紅《タオホン》』(長編小説), 北京, 中国青年出版社 ,1980 年。

『三十年後』(随筆集), 湖北人民出版社 ,1980 年。

『なくした金の鈴』(長編小説), 北京, 人民文学出版社 ,1980 年。

『アイオワ劄記《さっき》』(随筆集), 香港, 三聯書店 ,1981 年。

『黒色, 黒色, 一番きれいな色』(随筆集), 香港, 三聯書店 ,1983 年。

『山の彼方, 川は流れ』(長編小説), 四川文芸出版社 ,1984 年。

『台湾小説選』(主編, 二巻), 広州, 花城出版社 ,1984 年。

『山の彼方, 川は流れ』(長編小説), 香港, 三聯書店 ,1985 年。

『黒色, 黒色, 一番きれいな色』(随筆集), 広州, 花城出版社 ,1986 年。

『黒色, 黒色, 一番きれいな色』(随筆集), 台湾, 林白出版社 ,1986 年。

『桑青《サンチン》と桃紅《タオホン》』(長編小説), 香港, 華漢文化事業公司 ,1986 年。

『なくした金の鈴』(長編小説), 台湾, 林白出版社 ,1987 年。

『桑青《サンチン》と桃紅《タオホン》』(長編小説), 台湾, 漢芸色研 ,1988 年。

『三十年後』(随筆集), 台湾, 漢芸色研 ,1988 年。

『人, 二十世紀に』(随筆集), シンガポール, 八方文化企業公司 ,1990 年。

『桑青《サンチン》と桃紅《タオホン》』(長編小説), 北京, 華夏出版社 ,1996 年。

『人景と風景』(随筆選集), 陝西人民出版社 ,1996 年。

『山の彼方, 川は流れ』(長編小説), 河北教育出版社 ,1996 年。

『鹿の園から』(随筆集), 台湾, 時報文化出版 ,1996 年。

『桑青《サンチン》と桃紅《タオホン》』(長編小説), 台湾, 時報文化出版 ,1997 年。

『鹿の園から』(随筆集), 上海文芸出版社 ,1997 年。

『桑青《サンチン》と桃紅《タオホン》』(長編小説), 太原, 北岳文芸出版社 ,2004 年。

『三生三世』(回想録), 天津, 百花文芸出版社 ,2004 年。

『三生三世』(回想録), 台湾, 皇冠文化出版 ,2004 年。

『三生影像』(写真・回想録), 香港, 明報出版社 ,2007 年。

『三生影像』(写真・回想録), 北京, 三聯書店 ,2008 年。

著者紹介

聶華苓（Hualing Nieh Engle ／ニエ・ホアリン）

1925 年生まれ。中国湖北《フーペイ》省出身 ,1948 年に南京《ナンチン》の国立中央大学を卒業。1949 年に中国大陸から台湾へ渡り ,1960 年まで半月刊『自由中国』の文芸欄編集主幹 , 及び編集委員を務める。1962 年から 1964 年まで台湾大学と東海《トンハイ》大学で小説創作を教える。1964 年 , 米国アイオワ大学「作家ワークショップ」にビジターの作家として招かれる。1967 年 , 米国の詩人ポール・エングル（Paul Engle ／ 1908 ～ 1991）と共にアイオワ大学「国際創作プログラム（International Writing Program）」を創設し , 毎年世界各地の作家を , 執筆 , 討論 , 旅行のためにアイオワへ 4 カ月間招待する。1971 年 , ポール・エングルと結婚。2 人で「国際創作プログラム」を主宰した 21 年間に , 世界各地からアイオワを訪れた作家は 700 名を超える。また , アイオワ大学の「作家ワークショップ」, 及び「国際創作プログラム」に参加した中国大陸 , 台湾 , 香港の作家は 80 余名に及ぶ。1988 年に退職し , 執筆に専念。

著書は既に 24 冊出され , 長編小説 , 短編小説 , 随筆 , 翻訳（中国語からの英語訳 , 及び英語からの中国語訳）, 文学評論を含み , 中国大陸 , 台湾 , 香港などの中国語地域で出版されている。このほか , 米国 , インド , シンガポール , マレーシア , イタリア , ポルトガル , ポーランド , ハンガリー , ユーゴスラビア , ルーマニア , ブルガリア , 英国 , オランダ , イスラエルなどで翻訳された作品もある。英訳書『百花斉放文集（Literature of the Hundred Flowers)』二巻は米国コロンビア大学より出版されている。

長編小説『桑青《サンチン》と桃紅《タオホン》』は 7 冊の異なる中国語版が中国大陸 , 台湾 , 香港で出され , ハンガリー , ユーゴスラビア , 英国 , オランダ , 韓国 , 米国でも翻訳出版されている。1990 年に『桑青《サンチン》と桃紅《タオホン》』の米国における英訳版（Beacon Press）が「米国書籍賞（American Book Award)」を受け ,1998 年に米国で再版された。

米国では 3 つの名誉博士号（Honorary Degree of Humane Letters）を受けている――コロラド大学 , コー学院 , デュビューク大学である。1982 年 , ポール・エングルと共に米国 50 州の州知事より文学・芸術傑出貢献賞を受ける。1989 年 , ハンガリー政府の文化貢献賞を受賞。1991 年 , ポーランド , ワレサ政府の国際文化交流貢献賞を受賞。

訳者紹介

島田順子（しまだ・じゅんこ）
1959年大阪府生。中国現代文学専攻。訳書に『シリーズ　台湾現代詩Ⅰ～Ⅲ』（全3巻，共訳，国書刊行会）。

三生三世《さんしょうさんぜ》——中国《ちゅうごく》・台湾《たいわん》・アメリカに生《い》きて

2008年10月30日　初版第1刷発行 ©

訳　者　島田順子
発行者　藤原良雄
発行所　藤原書店

〒162-0041　東京都新宿区早稲田鶴巻町523
電　話　03（5272）0301
FAX　03（5272）0450
振　替　00160‐4‐17013
info@fujiwara-shoten.co.jp

印刷・製本　図書印刷

Printed in Japan
ISBN978-4-89434-654-3

2　**1947年**　**解説・富岡幸一郎**

「占領下の日本文学のアンソロジーは、狭義の『戦後派』の文学をこえて、文学のエネルギイの再発見をもたらすだろう。」（富岡幸一郎氏）

中野重治「五勺の酒」／**丹羽文雄**「厭がらせの年齢」／**壺井榮**「浜辺の四季」／**野間宏**「第三十六号」／**島尾敏雄**「石像歩き出す」／**浅見淵**「夏日抄」／**梅崎春生**「日の果て」／**田中英光**「少女」

296頁　**2500円**　◇978-4-89434-573-7（2007年6月刊）

3　**1948年**　**解説・川崎賢子**

「本書にとりあげた1948年の作品群は、戦争とＧＨＱ占領の意味を問いつつも、いずれもどこかに時代に押し流されずに自立したところがある。」（川崎賢子氏）

尾崎一雄「美しい墓地からの眺め」／**網野菊**「ひとり」／**武田泰淳**「非革命者」／**佐多稲子**「虚 偽」／**太宰治**「家庭の幸福」／**中山義秀**「テニヤンの末日」／**内田百閒**「サラサーテの盤」／**林芙美子**「晩菊」／**石坂洋次郎**「石中先生行状記――人民裁判の巻」

312頁　**2500円**　◇978-4-89434-587-4（2007年8月刊）

4　**1949年**　**解説・黒井千次**

「1949年とは、人々の意識のうちに『戦争』と『平和』の共存した年であった。」（黒井千次氏）

原民喜「壊滅の序曲」／**藤枝静男**「イペリット眼」／**太田良博**「黒ダイヤ」／**中村真一郎**「雪」／**上林暁**「禁酒宣言」／**中里恒子**「蝶蝶」／**竹之内静雄**「ロッダム号の船長」／**三島由紀夫**「親切な機械」

296頁　**2500円**　◇978-4-89434-574-4（2007年6月刊）

5　**1950年**　**解説・辻井喬**

「わが国の文学状況はすぐには活力を示せないほど長い間抑圧されていた。この集の短篇は復活の最初の徴候を揃えたという点で貴重な作品集になっている。」（辻井喬氏）

吉行淳之介「薔薇販売人」／**大岡昇平**「八月十日」／**金達寿**「矢の津峠」／**今日出海**「天皇の帽子」／**埴谷雄高**「虚空」／**椎名麟三**「小市民」／**庄野潤三**「メリイ・ゴオ・ラウンド」／**久坂葉子**「落ちてゆく世界」

296頁　**2500円**　◇978-4-89434-579-9（2007年7月刊）

6　**1951年**　**解説・井口時男**

「1951年は、重く苦しい戦後、そして、重さ苦しさと取り組んできた戦後文学の歩みにおいて、軽さというものがにわかにきらめきはじめた最初の年ではなかったか。」（井口時男氏）

吉屋信子「鬼火」／**由起しげ子**「告別」／**長谷川四郎**「馬の微笑」／**高見順**「インテリゲンチア」／**安岡章太郎**「ガラスの靴」／**円地文子**「光明皇后の絵」／**安部公房**「闖入者」／**柴田錬三郎**「イエスの裔」

320頁　**2500円**　◇978-4-89434-596-6（2007年10月刊）

7　**1952年**　**解説・髙村薫**

「戦争や飢餓や国家の崩壊といった劇的な経験に満ちた時代は、それだけで強力な磁場をもつ。そうした磁場は作家を駆り立て、意思を越えた力が作家に何事かを書かせるということが起こる。そのとき、奇跡のように表現や行間から滲みだして登場人物や物語の空間を浸すものがあり、それをわたくしたちは小説の空間と呼び、力と呼ぶ。」（髙村薫氏）

富士正晴「童貞」／**田宮虎彦**「銀心中」／**堀田善衞**「断層」／**井上光晴**「一九四五年三月」／**西野辰吉**「米系日人」／**小島信夫**「燕京大学部隊」

304頁　**2500円**　◇978-4-89434-602-4（2007年11月刊）

「戦後文学」を問い直す、画期的シリーズ！

戦後占領期
短篇小説コレクション

（全 7 巻）

〈編集委員〉 **紅野謙介／川崎賢子／寺田博**

四六変判上製

各巻 2500 円　セット計 17500 円

各巻 288 ～ 320 頁

〔各巻付録〕 解説／解題（**紅野謙介**）／年表

ブックレット呈

米統治下の 7 年弱、日本の作家たちは何を書き、
何を発表したのか。そして何を発表しなかったのか。
占領期日本で発表された短篇小説、
戦後社会と生活を彷彿させる珠玉の作品群。

【本コレクションの特徴】

▶1945 年から 1952 年までの戦後占領期を一年ごとに区切り、編年的に構成した。但し、1945 年は実質 5ヶ月ほどであるため、1946 年と合わせて一冊とした。

▶編集にあたっては短篇小説に限定し、一人の作家について一つの作品を選択した。

▶収録した小説の底本は、作家ごとの全集がある場合は出来うる限り全集版に拠り、全集未収録の場合は初出紙誌等に拠った。

▶収録した小説の本文が旧漢字・旧仮名遣いである場合も、新漢字・新仮名遣いに統一した。

▶各巻の巻末には、解説・解題とともに、その年の主要な文学作品、文学的・社会的事象の表を掲げた。

1 **1945-46 年**　　**解説・小沢信男**

「1945 年 8 月 15 日は晴天でした。…敗戦は、だれしも『あっと驚く』ことだったが、平林たい子の驚きは、荷風とも風太郎ともちがう。躍りあがる歓喜なのに『すぐに解放の感覚は起こらぬなり。』それほどに緊縛がつよかった。」（小沢信男氏）

平林たい子「終戦日記（昭和二十年）」／**石川淳**「明月珠」／**織田作之助**「競馬」／**永井龍男**「竹藪の前」／**川端康成**「生命の樹」／**井伏鱒二**「追剝の話」／**田村泰次郎**「肉体の悪魔」／**豊島与志雄**「白蛾——近代説話」／**坂口安吾**「戦争と一人の女」／**八木義徳**「母子鎮魂」

320頁　**2500円**　◇978-4-89434-591-1（2007年9月刊）

一海知義著作集

全 11 巻・別巻 1

2008 年 5 月発刊／**隔月配本**　予各本体 6,500 円
四六上製カバー装　布クロス装箔押し　各 500 ～ 680 頁
各巻に**書下ろし自跋**収録／**月報付**

〈推薦〉
鶴見俊輔　杉原四郎　半藤一利　筧久美子　興膳宏

〈題字〉
榊 莫 山

1　陶淵明を読む
＊2　陶淵明を語る　（第 1 回配本／ 2008 年 5 月）
3　陸游と語る　（第 5 回配本）
4　人間河上肇
＊5　漢詩人河上肇　（第 3 回配本／ 2008 年 9 月）
6　文人河上肇
＊7　漢詩の世界Ⅰ――漢詩入門／漢詩雑纂
（第 2 回配本／ 2008 年 7 月）
8　漢詩の世界Ⅱ――六朝以前～中唐
9　漢詩の世界Ⅲ――中唐～現代・日本・ベトナム
10　漢字の話　（第 4 回配本／ 2008 年 11 月）
11　漢語散策

別巻　一海知義と語る
〔附〕詳細年譜・全著作目録・総索引

＊印は既刊

二十一世紀日本の無血革命へ

新しい「日本のかたち」

〈外交・内政・文明戦略〉

川勝平太・姜尚中・榊原英資・武者小路公秀

武者小路公秀編

外交、政治改革、地方自治、産業再生、教育改革…二十世紀末から持ち越された多くの難題の解決のために、気鋭の論客が地方分権から新しい連邦国家の形成まで、日本を根底から立て直す具体的な処方箋と世界戦略を提言。

四六並製　二〇八頁　一六〇〇円

（二〇〇二年五月刊）

◇978-4-89434-285-9

中国vs台湾――その歴史的深層

中台関係史

山本　勲

中台関係の行方が日本の将来を左右し、中台関係の将来は日本の動向によって決まる――中台関係を知悉する現地取材体験の豊富なジャーナリストが歴史、政治、経済的側面から「攻防の歴史」を初めて描ききる。新時代の中台関係と東アジアの未来を展望した話題作。

四六上製　四四八頁　四二〇〇円

（一九九九年一月刊）

◇978-4-89434-118-0

最後の"火薬庫"の現状と展望

「東アジアの火薬庫」

中台関係と日本

丸山勝＋山本勲

人口増大、環境悪化が進行する中で海に活路を求める大陸中国と、陳水扁総統就任で民主化の新局面に達した台湾。日本の間近に残された東アジア最後の"火薬庫"＝中台関係の現状と展望を、二人のジャーナリストが徹底分析。日本を含めた東アジア情勢の将来を見極めるのに最適の書。

四六並製　二六四頁　二二〇〇円

（二〇〇一年二月刊）

◇978-4-89434-220-0

台湾人による初の日台交渉史

台湾の歴史

〈日台交渉の三百年〉

殷允芃編

丸山勝訳

オランダ、鄭氏、清朝、日本……外来政権に翻弄され続けてきた移民社会・台湾の歴史を、台湾人自らの手で初めて描き出す。「親日」と言われる台湾が、その歴史において日本といかなる関係を結んできたのか。知られざる台湾を知るための必携の一冊。

四六上製　四四〇頁　三二〇〇円

（一九九六年一二月刊）

◇978-4-89434-054-1